Für meine Schwestern Petra und Martina

Prolog

Er wusste genau, was sie vorhatten, und sie spielte ihnen direkt in die Hände. Er lehnte mit dem Rücken am Tresen, ein Bier in der Hand, das zu ergründen er unter halb geschlossenen Lidern vorgab. Auf den ersten Blick mochte er gelangweilt wirken, bei näherem Hinsehen eher weltschmerzgeplagt, vielleicht nicht mehr ganz nüchtern. Tatsächlich hielt er sich schon lange an diesem einen Bier fest, nippte nur hin und wieder daran, und ihm entging nicht das Geringste.

Gerade war Kelling an der Reihe, sich danebenzubenehmen, Breitbach derjenige, der sich als Retter aufspielte. Sie wechselten etwa alle halbe Stunde die Rollen, eingeleitet durch ein kaum merkliches Nicken, und immer fiel es dem Retter anheim, für frische Getränke zu sorgen. Sie füllten sie gemeinschaftlich ab, und nicht mal der Barkeeper erkannte, was da vor seinen Augen geschah. Oder es war ihm egal. War es derselbe wie in den Jahren zuvor? Wahrscheinlich nicht, nahm er an, sonst würde der Gute doch wohl einschreiten angesichts dieses offensichtlichen Rituals, dieses Kampftrinkens mit ungleichen Mitteln. Wenigstens nachfragen, ob sie nicht doch genug habe. Aber da schau her, auf einmal gab es ein Wasser für sie. Da erwiesen sie sich gar als lernfähig, das hatte er nicht erwartet.

Betrunken sollte sie sein, jedoch nicht volltrunken wie die im letzten Jahr, die ihnen einfach weggekippt war, der ganze Spaß dahin und viel zu spät, um von vorn zu beginnen, weil jedes potenzielle Opfer sich längst anderen zugewandt hatte; auf Betriebsfeiern blieb niemand lang allein, nicht mal die Hässlichsten, vielleicht gerade die nicht.

Diese nun war keineswegs hässlich, ganz im Gegenteil, nur war ihr das anscheinend nicht bewusst. Blickte sie nie in den Spiegel und sah, wie ihr Haar glänzte, überzogen war von einem goldenen Schimmer mit dem zartesten Hauch von Rot darin? Wie edel ihr Gesicht geformt war mit dieser schmalen, geraden Nase, den hohen Wangenknochen, dem Mund, der wie geschaffen war fürs Lächeln? Wie einzigartig ihre Augen waren, die ihr Gesicht dominierten, so groß und vom tiefsten, klarsten Blau, das man sich nur vorstellen konnte? Allein ihr Passfoto hatte ihn dazu bewogen, sie einzustellen, sie sah absolut hinreißend darauf aus, die Gazelle, die den Löwen wittert. Ihr Abschlusszeugnis hätte ihr vermutlich nirgends eine Stelle beschert, er hatte es kurzerhand aus ihrer Mappe entfernt und sie zum Vorstellungsgespräch geladen. Eine Katastrophe auch das, trotzdem hatte er nicht widerstehen können und ihr eine Stelle im Lager angeboten.

Das war fast ein Jahr her. Kelling und Breitbach hatten erwartungsgemäß zu geifern begonnen, sobald sie ihrer ansichtig geworden waren, musste sie doch, gemessen an ihrem üblichen Beuteschema, unerreichbar erscheinen. Sie kamen nicht an sie heran. Es hatte Monate gedauert, bis sie von sich aus mehr als einen Gruß äußerte oder auch nur Fragen in vollständigen Sätzen beantwortete. Man sah sie selten, und wenn, dann gesenkten Kopfes und in Eile. Niemand wusste, wo sie ihre Pausen verbrachte, sie war in der Zeit einfach nicht aufzutreiben und auch nach Feierabend augenblicklich verschwunden.

Gestern hatte er sie gerade noch abgepasst, ihr eine letzte Gelegenheit geboten, ihrem Schicksal zu entgehen, und sie gefragt, ob sie heute Abend seine Tischnachbarin sein wolle. Danke, nein, hatte sie gesagt, ihn nicht mal angesehen dabei, und war fortgehuscht.

Sie hatte einfach nicht begriffen, wie ähnlich sie sich waren, mehr als das, sie waren seelenverwandt. Füreinander bestimmt. Mit jedem bloßen Nicken auf ein Kompliment, jedem Kopfschütteln auf eine Einladung, jeder weiteren stummen Zurückweisung all dessen, was er ihr zu Füßen hatte legen wollen, war seine Gewissheit stetig gewachsen. Jetzt war es zu spät.

Der Tanz begann. Breitbach forderte sie gestenreich auf, doch sie schüttelte nur den Kopf. Er gab den Clown, den dicken, verbeugte sich ungelenk vor ihr, sagte etwas, und sie lachte errötend hinter vorgehaltener Hand. Doch dann gab sie auf einmal nach, folgte ihm unsicheren Ganges auf die Tanzfläche und ließ es zu, dass er sie an sich zog, nicht zu nah, noch nicht, doch mit erkennbar festem Griff. Es dauerte ein paar Takte, bis sie ihre Füße sortiert hatten, dann steuerte Breitbach sie geschickt an den anderen Paaren vorbei. Bei der ersten Drehung haperte es noch etwas, die zweite klappte schon recht gut, und sie überließ sich seiner Führung und begann, sich wohlzufühlen, ihre Schultern strafften sich, und ihre Augen strahlten. Sie wirkte eifrig wie ein Kind, das zum ersten Mal Fahrrad fährt, und erhitzt, *I fell into a burning ring of fire*, schneller, die Band zog das Tempo an, und trotzdem kam sie mit, geriet nicht ein Mal ins Straucheln, als habe der Alkohol ihr Flügel verliehen, *I went down, down, down, and the flames went higher*, die Atmosphäre schien zu knistern. Breitbachs plumpe Hand ruhte auf ihrem Rücken, natürlich Breitbach, bei ihm konnte sie sich sicher fühlen, würde sie denken, die Dicken stellten niemals eine Gefahr dar, waren ja so genügsam und gemütvoll, und wenn nicht – einerlei, sie genoss sichtlich den Augenblick, und es schien ihm fast, als geschehe dies zum ersten Mal in ihrem Leben.

Ein Tusch, und sie lösten sich voneinander. Verhaltener Applaus hob an, bevor schon das nächste Stück einsetzte, hart und schnell diesmal, *Sympathy for the Devil*, zu wahr, um schön zu sein. Die Tanzfläche leerte sich fast vollständig, das Lied nichts, worauf sich schwofen ließe, und Breitbach und sie tanzten nun jeder für sich. Freilich gab Breitbach eher vor zu tanzen, wie er mit den Füßen auf den Boden tappte, halbherzig im Wechsel die Hände hob, ein schwitzender Bär, der als Zirkusattraktion nicht taugte. Sie hingegen schien in ihrem Element: nicht Wasser, Feuer! Sie warf die Arme in die Luft und stampfte mit den Füßen, wirbelte um ihre Achse herum und herum, ein eitler Derwisch, ihr Haar eine wehende Fahne von flüssigem Gold, *tanze, Gerda, tanze, tanz die ganze Nacht*, er konnte den Blick nicht lösen, sich nicht sattsehen an ihrer Darbietung und war ganz und gar hingerissen.

Er war nicht der Einzige. Die Männer begannen zu starren, Gier in den Augen, und die Frauen wandten sich kopfschüttelnd ab. Die Aufmerksamkeit, die ihr zuteilwurde, musste jeden Plan vereiteln, und nun kam Kelling ins Spiel, zu retten, was noch zu retten war. Eine Handbewegung in Richtung Band genügte, und sie wechselte abrupt zu etwas Langsamem, *I will always love you*, ein Hohn, denn Liebe war es nicht, was sie im Sinn hatten. Dennoch glitt sie wie selbstverständlich in Kellings Arme, und dieser Tanz war so unschicklich wie der vorige. Seine rechte Hand glitt tiefer und tiefer ihren Rücken hinab, er vergrub seinen Mund in ihrer Halsbeuge, und sie kam ihm arglos entgegen, schmiegte sich an ihn, der in ihren Augen das große Los sein musste, verglichen mit Breitbach jedenfalls.

Allmählich füllte sich die Tanzfläche wieder, und beinahe hätte er verpasst, wie Kelling ihr auf den Fuß trat. Sie stürzte. Die anderen Paare wichen zur Seite, und jetzt hatte er wieder freie Sicht. Sie lag gekrümmt auf dem Boden und hielt sich den Knöchel. Jetzt könnte er noch einschreiten, überlegte er, Kelling einfach zur Seite schieben und sie nach Hause bringen. Doch danken würde sie ihm das nur, wenn er ihr erzählte, was die beiden mit ihr vorgehabt hatten. Würde sie? Würde sie ihm überhaupt glauben? Er ließ den Moment verstreichen. Sie hatte nicht nur eine Chance gehabt und keine genutzt.

Kelling winkte Breitbach herbei, und gemeinsam halfen sie ihr auf und stützten sie auf dem Weg nach draußen, in die Klinik, wie Kelling behauptete.

Das Schauspiel war vorbei. Er forderte die Sekretärin vom Chef zum Tanz auf, um sein Desinteresse an dem Intermezzo zu bekunden, und blendete deren fades, anhimmelndes Geplapper einfach aus.

War sie zu betrunken, um zu begreifen, wie ihr geschah? Würde sie sich wehren, überlegte er, oder angstvoll Folge leisten? Vor morgen früh würden sie sie nicht gehen lassen, wusste er, und fast tat sie ihm leid. Doch letztlich war sie selbst schuld. Wenn sie ihn ein einziges Mal richtig angesehen hätte, statt durch ihn hindurch. Wenn sie nur auf einen seiner Briefe reagiert hätte. Er hätte sie niemals den Wölfen zum Fraß vorgeworfen.

1

Der Brief hatte ihr Leben zerstört. Vollständig. Vom einen Moment auf den nächsten war nichts mehr so gewesen wie zuvor. Jetzt würde sie den Brief zerstören. Ihn verbrennen. Die Zeit war gekommen.

Sie setzte sich an den alten Sekretär ihrer Großmutter, zog die unterste Schublade heraus und tastete nach dem Umschlag. Nichts. Sie kniete sich hin und spähte hinein. Zu dunkel. Verwirrt zerrte sie auch die oberen beiden Schubladen heraus und vergewisserte sich, dass der Brief sich nicht irgendwie an den Unterseiten verfangen hatte. Raues Holz, kein Papier. Auch nicht in dem jetzt leeren Fach. Seltsam. Sie war sicher, dass der Umschlag hier sein musste. Aus unerfindlichen Gründen waren Schubladen immer kürzer als die Schränke, in denen sie steckten, und dieser Hohlraum war ihr wie das perfekte Versteck erschienen. Hektisch ging sie den Inhalt der Schubladen durch. Vergeblich. Der Brief war fort. Oder irrte sie sich und sie hatte ihn doch anderswo versteckt?

Vielleicht war es nicht so wichtig, dass sie ihn gerade heute verbrannte. Es wäre mehr ein symbolischer Akt gewesen, ein Freudenfeuer, nun, da die schlechten Zeiten vorbei waren. Pech. Dann musste das eben warten, bis sie Gelegenheit hatte, eine richtige Suchaktion zu starten. Hauptsache, Antonia war nicht darauf gestoßen. Aber warum sollte die nach etwas suchen, von dem sie nicht wusste, dass es existierte?, beruhigte sie sich. Nein, sicherlich trog sie nur ihre Erinnerung. Kein Wunder, sie war wirklich nicht bei Verstand gewesen.

Sie hatte sich schon an jenem Morgen schlecht gefühlt und angenommen, dass sie sich Christians Erkältung eingefangen hatte. Trotzdem war sie mit Antonia nach Oldenburg gefahren. Es war der letzte Ferientag gewesen, die Shopping-Tour lange versprochen, sie hatte es nicht übers Herz gebracht, Antonia zu vertrösten. Vielleicht wäre alles anders gekommen, wenn sie nur zu Hause gewesen wäre. Oder wenn Christian zur Arbeit gegangen wäre. Dann hätte nicht er den Briefkasten geöffnet, sondern sie selbst. Und einen Brief ohne Absender hätte sie bestimmt nicht für ihn liegen gelassen. Oder doch? Zumindest hätte sie die Chance gehabt, ihn zum Bleiben zu bewegen. Ihm wenigstens ein »Leb wohl« mit auf den Weg zu geben. Stattdessen war er einfach fort gewesen.

Sie rammte die Schubladen zurück an ihren Platz. Nicht heute, beschwor sie sich, sprang auf und lief hinüber ins Schlafzimmer.

Alles war dort, wo es hingehörte. Unterwäsche und Strumpfhose lagen auf dem Bett bereit. Die Pumps standen ordentlich davor, gestern hatte sie sie noch einmal poliert, nachdem sie die letzten zwei Wochen jeden Tag eine halbe Stunde geübt hatte, in ihnen zu gehen. Sie war solche Absätze nicht gewöhnt, aber es hatte genau dieses Paar Schuhe sein müssen, jedes andere hätte die Wirkung des Kostüms völlig zunichtegemacht.

Sie wirbelte herum und betrachtete zum tausendsten Mal, was Kostüm zu nennen der Sache einfach nicht gerecht wurde: ein schmales Bolerojäckchen und ein weit schwingender Rock, knapp oberhalb der Knie endend, aus einem seidig schimmernden blaugrünen Stoff, der perfekt zu ihren Augen passte. Viel zu teuer natürlich und absolut nicht alltagstauglich, trotzdem hatte sie nicht widerstehen können, eigens zwei der Münzen aus der Sammlung ihres Großvaters versetzen müssen. Das war es wert. Frank würde Augen machen. Sie grinste, ungefähr so breit, wie Antonia ihren Teddy angestrahlt hatte, als sie noch fast ein Baby gewesen war. Den Teddy gab es heute noch, er saß auf dem Bettkasten und bewachte den Schlaf ihrer Tochter. Das Grinsen war selten geworden. Wo trieb sie sich nur herum? Es war nicht mehr viel Zeit, bis sie losmussten.

Sie ging ins Bad und schaltete das Licht über dem Spiegel ein, bevor sie sich zu schminken begann. Da waren sie wieder, die trüben Gedanken. Wie sie damals heimgekommen war und sofort gewusst hatte, dass etwas nicht stimmte. Das Haus hatte sich so leer angefühlt, dass sie gar nicht erst nach Christian gerufen hatte. Wie sie ganz sachte die Haustür hinter sich zugedrückt hatte und in die Küche geschlichen war, um die Einkäufe abzulegen. Von dort ins Wohnzimmer. Niemand da. Die Couch war verwaist gewesen, die Wolldecke halb auf dem Boden, ein fast volles Glas auf dem Tisch, sie hatte daran geschnuppert, Zitrone, längst erkaltet. Vielleicht war er nur zum Arzt gegangen, hatte sie noch gehofft, wider besseres Wissen, sie konnte sich nicht erinnern, dass er überhaupt je bei einem Arzt gewesen war.

Und dann war ihr Blick auf den Brief gefallen, der auf ebenjenem Sekretär gelegen hatte wie achtlos vergessen. Schon von Weitem hatten die großen, steilen Buchstaben sie förmlich angesprungen, und je näher sie herangetreten war, desto bedrohlicher war ihr die Schrift vorgekommen. Das konnte unmöglich Christian geschrieben haben, sicher nicht. Mitten auf dem Brief hatte der kleine Anhänger gelegen, das halbe Herz, dessen Gegenstück sie um den Hals trug, und da hatte sie Bescheid gewusst. Jemand hatte ihr Geheimnis verraten, aber wer?

Der Brief trug keine Unterschrift. Mit zitternden Händen hatte sie das Blatt zurück in seinen Umschlag und den hinter die unterste Schreibtischschublade gestopft. Ja, sie nickte bekräftigend, sie hatte ihn dorthin verbannt, aber wo war er dann jetzt? Sie hätte ihn besser gleich zerrissen oder verbrannt, überlegte sie. In dem Moment war es ihr nur darum gegangen, ihn vor Antonias Augen zu verbergen, reiner Instinkt. Erst als diese Gefahr gebannt war, hatte sie sich Zweifel an ihrer Schlussfolgerung einreden können: Sie war grundlos in Panik ausgebrochen, es gab bestimmt eine vollkommen harmlose Erklärung. Atemlos war sie ins Schlafzimmer gestürmt, keiner da, sie hatte die Schränke aufgerissen, leer, verdammt, seine Sachen waren fort, er war fort, er hatte sie Hals über Kopf sitzen lassen, wegen ein paar Buchstaben, die das Papier nicht wert waren, auf dem sie standen, einfach fort.

Sie vermochte bis heute nicht zu sagen, woher sie die Kraft genommen hatte, die Scherben aufzulesen, jede einzelne. Und an jeder einzelnen hatte sie sich geschnitten. Bis aufs Blut. Nicht immer unabsichtlich. Einmal, sie spürte, wie sie vor Scham errötete, hatte sie bereits Wasser in die Wanne eingelassen, die

Rasierklinge in der Hand, sorgsam die Badezimmertür verschlossen, damit es nicht Antonia wäre, die sie fände. Antonia, der es bei einer Pflegefamilie so viel besser ginge als bei ihr. Versagerin, die nicht mal einen Mann halten konnte. Und auch sonst nichts zuwege brachte. Letztlich hatte Antonia sie gerettet, oder der Lehrer, dessentwegen sie früher als gewöhnlich aus der Schule gekommen war. Fröhlich trällernd.

Antonia sang so gern, so unbekümmert, wenn auch leicht schief, traf zumeist haarscharf neben den geforderten Ton. Nur wenn sie gemeinsam sangen, konnte sie mithalten. Bloß kein Kanon, keine Harmonien. Irgendwas am Gehör, nahm sie an. Antonia bekümmerte es wenig. Leider. Sie hätte sich gewünscht, dass Antonia ihr Talent geerbt hätte und wahr machte, was sie selbst nicht konnte. Stellvertretend ihren geheimen Traum lebte. *I will survive*, hatte sie gesungen. Ausgerechnet. Kein Text für eine Zwölfjährige. Aber sie hatte mit wachsender Inbrunst geschmettert, als wüsste sie, wovon sie sang. Ein Zeichen, hatte sie gedacht, das musste etwas zu bedeuten haben. Sie hatte die Klinge fallen lassen, zugesehen, wie sie trudelnd auf den Grund der Wanne gesunken war. Leicht. Tödlich. Nicht einmal das kriegte sie hin. Ein Schluchzen war ihr in die Kehle gestiegen, unvermittelt in ein Lachen mündend, hysterisch und schrill, aber doch ein Lachen. Und sie hatte die Tür aufgeschlossen, um mitzusingen. *I will survive.*

Ab da war es aufwärtsgegangen. In winzigsten Schritten. Und jetzt war sie angekommen. Ganz oben.

Lange hatte sie sich kaum getraut, an diesen Neuanfang zu glauben, an ein neues Glück, aber heute war es so weit. Frank würde sie heiraten, auf den Tag genau fünf Jahre, nachdem ihr ohne jede Vorwarnung der Boden unter den Füßen fortgerissen worden war. Sie hatte überlegt, ob sie sich gegen das Datum sträuben sollte, und hatte doch darauf verzichtet. Natürlich wusste er, dass sie verlassen worden war, aber davon abgesehen war Christian kein Thema zwischen ihnen. Vielleicht war es genau richtig, auf diese Weise etwas Schlimmes durch etwas Gutes zu ersetzen. Sie wünschte nur, Antonia könnte das auch so sehen.

So. Fertig. Sie klimperte mit den Wimpern. Nicht schlecht, befand sie, zog sich aus, wusch sich und tänzelte zurück ins Schlafzimmer. Slip, BH, Top, noch ein kurzer Blick voller Vorfreude auf das Kostüm, und dann, Konzentration bitte, streifte sie ganz vorsichtig die Strumpfhose über. Geschafft. Sie holte noch einmal tief Luft, nahm den Rock vom Bügel und stieg hinein, schloss den Reißverschluss und zog das Jäckchen über, bevor sie in die Pumps schlüpfte und sich vor den Spiegel stellte. Perfekt. Erschrocken fuhren ihre Hände zum Mund, bild dir bloß nichts darauf ein, schalt sie sich und verengte die Augen zu Schlitzen, als würde sie laut mit ihrem Spiegelbild schimpfen. Sie hielt inne. Ließ die Hände langsam wieder sinken. Nur heute, bat sie, lass mich nur heute einmal glauben, dass ich jemand Besonderes bin. Eine geheimnisvolle, schöne Frau, der man hinterhersieht. Vielleicht pfeift? Sie gestattete sich, wieder zu lächeln.

Sie stolzierte hinüber ins Wohnzimmer. Lichtdurchflutet. Was für ein Glück. Sie würde nicht mal einen Mantel brauchen. Wär auch zu schade gewesen. Was eigentlich längst Herbst sein sollte, war seit gestern strahlender Spätsommer. Über zwanzig Grad. Irre für Ende Oktober. Sie wandte sich zur Musikanlage, zögerte, warf einen Blick auf die Uhr. Noch zehn Minuten. Das reichte. Sie schaltete den CD-Player ein und drehte die Lautstärke hoch, bevor sie in der Mitte des Raums Aufstellung nahm.

Gott, wie sie dieses Stück liebte. *»Barkarole«,* sagte sie laut, allein das Wort war Musik, und wiegte sich im sanften Rhythmus der Einführung, die die Melodie schon erahnen lässt, die Vorfreude hinauszögert, bis endlich, endlich die erste Stimme erklingt, dann die zweite, und sie stimmt ein, obwohl sie den Text nicht kann, kein Wort versteht, der totale Kitsch wahrscheinlich, doch sie spürt die Tragik, die Heiterkeit, das ganz große Gefühl und lässt sich tragen, dreht sich im Kreis, die Arme weit ausgebreitet, wechselt mal zur einen, mal zur anderen Stimme und wünscht, sie könnte beide sein, die perfekte Harmonie, in der die eine nichts ist ohne die andere.

Als das Stück zu Ende war, verbeugte sie sich und schaltete die Anlage wieder aus.

»Antonia?«, rief sie, hoffte für einen Augenblick, dass sie sie bloß nicht kommen gehört hatte. Sie stieß die angehaltene Luft wieder aus. Wie sollte sie das Frank erklären? Er hatte sich so sehr um Antonia bemüht, und jetzt kam sie nicht mal zur Hochzeit? Sie konnte es nicht ändern, und vielleicht, malte sie sich aus, hatte sie sich nur verspätet und beschlossen, direkt zum Standesamt zu kommen. Es hupte. Frank! Sie suchte ihre Brille und legte sie aufs Sofa zwischen die Kissen, bevor sie zur Tür stürmte. Erst draußen bemühte sie sich um einen würdevollen Gang.

***

Antonia drückte sich an die Hauswand neben der Terrassentür. Dieses verdammte Gejaule! Sie konnte es echt nicht mehr hören. Permanent dudelte ihre Mutter das behämmerte Lied und sang auch noch dazu. Ohne Text, klaro, nur la, la, la. »Schade, dass ich kein Italienisch kann«, hatte sie neulich gejammert. Als wenn das helfen würde, hatte Antonia gedacht und darauf hingewiesen, dass es sich um Französisch handelte. Okay, ihre Stimme war schon voll krass, könnte sie was draus machen. Wenn.

Auf jeden Fall war sie gut drauf in letzter Zeit. Direkt high. Und alles wegen Frank. Der tat ihr gut, das musste sie zugeben. Trotzdem mochte sie ihn nicht. Einfach so, ohne Begründung. Konnte sie natürlich nicht laut sagen. Na ja, wollte sie auch nicht. Das hätte bloß endlose Vorträge zur Folge, über das, was er alles konnte, hatte, war. Ihre Mutter nervte sowieso schon dauernd mit ihrem Frank-sagt-auch-dass. Wann immer der glaubte, seine Meinung sei gefragt. Also eigentlich immer.

Die Grübelei brachte nichts. Sie schlug mit dem Hinterkopf gegen die Hauswand. Mann ey, das tat weh! Zerknirscht rieb sie sich die schmerzende Stelle. Es war eh zu spät. Sie würde ihn heiraten. In – sie warf einen Blick auf ihre Armbanduhr – einer halben Stunde. Gab es dieses »Ist jemand hier, der gegen diese Verbindung etwas einzuwenden hat, so spreche er jetzt oder schweige für immer« eigentlich nur in amerikanischen Filmen, oder war das tatsächlich so üblich? Das würde natürlich auch nichts ändern, sie würde sich bestimmt nicht trauen, was zu sagen. Was auch? Mehr als »Ich bin dagegen« und mit dem Fuß aufzustampfen wie ein Kleinkind hätte sie nicht zu melden. Und genau dafür würde man sie halten: ein trotziges Gör, das der Mutter ihr Glück nicht gönnte, weil es Schiss hatte, sie künftig teilen zu müssen.

Dabei war es genau umgekehrt. Sie hatte überhaupt nichts dagegen, sie zu teilen, etwas weniger Aufmerksamkeit zu erhalten. Und sie liebte ihre Mutter wirklich. Auch wenn sie das im Moment nicht so raushängen ließ. Sie hatte es echt verdient, dass sie wieder glücklich wurde. Nur nicht mit Frank. Da war was in seinem Blick, das sie nicht mochte. So was Berechnendes irgendwie. Oder bildete sie sich das bloß ein?

War es vielleicht wirklich so, dass sie ihren Vater vermisste und nicht wollte, dass ein anderer seinen Platz einnahm? Was, wenn er doch noch zurückkäme? Glaubte sie zwar nicht, schließlich war das jetzt schon fünf Jahre her, dass er sich aus dem Staub gemacht hatte, ohne Abschied, ohne Erklärung. Und sich die ganze Zeit nicht ein einziges Mal gemeldet hatte. Tat man so was seiner eigenen Tochter an? Sie wusste nicht, ob sie ihm das verzeihen würde. Okay, wahrscheinlich schon. Nach einer Weile. Einer langen Weile, Strafe musste schließlich sein. Du spinnst, schimpfte sie innerlich, eher friert die Hölle zu. Der war korrekt untergetaucht. Hatte wahrscheinlich sogar seinen Namen geändert. Im Netz hatte sie ihn bis jetzt jedenfalls nicht finden können. Dass sie ihn suchte, hatte sie ihrer Mutter lieber nicht erzählt.

Die Musik war verstummt. Wie lange schon? Es hupte vorn. Das würde Frank sein. Sie lauschte. Ja, das war unverkennbar ihre Mutter, die ihm etwas zurief. Eine geschätzte halbe Oktave höher als normalerweise. Die Autotür knallte, und der Motor jaulte auf. Angeber.

Sie atmete tief ein und aus. Wie vorm Sprung vom Zehner. Genauso fühlte sie sich. Trotzdem war ihr klar, dass sie das nicht bringen konnte. Dort nicht aufzukreuzen, würde ihrer Mutter das Herz brechen. Und einmal reichte ja wohl. Sie biss die Zähne zusammen, rannte nach vorn und ließ sich zur Tür hinein. Eilig stopfte sie ein paar Klamotten und Waschzeug in ihren Rucksack. Sie hatte keinen Bock, hier auf Familie zu machen, besser, sie übernachtete bei Kathrin. Wenigstens würde sie so von der Hochzeitsnacht nichts mitkriegen. Ab morgen würde sowieso alles anders. Sie seufzte.

Einer Eingebung folgend, schloss sie ihr Zimmer ab und stopfte den Schlüssel in die Tasche ihrer Jeans, zu dem Brief, den sie im Sekretär im Wohnzimmer gefunden hatte. Ungelesen, immer noch.

Sie hatte gestern nach einem Umschlag gesucht, natürlich keinen gefunden, in der ersten Schublade nicht, der zweiten auch nicht, und dann war sie so sauer gewesen, dass sie viel zu heftig an der dritten gezogen hatte. Die war ihr auf den Fuß gedonnert, Mann, hatte das wehgetan. Als der Schmerz nachgelassen hatte, war sie in die Hocke gegangen, um nachzusehen, ob noch alles dran war, am Fuß und an der Schublade. Ihr Fuß hatte eine mächtige Beule davongetragen, die Schublade keinen Kratzer abbekommen. Sie hatte ihr gerade einen Tritt versetzen wollen, um für mehr Gerechtigkeit zu sorgen, da hatte sie den Umschlag entdeckt. Der konnte nicht unabsichtlich dort gelandet sein, das war ihr sofort klar gewesen, denn in den Schubladen steckte so wenig, dass er nicht einfach über den Rand hätte rutschen können. Sie hatte zögernd die Hand nach ihm ausgestreckt, das geht dich nichts an, hatte eine innere Stimme sie gewarnt, und sie war zurückgezuckt. Doch dann hatte sie den Schlüssel in der Haustür gehört, wieso kamen Mütter immer im blödesten Moment nach Hause?, und sie hatte den Brief eingesteckt, ohne weiter drüber nachzudenken, die Schublade wieder eingesetzt und sich beeilt, den Fernseher einzuschalten.

Sie schloss das Haus ab, holte ihr Fahrrad aus dem Schuppen und machte sich lustlos auf den Weg zum Rathaus. Sie kam gut durch, selbst die Ampel Bremer Straße, an der man sonst warten musste, bis man schwarz wurde, zeigte Grün. Sie würde pünktlich dort sein, dabei war Pünktlichkeit keine ihrer hervorstechenden Eigenschaften. Ah, super, Scherben auf dem Radweg! Sie fuhr drüber und hoffte auf einen Platten. Nichts passierte. Jetzt konnte sie nur noch ein Unfall retten, ein klitzekleiner? Sie. Nicht ihre Mutter, die sich gleich ausliefern würde an diesen, diesen … ihr fiel kein passendes Wort ein. In guten wie in schlechten Zeiten. Schlechte, darauf würde sie wetten. Bis dass der Tod uns scheidet. Das konnte dauern, er war nur zehn Jahre älter als ihre Mutter. Warum passierte nicht noch irgendetwas, das die Hochzeit in letzter Sekunde verhinderte?

Du schiebst echt voll die Panik, wetterte sie und trat kräftiger in die Pedale. Sie begann zu keuchen. Irgendwie war es zu warm heute. Trotzdem wünschte sie, es wäre Frühling, nicht Herbst. Bald wäre es zu kalt, um über längere Strecken dem Familiengetue zu entkommen. Zu Kathrin mochte sie nur in Ausnahmefällen. Wie heute. Sie hoffte, dass deren Vater wirklich noch auf Montage war. Ihre Brüder waren schlimm genug, da brauchte es den Alten nicht noch.

Hauptsache, Frank schaffte es nicht, Kathrin zu vergraulen. Er hatte schon ein paar Andeutungen über ihren Umgang abgelassen. Bis jetzt hatte ihre Mutter weggehört. Aber wie lange würde sie durchhalten? Kathrin war nun mal ihre beste Freundin, und sie konnte sich nicht vorstellen, wie das werden sollte, wenn sie sich nicht mehr zu Hause treffen konnten. Zumal ihr Bauch ihr sagte, dass es bestimmt kein Fehler war, gut auf ihre Mutter aufzupassen. Also da zu sein. Sich sein falsches Gesülze anzuhören. Und ihre Reaktion darauf zu ertragen. Sie war total unterwürfig. Auch wenn andere, die sie nicht so gut kannten, das wahrscheinlich nicht merkten. Hatte voll Angst, was falsch zu machen.

Aber ihre Mutter war glücklich, widersprach sie ihrer eigenen Einschätzung. Wie auch immer das zusammengehen sollte. Sie konnte sich keinen Reim drauf machen, echt nicht. An Liebe glaubte sie jedenfalls nicht. Sie nicht. Darin waren Kathrin und sie sich einig. Zu vieles sprach dagegen.

War das etwa Liebe gewesen zwischen ihren Eltern? Sie konnte sich gar nicht mehr richtig erinnern. Es war, als hätte ihr Vater, als er abgehauen war, auch die Erinnerungen mitgenommen. Was ja nun ziemlich unmöglich war. Wenn man jemanden liebte, haute man jedenfalls nicht einfach ab. Also war es keine Liebe gewesen. Oder keine mehr? Und war es überhaupt Liebe gewesen, wenn es keinen Bestand gehabt hatte? Warte mal, konnte es sein, dass es sich bei dem Brief um den Abschiedsbrief ihres Vaters handelte? Es stand nämlich kein Absender auf dem Umschlag, und eine Briefmarke gab es auch nicht. Darauf war sie gestern gar nicht gekommen. Da hatte sie sich bloß wie ein Dieb gefühlt und ein megaschlechtes Gewissen gehabt. Trotzdem konnte sie nicht sagen, was sie davon abgehalten hatte, ihn zu lesen. Da war nur so ein Gefühl gewesen, dass es besser wäre, nicht allein zu sein, wenn sie es tat. Und ihre Mutter kam als Beistand nicht in Frage, denn sie war es ja wohl, die ihn versteckt hatte. Dann also heute Abend, bei Kathrin, nahm sie sich vor. Hoffentlich waren die Brüder unterwegs und ließen sie in Ruhe.

***

»Wenn du nicht mitfahren willst, solltest du jetzt besser aussteigen«, mahnte Arne und schob Marilene von sich.

»Recht hast du.« Sie wuschelte ihm kurz durchs Haar, was er zwar mit einem indignierten Augenaufschlag bedachte, aber noch ließ er sie gewähren. Bald schon würde er sich für entschieden zu groß für Zärtlichkeiten vor Zeugen halten, nahm sie an und war froh um den Aufschub. »Also bitte pass auf dich auf«, sie senkte die Stimme, um ihn nicht in noch größere Verlegenheit zu bringen, »und ruf mich an, sobald du in Koblenz im Zug sitzt, ja?«

»Das hatten wir doch schon. Ich vergesse nie etwas.« Er stemmte entrüstet die Hände in die Hüften.

Das stimmte wohl, setzte aber voraus, dass er ihr auch zugehört hatte, anstatt auf Durchzug zu schalten, durchaus normal für einen Jungen seines Alters, wenn es Ermahnungen hagelte, vermutete sie. »Ja, ja, ich weiß«, wiegelte sie ab, »ich geh ja schon.« Es mangelte ihr eindeutig an Gelassenheit im Umgang mit ihm, aber das war vielleicht auch nicht so verwunderlich angesichts all dessen, was er schon durchgemacht hatte. Sie stolperte rückwärts, hob andeutungsweise die Hand zu einem verstohlenen letzten Winken und sprang die Stufen hinab. »Schön, dass du da warst!«, rief sie ihm über die Schulter zu.

»Ich komm wieder, keine Frage!«, tönte es hinter ihr, und schon knallten die Türen des Zuges zu.

Wo kam jetzt der Satz her? Sie kicherte und wagte nun doch, sich umzudrehen, um dem rasch schneller werdenden Zug hinterherzuschauen, beidarmig winkend. Erst als der Zug außer Sichtweite war, ließ sie die Arme wieder sinken. Hoffentlich kam er gut an, gewann ihre Besorgnis abermals die Oberhand. Den Begleitservice der Bahnhofsmission hatte Arne rundweg verweigert, nun wünschte sie, sie hätte sich durchgesetzt. Da allerdings nicht mal seine Großmutter auf dieser Sicherheitsmaßnahme bestanden hatte, war ihr gar nichts anderes übrig geblieben, als nachzugeben. Okay, er war reif für sein Alter und sehr selbstständig, absolut nicht auf den Mund gefallen, er hatte ein Handy dabei, der Akku war aufgeladen, es gab keinen Grund, sich verrückt zu machen. Außerdem hatte er einen Platz an einem Vierertisch, und wie sie ihn kannte, würde er in Nullkommanichts die ältere Dame ihm gegenüber in ausufernde Gespräche verwickeln, bis diese entweder den Platz wechselte oder anbot, den Jungen zu adoptieren. Sie wäre gern als Mäuschen dabei.

Marilene mied das Gewimmel in der kleinen Bahnhofshalle und verließ das Gelände über den Fahrradparkplatz. Sie warf einen Blick auf ihre Uhr und legte einen Schritt zu. Um drei hatte sie einen Termin wegen einer Sorgerechtssache, die zu eskalieren drohte, was sie noch zu verhindern hoffte. Man sollte meinen, dass den Eltern an einer gütlichen Einigung gelegen war, aber die bekämpften sich derart, dass es sie nicht wundern würde, wenn ihr Kind einen bleibenden seelischen Schaden davontrug.

Der Fall setzte ihr zu, ohne dass sie den Grund dafür so richtig benennen konnte. Vielleicht, überlegte sie, lag es daran, dass er ihr Bild von der heilen Welt Ostfrieslands beschädigte. Natürlich war ihre Wahrnehmung ziemlich blauäugig, wenn nicht gar naiv, das musste sie zugeben. Sie runzelte unwillkürlich die Stirn, während sie darauf wartete, dass die Fußgängerampel auf Grün sprang. Aber irgendwie hatten all die jungen Familien, die vielen Kinder den Anschein erweckt, dass Ehen hier für die Ewigkeit geschlossen wurden. Als seien Scheidungen ein rein großstädtisches Phänomen. Gab es da ein Stadt-Land-Gefälle? Vielleicht insofern, als Geschiedene vermutlich selten auf dem Land blieben, wenn der Partner die Biege machte. Idylle war nichts für Singles, und dörfliche Gemeinschaft sicher ebenso wenig. Um eine solche Statistik zu erheben, müsste es natürlich eine objektive Definition für »Stadt« geben: Nach hiesigen Maßstäben war Leer eine Stadt. Aber Marilene kam aus Wiesbaden, ihr eigener Eindruck war da ein ganz anderer. Dennoch war Leer für sie der ideale Kompromiss zwischen beiden Lebensformen, ein Touch Idylle gepaart mit städtischer Infrastruktur. Ins Umland wäre sie jedenfalls nie gezogen.

Grün, endlich. Ein Pulk radfahrender Jugendlicher kam ihr entgegen und teilte sich wie von Zauberhand so kurz vor ihr, dass sie schon fürchtete, sie würden sich gegenseitig umfahren, aber nichts passierte. Dabei fuhren die meisten auch noch freihändig. Ziemlich früh für Schulschluss, fand sie. War ein Lehrer krank, oder hatte es heute Schönwetterfrei gegeben? Nachvollziehbar wäre es. Der Sommer war in diesem Jahr ausgefallen oder hatte noch vor ihrem Umzug im Mai stattgefunden, und bis er sich vor ein paar Tagen entschlossen hatte, doch noch mal aufzukreuzen, hatte es fast nur geregnet. Es hatte sie nicht groß gestört, sie hatte wahrlich genug zu tun gehabt.

Sie hatte erwartet, dass man ihr, einer Zugezogenen, obendrein einer Frau, beruflich mit Vorbehalten oder zumindest mit Zurückhaltung begegnen würde, aber das war nicht der Fall gewesen. Ein einziger Mandant war bislang abgesprungen, und der war über achtzig, würde also ohnehin nicht mehr allzu lange juristischen Beistand brauchen. Sie schmunzelte. Der Alte hatte sich eine Anzeige wegen sexueller Nötigung eingehandelt, ein kniffliger Fall, denn sie hätte selbst Grund genug gehabt, ihn deswegen anzuzeigen. Als sie ihn mit deutlichen Worten in seine Schranken verwiesen hatte, war er wutentbrannt davongerauscht, im wahrsten Sinne, hatte er doch einige Papier- und Aktenstapel im Vorbeigehen wie unabsichtlich von ihrem Ablagetisch gefegt.

Spieker, ihr Vorgänger, der auf einen Besuch vorbeigekommen war, hatte sie auf dem Fußboden liegend vorgefunden, wo sie versuchte, mit einem Lineal auch die Blätter zu erwischen, die sich unter den Schränken verkrochen hatten. Auf seine Frage, was denn passiert sei, hatte sie nur etwas von sexueller Nötigung schimpfen müssen, schon hatte er gewusst, um wen es sich handelte. »Regelmäßige Einnahmequelle«, hatte Spieker versprochen, »einmal im Jahr. Mir war nur nicht klar, dass er es auch bei Ihnen versuchen würde, sonst hätte ich Sie vorgewarnt.«

Nein, sie hatte gut daran getan, diesen Ortswechsel zu wagen. Sie hatte das Gefühl, ihrer Vergangenheit entkommen zu sein, und fühlte sich befreit. Dabei war manches beim Alten geblieben. Lothar Männle war ihr in ihr neues Leben gefolgt. Nicht nur hatte er hier das Haus gekauft, in dem sich die Kanzlei und ihre Wohnung befanden, sodass er, wie schon in Wiesbaden, ihr Vermieter war. Obendrein hatte er das Notariat von Spiekers Kompagnon übernehmen wollen, zumindest hatte er ihr das weisgemacht, aber da es Notaren nicht gestattet war, mehrere Geschäftsstellen zu unterhalten, sie auch nicht einfach das Bundesland wechseln konnten, würde er nun seine Tätigkeit in Wiesbaden ganz aufgeben und hierher übersiedeln, um mit ihr eine Anwaltssozietät einzugehen.

Sie hatte lange mit sich gerungen, ob sie zustimmen sollte, schließlich waren ihre Erfahrungen mit Sozietäten nicht die besten. Aber letztlich hatte sie keine große Wahl gehabt. Die Büroräume gingen ohnehin ineinander über, und es gab nur einen Empfangsbereich, dessen Hüterin sich schon ihre Vorgänger geteilt hatten. Was sie indes am meisten umtrieb, war die Frage nach seinem Motiv für den Ortswechsel. Seine Antwort hatte sie nicht entfernt zufriedengestellt: Es sei an der Zeit für neue Herausforderungen. Mal ganz davon abgesehen, dass sie vermutete, er müsste überhaupt nicht arbeiten, um seinen Lebensunterhalt zu bestreiten, konnte sie nicht nachvollziehen, wieso er seine Kanzlei aufgab, um sich in ein mittleres, finanziell betrachtet sogar ein größeres Abenteuer zu stürzen. Vom mondänen Wiesbaden, das mit Zerstreuungen wie Kasino und

Oper lockte, in die Provinz. Das passte nicht zu ihm, jedenfalls soweit sie das beurteilen konnte.

Sie erreichte die Bergmannstraße. Ein Radfahrer zischte von hinten an ihr vorbei, streifte sie am Arm, leicht zwar, trotzdem wäre sie beinahe gestürzt. »Depp!«, schimpfte sie, »auf der falschen Seite unterwegs und dann nicht mal klingeln!« Oder hatte sie ihn überhört? Sie erinnerte sich an ihren ersten Besuch hier, als sie sich um die Kanzleinachfolge beworben hatte. Auch damals war sie fast gestürzt. Und auch damals war ein Radfahrer in einem Affenzahn an ihr vorbeigesaust. Und damals war weiter vorn jemand gestürzt, der sie an Lothar erinnert hatte. Er hatte sie ganz schön hinters Licht geführt, war erst in Erscheinung getreten, als sie die ganze Sache nicht mehr hatte platzen lassen wollen.

Gut, sie konnte ihm das nicht mal verdenken. Ihm musste bewusst gewesen sein, dass sie sich auf eine derartige Verquickung von Beruf und Privatleben niemals eingelassen hätte, dafür war ihr ihre Unabhängigkeit viel zu wichtig geworden. Nun würden sie nicht nur eine gemeinsame Kanzlei betreiben, sondern auch noch im selben Haus wohnen. Alles unter einem Dach. Hoffentlich würde das glattgehen. Zwar hatte sie klargestellt, dass ihre künftige Verbindung rein beruflicher Natur wäre, »selbstverständlich«, hatte er zugestimmt, aber sie zweifelte dennoch an seinen Absichten. Und, wenn sie ganz ehrlich war, an ihrer eigenen Standfestigkeit ebenso.

Sie seufzte. Er war schon ein Bild von einem Mann. Natürlich sprach genau dieser Umstand am meisten gegen eine Beziehung zwischen ihnen. Sie hörte im Geiste schon das Getuschel: Wie hat die Alte den bloß rumgekriegt? Was findet der nur an ihr? Ob sie Geld hat? Nein, so etwas würde sie sich nicht antun.

Sie fragte sich, ob er darunter litt, dass er auf blond und schön reduziert wurde. Okay, Leiden war nichts, was man mit ihm in Verbindung bringen würde, Lothar hatte ein hochgradig sonniges Gemüt, nach außen hin wenigstens, trotzdem musste diese beschränkte Wahrnehmung verletzend sein. Oder war das ein Frauending? War Schönheit für Männer mit Grips nicht so ein Handicap wie für Frauen? Jens Hartmann, der Wiesbadener Kommissar, mit dem sie oft zu tun gehabt hatte, und keineswegs nur beruflich, hatte Lothar als Schönling tituliert, und der hatte das gewusst, nur war es anscheinend an ihm abgeprallt. Einerlei, Ende Dezember würde er endgültig hierherziehen, und dann würde sich herausstellen, wie sie klarkämen. Jetzt gab es keinen Grund, sich über seinen Seelenzustand den Kopf zu zerbrechen.

Sie erreichte das Haus, das so schnell zu einem Zuhause für sie geworden war, wie Arne zu ihrem Erstaunen angemerkt hatte, und sprintete die Stufen hinauf zu ihrer Wohnung für eine halbe Zigarette vor ihrem Termin. Sie schloss die Tür auf und hielt inne. Schnupperte. Da war wieder dieser seltsame Geruch, der ihr schon ein paarmal aufgefallen war, jedoch nie so intensiv wie heute. Nach Karamellbonbons? Sie zweifelte an ihrer Wahrnehmung. Sie aß so etwas nicht, schon allein wegen der Zähne. Arne vielleicht? Nein, das wäre ihr aufgefallen. In der vergangenen Woche hatte sie es nicht gerochen. Das war vorher gewesen. Nicht so oft, dass es sie beunruhigt hätte, und auch stets nur schwach, sodass es ihr leichtgefallen war, als Einbildung abzutun, was sie nun doch irritierte.

Sie ging ins Wohnzimmer, öffnete das große, zum Garten zeigende Fenster und zündete sich eine Zigarette an. Wie in ihrer alten Kanzlei, überlegte sie, dort hatte sie gegen den hartnäckigen Geruch von Räucherstäbchen anstinken müssen, den sie trotzdem nie ganz losgeworden war. Immerhin hatte sie den Ursprung des Geruchs gekannt. Es war kaum vorstellbar, dass hier hinter irgendeiner Wand ein paar Bonbons ihrem Ende entgegengammelten. Die würden eher vertrocknen, vermutete sie, und eben nicht riechen. Aber nun würde sie der Sache auf den Grund gehen, sich nicht wieder einreden, dass sie spann, und kein Vergessen zulassen. Nur wie? Sie konnte ja nicht gut die Wände einreißen. Ein Hund musste her, das war es, ein Suchhund. Vielleicht hatte Renate Heeren, ihre Sekretärin, eine Idee, wie man an einen herankam. Sie würde sie nachher fragen.

Entschlossen drückte Marilene ihre Zigarette aus, verschloss sorgfältig das Fenster und ging nach unten, um sich dem Rosenkrieg zu stellen.

***

Gott, war sie aufgeregt! Ihr war schlecht. Der Standesbeamte hatte zu reden begonnen, und seine Worte rauschten an ihr vorbei. Sie hatte das Gefühl, dass die Luft zum Atmen einfach nicht reichte. Wie vorm Zahnarzt, dabei sollte dies doch ein Tag der Freude sein, der schönste Tag ihres Lebens.

Eigentlich hatte sie sich das ganz anders vorgestellt. Obwohl Frank ausdrücklich darauf bestanden hatte, keine große Sache draus zu machen. Nur Standesamt. Und nur sie drei. Die Familie. Noch hatte er kein Wort darüber verloren, dass Antonia nicht da war. Eine armselige Veranstaltung war das. Sie wünschte, sie hätte nicht so viel Geld für dieses Kostüm ausgegeben. Es war viel zu vornehm. Nicht für den Anlass, das nicht, aber neben Frank, der eine schwarze Jeans und ein graues Jackett trug, der nicht mal einen Schlips angelegt hatte, musste sie wirken wie verkleidet. Eine Hochstaplerin, die mehr darstellen wollte, als sie tatsächlich war. Nämlich eine graue Maus. Ihr Hochgefühl von vorhin war komplett verflogen.

Sie verzog das Gesicht und hoffte, Frank würde nicht mitbekommen, wie ihr auf einmal zumute war. Kalte Füße. Sie war so sicher gewesen, dass er der Richtige für sie war, und nun beschlichen sie auf einmal Zweifel. Sie musterte ihn verstohlen von der Seite. Er wirkte irgendwie distanziert, als sei die Heirat nicht weiter wichtig, etwas, das man eben so machte, wenn man sich länger kannte. Dabei war nicht sie es gewesen, die das Thema überhaupt angeschnitten hatte. Das war allein von ihm ausgegangen, und seinerzeit schien es von großer Bedeutung für ihn zu sein, fast dringlich war ihr sein Antrag vorgekommen.

Natürlich hatte sie davon geträumt, eines Tages zum Altar zu schreiten, aber auf eine standesamtliche Trauung hatte sie nie Wert gelegt. Schon mit Christian nicht. Und mit Frank seltsamerweise erst recht nicht. Frank, der sie entfernt an jemanden erinnerte, jemanden von ganz früher, glaubte sie, aus ihrer schlimmen Zeit, doch sie war nie darauf gekommen und hatte es schließlich als Einbildung abgetan. Er war so schön. So selbstsicher. So gewandt. Sie selbst war nichts von alledem. Wie sollte das funktionieren? Irgendwann würde er sie als Klotz am Bein empfinden, und dann stünde sie wieder allein da. Sie wusste nicht, ob sie einen solchen Verlust ein zweites Mal verkraften könnte.

Meine Güte, schalt sie sich, es hat noch nicht mal angefangen, und du denkst schon ans Ende? Das ist nicht normal. Aber genau das war sie ja auch nicht: normal. Das durfte natürlich niemand wissen. Normal. Was für ein wunderbares Wort. Schon immer hatte es für sie Sicherheit verheißen. Nichts war ihr je erstrebenswerter erschienen. Nicht mal eine Ehe. Wider Erwarten stahl sich ein winziges Lächeln auf ihr Gesicht. In diesem Moment betrat Antonia das Trauzimmer. Wie schön! Jetzt würde alles gut werden. Sie warf einen Blick auf Frank. Er stieß sie mit dem Ellenbogen an, oh, sie hatte ihren Einsatz verpasst, aber er zwinkerte ihr zu.

»Ja, ich will«, sagte sie.

2

»Immer ich«, schimpfte er, »das ist voll gemein!« Er knallte wütend die Tür hinter sich zu. Balou hielt das Geräusch für den Startschuss und raste los, er hinterher. Er war nicht schnell genug. Balou zerrte an der Leine, aber er gab nicht nach, hatte sie sich extra um die Hand gewickelt, damit er diesmal nicht entwischte und sein Häufchen an seinem Lieblingsplatz hinterließ. Mitten auf dem Rasen seiner Englischlehrerin. Balou war eben kein Hund wie jeder andere. Den erkannten alle wieder, auch Frau Dr. Zimmermann, obwohl die eine Brille mit irre dicken Gläsern trug.

Auch jetzt steuerte Balou mit wehenden Ohren nach links. »Sitz!«, brüllte er. Krass, der Hund gehorchte! Jedenfalls fast. Er wurde langsamer und drehte den Kopf nach ihm um. »Sitz«, wiederholte er und konnte es echt nicht glauben. Balou setzte sich. Mitten auf die Straße. Natürlich kam ausgerechnet in diesem Moment ein Auto. Es hielt direkt vor ihm an, und die Scheibe wurde runtergelassen.

»Gehorcht er dir wieder nicht?«, fragte seine Englischlehrerin. Wer auch sonst?

Er überlegte, ob er vielleicht, ganz leise, noch ein Kommando ausprobieren sollte. Fass. Er wäre der Held seiner Klasse. Wenn nicht der ganzen Schule. Aber Balou wusste wahrscheinlich eh nichts damit anzufangen. »Komm, Balou«, sagte er und gab der Leine einen Ruck. Balou hechelte das Auto an. Im Sitzen.

»Meinst du, er steht auf, wenn ich noch näher ranfahre?«, fragte seine Lehrerin.

»Sie können's versuchen?« Er hob hilflos die Schultern.

»Sag stopp, ja? Ich will dem Ungeheuer ja nicht wehtun.«

Diesmal war »Ungeheuer« scheinbar das Stichwort, denn Balou preschte wieder los. Richtung Wald. Er hinterher. Nicht schnell genug. Ab und zu scharrten Balous Vorderbeine in der Luft, das sah ganz schön bescheuert aus, und er musste lachen. Keine gute Idee. Er bekam Schluckauf. Und nicht genug Luft.

Brüllen war jedenfalls nicht drin. Hoffentlich schaffte er es noch bis zum Wald.

Balou war nicht mehr zu bremsen, und wenn er jetzt schlappmachte, würde der Hund ihn einfach hinter sich herschleifen. Er hatte es gewusst, hatte er, aber David war's mal wieder egal gewesen, was passierte. Da half auch alles Betteln nichts. Wenn der am Computer hing, zählte der kleine Bruder nichts mehr. Oder dass Mama ihm extra gesagt hatte, dass er mit dem Hund gehen sollte. Wegen seiner Lehrerin. Mama hatte wenigstens Mitleid mit ihm. Papa nicht. Der sagte immer bloß, er solle sich nicht so anstellen. Ein Hund hat dem Menschen zu gehorchen. Vielleicht gab es solche Hunde. Balou gehörte nicht dazu. Oder Balou fand, dass er kein Mensch war? Allen anderen gehorchte er nämlich. Nur ihm nicht.

Tagsüber war ihm das ja egal. Dann durfte er mit seinen Inlinern fahren, das machte Spaß, Balou, und ihm auch. Aber abends war das zu gefährlich, weil man sie im Dunkeln nicht rechtzeitig sehen würde. Sagte Mama. Viel Verkehr war hier abends nicht gerade. Aber sie hatte gesagt, dass ein einziges Auto auch schon reichte, und basta. Echt komisch war, dass Balou nur zu seiner Lehrerin wollte, wenn er zu Fuß mit ihm unterwegs war. Mit den Inlinern ging's gleich zum Wald. Wenigstens hatte er ihn heute überhaupt dorthin bekommen. Das war ja auch schon ein Fortschritt.

Fast da. Er wurde schon mal langsamer. Ja! Balou bremste mit allen vier Beinen gleichzeitig und fiel auf den Hintern. Hechelte mit heraushängender Zunge, bis er neben ihm zum Stehen kam und ihn von der Leine ließ. Zack, weg war er, verschwunden im dunklen Wald. Keine zehn Pferde würden ihn da reinkriegen.

Eigentlich sollte er nie ohne Leine gehen, aber das konnte keiner mehr von ihm verlangen, echt nicht. Auf freier Strecke kam er einigermaßen hinterher, aber im Wald nicht. Das eine Mal, als er es versucht hatte, war es ihm so vorgekommen, als ob die Bäume direkt vor ihm hochschießen würden. So ungefähr wie eine Leiche, die doch noch nicht tot ist und sich plötzlich im Sarg aufsetzt. Boah ey, das war gruselig gewesen. Er hatte gedacht, sein Herz bleibt stehen. Er hatte versucht auszuweichen, aber trotzdem hatten sie ihn total zerkratzt, mit ihren langen, haarigen Armen. Dann war er auch noch hingefallen und hatte vor Schreck die Leine losgelassen. Weg war Balou. War erst nach einer Ewigkeit zurückgekommen. Er hatte so verdammt Schiss gehabt. Nie! Wieder!

Seitdem hatten sie eine Abmachung, Balou und er. Er ließ ihn am Waldrand von der Leine, und dafür kam Balou von selbst zurück. Manchmal dauerte es nur eine Viertelstunde, manchmal eine halbe, aber nie länger. Wenn es hell war, schnappte er sich vorher ein Buch, und dann setzte er sich einfach irgendwohin und las. Dann ging die Zeit schneller rum, das war ganz praktisch. Aber heute war es dafür schon zu dunkel gewesen.

Verflixt dunkel. Und verflixt einsam. Er schaute sich unauffällig um. Kein Mensch war unterwegs. Er konnte das nicht ausstehen. Sogar seine Lehrerin könnte jetzt seinetwegen vorbeikommen. Eigentlich mochte er sie nämlich, durfte bloß keiner wissen. Er stopfte die Hände in die Taschen seiner Jeans und wackelte ein bisschen rum. Stellte sich vor, er würde Musik hören und wär ganz cool. War er aber nicht. Er glaubte auch nicht, dass das noch mal irgendwann was werden würde mit dem Coolsein. Das hatte man von Geburt an oder nie. Seine Mama meinte ja, das würde schon noch kommen. Pubertät und so. Aber die wollte er überspringen. Das hatte er sich fest vorgenommen. Dann war's natürlich aus mit cool. Also doch lieber Pubertät?, überlegte er. Ach nee. Nachher hing er dann genauso nur noch am Computer rum wie sein Bruder. Das war total öde.

Er las lieber. Deswegen war er auch so sauer gewesen, dass David ihn gezwungen hatte, mit Balou rauszugehen. Er war mitten an der spannendsten Stelle gewesen. Na gut, das stimmte nicht, das ganze Buch hatte eigentlich nur spannende Stellen, und er wollte jetzt sofort weiterlesen. Weil das Buch Gefühle hatte und er unbedingt heute noch wissen musste, ob es gut ausging. Sonst konnte er bestimmt nicht schlafen. Und das ging gar nicht, weil sie morgen Deutsch schrieben.

Wenn er doch nur so cool wie Alabama Moon wäre. Der war einfach Weltklasse, wie er im Wald überleben konnte. Er selbst traute sich nicht mal da rein. Ihm ging hier schon die Muffe.

Das war echt zum Kotzen. Er wollte so gern irgendwie ein Held sein. Obwohl seine Mutter sagte, Helden wären so was von out. Er glaubte ihr nicht. Und jetzt wollte er nach Hause.

»Balou!«, rief er und schreckte damit ein paar Krähen auf, die laut loskrächzten. Total unheimlich. Sonst passierte nichts. Kein wildes Rascheln wie sonst, wenn der Hund auf ihn zugestürmt kam, kein Bellen.

»Balou!«, brüllte er, »bei Fuß!«

Er traute sich bis an den Waldsaum heran, jedoch nicht weiter, keinen einzigen Schritt. Schwarz, es war nur schwarz dadrinnen. Ja, er wusste, dass seine Augen sich daran gewöhnen würden. Dass er nach einer Weile doch etwas erkennen könnte. Aber er wollte nicht! Er stampfte wütend mit dem Fuß auf. Er konnte auf alles, was sich im Wald herumtrieb, gut verzichten. Das war wie Geisterbahn zu Fuß. Nicht sein Ding. Er war noch nie auf dem Gallimarkt gewesen, nur weil er Schiss hatte, dass Papa oder David mit ihm Geisterbahn fahren wollten und ihm keine Ausrede einfiel. Dabei war das unecht, alles nur Technik. Das hier aber war echt!

Was sollte er machen? Er schaffte das nicht. Aber ohne Balou nach Hause gehen ging gar nicht. »Balou?«, flüsterte er.

Da! Was war das? Er hörte ein leises Rascheln und kniff die Augen zusammen. Nichts zu sehen. Da schlich sich einer an, bestimmt. Er stolperte rückwärts. Wahrscheinlich lag Balou tot im Wald, und jetzt kam der Mörder, um ihn zu holen. Er öffnete den Mund, um zu schreien, aber da kam nichts raus, wieso kam da nichts raus? Das Rascheln wurde lauter. Er fiel hin. Das war's, dachte er. David würde bestimmt riesigen Ärger kriegen. Aber das nutzte ihm jetzt auch nichts mehr.

Ein Knurren. Ogottogott! Er machte die Augen zu, wollte nicht sehen, was jetzt passierte. Er zog die Beine an und rutschte auf dem Po weiter weg. Jemand trat auf seinen Fuß, und seine Augen gingen wieder auf, obwohl er das echt nicht wollte. Balou? War das wirklich Balou? Oder war das so was wie eine Fata Morgana? Und wo war der so lange gewesen? Er wollte schimpfen, aber er glaubte nicht, dass aus seinem Mund schon was rauskam.

Balou stand mit schiefem Kopf vor ihm, als wenn er ein

schlechtes Gewissen hätte. Er trug einen Stock im Maul. Also ehrlich, dachte er, wenn du glaubst, dass ich jetzt auch noch Stöckchen werfe, hast du dich aber schwer geirrt. Am Ende vom Stock hingen noch Blätter. Das sah fast aus wie das Plastikding, mit dem Papa sich den Rücken kratzte, 'ne Hand am Stiel. Balou schüttelte den Kopf. Die Blätter fielen nicht runter vom Stock. Das waren überhaupt keine Blätter. Das *war* 'ne Hand am Stiel. Kein Plastik. Oh Mann! Das war ein Knochen! Das war in echt! Er kniff die Augen zu, ganz fest, so fest es nur ging.

Und dann war da auf einmal ein Kreischen, wie von einer Motorsäge, aber im Dunkeln konnte man doch nicht sägen? Er hielt sich die Hände vor die Ohren, und erst da begriff er, dass er es war, der diesen Höllenlärm veranstaltete, er schrie, einfach immer weiter, und da war es schon zu spät, er konnte nicht mehr aufhören damit. Der Krach war lauter als der Kopf, so konnte man nicht daran denken, was man gesehen hatte, er hat nichts gesehen, überhaupt nichts, er liest nur zu viel, da bildet man sich so was ein, aber lieber weiterschreien, das ist einfach sicherer, denn sonst müsste er ja – er müsste irgendwas tun, aber was? Was tat man, wenn man …

Plötzlich packte ihn jemand von hinten und hielt ihm den Mund zu. Sein Herz schlug ganz komisch, irre schnell, und polterte irgendwie. War das jetzt Sterben?

»Ruhig, ganz ruhig.«

Die Stimme klang gar nicht wie die von einem Mörder. Eigentlich klang sie – wie die von seiner Lehrerin? Er versuchte, sich umzudrehen, und ja, es war seine Lehrerin, und sie nahm die Hand von seinem Mund, aber sie hielt ihn immer noch fest, richtig fest. »Was ist denn los?«, fragte sie.

Er hob den Arm und zeigte auf Balou, der immer noch einfach so dastand, den Knochen im Maul, und nun war es seine Lehrerin, die schrie, und irgendwie war das dann schon echt komisch, und er lachte und lachte, bis die Tränen kamen und nicht mehr aufhörten.

***

Paul Zinkel lehnte sich gegen die Hauswand und wünschte, er könnte malen. Der Himmel war vom tiefsten Blau, fast schon Nacht, ein dunkles Tuch marmoriert von Kondensstreifen, als probte ein unsichtbarer Künstler seinen Pinselstrich. Am Horizont, wo noch ein fahlrosa Schimmer lungerte, bereits verblassend, zeigte sich das letzte Licht des Tages, und ein halber Mond harrte seines Einsatzes.

Allabendlich, wenn es nicht gerade schüttete, stand er hier und wartete auf den Ruf der Gänse, ein heimliches Vergnügen, dem er nicht widerstehen konnte, sooft er es auch hörte. Da! Ein erster Schwarm näherte sich, und die klagenden Schreie der Vögel jagten ihm einen Schauder über den Rücken. Er verstand sich selbst nicht, konnte die Faszination, die das Spektakel auf ihn ausübte, auch nicht erklären. Von daher war er ziemlich froh, dass ihn hier niemand sehen konnte, sonst stünde er schnell im Ruf eines Spinners, der Zugezogene, dessen Macken, mutmaßte er, hier wie dort nicht so ganz gesellschaftsfähig waren. Nicht, dass ihm in der Hinsicht irgendetwas fehlte, im Gegenteil, er verkam zu einem Einsiedler und genoss es. Noch etwas, das er nicht verstand.

Tatsächlich vermisste er die Zerstreuungen, die eine Stadt wie Wiesbaden bot, nicht im Geringsten. Er mochte das beschauliche Leben, das er führte, seit er nach Ostfriesland gezogen war. Er mochte die Ostfriesen. Ihren trockenen Humor und ihre Bodenständigkeit. Sie waren längst nicht so verschlossen, wie es ihm die hessischen Kollegen prophezeit hatten. Selbst auf der Dienststelle war ihm die Eingewöhnung leichtgefallen. Mit gelegentlicher Frotzelei, die zumeist seine mangelhaften »Sprachkenntnisse« betraf, konnte er umgehen, und es kam ihm mittlerweile so vor, als würden die neuen Kollegen ihn nur hochnehmen, damit er im Gegenzug über die Defizite der Provinz lamentierte. Ein kollegialer Schlagabtausch, nicht mehr.

Gut, ohne Enno wäre die Umstellung sicherlich nicht so schnell vonstattengegangen. Aber ohne Enno Lübben und das Desaster mit Patrizia hätte er diesen Umzug auch nie in Erwägung gezogen. Ursprünglich eine reine Trotzreaktion, hatte sich seine Flucht als glückliche Fügung zum richtigen Zeitpunkt erwiesen, zumal sein Freund und langjähriger Kollege Jens Hartmann in Wiesbaden den Dienst quittiert hatte. Ohne ihn wäre die Arbeit einfach nicht mehr dieselbe gewesen.

Er atmete tief ein und langsam wieder aus. Wenn er es nicht besser wüsste, würde er meinen, Frühling läge in der Luft. Es war ungewöhnlich mild für Ende Oktober, und die Backsteinmauer in seinem Rücken gab die über Tag gespeicherte Wärme an ihn ab. Das traumhafte Wetter versprach, noch länger anzuhalten, und er erwog, am Wochenende einen Ausflug zu einer der ostfriesischen Inseln zu unternehmen. Allein oder auch samt Familienanschluss, der ihm seit seinem Umzug zuteilwurde. Er hatte gezögert, die ihm angebotene Ferienwohnung der Lübbens als Dauermieter zu bewohnen. Zu schnell, zu nah, zu verpflichtend womöglich. Was, wenn der Umgang mit Enno seine Leichtigkeit einbüßte, es Reibereien auf der Dienststelle gäbe? Konnte es überhaupt gelingen, Privates und Berufliches so eng zu verflechten, vor allem, da sie einander noch gar nicht so lange kannten und das Ganze nicht, wie bei Jens, auf einer jahrzehntelangen Freundschaft beruhte?

Ennos Frau Judith hatte das Angebot übermittelt. Der Wohnungsmarkt war im Sommer reichlich überschaubar gewesen, was daran liegen mochte, dass man hier eher Eigentum erwarb, denn zur Miete zu wohnen, und bei den wenigen in Frage kommenden Objekten hatten mal Judith und mal Enno Vorbehalte angemeldet. Er solle nichts überstürzen, nur um sich dann zu ärgern über zu viele Nachbarn, zu wenig Parkraum, zu viel Lärm oder zu wenig Infrastruktur. Sie waren ausgesprochen erfinderisch gewesen, aber er hatte sich auf ihr Urteil verlassen und seinen Aufenthalt in ihrer Wohnung Woche um Woche verlängert. Bis Judith eines Samstags, Enno war mit den Mädchen unterwegs gewesen, zu ihm gekommen war, vorgeblich, um ihm ein Stück Kuchen vorbeizubringen. Nur war sie nicht wieder gegangen. Er hatte schon befürchtet, sie wolle über irgendwelche Probleme reden, eine eheliche Krise womöglich, doch schließlich war sie damit herausgerückt, dass er ihr geradezu einen Gefallen täte, wenn er einwilligte, als Mieter zu bleiben. Sie sei die Arbeit und den Aufwand leid, dauernd wechselnde

Feriengäste zu beherbergen, und habe anderes vor, nun, da die Mädchen sie nicht mehr ständig brauchten. Davon allerdings wisse auch Enno noch nichts. Der Rest sei abgesprochen.

Er hatte sich Bedenkzeit erbeten, eine Woche, in der er schlecht geschlafen, Ennos forschende Blicke ignoriert und zwei weitere Wohnungen besichtigt hatte, die an das, was ihm hier geboten wurde, nicht entfernt heranreichten. Aber erst ein Gespräch mit Enno hatte seine Zweifel beseitigt: Es sei ja nicht so, dass er kein Kündigungsrecht besäße. Es gebe keinen Zwang zu familiärem Miteinander, keine Verpflichtung zu Babysitterdiensten, so willkommen die seitens der Mädchen auch sein mochten. Und sogar die Videoüberwachung sei bereits eingestellt. Fast wäre er auf den Spruch hereingefallen. Ennos Gelächter jedenfalls hatte den selbst auferlegten Bann gebrochen, und in der folgenden Woche hatten sie alle gemeinsam die Wohnung ausgeräumt und frisch gestrichen. Keine zehn Tage später stand der Umzugswagen vor der Tür.

Die größte Herausforderung der ganzen Unternehmung hatte darin bestanden, die Möbel aus seiner Vier-Zimmer-Wohnung unterzubringen. Er hätte besser im Voraus planen und obendrein entrümpeln sollen. Doch Judith hatte sich als ausgesprochen kreativ erwiesen, was die Nutzung jedes kleinsten Winkels betraf, und so hatte nahezu alles seinen, wenn auch manchmal unorthodoxen, Platz gefunden. Aber das ging in Ordnung, denn unorthodox war auch der Schnitt der Wohnung. Im Erdgeschoss, auf der rückwärtigen Seite der Doppelgarage, lagen Schlafzimmer und Bad. Vom winzigen Flur aus führte eine Treppe ins Obergeschoss, das aus einem einzigen, sich bis über die Garage erstreckenden Raum mit Wohn-, Ess- und Kochbereich bestand. Ein erhöhter Drempel erlaubte sogar einem Hünen wie Enno, aufrecht zu gehen, und zwei Gauben sorgten für ausreichend Licht. Judiths Entwurf, hatte Enno verraten, und Zinkel fühlte sich ausgesprochen wohl. Obendrein gehörte ein kleiner, durch eine Kirschlorbeerhecke abgetrennter Gartenbereich zu seiner Wohnung, und im Frühling, nahm er sich fest vor, würde er ein Beet anlegen und ein paar Stauden pflanzen, Lupinen mochte er, den großen sattroten Mohn.

Das Knallen einer Tür riss ihn aus seinen Gedanken.

»Ich sag es ihm«, hörte er Jule oder Janne rufen.

»Nein, ich«, widersprach die andere.

Er konnte die beiden beim besten Willen nicht auseinanderhalten, hatte sogar den Verdacht, dass es zumindest Enno ebenso erging. Warum sonst sollte er immer nur von »den Mädchen« sprechen? »Wie wär's denn mit gleichzeitig?«, schlug er vor, um sich bemerkbar zu machen.

»Huch«, ertönte es zweistimmig, und er musste grinsen, hatte nicht gewusst, dass dieses Wort heutzutage noch zum Sprachschatz gehörte.

»Also, welche Hiobsbotschaft überbringt ihr mir zu so später Stunde?«, erkundigte er sich.

»Was heißt das denn?«

»Fragt eure Mutter.« Auch Enno kam um die Ecke. »Paul, wir müssen los.«

»Ein Knochenfund«, piepste Jule oder Janne.

»Im Heseler Wald«, ergänzte die andere.

Beide zappelten herum, und Zinkel wusste, am liebsten würden sie mitfahren. Sie zeigten ein morbides Interesse an allem, was gruselig war, und der Bericht über einen Knochenfund wäre in der Schule gewiss nicht zu schlagen. »Bin gleich da.« Er nickte Lübben zu, ging hinein, um Waffe, Papiere und eine Jacke zu holen, und überließ es ihm, seine Töchter ins Haus zu schicken. Ihr Protest war weithin hörbar.

»Lange komm ich nicht mehr gegen sie an«, lamentierte Lübben, als Zinkel hinter sich abschloss.

»Du bist Polizist, wo bleibt deine natürliche Autorität?«

»Pf«, schnaubte Lübben, »wenn das so weitergeht, geb ich sie zur Adoption frei. Falls du dich zur Verfügung stellen willst.«

»Nix drin, das überleb ich nicht«, prophezeite Zinkel und wartete, bis sie im Wagen saßen, bevor er sich nach dem Grund für diesen späten Einsatz erkundigte.

»Ein Junge, eine Lehrerin, ein Hund und ein Armknochen mit Hand«, gab Lübben Auskunft und fuhr los.

»Klingt unwiderstehlich«, entgegnete Zinkel.

Fünfzehn Minuten später erreichten sie das Ziel und stiegen aus. Im Licht der Scheinwerfer eines Einsatzfahrzeugs kauerte ein kleiner, schmächtiger Junge, dem eine Frau, die Lehrerin, nahm Zinkel an, beständig auf den Kopf klopfte. Unterbrochen von hartnäckigem Schluckauf, erklärte sie einem Uniformierten, was sie wusste. Viel schien das nicht zu sein. Ein weiterer Uniformierter redete auf einen verflixt großen Mischlingshund ein, der besagten Knochen im Maul trug und, seiner schuldbewussten Miene zum Trotz, offenbar nicht herausrücken wollte. Das würde nur über den Jungen funktionieren, mutmaßte Zinkel und näherte sich ihm behutsam.

»Hey«, sagte er leise und hockte sich neben ihn, hoffend, dass die Frau nicht in der Lage wäre, beidhändig zu klopfen. »Ich bin Paul. Sagst du mir, wie du heißt?«

Der Junge nickte und zog die Nase hoch, sagte jedoch nichts und starrte weiterhin auf den Hund oder ins Leere, er konnte es nicht genau erkennen.

»Tim Jakobi«, antwortete die Lehrerin an seiner statt.

»Hallo, Tim. Und wie heißt dein Hund?«, fragte Zinkel.

»Balou?« Tim schniefte.

»Schöner Name. Probier's mal mit Gemütlichkeit«, brummte er, nicht melodiesicher, aber wenigstens erlangte er Tims Aufmerksamkeit. »Ich weiß, ich kann nicht wirklich singen, gell?«

»Nee, und du sprichst auch komisch.«

»Das ist, weil ich nicht von hier bin«, erläuterte Zinkel, »ich üb noch, so zu reden wie ihr.« Er spürte, wie Tims Interesse versandete, und setzte nach. »Meinst du, du könntest Balou dazu kriegen, loszulassen, was er gefunden hat?«

»Der tut meistens immer nie, was ich sage.« Tims Blick war erbarmungswürdig.

»Meistens oder immer, beides geht nicht«, warf die Lehrerin reflexhaft ein.

Mit »nie« ging beides nicht, dachte Zinkel, verkniff sich aber die Korrektur. Er stand auf. »Hat irgendjemand was bei sich, das entfernt als Leckerli durchgehen könnte?«, rief er in die Runde.

Die Lehrerin schrak zusammen, als erwachte sie gerade aus einer Trance. »Warten Sie, ich war eben einkaufen ...«

Sie ging zu ihrem Wagen und kramte im Kofferraum herum. Triumphierend reckte sie kurz darauf etwas in die Höhe, das aussah wie eine Wurst und wohl auch eine war, denn Balou nahm, den Knochen schwenkend, Witterung auf.

»Okay«, sagte Zinkel, »ich glaub, es ist besser, wenn du ihm die Wurst gibst, ja? Dann halten wir beide ihn am Halsband fest«, er hob die Stimme, um klarzustellen, was er wollte, »damit mein Kollege ganz schnell Balous neues Lieblingsspielzeug wegnehmen kann.«

Tim nickte nur zögerlich, ließ sich aber die Wurst in die Hand drücken. »Komm, Balou«, lockte er.

Balou beäugte die Wurst aus dem Augenwinkel und schien abzuwägen, welches die bessere Trophäe war. Beide, entschied er und zuckelte, den Knochen schlenkernd, näher. Tim schloss ergeben die Augen.

Zinkel machte sich bereit. »Braver Hund«, sagte er prophylaktisch, bezweifelte jedoch den Wahrheitsgehalt der Aussage.

Man konnte förmlich sehen, wie es in dem Tier arbeitete, lange arbeitete, bis ihm endlich der Geruch von frischer Wurst verführerischer erschien, als auf einem alten Knochen zu kauen. Balou öffnete das Maul, und Zinkel schlang sich das Ende der Leine um die linke Hand und griff mit der rechten nach dem Halsband, was Balou ihm nicht mal übel nahm. Lübben stürzte herbei, um die Beute zu entwenden und sie mit skeptischem Gesicht in einer Plastiktüte zu versenken. Aldi, registrierte Zinkel halb unbewusst und versagte sich die Vorstellung, die Tüte bliebe im Kofferraum liegen und würde von einem der Mädchen gefunden: Guck mal, Papa war einkaufen und hat uns was mitgebracht. Balou schmatzte.

Tim öffnete die Augen und schaute Zinkel treuherzig an, als wollte er fragen, was sie jetzt machen würden. Eine gute Frage, stimmte Zinkel insgeheim zu. »Balou war allein im Wald, ja?«, erkundigte er sich.

Tim nickte kleinlaut.

»Hast du eine Ahnung, wie wir ihn dazu kriegen können, uns zu zeigen, wo er das Ding herhat?«

Tim presste die Lippen zusammen und überlegte angestrengt.

Plötzlich hellte sich sein Gesicht auf. »Vorhin ist er losgerannt, als meine Lehrerin ein ganz bestimmtes Wort gesagt hat. Das fängt mit U an, und –«

»Ich erinnere mich«, unterbrach die Lehrerin ihn. »Ich glaube, ich habe ihn als ›Ungeheuer‹ bezeichnet.«

In dem Moment brach die Hölle los.

Balou stürmte fort wie vom Teufel verfolgt, so es den in seiner Welt gab. Zinkel sah noch, dass Tim den Mund öffnete, danach beschäftigte er sich nur noch mit der unlösbar erscheinenden Aufgabe, nicht zu stürzen, dabei auf keinen Fall die Leine loszulassen, wer wusste schon, wann sie Balous wieder ansichtig würden und was er dann im Maul trüge, auch würden die Techniker ein weiteres Wühlen an der Fundstelle eher nicht begrüßen.

»Taschenlampe!«, brüllte er, revidierte die Forderung, sobald der Wald sich um sie schloss, »Autoscheinwerfer!«, schrie er über die Schulter, während schon Schwärze ihn umfing, dumpf und bedrohlich. Kein Wunder, dass der Junge den Hund allein hatte laufen lassen. Zweige peitschten sein Gesicht, und er kniff die Augen zusammen, konnte ohnehin kaum etwas erkennen und verließ sich auf Balou, jedenfalls was die Richtung anbelangte, doch der Boden war uneben, er stolperte und strauchelte, fing sich wieder, und weiter ging es. Er hatte gar nicht gewusst, dass er noch so schnell laufen konnte, nicht schlecht für sein Alter, aber lange würde er nicht durchhalten, sein Atem ging rasselnd und stoßweise, seine Füße schlugen einen dumpfen Rhythmus, untermalt vom Knacken brechender Zweige, und sein Herz schlug ihm bis zur Schädeldecke.

Wie stellt man den Hund ab?, überlegte er panisch, ihm fiel kein einziges Kommando ein. »Ruhig«, keuchte er und vermeinte zu erkennen, wie Balou sich geringschätzig nach ihm umdrehte, etwas wie »Schlappschwanz« auf der heraushängenden Zunge, das war der Ruf für Pferde, erinnerte er sich vage. Komm, Miez, Miez, schoss es ihm durch den Kopf, lächerlich und obendrein verdammt unnütz in dieser Situation, doch plötzlich dämmerte es ihm: »Sitz!«, brüllte er mit letzter Kraft.

Wow, das funktioniert, freute er sich, obgleich er bereits in hohem Bogen über den Hund hinwegflog. Er landete nicht allzu hart, jedoch so schwungvoll, dass er sich mehrmals überschlug und schließlich in einer Mulde zu liegen kam.

»Wo bist du?«, rief Lübben aus einiger Entfernung.

Balou bellte zufrieden.

Zinkel sparte sich eine Antwort. Er rang nach Luft und wagte nicht, sich zu bewegen, sortierte im Geiste erst einmal seine Knochen. Alles dran, alles weitgehend heil, glaubte er. Er hörte Lübbens Schritte näher kommen und wälzte sich herum. Und fand sich einem Schädel gegenüber, der ihn im kümmerlichen, unsteten Licht von Lübbens Taschenlampe anzustarren schien. Er unterdrückte knapp einen Aufschrei. »Huch«, stöhnte er und beeilte sich, auf die Beine zu kommen. Nicht auszudenken, wenn die Geschichte die Runde machte.

***

Antonia saß auf Kathrins Bett und wendete den Brief hin und her. Was, wenn etwas drinstand, das sie absolut nicht wissen wollte? Das ihr Leben völlig auf den Kopf stellte? Mehr noch als die Hochzeit? Das war schon hart genug gewesen, eine Tortur, von der sie wünschte, sie hätte sich ihr nicht ausgesetzt. Dann hätte sie sich vielleicht einreden können, es sei nicht wirklich geschehen.

Die Tür zum Trauzimmer hatte geknarrt, und beinahe hätte sie sie von außen wieder zugezogen. Aber drin war alles still gewesen, das war ihr komisch vorgekommen, womöglich, hatte sie überlegt, war sie am falschen Ort, und es war niemand da. Oder das Ganze war abgesagt worden, in letzter Minute, von ihrer Mutter, die doch noch erkannt hatte, dass ein Leben allein dem mit Frank vorzuziehen war. Oder von Frank, der – ihr fiel nichts ein, warum er einen Rückzieher hätte machen sollen. Er war es, der das große Los gezogen hatte. Nicht ihre Mutter, obwohl die das zu glauben schien. Ihr seliges Lächeln war ihr als Erstes aufgefallen, als sie doch hineingegangen war. Ein Lächeln, das nicht ihrer Tochter gegolten hatte oder irgendeinem gemeinsam ausgeheckten Unfug, den sie manchmal angestellt hatten, wenn sie ausgelassen, ja verwegen waren, weil gerade alles gut lief. In dem Moment hatte sie sich betrogen gefühlt und sogleich ein schlechtes Gewissen deswegen bekommen. Vielleicht irrte sie sich, täuschte sich in Frank, vielleicht würde alles gut werden. Wenn sie nur fest genug daran glaubte. Wenn sie sich richtig Mühe gäbe, ihm nicht dauernd auf die Zehen zu treten. Sie musste es wenigstens versuchen, hatte sie sich gut zugeredet.

Frank hatte einen auf verliebt gemacht. Er *war* verliebt, hatte sie sich korrigiert, kein Wunder: Ihre Mutter hatte umwerfend ausgesehen, das Kostüm war neu, echt ein Knaller, und wie sie gestrahlt hatte, das musste man mit eigenen Augen gesehen haben. Und plötzlich hatten sie sich schon die Ringe aufgesteckt, und der Standesbeamte hatte »Sie dürfen die Braut jetzt küssen« gesagt, was er natürlich auch gemacht hatte. Sie hatte versucht, nicht hinzusehen, das war so peinlich gewesen, aber sie hatte es nicht geschafft und mitbekommen, wie ihre Mutter die Augen hingebungsvoll geschlossen hatte. Und so hatte sie auch gesehen, wie Frank ihr zugezwinkert hatte, mit einem Blick, als wüsste er ganz genau, was sie dachte. Sie hatte versucht, sich nichts anmerken zu lassen, dabei hatte sie es doch gewusst, dass der nicht sauber war. Zu spät. Sie hatten die Dokumente unterschrieben. Eine umständliche Sache, denn ihre Mutter hatte natürlich ihre Brille vergessen. Und jetzt war es amtlich.

Sie seufzte. Mal wieder. Der Laut schien mittlerweile zu ihr zu gehören wie ihre blauen Augen. Ein unabänderliches Merkmal. Sie musste sich das wieder abgewöhnen, sie selbst fand das schon nervig, was sollten erst die anderen denken? Es erinnerte sie an ihre Urgroßmutter. Die hatte auch permanent geseufzt und auf jede Rückfrage immer nur »Ach Kind« geantwortet, als wäre damit bereits alles klar gewesen. Jetzt verstand sie sie besser. Wahrscheinlich hatte auch sie sich Sorgen gemacht, wahrscheinlich um dieselbe Person. Sie fehlte ihr. Dabei war sie seit Langem tot, über zehn Jahre bestimmt, gestorben nur ein paar Wochen nach ihrem Mann. Sie erinnerte sich noch gut daran, wie es gewesen war, aus dem Kindergarten nach Hause zu kommen, wie immer nach Uri zu rufen und keine

Antwort zu bekommen. Nie mehr. Das war traurig gewesen. Trotzdem hatte sie jeden Mittag aufs Neue nach ihr gerufen. Bis ihre Mutter sie eines Tages angeschrien hatte. »Sie ist tot, begreif das doch endlich!«, hatte sie gebrüllt, und dann hatten sie beide geweint. Jetzt wäre es gut, mit Uri zu reden.

Sie befingerte den Umschlag. Ihre Hände waren schweißnass, und sie hatte Kopfschmerzen. Bring es endlich hinter dich, feuerte sie sich an. Wo blieb Kathrin? Sie hatte nur noch schnell das Geschirr wegräumen und dann nachkommen wollen. Die Wohnungstür knallte. Sie hielt den Atem an und hoffte, wer immer das war, würde sie in Ruhe lassen. Bitte.

»Na, Schwesterherz?«, dröhnte es lallend, »was geht ab?« Eddi, glaubte sie, der ältere der Brüder. Ausgerechnet. Gegen Kalle könnten sie sich wehren, zu zweit.

»Nix, lass mich durch«, murmelte Kathrin.

»Haste was Besseres vor, als nett zu deinem Bruder zu sein?«

»Ich hab Besuch.«

»Ach nee. Ich hab dir doch gesagt, dass du das lassen sollst. Hab ich nicht? Hier kommt kein fremder Kerl rein! Hab ich das gesagt?!«

Kathrin röchelte nur.

Antonia sprang auf und stopfte sich den Brief hinten in die Hose. Sie hatte nicht gewusst, dass es so schlimm war. Kathrin sagte zwar oft, ihre Brüder seien die Pest, aber von Gewalt war nie die Rede gewesen. Sie schnappte sich ihren Rucksack und riss die Tür auf. »Ich bin kein Kerl!«, schrie sie, »lass sie gefälligst los!«

»Und wenn nicht?« Eddi grinste sie unverschämt an und drückte weiterhin mit dem Arm gegen Kathrins Kehle, während Kathrin kaum merklich den Kopf schüttelte, wie um sie zu warnen.

Antonia holte weit aus und schwang den Rucksack gegen seinen Kopf. Eddi taumelte und griff sich an den Hals. Blut sickerte zwischen seinen Fingern hervor, sie musste ihn mit einer der Schnallen getroffen haben.

Kathrin war frei. Ihr Blick flog abwechselnd von ihr zu Eddi, blieb schließlich an ihr hängen. »Hau ab«, krächzte sie.

»Komm mit«, drängte Antonia, »wir gehen –«

»Hau! Ab!« Kathrin senkte den Kopf. »Und halt ja die Klappe, hörst du?«

Eddi nahm die Hand vom Hals, drehte sie hin und her und betrachtete sie verwundert. Dann fixierte er sie.

Wäre er ein Stier, würde er mit dem Huf scharren, schoss es Antonia durch den Kopf, bevor sie herumwirbelte und zur Tür hinausstürmte. Die drei Stockwerke kamen ihr geradezu endlos vor, nur nicht stürzen, beschwor sie sich, flog förmlich auf jedem Absatz um die Kurve. Eine Frau trat auf den Flur, einen Kinderwagen hinter sich herziehend.

»Platz da!«, rief sie, und die Frau wich erschrocken zurück, während von oben Beschimpfungen durchs Treppenhaus hallten wie Donnergrollen. Unten, endlich, hoffentlich war die Haustür nicht abgeschlossen, flehte sie innerlich, und sie hatte Glück, war draußen. Und wenn nun ihr Fahrrad geklaut worden war? Nein, es lehnte noch an der Hauswand, nur der Korb, der war weg. Sie schleuderte sich den Rucksack auf den Rücken, öffnete mit zitternden Fingern das Schloss, schwang sich in den Sattel und trat wie verrückt in die Pedale, ohne viel sehen zu können vor lauter Tränen und ohne einen Gedanken an das Wohin zu verschwenden, weg, nur weg.

***

Marilene rieb sich die Augen und schaute auf ihre Uhr. Gleich neun. Sie hatte die »Tagesschau« sehen wollen und war offenbar eingenickt. Also kein Wetterbericht heute. Der Fernseher gab alles, was er an heiler Welt zu bieten hatte, aber sie hatte keine Lust auf dümmliche Schönwetter-Schmonzetten, und so schaltete sie ihn aus. Stille. Auf Stille hatte sie auch keine Lust.

Die Wohnung wirkte ungewohnt leer ohne Arne, sie vermisste sein Geplapper, seine Betriebsamkeit, sogar seine ausgewachsene Spielsucht. Sie konnte nicht einschätzen, ob er wirklich so gern spielte oder es ihretwegen tat, bis in die Nacht hinein, aber vielleicht war es auch nur, um nicht ins Bett zu müssen. Letzteres wahrscheinlich, denn sobald der Sieger des

Abends feststand und sie auf die Uhr zu sehen begann, pflegte er, eine Diskussion vom Zaun zu brechen, die allzu oft in philosophisch anmutende Gefilde führte und partout nicht auf den nächsten Tag zu verschieben war. Das Kind war unmöglich. Klugscheißer, Taktiker, Quasselstrippe, alles verknüpft mit einem ausgeprägten Hang zu beinah clownesker Hyperaktivität, aber einfach hinreißend.

Gleich nach seiner Ankunft hatte er sie gefragt, was sie so geplant habe für die Woche, die er bei ihr verbringen würde. Tatsächlich hatte sie sich darüber kaum Gedanken gemacht, sondern improvisieren wollen, je nach Laune und Wetter. Stattdessen war sie einem rigiden Programm unterworfen worden. Zunächst, befand Arne, mussten ihre restlichen Umzugskisten ausgepackt werden. Ihren Einwand, das habe Zeit, bis er wieder fort sei, hatte er mit einem nicht ganz unberechtigten »Dann machst du es nie« beiseitegewischt. Und so hatten sie das überzählige Zimmer förmlich zugemüllt mit all den Dingen, für die sie bislang keinen Platz gefunden hatte, kein wirklicher Fortschritt also, bis er sie überzeugt hatte, ein Möbelgeschäft aufzusuchen und ein paar Regale und Schränke zu erstehen. Die mussten natürlich unverzüglich aufgebaut und eingeräumt werden, und die Montage hatte Anlass zu allerlei Gekicher geboten und zu der entrüsteten Frage, ob sie denn von ihrem Vater so gar nichts gelernt habe.

Das nächste Projekt war der Garten gewesen, den sie bis dahin nur aus ihrem Wohnzimmerfenster heraus und nicht als ihre Angelegenheit betrachtet hatte. Der verregnete Sommer hatte jede Vorstellung von gemütlichen Gartenaufenthalten im Keim ersäuft, doch das war ohnehin nicht das, was Arne im Sinn gehabt hatte. Beim ersten zaghaften Ausflug in die noch unbekannten Gefilde hatten sie einen Schuppen und darin ein Sammelsurium von rostigen Geräten vorgefunden, deren Bestimmung ihr völlig schleierhaft war. Gut, eine Schere diente sicherlich zum Schneiden, ein Spaten zum Graben, doch was musste geschnitten, was umgegraben werden?

Es folgten Hilferufe an ihren Vater und zahllose Telefonate mit Arnes Großmutter Anita, per Handy, um anhand von Fotos zu ergründen, welche Pflanzen überhaupt dort wuchsen. Der Kauf eines Gartenbuchs für Anfänger hatte letztlich verhindert, dass sie im Übereifer etwa die Rhododendren zurückgeschnitten hatten. Der größte Kampf jedoch hatte darin bestanden, den zu einer kniehohen Naturwiese mutierten Rasen zu bezwingen. Allein die Gebrauchsanweisung für den neu erworbenen Rasenmäher zu begreifen und das Ding zusammenzusetzen hatte Blut, Schweiß und beinahe Tränen gekostet. Obendrein eine überflüssige Aktion, denn der Rasen war viel zu hoch zum Mähen gewesen, sodass ihr Vater mit einer Sense anrückte. Zu dem Zeitpunkt hatte sie beschlossen, Gartenarbeit sei Männersache, Punkt.

Nach drei Tagen Schwerstarbeit jedoch war aus der Wildnis tatsächlich ein Garten geworden: Die Beete waren gehackt, und die satte Erde brachte die Sträucher erst richtig zur Geltung, glänzend in der Abendsonne und wie frisch geputzt, die verbliebenen Blätter des Fächerahorns schienen Flammen zu sprühen, und der Rasen war vom saftigsten Grün, aus dem noch hier und da ein vorwitziges Gänseblümchen spross.

Marilene hatte nie vermisst, was sie nicht gekannt hatte, und nicht geahnt, was ihr bislang entgangen war. Kreuzschmerzen, Muskelkater und schmutzige Fingernägel? Einerlei, Trophäen eher denn Plagen, eine Empfindung, die sie heftig verwirrte. Aus unerfindlichen Gründen konnte sie es kaum erwarten, im Frühjahr wieder ans Werk zu gehen. Sie war einem seltsamen Zauber erlegen, den sie nicht mehr missen wollte, und gespannt, welche Wandlungen ihr neues Leben noch bringen mochte.

Auf einmal ruhelos, beschloss sie, einen Spaziergang zu unternehmen, auch dies etwas, das nicht zu ihren bisherigen Gewohnheiten gehört hatte. Vielleicht, überlegte sie, lag es daran, dass sie allein lebte, und zu Spaziergängen gehörten ihrer Meinung nach zwei. Ach was, im Dunkeln würde es schon gehen, überredete sie sich, bevor sie es sich anders überlegte, schnappte sich Handtasche und Jacke und verließ das Haus.

Die Luft war noch mild, trotzdem zog sie ihre Jacke über und schlug den Weg Richtung Innenstadt ein. Es roch überhaupt nicht nach nahendem Winter, fand sie, nicht mal nach Herbst, obgleich die Bäume sich schon ihres Laubs entledigten und ihre schütteren Kronen gen Himmel reckten, eigenartig unbeholfen wirkend. Eine Gruppe johlender Jugendlicher kam ihr entgegen, und Marilene umklammerte ihre Handtasche und schritt schneller aus. Halbstarke, erkannte sie im Näherkommen, kurz geschorenes Haar, Leder, Ketten, Stiefel – ihr Spaziergang war keine gute Idee gewesen. Einer von ihnen zog einen Bollerwagen hinter sich her, in dem Bierkästen ihrer baldigen Leerung entgegenschepperten. Ein vielstimmiges »Moin« beschwichtigte ihre erlernten Ängste, und sie entspannte sich. In Wiesbaden zogen nachts ganze Horden junger Leute durch die Altstadt, und sie war immer bestrebt gewesen, ihnen aus dem Weg zu gehen, da sie es schwierig gefunden hatte, große Gruppen auf einen Blick einzuschätzen. Es irritierte sie fast, dass hier nun die fragwürdigsten Gestalten sie grüßten.

Ganze drei Autos fuhren den Ostersteg entlang. Dies Verkehr zu nennen wäre stark übertrieben, war geradezu Einöde für jemanden, der es gewohnt war, dass Motorenlärm als Einschlafkulisse diente und selbst in den frühen Morgenstunden nie vollständig verebbte. Auch die Parkplätze am Rande der Fußgängerzone waren verwaist, und nur einige wenige Radfahrer huschten an Marilene vorbei. Überhaupt schien die Stadt bereits zu schlafen, die meisten Fenster starrten finster vor sich hin, lediglich hier und da flimmerte noch ein Fernseher. Marilene gähnte. Eigentlich war sie hundemüde, erschöpft von der anstrengenden Woche mit Arne und dem ersten Arbeitstag seither. Sie sollte ins Bett, statt zu nach hiesigen Gepflogenheiten nachtschlafender Zeit durch die Gegend zu streifen. Nur ein kurzer Blick aufs Wasser, widersprach sie ihrer Vernunft und durchquerte eilig die Fußgängerzone.

Die Uferpromenade war menschenleer, soweit sie das erkennen konnte. Das in der Dunkelheit ölig wirkende Wasser plätscherte leise gegen den Kai, und irgendwo quakte eine Ente wie im Schlaf murmelnd. Ein Gänseschwarm zog schnatternd über den nächtlichen Himmel, mit schrillem Schrei nach Süden, geisterte ihr eine Liedzeile durch den Kopf, oder war es Norden? Auf jeden Fall auch eine Art, Fluglärm zu veranstalten, dachte

Marilene. Die Rufe verklangen, ein fernes Echo noch, und schon herrschte wieder Stille.

Gegenüber, auf der Nesse, ragten die klotzigen Silhouetten der neuen Gebäude empor, deren Wohnungen schon wegen der Aussicht begehrt, aber unbezahlbar waren. Im Februar, als sie wegen der Kanzleinachfolge in Leer gewesen war, hatte sie eine von ihnen zu Gesicht bekommen, doch der Eindruck war vage geblieben und von Schrecken überschattet. In einem der Häuser brannte im oberen Stockwerk Licht. War es das, in dem sie Inka Morgenroth besucht hatte? Sie verwarf den Gedanken, hinüberzugehen, um sich zu vergewissern, dass es ihr gut ging. Wenn es Inka war, die dort lebte, wollte sie sicherlich nicht an die Ereignisse von damals erinnert werden. Wahrscheinlicher war sowieso, dass sie ihre Wohnung verkauft hatte und fortgezogen war. Es gab nichtigere Gründe für einen Umzug, sie selbst war der Beleg dafür.

Sie wandte sich nach links Richtung Nesse-Brücke, wollte bis zur Tourismus-Zentrale laufen und dann über den Denkmalsplatz zurück nach Hause. Gedankenverloren schlenderte sie weiter und wäre beinahe in ein mitten auf dem Weg abgestelltes Fahrrad hineingelaufen. »Welcher Depp«, hub sie an zu schimpfen und verstummte, als sie die mutmaßliche Eigentümerin des Rades entdeckte.

Das Mädchen kauerte mit angezogenen Knien und gesenktem Kopf auf einer Bank. Sie hielt etwas Weißes in Händen, ein Stück Papier, vermutete Marilene, oder ein Taschentuch, und sie wirkte so abgrundtief traurig, dass sie unmöglich einfach weitergehen konnte. Auf jeden Fall war sie zu jung, um sich hier nachts allein aufzuhalten, fünfzehn, bestenfalls sechzehn Jahre, schätzte sie. »Kann ich was für dich tun?«, erkundigte sie sich.

»Hau ab«, sagte das Mädchen.

»Nö«, entgegnete sie, »entweder begleite ich dich nach Hause, oder ich rufe die Polizei, damit sie das übernimmt. Du hast die Wahl.«

Das Mädchen hob den Kopf. »Helfersyndrom, oder was?«, blaffte sie.

»Ja, das stimmt wohl«, gab Marilene zu und setzte sich, »das ist eine meiner hervorstechendsten Eigenschaften und geht leider manchmal nach hinten los, von daher ist die Polizei vielleicht die sicherere Alternative. Andererseits bin ich Anwältin, was manchmal auch von Vorteil sein kann.«

»Ich kann nicht nach Hause.«

Marilene wartete auf eine Begründung, die nicht kam. »Heißt das, du hattest vor, hier zu übernachten?«

»Nee. Natürlich nicht. Ich wollte bei meiner Freundin bleiben.«

»Aber?«

»Nichts aber. Ich musste da weg.« Sie klappte hörbar den Mund zu, als sei dies ihr letztes Wort zum Thema.

»Parkbank geht aber wirklich nicht, die Nächte sind dann doch zu kalt, da holst du dir sonst was weg. Also was machen wir?«

»Keine Ahnung«, flüsterte das Mädchen und zog die Nase hoch.

Oje, dachte Marilene, das klang schwer nach Drama: Liebeskummer oder etwas ähnlich Welteinstürzendes, nahm sie an. »Also ich kann dich hier wirklich nicht dir selbst überlassen. Und Gesellschaft leisten werde ich dir auch nicht, mir friert schon jetzt der Hintern ab«, sagte sie und zog die Jacke enger um sich. Sie beobachtete, wie das Mädchen die linke Hand ausschüttelte, sie sich sodann vors Gesicht hielt und auf die Finger pustete.

Marilene ließ sich ablenken. »Was ist da passiert?«, erkundigte sie sich.

»Verbrannt, nicht schlimm.«

»Lass mal sehen.« Sie griff nach ihrem Arm, bevor das Mädchen eine Chance hatte, sie abzuwehren, und inspizierte die Hand. Es war zu dunkel, um viel zu erkennen. »Glaubst du, du brauchst einen Arzt, oder reicht Kühlung?«

»Mach ich schon dauernd«, entgegnete sie und riss sich los. Sie sprang auf, ließ den weißen Fetzen achtlos zu Boden fallen und lief ans Ufer. Dort hockte sie sich hin und streckte die Hand vor. Sie hatte offenbar Mühe, das Gleichgewicht zu halten, wankte vor und zurück.

Marilene imitierte unwillkürlich die Bewegung, bevor sie

endlich aufsprang. Zu spät: Mit einem Plumps landete die Kleine im Wasser, tauchte jedoch, dem Himmel sei Dank, augenblicklich wieder auf, lautstark fluchend. Sie eilte hinzu, reichte ihr die Hand und versuchte, sie herauszuziehen, ein schwieriges Unterfangen, wollte sie nicht selbst ein Bad nehmen. Doch schließlich gelang es ihr, sie wenigstens bis zur Taille zurück auf den Steg zu befördern, und den Rest schaffte sie allein, zog ein Bein nach dem anderen aus dem Wasser und wälzte sich in Sicherheit.

»Nasses Mädchen, schweres Mädchen«, keuchte Marilene und sank ermattet neben dem triefenden Bündel zu Boden.

Das Bündel schluchzte.

»Ist doch nichts weiter passiert«, versuchte Marilene zu trösten und klopfte dem Mädchen auf die Schulter.

»So was kann auch nur mir passieren«, kam es stockend.

»Nee«, widersprach Marilene, »solche Einlagen sind eigentlich mein Part. Und jetzt hoch mit dir«, befahl sie und traf eine Entscheidung, für die Lothar sie sicherlich tadeln würde, aber was blieb ihr anderes übrig? Sie konnte dies halbe Kind nicht sich selbst überlassen, egal, wie leichtsinnig es war, eine Wildfremde mit zu sich zu nehmen. »Wenn ich dich wirklich nicht doch noch nach Hause bringen soll, kommst du erst mal mit zu mir, damit wir dich trockenlegen können. Und dann erzählst du mir, was dich bedrückt, und wir schauen mal, was wir da machen können, in Ordnung?«

»Echt?«, das Bündel hob den Kopf. »Ich bin Antonia«, sagte es.

***

Lilian konnte nicht einschlafen. Frank schnarchte vor sich hin, nicht allzu laut, aber stetig, eine ungewohnte Geräuschkulisse. Bislang war er nur ausnahmsweise über Nacht geblieben, eigentlich nur, wenn sie ein Gläschen zu viel getrunken hatten und er nicht mehr fahren wollte, sonst hatte er vorgegeben, auf Antonias Gefühle Rücksicht nehmen zu wollen. Dabei hatte sie normalerweise eher den Eindruck, dass ihm herzlich gleichgültig war, was Antonia dachte. Sie hatte sich nie getraut nachzufragen, was der eigentliche Grund für sein nächtliches Verschwinden war. Den Part der nörgelnden Frau würde sie nicht spielen, niemals. Sie würde alles dafür tun, dass ihre Ehe Bestand hatte, und die Zeichen standen günstig, etwa nicht? Das eine Geheimnis, das Christian vertrieben hatte, war nicht länger von Bedeutung, und das andere hatte sie nun schon so lange vor aller Welt verbergen können, warum sollte ihr das nicht weiterhin gelingen? Alles war gut.

Vorsichtig wand sie sich unter Franks Arm heraus, drehte sich auf den Rücken und atmete tief ein und aus. Schäfchen hüpften flink über einen Zaun, eins, zwei, siebzehn, zählte sie und versuchte ein Gähnen. Es half nichts. Sie war hundemüde, aber viel zu aufgedreht, um schlafen zu können. Leise stand sie auf, tappte zum Schlafzimmer hinaus und in die Küche. Dort erst schaltete sie das Licht ein. Sie füllte den Wasserkocher, stellte ihn an und reckte sich nach Antonias »Wundertütendose«, in der die jeweils letzten ein, zwei Teebeutel einer Packung landeten, um Platz für die neue Schachtel zu schaffen. Ob sie dann nicht eigentlich Wunderbeuteldose heißen müsse, hatte sie sich seinerzeit bei ihrer Tochter erkundigt. Ja, schon, aber das klinge doch total bescheuert, hatte die befunden. Die Erinnerung brachte sie zum Lächeln. Sie kramte in der Dose herum, zog verschiedene Beutel heraus und schnupperte daran. Pfefferminz, zu frisch, schwarzer Tee würde sie weiter aufputschen, hier, der rötliche, ein Früchtetee, das war das Richtige. Sie fand ihren Lieblingsbecher, goss das heiße Wasser auf und löschte das Licht.

Es war nicht vollständig dunkel, sie ließ die Jalousie zur Straße hin nur selten herab, und die eine Straßenlaterne, die die ganze Nacht über brannte, stand vor dem Nachbarhaus und spendete ausreichend Licht, um sich einigermaßen zurechtzufinden. Trotzdem dauerte es eine Weile, bis ihre Augen sich wieder an die Nacht gewöhnt hatten. Sie nippte an ihrem Tee, viel zu heiß noch, befand sie, und schaute zum Fenster hinaus. Der fette schwarze Kater von schräg gegenüber stolzierte über die Straße, kam die Einfahrt herauf, blieb kurz auf drei Beinen stehen, allein um sie niederzustarren mit seinen Bernsteinaugen, bevor er sich abwandte und so gelassen in ihrem Garten verschwand, als sei es sein eigener. Sie schlich sich hinüber ins Wohnzimmer und stellte sich an die Terrassentür.

Der halbe Mond hing wie gelangweilt am Himmel herum, sparsam mit seinem Licht. Spare in der Zeit, dann hast du in der Not, erinnerte sie sich an eine der Redensarten, die ihre Großmutter so gern in Gespräche eingestreut hatte, und vielleicht flüsterte die gerade ebendiese Worte in sein Ohr da oben. Sie wüsste zu gern, ob die Hochzeit heute ihr Wohlgefallen gefunden hätte. Bestimmt, vermutete sie, letztlich war ihr immer alles recht gewesen, was ihre Enkelin glücklich gemacht hatte. Womöglich hätte sie sich an Franks Verhältnis zu Antonia gestört, aber Antonia würde bald erwachsen sein und das Haus, wenn nicht die Stadt verlassen, dann wäre sie allein gewesen. Alleinsein vertrug sie nicht so gut. Wenn es sich ankündigte, lag es ihr schon Tage vorher backsteinschwer im Magen, und Antonias Klassenfahrten zu verkraften war ihr mit jedem Mal nicht leichter, sondern stetig schwerer gefallen.

Im Garten bewegte sich etwas. Sie kniff die Augen zusammen und erkannte den Kater, der hektisch in der Erde vor dem Perückenstrauch scharrte. Plötzlich hielt er inne, eine Tatze geziert erhoben und, wüsste sie es nicht besser, anmutend wie eine englische Lady beim Tee. Wehe, du legst mir deine Beute wieder vor die Tür, drohte sie gedanklich. Sie hasste es, Mäuse- oder Vogelleichen wegräumen zu müssen; bei Tieren, die die Größenordnung von Spinnen übertrafen, hörte der Spaß auf. Wo der Staubsauger versagte, musste der Spaten her: Sie hatte ganz hinten links in der Ecke eigens ein Grab angelegt, das sich mittlerweile zum reinsten Massengrab entwickelt hatte. Wäre er einfach so gefräßig, wie seine Statur nahelegte, wäre sie ihm gewogener, doch sie argwöhnte, dass ihn die pure Lust am Töten antrieb. Ab sofort würde hoffentlich Frank die unwillkommenen Gaben entsorgen.

Eine Diele im Flur knarrte, und sie fuhr herum.

»Hab ich zu laut geschnarcht?«, erkundigte sich Frank.

»Ach nein.« Sie ging zu ihm und umfing ihn mit den Armen. »Ich kann bloß nicht schlafen. Es ist so ungewohnt, jemanden neben mir zu haben. Vielleicht hätten wir das öfter üben sollen«, flachste sie.

Er ging nicht darauf ein. »Du kannst ruhig im Bett lesen, wenn du nicht schlafen kannst. Stört mich nicht.«

»Keine Lust«, sagte sie leichthin und vergrub ihr Kinn in seiner Halsbeuge.

»Dann müssen wir uns etwas anderes überlegen, um dich müde zu kriegen.«

Er hob ihren Kopf und küsste sie, hart, gierig, sie bekam kaum Luft, und ihre Hände flatterten über seine Schultern. Liebe, dachte sie und fühlte sich begehrt wie nie. Dann drehte er sie um und drückte sie, nach vorn über die Sofalehne. Sie vermeinte, ein Maunzen von jenseits der Terrassentür zu hören, Laute, die unmöglich von ihr kommen konnten, und im Geiste sah sie diese Bernsteinaugen, die ungerührt verfolgten, was hier geschah. Nur gut, dass Antonia nicht im Haus war, dachte sie, die würde das völlig falsch verstehen.

***

»Danke«, sagte Antonia, »das ist echt nett von Ihnen, dass Sie mich mitgenommen haben und dass ich hier pennen darf.« Das Mädchen steckte, frisch geduscht, bereits im Schlafanzug und saß im Schneidersitz auf der Couch; eine Hand umklammerte eine Tasse mit heißem Kakao, mit der anderen hielt sie die Decke um ihre Schultern fest.

»Nichts zu danken«, entgegnete Marilene, »seien wir nur froh, dass dich kein fieser Kerl aufgegabelt hat.«

»Ach, mir wär schon nichts passiert.«

Marilene verdrehte die Augen, den Spruch kannte sie nur zu gut. Warum glaubten junge Menschen immer, sie seien unverwundbar, Katastrophen ereigneten sich nur im Fernsehen, und Blut war nicht Blut, sondern Ketchup? Sie wusste, jede gut gemeinte Warnung stieße auf taube Ohren, also verzichtete sie darauf. »Magst du mir nun sagen, was dich bedrückt?«, fragte sie.

Antonia kniff die Augen zu und schaukelte mit dem Oberkörper vor und zurück.

»Kipp mir bloß nicht wieder vornüber«, bat Marilene, »mit dem Tisch vor dir geht das nicht so glimpflich ab wie dein unfreiwilliges Bad vorhin.« Wenigstens war die Brandwunde, soweit sie das beurteilen konnte, nicht allzu schlimm. Sie hatte in ihrem Medizinschränkchen wider Erwarten eine nur knapp abgelaufene Brandsalbe gefunden, sie aufgetragen und ein Pflaster darübergeklebt, das sollte genügen. »Ich habe dir ja schon gesagt, dass ich Anwältin bin«, versuchte sie, Antonia die Scheu zu nehmen, »nichts von dem, was du mir erzählst, muss diesen Raum verlassen, wenn du das nicht willst.«

Antonia öffnete die Augen. »Das ist es nicht. Ich weiß nur irgendwie nicht, wo ich anfangen soll.«

Tränen, oje. Marilene bemühte sich um einen lockeren Tonfall. »Wie wär's dann mit dem Brief?«, schlug sie vor. »Deine misslungene Brandstiftung legt nahe, dass etwas darin stand, was dich ziemlich durcheinandergebracht hat. Zumal du ihn dann doch so sorgfältig wieder eingesteckt hast.«

Antonia stand auf und ging ins Gästezimmer. Marilene konnte hören, wie sie schniefte und sich die Nase putzte. Als sie zurückkam, versuchte sie sichtlich, Haltung zu bewahren, und wirkte dadurch umso jünger und schutzloser.

»Du siehst aus wie ein Beduine mit der Decke da.«

»Das sind die aus der Wüste, oder?« Antonia reichte ihr den an den Rändern verkohlten Brief.

»Nomaden«, fügte Marilene hinzu – viel mehr wusste sie selbst nicht – und setzte ihre Brille auf.

Wenn du wissen willst, wie du zu deiner »Tochter« gekommen bist, dann komm zum Parkplatz an der Evenburg. In einer halben Stunde. Einer, der es besser weiß.

»Wo hast du das her?«, fragte sie und legte das Blatt auf den Tisch.

»Hab ich zufällig im Schreibtisch meiner Mutter gefunden. Ehrlich«, beteuerte sie, als hätte Marilene sie getadelt, »ich hab bloß einen Umschlag gesucht, und dabei ist mir eine von den Schubladen rausgefallen. Dahinter war er versteckt.«

»Der Brief ging aber doch an deinen Vater, denke ich, denn

deine Mutter wird ja wohl wissen, wie sie zu dir gekommen ist. Warum also hat sie den Brief?«

»Mein Vater, also der, von dem ich dachte, er wär's«, stammelte Antonia, »er ist vor fünf Jahren abgehauen. Ohne ein Wort. War einfach weg. Auch seine Klamotten, einfach alles. Wahrscheinlich hat er den Brief liegen gelassen. Um es zu erklären? Keine Ahnung. Ich war mit meiner Mutter in Oldenburg an dem Tag, und danach hab ich mich gleich mit meiner Freundin getroffen. Als ich nach Hause gekommen bin und gerufen hab, da hat keiner geantwortet, Mama nicht und Papa auch nicht. Sonst waren die immer zusammen in der Küche, wenn ich nach Hause gekommen bin, aber die war leer, und es gab auch nichts zu essen. Und dann hab ich so Geräusche gehört«, Antonias Stimme drohte zu kippen, »aus dem Schlafzimmer, da lag meine Mama auf dem Bett und hat geheult, Rotz und Wasser, echt, ich hab gar nicht gewusst, was ich machen soll, und als ich gefragt hab, wo Papa ist, hat sie noch schlimmer geheult, und dann hab ich gesehen, dass der Kleiderschrank auf seiner Seite leer war. ›Ist Papa weg?‹, hab ich gefragt, und sie hat genickt. ›Für immer?‹, hab ich gefragt, und sie hat wieder bloß genickt und weitergeweint. Und ich auch.«

Antonia weinte herzzerreißend, jegliche Zurückhaltung dahin, und Marilene musste an sich halten, es ihr aus lauter Mitgefühl nicht gleichzutun. Gründlicher hätte sie nicht danebenliegen können, was die Ursache für diesen Kummer betraf. Sie sprang auf, um den Taschentuch-Vorrat zu ergänzen. Sie setzte sich neben Antonia, nahm sie sachte in den Arm und reichte ihr Tuch um Tuch, bis das Schluchzen in ein Wimmern überging und schließlich verebbte.

»Voll peinlich«, murmelte Antonia mehr zu sich selbst.

»Gar nicht«, entgegnete Marilene, »außerdem hast du allen Grund, traurig zu sein, das ginge mir an deiner Stelle ganz genauso. Habt ihr denn nie mehr was von ihm gehört?«

»Nee, jedenfalls soweit ich weiß. Und wir haben auch nie mehr von ihm gesprochen. Ich hab versucht, im Internet was über ihn rauszukriegen, aber nichts gefunden. Ich wollte – ich hab wohl gehofft, dass ich ihn überreden kann, zurückzukommen, bevor – also, meine Mutter hat heute geheiratet.«

»Das geht doch gar nicht«, entfuhr es Marilene.

»Doch, leider. Sie war mit Christian nicht verheiratet.«

»Ach so. Und du magst ihren Mann nicht? Warum?«

»Keine Ahnung, das ist mehr so ein Gefühl, und wahrscheinlich spinn ich eh nur. Aber Frank guckt so komisch manchmal. Und er versucht, meiner Mutter klarzumachen, dass meine Freundin kein guter Umgang ist. Dabei geht den das doch gar nichts an! Über ihn finde ich übrigens auch nichts im Internet. Ist doch krass, oder?«

»Hm.« Marilene nickte. Tatsächlich wusste sie nicht, wie leicht oder schwer es war, im Netz Hintergrundinformationen zu Personen zu eruieren, erst recht nicht, wenn diese es womöglich darauf anlegten, nicht gefunden zu werden. Allerdings kannte sie jemanden, der in dem Bereich so ziemlich jede Hürde überwinden könnte.

»Also Mama und Frank«, fuhr Antonia fort, »die kennen sich schon ziemlich lange, drei, vier Jahre oder so, und ich hab das gar nicht richtig ernst genommen, weil ... Er ist nur selten bei uns gewesen, und das Ganze kam mir mehr vor wie nur Freundschaft, wissen Sie? Und vor ein paar Monaten hieß es dann auf einmal, sie wollten heiraten, echt aus heiterem Himmel, da hab ich angefangen, nach Christian zu suchen. Ich hab ja nicht gewusst, dass er meinetwegen bestimmt nicht zurückgekommen wäre.« Sie ließ sich vornüberfallen, bis ihr Kopf nahezu auf den Knien anlangte.

»Willst du deine Mutter nun darauf ansprechen?«, fragte Marilene.

»Kann ich nicht bringen. Sie hat fünfzehn Jahre Zeit gehabt, mir beizubringen, dass mein Vater nicht mein Vater ist, und hat's nicht getan. Vielleicht spart sie sich's auf, bis ich achtzehn bin. Sie ist zu glücklich im Moment, und auch wenn ich Frank nicht ausstehen kann, es geht ihr so gut wie ewig nicht. Ich will nicht daran schuld sein, wenn sie wieder«, sie stockte, »na ja, abstürzt. Damals, das war echt heftig am Anfang. Manchmal hab ich sogar Angst gehabt, dass sie sich was antut. Und dann hätt ich niemanden mehr gehabt und ins Heim gemusst.«

»Ach du Ärmste«, sagte Marilene. So leichtfertig junge

Mädchen sich seit Hanni und Nanni ein Leben im Internat erträumten, so schrecklich die Vorstellung, in einem Heim zu leben und bis zur Volljährigkeit dort ausharren zu müssen. Eine Ewigkeit für ein Kind; erst später, viel später verginge ein Jahr in kaum mehr als einem Wimpernschlag. »Dann gibt es keine anderen Verwandten mehr?«, fragte sie.

Antonia schüttelte den Kopf. »Mama ist bei ihren Großeltern aufgewachsen, und bei denen haben wir auch immer gewohnt, aber sie sind schon gestorben, als ich noch klein war.«

Welche Tragödie, von der Antonia offensichtlich nichts wusste, mochte dahinter nun wieder lauern?, überlegte Marilene. »Okay«, sagte sie laut, »ich kenne jemanden, der so ziemlich alles herausfinden kann, aber die entscheidende Frage ist, ob du wirklich wissen willst, wer dein richtiger Vater ist. Oder auch nur, was aus Christian geworden ist. Das alles könnte ziemlich unerfreulich sein, und manchmal ist es besser, nicht jeden Stein umzudrehen.« Sage ausgerechnet ich, dachte sie.

Antonia hob die Schultern, bis sie ihre Ohren verdeckten. »Das Gefühl hatte ich schon, als ich den Brief gefunden habe«, sagte sie, »was, wenn etwas darin steht, was ich lieber nicht wissen will? Aber jetzt weiß ich es nun mal, also, einen Teil davon, das wär ungefähr so, wie ein Buch wegzulegen, bevor man es ganz zu Ende gelesen hat. Wer macht das schon?«

Das klang pragmatisch, dachte Marilene, und vor allem klang es erwachsen, aber das war Antonia nicht. Niemand konnte ahnen, welche Konsequenzen sich ergeben würden, schlösse man die Wissenslücken. Und die waren beträchtlich. »Ich schlage vor, dass du noch mal drüber schläfst«, sagte sie laut. »Morgen entscheiden wir, was wir tun, okay?«

3

Totenschädel flogen durch die Luft, rasend schnell aufeinanderfolgend, eine Schneeballschlacht der makabren Art, und er hatte alle Mühe, sich rechtzeitig unter den Geschossen wegzuducken. Er sollte sich wehren, zurückschleudern, was ihm da entgegenprasselte, doch er hatte seine Handschuhe vergessen und mochte die Dinger nicht anfassen, zumal er drohende Blicke aus der ein oder andern Augenhöhle zu erkennen vermeinte. Der nächste traf. Igitt, Paul Zinkel schüttelte sich und schrie auf.

Sein eigener Schrei weckte ihn, der und ein gewaltiger Schmerz in seinem Rücken. Er drehte sich auf die Seite, was geschätzte fünf Minuten dauerte, weitere fünf, bis er sich überwinden konnte, die Unterschenkel aus dem Bett zu senken und sich gleichzeitig in eine sitzende Position hochzudrücken. Nichts davon ging ohne Zähneknirschen vonstatten, denn er wusste, ließe er zu, dass sein Mund sich öffnete, brächen markerschütternde Schreie aus ihm hervor, die die nähere Nachbarschaft auf den Plan rufen würden. Ein Hexenschuss im Schlaf: noch eine Geschichte, über die er besser einen gnädigen Mantel des Schweigens breitete.

Er ruhte sich für einen Moment aus, bevor er sich daranmachte, aufzustehen, und wünschte, er hätte eine Krücke, wenigstens einen Stock zur Hand. Sein Regenschirm, fiel ihm ein, müsste den Zweck erfüllen, wenn er es nur bis in den Flur schaffte. Er musste es dorthin schaffen, und zwar in absehbarer Zeit, sonst käme ein weiteres Malheur auf die geheim zu haltende Liste, und so stemmte er sich, ein echter Indianer, in eine standähnliche Position hoch. Echt war an ihm nur das Geheul.

Er mied den Blick in den Spiegel, der ihm ohnehin nur gezeigt hätte, wie frappierend zurzeit seine Ähnlichkeit mit den tierischen Verwandten war. Ein Königreich für eine Banane, dachte er spöttisch. Ob er überhaupt an etwas zu essen käme? Ein Fahrstuhl wäre hilfreich. Das Wichtigste zuerst, gemahnte er sich und schlurfte, gebeugt auf etwa neunzig Grad, auf jeden

Fall weit entfernt vom aufrechten Gang, in den Flur, wo er sich den Schirm griff und erleichtert darauf stützte.

Die Tücke steckte natürlich im Objekt. »Made in China, oder was?«, fluchte er vernehmlich, als er der nun elliptischen Form desselben gewahr wurde. Ein Klingeln an der Tür schnitt ihm die auf der Zunge liegende Tirade ab. Hoffentlich nicht die Mädchen, dachte er, oder gar Judith. Er erwog, nicht zu öffnen, fürchtete jedoch, dass, wer immer es war, wiederkommen und schweres Gerät auffahren würde. Ergeben schleppte er sich, einen Meter pro Minute, zum Eingang.

»Was dauert das denn so ewig?« Enno Lübben musterte seine Erscheinung von Kopf bis Fuß, etwas wie Schadenfreude blitzte aus seinen Augen. »Hexenschuss?«, formulierte er das Offensichtliche.

»Hm«, sagte Zinkel.

»Ich hol Hilfe.«

»Danke, nein, das wird schon wieder«, wandte Zinkel ein, doch als er aufsah, war Lübben bereits verschwunden.

Er knallte die Tür zu, suchte die Toilette auf und putzte sich die Zähne. Alles Weitere wäre Leichenschändung, fand er. Es klingelte abermals. Nichts da, dachte er und machte sich auf den Weg zurück ins Bett, kein Frühstück heute und auch sonst nichts, nur schlafen, irgendwie den Schmerz wegschlafen.

Ein Schlüssel kratzte im Schloss, und schon stand Judith in der Tür, eine Gummimatte unter den Arm geklemmt.

»Dir ist schon klar, dass du mir nicht entkommen kannst?« Sie ließ den Schlüssel vor seiner Nase baumeln.

»Hm«, brummte er.

»Vertraust du mir?«

»Glaub nicht.«

»Na, macht nichts. Lass mich mal vorbei.« Sie ging voraus ins Schlafzimmer, rollte die Matte auf dem Boden aus und deutete mit einer Geste darauf, die vermutlich einladend wirken sollte.

»Niemals«, verweigerte er den Gehorsam, »zu tief, zu hart, zu alles.«

»Stell dich nicht so an«, schalt sie ihn, »runter mit dir.«

Eine Domina hatte er sich anders vorgestellt. Falsche Richtung, rief er seine irrenden Gedanken zur Ordnung und beeilte sich, Judiths Aufforderung nachzukommen, bevor sie womöglich bemerkte, wie sich etwas regte, was hier vollkommen fehl am Platze war.

»Seitenlage bitte«, sagte Judith.

Bauch wäre besser, wenn auch sicher nicht leichter. Er drehte sich mühsam von ihr weg und hoffte, dass sie nichts von seinem inneren wie äußeren Aufruhr mitbekommen hatte. Entwürdigend, dachte er, und es kam noch schlimmer.

Sie schob seine Schlafanzughose tiefer und tastete seinen Rücken ab, sanft zunächst, doch dann presste sie die Finger mit brachialer Gewalt in genau die schmerzenden Stellen. Jedes Stöhnen seinerseits beantwortete sie mit einem begeisterten »Ja!«, und er konnte nur hoffen, dass Enno nicht draußen lauschte. Der Gedanke trieb ihm schon wieder die Röte ins Gesicht. Und anderswohin. Restlos abstrus wurde das Ganze, als sie sich seine Gliedmaßen irgendwie um den eigenen Körper wickelte, bis er nicht mehr wusste, was ihm, was ihr gehörte. Genauso stellte er sich Kamasutra vor, nur mit mehr Lustgewinn, jedenfalls seinerseits; Judith schien ganz zufrieden. Ein heftiger Ruck ging durch ihre Leiber, und er schrie auf.

»Hat das wehgetan?«, fragte sie unschuldig.

»Eigentlich nicht«, musste er zugeben, »es war wohl mehr der Schreck.«

»Na prima, dann steh auf.«

»Wie – aufstehen?« Er wusste, er hörte sich bescheuert an.

»Na ja, möglichst rückenfreundlich ...« Sie hüpfte beherzt neben ihn auf die Matte und zeigte ihm, was sie meinte.

Es funktionierte. »Wow.« Er konnte kaum glauben, dass der Schmerz so gut wie verschwunden war. »Danke vielmals.«

»Jederzeit.« Sie musterte ihn mit schräg geneigtem Kopf, als rechnete sie angesichts seines hohen Alters häufiger mit einem Einsatz. »Wie hast du das angestellt?«, fragte sie.

»Verhoben«, murmelte er.

»Blödkopp!«, schimpfte sie. »Warum schaffen es Männer nicht, um Hilfe zu bitten?«

An sich eine gute Frage, fand er und schwieg, bevor er sich

noch verplapperte. Außerdem wollte er, dass sie jetzt ging, damit er einen Rest von Würde wahren konnte, denn nicht nur sein Rücken frohlockte.

»Enno wartet drüben auf dich, soll ich dir sagen. Du hast wohl geglaubt, du kommst mit dem Hexenschuss doch noch zu deinem Wochenende. Seine Worte, nicht meine.« Sie bückte sich, um die Matte zusammenzurollen, und als sie sich wieder aufrichtete, warf sie ihm einen, wie er schwören könnte, anzüglichen Blick zu. »Also bis später.« Sie winkte kurz und verließ sein Schlafzimmer.

Er schaute ihr nicht hinterher, sah ganz sicher nicht, wie sie ihr Haar zurückwarf, wie ihre Hüften mit jedem sanften Schwung darum ersuchten, berührt zu werden. Er fühlte sich jung und frei, jung genug und frei, schränkte er ein, und sie war sehr jung und eben nicht frei. Das ging gar nicht.

Er brauchte eine Frau, der Notstand war allzu offenkundig, aber woher nehmen? Ein altes Dilemma; das Intermezzo mit Patrizia hatte nur kurzzeitig Abhilfe geschaffen, und er sah sich wieder in dieser unsäglichen Partnervermittlungsagentur sitzen, damals, als sie im Falle einer verschwundenen Thailänderin ermittelt hatten. Noch heute bekam er die Krätze, wenn er nur daran dachte. Kontaktanzeigen fand er ebenso würdelos. Aber irgendetwas musste er unternehmen, sonst würde er hier ausziehen müssen, und zwar bald.

Fünfzehn Minuten später klingelte er im Haupthaus.

»Na endlich! Das dauert ja länger als bei meiner arthritischen Mutter«, lästerte Lübben.

»Wenn du jetzt noch sagst, dass ich so alt aussehe wie sie«, entgegnete Zinkel, »krieg ich mildernde Umstände, egal, wofür.«

Lübben lachte laut auf. Es klang bellend, fand Zinkel, und hörte sich fast an wie das Gelächter von Jens, der konnte auch so losplatzen, wenn man gerade so gar nicht damit rechnete, weil man den Witz nicht sah, sondern derselbe war.

»Ich fahre«, bestimmte Lübben und öffnete ihm mit ausladender Verbeugung die Wagentür.

»Wohin überhaupt?«, fragte Zinkel und hüpfte regelrecht ins Auto. Er wartete vergeblich auf Beifall.

»Na ins Büro, wohin sonst? Ich hoffe auf erste Ergebnisse aus der Rechtsmedizin, und dann müssen wir die Vermisstenmeldungen durchackern.«

Warum die Hektik?, fragte sich Zinkel, ihr Opfer war vermutlich seit Jahren tot, und dessen Angehörige hatten sicherlich schon lange alle Hoffnung begraben. Und vielleicht nicht nur die. Hinter unnatürlichen Todesfällen steckte nun mal selten der brutale Serienkiller, der sich als Romanfigur immer größerer Beliebtheit erfreute, sondern zumeist die Eskalation von Gewalt innerhalb von Familie oder Freundeskreis. Doch in diesem Fall würde es verdammt schwierig, den Täter festzunageln. Die Indizienlage war schlechter als dürftig, und die Todeszeit ließ sich bei einer skelettierten Leiche bestenfalls aufs Jahr eingrenzen. Was die Suche nach Zeugen so ziemlich unmöglich machte. Sie würden also auf ein Geständnis des Täters hoffen müssen. Sofern sie überhaupt die Identität des Opfers feststellen konnten. Zinkel seufzte. Solche Fälle waren ganz und gar nicht nach seinem Geschmack.

»Wieder Schmerzen?«, fragte Lübben.

»Nein, alles in Ordnung. Ich sehe bloß gerade eine Akte zu den ungeklärten Fällen wandern.«

»Defätist«, schimpfte Lübben ihn, »ich sehe eher die Herausforderung. Ist doch mal was anderes als die immer gleichen Familiendramen.«

»Du meinst, das hier ist keins?«

»Eher nicht. Ich kann mir nicht vorstellen, dass ein Familienangehöriger eine Leiche vor dem Vergraben auszieht. Das sind doch meistens Affekthandlungen, wenn da jemand zu Schaden kommt. Denkt man in der Situation so weit?«

»Wenn es eine Affekthandlung war, vielleicht nicht«, stimmte Zinkel zu, »aber was, wenn die Tat eine vorausgeplante war?«

Die Frage blieb unbeantwortet.

Zinkel schaute zum Fenster hinaus und wünschte sich auf eine Insel. Es musste traumhaft dort sein bei diesem Wetter. Die Sonne hatte sich in der Jahreszeit geirrt und knallte vom

Himmel, als wolle sie den Ostfriesen einen Vorgeschmack auf den Klimawandel bieten. Wahre Horden von Menschen zog es ins Freie und Richtung Innenstadt, wo vor all den Cafés und Eisdielen kaum noch ein Platz zu ergattern sein dürfte. Dieser Tag taugte nicht zum Arbeiten. Er wollte raus, sich unters Volk mischen, von einem sonnigen Platz aus Leute gucken. Brautschau, dachte er und schaute einer hübschen Rothaarigen hinterher, deren türkisfarbenes Top wie eine zweite Haut anlag und wenig Raum für Phantasie ließ. Zu jung, befand er.

»Notstand?«, feixte Lübben.

»Hält sich in Grenzen«, entgegnete Zinkel, hielt jedoch das Gesicht abgewendet, damit sein rot anlaufender Kopf ihn nicht Lügen strafte.

»Was ist denn mit der Kleinen vom Empfang?«, fragte Lübben, während er den Wagen abstellte. »Die himmelt dich total an.«

Empfangsmaus, dachte Zinkel, ein Begriff aus seinem früheren Leben, als ihm noch relativ gleichgültig gewesen war, neben wem er aufwachte und wie sie hieß. Anhimmeln war auch eher langweilig. »Zu jung«, wiederholte er, diesmal laut, und stapfte missvergnügt hinter Lübben drein.

Im Büro angekommen, machte Lübben sich an der Kaffeemaschine zu schaffen, während Zinkel die Computer hochfuhr und die Mails durchsah. »Du hattest recht«, sagte er, »hier ist die ›Erste Einschätzung Skelett‹.«

»Lies vor«, bat Lübben.

»›Männlich, Kaukasier, zwischen eins fünfundsiebzig und eins fünfundachtzig groß, eher kräftig, Linkshänder. Alter zum Todeszeitpunkt dreißig bis vierzig Jahre, Liegezeit zwischen zwei und zehn Jahren.‹« Zinkel stöhnte. »›Splitterbruch Schultergelenk, post mortem.‹«

»Das war der Hund«, warf Lübben ein.

»Vermutlich«, stimmte Zinkel zu, »ja, steht hier auch, ›neuesten Datums‹, ebenso wie die Bissspuren am Unterarm und rechten Ellenbogengelenk. ›Zähne intakt‹«, fuhr er fort, »›eine Lücke, mehrere Füllungen, Zahn drei-fünf aufgebohrt, aber ohne Füllung, möglicherweise eine nicht vollendete Wurzelbehandlung, Zahnstatus identifizierbar bei Bereitstellung von Vergleichsaufnahmen.‹«

Jetzt stöhnte Lübben. »Oh nee, nicht schon wieder Zahnarzt.«

Unvermeidlich, Zinkel verzog das Gesicht, wie unter Schmerzen. Sie beide würden einiges dafür tun, nicht selbst dorthin zu müssen. Er wandte sich wieder der Mail zu. »›Keine Hinweise auf frühere Verletzungen oder chirurgische Eingriffe, Ergebnisse bezüglich Hinweisen auf Krankheiten stehen noch aus. Schädelfraktur, peri mortem, entweder durch Sturz oder Schlag mit stumpfem Gegenstand erfolgt, vermutlich todesursächlich, da weder Schuss- noch Messerspuren nachweisbar sind. Genaueres folgt. Bitte Grabbeigaben beibringen.‹ Sehr witzig«, schloss Zinkel.

»Zwei bis zehn Jahre.« Lübben stellte ungefragt einen Becher Kaffee vor Zinkel auf den Tisch. »Das werden nicht wenige sein. Linkshänder dürfte die Sache allerdings etwas eingrenzen. Woher will er das überhaupt wissen?«

»Hat, glaub ich, mit der Knochendichte zu tun«, sagte Zinkel, »je mehr Bewegung, desto dichtere Knochen.«

»Woher weißt du so was?«

»Ich bin halt in dem Alter, in dem Gespräche sich schon mal um Fragen der Gesundheit drehen. Da schnappt man einiges auf.«

Lübben musterte ihn mit skeptischem Blick. Entweder zweifelte er an seinem Alter oder am Nutzen solcher Gespräche. Letzteres, vermutete Zinkel, und das lag wahrscheinlich am grassierenden Grau in seinem Haar. Das Problem würde er gewiss nicht mittels Farbe beheben, wie seine Friseurin unlängst vorgeschlagen hatte, viel zu auffällig.

»Wie auch immer«, sagte Lübben, »auf jeden Fall können wir von einem Tötungsdelikt ausgehen, oder was meinst du?«

»Doch, das denke ich auch«, stimmte er zu, »das vollständige Fehlen von Kleidung, persönlichen Gegenständen oder gar Papieren spricht sehr dafür.«

***

Marilene blinzelte. Die Ziffern des Radioweckers waren verflixt unscharf – bis sie sich mit dem Oberkörper weiter entfernte. Erschreckend weit. Neun Uhr, erkannte sie schließlich. Entweder musste sie sich dringend einen neuen Wecker anschaffen, mit größeren, seniorengerechten Zahlen, oder sie sollte sich endlich angewöhnen, ihre Lesebrille stets griffbereit zu haben. Sie verschusselte sie dauernd, aber gab es da nicht so Pieper, die beim Wiederfinden halfen? Die Alternative wäre ein Kettchen. So ein Goldkettchen, wie es silbergraue Bibliothekarinnen trugen. Sie seufzte. Eine Brille war an sich nicht schlimm, aber was käme als Nächstes? Unwillkürlich prüfte sie mit der Zunge, ob noch alle Zähne vorhanden waren. Es schien alles in Ordnung zu sein.

In den Ritzen der Jalousien tanzte das Sonnenlicht, und sie warf die Decke von sich und schwang sich aus dem Bett. Leise, um ihren Gast nicht zu wecken, tappte sie ins Badezimmer und stellte sich unter die Dusche. Mit heißen Nadeln prasselte das Wasser auf sie ein. Sie rang mit sich, ob sie den Hahn auf kalt stellen sollte, und verlor, rubbelte sich trocken und öffnete das Fenster, um den Dampf entweichen zu lassen. Ein Fehler vielleicht, ihr Morgengesicht nach langen Nächten, selbst wenn sie asketisch verlaufen waren, ließ doch zu wünschen übrig. Vergiss es, ermahnte sie sich, es gab Wichtigeres zu tun, als ersten Altersdepressionen zu frönen. Sie putzte sich die Zähne und schminkte sich, warf einen letzten, nicht mehr ganz so kritischen Blick in den Spiegel und zog sich an.

Sie deckte gerade den Frühstückstisch, und die Kaffeemaschine lief bereits, da huschte Antonia aus dem Gästezimmer.

»Morgen, gut geschlafen?«, erkundigte sich Marilene.

»Ganz okay.«

»Deine Klamotten sind trocken, ich hoffe, du möchtest nicht, dass ich sie bügele.«

»Passt schon«, entgegnete Antonia.

»Sag, trinkst du Kaffee oder lieber was anderes?«

»Kaffee ist gut«, nuschelte Antonia und verschwand im Bad.

Als sie zurückkam, wirkte sie etwas munterer, doch nicht minder traurig. Kein Wunder, dachte Marilene, der Brief, die Hochzeit, da kam einiges zusammen, was nicht nur Teenager ins

Taumeln brächte. Nicht jetzt, dachte sie, lass das Kind erst mal frühstücken. Sie suchte nach einem unverfänglichen Thema.

»Du hast mir gestern gar nicht mehr erzählt, was da mit deiner Freundin los war«, fiel ihr ein, während sie die aufgebackenen Brötchen aufschnitt.

Antonia zuckte hoch, als sei ihr das ebenfalls entfallen. »Ich wollte bei ihr übernachten …«, sagte sie zögerlich und fuhr dann doch fort, »aber dann ist der eine Bruder nach Hause gekommen und hat uns angemacht. Also richtig bedroht. Der ist Kathrin an die Gurgel, weil er geglaubt hat, sie hat Männerbesuch. Ich wollte ihr helfen, aber sie hat gesagt, ich soll abhauen. Und die Klappe halten.«

Grundgütiger, dachte Marilene, was denn noch alles? »Das hört sich übel an«, sagte sie.

Wieder drohten Tränen. »Das ist es auch. Ich meine, ich weiß ja, dass ihre Brüder voll abgedreht sind, die saufen und prügeln sich dauernd. Aber dass das auch gegen Kathrin geht, hab ich nicht gewusst. Und«, ihre Stimme wurde ganz leise und kleinlaut, »ich glaub fast, dass das was Sexuelles ist. Ich meine, wieso sollte Eddi sonst was gegen Männerbesuch haben?« Sie schaute Marilene flehentlich an, als erhoffte sie Widerspruch. »Echt, ich bin doch ihre beste Freundin. Der verheimlicht man doch nicht, wenn's einem dreckig geht.«

»Wahrscheinlich schämt sie sich, das ist oft so bei Opfern von sexueller Gewalt: Sie geben sich mit die Schuld. Was ist denn mit den Eltern?«

Antonia winkte ab. »Die Mutter ist schon ewig weg, da war Kathrin erst fünf oder so. Als damals Christian die Biege gemacht hat, haben wir uns ausgemalt, wie es wäre, wenn ihr Vater und meine Mutter heiraten. Wir haben es sogar mal geschafft, dass die sich getroffen haben. Danach hat meine Mutter nur gesagt, dass er nicht der Richtige für sie wäre. Kathrin hat mir dann erzählt, dass sie ihren Vater überredet hat, sich schön anzuziehen, aber dass er nichts trinkt, das hatte sie nicht hingekriegt. Da hab ich erst verstanden, warum der immer so komisch war, wenn ich ihn mal gesehen hab.«

»Weißt du, dass es in Leer ein Frauenhaus gibt? Dorthin

könnte Kathrin sich wenden.« Marilene suchte nach einer einfachen Lösung, wenigstens für Antonia; für die Freundin gab es keinen leichten Weg, und der schwierigste Teil der Strecke war der Hilferuf.

»Ich wollte ja auch, dass sie mitkommt, gestern, aber sie hat sich geweigert. Irgendwie hab ich mich dadurch total verraten gefühlt.«

»Das hat sie ganz bestimmt nicht so gemeint. Sie hat bloß Angst. Wahrscheinlich auch Angst um dich. Sprich mal in Ruhe mit ihr und sag ihr das mit dem Frauenhaus. Wenn sie nicht darauf eingeht, kriegst du sie vielleicht dazu, dass sie sich mit mir trifft, ganz unverbindlich.«

»Wow, das wär super!« Kurz blitzte Hoffnung in Antonias Augen auf, bevor der Kummer wieder Oberhand gewann. »Sie kann Sie nicht bezahlen. Und ich auch nicht«, fügte sie hinzu.

»Das lass mal meine Sorge sein«, entgegnete Marilene. »Wenn ich überhaupt etwas für dich oder euch tun kann, dann finden wir auch eine Möglichkeit. Es gibt zum Beispiel etwas, das sich Beratungskostenhilfe nennt, das könnten wir beantragen. Aber jetzt wird erst mal gefrühstückt, in Ordnung?«

»Okay …« Antonia dehnte das Wort zu ungefähr fünf Silben. Ihr Blick wanderte unstet über den Tisch, als wisse sie nicht recht etwas anzufangen mit dem, was dort stand. Erst als Marilene in ihr Brötchen biss, griff sie selbst zu.

»Darf ich Sie was fragen?«, sagte sie schließlich.

»Nur zu. Ich muss ja nicht antworten, wenn mir die Frage nicht gefällt.«

»Warum tun Sie das alles? Sich die Probleme von jemandem aufladen, den Sie nicht kennen?«

»Helfersyndrom«, Marilene grinste, »sagtest du das nicht gestern? Aber im Ernst, was hätte ich denn machen sollen? Zulassen, dass du ertrinkst? Die Polizei anrufen? Was hätte ich denen sagen sollen? Da sitzt ein Mädchen, das wirkt so traurig, dass ich mir Sorgen um sie mache? Vielleicht wären sie gekommen, aber sie hätten dich bestenfalls nach Hause verfrachtet und deiner Mutter gesagt, sie solle besser auf dich aufpassen. Das hätte keins deiner Probleme gelöst. Ich meine, ich weiß natürlich nicht, ob ich dir wirklich helfen kann, aber ich kann es doch wenigstens versuchen. Was ich nicht kann, ist einfach vorbeigehen.« Fluch oder Segen, dachte sie, das kam wohl ganz auf die Perspektive an, und manchmal lag beides sehr dicht beieinander. »Genau genommen«, fügte sie hinzu, »trample ich meistens mitten rein.«

Wie jetzt gerade, räumte sie ein; sie glaubte nicht an Schicksal, nicht mal an Zufall, und doch war sie schon wieder drauf und dran, sich einzulassen auf die familiären Dramen, die dem Kummer dieses Mädchens zugrunde liegen mochten. Dieser Mädchen, korrigierte sie sich und überlegte in einem raren Anflug von Selbstkritik, ob das, was sie für Hilfestellung hielt, nicht in Wahrheit Einmischung war in Dinge, die sie absolut nichts angingen. Ach was, besänftigte sie ihre Zweifel, was war schon dabei, wenn sie Antonia half, herauszufinden, wo ihr vermeintlicher Vater steckte und wer ihr wirklicher Vater war? Was war dabei, wenn sie Kathrin über die Wege aufklärte, ihrer persönlichen Hölle zu entkommen?

Es lag an den Kindern, dachte sie, immer war es das Schicksal der alleingelassenen Kinder, dem sie sich nicht entziehen konnte. Mit dem Ausleben des Mutterinstinkts einer Kinderlosen hatte das absolut nichts zu tun. Oder doch? Sie wischte ihre eigenen Einwände beiseite, letztlich war es zu spät, sich herauszuhalten. Letztlich war ihr Beruf genau das: die Beschäftigung mit den Widrigkeiten im Leben anderer. Das Einzige, woran es ihr ernsthaft mangelte, war die professionelle Distanz, und daran ließ sich ja wohl arbeiten, nahm sie sich wieder einmal vor.

Antonia schaute sie immer noch fragend an.

»Warum ich das tue?«, wiederholte Marilene. »Weil ich nicht anders kann. Wenn ich nicht wahrgenommen hätte, wie traurig du warst, hätte ich mich vielleicht bloß gewundert, was du da draußen machst um die Zeit, aber ich hab's nun mal gemerkt, und dann kann ich nicht so tun, als wäre alles in Ordnung.«

»Ich muss aber jetzt so tun, wegen meiner Mutter«, entgegnete Antonia.

»Das ist nicht leicht«, warnte Marilene. »Soll ich mal mit ihr reden?« Antonias Vorbehalten gegenüber dem neuen Mann ihrer Mutter maß sie keine Bedeutung bei, das Übliche, wenn ein Elternteil, den man lange für sich allein hatte, einen neuen Partner hat: Eifersucht und eine Spur von Trotz. Aber den Brief und was er implizierte, das nahm sie schon ernst.

»Nee, bloß nicht.« Antonia schüttelte vehement den Kopf. »Aber wo ich herkomme, würde ich schon gern wissen.«

Marilene sah sie prüfend an.

»Zu wissen, wer mein Vater ist, heißt ja noch nicht, dass ich ihn kennenlernen muss, richtig?«

»Absolut«, versicherte Marilene.

»Christian wird sowieso immer mein Vater bleiben. Das wär mir sogar noch wichtiger. Zu wissen, wo er ist. Ich will ihm wenigstens ins Gesicht sagen, dass es nicht okay war, mich einfach so zu verlassen, ich kann doch nichts dafür, dass ich nicht seine richtige Tochter bin, und ich vermisse ihn total.«

»Gut«, stimmte Marilene zu, »dann schreib ich mir jetzt alles auf, was ich wissen muss, und dann schauen wir mal, was mein Bekannter herausfinden kann. Hast du ein Handy?«

»Logisch«, sagte Antonia entrüstet ob dieser überflüssigen Frage und nannte ihr die Nummer.

»Ich ruf dich an, sobald ich mehr weiß.«

»SMS wär besser. Ich bin ja in der Schule.«

»Na gut, aber wundere dich nicht, wenn da Mist drinsteht, ich hab's nicht so mit diesem modernen Kram.« Und es würde sie Stunden kosten, obgleich Arne ihr gerade erst zum wiederholten Mal gezeigt hatte, wie das funktionierte. »Oh, und bevor ich's vergesse«, fügte Marilene hinzu, »wenn irgendwas ist, möchte ich, dass du dich bei mir meldest, ehe du wieder auf der Parkbank nächtigst, ja? Wie du siehst, hab ich Platz genug, das ist wirklich kein Problem.« Sie schob ihr eine Visitenkarte über den Tisch zu.

»Danke. Das ist voll nett von Ihnen. Ich weiß echt nicht, was ich sagen soll.«

»Lass gut sein«, entgegnete Marilene, »ich freu mich immer über Besuch.«

»Besuch oder Notfall ist aber was anderes.«

»Stimmt, da müssen wir eben dafür sorgen, dass du kein

Notfall mehr bist.« Im Wiederholungsfall allerdings, überlegte Marilene, würde sie die Mutter informieren. Davon hatte sie dieses Mal nur abgesehen, um deren Hochzeitsnacht nicht zu verderben.

»Haben Sie eigentlich letzte Nacht noch mal nach mir gesehen?«, fragte Antonia.

»Nein, das hab ich mir verkniffen, dabei war das schon Gewohnheit, ich hatte nämlich bis gestern Besuch von einem kleinen Jungen.«

»Auch ein Notfall?« Antonia schaute entgeistert.

»Nein.« Jedenfalls nicht mehr, fügte sie im Stillen hinzu. »Er ist so was wie mein Patenkind. Eine komplizierte Geschichte. Warum fragst du?«

»Ich bin davon wach geworden, dass ich dachte, jemand steht bei mir im Zimmer. Das war ein komisches Gefühl irgendwie, und ich hab mich nicht getraut, mich umzudrehen. Als ich es dann doch gemacht hab, war da niemand. Na ja, wenn Sie's nicht waren, wird's ein Traum gewesen sein.«

***

»Das verstehe ich nicht«, sagte Lilian erschrocken, im Kopf einen Film, der in Endlosschleife sämtliche Katastrophen abspulte, die sie sich vorstellen konnte, jede erschreckender als die vorige. »Ja gut, Kathrin«, sagte sie mechanisch, »ich sag ihr, sie soll dich anrufen.« Sie beendete das Gespräch.

»Hm?«, brummte Frank.

»Antonia ist weg.« Lilian schlug sich die Hand vor den Mund, als könne sie noch zurücknehmen, was sie gesagt hatte, und es so ungeschehen machen.

»Ich denke, sie wollte bei Kathrin übernachten?« Frank klopfte sein Frühstücksei auf.

Genau genommen zertrümmerte er ringsum dessen Schale, registrierte Lilian, ohne es zu wollen. »Hat sie aber nicht. Sie ist verschwunden, gestern Abend schon.« Oh Gott, bitte mach, dass ihr nichts passiert ist!, flehte sie innerlich, sie könnte sich das nie verzeihen. Antonia hatte in all den Jahren nicht öfter als ein paarmal bei Kathrin übernachtet, und es war ihr nie wirklich recht gewesen; sie wusste, dass der Vater trank, die Brüder von der unberechenbaren Sorte waren, sie war von vornherein dagegen gewesen, dass Antonia sich verzog, nur weil – Halt!, befahl sie sich, denk nicht daran, nicht jetzt. Sie musste an sich halten, nicht loszuschreien und Frank das verdammte Ei gegen den Kopf zu schleudern.

»Hat sie gesagt, warum?«, fragte Frank.

»Warum was?«

»Warum sie abgehauen ist, Dummchen.«

»Nein. Ist das jetzt wichtig?«

»Vielleicht hat sie endlich erkannt, dass Kathrin in einer anderen Welt lebt und kein Umgang für sie ist.« Frank widmete sich wieder seinem Ei.

»Kathrin ist ein liebes Mädchen«, wagte Lilian zu widersprechen.

»Die Verhältnisse, in denen sie lebt, sind alles andere als das. So etwas prägt auch das liebste Mädchen. Jetzt setz dich endlich hin und iss, verdirb uns nicht den Morgen. Antonia kommt schon zurück, spätestens, wenn sie Hunger hat. Sie ist schließlich kein kleines Kind mehr.«

Lilian setzte sich; essen konnte sie nicht. Angst tobte in ihrem Magen, dass sie vermeinte, sich übergeben zu müssen. Einen Unfall wird es nicht gegeben haben, überlegte sie, dann wäre sie benachrichtigt worden. Aber wo konnte Antonia sein? Sie hatte keine Freundin außer Kathrin. Es würde doch wohl kein Junge dahinterstecken? Nicht das, nicht jetzt schon, bat sie, sie war noch viel zu jung, um sich zu binden. Wie oft hatten sie darüber gesprochen, vielmehr sie hatte gesprochen, mit Engelszungen geradezu, und Antonia hatte zugehört. Hatte sie? Vielleicht waren all die mahnenden Worte an ihr abgeprallt, weil sie noch glaubte, Katastrophen stießen nur anderen zu, im Leben nicht ihr, ein durch nichts zu erschütternder Glaube, unverwundbar zu sein, bis ein einziger unvermeidlicher Augenblick sich gegen sie wendet und alles, alles auf den Kopf stellt.

Sie hatte wieder einmal versagt und es nicht geschafft, ihre Tochter davor zu bewahren. Ihre Worte waren zu blass, zu unpersönlich gewesen: Sie hätte ihr die Wahrheit sagen müssen. Über diesen einen Moment, der ein ganzes Leben bestimmen konnte. Sie schlug die Beine übereinander und merkte nicht, wie sie mit dem Fuß zu wippen begann und ihr gesamter Körper zappelte. Frank legte eine Hand auf ihr Knie und tätschelte es. Dankbar für die Geste, versuchte sie sich an einem kleinen Lächeln.

»Wir sollten die geschenkte Zeit für angenehmere Dinge nutzen, findest du nicht?«, sagte Frank und ließ seine Hand höherwandern.

Ein Schlüssel kratzte in der Tür. Antonia? Lilian schob seine Hand brüsk beiseite, sprang auf und lief in den Flur. »Kind, da bist du ja!«, rief sie und wusste nicht, ob sie lachen oder weinen oder schimpfen sollte, am liebsten alles auf einmal, also ließ sie es ganz bleiben und war stolz auf ihre Selbstbeherrschung, die eben noch beinahe zersprungen wäre.

»Ich hab mir solche Sorgen gemacht«, flüsterte sie und ließ ihren Kopf auf Antonias Schulter sinken. Seit wann nur war ihre Tochter größer als sie selbst?, wunderte sie sich, sie konnte doch kaum laufen, hatte gerade erst Rechnen gelernt und – und Lesen; Antonia war erwachsen, und sie hatte die Entwicklung vollauf verschlafen, hatte das unglaubliche Geschenk, das ihre Tochter trotz allem war, nie wirklich zu schätzen gewusst.

»Alles in Ordnung, Mama.« Antonia tätschelte ihr den Rücken. »Was ist denn los?«

»Kathrin hat angerufen. Wo warst du die ganze Nacht? Wieso bist du nicht nach Hause gekommen?«

»Hätte ich schon noch gemacht, ich musste bloß erst runterkommen. Also bin ich runter ans Wasser und hab mich auf eine Bank gesetzt. Dann ist eine Frau vorbeigekommen, die gedacht hat, ich wollte da übernachten. Sie wollte schon die Polizei rufen, das oder ich sollte mit zu ihr. Na ja, du hast doch nicht mit mir gerechnet, also bin ich mitgegangen. Die Frau ist Rechtsanwältin und …«, Antonia stockte, »vielleicht kann sie Kathrin helfen.«

Lilian argwöhnte, dass ihre Tochter längst nicht alles erzählte, doch sie insistierte nicht weiter, zumal nun Frank hinzukam.

»Was war denn schon wieder mit Kathrin?«, fragte er.

»Mit ihr war gar nichts. Außerdem hab ich versprochen, nicht drüber zu reden, also tu ich's auch nicht.« Antonia hob den rechten Fuß, nur um ihn sachte wieder zu senken.

Das war neu, wunderte sich Lilian. Beim letzten Mal, als Antonia ihren Standpunkt hatte durchsetzen wollen, hatte sie heftig mit dem Fuß aufgestampft, allerdings schnell gemerkt, dass sie damit bei Frank erst recht auf Granit biss. Frank holte Luft für seine Erwiderung, und Lilian eilte zurück ins Esszimmer, bevor sie noch zwischen die Fronten geriet. Ihre Differenzen mussten sie allein klären, und sie wollte nicht gezwungen sein, Partei zu ergreifen. Natürlich hörte sie trotzdem zu. Und natürlich war sie keineswegs unparteiisch.

»Du solltest die Beziehung zu deiner ›Freundin‹ beenden, bevor du noch in etwas hineingezogen wirst, dessen Folgen du nicht abschätzen kannst. Was immer es ist, wofür eine Siebzehnjährige einen Anwalt braucht – gut ist es bestimmt nicht. Und du tust deiner Mutter auch keinen Gefallen, wenn sie sich um dich sorgen muss.«

»Muss sie nicht, ich weiß schon, was ich tue. Und es ist allein meine Entscheidung, mit wem ich befreundet bin und mit wem nicht«, entgegnete Antonia.

Lilian hatte diese Freundschaft immer unterstützt, obgleich ihr Kathrins Familienverhältnisse durchaus suspekt waren. Wenn sie nur an dieses missglückte Rendezvous mit deren Vater dachte. Grauslig. Aber diese Geschichte mit der Anwältin? Da würde sie schon nachhaken. Zu gegebener Zeit.

»Da irrst du dich«, sagte Frank, »weder weißt du, was du tust, noch sind solche Entscheidungen allein deine Sache. Denn du bist nicht die Einzige, die von den Folgen deiner Entscheidungen betroffen ist. Sagen wir mal, rein hypothetisch natürlich, dass Kathrin dich in etwas Illegales verwickelt. Dann haben wir früher oder später die Polizei hier im Haus. Kannst du dir vorstellen, was das für uns alle bedeutet? Vor allem für deine Mutter? Also überleg dir gut, was du tust. Ich werde mich nicht wiederholen.«

Sonst was?, überlegte Lilian. Irgendwie klang seine Ansprache bedrohlich. »Frühstück!«, rief sie fröhlich, um diese Auseinandersetzung zu beenden.

»Hab schon«, sagte Antonia und polterte die Treppe nach oben, wo sie türknallend in ihr Zimmer verschwand.

Lilian konnte es ihr nicht verdenken, trotzdem wünschte sie, dieser erste offizielle Tag als Familie hätte harmonischer begonnen. Wenn nur Frank nicht auf einmal glaubte, Antonias Erziehung übernehmen zu müssen. Sie konnte das ganz gut allein, hatte es schließlich bis hierher auch ohne ihn geschafft. Solange er noch nicht hier gelebt hatte, war es nur zu gelegentlichen Bemerkungen gekommen, einigermaßen dezent, sodass sie zumeist darüber hinweggehört und geglaubt hatte, damit kämen sie zurecht. Das hier nun war eine regelrechte Standpauke gewesen, etwas, das allein ihr obliegen sollte. Aber sie wusste beim besten Willen nicht, wie sie ihm das klarmachen sollte, ohne dass er es ihr übel nahm.

»Nun, meine Hübsche«, Frank setzte sich wieder zu ihr an den Tisch, »da wirst du wohl mal ein Machtwort sprechen müssen, sonst glaubt sie noch, sie kann uns auf der Nase rumtanzen.«

Uns. Sie hatte dieses Wort vermisst, wie man kein anderes vermissen konnte, war nach Christians Auszug kaum noch aus dem Haus gegangen, weil sie überall nur Paare gesehen hatte: ob streitend in einem Café, händchenhaltend beim Spaziergang oder knutschend im Kino, alle waren zu zweit. So hatte sie Antonia immer öfter allein ziehen lassen, weil sie selbst das nicht länger hatte ertragen können. Jetzt gehörte sie wieder dazu.

»Ja«, sagte sie also, das war es doch wert, »mach ich. Was meinst du«, fügte sie hinzu, »gehen wir heut Abend aus? Tanzen irgendwo? Oder ins Kino?« Sie brannte darauf, aller Welt ihren neuen Status vorzuführen.

»Wir waren doch gestern erst aus«, wandte Frank ein.

»Das zählt nicht als Ausgehen«, widersprach Lilian, »das war Hochzeit.«

»Ich dachte, du kochst uns was Schönes, und wir machen es uns hier gemütlich.«

»Na gut«, stimmte sie zu, »wie du magst.« Sie hoffte nur, gemütlich war wirklich, was er im Sinn hatte, nicht diesen überfallartigen Sex der letzten Nacht, zu heftig, zu dringlich, als dass sie sich dabei wohlgefühlt hätte. Sicherlich ein Ausrutscher, beruhigte sie sich. Bisher hatte sie den Eindruck gehabt, Sex habe für Frank gar keine so große Bedeutung. Wenn sie miteinander geschlafen hatten, war das fast beiläufig geschehen und sachte, und sie hatte sich gut aufgehoben gefühlt. Fast wie bei Christian, ihrem Mann der heilenden Hände, dachte sie wehmütig. Doch nun kratzten auf einmal Erinnerungen an ihrem Bewusstsein, ein schier nervtötendes Geräusch, das sich kaum verbannen ließ. Bilder, die sie lieber nicht sehen wollte, drängten empor und versetzten sie in eine andere Zeit, an einen anderen Ort. Einen Ort, den sie nie wieder hatte betreten wollen.

Fröstelnd zog sie die Schultern hoch und stand auf, um den Tisch abzuräumen, bevor sie noch tiefer glitt in das, was sie für gewöhnlich abtat als ihre »schlimme Zeit«. Damals.

***

»Marilene?«

Marilene blickte von ihrem Buch auf und blinzelte gegen die grelle Sonne. Ein Mann beugte sich halb über ihren Tisch, offensichtlich darauf wartend, von ihr erkannt zu werden.

»Was für ein Zufall, dass wir uns hier über den Weg laufen!«, verkündete er strahlend.

Von Laufen kann nicht direkt die Rede sein, dachte sie spöttisch.

Nachdem Antonia am Morgen nach Hause gefahren war, hatte sie selbst zunächst mit Gerrit telefoniert und ihn auf Christian Körber und Lilian Tewes angesetzt, bevor sie sich darangemacht hatte, ihren Haushalt zumindest annähernd auf ein akzeptables Niveau zu bringen. Sogar gebügelt hatte sie. Als das Wetter danach immer noch der Jahreszeit zuwiderhandelte, hatte es sie nicht länger im Haus gehalten.

In der Fußgängerzone hatte ein Gedränge geherrscht, wie sie es nur von Adventssamstagen in Wiesbaden kannte, und so war sie bis in die Altstadt gepilgert, wo es zwar auch lebhaft, aber wenigstens gemächlicher zuging. An der Waage war sie schließlich umgekehrt und die Uferpromenade entlangspaziert, einen eben erstandenen Krimi unter den Arm geklemmt. In dem Café am Ufer war ein Pärchen so plötzlich von seinem Tisch aufgesprungen, dass sie sich gefragt hatte, ob es sich um Zechprellerei handelte. Da jedoch bereits neue Gäste dorthin strebten, hatte sie ihre Bedenken bezüglich der womöglich nicht beglichenen Rechnung beiseitegeschoben und genoss nun ihren vermutlich letzten Eiskaffee der Saison, ungeachtet seines Kaloriengehalts. Zufrieden und in Frieden. Bis eben.

Sie musterte den Mann unverhohlen: Anfang fünfzig, schätzte sie, vielleicht eins achtzig, dunkelbraunes, von ein paar grauen Strähnen durchzogenes, dichtes Haar, und unergründliche braune Augen, kleiner Schnäuzer, bereits mehr grau denn braun, Jeans, kurzärmeliges Hemd, das den Blick auf seine gebräunten Arme lenkte, auf breite Hände mit etwas zu kurz geratenen Fingern. »Ich kenne Sie nicht«, erklärte sie mit Bestimmtheit.

»Die verschollene Liebe meines Lebens erkennt mich nicht wieder? Ach, ich armer Tropf.« Er kreuzte die Hände über der Brust und schüttelte theatralisch den Kopf. »Die Spuren des Alters.« Er setzte sich ungefragt zu ihr an den Tisch. »Natürlich nicht bei dir, du hast dich kein bisschen verändert seit damals. Bist höchstens noch schöner, noch interessanter geworden.«

Die Schmeichelei half auch nicht weiter; sie hob hilflos die Schultern. Sie hatte keine Ahnung, wer ihr hier gegenübersaß. Und sie war sich auch nicht sicher, ob sie es überhaupt wissen wollte. Sie kniff die Augen zusammen. Da war etwas in seinem Blick, das ihr missfiel. Antonias Worte, die sie als spätpubertäre Eifersucht abgetan hatte – jetzt verwendete sie sie selbst und versuchte doch, den Hauch von Unbehagen abzuschütteln, der sie streifte: ein kühler Luftzug nur, nicht mehr, ein Schattenintermezzo, verursacht von der ausgerissenen Wolke, die gerade vor die Sonne huschte, graublau drohend, dabei ihren Rand, den silberhellen, nicht verhehlen konnte.

Ihr Gegenüber legte ein Übermaß an Treuherzigkeit in seinen Augenaufschlag. »Also gut, ich geb dir eine kleine Hilfestellung: Pfadfinder.«

»Also ehrlich«, entfuhr es Marilene, »das ist dreißig Jahre her!« Außerdem hasste sie solche Ratespielchen.

»Ich weiß das noch wie gestern, komm schon, gib dir ein bisschen Mühe.«

Sie schüttelte stumm den Kopf und wünschte, er würde einfach verschwinden. Sie winkte der Kellnerin, um zu bezahlen, doch die speiste sie mit einem »Bin gleich da« ab und eilte davon.

»So leicht entkommst du mir nicht.« Der Typ drohte scherzhaft mit dem Zeigefinger. »Zweite Hilfe: das Sommerlager in Dänemark.«

Allmählich dämmerte es ihr. Kein guter Sommer. Absolut nicht. Da war nichts, woran sie sich auch nur bruchstückhaft erinnern wollte. All die Jahre war es ihr gelungen, diese kurze, ohnehin verschwommene Episode zu verdrängen, sie würde gewiss nicht jetzt damit anfangen, in ihrer Vergangenheit zu kramen. Danke, nein, kein Bedarf. Sie schnappte ihre Sachen und stand auf, um zu gehen, würde sie eben drinnen bezahlen, und dann nichts wie weg hier. »Tut mir leid«, log sie, »ich kann mich wirklich nicht erinnern. Außerdem war ich nie in Dänemark. Sie müssen mich verwechseln.«

»Ts, ts«, rügte er sie, »schlechter Versuch. Natürlich warst du in Dänemark nach deinem Abi. Du warst sehr durcheinander in dem Sommer, deine Mutter hatte euch gerade verlassen …«

Sie hielt inne. Darüber hatte sie nie mit jemandem gesprochen, außer mit ihrer besten Freundin und deren Mutter. »Woher –« Sie unterbrach sich, das wollte er ja gerade, sie in ein Gespräch verwickeln, dem sie sich nicht entziehen konnte. Konnte sie aber. »Ach egal«, sagte sie, »ich muss jetzt los.«

Sie wandte sich ab und ging zum Bezahlen ins Café, bemüht, ihre Schritte gleichmütig wirken zu lassen, und überhörte geflissentlich sein »Auf Wiedersehen«. Dreh dich nicht um, beschwor sie sich, er würde sofort merken, dass sie ziemlich aus dem Gleichgewicht geraten war. Wer er auch war – an seinen Namen konnte sie sich tatsächlich nicht erinnern –, er machte nicht den Eindruck, als würde er schnell aufgeben. Die Liebe seines Lebens, ha! Die Liebe ihres Lebens war er ganz sicher nicht gewesen, daran müsste sie sich doch erinnern. Sehr merkwürdig, das Ganze.

Endlich erwischte sie die Kellnerin, zahlte und trat wieder ins Freie. Demonstrativ schaute sie auf ihre Armbanduhr, hob die Brauen mit einem Was-so-spät-schon-Ausdruck und eilte zielstrebig Richtung Fußgängerzone. Das Plätschern der Wasserrinne an ihrem Weg, für die manche einen weniger schmeichelhaften Namen verwendeten, besänftigte sie etwas; Kinder planschten herum, sprangen ins Wasser und kreischten, wenn sie dabei nass wurden; immun gegen den Lärm, standen Eltern schwatzend in Gruppen, sofern sie ihren Nachwuchs nicht ausgesetzt hatten, um in Ruhe ihre Einkäufe zu erledigen.

In der Innenstadt herrschte noch immer lebhafter Betrieb, die Menschen schoben sich in gegenläufigen Richtungen aneinander vorbei, einer kurios anmutenden Massenchoreografie folgend, doch nun tauchte Marilene dankbar in das Gewimmel ein, statt es zu meiden. Sie ließ sich nach rechts treiben und stahl sich ins Kaufhaus, das über einen Hinterausgang verfügte, ein kleiner Umweg nur, doch den nahm sie gern in Kauf, und erst hier wagte sie, sich umzudrehen: Er war ihr nicht gefolgt.

Erleichtert stieß sie den unbewusst angehaltenen Atem aus, ein Aufschub nur, das war ihr klar, sie stand im Telefonbuch, als Kanzlei jedenfalls. Wenn er sie beobachtete, würde er schnell mitbekommen, dass sie das Haus nach Feierabend selten verließ. Und er würde merken, dass außer ihr niemand im Haus war. Bislang hatte sie das nicht gestört, unsinnig eigentlich, Einbrüche wurden hier wie anderswo verübt, und trotzdem hatte sie sich sicher gefühlt, sicherer als in ihrer Wiesbadener Wohnung allemal. Jetzt hatte die Realität sie eingeholt.

Wütend stieß sie die Ausgangstür auf, heftiger als nötig, und konnte den Rückprall gerade noch und durchaus schmerzhaft mit dem Arm abfangen. Sie stöhnte vernehmlich auf. Das Imperium schlägt zurück, mokierte sie sich innerlich, wenn sie sich nun ein blaues Auge eingefangen hätte, wäre es vielleicht das sprichwörtliche gewesen. Gerade noch einmal davongekommen? Vielleicht hätte sie ein ramponiertes Äußeres lieber in Kauf nehmen sollen, wenn die Sache damit erledigt wäre. Andererseits hatten diese Ablasshandel bei ihr noch nie funktioniert: Auf jede Selbstkasteiung, der sie sich je unterworfen hatte, war genau das Ereignis gefolgt, das sie dadurch hatte vermeiden wollen. Im Grunde hatte sie stets nur noch einen draufgesetzt. Warum sich mit einem Möchtegern-Verehrer begnügen, wenn man obendrein ein blaues Auge bekommen konnte? Du spinnst, schalt sie sich, was war schließlich groß passiert? Der Typ hatte versucht anzubandeln, und sie hatte ihn abgewiesen. Kein Drama. Und wer weiß, vielleicht hatte er die Botschaft ja sogar verstanden, beruhigte sie sich.

Sie näherte sich ihrem Haus. Jemand tigerte vor dem Privateingang auf und ab. Braunes Haar, oh nein, dachte sie und blieb stehen, er wusste längst, wo sie wohnte, die Geschichte war bereits viel weiter gediehen, als sie angenommen hatte, das zufällige Über-den-Weg-Laufen war Teil einer Inszenierung gewesen, deren unfreiwillige Hauptdarstellerin sie war. Was nun? Sie kam nicht mal unbemerkt an ihr Auto. Ganz davon abgesehen, dass die Einfahrt von einem Mini blockiert wurde. Kein ernst zu nehmendes Hindernis, fand sie, vielleicht könnte sie drüber wegrollen? Dafür musste sie allerdings erst in ihre Garage gelangen. Über den Garten? Nein, entschied sie, keine Angst zeigen, das wäre fatal, es brauchte anscheinend deutlichere Worte ihrerseits, und die würde sie aussprechen. Und zwar sehr deutlich. Entschlossen marschierte sie wieder los, die Standpauke schon im Kopf probierend.

»Bin ich zu früh dran? Bitte nicht schießen.« Gerrit Baron hob beide Hände.

»Du?!«, rief sie überrascht und begriff nicht, warum sie nicht erkannt hatte, dass hier kein älterer Mann auf sie wartete, sondern ein schmaler, kaum den Kinderschuhen entwachsener Junge. Jedenfalls aus ihrer gesetzten Perspektive; er selbst würde sich vehement gegen diese Bezeichnung verwahren, schließlich war er bereits biblische neunzehn, Student und selbstständiger Unternehmer, der in Wiesbaden ein Büro im selben Haus unterhielt, in dem ihre alte Kanzlei gewesen war. Und das Wiesbadener Kennzeichen an dem Mini hatte sie auch nicht bemerkt.

»Du hast doch gesagt, ich darf dich besuchen, wenn ich für dich recherchiere.«

»Ja schon«, stammelte sie, »aber hab ich auch von Überraschungsbesuch noch am selben Tag gesprochen? Hast du keine Uni?«

»Tu nicht so erwachsen«, forderte er sie auf. »Wo bleibt dein Sinn für Spontanität?«

»Ich *bin* erwachsen«, entgegnete sie lahm, wohl wissend, dass sie ohnehin bei jedem Disput mit ihm den Kürzeren zöge. Außerdem war Spontanität ein Fremdwort für sie, zumindest im zwischenmenschlichen Bereich. Trotzdem war sie völlig unangemessen froh, ihn zu sehen, ihn gerade heute zu sehen. Nur durfte sie sich das auf gar keinen Fall anmerken lassen. Er würde das gnadenlos ausnutzen und eine seiner Charmeoffensiven starten, denen nur schwer zu widerstehen war. Und bei Lothar petzen würde er vermutlich obendrein.

»Ich hab vorlesungsfreie Zeit«, nuschelte Gerrit, »also hab ich mir gedacht, ich könnte genauso gut hier tun, worum du mich gebeten hast. Wer weiß, wann du deine Einladung mal konkretisiert hättest. Keine Angst, ich werde deine Rechner nicht in Beschlag nehmen, ich hab alles dabei, was ich brauche.« Er öffnete den Kofferraum.

»Ich dachte, ich hätte meinen Umzug hinter mir«, sagte Marilene verblüfft. Sie hatte nicht erwartet, dass dieser Kofferraum geräumig genug war, eine komplette Büroeinrichtung aufzunehmen.

»Hier, nimm mal.« Gerrit reichte ihr eine Kiste mit glucksendem Inhalt. »Vino. Kleiner Gruß vom Chef. Eigentlich wollte ich nächstes Wochenende mit ihm mitkommen, aber die Idee hat ihm nicht so richtig gefallen. Er hat mich regelrecht gedrängt, jetzt schon zu fahren.«

Das konnte sie sich vorstellen. In Lothars Augen war Gerrit eine wortmächtige Plage, der man tunlichst aus dem Wege ging, wenn man Wert auf Diskretion legte. Das allerdings galt für Lothar nicht minder, überlegte sie, und bei dem durfte man nicht mal an etwas denken, ohne dass er davon Wind bekam. Gerrit fragte einem Löcher in den Bauch, Lothar hatte das gar nicht erst nötig.

»Steckst du schon wieder in Schwierigkeiten?«, fragte Gerrit. »Ich hatte das Gefühl, er will mich hier als Aufpasser.«

»Nicht die Spur«, wehrte sie ab, »das hier ist Ostfriesland.«

»Ja, das hab ich mir auch gedacht. Aber DSL habt ihr doch, oder?«

»Woher soll ich wissen, ob wir etwas haben, von dem ich nicht weiß, was es ist?«

Gerrit murmelte etwas von Frauen und Technik.

Zwar verstand Marilene ihn nicht genau, stimmte jedoch absolut zu; in diesem Bereich hatte sie mit Selbstkritik überhaupt kein Problem. Sie entdeckte auf der Rückbank einen Koffer, der die Dimensionen eines Kurzbesuchs klar sprengte. »Wie lange hattest du vor zu bleiben?«, fragte sie.

»Marilene«, Gerrit richtete sich zu voller Größe auf, »ich bleibe so lange, wie es dauert, jeden deiner Wünsche zu erfüllen. Und wenn Lothar kommt, bin ich sofort weg. Musste ich ihm versprechen«, fügte er hinzu und ließ betrübt die Schultern hängen.

Beruhigend, dachte Marilene, ihre Wohnung verkam allmählich zur Jugendherberge. Und das verräterische Wörtchen »jeden« würde sie bestimmt nicht hinterfragen. »Na dann«, sagte sie, »Spaghetti?«

»Super.« Gerrit strahlte. »Lass mich nur schnell das Auto ausräumen.« Er klappte den Kofferraum wieder zu und zerrte zunächst den schrankähnlichen Koffer von der Rückbank.

»Krieg ich auch was ab?«

»Niklas!« Marilene ließ vor Schreck beinahe den Wein fallen. »Was machst du denn hier?« Der älteste Sohn ihrer Jugendfreundin studierte seit Kurzem in Oldenburg und verbrachte gelegentlich ein Wochenende bei ihr, hatte sich jedoch dieses Mal nicht angemeldet.

»Oh klasse, kannst mir helfen«, sagte Gerrit und öffnete den Deckel wiederum.

Niklas beäugte den Inhalt ebenso staunend, jedoch mit wesentlich größerem Interesse. »Ziehst du jetzt auch hier hoch? Ey, Mann, ist das das neue iPad?«

»Mal sehen und ja«, sagte Gerrit, »kannst gern nachher mal ran.«

Was sollte das nun wieder bedeuten?, überlegte Marilene, er auch? Sie argwöhnte, dass Gerrit nicht aufrichtig war, was seinen Besuch anbelangte, zumal sie ihm die »vorlesungsfreie Zeit« nicht abnahm. Die Semesterferien waren vorbei.

»Voll cool«, hauchte Niklas andächtig, bevor er sich auf ihre Frage besann. »Oh, sorry, Marilene, ich weiß auch nicht, irgendwie hab ich nichts auf die Reihe gekriegt heute, und da hab ich gedacht, ich überrasch dich einfach. Morgen muss ich auch schon wieder zurück. Ich meine, wenn das okay geht, sonst fahr ich natürlich heute wieder, gar kein Problem.«

»Natürlich kannst du bleiben«, sagte sie, »ich freu mich immer, dich zu sehen.«

»Zu mir hat sie das nicht gesagt«, beklagte sich Gerrit.

»Stimmt«, entgegnete sie, »ich hatte Angst, du würdest gleich bei mir einziehen, wenn ich zu freundlich bin.«

»Völlig zu Recht.« Gerrit warf ihr seinen Schlafzimmerblick zu.

Marilene lachte und ging schon mal vor, um die Jugendherberge aufzuschließen.

***

Was war das hier? Eine verdammte Jugendherberge? Er hatte geglaubt, mit ihrem Umzug von Wiesbaden hierher endlich freie Bahn zu haben, und nun hatte sie dauernd Besuch von irgendwelchen lästigen Bälgern. Hatten die denn kein eigenes Zuhause? Es war zum Auswachsen! Gestern hatte er sich schon am Ziel gewähnt, da war sie viel zu schnell zurückgekommen und hatte auch noch dieses Mädchen mitgebracht. Und ewig geredet. Die Warterei, bis er endlich die Wohnung wieder hatte verlassen können, war verflucht öde gewesen. Obendrein unverrichteter Dinge, denn sie hatte seit seinem letzten Besuch tatsächlich ihre restlichen Umzugskisten ausgepackt, sodass er elend lange gebraucht hatte, um wiederzufinden, was er suchte. Genau in dem Moment, als er es entdeckte, hatte er den Schlüssel in der Tür gehört und sich gerade noch verstecken können. Im Gästezimmer, ausgerechnet.

Er hatte seinen Ohren nicht getraut, als sie dem Mädchen angeboten hatte, bei ihr zu übernachten. Die Frau war eine verhinderte Herbergsmutter. Ihm war nichts anderes übrig geblieben, als in den Kleiderschrank zu kriechen, der so gewaltig unter seinem Gewicht geächzt hatte, dass er jeden Augenblick damit gerechnet hatte, entdeckt zu werden. Dann wäre all seine Mühe umsonst gewesen. Doch es war nichts passiert.

Stunden, so kam es ihm vor, hatte er in verteufelt unbequemer Haltung ausharren müssen, bis endlich das Schluchzen des Mädchens in ein leises Schnarchen übergegangen war. Dann hatte er die Tür des Schrankes sachte, unendlich sachte, aufgeschoben, in Zeitlupe seine Knochen entwirrt und die eingeschlafenen Beine massiert, bis er sich zutraute, aufzustehen, wieder innehaltend, als seine Knie knackten, doch das Mädchen hatte sich lediglich auf die andere Seite herumgeworfen und weitergeschlafen. Im Schein des Mondes, der sein Licht über ihr Kopfkissen ausschüttete, hatte er ihren Schlaf noch eine Weile beobachtet und sich vorgestellt, es handelte sich um seine und Marilenes Tochter. Eine schöne Vorstellung, unwiderstehlich in ihrer Vollkommenheit. Mühsam hatte er sich von dem Anblick, dem ohnehin zu späten Wunsch nach familiärer Idylle, losgerissen und war aus der Wohnung geschlichen.

Heute Nachmittag hatte er ihr eine letzte Gelegenheit geboten, sich freiwillig auf ihn einzulassen, obgleich er nicht wirklich erwartet hatte, dass sie dieses Mal anders reagierte und ihn nicht schnöde links liegen ließe. Die Begegnung war so minutiös und drehbuchreif geplant gewesen wie alles andere, seit er sie eines Tages zufällig im Wartezimmer seines Therapeuten wiedergesehen hatte.

Er hatte sich damals nicht zu erkennen gegeben, war viel zu perplex über die unverhoffte Begegnung gewesen, als dass ihm irgendeine halbwegs lässige Bemerkung eingefallen wäre. Zudem war sie mit drei Kindern dort gewesen, und er hatte angenommen, es handelte sich um ihre eigenen und sie wäre gebunden. Einer plötzlichen Eingebung folgend, hatte er die Tür der Praxis nicht sofort hinter sich zufallen lassen, sondern gelauscht und so mitbekommen, wie der Therapeut Familie

Jessen und Frau Müller zu sich ins Sprechzimmer gebeten hatte. Schicksal, hatte er gedacht, nun würde sich fügen, was vor bald dreißig Jahren bereits hätte in Erfüllung gehen müssen. Vielleicht hatten die Umwege ihren Zweck erfüllt und letztlich nur dazu gedient, ihn auf das Hier und Jetzt vorzubereiten.

Marilenes Desinteresse an ihm damals hatte bewirkt, dass er an seinem Äußeren gearbeitet hatte, hart gearbeitet, aber mit nicht wenig Erfolg, wie die begehrlichen Blicke zeigten, die ihm seither zuflogen wie die Wärme eines Lagerfeuers, herangeweht vom Nachtwind.

Die Jahre in Australien hatten ihn finanziell unabhängig gemacht, sodass er tun und lassen konnte, was er wollte. Wie hatte er zunächst geflucht, als Cindy ihn angezeigt hatte und er zurück nach Deutschland hatte fliehen müssen, wo sich leider seine Spur verloren hatte. Melanie war ungleich cleverer gewesen, ihre Anzeige hatte ihn kalt erwischt, und er hatte einer Gerichtsverhandlung wegen Stalkings nicht entgehen können, der Therapie zugestimmt, um einer Strafe zu entgehen, und unterdessen glühende Rachepläne geschmiedet. Die sich augenblicklich in Luft auflösten, als er Marilene in Lindenaus Wartezimmer gesehen hatte. Er war regelrecht elektrisiert gewesen, getroffen wie von einem Blitzschlag aus wenig heiterem Himmel, ein überaus erhebender Moment.

Ein jegliches hatte seine Zeit. Und es war die Zeit des Plänescmiedens gekommen, Pläne, die er mit jedem neu auftauchenden Hindernis wieder und wieder hatte überarbeiten müssen – wie Niklas, der bei ihr eingezogen war, oder ihre merkwürdige Beziehung zu dem Polizisten. Doch dann war Lindenau ums Leben gekommen, und alles, alles hatte sich gefügt, einem göttlichen Puzzle gleich. Lindenaus Witwe hatte ihm die Identität als Mitarbeiter einer Krankenkasse fraglos abgenommen, sodass er seine Akte aus der Praxis hatte verschwinden lassen können. Um eventuelle Spuren zu verwischen, hatte er sich nicht mit seiner eigenen begnügt. Ein paar weitere Therapiegenötigte waren ihm zutiefst dankbar gewesen und hatten ihm das Blau des Himmels als Gegenleistung versprochen. Vielleicht würde er eines Tages darauf zurückkommen; Kopien hatte er zur Untermauerung gezogen, denn Dankbarkeit verfügte über ein allzu kurzes Gedächtnis.

Das Beste an seiner Erfahrung mit der Psychologie jedoch war, dass er nun wirklich alles über Stalking wusste, ein inflationärer Begriff allerdings, den er nicht sonderlich schätzte; er war nie ein Stalker gewesen, egal, was man behauptete, Cindy, Melanie, der Richter, sie alle hatten keine Ahnung. Er war ein Liebender.

Wie hatte er frohlockt, als er ihrer Umzugspläne gewahr geworden war! Ihm schien, auch dies war nur geschehen, um ihm den Weg zu ebnen. Endlich war sie fort aus ihrer gewohnten Umgebung, fort von all den Menschen, die sie so oft belagert hatten. Sie war noch nicht wirklich angekommen in Ostfriesland, pflegte keine nachbarschaftlichen Kontakte und ging selten aus, abgesehen von gelegentlichen Spaziergängen. Sie war einsam. Die Kinder, die sie um sich scharte, dürften das kaum auffangen können. Mit denen würde er schon fertigwerden, zumal ihre Besuche durch Schule und Uni zeitlich begrenzt waren. Nur dieser Computer-Fuzzi beunruhigte ihn ein wenig. Er hatte dermaßen viel Gepäck aus diesem lächerlichen Wagen geladen, dass man fast meinen könnte, er zöge in die leer stehende Wohnung oberhalb von Marilenes. Einerlei, beschwichtigte er sich, sobald er das nächste Mal in ihre Wohnung gelangte, würde alles Weitere problemlos über die Bühne gehen. Sie befanden sich bereits in der Mitte des ersten Aktes, und er hielt alle Fäden in der Hand. Er war der Regisseur.

4

Schule wäre keine schlechte Sache, wenn man dafür nicht so grottenfrüh aufstehen müsste, dachte Antonia. Und wenn man um die Pausen herumkäme. Sie konnte das Gekreische echt nicht mehr ab. Blöde Tussen, die sich zusammenrotteten, um das Wochenende durchzuhecheln, ihre umwerfenden Erlebnisse mit Jungs. Wie sie ihre gefärbten Mähnen über die Schultern schleuderten. Wie sie hysterisch gackerten bei den intimsten Details. Als wenn es nichts Wichtigeres auf der Welt gäbe, als flachgelegt zu werden von irgendeinem pickligen Volltrottel. Lauter Loser. Sie schnaubte verächtlich, ließ sich auf einer der verwaisten Bänke nieder und wickelte ihr Pausenbrot aus.

Wo war Kathrin? So was Ödes war nur zu zweit zu ertragen, aber sie war heute nicht zur Schule gekommen. Dabei fehlte sie sonst nie, nicht mal mit der fettesten Erkältung. Sie würde doch wohl nicht glauben, dass sie rumerzählt hatte, was am Freitag vorgefallen war? Um sich bei den Tussen einzuschleimen, weil sie nichts mehr mit Kathrin zu tun haben wollte?

Am Samstag hatten sie kurz telefoniert, das Thema aber nicht angesprochen. Das war nichts fürs Telefon. Das war eigentlich nichts, worüber man überhaupt reden wollte. Aber es musste nun mal sein. Sie konnte nicht einfach so tun, als hätte sie von nichts eine Ahnung, und Kathrin sich selbst überlassen. Denn von allein würde die bestimmt nichts unternehmen, um da rauszukommen.

Auf einmal verstand sie viel besser, warum Kathrin so eine Streberin war. Für sie selbst war das Lernen auch wichtig, doch ihre Freundin toppte das noch um Längen. Und das nicht erst seit gestern, sondern schon in der Grundschule. Sie hatte nie Friseurin oder Kindergärtnerin oder auch nur Mutter werden wollen wie die anderen Mädchen. Für Kathrin hatten immer nur »richtige« Berufe gezählt, Ärztin, Anwältin oder am liebsten Wissenschaftlerin. So viel zum Thema »bildungsferne Schichten«, dachte sie spöttisch. Kathrin war der lebende Beweis dafür, dass Politiker keinen Schimmer hatten, wovon sie redeten, wenn sie solche Ausdrücke verwendeten. Als wenn alle Armen nichts lieber taten, als sich von Bildung fernzuhalten. Das war verallgemeinernd, und es war verletzend. Vor allem aber war es verflucht unfair.

Wenn sie nur daran dachte, wie Kathrin von den anderen behandelt wurde, bekam sie die Krise. In der Grundschule hatte sie manches noch als dummen Streich abtun können. Doch auf dem Gymnasium waren die Schikanen durchdachter geworden. Mobbing pur. Und das Schlimmste war, dass es nicht nur die Schüler waren, gegen die man sich wehren musste. Für einige der Lehrer kam Kathrin nämlich aus genau der bildungsfernen Schicht, von der die Politiker quatschten. Die trauten ihr nichts zu und nahmen sie nicht freiwillig dran, sogar wenn sie sich meldete meist nicht. Und bei den Arbeiten kriegte sie automatisch schlechtere Noten. Kann ja nicht sein, dass eine, die aus 'ner Hartz-Familie kommt, so viel weiß. Die guckten gar nicht erst richtig hin.

Kathrin hätte sich das wahrscheinlich gefallen lassen, sie tat eine Menge dafür, bloß nicht aufzufallen. Aber sie nicht. Sie rannte regelmäßig mit Kathrins Arbeiten zu den Lehrern und wies sie auf die Sachen hin, die sie bei ihr übersehen hatten. Ganz freundlich, klar, sie war zur Expertin im Schleimen geworden, aber sie wollte die Ungerechtigkeit nicht einfach so hinnehmen. Da konnten die anderen über sie herziehen, so viel sie wollten, es war ihr egal. Sie wollte, dass Kathrin ihr Abi schaffte, und zwar mit einem anständigen Notenschnitt. Sie arbeitete echt hart genug dafür und hatte es verdient.

Bis dahin waren es noch anderthalb Jahre. Eine verdammt lange Zeit, wenn man sie in einem Zuhause wie Kathrins verbringen musste. Oder in ihrem eigenen, was das anbelangte. Das Wochenende hatte einen Vorgeschmack darauf geliefert, was auf sie zukam. Frank war genau so, wie sie es befürchtet hatte. Spielte sich als Herr des Hauses auf. Und manipulierte ihre Mutter total. Voll ätzend. Um ins Frauenhaus zu ziehen, reichte das natürlich nicht, nahm sie an. Mit Kathrin. Sie hatten immer schon zusammenwohnen wollen, das wäre die Gelegenheit.

Hauptsache, Kathrin musste nicht ins Heim, weil sie noch nicht volljährig war. Das würde sie nämlich nie machen. Es würde schon schwierig genug werden, sie zu überreden, ins Frauenhaus zu gehen. Sie hoffte, sie würde es wenigstens hinkriegen, dass sie mit der Anwältin redete. Das mit der Schweigepflicht durfte sie nicht vergessen zu erwähnen. Denn das hatte sie deutlich gemerkt: Kathrin war es voll peinlich, was ihr zugestoßen war. Oder immer noch zustieß? Sie zog ihr Handy aus der Tasche und schickte ihr die ungefähr hundertste SMS des Tages.

»Na, wo ist denn dein Klon heute?«

Jenny. Wo kam die auf einmal her? Auch sie hatte in den ersten beiden Stunden gefehlt. Nicht, dass sie sie vermisst hätte, absolut nicht. Ignorieren, ignorieren, ignorieren, beschwor sie sich. Magersüchtige Kuh!

»Hat bestimmt zu viel gesoffen. Oder sie ist abgehauen. Mit ihrem Bruder wahrscheinlich.«

Antonia sprang auf, die Hände zu Fäusten geballt. »Halt einfach die Schnauze«, zischte sie, »sonst …«

»Sonst was? Schlag ruhig zu, das macht man doch so in euren Kreisen, nicht?«

Eine Welle von Wut erfasste Antonia, und sie schnappte nach Luft und schüttelte sich, um das Rauschen in ihren Ohren loszuwerden, den Schwindel, der sie von den Füßen zu holen drohte. Sie wollte etwas sagen, etwas Kluges, etwas, das Jenny ein für alle Mal zum Schweigen bringen würde, doch ihre Gedanken wirbelten wild durcheinander, und sie bekam kein einziges Wort heraus. Wissen ist Macht, fuhr es ihr durch den Kopf, ihr Motto, der Satz, der Kathrin und sie stets zu beflügeln vermochte, wenn es galt, schwierigen Stoff zu lernen, dessen Sinn sich ihnen nicht oder noch nicht erschloss, ein Satz wie ein Achselzucken, es muss halt sein, oder wie ein Startschuss beim Hundert-Meter-Lauf. Marathon, korrigierte sie sich. Nur, was nützte einem alles Wissen der Welt, wenn man es nicht in Worte fassen konnte? Was nützte einem alle Macht der Welt, wenn man gegen Dummheit doch nicht ankam?

Sie starrte hinunter auf ihre geballten Fäuste und wünschte, sie wäre dumm genug, sie auch zu benutzen. Einmal nur. Ein einziges Mal nicht so tun, als machte einem das alles nichts aus. Ein einziges Mal sich wehren, statt zu kuschen vor Angst, alles noch viel schlimmer zu machen. Sie wandte sich ab.

»Aua!«, schrie Jenny plötzlich.

Antonia fuhr erschrocken herum.

»Du spinnst wohl total?!« Jenny brüllte wie am Spieß und hielt sich die Wange.

Antonia schüttelte verständnislos den Kopf.

Im Nu waren sie beide umringt von Mitschülern, allen voran Jennys Freundinnen, die sich gegenseitig in die Rippen stießen und hämisch grinsten. Wie die Hyänen, dachte Antonia, und ich bin die Beute. Erleichtert bemerkte sie, dass Hellmich, der Englischlehrer, sich einen Weg durchs Gewühl bahnte.

»Was ist hier los?«, fragte er.

»Die hat mich geschlagen!«, kreischte Jenny hysterisch, bevor sie sich besann und ihre Stimme auf ein Schluchzen hinunterschraubte. »Die ist echt so was von durchgeknallt.« Sie ließ die Hand vom Gesicht sinken.

Die sich bereits blau färbende Beule, die Jenny offenbarte, verschlug Antonia endgültig die Sprache.

»Ab zum Direktor«, knurrte Hellmich, »alle beide.«

***

»Christian Körber vielleicht«, sagte Siebenhaar, ohne groß zu überlegen.

Sollte es so einfach gewesen sein, das Skelett zu identifizieren? Paul Zinkel war skeptisch und wartete auf eine Begründung.

»Wenn ich ihn nicht vom Tennis gekannt hätte, wär das schwierig geworden«, erläuterte Siebenhaar.

Schon Siebenhaars Name war ein Euphemismus: Nicht ein einziges Haar spross auf dessen Kopf, abgesehen von seinen allzu buschigen Brauen. Aber Tennis? Zinkel musterte ungläubig die unübersichtliche Körperfülle des Mannes und schaffte es gerade noch, ein Augenrollen zu verhindern.

»Wer merkt sich schon jeden geplatzten Termin?«, fuhr Siebenhaar fort.

Genau das hatten die vier Zahnärzte, die Zinkel an diesem Morgen bereits aufgesucht hatte, auch angemerkt. Und ihn vertröstet: Die Nachforschung könne Tage dauern. Das hier nun war ein unerwartet schneller Erfolg ihrer Suche, die ebenso gut im sprichwörtlichen Heuhaufen hätte enden können.

»Warten Sie, ich schau mal nach den Röntgenaufnahmen, das hilft Ihnen sicher weiter.« Siebenhaar sprang überraschend schwungvoll auf und verließ das Sprechzimmer.

Zinkel erwog, Lübben anzurufen, der die Praxen im Umkreis übernommen hatte, vorgeblich, weil er sich besser auskannte. Tatsächlich dürfte er jedoch so entschieden haben, weil die Fahrerei bedeutete, dass er entschieden weniger Zeit in einer Umgebung verbringen musste, die sie beide gleichermaßen verabscheuten.

Dies Sprechzimmer immerhin war eine angenehme Abwechslung. Die anderen Zahnärzte hatten ihn in einen Behandlungsraum gebeten, wo er sich angesichts all der Folterinstrumente schwer hatte zusammennehmen müssen, um überhaupt ein Wort hervorzubringen. Einmal hatte sich gar ein armer Teufel würgend auf dem Stuhl gewunden, da die Zahnärztin ungerührt einen Abdrucklöffel an Ort und Stelle presste, während sie sich mit Zinkel unterhielt. Eine ziemlich einseitige Unterhaltung; er musste eine grünliche Gesichtsfarbe angenommen haben, denn der Patient hatte seine eigenen Unbilden offensichtlich vergessen und Mitleid verströmt. Oder er war verstorben. Zinkel war nicht geblieben, um das herauszufinden.

Er würde Enno nicht anrufen, entschied er, schließlich war noch nichts bewiesen.

Siebenhaar stürmte das Zimmer, als sei er auf der Flucht vor einem rachsüchtigen Patienten. »Da haben wir's«, trompetete er fröhlich, ließ sich auf seinen Stuhl plumpsen, dass dem Sitz mit einem zweideutigen Geräusch die Luft entwich, und klappte eine Karteikarte auf. »Vor fünf Jahren, ziemlich genau. Wir mussten eine Wurzelbehandlung bei drei-fünf durchführen, eine langwierige Sache, aber das wissen Sie sicherlich.«

»Nein«, sagte Zinkel, und wenn es nach ihm ging, würde er die Erfahrung nie machen.

»Ungewöhnlich für Ihr Alter«, bemerkte Siebenhaar und wirkte begierig darauf, ihm in den Mund zu schauen.

Zinkel ignorierte die Aufforderung zur Vorsorge; er hatte Zähne wie ein Pferd, erinnerte er sich an eine Äußerung Patrizias, als er ein seit Tagen im Büro vor sich hin trocknendes Brötchen zermalmt hatte, und zückte Notizbuch und Stift, um sein Desinteresse zu bekunden.

»Nun ja«, fuhr Siebenhaar endlich fort, »Körber hätte noch drei Termine gehabt, aber er ist nicht mehr wiedergekommen.«

»Haben Sie versucht, ihn zu erreichen?«

»Eigentlich machen wir das immer, wenn jemand nicht erscheint, aber nach dem ersten Termin ist das durchgerutscht. Nach dem zweiten hab ich dann selbst telefoniert, weil ich ganz schön sauer war. So ein Verhalten hat gar nicht zu ihm gepasst, der war an sich immer ziemlich korrekt in allem, soweit ich weiß jedenfalls, richtig gut habe ich ihn ja nun auch wieder nicht gekannt.«

Dieser halbe Rückzieher, überlegte Zinkel, konnte fast den Eindruck vermitteln, dass Siebenhaar fürchtete, ins Zentrum der Ermittlungen zu rücken. Ihm waren im Verlauf der Jahre durchaus einige abstruse Mordmotive untergekommen, wenn er nur an diese Schriftsteller und ihre geklauten Ideen damals dachte, aber das entgangene Honorar für eine Wurzelbehandlung taugte als Motiv nun wirklich nicht: Soviel er wusste, nagten Zahnärzte noch immer nicht am Hungertuch.

»Sie haben ihn aber nicht erreicht«, konstatierte Zinkel, davon ausgehend, dass es sich bei dem Skelett tatsächlich um die Überreste Körbers handelte.

»Nein, bloß seine Lebensgefährtin. Sie sagte, er wohne nicht mehr unter ihrer Adresse, und seine neue sei ihr nicht bekannt.«

»Hm«, sagte Zinkel, »ein bisschen merkwürdig, nicht?«

»Ja, das fand ich auch. Andererseits trennen sich Paare ja schon mal im Unguten, und das Ganze ging mich ja auch nichts an, ich habe also nicht weiter nachgefragt, zumal ich Körber nur flüchtig kannte.«

Schon wieder, dachte Zinkel und begann Gefallen an dem Gedanken zu finden, einem mörderischen Zahnarzt gegenüberzusitzen. Marathon-Mann-mäßig. Obwohl diese Berufsgruppe in der Kriminalstatistik vermutlich keine große Rolle spielte. Jedenfalls nicht als Täter ... »Wissen Sie, wie die Lebensgefährtin hieß?«, fragte er.

»Das hab ich mir nicht gemerkt«, bedauerte Siebenhaar. »Moment, warten Sie!«, rief er dann, als sei Zinkel bereits im Aufbruch begriffen, »ihr Vorname ...« Er krümmte sich, legte das Kinn auf eine Hand und dachte offensichtlich angestrengt nach.

Die übergewichtige Version von Rodins Denker, erkannte Zinkel und fragte sich, ob die Pose für diesen Moment bewusst gewählt oder eine einstudierte Marotte war.

»Ich habe immer an eine Blume denken müssen, wenn Körber sie mal erwähnt hat«, sinnierte Siebenhaar. »Jetzt hab ich's, Lilian heißt sie. Aber den Nachnamen weiß ich wirklich nicht mehr.«

»Und Körber, wissen Sie Näheres über den?«

»Ruhiger Typ«, sagte Siebenhaar, und es klang fast abschätzig, »hat irgendwas bei der Stadt gemacht, aber was, weiß ich nicht.«

Das würde sich rauskriegen lassen, und damit kämen sie auch an die Adresse, nahm Zinkel an, unwahrscheinlich, dass einer, der bei der Stadt arbeitete, nicht korrekt gemeldet war. »Darf ich die mitnehmen?« Er deutete auf die Röntgenaufnahmen.

»Sicher.« Siebenhaar schob sie über den Tisch und stieß dabei einen Fotorahmen um. »Ich habe ja nun keine Verwendung mehr dafür«, sagte er bedauernd.

Zinkel warf einen kurzen Blick auf das Foto, bevor er den Rahmen wieder aufstellte. »Wow«, entfuhr es ihm, »Ihre Frau? Glückwunsch.«

Siebenhaar zögerte kaum merklich. »Meine Schwester«, gestand er.

Schwul?, überlegte Zinkel, hätte er jetzt gar nicht gedacht. Auf jeden Fall ein schräger Typ, fand er, und ganz bestimmt seine letzte Wahl, sollte er je unter Zahnschmerzen leiden. Oder die vorletzte, schränkte er ein, die Ärztin vorhin war noch schrecklicher gewesen. Aber vielleicht war er auch nur voreingenommen.

***

»Ich würd's ihr vorläufig nicht sagen.«

Gerrit kraulte sich gedankenverloren hinterm Ohr, dort, wo sein dichtes, nahezu schwarzes Haar zumeist durch ebendiese Geste in verwegenen Büscheln abstand. Ein jugendlicher Einstein, und ziemlich nett anzuschauen, doch Marilene hütete sich, dergleichen verlauten zu lassen. Er nähme jegliches Kompliment als Aufforderung zu einem wahnwitzigen Tanz, Benjamin und Mrs. Robinson – nicht ihre Rolle, wirklich nicht.

»Es wird einen Grund haben«, fuhr Gerrit fort, »dass ihre Mutter behauptet, ihre Eltern seien tot. Bevor wir den nicht kennen, ist das unverantwortlich, finde ich.«

»Da hast du wohl recht.« Marilene war verwundert über diese Besonnenheit, die so gar nicht zu ihm zu passen schien. Gerrit war impulsiv, hart an der Grenze zur Hyperaktivität, und Schweigen war ihm so geläufig wie einem Fisch das Fahrradfahren. Andererseits entsprach er auch in keiner Weise ihrer Vorstellung von Computer-Freaks, die nun mal dick zu sein hatten und blass und weltfremd. Nichts davon traf auf diesen Traum jeder Schwiegermutter zu, also warum sollte er nicht feinfühlig sein?

Gerrit war bislang auf keine Spur von Christian Körber gestoßen. Allerdings hatte er herausgefunden, dass Lilian Tewes nicht wie behauptet bei ihren Großeltern in Leer aufgewachsen, sondern erst im Jahr vor Antonias Geburt von Schleswig-Holstein hierhergezogen war. Christian hatte bei der Meldestelle der Stadt gearbeitet, gut möglich, dass die beiden sich kennengelernt hatten, als Lilian sich dort angemeldet hatte. Marilene hatte eben bei der Behörde angerufen und Glück gehabt: Der Mann am Telefon hatte sich an Christian erinnert, er sei vor fünf Jahren lange krank gewesen und habe schließlich wegen Umzug gekündigt, allerdings ohne seine Folgeadresse anzugeben, die man auch über die Lebensgefährtin nicht habe ermitteln können.

Noch lebende Verwandte habe es nicht gegeben. Eine Sackgasse also.

»Ich schätze, Christian ist tot«, konstatierte Gerrit, ein aufgeregtes Glitzern in den braunen Augen.

»Meinst du?«, wiegelte Marilene ab, noch nicht bereit, das Schlimmste anzunehmen. »Vielleicht ist er ja auch ins Ausland gegangen.«

»Machen waschechte Ostfriesen so was Exotisches?« Gerrit hob die rechte Braue zu einem verdrehten Fragezeichen.

»Wenn die einzige Bindung auf einer Lüge beruht, warum nicht?« Wenn die Welt zusammenbrach, konnte man nur dulden oder fliehen, und sie selbst zog Flucht eindeutig vor.

»Ich weiß nicht«, wandte Gerrit ein, »das kommt mir zu drastisch vor. Okay, dass seine Beziehung in die Brüche gegangen ist, kann ich nachvollziehen. Aber die Liebe zur Tochter kann man doch nicht abstellen, auch wenn man erfährt, dass sie nicht die leibliche Tochter ist.«

»Sollte man meinen«, stimmte Marilene widerstrebend zu, »aber dann hast du vermutlich recht.«

»Natürlich hab ich recht«, entrüstete sich Gerrit, »und wer immer diesen ominösen Brief geschrieben hat, ist der Mörder.«

»Oder die Mörderin«, ergänzte Marilene mehr der Form halber, schließlich war der Brief mit »Einer, der es besser weiß« unterschrieben.

»Oder es war die Mutter?« Gerrit klang kleinlaut.

»Nur das nicht«, bat Marilene, »das arme Kind hat auch so schon genug zu verkraften.«

»Ja, das wär ganz schlecht, deine Kinderschar würde ziemlich unübersichtlich«, warf Gerrit ein. »Vielleicht solltest du selbst in die Produktion von Nachwuchs einsteigen, dann kommst du wenigstens nicht mehr dauernd Mördern in die Quere.«

»Der Zug ist abgefahren«, behauptete Marilene. Sollte er ruhig glauben, dass sie bereits in den Wechseljahren steckte, was nicht der Fall war, jedenfalls nicht richtig.

»Quatsch, heutzutage geht alles, ich kann mich ja mal schlaumachen«, bot er an.

»Danke, nein. Im Übrigen suchen wir keinen Mörder, sondern Antonias leiblichen Vater.«

»Schade eigentlich.« Gerrit bedachte sie mit seinem Schlafzimmerblick.

Marilene nahm an, es handelte sich um ein Angebot zur Samenspende, doch sie zog es vor, sein Bedauern auf die nicht vorgesehene Mördersuche zu beziehen: »Sollte Christian tot sein, ist es Sache der Polizei, den Mörder zu finden, nicht meine.«

»Gibst du mir das schriftlich?«, fragte Gerrit. »Lothar würde sich mächtig freuen.«

Marilene lachte. »Du bist unmöglich, weißt du das?«

»Manche finden mich eher unwiderstehlich, nur bei dir beiße ich auf Granit.« Gerrit seufzte theatralisch.

»Du bist zu jung, finde dich damit ab.«

»Na und? Lothar ist schließlich auch jünger als du.«

Marilene schnappte nach Luft. »Aber nicht so jung, dass ich seine Mutter sein könnte. Außerdem läuft da nichts.«

»Weiß Lothar das?«

Marilene drohte Gerrit spielerisch mit der Faust. »Vielleicht könntest du anfangen, meine Privatsphäre zu respektieren? Falls du weißt, was das ist.«

Gerrit schmollte. »Apropos, was macht eigentlich dein Polizist?«, versuchte er abzulenken.

»Kochen«, knurrte sie, nicht gewillt, näher auf das Thema einzugehen.

»Interessante Berufswahl. Oder meintest du das im übertragenen Sinn?«

Marilene sah sich nach einem geeigneten Wurfgeschoss um, griff nach ihrem Feuerzeug und holte aus.

Gerrit duckte sich sicherheitshalber und hob beide Hände. »Okay, okay«, lenkte er ein, »ich seh schon, unser kleiner Exkurs ist hiermit beendet. Also zurück zum Thema: Antonia.«

Er wandte sich seinem Laptop zu und hackte geschäftig auf die Tastatur ein. »Es gibt in Neustadt in Holstein noch einen Eintrag auf Tewes. In Lübeck, das ist nicht weit entfernt, ist noch einer. Ich finde, wir sollten da hinfahren. Wenn jemand etwas über Antonias Entstehungsgeschichte weiß, dann doch wohl ihre Familie. Wir bräuchten natürlich eine echt einwandfreie Geschichte, um die zum Reden zu bringen. Ein so gut gehütetes Familiengeheimnis wird niemand einfach so ausspucken, schon gar nicht am Telefon.«

»Das mag ja stimmen, aber –«

Gerrit schnitt ihr das Wort ab. »Aber ich verspreche, mich absolut korrekt zu verhalten. Ich könnte mich als dein Sohn ausgeben, oder als Antonias Freund, was immer du willst. Lothar würde mir ewig dankbar sein, wenn ich dich begleite, und die Gelegenheit, ihn in meiner Schuld zu wissen, würde ich mir nur ungern entgehen lassen.«

***

Das Haus passte nicht so recht in die Umgebung, fand Zinkel. Es lag weiter ab von der Straße als die übrigen und verfügte über einen großzügigen Vorgarten, der zwar nicht verwildert, aber auch nicht sonderlich gepflegt war. Die zum Haus führenden Waschbetonplatten schimmerten grünlich, die typische Ostfriesland-Patina, der man nur mit Hochdruck beikommen konnte, und der senfgelbe Klinker biss in den Augen, war vermutlich in den Achtzigern modern gewesen, wohingegen heutzutage Weiß die bevorzugte Farbe wäre, wenn man sich abheben wollte. Die dunkelbraunen Holzrahmen der Fenster bedurften so dringend eines Anstrichs wie das leicht schief in den Angeln hängende Garagentor. Ein reiner Frauenhaushalt, nähme er an, stünde nicht ein Paar in der Tür. Jedoch würde er sich nicht festlegen wollen, ob es sich um Mann und Frau oder Vater und Tochter handelte, denn der Altersunterschied schien beträchtlich.

»Paul Zinkel, Kripo Leer«, stellte er sich vor und zückte seinen Ausweis. »Mein Kollege Enno Lübben.«

Lübben imitierte ihn, nur ungleich schneller, fast schon ein Taschenspielertrick, wie er den vermeintlichen Ausweis wieder verschwinden ließ, bevor die beiden mehr als einen flüchtigen Blick darauf werfen konnten.

»Das war Ihre Versicherungskarte«, bemerkte der Mann, »aber ich will's Ihnen mal glauben. Frank Herzog, das ist meine Frau.« Er legte den Arm um deren Schultern und zog sie zu sich heran.

Zinkel wunderte sich, laut Töpferschild oberhalb der Klingel wohnten hier Lilian und Toni Tewes.

»Was hat sie denn nun schon wieder angestellt?«, fragte Herzog in einem Tonfall, als sei er Aufsichtsperson in einem Heim für straffällig gewordene Jugendliche und Besuch von der Polizei lästige Alltagsroutine.

»Wer?« Zinkel konnte sich beim besten Willen nicht vorstellen, dass Herzog von seiner Frau sprach, einer ausnehmend hübschen Person, die ihn an himmlische Engel denken ließ mit ihrem goldglänzenden Haar und den sanftmütigen blauen Augen. Sie wirkte zu schüchtern, um je aus der Reihe zu tanzen oder gar zum Ziel polizeilicher Ermittlungen zu werden.

»Antonia natürlich, oder warum sind Sie sonst hier?«

Ah, dachte Zinkel, der Toni war eine Sie und offensichtlich nicht fortgezogen, wie er bei der Nennung des Namens Herzog zunächst befürchtet hatte. »Lilian Tewes?«, erkundigte er sich, Herzogs Frage ignorierend.

Sie warf einen kurzen Blick auf ihren Mann, als wollte sie sich vergewissern, dass er nichts gegen eine Antwort einzuwenden hatte, bevor sie stumm nickte. »Ich habe meinen Namen behalten«, fügte sie nun doch hinzu, »wegen Antonia.«

Diese Unterhaltung würde eine der zähen Art, fürchtete Zinkel.

Lübben schien ähnlich zu empfinden, denn er trat so nahe an die beiden heran, dass sie automatisch auseinanderwichen. Er nahm es als Einladung und betrat das Haus. Herzog wieselte um ihn herum und ging voran.

Zinkel unterdrückte ein Grinsen und folgte. Er erlebte das Manöver nicht zum ersten Mal, hätte bei Herzog jedoch nicht erwartet, dass es funktionieren würde; er wirkte viel zu souverän, um so leicht das Feld zu räumen.

Sie betraten das Wohnzimmer, wo Herzog mit unbestimmter Geste auf eine von blumengemustertem Brokatstoff überzogene Sitzgarnitur wies. Lübben und Zinkel setzten sich auf das entschieden zu niedrige Sofa, das mit dem Rücken zum Garten stand, Herzogs Frau wählte den Sessel gegenüber, wohingegen Herzog sich hinter dem Sessel postierte, die Hände auf den Schultern seiner Frau, der Griff ein wenig zu fest, so kam es Zinkel vor, denn sie zog die Schultern hoch, wie um sich zu entwinden. Besitzergreifend, dachte Zinkel, doch er konnte es ihm nicht mal verdenken, sie war wirklich – eine Augenweide? Ein anderes Wort wollte ihm nicht einfallen, doch es passte hierher, fand er, der Begriff so altmodisch anmutend wie der Raum, in dem sie sich befanden.

Zinkel blickte auf einen massiven Wohnzimmerschrank, der fast die gesamte gegenüberliegende Wand einnahm, Nussbaum, glaubte er zu erkennen, ein Holz so dröge, dass es nur von Eiche rustikal übertroffen wurde. Tisch und Stühle der Essecke waren ebenfalls aus Nussbaum, die Stuhlpolster bezogen mit blank gewetztem braunen Samt, die schmalen hölzernen Rücklehnen förderten aufrechtes Sitzen, denn nutzte man sie gemäß ihrer Bestimmung, riefe dies garantiert ein lahmes Kreuz hervor. Deckenvertäfelung wie auch Parkettboden waren aus Eiche, was die Assoziation mit dem verderblichen Belag eines Sandwiches in ihm hervorrief. Die Schirme zweier Stehlampen versprühten den unwiderstehlichen Charme der fünfziger Jahre, und die Wände zierten diverse Stiche von Kranichen und Enten. Das Einzige, was ihm hier gefiel, war ein hübscher Sekretär, der im Durchgang zum Essbereich vor einem kleinen Butzenfenster stand, ein perfekter Platz, um in den Garten hinauszuschauen und schwermütige Gedichte zu verfassen. Ansonsten war die Einrichtung dazu angetan, Depressionen zu entfachen, und aus unerfindlichen Gründen empfand er Herzogs Gegenwart auch nicht gerade als stimmungsaufhellend.

»Ich fürchte zwar, dass sich das bald genug ändern wird«, sagte der nun, »doch noch kenne ich die Gepflogenheiten bei Besuchen der Polizei nicht. Im Fernsehen fragt man an dieser Stelle, ob Sie was trinken möchten.«

»Danke, nein«, lehnte Zinkel ab. »Wie kommen Sie darauf, dass wir Sie öfter aufsuchen werden?«

»Nun, wir haben vorhin einen Anruf von der Schule erhalten,

die die Tochter meiner Frau besucht. Antonia hat eine Schlägerei angezettelt. Deswegen sind Sie ja wohl hier.«

»Angeblich«, warf Lilian Tewes kaum hörbar ein.

»Schulhofschlägereien fallen nicht in den Zuständigkeitsbereich der Kriminalpolizei«, merkte Lübben steif an. »Tatsächlich geht es um den Verbleib von Christian Körber.«

»Ach, so hieß doch dein Verflossener, oder, Schatz?« Herzog nickte ermunternd ihren Hinterkopf an. Schatz reagierte nicht, und so fuhr er fort: »Antonias Vater«, erläuterte er, »er hat vor ein paar Jahren die Biege gemacht und sie sitzen gelassen.«

»Wohin?«, fragte Lübben.

»Warum?«, fragte Zinkel zeitgleich, da ein Wohin vermutlich doch nur mit Ausflüchten beantwortet würde.

»Er wird eine andere kennengelernt haben«, sagte Herzog. »Ich kann mir zwar nicht vorstellen, dass irgendeine Frau Lilian das Wasser reichen kann, aber des Menschen Wille ist nun mal sein Himmelreich.«

»Himmelreich ist ein gutes Stichwort.« Zinkel reichte es, und so formulierte er drastischer, als er das normalerweise tun würde: »Wir haben ein Skelett gefunden und Grund zu der Annahme, dass es sich dabei um die sterblichen Überreste von Christian Körber handelt. Wenn Sie ihn kannten«, er bedachte Herzog mit seinem Böser-Bulle-Blick, »dürfen Sie gern als Zeuge aussagen, wenn nicht, möchten wir uns mit Ihrer Frau unterhalten. Ausschließlich.«

»Ich bin erst vor drei Jahren nach Leer gezogen.« Herzog richtete sich auf. »Dann muss ich jetzt wohl das Feld räumen. Dürfen Sie das überhaupt? Mich aus meinem eigenen Wohnzimmer rauswerfen?« Er hob die Hände, als sei eine Waffe auf ihn gerichtet.

»Vielleicht wäre es besser, wenn Sie uns auf die Dienststelle begleiten«, schlug Lübben an Tewes gewandt vor.

Die jedoch schien ihn nicht zu hören. Sie saß vollkommen reglos, die Hände ineinander verkrampft, und ihr Gesicht war kalkweiß. Eine einzelne Träne rann ihr die Wange hinab und blieb zitternd am Kinn hängen. Ein Geräusch an der Haustür ließ sie auffahren, und ihr Gesicht wurde noch eine Spur blasser, so das überhaupt möglich war. »Bitte«, flüsterte sie, öffnete und schloss sprachlos den Mund, während Herzog bereits den Raum verließ.

»Antonia«, rief er im Flur und klang regelrecht gut gelaunt, »die Polizei ist da!«

»Aber ich habe doch gar nicht –«

Herzog ließ sie nicht ausreden. »Das kannst du den Herren selbst erzählen«, sagte er, schob sie vor sich her ins Wohnzimmer und zog, tatsächlich von außen, die Tür zu.

Was für ein himmelschreiender Idiot, dachte Zinkel. »Wir sind nicht Ihretwegen hier«, versuchte er abzuwiegeln, dabei wäre ihm jede Schlägerei willkommener, als diesem Kind mitteilen zu müssen, dass sein Vater vermutlich tot war.

»Schade«, sagte Antonia einigermaßen unbekümmert, »das hätte bestimmt seinen Tag gerettet.« Sie deutete mit dem Daumen hinter sich und blickte mit hochgezogenen Brauen zu ihrer Mutter, als erwarte sie, zurechtgewiesen zu werden. Was sie sah, veranlasste sie, zu ihr zu stürzen. »Mama!« Sie kniete sich vor sie. »Mama, was ist denn los?«

Die Verwandtschaft war unübersehbar, ja, sie könnten späte Schwestern sein, fand Zinkel, die Tochter etwas weniger blond und nicht gar so zierlich, dennoch dürften die Jungs bereits Schlange stehen, ihr Herz und Unschuld zu rauben; es musste die Hölle sein, das Heranwachsen einer solchen Tochter nur zu begleiten und nicht jede Warnung auszusprechen angesichts überall drohenden Unheils, das die Hübschen vielleicht stärker anzogen als die Unscheinbaren, wie Blitzableiter im Gewitter. Allein, die Rollenverteilung hier schien eine andere. Wo die Mutter ihm kindlich unbeholfen vorkam, wirkte die Tochter vor ihrer Zeit souverän: Sie war es, die die Mutter zu beschützen suchte, und darauf beruhte wohl auch ihre offenkundige Abneigung gegen Herzog.

»Ich – dein Vater – Christian. Er ist tot«, stammelte Tewes.

»Aber er –«, hub Antonia an und fuhr herum. »Ist das wahr?«

»Ziemlich sicher.«

»Was ist passiert?« Sie hörte sich gefasst an, doch sie blinzelte gegen drohende Tränen.

Eine Frage, die eigentlich die Mutter stellen müsste, fand Zinkel. »Das müssen wir erst noch herausfinden«, sagte er behutsam und erwog, Antonia aus dem Zimmer zu schicken. Sie würde kaum zur Aufklärung von Körbers Verschwinden beitragen können. Andererseits schaffte die Tochter es vielleicht eher, ihre Mutter zum Reden zu bringen. »Wann genau ist er denn verschwunden?«, fragte er.

»Vor ungefähr fünf Jahren?« Antonia hob ratlos die Schultern.

»Ziemlich genau.« Lilian Tewes nickte bestätigend und fuhr sich mit den Händen über das Gesicht, als wolle sie Sorgenfalten glatt streichen, die freilich nicht vorhanden waren. »So war er nicht«, sie wedelte unbestimmt mit der Hand durch die Luft, und ihre Stimme klang jetzt anders, so als habe sie sie lange nicht gebraucht. »Er hat nicht rumgemacht. Ich glaube nicht, dass er eine andere hatte. Er ist ausgezogen, aber bestimmt nicht zu einer anderen Frau.«

»Er ist also nicht einfach verschwunden, sondern ganz offiziell hier ausgezogen?«, schaltete sich Lübben ein.

»Als wir nach Hause gekommen sind, war er einfach nicht mehr da. Und alle seine Sachen waren auch weg.« Ihre Stimme klang zittrig bei der Erinnerung. »Natürlich hab ich geglaubt, er ist ausgezogen, was denn sonst? Wo haben Sie ihn denn gefunden?«

»Nicht weit von hier, im Heseler Wald«, sagte Lübben, »und er hatte überhaupt nichts bei sich. Was genau hat denn alles gefehlt?«

»Seine Hälfte des Kleiderschranks war komplett leer, sogar die Bücher vom Nachttisch hat er mitgenommen, sein Waschzeug, ein paar Handtücher«, zählte sie auf und nahm die Finger zu Hilfe, »seine Schuhe natürlich, nur die Gummistiefel hat er vergessen, das muss er alles in zwei Koffer gepackt haben, denn die waren auch weg. Aus der Küche haben ein paar Tassen und Teller gefehlt, ein Topf, eine Pfanne, auch ein paar Gläser. Aber Besteck hat er nicht mitgenommen. Eigentlich echt witzig, nur war mir nicht nach Lachen. Im Wohnzimmer fehlten bloß Bücher, nicht alle, aber man konnte gut sehen, wo sie gestanden hatten, und dann hat er noch eine Lampe mitgenommen und einen Teil der CDs. Und der Werkzeugkoffer war weg …« Ihre Stimme verklang, ihre Hände flatterten zurück auf den Schoß und nahmen ihre Rangelei wieder auf.

Am laufenden Band, dachte Zinkel gehässig. »Sie haben ein gutes Gedächtnis«, lobte er, doch tatsächlich klang die Litanei wie einstudiert.

»Ich hab das nicht alles sofort gemerkt«, fuhr Tewes fort. »Als ich zum Haus rein bin, hatte ich erst nur so ein komisches Gefühl. Irgendwie hat es anders gerochen, und es hat so leer gewirkt. Christian war krank gewesen und hätte eigentlich zu Hause sein müssen. Im Wohnzimmer sah es so aus, als wäre er nur mal eben aufs Klo gegangen oder kurz zum Arzt, aber dann hab ich auf dem Sekretär die Kette mit dem halben Herz gefunden, die wir beide getragen haben. Trotzdem hab ich mir noch eingeredet, dass ich mir das bloß einbilde, aber im Schlafzimmer – da konnte ich mir nichts mehr vormachen. Ach ja, das Auto war natürlich auch weg.«

Das sah tatsächlich nach Auszug aus, nichts anderem, dachte Zinkel, und es erklärte, warum sie ihn nicht als vermisst gemeldet hatte. »Einen Abschiedsbrief gab es aber nicht?«, vergewisserte er sich.

»Ich – nein, kein Abschied.«

»Warum, glauben Sie, hat er Sie verlassen?«, fragte Lübben.

»Wir waren so glücklich all die Jahre.« Sie flüsterte fast, und wieder rann ihr eine einzelne Träne die Wange hinab. »Nichts hat darauf hingedeutet, dass er uns nicht mehr wollte, er hat dieses Haus so sehr geliebt und vor allem den Garten, und uns, uns hat er auch geliebt, das kann man nicht spielen, nicht er, und trotzdem hat er innerhalb von Stunden alles weggeworfen, was wir hatten.«

»War es sein Haus?«, erkundigte sich Zinkel, denn das würde die Geschichte in seinen Augen unglaubwürdig machen.

»Nein, ich hab es von meinen Großeltern geerbt.«

»Haben Sie nie versucht, ihn zu finden?«

»Warum hätte ich das tun sollen? Es hätte nichts gebracht zu wissen, wo er ist, wenn er doch nichts mehr mit uns zu tun haben wollte. Außerdem hätte ich gar nicht gewusst, wie ich das anstellen soll. Ein Kollege von ihm hat mich damals nach seiner neuen Anschrift gefragt, wegen der Versicherungsunterlagen, und wenn die schon nichts rausgekriegt haben …«

»Ich hab ihn gesucht«, schaltete sich Antonia ein, »im Netz, aber ich hab ihn nicht gefunden. Wie ist er gestorben?«

Sie schien zu glauben, ihre Mutter benötigte ihren Beistand nicht länger, stand auf und ging zur Terrassentür, sichtlich bemüht, sich ihren inneren Aufruhr nicht anmerken zu lassen.

»Ein Schlag oder ein Sturz«, erläuterte Lübben, »Genaueres wissen wir noch nicht.«

»Wer soll meinen Christian denn so geschlagen haben, dass er stirbt?« Tewes schüttelte fassungslos den Kopf. »Er war so sanft, so herzensgut, er hatte keine Feinde, im Leben nicht.«

Mordopfer hatten nie Feinde, dachte Zinkel trocken. An die Unfallversion glaubte er absolut nicht. Wenn jemand einen Unfall verursachte, war er nicht in der Verfassung, die Sache so akribisch zu vertuschen, jedenfalls nicht ohne die Hilfe eines Unbeteiligten. Ausgeschlossen. Und wo war dann das Auto, wo waren die restlichen Besitztümer Körbers? Sie mussten unbedingt herausfinden, wo er sich zwischen seinem Auszug und seinem Tod aufgehalten hatte. Das Problem war natürlich, dass sie diese Zeitspanne nicht eingrenzen konnten. Wenn es sie überhaupt gegeben hatte. Tatsächlich zweifelte er daran, denn in dem Fall musste Körber ja irgendwo gewohnt haben, und mit seinem Verschwinden wäre es dann auch zu einer Vermisstenmeldung gekommen. Also war er entweder direkt nach seinem Auszug umgekommen oder sogar vorher umgebracht worden und der Auszug nur vorgetäuscht. Beide Szenarien deuteten klar auf Tewes. Beziehungskiste, hatte er's doch gleich gewusst.

Allerdings erschien ihm Lilian Tewes nicht kräftig genug, Körbers Leiche fortzuschaffen, nicht ohne Hilfe. Antonia kam dafür kaum in Frage, sie dürfte damals elf, höchstens zwölf gewesen sein, schätzte er. Andererseits konnte der äußere Anschein durchaus täuschen: Tewes war zierlich, doch das hieß nicht unbedingt, dass sie schwach war, und Verzweiflung schuf nicht nur Mut, sondern setzte auch schon mal ungeahnte Kräfte frei. Zu zweit – nein, nicht die Tochter, es musste noch jemand anderes beteiligt gewesen sein, ein Erwachsener, jemand, der strategisch zu planen in der Lage war. »Wann haben Sie Ihren jetzigen Mann kennengelernt?«, fragte er.

»Vor drei Jahren. Ich arbeite bei einem Teehandelshaus und bin ihm über den Weg gelaufen, als er zu einem Vorstellungsgespräch da war. Na ja, eigentlich bin ich in ihn hineingelaufen«, sie rieb sich die Stirn, als sei dort noch immer eine Beule von dem Zusammenprall, »aber er hat nur gelacht. Und jetzt sind wir seit letzter Woche verheiratet, und Frank ist hier eingezogen, also hat manchmal auch ein Unfall sein Gutes, nicht?«

»Herzlichen Glückwunsch«, sagte Zinkel und merkte selbst, dass er haarscharf an der Ironie vorbeischlidderte. Der Schwachkopf wohnte seit einer Woche in diesem Haus und bezeichnete diesen Raum als »sein eigenes Wohnzimmer«? Nicht zu fassen.

Antonia schnaubte verächtlich, überspielte das Geräusch jedoch augenblicklich mit einem wenig überzeugenden Niesen. »Hast du doch wieder angefangen zu arbeiten?«, fragte sie.

»Natürlich nicht, ich hab mich nur versprochen.«

»Hätt mich auch gewundert«, murmelte Antonia kaum hörbar, »Franks Wünsche sind ihr heilig.«

»Was war das?« Tewes nahm eine aufrechtere Haltung ein, wie um ihre Tochter zu maßregeln, bevor sie wieder zusammensackte. »Ach Kind, du tust ihm unrecht, wie oft muss ich das noch sagen?«

Der offensichtlich seit Längerem schwelende innerfamiliäre Disput ging ihn nichts an, fand Zinkel, trotzdem hatte er das Gefühl, Antonia beistehen zu müssen. »Sie haben vorhin die Frage meines Kollegen nicht beantwortet«, versuchte er, zum Thema zurückzuleiten. »Warum hat Ihr Lebensgefährte Sie verlassen?« Aus den Augenwinkeln bemerkte er, wie Antonia die Schultern hochzog, als fröstelte sie. Schneckenhaus, dachte er.

»Ich weiß es wirklich nicht«, sagte Lilian Tewes, und auch das klang wenig überzeugend.

***

Sie glaubten ihr nicht. Antonia lag auf ihrem Bett, und Tränen der Wut rannen ihr übers Gesicht. Von Frank hatte sie ja nichts anderes erwartet. Aber dass ihre Mutter, die noch nie was auf Hörensagen gegeben hatte, sich nun auf seine Seite schlug, war kaum zu glauben. Was war mit »Mach dir immer erst dein eigenes Bild, statt vorschnell zu urteilen«? Jetzt auf einmal reichte es, dass sie für diese Woche von der Schule suspendiert worden war, um genau das zu tun: vorschnell zu urteilen. Sich einem vorschnellen Urteil anzuschließen. Das Leben war so ungerecht. Natürlich wusste sie das längst, aber bisher war sie davon ausgegangen, dass das nur die Außenwelt betraf, nicht die eigene Familie. Restfamilie. Sie streifte die Tränen unwirsch mit dem Handrücken ab, doch die Heulerei wollte einfach nicht aufhören.

Kein Wunder, denn das war es ja nicht allein. Die Nachricht vom Tod ihres Vaters war ein Schock gewesen. Des Mannes, den sie für ihren Vater gehalten hatte. Was eine ziemlich umständliche Bezeichnung war. Christian. Ihn beim Vornamen zu nennen, fiel ihr schwer. Sie hatte zum ersten Mal bemerkt, wie ihre Mutter sich bei der Bezeichnung korrigiert hatte, und fragte sich, ob sie früher nur besser hätte hinhören müssen, um zu begreifen, dass er nicht ihr Vater war. Zu spät. Zu spät für alles. Sie würde ihn nicht mal mehr fragen können, ob Vater-und-Kind-sein nicht vor allem mit Liebe zu tun hatte statt mit Genen. Ob Mann-und-Frau-sein nicht vor allem mit Liebe zu tun hatte statt mit Vergangenheit.

Sie begriff nicht, wieso er einfach abgehauen war. Wenigstens hätte er mit ihrer Mutter drüber reden müssen, statt bloß den blöden Brief zurückzulassen, den er ja nicht mal selber geschrieben hatte. Das war voll daneben. Vielleicht würde er noch leben, wenn er nicht abgehauen wäre? Schnee von gestern. Jedenfalls konnte sie gut verstehen, dass ihre Mutter heute Nachmittag kein Wort über den Brief verloren hatte. Schlimm genug, dass Christian abgehauen war, aber was in dem Brief stand, würde erst recht ein schlechtes Licht auf sie werfen. »Das fällt auf dich zurück«, würde Uri sagen, einer von ihren blöden Sprüchen, deren Wahrheitsgehalt sie immer angezweifelt hatte.

Bis jetzt. Jedenfalls würden die Polizisten das bestimmt für ein super Motiv halten.

So wie Frank, der eh schon ganz scharf auf die Geschichte war. »Wie, Mord?«, äffte sie ihn gedanklich nach, »und da haben sie dich nicht mitgenommen? Die meisten Verbrechen werden nun mal von nahen Angehörigen begangen, das weiß doch jedes Kind, haha.« Idiot. Nur gut, dass er nichts von dem Brief wusste.

Noch besser, dass sie ihn bei der Anwältin gelassen hatte. Sie hatte nämlich den Verdacht, dass Frank in ihrem Zimmer gewesen war. Obwohl sie es abschloss, bevor sie das Haus verließ, und den Schlüssel bei sich trug. Eine der Schubladen ihres Schreibtischs war nicht vollständig geschlossen gewesen, und sie war sich sicher, dass nicht sie selbst dafür verantwortlich war, denn sie konnte so etwas nicht ausstehen. Kleine Macke, gab sie zu, sie schob jede Schublade automatisch zu, seit sie laufen konnte, und ganz egal, wo.

Was hatte er nur gesucht? Wenigstens führte sie kein Tagebuch. So ein Schloss könnte er mit Sicherheit öffnen, wenn schon das Zimmerschloss kein Hindernis war. Der Typ war nicht sauber. Wieso merkte ihre Mutter das nicht? Wieso gab sie so viel auf seine Meinung? Dass sie seinetwegen ihren Job gekündigt hatte, war der totale Hammer. Beide in derselben Firma fand er nicht gut, das gebe nur Anlass zu Reibereien. So ein Blödsinn. Einer aus der Geschäftsleitung hatte im Warenlager nichts zu suchen, und die waren sich kaum je über den Weg gelaufen. Nur ganz am Anfang, als er rumgeführt worden war, hatte er es besichtigt. Ausgerechnet da war ihre Mutter in ihn hineingelaufen, schusselig, wie sie war. Wäre das nicht passiert, hätten sie ihn jetzt nicht an der Backe. Ein blöder Zufall, der dazu geführt hatte, dass aus ihrer Mutter ein Mäuschen wurde und sich ihrer beider Leben total veränderte.

Wie die Sache mit dem Hausarrest. Das war voll gemein, zumal sie von Jenny reingelegt worden war. Aber das glaubten sie ihr nicht. Wenn der Direktor persönlich hier anruft, muss es ja schließlich stimmen. Pah! Selbst wenn es gestimmt hätte, wäre ihre Mutter ihr früher nie mit so was wie Hausarrest gekommen, sondern sie hätten einfach darüber geredet. Zusammen überlegt, was sie hätte anders machen können, damit es nicht wieder vorkam. Auf einmal galten hier völlig neue Regeln, denen sie sich absolut nicht unterwerfen wollte. Sie wusste bloß nicht, wie sie sich dagegen wehren konnte.

Sie war sich sicher, dass es in Franks Leben Dinge gab, die er verbarg. Der Mann hatte irgendwie keine Vergangenheit, jedenfalls keine, über die er sprach. Warum hatte sie nichts über ihn finden können? Das war doch nicht normal. Wieso war der Kerl nicht in Facebook oder Wer-kennt-wen, und wenn nicht selbst, wieso wurde er dann nicht wenigstens mal erwähnt? Gut, über ihre Mutter gab es auch nichts zu finden, aber das hatte seinen Grund. Und sie konnte es verstehen, auch wenn sie das ganz bestimmt nie äußern würde.

Nichts wäre schlimmer für ihre Mutter, als zu wissen, dass ihr Geheimnis gelüftet war. Längst schon. Sie hoffte nur, dass Frank nie Wind davon bekam. Das würde ihm noch mehr Macht über ihre Mutter geben. Wer ihr Vater war, konnte ihm egal sein, aber das andere durfte er nie erfahren. Na ja, so egal vielleicht auch wieder nicht, wenn er nämlich wüsste, dass ihre Mutter auch dies Geheimnis vor ihr bewahren wollte, dann würde ihm das ebenso zu viel Macht geben. Ihr wurde ganz schwindelig von diesem Durcheinander. Wenigstens hatte sie, ohne es richtig zu merken, aufgehört zu heulen. Sie setzte sich auf und putzte sich die Nase.

Sie wünschte, Kathrin wäre hier. Nicht, um mit ihr über all das zu reden, das brachte sie so wenig fertig wie Kathrin, was ihre Brüder betraf. Sondern einfach nur so, für das Gefühl, nicht allein zu sein. Aber sie hatte noch immer nichts von ihr gehört, und jetzt konnte sie nicht mal aus dem Haus, um nach ihr zu suchen. Frustriert ließ sie sich wieder zurückfallen. Sie wünschte, alles wäre so wie früher, vor Frank. Sie wünschte, alles wäre wieder gut, doch das erschien ihr im Augenblick ziemlich unwahrscheinlich. Ein Märchen. Und wenn sie nicht gestorben sind, dann – nein, hör auf damit, befahl sie sich, das gibt bloß wieder Tränen.

Sie rollte sich herum auf den Bauch und zog ihr Handy

aus der Tasche, wo sie es hatte verschwinden lassen, als Frank ihr hinterhergerufen hatte, dass sie es herausrücken solle, zum Hausarrest gehöre Kontaktverbot. Sie hatte behauptet, es in der Schule vergessen zu haben. Ein letzter Versuch, dachte sie und bat Kathrin per SMS, sich zu melden, aber bloß nicht herzukommen. Sie hielt inne, sie musste sie sehen. Wenn sie nachher in den Garten ginge, das war ja wohl noch erlaubt, könnte sie die Leiter, die noch vom Pflaumenpflücken hinter der Garage lag, dort aufstellen, dann wäre Flucht ein Kinderspiel. »Treffen nur nachts möglich«, tippte sie und drückte auf »Abschicken«, bevor sie der Mut verließ. Sie konnte nur hoffen, dass Frank einen tiefen Schlaf hatte und nichts von einem solchen Ausflug bemerken würde, aber es war an der Zeit, beschloss sie, das Schweigen zu beenden. Vielleicht würde Kathrin das genauso sehen können, wenn sie erst erfuhr, dass sie nicht die Einzige war, die große Probleme hatte und nicht darüber reden wollte.

Das erinnerte sie an die Anwältin. Sie sollte sie informieren. Sie sprang auf, holte deren Visitenkarte aus ihrem Rucksack und tippte die nächste SMS: »Christian ist tot. Hab Schulverweis/ Hausarrest/Kontaktverbot. Im Moment keine Anwältin nötig.« Sie hob den Kopf, Schritte auf der Treppe? Hätte sie bloß abgeschlossen vorhin. »Kann sich ändern«, fügte sie noch hinzu, »LG Antonia.« Und weg damit, feuerte sie sich an, vergewisserte sich, dass sie das Handy stummgeschaltet hatte, und stopfte es hastig zwischen Matratze und Bettrahmen, keine Sekunde zu früh. Die Tür wurde geöffnet, so lautlos, dass es sie wunderte, zuvor die Schritte gehört zu haben.

»Was machst du?«, fragte Frank.

»Mich bemitleiden«, knurrte sie.

»Dazu hast du noch keinen Grund.«

Noch? Sie fuhr hoch, was sollte das denn heißen? Sie wollte schon kontern, suchte nach einer passenden Erwiderung und ließ es dann doch. Sie würde sich nicht so verhalten, wie er es erwartete, beschloss sie und fand sich sehr weise. Sie stand auf und stellte sich ans Fenster. »Was willst du?«, fragte sie gegen die Scheibe gerichtet.

»Dir etwas klarmachen.«

»Ach ja?«

»Je ungebührlicher du dich verhältst, desto mehr leidet deine Mutter.«

Das klang wie eine knallharte Drohung. Ihr reichte es. Wenn er meinte, ihr drohen zu müssen, sollte er wenigstens Klartext reden. Sie wandte sich um. Er schaute nicht sie an, sondern blickte zu ihrem Bett. Oh Mist!

»Ach, da ist mein Handy!«, rief sie geistesgegenwärtig.

Frank bückte sich danach. Sie versuchte, ihm zuvorzukommen, stürzte herbei und streifte ihn, nicht hart, doch er verlor das Gleichgewicht und fiel aufs Bett, dass die Federn quietschten. Seine Geldbörse rutschte aus der Brusttasche seines Hemdes, wo er sie zu tragen pflegte, als wolle er jedem zeigen, wie prall gefüllt sie war, und landete auf dem Boden. Seine Kartensammlung und ein Haufen Münzen fielen heraus, und diesmal war Antonia die Schnellere. Sie hockte sich hin, sammelte alles ein und hielt es in die Höhe. So wie er das Handy. »Tausch dich«, sagte sie und gab sich ein wenig albern, hoffend, dass er sich darauf einließ und nicht las, was sie geschrieben hatte.

Er musterte sie mit nachdenklicher Miene. Viel zu lange, fand sie und setzte noch einen drauf: Sie grinste. Oje, das war zu viel, fürchtete sie, Grinsen war was für Freunde, wenigstens für Leute, die sich leiden konnten, und beides traf ganz sicher nicht zu, doch schließlich hielt er ihr die Hand entgegen. Er öffnete seinen Griff Finger um Finger, bis sie nach dem Handy schnappte. Dann erst reichte sie ihm die Geldbörse.

»Danke fürs Aufsammeln«, sagte er, stand auf und warf ihr einen letzten zweifelnden Blick zu, bevor er das Zimmer verließ und sogar die Tür schloss.

5

»Ich rede«, wiederholte Marilene und blickte Gerrit durchdringend an, bevor sie an der Tür klingelte.

»Ja, ja, ich bin bloß der Azubi und obendrein etwas unbedarft, richtig?« Gerrit schloss die Lider halb und klappte den Unterkiefer hinab, was ihm etwas glaubhaft Debiles verlieh.

»Übertreib nicht, ich warne dich«, sagte sie streng und schüttelte die Beine aus, die nach der langen Fahrt in Gerrits Mini noch immer kribbelten, trotz der Pause eben. Das Gefährt war kein Auto, sondern eine rollende Foltermethode für jeden über dreißig, der nicht kleinwüchsig war. Gerrits Argument allerdings, die Altersschwäche ihres Wagens betreffend, hatte sie nicht widerlegen können, und so hatte sie nachgegeben, als er schier darum gebettelt hatte, sie nach Neustadt fahren zu dürfen.

Sie war keine gute Beifahrerin, doch seine Fahrweise war überraschend umsichtig gewesen, und wenn sie besser hätte sitzen können und die elenden Baustellen auf der A 1 nicht gewesen wären, hätte sie die Reise sogar genossen, die Musik vom USB-Stick, ihre Musik, Emmylou Harris, Trisha Yearwood, Willie Nelson. Sie glaubte nicht recht, dass sein Geschmack rein zufällig dem ihren ähnelte, aber sie konnte sich nicht erinnern, je mit ihm über Musik gesprochen zu haben. Er kannte sogar ein paar der Texte, hatte gelegentlich mitgesungen, und nicht mal schlecht. Ihre verwunderten Blicke hatte er durchaus bemerkt, jedoch schlichtweg ignoriert. Wahrscheinlich hatte er von Lothars hellseherischen Fähigkeiten profitiert, hatte sie überlegt, sich aber gehütet, rundheraus zu fragen.

Gerrit musste sich vorbereitet haben, das legten auch seine Ortskenntnisse nahe. Er hatte das Zentrum von Neustadt angesteuert und sie zu einem Café auf dem Marktplatz geführt, vorbei an einer trutzig wirkenden Backsteinkirche, zu deren Füßen letzte Rosen das Mauerwerk emporklommen, die Blüten weithin leuchtend. Dort hatte sie im Rücken von bronzenen

Fischern ihren Süchten frönen können, Koffein und Nikotin, endlich, nachdem sie bereits zu nachtschlafender Zeit aufgestanden waren. Während Gerrit zur Toilette verschwunden war, hatte sie sich umgeschaut.

Wie Urlaub war es ihr vorgekommen, noch einmal draußen sitzen zu können bei strahlendem Sonnenschein, die Menschen zu beobachten, die angesichts des so gar nicht novemberhaften Wetters ausnahmslos gut gelaunt ihres Weges eilten, den älteren Damen am stetig anwachsenden Stammtisch nebenan zu lauschen, die sorgsam die über den Stuhllehnen liegenden Wolldecken über die Knie breiteten und sich sodann über neueste schattengraue Lektüre, schrillste Strickmuster und frivolste Tattoos austauschten – im Angesicht der Kirche am anderen Ende des Platzes, die grimmig die Stirn zu runzeln schien. Gerade als sie sich zu wundern begann, wo Gerrit so lange blieb, war er zurück an ihren Tisch gekommen. Pokerface, doch die Lichter in seinen Augen tanzten, und ihr war klar gewesen, dass er vor lauter Mitteilungsbedürfnis regelrecht zu platzen drohte. Sie hatte ihn hingehalten, lediglich fragend die Brauen gehoben.

»Der Bruder der Inhaberin war mit Lilian in einer Klasse, in einem Internat übrigens«, hatte er sie schließlich aufgeklärt. »Sie sei sehr schön gewesen, aber«, er setzte mit gekrümmten Fingern Anführungszeichen in die Luft, »›dumm wie Bohnenstroh‹. Das Abitur müsse man erkauft haben. Den Job danach ebenso.« Er blickte sie lobheischend an.

»Welcher Job?«, erkundigte sich Marilene nur.

»Wusste sie nicht, auf jeden Fall hier in der Stadt, Lilian war immer mit dem Rad unterwegs. Bis man sie irgendwann nicht mehr gesehen hat.«

»Weil …«, sekundierte Marilene.

»Weil weiß man nicht.« Gerrit ließ betrübt die Schultern hängen. »Es ist auch nicht sofort aufgefallen, man spioniert ja niemandem nach, sie konnte also auch nicht genau sagen, ab wann sie fort war. Natürlich habe es Gerüchte gegeben, Enterbung, Entführung, Entjungferung – okay, schlechter Witz«, gab er zu, bevor er fortfuhr. »Jedenfalls habe man nie etwas

Genaues herausgefunden. Aber es gibt einen Bruder von Lilian. In Lübeck. Den man übrigens hier auch kaum noch sieht.«

»Gute Arbeit«, hatte Marilene ihn gelobt und ihre Zigarette ausgedrückt. Sie hätte länger dort sitzen mögen und war nur widerwillig aufgebrochen, das umfangreiche Tagespensum zu erfüllen.

Sie drückte abermals auf die Klingel. Drei Wagen, neben denen sich der Mini wie ein Floh ausnahm, standen in der gekiesten Auffahrt, also war anzunehmen, dass durchaus jemand zu Hause war. Auch standen mehrere der unter dem Reetdach wie unter einem zu langen Pony hervorlugenden Fenster auf Kippe, und das würde man doch wohl selbst auf dem Land nicht riskieren, vor allem nicht, wenn es sich um ein so offensichtlich gehobenes Anwesen handelte wie dieses, das gut als Touristenattraktion taugte. Das weiß getünchte Haupthaus bildete ein großes U um den gepflasterten Hof herum und bot Platz für eine vermehrungsfreudige Großfamilie. Von hier aus sah sie allein vier Nebengebäude, die, kaum kleiner, sich in dem parkähnlichen Garten ums Haupthaus gruppierten wie dessen Kinderschar. Landadel, erlaubte sie sich ein vorschnelles Urteil, und zumindest finanziell war Antonia einiges entgangen, sofern es sich hier tatsächlich um ihre Familie handelte.

»Ja bitte?«

Na endlich, dachte Marilene und fühlte sich aus ihrer Zeit katapultiert. Sie hätte nicht gedacht, dass es heutzutage noch Dienstmädchen gab, obendrein in Uniform. »Mein Name ist Müller«, sagte sie, »ich bin Rechtsanwältin und auf der Suche nach Lilian Tewes.«

»Moment«, bat die Frau, die man unmöglich als Mädchen bezeichnen konnte, da sie die fünfzig überschritten haben dürfte, »ich sage der gnädigen Frau Bescheid.« Sie knallte ihnen die Eichentür vor der Nase zu, worauf der Türklopfer seiner vergessenen Bestimmung nachkam.

»Besser mit als ohne Uniform«, murmelte Gerrit.

»Lernst du jetzt etwa bei Lothar Gedanken lesen?« Marilene warf ihm einen entrüsteten Blick zu.

»Ha, das ist eine Fähigkeit, die er nicht weitergeben möchte, und glaub mir, ich habe gefragt.« Er legte eine besonders treuherzige Miene auf. »Aber du bist wie ein offenes Buch für mich«, behauptete er und verneigte sich gar formvollendet, ein Musketier, der blitzschnell wieder in die Rolle ihres tumben Begleiters wechselte, als klackende Absätze das Herannahen der Hausherrin ankündigten.

»Sie sind an der falschen Adresse, hier gibt es keine Lilian.«

»Es geht um eine Erbschaft«, sagte Marilene und unterließ es ebenfalls, sich vorzustellen. »Sie wissen nicht zufällig, wo ich sie finden könnte?« Sie entsann sich des Märchenbuchs aus Kinderzeiten mit dem Bild der Schneekönigin: Alles an dieser Frau war weiß, der seidene Anzug, die hochhackigen Schuhe, ihre faltenfreie, glatte Haut, die kaum je ein Sonnenstrahl gestreift haben dürfte, und sogar ihr Haar, das sie schulterlang und glatt trug und das wie ein Helm oder eine Fliegermütze wirkte.

»Nein, auf Wiedersehen.«

Na toll. Marilene stöhnte innerlich. Wollte sie nicht von ihrer Legende abrücken und preisgeben, dass sie durchaus wusste, wo Lilian zu finden war, würde zu insistieren hier überhaupt nichts bringen. Die Frau war die personifizierte Abwehr, und sie hoffte, der Bruder wäre auskunftsfreudiger. Sofern sie ihn anträfen.

»Ich gehe davon aus …«, entgegnete sie, doch die Bemerkung traf ins Leere. Tewes stemmte nur die diamantberingten Hände in die magersüchtigen Hüften, darauf wartend, dass der ungebetene Besuch von ihrer Türschwelle verschwand.

»Nagellack finde ich ja eh nicht so prickelnd«, sagte Gerrit, sobald sie im Wagen saßen und er zurücksetzte, »aber in Weiß ist er ein Grund, die Finger von einer Frau zu lassen.«

»War das überhaupt eine Option?« Marilene gab sich verwundert. »Alters- und Klassenunterschiede wären vielleicht das größere Hindernis, meinst du nicht?«

»Ich bevorzuge reifere Frauen nun mal.« Er warf ihr einen sündigen Blick zu. »Weißt du doch. Auf jeden Fall lügt sie, deine Schneekönigin in ihrem Palast. Und ich wette, das Dienstmädchen kriegt mächtig Ärger, dass sie uns nicht sofort weggeschickt hat.«

»Wahrscheinlich«, stimmte Marilene zu, den Blick wie auch die gemeinsame Assoziation ignorierend, und zappelte auf ihrem Sitz herum in der Hoffnung, eine bequemere Position zu finden. Sie stieß schmerzhaft an Grenzen. »Antonia sieht ihr ähnlich«, sagte sie, »die Augen vor allem, und der Mund. Aber es war bestimmt eine gute Entscheidung, das Kind nicht hier aufwachsen zu lassen, wer die auch getroffen haben mag.«

»Das Haus ist der totale Hammer«, warf Gerrit ein, »da würd ich wohl leben mögen. Kannst du nicht irgendwie eine feindliche Übernahme arrangieren?«

»Grundvoraussetzung wäre eine Eheschließung zwischen Antonia und dir, und selbst dann müsstest du den Rest der Familie noch loswerden. Ich bezweifle doch sehr, dass diese Leute dich dulden würden.«

»Vielleicht ändern sie ihre Meinung, wenn ich nicht so dumm aus der Wäsche gucken muss?« Gerrit seufzte. »Familie kann schon die Pest sein. Nicht meine natürlich, die ist einfach bloß anstrengend. Und laut. Wahrscheinlich kommt mir deshalb das Haus vor wie ein Paradies.«

»Du bist zu jung für ländliche Idylle«, befand Marilene.

»An sich meine Meinung, aber sieh dich doch bloß mal um.« Er wies mit ausholender Geste auf die Umgebung, verfehlte dabei Marilenes Kinn nur um Haaresbreite. »Das ist irre, der reinste Balsam für die Seele.«

»Du bist auch zu jung, um dich einbalsamieren zu lassen«, entgegnete Marilene. Insgeheim stimmte sie jedoch zu. Lieblich war das Wort, das ihr in den Sinn kam, nicht so rau wie Ostfriesland. Und vor allem nicht so flach. Die Straße wand sich sachte durch die hügelige Landschaft, einer Achterbahn für Angsthasen gleich, und lägen die Felder um diese Jahreszeit nicht brach, abgesehen vom Mais, wogten Getreide und Raps um die Wette, den vollkommenen Kontrast zum unglaublichen Blau des Himmels zu bilden. Kahl werdende Bäume standen Spalier, ihr Laub wäre im Sommer ein Windspiel flirrender Schatten vor dem Licht am Ende des Tunnels, Alleen voller Verheißung, die immer ans Meer führten, sicherlich.

Sie erreichten Sierksdorf, und für einen Augenblick fürchtete sie, Gerrit habe die Landstraße nur gewählt, um einen Abstecher in den Hansapark zu unternehmen, unwiderstehlicher Magnet für Horden von kreischenden Kindern, die auf ihre Art die Schrecken der Welt lustvoll erkundeten, wie für Nervenkitzel-Junkies gehobenerer Altersklassen. Bis dreißig vielleicht, das ginge ja noch an, aber bestimmt nicht mit ihr, schwor sie sich, keine zehn Pferde bekämen sie in irgendein Gefährt ohne direkte Bodenhaftung, eigentlich nicht einmal mit, schränkte sie ein, erinnerte manch markerschütternden Zusammenprall bei Autoscooterfahrten zu Kinderzeiten.

»Meinst du, wir könnten etwas essen, bevor wir uns an den nächsten Tewes heranmachen?«, widerlegte Gerrit ihre Befürchtung. »Ich fall sonst bald in Ohnmacht.«

Wenn er nicht am Steuer säße, wäre das Erlebnis vielleicht interessant, dachte Marilene. Sie zerrte ihre Handtasche zwischen den Füßen hervor und kramte darin herum. »Mist«, sagte sie, »ich hab's Riechsalz vergessen, also gut, gehen wir was essen.«

»Super.« Gerrit betätigte den Blinker, bremste und bog ab.

Hinter ihnen gellte eine Hupe, und Reifen quietschten. Marilene zog den Kopf zwischen die Schultern, um sich für den Zusammenstoß zu wappnen, und klammerte sich am Haltegriff fest. Nichts passierte. »Puh«, sie stieß den angehaltenen Atem aus, »das war knapp.«

»Kann man wohl sagen.« Gerrit sprang aus dem Wagen und rannte dem anderen Fahrzeug hinterher.

Auch Marilene stieg aus und lehnte sich aufs Dach des Minis. Gerrit fuchtelte wild mit den Händen in der Luft herum und schimpfte wie ein Rohrspatz. Nun ja, Spatz traf es nicht so ganz, fand sie, die Tirade klang durchaus bedrohlich. Auf einmal hielt das Fahrzeug an, und die Fahrertür wurde geöffnet. Gerrits Bremsmanöver war filmreif und wirbelte gehörig Staub auf, ein letztes »Idiot!«, entfuhr ihm, eher kleinlaut jetzt. Er schien, wie sie, zu fürchten, ihm stünden Prügel bevor.

»Scheiß Touristen!« Der Fahrer knallte die Tür wieder zu, legte den Rückwärtsgang ein und ließ den Motor aufheulen, bevor er es sich anders überlegte und mit wiederum quietschenden Reifen davonpreschte.

Gerrit ließ die Hände auf die Hüften sinken, als trüge er dort ein Holster und könne schießen, wenn er nur wollte, hier, vor Zeugen, *High Noon*, er oder ich. Schließlich wandte er sich um und kam mit schweren, o-beinigen Schritten auf sie zu, der Cowboy ohne Pferd. *»Yo, man, that was close«*, sagte er in der Stimmlage eines Lee Marvin.

Marilene schlotterten die Knie, und nach Lachen war ihr schon gar nicht zumute.

Gerrit gab die Pose auf. »Sag mal, hast du jemandem erzählt, wo wir sind?«, fragte er.

»Nein, wieso?«

»Na, der Depp war aus Leer. Und wenn das ein typischer Ostfriese war, dann ist das Pflaster dort viel zu gefährlich für dich.«

»Ich laufe im Allgemeinen nicht schimpfend hinter Verkehrsrowdys her, also dürfte das kein Problem darstellen.« Allmählich fand sie wieder zu sich. »Aber du hast recht, das ist sehr merkwürdig. Außer Frau Heeren und meinem Vater weiß niemand davon, und beide würden so eine Information nie preisgeben. Das kann nur Zufall sein«, versuchte sie abzuwiegeln, obgleich sie die Erfahrung gemacht hatte, dass Zufälle selten welche waren.

»Ich glaube nicht an Zufall«, knurrte Gerrit an ihrer statt.

»Auch das ist eine Frage des Alters, wart's nur ab«, behauptete sie bemüht leichthin, denn plötzlich schoss ungebeten ein Bild der »Liebe ihres Lebens« durch ihren Kopf. Sie hatte schon gar nicht mehr an den Typen gedacht und erkannte nun, dass sie ihn nicht vergessen, sondern verdrängt hatte. Trotzdem, niemand würde so weit fahren, nur um zu sehen, was sie machte. Oder mit wem? Ach was, reiner Verfolgungswahn, beruhigte sie sich. »Ich denke, du hast Hunger«, sagte sie, um weiteren Spekulationen auszuweichen.

»Ja!« Gerrit erstrahlte förmlich. »Komm mit, ich weiß, wo es super Süßkram gibt.« Er ergriff ihre Hand und zog sie hinter sich her.

***

»Wow!«, entfuhr es Zinkel, als Lübben mit dem Durchsuchungsbeschluss vor seiner Nase herumwedelte. »Wie hast du das denn gemacht?« Er selbst hätte es nicht riskiert, sich beim Staatsanwalt in Misskredit zu bringen, indem er mit nichts als Ahnungen um den Beschluss bat. Selbst wenn sie im Haus etwas fänden, das Körber gehört haben könnte, spräche das noch lange nicht für Tewes' Schuld.

»War gar nicht so schwierig. Bei einem aktuelleren Fall hätte das wohl anders ausgesehen, aber nach fünf Jahren hält auch der Staatsanwalt es für ziemlich unwahrscheinlich, dass wir Zeugen auftreiben, die Körber verlässlich zu einem bestimmten Zeitpunkt einem bestimmten Ort zuordnen können. Der Richter ist dieser Auffassung gefolgt. Was aber nicht heißt, dass wir es nicht versuchen müssen, wohlgemerkt.«

»Presse also«, sagte Zinkel. »Dann schauen wir auch gleich, ob wir ein anständiges Foto von ihm finden. Das aus seiner Personalakte taugt nicht viel.«

»Ich wette, die hat sie alle vernichtet.«

»Lilian, ja, kann sein, aber vielleicht hat Antonia eins gerettet.«

»Na, denn man tau! Ich denke, wir verzichten auf Verstärkung, muss ja erst mal keiner mitkriegen, dass wir da ermitteln.« Lübben war schon auf dem Flur und sprach über die Schulter.

»Ach, in Ostfriesland wird getratscht?« Zinkel lief ihm hinterher. »Hätte ich jetzt nicht erwartet.«

»Scherzkeks«, entgegnete Lübben.

»Der Scherzkeks war aber fleißig«, sagte Zinkel. »Körbers Wagen hat Mitte Dezember vor fünf Jahren den Besitzer gewechselt, und zwar mit sämtlichen Papieren. Ging nach Bad Zwischenahn.«

»Na was«, sagte Lübben kryptisch und fuhr erst fort, als sie bereits im Auto saßen und an einer Ampel warten mussten: »Das heißt circa sechs Wochen nach seinem angeblichen Auszug bei Tewes. Konnte der neue Eigentümer den Verkäufer – oder die Verkäuferin – beschreiben?«

»Nein, er hat nur telefonisch mit ihm verhandelt, den Wagen hat eine Frau vorbeigebracht, Frau Körber, wie der Käufer angenommen hatte, und die sei alt, hässlich und so verdammt kurzsichtig gewesen, dass sie die Kiste beinahe an die Wand gefahren hätte.«

»Passt nicht auf Lilian Tewes, es sei denn, sie hätte sich verkleidet«, warf Lübben ein. »Ziemlich gesprächig, der Typ, hm?«

»Ja, nicht? Er erwähnte außerdem, dass er das dann doch selbst gemacht habe.« Zinkel setzte bewusst eine Pause. »Den Totalschaden verursacht«, fuhr er schließlich fort. »Der Wagen ist ein halbes Jahr später in der Schrottpresse gelandet.«

»Na ja, ist ohnehin unwahrscheinlich, dass das Fahrzeug der Tatort war. Der Platz zum Ausholen reicht höchstens für eine Ohrfeige, möchte ich meinen.«

»Wir können das nachstellen, wenn du Zweifel hast.« Zinkel ballte hilfsbereit die Faust.

»Danke, hält sich in Grenzen.«

Ein paar Minuten später klingelte Lübben bei Tewes. Antonia öffnete.

»Moin«, sagte Lübben, »jemand Erwachsenes zu Hause?«

»Mama!«, rief Antonia ins Haus.

»Schule schon aus?« Lübben wippte ungeduldig auf den Füßen.

»Sonderurlaub«, bemerkte Antonia nur.

»Ach ja, die Schlägerei«, sagte Zinkel. »Kommt da was nach?«

»Ich hoffe nicht, es gab nämlich überhaupt keine. Jenny hat mich reingelegt, sie muss die Beule schon gehabt haben, als sie zur Schule gekommen ist, übrigens erst in der großen Pause, aber das interessiert ja auch keinen.«

»Und dafür gibt's keine Zeugen?«

»Bestimmt gibt's die. Aber die würden eh nicht reden. Also fragt erst keiner. Jenny ist so was wie die heilige Kuh der Schule.«

Bitter, dachte Zinkel. Ein Arzt hätte sicherlich feststellen können, ob Antonia zugeschlagen hatte, aber jetzt war es dafür zu spät. Lilian Tewes enthob ihn einer Antwort.

Sie war blass, ungekämmt und nachlässig gekleidet, trug eine schlecht sitzende farbfleckige Jeans und ein unförmiges, verwaschenes T-Shirt, das eine tiefere Bedeutung für die Trägerin haben musste, sonst würde man so etwas nicht anziehen. Auf der Straße jedenfalls hätte er sie kaum wiedererkannt.

»Oh, haben Sie schon was rausgefunden?«, fragte sie.

»Wir haben einen Durchsuchungsbeschluss zwecks Auffindung von Gegenständen, die dem Verstorbenen Christian Körber zuzuordnen sind«, erklärte Lübben und reichte ihr das Schriftstück. »Sie können Zeugen hinzurufen, oder wir bestellen jemanden von der Stadt hierher«, fuhr er fort, das Prozedere zu erläutern. »Aber Sie können auch ganz darauf verzichten.«

Tewes starrte auf das Papier in ihrer Hand und murmelte etwas von ihrer Brille.

»Lass nur, Mama.« Antonia nahm ihr das Dokument ab und überflog es.

Zinkel bezweifelte, dass Amtsdeutsch zu den in der Schule übermittelten Kenntnissen zählte, doch anscheinend begriff sie den Inhalt durchaus. »Kommen Sie rein«, forderte sie sie auf, zog ihre Mutter zur Seite und schloss hinter ihnen die Tür.

»Nun?«, fragte Lübben.

Tewes schien zu überlegen, was das geringere Übel darstellte. »Keine Zeugen, bitte«, entschied sie schließlich.

»Soll ich vielleicht die Anwältin anrufen, die ich kennengelernt habe?«, fragte Antonia.

»Gute Idee«, bekräftigte Zinkel, doch Tewes schüttelte nur den Kopf.

»Befindet sich außer Ihnen beiden noch jemand im Haus?« Lübben wirkte begierig, mit der Suche zu beginnen.

»Nee, nur wir zwei«, sagte Antonia, »fast wie früher.« Es lag Sehnsucht in ihrer Stimme.

Ihre Mutter reagierte nicht, war bereits Lübben auf den Fersen, der Richtung Wohnzimmer steuerte und gerade fragte, ob sie im Besitz eines Führerscheins sei. Sie verneinte, sie brauche kein Auto, ein Fahrrad tue es auch.

»Das Auto ist das einzig Gute an Frank«, flüsterte Antonia, »aber verraten Sie mich nicht.«

»Meine Lippen sind versiegelt«, flüsterte Zinkel theatralisch. »Gehen wir nach oben?«

»Oh Mann, wollen Sie etwa auch in mein Zimmer? Ich hab nicht aufgeräumt, ich meine – überhaupt nicht.«

»Macht nichts, ich sag's nicht weiter«, versprach Zinkel. »Sag mal, hast du ein Foto von deinem Vater?«

Antonia zögerte und atmete tief ein, bevor sie schließlich nickte. »Doch, schon, ich such Ihnen eins raus.« Sie öffnete die Tür zu ihrem Zimmer und stürzte sich auf verstreut herumliegende Dessous, die eine Unterkühlung nicht mal im Hochsommer verhindern würden. Hochroten Kopfes drückte sie sich an ihm vorbei und ließ die Wäsche im Badezimmer gegenüber verschwinden.

Zinkel tat so, als bemerkte er nichts, und widmete sich der Aussicht, bis Antonia zurückkam.

»Ein Foto, ja.« Sie ging zum Kleiderschrank und öffnete ihn.

Zinkel beobachtete, wie sie sich, auf Zehenspitzen balancierend, nach einem Schuhkarton im oberen Fach streckte. Sie reichte mit dem Zeigefinger der rechten Hand gerade so eben unter den Rand des Deckels und zog daran, zu heftig allerdings: Der Karton mutierte zum Wurfgeschoss und flog über sie hinweg, direkt auf ihn zu. Er riss die Arme hoch, Elfmeter, schoss es ihm durch den Kopf, nie gehalten, doch diesmal gelang, was ihm in seiner kurzen Torwartkarriere stets verwehrt gewesen war. Er hielt.

Antonia fuhr herum. »Ups, sorry«, murmelte sie, nahm ihm den Karton ab und öffnete ihn, ohne seine Blitzreaktion in irgendeiner Weise zu würdigen.

Er enthielt tatsächlich Schuhe, deren Knochenbrecher-Absätze Zinkel einer Tochter nicht gestatten würde zu tragen, die jedoch zusammen mit den Dessous die Phantasie außerordentlich beflügeln würden, sähe er beides an einer erwachsenen Frau. So hob er lediglich die Brauen, während Antonia die unter dem Seidenpapier versteckten Fotos hervorzog und ihm reichte.

Er fächerte die Bilder auf: ein Picknick im Grünen, verwackelt und mutmaßlich von Antonia fotografiert, Urlaub am Meer, Vater und Tochter sandverkrustet beim Burgenbau, Antonia unterm Weihnachtsbaum, großäugig ihren Vater anstrahlend, der anscheinend dem Weihnachtsmann seinen Job streitig gemacht und allergrößte Wünsche erfüllt hatte. Glückliche Familie allenthalben, die Aufnahmen wirkten nicht gestellt. Dennoch, auf Fotos gebannte Augenblicke erzählten nie die ganze Geschichte, und das vermeintliche Glück, Lächeln!, mochte einzig der Linse geschuldet sein. Er blickte auf und sah, dass Antonia mit Tränen kämpfte.

»Wir waren echt glücklich«, flüsterte sie.

Glück machte ihn misstrauisch, jedenfalls im Zusammenhang mit ungeklärten Todesfällen. »Hast du wirklich keine Ahnung, warum er euch verlassen haben könnte?«, fragte er.

Sie schüttelte mit einer knappen Bewegung den Kopf, so, wie man eine herumschwirrende lästige Fliege zu verscheuchen suchte.

Zinkel glaubte ihr nicht, weder, dass sie es nicht wusste, noch, dass er überhaupt ausgezogen war. Ein Märchen das Ganze, die Mär von einem, der auszog, nicht das Fürchten, sondern gleich das Sterben zu lernen, spann er den Gedanken fort. Für Märchen hatte er nichts übrig. Er ging davon aus, dass Körbers Auszug im eigentlichen Sinne nie stattgefunden hatte, sondern nachträglich inszeniert worden war. Und das konnte eigentlich nur Lilian Tewes ausgeführt haben, mit wessen Hilfe auch immer.

»Gab es Streit?«, fragte er und begann, den Schreibtisch zu durchsuchen.

»Nie«, behauptete Antonia. »Ich glaube, mit Christian konnte man gar nicht streiten, dafür war er viel zu sanft irgendwie. Bei ihm hatte man das Gefühl, dass man ganz wichtig ist, auf jeden Fall wichtiger als er selbst. Komisch, dass ich das erst jetzt richtig merke. Wahrscheinlich nur, weil Frank so anders ist. Na ja, ich war noch klein damals, da ist das vielleicht normal, wenn man sich für den Mittelpunkt des Universums hält. Vielleicht lag's also gar nicht an Christian, sondern bloß an meiner beschränkten Weltsicht.«

»Ach Quatsch«, sagte Zinkel, »Kinder haben normalerweise einen ziemlich guten Instinkt, was ihre Mitmenschen anbelangt.« Hier war nichts, was er jemand anderem als Antonia zuordnen würde. Er wandte sich dem aus allen Nähten platzenden Bücherregal zu.

»Bestimmt.« Antonia klang sarkastisch. »Darum gehen sie auch immer wieder mit irgendeinem Fremden mit.«

»Okay, aber diese Leute arbeiten mit Tricks, Häschen gucken oder Kätzchen. Würde ich behaupten, ich hätte ein paar Pferde auf der Weide, würdest auch du in deinem Alter sicher mitkommen, wenn ich's dir anbiete, etwa nicht?«

Leseratte, dachte er, und ein interessantes Spektrum: viele Klassiker, sogar Sachbücher und Lyrik, wenig Unterhaltung. Die Bücher standen und lagen in Mengen, die die Bretter des Regals durchhängen und die Seitenwände sich übergewichtig ausbeulen ließen. Er musste kräftig zerren, um hinter die Lektüre schauen zu können.

»Sie sind ja auch Polizist und von daher vertrauenswürdig. Haben Sie?«

»Was?« Zinkel zog den gesammelten Hesse aus dem Regal.

»Na, Pferde«, sagte Antonia.

»Kann ich leider nicht mit dienen, die Viecher sind mir zu riesig.« Da lag etwas. Eine Mappe? Er zog sie hervor.

»Was ist das denn?« Antonia gab sich entrüstet.

Er klappte die Mappe auf. »Zeugnisse, und zwar nicht deine«, sagte er und hielt Antonia den Inhalt vor die Nase. »Die Frage ist eher, wie du da drangekommen bist.« Ein schlechtes Versteck für etwas, das zu verbrennen sicherer gewesen wäre, fand er.

»Gar nicht«, behauptete sie, »ich hab das noch nie gesehen.«

»Enno?«, rief er in den Flur hinaus.

»Was gefunden?«, kam es zurück.

»Ich denke schon.« Er nahm die Mappe und ging hinunter, gefolgt von Antonia.

Lübben befand sich im Schlafzimmer und durchforstete gerade ein Schmuckkästchen, beobachtet von einer händeringenden Lilian Tewes. »Was hast du?«, fragte er.

»Körbers Zeugnismappe.«

»Interessant.« Lübben deutete aufs Bett.

Ein Ausweis. Zinkel runzelte die Stirn und trat näher. Körbers Ausweis, erkannte er.

»Das macht die Geschichte von seinem Auszug immer unglaubwürdiger, findest du nicht? Ach, und was haben wir denn hier?« Lübben zog eine Männerarmbanduhr aus dem Kasten, ließ sie vor Tewes' Nase baumeln und kniff die Augen zusammen. »Für Christian von Lilian«, las er die Gravur auf der Rückseite vor. Er stemmte die Hände in die Hüften. »Jetzt wäre ein guter Zeitpunkt, uns zu erzählen, was damals wirklich passiert ist«, sagte er. »Dieser angebliche Auszug ist mir von Anfang an komisch vorgekommen. Und jetzt ist das kein Gefühl mehr, sondern Tatsache: Ihr Christian hätte im Leben nicht seine Uhr, seinen Ausweis oder die Zeugnisse zurückgelassen, genau die Dinge, die er bei einem Neuanfang am meisten gebraucht hätte.«

Tewes riss die Augen auf, und Tränen rannen ihr in Kaskaden übers Gesicht. Sie öffnete und schloss den Mund, immer wieder, ohne ein Wort hervorzubringen. Antonia ging zu ihr, erstarrte jedoch mitten in der Bewegung, hilflos angesichts der ungeheuren Anschuldigung, die unausgesprochen im Raum stand.

Zinkel dachte unwillkürlich an Dornröschen; hundertjähriger Schlaf und kein Prinz in Sicht. »Du solltest jetzt wirklich diese Anwältin anrufen«, sagte er leise und verließ den Raum, um draußen auf Lübben zu warten. Er konnte nicht sagen, warum, aber irgendwie ging ihm dieser Fall an die Nieren. Distanz, beschwor er sein Mitgefühl, das ist ein Fall wie jeder andere.

***

»Boah, das zieht ja vielleicht«, klagte Marilene, sobald sie den Fahrstuhl im Turm der St.-Petri-Kirche verlassen hatten, und zog ihre Jacke enger um sich. Sie hatten Leander Tewes nicht zu Hause angetroffen, dafür allerdings eine hilfsbereite Nachbarin, die ihn auf dem Handy erreicht hatte. Bis zu ihrem Termin mit ihm blieb ihnen noch eine halbe Stunde Zeit, und dieser Exkurs war Gerrits Vorschlag zur Überbrückung gewesen: Sightseeing für Eilige. Nach dem verboten leckeren »Süßkram« vorhin hätte es ihr gut angestanden, die Treppe zu nehmen, doch diese Höhe überstieg ihren ohnehin kärglichen sportlichen

Ehrgeiz bei Weitem. Sie hatte überhaupt nur eingewilligt, weil sie annahm, der Hausherr würde einen Absturz schon nicht zulassen, doch während der ruckeligen Fahrt hatten sie heftige Zweifel beschlichen. Runter würde sie auf jeden Fall laufen. Der Ausblick allerdings war die Sache wert, das musste sie zugeben.

Türme und Brücken prägten das Bild Lübecks, und ein Meer von Dächern breitete sich vor ihr aus, leuchtend rot im Sonnenlicht, wie frisch gewaschen, hier und da durchbrochen von prunkvoll klerikalem Grün oder stumpfem Schwarz. Die Dachflächen stürzten auf schmale Gassen, Höfe und Plätze zu, auf denen buntes Treiben herrschte, und quälte sich nicht nahezu überall Verkehr durch die Straßen, gäbe es nicht etliche Bausünden und -stellen, wähnte man sich hier auf der Altstadtinsel im Mittelalter. Eine Stadt zum Wiederkommen, fand Marilene und bedauerte, dass sie zu wenig Zeit hatten, um aus der Nähe zu bewundern, was sich von hier aus nur erahnen ließ.

»Guck mal«, rief Gerrit von der anderen Seite des Turms, »da ist das Holstentor.«

Marilene ging hinüber. Seiner Erklärung hätte es nicht bedurft, das Bauwerk war eines, das man überall kannte, jedenfalls wenn man Marzipan mochte. »Das ist ja viel kleiner, als ich angenommen hab«, sagte sie. »Sieht irgendwie unecht aus, finde ich.«

»Das ist mit Sicherheit kein Pappmaschee«, versicherte Gerrit, »sonst könnten wohl kaum Leute ein und aus gehen.«

»Aufgezogene Spielzeugfiguren«, widersprach sie, »reine Kulisse für Zeichentrickfilme.«

»Du meinst animierte Filme«, korrigierte Gerrit und deutete Richtung Trave. »Siehst du die Brücke da? Da müssen wir rüber. Das ist die Professorenbrücke, die führt geradewegs zur Musikhochschule.«

Marilene blickte auf ihre Armbanduhr. »Dann lass uns jetzt mal los«, drängte sie und ging voran.

»Wieso nehmen wir nicht den Aufzug?« Gerrit polterte hinter ihr drein.

»Hast du was gegen sportliche Betätigung?«

»Das ist kein Sport, sondern Tortur«, entgegnete er. »Gib's zu, du hast einfach Schiss, das hab ich dir schon vorhin an der Nasenspitze angesehen. Apropos Tortur, im Holstentor kann man eine Folterkammer besichtigen …«

»Danke, kein Bedarf«, unterband Marilene die jugendliche Lust am Grusel und konzentrierte sich fortan darauf, den einsetzenden Drehwurm zu bändigen und ihre protestierenden Wadenmuskeln zu ignorieren. Als sie schließlich ins Freie traten, hatte sie jegliche Orientierung verloren.

»Hier geht's lang.« Gerrit ergriff ihren Arm und zog sie mit sich.

»Hübsch«, bewunderte Marilene die Giebelhäuser in der Großen Petersgrube, in deren Fenstern sich Himmel und Backstein spiegelten, sodass die Fassaden wirkten wie surrealistische Gemälde.

Sie wurden bereits erwartet. Vor dem Portal der Musikhochschule stand ein Mann im dunklen Anzug und blickte suchend um sich.

»Professor Tewes?«, fragte Marilene.

»Ganz recht.« Er reichte ihr die Hand, feingliedrig und zart, jedoch mit überraschend festem Druck.

Pianistenhände, dachte Marilene und unterwarf ihn einer schnellen Musterung. Die Familienähnlichkeit war unverkennbar, er war hager und eher lichtscheu, und was an seiner Mutter weiß war, ging bei ihm gerade noch als blond durch. Trotz seiner Größe von geschätzten eins neunzig hielt er sich ebenso aufrecht wie sie, hatte womöglich als Kind mit einem Buch auf dem Kopf auf und ab gehen müssen, bis in Fleisch und Blut überging, was nun so mühelos wirkte.

»Marilene Müller«, stellte sie sich vor, »das ist mein Assistent, Gerrit Baron. Wie ich schon sagte, bin ich auf der Suche nach Ihrer Schwester Lilian. Können Sie mir da weiterhelfen?«

»Eine Erbschaft, ja? Meine Mutter hat mich bereits vor Ihnen gewarnt.« Der klare Blick seiner blauen Augen bekam etwas Funkelndes.

Marilene hob überrascht die Brauen. »Und da sprechen Sie trotzdem mit mir?«

Tewes lachte, ein volles, wohlklingendes Lachen. »Gerade deswegen«, sagte er. »Es ist an der Zeit, und Sie schickt vielleicht die Vorsehung, eine Kategorie, in der ich normalerweise nicht denke. Gehen wir ein Stück? Mir ist nach Kaffee«, sagte er und eilte mit langen Schritten voran.

Gerrit warf ihr einen Hast-du-nur-mir-zu-verdanken-Blick zu, bevor er hinterhersprang, eifrig wie ein junger Hund. Marilene bildete die Nachhut und hoffte, dass die beiden sich gelegentlich umdrehten, bevor sie noch verloren ginge im Schönwettergewimmel dieser Stadt. Ihre Füße wollten eigentlich nicht mehr laufen, und sie fiel allmählich zurück, doch Tewes' heller Haarschopf lotste sie voran, bis sie schließlich den Marktplatz erreichten, den sie vorhin von oben bewundert hatte.

»Rathausplatz«, sagte Tewes, sobald sie aufgeschlossen hatte, »und falls Sie noch nicht dort waren, müssen Sie nachher unbedingt noch ins Café Niederegger, egal, ob Sie Marzipan mögen oder nicht. Da durch.« Er deutete hinter sich, während er sich an einem freien Tisch unter den Arkaden niederließ.

»Oh ja, können wir?« Gerrit flehte regelrecht.

»Meinetwegen.« Marilene täuschte Entgegenkommen vor, während sie tatsächlich überhaupt nichts gegen diesen Abstecher einzuwenden hatte, auch wenn er zur Folge hätte, dass sie in nächster Zeit ihre Waage nur ohne Brille betreten könnte, wollte sie einen Schock vermeiden. Vorbeugend begnügte sie sich darum jetzt mit Kaffee, wohingegen Tewes ein Stück Torte orderte, und Gerrit war ohnehin noch weit entfernt von mittelalterlichen Gewichtsproblemen und schloss sich an.

»Um es vorwegzusagen: Ich weiß nicht, wo meine Schwester heute lebt«, hob Tewes an, sobald ihre Bestellung gebracht worden war, »aber vielleicht kommen Sie weiter, wenn Sie das Wenige über Lilian beziehungsweise unsere Familie erfahren, wovon ich Kenntnis habe.« Er blickte Marilene fragend an, wie um sicherzugehen, dass sie das wirklich erfahren wolle.

Marilene nickte ermunternd.

»Lilian ist zehn Jahre jünger als ich, das heißt naturgemäß, dass ich mich als Kind nicht sonderlich für sie interessiert habe. Sie war ein hässlicher Wurm anfangs, das können Sie mir glauben, und ich fand alles, was in das Baby hineingestopft wurde und was dann aus ihm herauskam, ausgesprochen unappetitlich. Ich bin ihr aus dem Weg gegangen, was nicht weiter schwierig war, da ich ohnehin nur in den Ferien zu Hause war, und das nicht mal regelmäßig. Verstehen Sie, ich habe schon früh mein eigenes Leben gelebt, ein Leben für die Musik, da war kein Raum für irgendjemanden, schon gar nicht für ein Kleinkind, mit dem man nicht mal reden konnte. Das hat sich erst geändert, als sie fünf oder sechs war, glaube ich: Ich war ein ganzes Jahr lang nicht zu Hause gewesen, und als ich zurückkam, fand ich ein sehr einnehmendes, wahnsinnig hübsches kleines Mädchen vor, das obendrein über eine ganz unglaubliche Stimme verfügte.«

Tewes rührte gedankenverloren in seinem Kaffee und merkte augenscheinlich nicht, wie sich allmählich ein See um die Tasse herum bildete. »Ich sehe es noch vor mir, als wäre es erst gestern gewesen, wie ich die Treppe hochkomme, die Tür zu ihrem Zimmer stand offen, das Radio spielte laut *It's a Heartache*, und dieses Kind stand mitten im Raum, durchs Fenster ergoss sich das Sonnenlicht über sie, und sie sang mit geschlossenen Augen, sie kann eigentlich nicht gewusst haben, was sie da sang, aber sie tat es mit solcher Inbrunst, dass man hätte meinen können, der Text sei allein für sie geschrieben. Ich blieb stehen, rührte mich nicht vom Fleck, und dann kam *If You Can't Give Me Love*. Ich war hingerissen. Ein solches Talent. Unglaublich. Oh.« Tewes hielt inne und kratzte sich verlegen am Kopf, bevor er nach einer Serviette griff und das unerklärliche Malheur hastig beseitigte, so fahrig, als warte er auf einen Tadel.

»In jenem Sommer haben wir fast ständig musiziert«, fuhr er schließlich fort. »Ich habe Lilian in die Welt der klassischen Musik eingeführt, Schubert, Schumann, Brahms, die Richtung, aber natürlich habe ich ihr auch den Gefallen getan, ein paar Hits einzustudieren. Ihre Auffassungsgabe war enorm und ihr Gehör absolut. Sobald sie lesen könnte, würde ihr Repertoire grenzenlos werden, dessen war ich mir sicher.« Sein Gesicht verfinsterte sich, und er schwieg.

»Was ist passiert?«, fragte Marilene.

»Noch gar nichts«, erwiderte er. »Natürlich lag ich meinen

Eltern in den Ohren, ihr Talent zu fördern. Mein Vater nickte eifrig dazu, während meine Mutter ablehnte, ein Musiker in der Familie reiche, wenn überhaupt, dann später. Es schien Lilian nichts auszumachen. Sie versicherte mir, sie könne ja weiterhin zum Radio singen, das sei schon in Ordnung. Sie wollte mich trösten, dabei hätte es umgekehrt sein müssen. Schließlich ist ihr eine Tür vor der Nase zugeschlagen worden, nicht mir. Mir stand die ganze Welt offen. Dass die Welt zu viel sein kann, habe ich damals nicht gewusst. Für mich war es der falsche Weg, für Lilian, dessen bin ich mir sicher, wäre er genau richtig gewesen.«

»Inwiefern?« Marilene wünschte, er würde allmählich zur Sache kommen, statt sich nur in vagen Andeutungen zu ergehen.

Tewes winkte ab. »Unwichtig. Heute weiß ich das.« Er holte tief Luft, wie um sich zu sammeln, und fuhr fort: »Ich habe Lilian nie wiedergesehen.«

»Wie bitte?« Marilene glaubte, sich verhört zu haben.

»Voll krass«, murmelte Gerrit.

Tewes schnaubte. »So kann man das auch ausdrücken. Sei's drum, Lilian ist im Herbst in die Schule gekommen, ich war im Ausland. Nicht in England. Oder New York. Wien. Das wäre zu normal gewesen, nicht wahr? Nein, ich war praktisch überall, hier ein Gastspiel, dort ein Auslandssemester und wieder woanders irgendeine Koryphäe, die sich bereit erklärt hatte, mich zu unterrichten. Mich abzurichten, könnte man genauso gut sagen, denn es gab nichts anderes mehr für mich als Musik. Ich habe ihr Postkarten geschrieben, diese Mir-geht-es-gut-wie-geht-es-dir-Karten ohne Sinn und Verstand, und manchmal bekam ich auch eine, zumeist ihre Fortschritte in der Schule betreffend oder den Gesundheitszustand ihrer Stofftiere.« Ein winziges Lächeln huschte über sein Gesicht. »Zu telefonieren konnte ich mir nicht leisten, das war irrsinnig teuer damals, so was wie Skype war noch nicht mal angedacht, und wenn ich es doch mal versucht habe, war sie grad nicht da. Behauptete meine Mutter.«

»Aber das stimmte nicht?«, versuchte Marilene, die Geschichte voranzubringen.

»Im Prinzip schon, nur hätte sie mir sagen müssen, warum

sie nicht da war. Sie lag nämlich fast ein Jahr in einer Klinik. Ich hätte wissen müssen, dass etwas nicht stimmte, denn ihre Postkarten sind ausgeblieben, aber ich habe nicht nachgebohrt, und das kann ich mir bis heute nicht verzeihen. Ich habe einfach gedacht, Lilian hätte kein Interesse mehr an ihrem großen Bruder, Fernbeziehungen funktionieren ja schon bei Erwachsenen selten, ein Kind, so dachte ich, lebt noch viel mehr im Hier und Jetzt, aus den Augen, aus dem Sinn?«

»Was hatte sie denn?«, fragte Gerrit.

Tewes hob entschuldigend beide Hände. »Ich weiß es nicht? Natürlich hab ich gefragt, aber meine Mutter hat jedes Gespräch abgeblockt, es gehe ihr wieder gut? Ich habe nicht nachgehakt?«

Wieso verkam nun jeder seiner Sätze zu einer Frage, wunderte Marilene sich. »Da war sie also sieben oder acht, richtig? Dann ist sie doch sicherlich noch etwa zehn Jahre zu Hause geblieben, bevor sie aus Neustadt weggezogen ist, und trotzdem haben Sie sie nie wiedergesehen?«

»Lilian ist ins Internat gekommen, direkt nachdem sie aus der Klinik entlassen wurde, ein allgemeines ohne musikalischen Schwerpunkt, dafür sei sie gesundheitlich dann doch zu instabil, hieß es. Aber sie soll sich gut eingelebt haben, behauptete meine Mutter jedenfalls. Ich habe ihr geglaubt, ich war zu jung, um es nicht zu tun, um zu hinterfragen, ob das erzwungene Miteinander wirklich das Richtige ist für ein Mädchen, das quasi als Einzelkind aufgewachsen ist. Ich habe es sogar noch geglaubt, als ich ein paar Jahre später zufällig ein Gespräch meiner Eltern mitgehört habe. Mein Vater hat meine Mutter gefragt, ob die Spende für Lilians Schule nicht etwas zu üppig ausgefallen sei. Meine Mutter entgegnete, dass seine Tochter dann das Abitur vergessen könne, sie sei nun mal nicht die Hellste. Auf meine Nachfrage hat sie mir Lilians Zeugnisse gezeigt, und die waren wirklich erbärmlich. Schade, hab ich gedacht, mehr eigentlich nicht.« Tewes verfiel in klägliches Schweigen.

»Wie ging's dann weiter?«, fragte Gerrit.

Tewes schüttelte den Kopf, als könne er sich so von seinen Selbstvorwürfen befreien. »Oh, sie hat das Abitur schließlich geschafft, wenn auch gerade so. Danach ist sie zurück nach Hause und hat irgendeinen Job angenommen. Mutter war dagegen, sie hat heftig gezetert, es muss wohl sehr wenig standesgemäß gewesen sein, aber dieses eine Mal hat Lilian sich durchgesetzt. Gut für sie, habe ich gedacht. Ich war zu der Zeit in Japan und hatte noch über ein Jahr vor mir, und danach würden wir neu anknüpfen können. Doch als ich zurückkam, war sie fort.« Wieder verstummte Tewes.

»Krank? Ausgezogen? Was soll das heißen?« Allmählich verlor Marilene die Geduld.

»Ich habe nie herausgefunden, was passiert ist. Es muss etwas Drastisches gewesen sein, denn Mutter hat sie rausgeworfen und jede Erklärung verweigert. Sie hat einen eisernen Willen und tut bis heute so, als hätte Lilian nie existiert.«

»Und Ihr Vater hat das mitgemacht?« Marilene konnte es kaum fassen.

»Mein Vater war ein schwacher Mensch, vielleicht sogar noch schwächer als ich, und das will was heißen.« Tewes deutete ein verlegenes Lächeln an. »Gegen meine Mutter hatte er keine Chance. Ich glaube, er hat einfach gehofft, dass es Lilian anderswo besser ergeht. Ich wusste nicht, was ich tun konnte, um sie zu finden, und habe versucht zu vergessen, dass ich eine Schwester habe.«

»Wie soll das denn gehen?«, entfuhr es Gerrit.

»Es geht nicht, natürlich, es rückt nur in den Hintergrund mit der Zeit. Ich bin zwei, drei Jahre später zusammengebrochen, das, was man heute Burn-out nennen würde. Ein längerer Klinikaufenthalt war die Folge, und danach bin ich zurück nach Hause, um herauszufinden, was ich mit meinem Leben anstellen soll. Das Ergebnis sehen Sie, und es geht mir ausgesprochen gut damit, aber Lilian …«, er stockte, »das ist wie eine nicht heilende Wunde. Ich schäme mich dafür, nicht insistiert zu haben, und je mehr Zeit vergangen war, desto weniger hätte ich ihr das erklären können. Also habe ich alles belassen, wie es war. Bis jetzt.« Sein Gesicht hellte sich auf. »Jetzt liegt es nicht länger in meiner Hand.«

Super, dachte Marilene, bloß keine Verantwortung übernehmen. Was für ein Jammerlappen! Und das ganze Gesülze hatte sie nicht einen Schritt vorangebracht, das ärgerte sie am meisten. »Es muss doch Unterlagen geben«, sagte sie, »Lilians Arbeitsvertrag zum Beispiel. Vielleicht weiß jemand in der Firma etwas über ihren Verbleib. Gekündigt müsste sie ja haben …«

»Stimmt«, sagte Tewes, »vielleicht könnte ich danach suchen. Ich habe zwar keinen Hausschlüssel, aber wenn ich herausbekomme, wann meine Mutter unterwegs ist, lässt Annegret mich sicher rein.«

»Gute Idee«, stimmte Marilene zu. »Annegret ist das Dienstmädchen? Lebt sie im Haus?«

»Nein, in einem der Nebengebäude. Gut abgeschirmt, wenn man so will. Sie hat damals nichts mitbekommen.«

»Soweit Sie wissen.«

»Na ja, dann hätte sie wohl kaum mich gefragt, was passiert ist. Sie hing sehr an Lilian.«

»Dann wird sie sicherlich wissen, wo Lilian gearbeitet hat«, folgerte Marilene. »Sagen Sie mir doch ihren Nachnamen und die Telefonnummer, dann können Sie sich die Suchaktion sparen.«

Wie aufs Stichwort gab ihr Handy Laut. Eine SMS. Gerrit ließ sich die Angaben von Tewes diktieren, das gab ihr Gelegenheit, die Nachricht aufzurufen: »Brauchen doch Anwalt. Dringend. LG Antonia«. »Mist«, sagte sie laut, Gerrits fragenden Blick ignorierend, »wir müssen zurück.«

»Eine Sache noch.« Tewes rutschte verlegen auf seinem Platz herum. »Als mein Vater im Sterben lag, hat er viel geredet, wenn er wach war, kaum etwas Verständliches, Zusammenhänge habe ich nicht erkennen können, aber das Wort ›leer‹ fiel öfter. Ich dachte damals, er hätte sich auf das Essen, das Trinken, die Infusionen bezogen, auf sein Leben womöglich, weil er immer nahe an Tränen war, wenn das Wort fiel …«

»Aber es gibt auch eine Stadt dieses Namens«, vollendete Marilene den Gedanken, freilich ohne preiszugeben, woher sie kam.

»Genau! Vielleicht wollte mein Vater mir damit zu verstehen geben, dass Lilian dort lebt?«

»Wir gehen der Sache nach«, versicherte Marilene.

»Wegen der Erbschaft, klar. Wer ist eigentlich gestorben?«

»Das unterliegt der Verschwiegenheitspflicht«, entgegnete sie.

»Aber wenn Sie sie finden, könnten Sie …«

»Falls mir das gelingt«, sagte Marilene, »werde ich Lilian Ihre Kontaktdaten übermitteln, nicht mehr. Der Rest liegt dann allein bei ihr.«

6

Paul Zinkel lümmelte im Dunkeln auf seinem Sofa, die Arme unter dem Kopf verschränkt, und starrte durchs Dachfenster auf den mondhellen Himmel, an dem wattige Wölkchen vorüberzogen, munter wie Schafe auf der Flucht vor dem Typen mit der Schermaschine. Sterne funkelten schier um die Wette, und hey, irgendwer sandte ihm gar eine Sternschnuppe, doch bevor ihm ein Wunsch einfiel, erkannte er, dass es sich um ein Flugzeug handeln musste, Schnuppen flogen doch eher selten waagerecht. Depp, schalt er sich, trotzdem, der Himmel hier schien ihm näher als in Wiesbaden, ein Gedanke, der ihm zu gut gefiel, als dass er das Phänomen etwa auf schwächere Straßenbeleuchtung zurückzuführen gedachte. Allerdings ging man hier deutlich früher zu Bett, eine Gewohnheit, der er nicht viel abgewinnen konnte.

Etwas war faul im Hause Tewes respektive Herzog, grübelte er, doch er konnte den Finger nicht darauflegen. Es waren nicht allein die merkwürdigen Funde, eher schon die Fundorte. Selbst ein Kleinkind wäre auf bessere Verstecke gekommen. Andererseits, wenn Lilian Tewes tatsächlich ihren Christian entsorgt hatte, warum dann überhaupt diese Souvenirs. Das passte nicht. Und Antonia? Er könnte verstehen, wenn sie nach dem vermeintlichen Auszug ihres Vaters auf von ihm Vergessenes gestoßen wäre und dies vor den Augen ihrer Mutter hatte verbergen wollen. Aber doch wohl keine Zeugnisse, die taugten nicht als Andenken. Das war absurd.

Vielleicht dachten sie nicht weit genug. Womöglich hatte Körber verschwinden wollen, nur eben nicht aus persönlichen Gründen, sondern weil er Dreck am Stecken hatte. Wenn er sich eine neue Identität zugelegt hatte, wären sowohl die Zeugnisse als auch der Ausweis unwichtig gewesen, und die Uhr wäre unter Umständen ebenso verräterisch gewesen. Oder er hatte verschwinden müssen, weil er Zeuge irgendeiner Straftat geworden war. Einerlei, ob die Staatsmacht ihn hatte schützen wollen oder er aus eigenem Antrieb heraus geflohen war, es war zu spät gewesen oder die Maßnahmen zu löchrig. Auf der Flucht vor der Ostfriesen-Mafia, dachte Zinkel, nein, das konnte er sich auch nicht so recht vorstellen.

Also zurück zum Anfang. Wer könnte ein Interesse gehabt haben, Körber aus dem Weg zu räumen? Und worin überhaupt lag das Interesse? Was hatte Körber besessen, ideell oder materiell, das jemand unbedingt haben wollte? Um Geld schien es nicht gegangen zu sein, oder doch? Sie mussten herausfinden, wo er sein Konto gehabt hatte und was damit geschehen war, notierte er im Geiste. Allerdings bezweifelte er, dass ein Stadtangestellter Summen hatte ansparen können, die jemanden zu einem Mord verleiteten.

Wissen?, überlegte Zinkel. Möglich. Sollte Körber tatsächlich für ein Zeugenschutzprogramm vorgesehen gewesen sein? Das müsste sich, zumal der potenzielle Zeuge tot war, auch herausfinden lassen. Denkbar wäre natürlich ebenso, dass Körber sein Wissen, worin es auch bestanden haben mochte, dazu benutzt hatte, sein Gehalt aufzubessern. Oder es zu versuchen. Vielleicht war bereits der Versuch endgültig vereitelt worden, insofern würde die Kontoeinsicht nur bedingt Aufschluss geben.

Zinkel stöhnte. Geld, Gier, Liebe, und Liebe war sicherlich das wahrscheinlichste Tatmotiv in diesem Fall. Herzog konnten sie getrost ignorieren, hätte der den Nebenbuhler aus dem Weg geräumt, hätte er wohl kaum fünf Jahre gewartet, bis er sich als Ersatz anbot. Zu klären wäre noch, ob es direkt nach Christian Körbers Verschwinden einen anderen Mann gegeben hatte. Ansonsten blieb nur Lilian Tewes als Täterin, mit oder ohne Hilfe. Aus unerfindlichen Gründen passte ihm das nicht, Gründe, die er jetzt bestimmt nicht auch noch hinterfragen würde.

Die Türklingel riss die Stille entzwei. Zinkel schrak hoch und schaltete das Licht ein, halb neun, ziemlich spät für Besuch. Er hoffte, es handelte sich nicht um einen Einsatz, tappte auf Strümpfen die Treppe hinunter und öffnete die Tür.

»Hey, Paul, stör ich?«, fragte Judith.

»Nö«, brummte er und streckte seinen Kopf zur Tür hinaus. Kein Enno. Oh, oh.

»Enno ist mit den Mädchen im Kino«, beantwortete Judith seine unausgesprochene Frage. »Kann ich reinkommen?«

Er nickte zögerlich, auf baldigen Filmriss hoffend. Oder gerade das nicht? Hauptsache, keine Komplikationen, flehte er innerlich und bedeutete ihr, voranzugehen. Fehler, merkte er: Sie schien die engste Jeans ausgegraben zu haben, die ihr Kleiderschrank hergab, obendrein hatte sie ihren Hüftschwung seit neulich noch perfektioniert. Mannomann, er blähte die Backen auf, was sollte das nun werden? »Magst du was trinken?«, fragte er und wies auf den Esstisch, sicher war sicher.

Sie blieb stehen. Ihr Blick zeigte ihm, dass sie ganz genau wusste, was er dachte. »Ein Gläschen Wein wäre nett«, sagte sie.

»Sorry, ist alle«, behauptete er und öffnete den Kühlschrank. »Bier auch, leider.« Er knallte die Tür wieder zu, bevor sie auf die Idee käme, seine Aussage zu überprüfen. »Wasser oder Tee?«

Judith lachte. »Du hast Angst vor mir, kann das sein?«

Vor dir nicht, dachte er, bloß vor den Folgen dessen, was er mit der Wucht einer Lokomotive auf sich zukommen sah, und er war der auf den Gleisen. Er spürte, wie er errötete, und schwieg.

Judith erlöste ihn. »Wasser ist schon okay«, sagte sie.

Er schenkte ihr ein Glas ein, stellte es auf den Tisch und setzte sich ans andere Ende. »Also, was kann ich für dich tun?«, fragte er, ahnend, dass er das eigentlich nicht wissen wollte.

»Mich küssen?«

Zinkel verschluckte sich vor lauter Schreck über ihre Direktheit. Er sprang auf und legte einen, wie er fand, überzeugenden Hustenanfall hin. Nächster Fehler: Sie kam zu ihm und klopfte ihm den Rücken, nicht etwa von hinten oder von der Seite, nein, sie stand direkt vor ihm und gewährte tiefen Einblick. Er schloss die Augen, wandte sich ab und kratzte sich verlegen am Kopf, während er panisch nach den passenden Worten suchte. »Judith –«

»Ich versteh schon«, unterbrach sie ihn. »Du findest mich nicht attraktiv.«

Das wusste sie besser. Er blickte zur Decke. »Doch, leider«, beteuerte er, »das ist Teil des Problems.«

»Aber wieso das denn? Es braucht doch niemand etwas zu erfahren.«

Na klar, dachte er, und beim nächsten ehelichen Wortgefecht diente er als Waffe. »Ich schätze eure Freundschaft zu sehr, um so etwas zu riskieren«, sagte er einigermaßen wertfrei, bemüht, ihren Blick zu halten, oder umgekehrt, seinen nicht tiefer wandern zu lassen als etwa Kinnlinie. Apart, fand er, es gab einfach kein ungefährliches Terrain an dieser Frau.

»Wäre deine Antwort anders, wenn ich nicht verheiratet wäre? Oder wenn Enno nicht ausgerechnet ein Kollege wäre?«

»Du *bist* verheiratet, Enno *ist* mein Kollege, die Frage stellt sich nicht«, erklärte Zinkel, »und ich möchte auf keinen Fall als Trennungsgrund herhalten, also nein, meine Antwort bleibt dieselbe.«

»Schade«, entgegnete Judith, »du ahnst nicht, was du verpasst.«

Er ahnte nicht nur, er wusste, was er verpasste: Es ging gerade wiegenden Schrittes Richtung Treppe, aufreizend langsam, wie um ihm Gelegenheit zu geben, seine Meinung zu ändern. Er müsste den Blick abwenden und schafft es nicht, all seine Vorsätze wirbeln durcheinander, Schall und Rauch, denkt er noch, hilflos, öffnet die Hände, kurz vor der Aufgabe, und jetzt schaut sie sich noch einmal um und sieht unmittelbar, dass er sie nicht zurückweisen wird, diesmal nicht. Sie kommt auf ihn zu, immer näher, und dann stehen sie so dicht voreinander, dass er elektrische Spannung zu spüren vermeint, ein Kribbeln, das allmählich auf seinen ganzen Körper übergreift, während sie einander unentwegt in die Augen starren, er weiß, ein einziger Lidschlag bräche den Bann, doch wie gelähmt blickt er geradewegs in einen Abgrund tiefsten Blaus, ein unentrinnbarer Sog, dem er nichts, aber auch gar nichts entgegenzusetzen hat. Der Kuss raubt ihm Atem und Verstand, der noch einmal flüsternd aufbegehrt, nur nicht berühren, und seine Hände kosen die Luft. Dann geht sie.

Er stand reglos mitten im Raum, unfähig, sich aus der Starre zu lösen, und schloss die Augen. Das war nur ein Traum, versuchte er, sich zu beruhigen ein Wunschtraum vielleicht, aber gewiss nicht mehr, und Träume, jedenfalls die schönen, wiederholten sich nie. Er seufzte ergeben, ging zum Kühlschrank und holte sich ein Bier, bevor er das Licht löschte und sich wieder aufs Sofa fallen ließ. Der Himmel *war* näher hier. Die Hölle allerdings auch.

***

Wer, wer, wer tat ihr das an?!, schrie es in Lilian. Sie saß im Dunkeln am Esstisch, den Kopf zwischen den Armen vergraben, und wartete auf Frank. Warum war er nicht da, wenn sie ihn am meisten brauchte? Ihn, seine starken Arme, sein beruhigendes Zureden, selbst wenn er es mit einem »Dummchen« einleitete, alles war besser, als allein mit dieser ungeheuren Anschuldigung umgehen zu müssen. Mit dem Verdacht, sie habe ihren Christian umgebracht. Morgen schon musste sie zur Polizei, und sie hatte sich nie zuvor so gefürchtet.

Sie hob den Kopf, das stimmte gar nicht, sie hatte Schlimmeres erlebt, viel Schlimmeres, und es überlebt. Nicht daran denken, nicht jetzt, beschwor sie sich.

Sie konnte sich nicht erklären, woher Christians Uhr, sein Ausweis und seine Zeugnisse kamen. Oder warum. Oder warum jetzt. Die Frage nach dem Wer erschien ihr am dringlichsten. Und am schwierigsten zu beantworten. Antonia hätte die Sachen damals finden und vor ihr verstecken können, klar, und es gab sicherlich eine Menge Verstecke in diesem Haus, auf die sie im Leben nicht kommen würde, wenn sie in den vergangenen fünf Jahren schon nicht darauf gestoßen war. Also waren es gute Verstecke gewesen. Folglich hatte es keinen Grund gegeben, diese Dinge rauszukramen und neu zu verstecken, noch dazu so schlecht, dass man praktisch drüberfallen musste, ob man wollte oder nicht. Also sollten die Sachen gefunden werden? Wenn das stimmte, hatte es prima geklappt, aber dann konnte es Antonia nicht sein. War es auch nicht, wischte sie ihren wieder aufgeflammten Argwohn beiseite, Antonia würde nie etwas tun, das sie in irgendeiner Weise belasten könnte. Wer dann?

Der Mörder, dachte sie schaudernd. Er könnte Christians

Schlüssel an sich genommen und behalten haben. Das war die einzige Erklärung. Nur – warum? Und wer hasste sie so sehr, dass er ihr erst den Mann nahm und sie dann auch noch als Täterin präsentierte? Sie grüßte Nachbarn und Kollegen, doch darüber hinaus pflegte sie keine Kontakte und kannte kaum jemanden gut genug, um ihn gegen sich aufzubringen. Seit jeher hatte sie sich von allem und allen ferngehalten, damit nur ja niemand dahinterkam, wie dumm sie war. Ein einziges Mal hatte sie ihrer Gewohnheit zuwidergehandelt, und das hatte ihr Leben so grundlegend auf den Kopf gestellt, dass sie sich geschworen hatte, nie wieder zu versuchen, es anderen gleichzutun.

Und doch hatte sie sich damals geradezu blindlings in die Beziehung mit Christian gestürzt. Nun ja, es war wohl eher umgekehrt gewesen, er hatte sich Hals über Kopf in sie verliebt, wie er ihr gestanden hatte, kaum zwei Wochen nachdem sie sich bei ihm in der Stadtverwaltung angemeldet hatte. Geradezu belagert hatte er sie, was bei ihren Großeltern zu viel Heiterkeit geführt hatte. »Erhör den armen Kerl schon«, hatte ihr Großvater geraten, »er ist ein Guter.« Das stimmte. Er war so arglos gewesen, so kindlich in seiner Freude, sie hatte ihr Leben mit ihm nicht mit einer Lüge beginnen wollen, ehrlich nicht, doch als sie ihm ihre Schwangerschaft gestand, hatte er ihr einfach alle Worte weggeküsst, um anschließend jubelnd mit ihr durchs Zimmer zu tanzen, dass sie schon gefürchtet hatte, die Nachbarn würden herbeistürmen.

Sie hatte es nicht übers Herz gebracht, ihm die Wahrheit zu sagen. Er war vom ersten Augenblick an ein so begeisterter Vater gewesen, dass sie seiner Illusion nach und nach verfallen war. Zu verlockend, die bitteren Bilder allnächtlicher Alpträume abzutun als eben das: böse Träume. Hing sein Tod womöglich damit zusammen? Hatte sie vielleicht nur die falsche Schlussfolgerung gezogen, in Ermangelung einer anderen Erklärung für sein Verschwinden? Wer wusste überhaupt, was damals vorgefallen war? Oh Gott, dachte sie, alles Türen, die sie für immer verriegelt geglaubt hatte.

Ihre Mutter wusste es. Bei ihr hatte sie Schutz und Hilfe

gesucht, obgleich sie es besser hätte wissen müssen, und natürlich war sie wieder enttäuscht worden, bitterlich, und rausgeschmissen, Augen, Herz und Tür verschlossen, wegen der Schande. Der aus dem Weg zu gehen, war der Lebensinhalt ihrer Mutter, von daher wussten vermutlich weder ihr Vater noch ihr Bruder Bescheid. Eine Tatsache, die sie nicht überprüfen würde. Sie war nachtragend, gab sie zu, trotzdem würde sie keinen Kontakt aufnehmen, es war nicht an ihr, zu kitten, was nicht zu kitten war nach all den Jahren.

Und dann waren da noch Jasper und Hannes. Die Verursacher der elenden Misere. Was wie ein Traum begonnen hatte, eine prächtig schillernde Seifenblase, war zerplatzt in dem Augenblick, als sie danach greifen wollte, ihr Versuch am kleinen Glück nur noch Alptraum, unerbittlich wiederkehrend, trotz Antonia. Oder gerade wegen.

Wie sagt man seinem Kind, dass es das Ergebnis einer Vergewaltigung ist? Dass, noch dazu, zwei Scheißkerle als biologische Väter in Frage kommen? Unmöglich, dachte sie, stand auf, stemmte die Hände in die Hüften und ließ den Oberkörper kreisen. Sie konnte das nicht, war nicht imstande, die Vergangenheit aufzurühren um den Preis des Seelenheils ihrer Tochter. Es musste einen anderen Weg geben, sie vor dem Gefängnis zu bewahren, und wenn nicht, dann eben nicht, dann sollte es so sein.

Es klingelte. Um diese Zeit?, wunderte sie sich. Wahrscheinlich hatte Frank seinen Schlüssel vergessen, nahm sie an, schaltete das Licht ein und eilte zur Tür.

»Da bist du ja«, sagte sie und fügte ein »Oh« an, denn nicht Frank war es, der vor der Tür stand, sondern Kathrin. Eine ziemlich aufgelöst wirkende Kathrin.

»Hallo, Frau Tewes, kann ich Antonia sprechen?«

»Sicher, komm rein«, forderte sie Kathrin auf, »sie ist oben.« Sie wies auf die Treppe und blickte ihr hinterher. Das arme Kind, dachte sie, da sitze ich hier rum und bemitleide mich selbst, während es anderen offensichtlich viel schlimmer ergeht.

»Antonia? Ich bin's, Kathrin«, hörte sie.

Mehr nicht. Das war seltsam. Zwar hatte Antonia vorhin

gefragt, ob sie nochmals wegdürfe, aber sie hatte abgelehnt. Sie wusste nicht, wann Frank nach Hause kommen würde, und hatte ihn nicht verärgern wollen, indem sie seine Anordnung aufhob. Sie folgte Kathrin nach oben.

Antonias Tür war verschlossen. Sie rief nach ihr und klopfte. Keine Reaktion.

»Warte hier«, sagte sie, lief die Treppe hinunter und ins Wohnzimmer, öffnete die Terrassentür und trat hinaus. »Oh, oh«, sagte sie vernehmlich. Das Fenster zu Antonias Zimmer stand einen Spaltbreit offen, und die hinten an der Garage aufragende Leiter verriet den Fluchtweg. Was um Himmels willen war so wichtig, dass sie sich mitten in der Nacht davongestohlen hatte? Und wie sollte sie das Frank erklären? Na gut, er musste das eigentlich nicht erfahren, sofern er nicht ausgerechnet jetzt nach Hause käme, überlegte sie und ging wieder hinein.

Kathrin stand bereits an der Haustür. »Ich muss los«, erklärte sie und drückte ihr einen Zettel in die Hand. »Geben Sie ihr das, wenn sie zurückkommt?«, bat sie, riss förmlich die Tür auf und stürzte in die Nacht.

Lilian seufzte. Es fiel ihr schwer, loszulassen, zuzulassen, dass diese Kinder ihre eigenen Entscheidungen trafen, richtig oder falsch. Dabei war ihr durchaus klar, dass ihre Fähigkeit zu helfen nie zuvor auf die Probe gestellt worden war, also warum sollten sie jetzt zu ihr kommen, worum es sich auch handeln mochte? Sie trauten ihr nichts zu, erkannte sie, und vermutlich war das ganz gut so.

Sie ging nach oben und schob den Zettel unter Antonias Tür durch, dann fände sie ihn, sobald sie nach Hause käme. Mehr konnte sie nicht tun.

***

Marilene schlug die Lider auf und gähnte. Sie hatte nicht geschlafen, glaubte sie wenigstens, nur die Augen ausgeruht. Der Tag war zu lang gewesen. Plötzlich war beschwerlich, was ihr früher kaum etwas ausgemacht hatte. Sie wurde alt, und das praktisch über Nacht, so kam es ihr vor.

»Gleich da.« Gerrit warf ihr einen kurzen Blick zu. »Ganz schön anstrengend, was?«

Salz in die Wunde, dachte sie, abermals gähnend. »Ja«, gab sie zu, »allein hätte ich das nicht geschafft, also danke für deine Dienste.«

»Immer und nichts lieber«, entgegnete Gerrit, straffte die Schultern und reckte das Kinn in die Höhe.

Kindskopf, dachte Marilene und musste lachen.

»Lachst du etwa über mich?«, empörte er sich.

Im vorbeihuschenden Lichtkegel einer Straßenlaterne erkannte Marilene blankes Entsetzen in seinem Gesicht. »Niemals«, beteuerte sie.

Gerrit bog in die Auffahrt ein und würgte den Motor ab, als wolle er so demonstrieren, wie tief er getroffen war. »Hoppla«, sagte er, »wer ist das?«

Marilene folgte seinem Blick. Jemand hatte sich auf den Stufen zum Privateingang ihres Hauses niedergelassen. Nicht schon wieder, dachte sie entnervt und stieg aus.

»Ich wollte gerade aufgeben«, sagte Antonia, »aber es ist echt dringend. Mama muss morgen zur Polizei, und sie sagt, sie braucht keinen Anwalt, weil sie nichts getan hat, aber die haben bei uns Sachen von Papa gefunden, und wenn sogar der eine Polizist sagt, sie soll einen Anwalt mitbringen, dann …« Sie verstummte, etwas Entrücktes im Blick.

War das auf Gerrit zurückzuführen, der gerade aus dem Wagen stieg und sich lässig in den Türspalt klemmte, oder auf dessen Auto? Marilene vermochte es nicht zu sagen.

»Dann müssen wir sie wohl überreden«, erklärte Gerrit, »steigt ein.«

Antonia folgte augenblicklich der Aufforderung und hechtete dorthin, wo sich bei richtigen Autos die Rückbank befand.

Marilene hingegen zögerte, hatte das nicht Zeit bis morgen? Gerrit beantwortete ihre stumme Frage mit flehendem Dackelblick. »Also gut«, gab sie nach und faltete ihre Beine wieder zusammen, »darauf kommt es jetzt wohl auch nicht mehr an.«

Antonia leitete Gerrit mit, wie Marilene schwören könnte, völlig veränderter Stimme durch die Straßen, und ein paar Minuten später erreichten sie ihr Ziel. Antonia zog ihre Schlüssel aus der Jacke, doch bevor sie aufschließen konnte, wurde die Tür schon von innen aufgerissen.

»Kind, musst du mir immer so einen Schrecken einjagen? Sei nur froh, dass Frank nichts von deinem Ausflug mitbekommen hat. Wo hast du gesteckt? Kathrin war hier, und –«

Antonia unterbrach sie. »Echt? Wann denn? Ich hab mir schon Sorgen gemacht, weil ich sie überhaupt nicht mehr erreichen konnte.«

»Das ist noch nicht so lange her. Sie hat einen Zettel für dich dagelassen. Ich hab ihn unter deiner Tür durchgeschoben, damit du – oh.« Erst jetzt wurde sie gewahr, dass Antonia nicht allein war.

»Marilene Müller«, stellte sie sich vor, »ich bin Rechtsanwältin. Antonia meinte, Sie würden mich brauchen. Das ist mein Assistent.« Sie deutete auf Gerrit, ohne jedoch seinen Namen zu nennen, denn allmählich gerieten Legende und Wahrheit durcheinander.

»Aber ich hab doch nichts getan, wofür sollte ich einen Anwalt brauchen?« Sie riss die Augen auf, deren Blau verschwamm und um eine Schattierung dunkler wurde.

Bodenlos, dachte Marilene. Wer würde je auf den Gedanken kommen, diese Frau könnte etwas Unrechtes tun, gar einen Mord begehen? Ihr Anblick allein verbot jeglichen Verdacht, und das Wort Unschuldsengel erlangte eine neue, tiefere Bedeutung. »Damit Sie sich nicht versehentlich selbst belasten«, entgegnete sie. »Wir sollten darüber reden.«

»Ach, ich weiß nicht.« Tewes zögerte und blickte Antonia hinterher, die sich an ihr vorbeidrückte und die Treppe zum Obergeschoss hinaufstürmte. »Das würde mich doch noch verdächtiger machen.«

»Nein«, widersprach Marilene, ein verbreiteter Irrglaube, den auszuräumen Fernsehkrimis nicht gerade förderten, »Sie haben das Recht auf einen Anwalt, und wenn einer der Beamten Ihnen rät, rechtlichen Beistand zu suchen, dann muss es ohnehin gravierendes Belastungsmaterial gegen Sie geben, also warum nicht gleich professionelle Hilfe in Anspruch nehmen?« Ihr letzter Versuch, entschied Marilene, aufdrängen würde sie sich nicht.

Tewes holte tief Luft. »Also gut«, gab sie nach, »kommen Sie rein.« Sie ließ sie vorangehen und schloss die Tür.

Keine Sekunde zu früh.

»Mama!«, gellte es von oben, markerschütternd und hart am Rande der Hysterie.

Gerrit fing sich als Erster, stürzte die Treppe hoch, dicht gefolgt von Tewes, und Marilene hinterdrein, einen Unfall fürchtend: ein verstauchter Knöchel, ein gebrochener Arm, sicher nichts Lebensbedrohliches.

Antonia stand mit hängenden Armen und Schultern in der offenen Tür zu ihrem Zimmer, vom Licht der Deckenlampe überflutet wie von einem Scheinwerfer; die tragische Heldin eines Theaterstücks, sich selbst spielend statt des von anderen ersonnenen Dramas. Tränen rannen ihr in Strömen übers Gesicht, und sie öffnete den Mund, wie um abermals zu schreien, doch kein Ton verließ ihre Kehle, als wüsste sie bereits, dass sie rettungslos verloren war.

Ein Zettel lag zu Antonias Füßen. Gerrit bückte sich danach, richtete sich auf, währenddessen lesend, was daraufstand, und hielt dann Marilene das Stück Papier hin.

Nein, sie schüttelte den Kopf, sie wollte sich drücken vor schwarz auf weißer Gewissheit dessen, was sie längst erahnte, und griff dennoch zu, ihre Augen flogen über die wenigen Zeilen, Schönschrift, wie gemalt, registrierte sie ungewollt, bevor sie den Sinn erfasste.

Liebe Antonia, ich kann nicht mehr. Verzeih mir, und gib dir bloß nicht die Schuld, du hast wirklich getan, was du konntest. Danke für alles! Deine Freundin Kathrin.

Marilene wandte sich entgeistert nach Antonias Mutter um. »Wieso um Himmels willen haben Sie nicht sofort die Polizei gerufen?«, fragte sie.

Tewes rang die Hände. »Ich … ich …«, stammelte sie.

Antonia ballte die Fäuste. Ihre Worte schossen durch die

Luft, hasserfüllt und gefährlich abgehackt: »Sie – kann – nicht – lesen!«, brüllte sie.

***

Sie hatte lange überlegt, wie sie vorgehen sollte.

Tabletten kamen nicht in Frage. Zu schwierig zu beschaffen ohne die richtigen Kontakte, die höchstens ihre Brüder herstellen könnten. Was sie natürlich nicht tun würden. Sie wusste ja nicht mal, welches Mittel am ehesten Erfolg verspräche. Und was, wenn sie das Zeug so scheußlich fand, dass sie es nicht bei sich behalten konnte? Viel zu riskant. Oder, stellte sie sich vor, sie wurde zu früh gefunden, und dann würde man ihr den Magen auspumpen, das war mit Sicherheit eine ganz grässliche, unwürdige Prozedur.

Sich die Pulsadern aufzuschneiden, und ja, sie wusste, in welcher Richtung man die Klinge ansetzen musste, war ihr ebenfalls zu unsicher erschienen. Brachte man es wirklich fertig, zuzuschauen, wie einem das Blut aus den Adern floss? Egal, wie sehr man sich vorher die Kante gegeben hatte? Total betrunken zu sein, brachte es wahrscheinlich auch nicht, sonst würde man womöglich über seinem Vorhaben einschlafen. Außerdem bestand auch bei dieser Methode die Gefahr, zu früh gefunden zu werden.

Zum Springen war sie zu feige. Obwohl ihr die Vorstellung durchaus behagte, dass ihre Brüder ihre Leiche fänden. Ihren aufgeplatzten Körper, aus dem alles herausquoll, was ihn am Leben erhalten hatte. Das musste echt eklig aussehen. Wenn sie hätte sicherstellen können, dass nicht irgendjemand anderes sie entdeckte, hätte sie es vielleicht doch versucht, es musste ja niemand mitbekommen, wenn sie kurz vorm Absturz noch einen Rückzieher machte. Aber dann hatte sie vor ein paar Tagen im Radio gehört, dass ein Kind einen Sturz aus dem siebten Stock leicht verletzt überlebt hatte. Gut, sie war kein Kind mehr, doch was, wenn sie tatsächlich überlebte, nur eben schwer verletzt und für immer im Rollstuhl? Lieber nicht.

Erfrieren soll ein einigermaßen angenehmer Tod sein, hatte

sie mal gelesen. Ausreichend Alkohol und dann einfach warten, bis man einschläft. Hörte sich gut an, aber es war, verdammt noch mal, nicht kalt genug dafür, und wer wusste schon, ob dieser Winter nicht überhaupt zu mild werden würde, dann stünde sie schön blöd da.

Nein, sie konnte nicht länger warten. Es gab keinen anderen Ausweg. Sie hatte sich viel zu lange vorgemacht, dass sie irgendwann alles hinter sich lassen könnte: fortziehen, studieren, heiraten, Kinder kriegen, ein geradezu lächerlich normales Leben führen. Das war es nicht, was das Schicksal für sie vorgesehen hatte. Ihre Familie würde sie niemals gehen lassen, das wusste sie nun.

Sie hatte es gewagt aufzubegehren, als Eddi Antonia vertrieben hatte. Sie hatte ihn angeschrien, zum ersten Mal in ihrem Leben, dass sie die Schnauze voll hatte und dass sie so froh wie nur was sein würde, wenn sie endlich das Abi hätte und studieren könnte … Er war dermaßen in Gelächter ausgebrochen, dass er sich fast in die Hosen gemacht hatte, oder er hatte so getan, als ob. Dann hatte er sie verprügelt. Und gedroht, Antonia kaltzumachen, die ihr diese dämlichen Ideen in den dämlichen Kopf pflanzte. Antonia, die so entsetzt gewesen war, als sie mitbekommen hatte, was bei ihr zu Hause abging. Sie war sich so schmutzig vorgekommen. Sie *war* schmutzig, korrigierte sie sich, sie war der letzte Dreck.

Sie erreichte ihr Ziel, ließ das Fahrrad achtlos fallen, schnappte sich nur den Beutel aus dem Korb und stapfte entschlossen in den Wald hinein. Mit jedem Schritt wurde es finsterer um sie herum, das spärliche Licht des dunstverhangenen Mondes mehr Ahnung denn wegweisend. Unbeirrt stolperte sie vorwärts, Zweige zerkratzen ihr das Gesicht, sie spürt es kaum, hockt sich hin und kramt die Taschenlampe aus dem Beutel, die sie in weiser Voraussicht eingesteckt hat. Zu der Flasche Korn, die sie aus Eddis Vorrat gestohlen hat. Etwas mehr Mut kann nicht schaden, denkt sie, schraubt die Flasche auf und nimmt ein paar Schluck, schüttelt sich, scheußliches Zeug, wie kann man das saufen, doch beinah versteht sie, warum, die Wärme vielleicht, das wohlige Gefühl einer gewissen Leichtigkeit, das sich einstellt, sobald das Brennen in der Kehle nachlässt, wenigstens das in der Kehle.

Sie schaltet die Lampe ein und geht weiter. Der hüpfende Lichtstrahl verhindert jetzt, dass sie stolpert oder stürzt, dafür erkennt sie ringsum kaum noch etwas, und das schärft ihr Gehör, es knistert und raschelt und knackt mit jedem ihrer Schritte, ein Feuerwerk, schlügen brechende Zweige Funken. Sie scheucht irgendein Tier auf, ein Hase, ein Reh vielleicht, das rasch durchs Unterholz bricht, fort von hier, eine Eule ruft ganz schaurig, und sie hält kurz inne. Stille. Eine unheimliche, dunkle Stille.

***

Was war das? Paul Zinkel schreckte aus unruhigem Schlaf, aber äußerst angenehmen Träumen hoch, sich wundernd, warum er auf dem Sofa statt im Bett lag. Mit dem nächsten Klingeln seines Handys setzte die Erinnerung wieder ein – und die Erkenntnis, dass ebendieser Traum verboten war. Zu sein hatte. Er schnaubte inbrünstig, setzte sich auf und schaltete das Licht ein, bevor er das Gespräch eines ihm unbekannten Anrufers annahm. Hoffentlich kein Einsatz, bat er sich aus, er bezweifelte, dass er nüchtern genug dafür war.

»Antonia, du?« Er warf einen Blick auf seine Uhr, es war gleich zehn.

Was sie sagte, veranlasste ihn aufzuspringen, hellwach jetzt. »Hast du ein Foto von ihr? Gut, bleib, wo du bist«, befahl er, »ich bin in fünf Minuten bei euch.«

Während er die Treppe hinuntersprintete, rief er die Bereitschaft an, schickte, während er umständlich mit dem Hörer am Ohr seine Jacke anzog, alle verfügbaren Einsatzkräfte auf die Straße, auf die Suche nach Kathrin Engelbrecht, suizidgefährdet, Beschreibung folgt. Er stürmte ins Freie, drückte auf die Klingel bei Lübben und ließ den Finger drauf, bis endlich Judith öffnete, verschlafen, mit hinreißend zerzaustem Haar. »Ist Enno noch nicht da?«

Sie schüttelte stumm den Kopf.

»Versuch du, ihn zu erreichen, und schick ihn zu Tewes, ja?

Notfall, angekündigter Selbstmord, ich muss los!«, rief er, bereits am Wagen, sprang hinein und fuhr aus der Einfahrt, brauste los mit nicht angemessener Geschwindigkeit, wenigstens was seinen Zustand anbelangte.

Mit quietschenden Reifen bog er kurz darauf um die letzte Ecke. In der Nachbarschaft schien man früh ins Bett gegangen zu sein, nur der Eingang Tewes war hell erleuchtet, die Einfahrt zugeparkt von, blecherner Jugendtraum, einem Mini Cooper. Dieser war aus Wiesbaden, merkwürdiger Zufall. Er stellte den Wagen halb auf dem Bürgersteig ab und hastete zur Tür, die sich anscheinend von selbst öffnete, oder war es der Luftdruck, den er durch sein Tempo erzeugte? Jedenfalls war der Flur verwaist, er klingelte der Form halber, trat ein, schloss die Tür und folgte dem Klang der Stimmen, nicht sprechend, weinend, er hasste Tränen von Frauen, erst recht wenn diese fast noch Kinder waren.

Als er die Tür zum Wohnzimmer aufstieß, prallte er überrascht zurück: drei händeringende Frauen, zwei völlig tränenüberströmt, die dritte gefährlich nahe dran und obendrein keine Unbekannte, plus Gerrit Baron. Wiesbaden, aha. Er hatte komplett vergessen, dass Hartmanns Anwältin jetzt in Leer praktizierte. Oder es verdrängt. Und was machte Gerrit hier? Alle erstarrten mitten in der Bewegung, und wieder kam ihm Dornröschen in den Sinn, was hatte es nur auf sich damit?, wunderte er sich. Sie schauten ihn erwartungsvoll an, als könnte er tatsächlich bereits mit Ergebnissen aufwarten. Er winkte ab. »Hey«, sagte er nur.

Antonia schien ihrer Stimme nicht zu trauen und reichte ihm stumm Brief und Foto. Die Freundin musste eine immense Bedeutung für sie haben.

Ein unmissverständlicher Brief. Ein hübsches Kind. Auffällig der Kontrast zu Antonia, wie Schneeweißchen und Rosenrot, dachte er, Nacht der Märchen, und wenn sie nicht gestorben sind, dann leben sie glücklich bis an ihr Ende. »Die Suche läuft, wir werden sie schon finden«, sagte er lahm, am Auffinden nicht zweifelnd, wohl aber am Zustand.

Zu lahm. Antonia wandte sich ab.

»Was ist es, das sie zum Selbstmord drängt?«, fragte er.

»Sie wird offenbar von ihren Brüdern misshandelt, möglicherweise auch missbraucht«, schaltete sich die Anwältin ein, Marilene, äh, Müller, fiel ihm ein, waren sie beim Du gewesen? Er wusste es nicht mehr.

»Und gemobbt wird sie auch«, sagte Antonia gegen den Fußboden gerichtet.

Zu viele Gründe, um lange zu zögern, fürchtete Zinkel. »Wann ist sie hier weg?«

Antonia holte Luft für eine Antwort, doch Müller kam ihr zuvor. »Wir wissen es nicht genau, vielleicht eine halbe Stunde etwa?«

Lilian Tewes nickte. Ihre Nase war gerötet, als dauerte die Heulerei schon länger an, und sie war noch um einiges blasser als ihre Tochter. »Sie war mit dem Rad da«, sagte sie.

Er wandte sich wieder an Antonia. »Was glaubst du, wie würde sie es tun?« Er scheute sich, direkter zu werden. »Habt ihr jemals über so etwas gesprochen?«

»Nein, ich wusste bis vor ein paar Tagen ja nicht mal, was da läuft. Und in der Schule – also, sie ist eine Kämpferin, eigentlich, und es hätte doch einen Ausweg gegeben, Frauenhaus, sogar Kinderheim, Mann, sie kann doch nicht einfach ihr Leben wegschmeißen!«

Und dich alleinlassen, der ultimative Verrat, dachte Zinkel mitfühlend. »Hast du irgendeine Idee, wo sie hingegangen sein könnte?«, insistierte er.

Antonia schüttelte langsam den Kopf, während sie laut nachdachte. »Also Pulsadern oder so kann ich mir nicht vorstellen, ihr wird komisch, wenn sie Blut sieht, ich glaub auch nicht, dass sie es zu Hause tun würde, nein, bestimmt hat sie einen schönen Ort gesucht, warten Sie, sie hat's total mit Bäumen, so in Gedichten und auf Fotos, oh, und vor ein paar Wochen hat sie da was gelesen über den Friedwald, den sie hier einrichten wollen, sie fand die Vorstellung schön, Nahrung für die Baumwurzeln zu sein, Kreislauf des Lebens, so ungefähr, ich hab nicht richtig aufgepasst, das schien so weit weg …« Ihre Stimme verlor sich.

»Logabirumer Wald«, warf Gerrit ein, der plötzlich ein iPad zur Hand hatte.

Zinkel rief abermals in der Zentrale an, gab die fehlenden Details durch und forderte einen Suchhund an. »Hast du zufällig ein Kleidungsstück von Kathrin?«, fragte er, nachdem er das Gespräch beendet hatte, und hoffte, er müsste jetzt nicht noch zu Kathrins Familie, das kostete viel zu viel Zeit.

Antonia verneinte stumm, stockte in der Bewegung. »Moment, ja«, besann sie sich und stürmte aus dem Zimmer.

»Ungewaschen!«, rief Zinkel ihr hinterher.

Binnen Sekunden war sie zurück und hielt ihm einen Pullover entgegen. »Bist du sicher, dass das ihrer ist?«, zweifelte Zinkel. Dunkelgrau war keine Farbe für ein junges Mädchen, außerdem erschien er ihm ein paar Nummern zu groß und ein paar Jahre zu unmodern.

»Der ist von ihrer Mutter, das Einzige, was sie damals zurückgelassen hat. Kathrin hat ihn praktisch immer getragen …«

Ein erbärmliches Vermächtnis, fand Zinkel, damals wie heute.

»Kann ich mit, bitte?«, flehte Antonia.

Das fehlte grad noch, dachte er, nach sanfteren Worten suchend. »Wenn sie es sich anders überlegt, kommt sie bestimmt zuallererst hierher, ich denke, es wäre besser, wenn du wartest.« Er hörte draußen eine Tür knallen, das würde Enno sein, nahm er an und floh.

***

Stille legte sich über den Raum, einer erstickenden Decke gleich. Der Sekundenzeiger der alten Wanduhr drehte seine Runden mit erbarmungslosem Ticken, laut, wie das Tropfen eines undichten Wasserhahns.

Es tat gar nicht so weh, wunderte Lilian sich. All die Jahre hatte sie diesen Makel so verzweifelt zu verbergen gesucht, die verzwicktesten Strategien entwickelt, Ausreden ohne Ende erfunden, dass nur ja niemand dahinterkäme, wie unsäglich dumm sie war. Jetzt verspürte sie beinahe ein Gefühl von Erleichterung, dass das ewige Versteckspielen nun ein Ende hatte. »Seit wann weißt du es?«, flüsterte sie, noch immer nicht willens, »es« zu benennen.

»Seit ich in der ersten Klasse bin«, entgegnete Antonia patzig. »Wenn Papa mal nicht da war, hast du mir abends ›vorgelesen‹, und als ich selber lesen konnte, hab ich gemerkt, dass der Text in den Büchern ganz anders war.«

Christian war nicht allzu oft fort gewesen, erinnerte Lilian, aber sie hatte seine Abwesenheit stets gefürchtet, genau aus diesem Grund. Sie war sogar eigens in Buchhandlungen gegangen und hatte sich dort Bilderbücher empfehlen lassen, sodass sie wenigstens das Grundgerüst der Geschichte kannte und die Namen der Figuren. Am schwierigsten war gewesen, sich die Geschichte zu merken und bei Wiederholungen nicht abzuweichen von der vorigen Version. Sie hatte geglaubt, das sei ihr einigermaßen gelungen, denn Antonia hatte selten protestiert, und wenn, dann hatte sie sich herausgeredet mit dem Argument, sie hätte bloß wissen wollen, ob sie auch aufpasste. »Warum hast du nie was gesagt?«, fragte sie.

»Ich?«, empörte sich Antonia, »das ist ja wohl echt der Hammer! Ich wusste damals schon, dass dir das voll peinlich war, was hätte ich da sagen sollen? Als Papa dann weg war, hab ich dir immer geholfen. Spätestens da hättest du merken müssen, dass ich Bescheid weiß. Jede Rechnung, jeden Elternbrief, die Speisekarte, wenn wir mal essen gegangen sind, sogar die Zeitung hab ich dir manchmal vorgelesen. Hast du echt geglaubt, dass ich auf die blöde Ausrede reinfalle, dass du deine Brille vergessen oder verloren hast? Oder dass du meine Stimme so gern hörst?«

Im Augenblick hörte sie die nicht gern, dachte Lilian, nicht, wenn sie so sarkastisch klang. Aber es geschah ihr ja recht, musste sie zugeben, sie hätte längst etwas ändern müssen. Es war ja nicht so, dass sie überhaupt nicht lesen konnte, einzelne Buchstaben vermochte sie durchaus zu entziffern, nur das Zusammensetzen zu Wörtern und gar zu ganzen Sätzen fiel ihr so unendlich schwer, dass sie sich der Mühe entzog, wo es nur ging. Wie vorhin. Wenn nur Kathrin nichts zustieß. Das könnte sie sich nie verzeihen. Und auch Antonia würde ihr auf ewig Vorwürfe machen. Was sie ihr nicht verdenken könnte. Oh Gott, nur das nicht! Sie schlug die Hände vors Gesicht, ihr

Traum von einer heilen Familie würde zerplatzen, kaum dass er begonnen hatte.

***

Weiter, treibt sie sich an, und sobald sie sich bewegt, setzen die Geräusche des Waldes auch wieder ein, weniger Schrecken bergend als zuvor, sie hat sich schon daran gewöhnt, hat die kleine Lichtung im Sinn, den Baum, der seine Äste zur Seite reckt, nicht gen Himmel; komm in meine Arme, wispert er, der Ruf, den sie nie gehört hat, Trost versprechend und Geborgenheit, ihr auserkorener Friedwald, sie hat davon gelesen und wird die Erste sein. Nach rechts jetzt, glaubt sie und spürt, wie Spinnweben sich auf ihr Gesicht legen, Zweige ihr übers Haar streichen, Geste, die ihr nie zuteilwurde, nicht daran denken, beschwört sie sich, und bloß nicht weinen, Tränen brächten sie nur ins Wanken. Sie tritt in ein knietiefes Erdloch, strauchelt und rudert mit den Armen, fängt sich gerade noch und zieht, zieht kräftiger, bis der Boden ihren Fuß schließlich mit leisem Seufzen wieder freigibt.

Langsamer geht sie weiter, sie müsste schon bald da sein, und auf einmal beschleicht sie das Gefühl, nicht allein zu sein, war da nicht ein Rascheln, das nicht sie verursacht hat?, und da noch einmal, einen Tick zeitversetzt, gerade so, als würden ihre Schritte ein Echo heraufbeschwören. Sie bleibt stehen, dreht sich einmal um die eigene Achse und leuchtet mit der Taschenlampe in Schulterhöhe die Umgebung ab. Nichts. Wer würde auch um diese Zeit durch den Wald streifen? Alles Einbildung, beruhigt sie sich und nimmt ihren Weg wieder auf.

Ein Zweig fährt ihr mit scharfer Kralle ins Gesicht, wie um sie in letzter Sekunde aufzuhalten, und sie schreit auf. Plötzlich sind ihre Schritte nahezu lautlos, Gras flüstert unter ihren Füßen, sie hat die Lichtung erreicht und schaltet die Taschenlampe aus, der fahle Mond wirft kalten Schein, und sie sieht ihren Atem in kleinen Wölkchen aufsteigen, magisch, denkt sie, irgendwie surreal. Vorsichtig stakst sie auf Zehenspitzen weiter bis zu ihrem Baum, der zum Gruße nickt und sie willkommen heißt, genau so, wie sie es in Erinnerung hat.

Sie sinkt auf die Knie, stumme Abbitte leistend, nicht beim Himmel, an den zu glauben sie längst nicht mehr vermag, eher beim Baum, ein Gebet müsste her, findet sie, doch ihr will nichts Angemessenes einfallen, und so trinkt sie von dem Korn, eine Wärme wie flüssiges Feuer, dann holt sie das Seil hervor, windet es in ihren Händen, streicht über die Schlinge, den Henkersknoten, dem Internet sei Dank, alles ist bereit, sie verspürt keine Angst mehr, und doch, und doch ist da ein Zögern in ihr, was, wenn sie zurückginge, nicht nach Hause, im Leben nicht, aber zu Antonia, vielleicht gibt es irgendwo Hilfe für sie, vielleicht kann sie entkommen, vielleicht ist nicht die ganze Welt so elendig schlecht? Und nun zittern ihre Hände doch, und sie sieht nichts mehr vor lauter Tränen, weint, laut jetzt, ihr ganzer Kummer bricht schluchzend aus ihr hervor, sie hat nicht geahnt, wie wohl das tut, es kommt ihr vor, als würde aller Schmutz von ihr gewaschen, ich bin klein, mein Herz ist rein, entsinnt sie sich doch noch, und dieser Gedanke setzt sich fest, schlägt fruchtbare Wurzeln, sie will überhaupt nicht sterben, erkennt sie endlich und hebt verwundert den Kopf, während sie schon das Seil zurück in den Beutel stopft, was für eine dumme, dumme Idee, sie wird zurückgehen, sie wird kämpfen, sie wird: nie wieder aufgeben!

Erleichterung flutet ihre Sinne, dass ihr schwindelt, und sie rappelt sich ungeschickt auf. Plötzlich ist ihr, als hörte sie ein leises Lachen, als verspürte sie den leichtesten Lufthauch im Nacken, und sie erstarrt mitten in der Bewegung, Geisterstunde, denkt sie, die reine Einbildung, sie registriert verwundert, wie ihre Nackenhaare sich sträuben und ihr Magen sich verkrampft, ihr Gehirn einen stummen Fluchtbefehl brüllt, und noch bevor der in den Füßen ankommt, vernimmt sie abermals dieses Lachen, deutlich jetzt, kein Irrtum möglich.

»Komm, gib mir den Beutel, lass mich dir helfen«, sagte er.

Sie schüttelte den Kopf, doch es war zu spät, es war schon immer viel zu spät.

***

Marilene scharrte gedanklich mit den Füßen, auf den geeigneten Moment wartend, sich zu verabschieden. Diese Auseinandersetzung ging sie nichts an. Ohnehin gab es Wichtigeres im Augenblick. Schließlich ging es um das Leben eines jungen Menschen, und sollte Kathrin nicht rechtzeitig gefunden werden, vermochte sie sich die Konsequenzen nur allzu gut vorzustellen: ein traumatisiertes Kind und ein zerrüttetes Mutter-Tochter-Verhältnis. Sie wusste ohnehin nicht recht, wo sie hier stand oder zu stehen hatte; mit einer Katastrophe im Rücken, die sich vielleicht hätte vermeiden lassen, würde es noch schwieriger, sich zwischen den unterschiedlichen Ansprüchen hindurchzulavieren. Dabei schien es ihr ebenso unerlässlich, herauszufinden, wer was wusste und seit wann, wie auch zu klären, wer was nicht wissen durfte und warum. Vertrackt, dachte sie, und falscher Zeitpunkt.

Lilian reagierte nicht auf Antonias Vorhaltungen, und wieder kroch eine unfriedliche Stille in jeden kleinsten Winkel des nur spärlich beleuchteten Zimmers, spannungsgeladen wie die Atmosphäre vor einem Gewitter. Zeit zu verschwinden, bevor der Blitz einschlüge, fand Marilene. Die Vorboten des drohenden Sturmes drückten plötzlich die Wohnzimmertür auf. Von dem dumpfen Schlag, mit dem sie gegen den Stopper knallte, zuckte Marilene zusammen und verfolgte einigermaßen fassungslos, wie die Tür abprallte, nur um dann wieder nach innen zu schwingen, Geisterhand, kein Wind. Der Mann, dessen Silhouette im Rahmen auftauchte, kam ihr unwirklich vor, ein finsteres Gespenst, dem das grelle Licht der Flurlampe in seinem Rücken einen schauerlichen Heiligenschein verlieh.

»Was haben wir denn hier für eine unerwartete Versammlung?«, fragte er und trat ein.

Marilene musterte ihn verstohlen. Bei Licht besehen verlor er alles Bedrohliche, im Gegenteil, er wirkte behäbig, was an ein paar Kilo zu viel um die Hüften herum liegen mochte. Sie schätzte ihn auf Ende vierzig, höchstens Anfang fünfzig, offenbar um einiges älter als seine Frau. Er war groß, etwa eins neunzig, sein eckiger Schädel saß auf einem etwas zu kurz geratenen Hals, das dunkelblonde feine Haar war kurz geschnitten und der etwas hellere Schnurrbart akkurat gestutzt. Wache braune Augen blickten hinter einer klobigen Brille aus einem asymmetrischen Gesicht hervor. Seine Haut war blass, fast ungesund, die Hände riesig wie Schaufeln, registrierte sie. Alles in allem kein Mann, dem sie hinterherschauen würde; ohne dass er direkt als hässlich durchging. Vielmehr kam er ihr vor wie – falsch zusammengesetzt? Fast musste sie grinsen ob dieses seltsamen Gedankens. Aber es war schon was dran, überlegte sie. Sein Haar müsste dicker sein für einen Mann seiner Statur, die Haut dunkler angesichts der Haarfarbe, die Füße waren zu klein, steckten in Schuhen von höchstens Größe dreiundvierzig.

»Frank! Endlich.« Lilian löste sich als Erste aus der Erstarrung und stürzte auf ihn zu.

»Na, na«, sagte er beruhigend, umfing sie, legte ihr den Finger unters Kinn und hob es an. »Du hast geweint«, stellte er fest und warf Antonia einen ungnädigen Blick zu, als könne nur sie die Ursache dafür sein. »Wie? Du auch?«, fragte er. »Was ist hier überhaupt los?«

Marilene suchte nach einigermaßen knappen Worten, die die beiden Katastrophen umrissen, ohne allzu dramatisch zu werden, damit nicht wieder Tränen strömten.

Antonia war schneller. »Die Polizei hat heute das Haus durchsucht wegen Papa. Mama soll sich einen Anwalt nehmen, haben sie gesagt, darum ist Frau Müller hier.« Sie deutete auf Marilene. »Das ist Frank Herzog, Mamas Mann«, komplettierte sie die Vorstellung.

»Und du hast einen neuen Freund?« Herzog fixierte Gerrit nicht eben freundlich.

Marilene sah das »Noch nicht« aus Gerrits Augen blitzen. »Ich gehöre zu Frau Müller, Gerrit Baron«, entgegnete er, doch Herzogs Interesse war bereits erloschen.

»Kein Grund zu heulen«, wandte er sich an seine Frau, »schließlich bist du ja noch nicht verhaftet worden, richtig?«

Lilian schüttelte stumm den Kopf.

»Das ist auch noch nicht alles«, fügte Marilene hinzu. »Antonias Freundin hat Selbstmord angekündigt. Die Polizei sucht sie gerade.«

»Kathrin? Aber das ist ja furchtbar.« Herzog ließ Lilian stehen und eilte zu Antonia. »Sie werden sie schon finden, hörst du? Bestimmt ist alles in Ordnung mit ihr.« Er legte ihr beruhigend seine Hände auf die Schultern. »Ich weiß ja, wie sehr du an ihr hängst«, fuhr er fort, »und sie an dir, das würde sie dir nicht antun, ganz sicher nicht, komm schon, nicht weinen.« Er wischte mit den Daumen ihre Tränen fort. »Alles wird gut.« Er zog sie an sich, drückte ihren Kopf gegen seine Brust und strich ihr übers Haar.

Marilene hob die Brauen. Antonia hielt nicht viel von Herzog, seine einfühlsamen Worte jedoch widerlegten, was Marilene ohnehin nur für pubertäre Eifersucht gehalten hatte. Sie sah zu Lilian hinüber, die soeben den angehaltenen Atem ausstieß, als habe auch sie anderes erwartet, nicht Verständnis und den Versuch zu trösten. Im Augenblick wurde sie hier nicht gebraucht, entschied Marilene. Sie bezweifelte, dass es morgen zu der Einvernahme kommen würde. Kathrin zu finden war dringender.

Sie fing Lilians Blick auf. »Rufen Sie mich an, bevor Sie zur Polizei müssen«, sagte sie, »dann können wir immer noch besprechen, wie wir vorgehen.«

Lilian nickte.

Antonia hob den Kopf. »Danke, dass Sie gekommen sind«, sagte sie mit heiserer Stimme.

»Kein Problem«, entgegnete Marilene, »melde dich bei mir, sobald du kannst, ja?«

Herzog enthob sie einer Antwort. »Ich bin ja jetzt da«, erklärte er geradezu inbrünstig.

Marilene nickte nur. Ein ahnungsloser Retter in der Not könnte mehr schaden als nutzen, und sie fragte sich, ob Lilian und Antonia ihn einweihen oder ihre Geheimnisse weiterhin für sich behalten würden.

***

Sie brachen mit einigem Abstand hinter der Hundeführerin durchs Unterholz, einen Lärm veranstaltend wie eine ganze

Rotte Wildschweine. Die Lichtkegel ihrer Taschenlampen hüpften auf und nieder, malten Blitze ins Dunkel, die sich in die Netzhaut brannten und so jede Stolperfalle unsichtbar machten. Spätsport mit hohem Risikofaktor, und das zum zweiten Mal innerhalb von Tagen, dabei gab es gar nicht so viel Wald in Ostfriesland.

Tatsächlich hegte Zinkel den Verdacht, dass der Ostfriese an sich Bäume nicht sonderlich schätzte, Laubbäume jedenfalls. Schon verschiedentlich war er auf Leute gestoßen, die herangewehte Blätter einzeln aus ihren Vorgärten klaubten, während sie mit tadelnden Blicken die Nachbarschaft nach dem Verursacher abzusuchen schienen. Auch gab es erstaunlich viele Baumstümpfe in den Gärten zu entdecken, wenn man im Vorbeifahren den Hals ordentlich reckte, und bei Gelegenheit würde er sich erkundigen, ob es hier eigentlich Baumsatzungen gab oder sich die Mühe erübrigte, weil alle paar Jahre ohnehin ein Sturm alles fällte, was nicht fest genug im Boden verankert war.

Er taumelte, fing sich wieder, beschleunigte seine Schritte, um den Anschluss an Lübben nicht zu verlieren, der jünger war, wenn auch nicht viel, und augenscheinlich fitter. Allmählich ging ihm die Puste aus. Hoffentlich war es nicht mehr weit. Hoffentlich kamen sie nicht zu spät. Zwar hatte Gerrit richtiggelegen mit dem Logabirumer Wald – binnen Minuten war ein Damenrad am Waldrand aufgefunden worden, von dem sie annahmen, dass es sich um Kathrins handelte –, und sogar die Hundeführerin aus Aurich war nach nur einer Viertelstunde eingetroffen, doch wie weit würde Kathrin laufen, wie lange ihr Vorhaben überdenken, bevor sie es in die Tat umsetzte?

Er geriet heftig ins Keuchen, Stakkato, und die Seite stach erbärmlich, wie um ihn aufzuhalten, zu bewahren vor einem Bild, das er nicht würde vergessen können: ein Kind, das keinen Ausweg gesehen hatte. So etwas sollte es nicht geben dürfen, nirgendwo. Seine Beine verweigerten den Dienst, stemmten sich fast ohne sein Zutun gegen den Vorwärtsdrang, und er blieb stehen, konnte nicht mehr, wollte auch gar nicht, rang vornübergebeugt nach Atem, ein rasselndes Ein und Aus, das ihm in den Ohren rauschte und alles andere überlagerte.

»Irgendwie hab ich ganz schön Angst. Du?«

Zinkel richtete sich auf; Lübben war umgekehrt, lehnte an einem Baum, kaum weniger außer Atem.

»Ja«, sagte Zinkel, es klang wie ein Stoßseufzer, merkte er, aber seltsamerweise war das Seitenstechen plötzlich verschwunden. »Hilft ja nun auch nix«, fügte er hinzu und stapfte wieder los, diesmal vorneweg, angestrengt lauschend, ob die Richtung stimmte. Er hörte die Hundeführerin ein Kommando geben, leise, oder war sie bereits weiter entfernt, als er angenommen hatte? Er hielt inne, um sich zu orientieren, hörte, wie Lübben hinter ihm scharf den Atem einzog, dann erst sah er den Achten zeichnenden Lichtschein einer wild hin und her geschwenkten Taschenlampe.

»Oh nein!« Lübben stieß hervor, was er selbst nur dachte, und beide stürmten los, ihre Füße stampften hart und rhythmisch, vergessen die Erschöpfung von eben noch, ein unerbittlicher Wettlauf, der keinen Sieger kennen würde.

Vielleicht, vielleicht, hämmerte es mit jedem Schritt in Zinkels Kopf, hartnäckig bittend, obgleich er bereits wusste, elende Unke, dass alles Flehen vergeblich war: Ihr Scheitern lag förmlich in der Luft, wehte ihn an wie der Rauch eines weit entfernten Feuers, mehr Ahnung denn Gewissheit, wäre da nicht dieser bittere Geschmack auf der Zunge. Und die Wut, die seinen Magen krampfte, diese unbändige Wut.

Plötzlich waren ihre Schritte nicht länger zu hören. Sie hatten eine kleine Lichtung erreicht, in deren Mitte die Hundeführerin beidarmig winkend ihrer harrte. Jetzt ließ sie die Arme sinken und die Taschenlampe ins Gras fallen, legte den Kopf in den Nacken und jaulte den Himmel an. Schaurig, Zinkel war versucht, sich die Hände auf die Ohren zu legen, um diese Trauer nicht hören zu müssen, was machte die Frau überhaupt hier, wenn sie so etwas nicht aushalten konnte? Er ging näher. Und vorbei, sobald er den Hund gewahrte, der im Gras lag, die Vorderpfoten auf den Ohren, hast recht, mein Guter, und mit dem Schwanz einen lautlosen Rhythmus klopfte. Hinter sich hörte er Lübben leise murmeln. Und dann hörte er nichts mehr. Einfach gar nichts.

Der Baum war im kümmerlichen Licht des Mondes eine pechschwarze Gestalt. Seine arthritischen Äste schlängelten sich wirr nach allen Seiten, wie das Haar der Medusa, und verliehen ihm etwas Menschliches, wenngleich Irres. Wie eine Vogelscheuche, mit der jemand einen üblen Scherz getrieben hatte, hing das Mädchen von einem Seil, ihre Füße kaum eine Handbreit über dem Boden. Kein Puls.

7

Warteschleife, die ewige Elise, Marilene stöhnte und schaute zum Fenster hinaus. November über Nacht. Grau und trist, ein Anblick, der zu ihrer Stimmung passte und zu ihrer Sorge um Antonia, erst recht um Kathrin. Sie hatte noch nichts gehört.

Die Nacht war unruhig gewesen, sie hatte ewig nicht einschlafen können. Jedes Mal, wenn sie ganz kurz davor war wegzudösen, war sie wieder hochgeschreckt, weil ihr jemand vors Auto gelaufen war, so real, dass sie bewusst versucht hatte, an etwas anderes zu denken, um dies mit in den Schlaf hinüberzunehmen. Ihr Gehirn hatte nicht mitgespielt, war ständig abgeschweift zu Antonia, Lilian und Leander, bis sie schließlich in ein abstruses Märchen eingetaucht war: Die Schneekönigin lockte Kinder mit Zuckerwatte zu sich, nur um sie dann mit Schnee zu füttern, der ihnen das Kinn hinabtroff wie Brei und einfach nicht schnell genug schmolz, und sie selbst war machtlos dagegen gewesen, war im Eis erstarrt und unfähig, den Panzer zu durchbrechen. Erst der Wecker hatte sie erlöst.

Sie fühlte sich wie gerädert, hatte bereits Unmengen von Kaffee getrunken und trotzdem zwei Mandantentermine nicht gerade mit Anstand absolviert. Ständig hatte sie auf der Hut sein müssen, ihr Gähnen zu unterdrücken oder als Kieferverspannung zu kaschieren. Die erste Pause des Vormittags hatte sie genutzt, um mit Tewes' Haushälterin zu telefonieren, und nun wartete sie darauf, endlich verbunden zu werden mit dem Personalchef der Firma, in der Lilian damals gearbeitet hatte. Es klopfte, und Gerrit streckte seinen Kopf zur Tür herein.

»Morgen.« Er strahlte. »Ich lauf mal ein bisschen durch die Stadt. Bis später, ja?«

Aus seiner guten Laune schloss sie, dass er erstens ziemlich ausgeschlafen und zweitens vermutlich auf dem Weg zu Antonia war, um den edlen Ritter zu geben. Den die, so oder so, sicherlich gut gebrauchen könnte, einerlei, was Herzog davon halten mochte. Marilene nickte und winkte ihn fort, als sich am anderen Ende der Leitung zu guter Letzt doch noch jemand meldete. Eine Frau, also nicht der Personalchef selbst, rasselte eine Begrüßung runter, von der sie nicht ein Wort verstand. Vorzimmerdamen zu übergehen führte selten zum Ziel, und so formulierte Marilene ihr Anliegen.

»Da sind Sie bei mir besser dran als beim Chef«, entgegnete die Frau, »der hat nämlich seit damals schon drei Mal gewechselt.« Sie hörte sich an, als hätte sie dabei nachgeholfen, aus sportlichem Ehrgeiz, und wartete nun auf die Siegerehrung.

»Ja, super.« Marilene versuchte, entsprechende Begeisterung in ihre Stimme zu legen. »Könnten Sie dann für mich herausfinden, aus welchem Grund Lilian Tewes damals gekündigt hat?«

»Die Unterlagen existieren natürlich nicht mehr, aber ich kann mich noch gut an sie erinnern.«

Wieder diese Kunstpause, Marilene seufzte innerlich. »Wow«, lobte sie, »nach so langer Zeit?«

»Ich habe ein ziemlich gutes Gedächtnis, aber na ja, die Umstände waren auch, sagen wir, besonders.«

»Ja?«, fragte Marilene, zu stärkerer Ermunterung reichte ihre Energie heute nicht aus.

»Sie war ein hübsches junges Ding, aber schrecklich schüchtern. Bis sie auf einer Betriebsfeier ihr wahres Gesicht gezeigt hat. Wie sehr man sich doch täuschen kann, nicht wahr?«

»Hm, hm«, stimmte Marilene der geistreichen Aussage zu.

»Sie hat getanzt auf dieser Feier, und das war – wie soll ich sagen? – aufreizend? Irgendwie hatte das was Unanständiges. Und auf jeden Fall war es dem Anlass nicht angemessen. Das fanden alle. Ich bin nicht altmodisch oder so, aber es war einfach peinlich, auch wenn die Männer sich natürlich die Augen aus dem Kopf gestiert haben. Na ja, jedenfalls ist sie gestürzt, sie hat sich ziemlich wehgetan, glaube ich, denn zwei Kollegen haben sie zum Arzt bringen müssen. Und das war das Letzte, was wir je von ihr gesehen haben.«

»Ach ja?«

»Sie hat eine Krankmeldung geschickt, vier Wochen, wenn ich mich nicht irre, und dann hat sie, noch bevor die Zeit um war, gekündigt.«

»Keine Begründung?«, fragte Marilene.

»Nein. Wir haben auch nicht nachgefragt, es war ja nicht so, dass sie eine sonderlich verantwortungsvolle Position ausgefüllt hat. Sie war eine Lagerarbeiterin, nicht mehr.«

»Echt? Ich dachte, irgendjemand hätte mir erzählt, sie habe Abitur?«

»Das entzieht sich meiner Kenntnis, und wie gesagt, alle Unterlagen sind nach zehn Jahren vernichtet worden.«

»Wissen Sie, ob sie eine Beziehung hatte? Womöglich jemand in der Firma? Oder können Sie mir jemanden nennen, der das wüsste?«

»Weder noch. Sie hat sich normalerweise große Mühe gegeben, nicht aufzufallen, hat sich nicht gut gekleidet, nicht geschminkt, und immer die Augen am Boden. Natürlich ist sie trotzdem oder gerade deshalb aufgefallen, aber ich glaube, sie hat das gar nicht gemerkt. Sie hat sich jedenfalls, soweit ich weiß, mit niemandem eingelassen, nicht mal mit dem Chef. Das hab ich zufällig mal mitbekommen, wie er sie zum Essen einladen wollte, und sie hat bloß mit dem Kopf geschüttelt und ist weggelaufen, hat ihn nicht mal angesehen dabei, so schüchtern war sie.«

»Was war anders auf der Betriebsfeier?«, fragte Marilene.

»Alkohol vermutlich. An dem Abend jedenfalls hat sie sich Kelling und Breitbach ziemlich an den Hals geworfen, aber ob da mehr war, kann ich nun wirklich nicht sagen.«

»Kelling und Breitbach?«, wiederholte Marilene.

»Möglich wär's, wer weiß? Jedenfalls haben die beiden sie zum Arzt gebracht. Jasper Kelling und, ich glaube, Hannes Breitbach. Ich kann sie nicht weiterverbinden, die haben die Firma inzwischen nämlich auch verlassen.«

Zu dumm, Marilene notierte die Namen und hoffte, Gerrit würde ihr die Recherche abnehmen. Und nicht etwa herausfinden, dass die nach Bayern emigriert waren oder noch weiter weg. Die Gespräche mit ihnen würde sie lieber von Angesicht zu Angesicht führen statt telefonisch. »Und ihr damaliger Chef?«, hakte sie nach, »wissen Sie zufällig, wo der zu finden wäre?«

»Reinicke? Nö, der hat was von einer einmaligen Chance

gefaselt, aber genauer ist er nicht geworden. Zack, weg war er, gar nicht so viel später als Lilian übrigens. Franz Reinicke hieß er, jetzt weiß ich es wieder.«

Drei Namen, immerhin, das müsste sie schon weiterbringen, hoffte Marilene und bedankte sich für die Hilfe.

***

Groß, schwer, schmierig, der Typ in Achselhemd und Jogginghose war zum Fürchten, fand Zinkel und vergewisserte sich unauffällig, dass seine Waffe im Holster steckte, bevor er seinen Ausweis zückte und sie vorstellte, was lediglich ein leichtes Stirnrunzeln zeitigte.

»Und Sie sind?« Lübben schien ähnlich zu empfinden, denn auch er hatte die Hand an der Waffe.

»Eddi Engelbrecht, warum?«

Eunuchenstimme, dachte Zinkel gehässig. Die Tonlage ließ ihn noch gefährlicher wirken, unberechenbar, war vermutlich Teil des Problems dieses Mannes. Kaum die zwanzig überschritten, schätzte er, und bereits jenseits von Gut. »Sonst noch jemand zu Hause?«, fragte er.

»Keine Ahnung.« Engelbrecht stemmte die Hände auf beiden Seiten in den Türrahmen und machte keinerlei Anstalten, nachzusehen oder sie hereinzulassen.

»Sie werden beschuldigt, Ihre Schwester zu misshandeln.« Lübbens Stimme hallte durch den Flur.

Das wirkte. Engelbrecht klappte die Augenlider halb zu und die Arme runter und drehte sich zur Seite, um sie vorbeizulassen.

»Nach Ihnen«, bestimmte Zinkel, dem Mann würde er niemals den Rücken zudrehen.

Engelbrecht gab nach, wandte sich um und schlurfte betont gelangweilt ins Innere der Wohnung. Mit der Faust hieb er auf die Türklinke der ersten Tür zur Rechten und stieß sie so heftig auf, dass sie gegen die Wand prallte und vermutlich den Putz beschädigte. »Kathrin«, zischte er, »sag den Herren, dass das voll der Blödsinn ist. Hä? Wo steckt die denn? Ich hab doch –« Er unterbrach sich und latschte weiter, als ginge ihn das alles schon nichts mehr an. »Üble Nachrede, das isses, Antonia, die Schlampe, wetten? Na warte …« Die nächste Tür öffnete er eine Spur sanfter. »Kalle, dann musst du das eben bezeugen.«

Zinkel wagte einen Blick in das Zimmer. Kalle würde vorläufig gar nichts bezeugen. Anscheinend lag eine harte Nacht hinter ihm, denn er befand sich noch im Bett, und zwar komplett angezogen, wie ein über den Rand hängendes Bein verriet. Nicht mal die Schuhe hatte er abgestreift. Er öffnete die Augen, und zum Vorschein kam nur das Weiße. Meine Güte, Zinkel stöhnte leise, mussten die beiden denn jedes üble Klischee erfüllen, das man sich nur vorstellen konnte?

Sie folgten Engelbrecht in die Küche, wo er sich auf einen Stuhl fallen ließ. Sein Blick streifte die Kaffeemaschine und irrte dann umher, als suche er nach jemandem, der sie bediente. Nach Kathrin, nahm Zinkel an und verzichtete darauf, sich an den verschmierten Küchentisch zu setzen oder auch nur gegen die Arbeitsplatte zu lehnen, auf der schmutzstarrendes Geschirr zu prekären Stapeln aufgetürmt war. Ohnehin war es besser, wachsam zu bleiben, ein gemütlicher Plausch würde das hier nicht werden.

Auch Lübben blieb stehen. »Wo sind Ihre Eltern?«, fragte er.

»Der Alte ist auf Montage. Unsere Mutter«, er spie das Wort förmlich aus, »hat die Biege gemacht. Schon lange.«

»Sie sind volljährig?«

»Wollen Sie 'n Ausweis?«

»Ich nehme das als ein Ja. Sie werden zum Vorwurf der Misshandlung Ihrer Schwester vernommen. Sie brauchen nichts zu sagen, das Sie selbst belastet, und Sie haben das Recht auf einen Anwalt. Haben Sie das verstanden?«

»Seh ich aus, als wär ich bescheuert, oder was? Ich brauch keinen Anwalt. Was soll der Scheiß? Kathrin würde mir so was nie anhängen!«

»Leider«, stimmte Zinkel zu und holte einen Beutel mit Wattestäbchen aus seiner Jackentasche. »Dann haben Sie sicher nichts gegen eine Speichelprobe? Wir möchten wenigstens den Verdacht auf sexuellen Missbrauch ausräumen.«

Engelbrecht schreckte kurz zurück, bevor sich seine Miene

wieder entspannte. »Warum sollte ich?« Er öffnete bereitwillig den Mund.

Entweder hatte er verhütet, überlegte Zinkel, während er die Probe nahm, oder er schien zu glauben, dass das Ergebnis genauso gut auf seinen Bruder deuten könnte. Oder den Vater. Oder es war überhaupt nichts dran an dem Verdacht. »Wo ist Ihre Schwester?«, fragte er.

»Keine Ahnung. Ich hab ihr gesagt, sie soll zu Hause bleiben. Außerdem ist das eh wurscht, die wird nie was gegen mich sagen.«

»Sie nicht.« Zinkel stoppte um des Effekts willen. »Ihre Leiche schon.«

»Was?« Engelbrecht sprang auf wie angestochen, sein Stuhl krachte gegen die Wand. »Sie wollen mir was anhängen, hä!« Er stützte sich mit geballten Fäusten auf den Tisch und reckte den Kopf angriffslustig nach vorn, die Zähne gebleckt.

»Ja«, gab Zinkel zu. »Sie wollte raus aus diesem Drecksloch, und vor allem wollte sie weg von Ihnen. Einen anderen Ausweg hat sie nicht gesehen. Und dafür kriegen wir Sie dran, verlassen Sie sich drauf.«

»Sie wollen mir aber nicht erzählen, dass sie sich selber abgemurkst hat, oder? Dafür ist sie viel zu feige. Das können Sie mir nicht weismachen.«

»Ist das so?«, erkundigte Lübben sich freundlich. »Na, dann haben Sie wohl nachgeholfen«, folgerte er, »weil Sie's nicht zulassen konnten, dass sie abhauen wollte. Hätte sie ja auspacken können, und das war viel zu gefährlich, richtig?«

»Zu gefährlich für Sie oder auch für Ihren Bruder?«, übernahm Zinkel wieder.

»Und was ist mit Ihrem Vater?«, warf Lübben ein. »Haben Sie sich wirklich alle über sie hergemacht? Ich könnte kotzen«, fauchte er.

»Wo waren Sie letzte Nacht?«, fragte Zinkel der Vollständigkeit halber.

»Hier, Mann!«

»Waren Sie nicht!«, wetterte Zinkel. »Wir haben eine Streife vorm Haus abgestellt, weil wir Sie nicht angetroffen haben.

Wir wollten Ihnen die traurige Nachricht nämlich persönlich überbringen. Nur dass die für Sie so traurig gar nicht war, richtig? Also: Wo waren Sie?«

»Bei 'nem Kumpel.«

»Hat der auch einen Namen?«, fragte Lübben.

»Wird er wohl, kenn ich aber nicht. Ist der Kumpel von 'nem Freund, hab nicht drauf geachtet. Außerdem war ich dicht.«

»Das bezweifle ich.« Zinkel kniff die Augen zusammen.

»Hat der gerade gesagt, dass ich bekloppt bin?«, wandte Engelbrecht sich an Lübben.

»Nein.« Lübben gab sich entrüstet. »So etwas würde er nie behaupten. Ohne Beweise.«

»Aber die«, Zinkel klopfte genüsslich auf die Jackentasche, in der die Speichelprobe steckte, »haben wir ja jetzt.«

»Ich sag jetzt gar nichts mehr!«

»Das ist zweifellos besser«, stimmte Lübben ruhig zu. »Sie hören von uns, sobald die Autopsie abgeschlossen ist.« Er verließ den Raum.

Zinkel fixierte Engelbrecht aus zusammengekniffenen Augen. »Wir finden allein raus«, knurrte er schließlich und folgte Lübben.

Er fand ihn im Nebenzimmer, wo er dem Bruder die Zustimmung zur Speichelprobenentnahme zu entlocken suchte, indem er ihn gehörig rüttelte. Mehr als ein »Ah« kam nicht dabei raus. Deutungssache, fand Zinkel und packte das nächste Wattestäbchen aus. Er bedeutete Lübben, Kalle die Nase zuzuhalten, und nahm die Probe, sobald der den Mund auftat.

Sie verließen die Wohnung und polterten einvernehmlich die Treppe hinunter, statt den Fahrstuhl zu nehmen. Draußen angekommen, blieb Zinkel für einen Moment stehen und atmete tief ein und aus. Es half nicht, der üble Geschmack im Mund blieb. Dabei hatten sie das Schlimmste erst noch vor sich. Den Besuch bei Antonia. Er hatte es nicht übers Herz gebracht, sie noch in der Nacht zu informieren, aber jetzt musste es sein. Er kramte nach einem Pfefferminzbonbon und schlich zum Wagen, wo Lübben bereits auf ihn wartete.

Zinkel ließ sich auf den Beifahrersitz fallen. Müdigkeit zerrte an seinen Augenlidern. Sie waren erst um zwei heute früh nach Hause gekommen, und da war ihm nicht nach Bett zumute gewesen. Stattdessen hatte er ein Bier runtergekippt und sich wieder aufs Sofa gelegt in der Hoffnung, der Himmel würde ihn besänftigen. Doch die Nacht war nur zäh vergangen, schien weiterhin nahebei zu lungern, denn in den frühen Morgenstunden hatte sich Nebel eingenistet, der sich noch immer nicht lichten wollte und die gestern noch so satten Farben in ein konturloses Wattegrau verwandelte. Obendrein war es ziemlich kalt geworden, dieser vorgegaukelte Sommer endgültig vorbei.

»Deprimierend«, sagte Lübben.

»Hm, hm«, pflichtete Zinkel ihm bei, einerlei, ob er das Wetter oder die Brüder meinte.

»Was hältst du davon, wenn wir die Spurensicherung nach Blutspuren im Haus Tewes suchen lassen?«

»Nach so langer Zeit noch?«

»Was bleibt uns sonst übrig? Ich glaube ja selbst nicht, dass es reichen würde, um den Tathergang zu rekonstruieren, aber wenn sie nur die winzigste Spur finden würden, könnte das die Tewes immerhin so unter Druck setzen, dass sie vielleicht doch gesteht.«

»Ja, okay, und was ist mit den Nachbarn? Ich schätze, da sollten wir doch noch hin, auch wenn ich ihr das nur ungern antue.«

»Beschützerinstinkt?«, frotzelte Lübben. »Aber ich kann dich schon verstehen.« Er bog in die Auffahrt ein und stellte den Motor ab. »Boah«, stöhnte er, »ich wünschte, wir müssten da jetzt nicht rein.«

Mussten sie nicht, Antonia stand bereits in der Tür, bemerkte Zinkel und stieg langsam aus.

Lübben schaffte es, sein Tempo noch zu unterbieten. »Kennst du den?« Er deutete auf einen winkenden Vermummten, der rasch näher kam.

Zinkel wollte schon verneinen, doch da streifte der andere die Kapuze vom Kopf. »Alte Heimat«, erläuterte er, »wie auch die Anwältin, die Frau Tewes vertreten wird. Beide waren gestern Abend hier im Haus.«

»Ach ja?« Lübben musterte Gerrit wohlwollend, er schien zu überlegen, ob er nützlich sein könnte.

»Hallo, Paul«, sagte Gerrit und reichte ihm die Hand. »Ihr habt sie, oder?«, fragte er bauchredend.

Zinkel nickte knapp. Wenn er mit dem Jungen per Du war, überlegte er, dann vermutlich auch mit der Anwältin. »Mein Kollege Enno Lübben«, stellte er vor, »das ist Gerrit Baron.«

»Das ist hart, soll ich das machen?«

»Warum nicht?« Lübben war offensichtlich dankbar. »Vielleicht finden Sie die besseren Worte.« Sein Handy klingelte, und er beeilte sich wie selten, das Gespräch anzunehmen.

Gerrit wandte sich zur Tür.

Es brauchte überhaupt keine Worte. Antonias Gesicht spiegelte jeden einzelnen Gedanken: Die Freude, Gerrit zu sehen, wich der Erkenntnis, dass der viel zu ernst war, um gute Nachrichten zu bringen; nein, das konnte nicht sein, zweifelte sie noch, und warf einen flehentlichen Blick zu Zinkel; nicht weinen, beschwor sie sich krampfhaft, doch die Tränen flossen schon, löschten auch das letzte Aufblitzen von Hoffnung aus ihren Augen.

»Was?!«, rief Lübben.

Zinkel drehte sich nach ihm um.

»Das glaube ich nicht«, sagte der nun und kam kopfschüttelnd auf sie zu.

»Aha – okay ... Ja, ich verstehe«, ging es kryptisch weiter, bis er endlich das Gespräch beendete. »Also, ehrlich gesagt, verstehe ich das überhaupt nicht«, sagte er. »Kathrin soll sich nicht selbst umgebracht haben. Sie wurde ermordet.«

»Was?!«, ertönte es dreistimmig.

»Kein Zweifel?«, hakte Zinkel nach.

»Angeblich nicht.«

***

Für einen Augenblick verspürte Lilian herzjagende Erleichterung. Nicht sie war für Kathrins Tod verantwortlich, sondern ein böser Mensch, der eine Notlage ausgenutzt hatte, irgendein

Fremder, ein Triebtäter, was auch immer. Alles würde wieder gut werden, und niemand, aber auch niemand brauchte zu erfahren, dass sie nicht lesen konnte.

Dann schlug die Scham über ihr zusammen, eine Welle, die sie wie immer in die Tiefe riss, tiefer als sonst sogar. Unmöglich, so zu denken, haderte sie. Ihre Tochter hatte ihre allerbeste Freundin verloren, und sie war nur auf ihr eigenes Wohlergehen bedacht? Sie spürte, wie sie errötete, und fächelte sich mit der Hand Luft zu, eine Geste, die zu ihr gehörte wie zu einer Frau in den Wechseljahren. All die Ausflüchte, die fadenscheinigen Begründungen für ihr Unvermögen, sie war sie so unendlich leid. Von daher war sie eigentlich froh, dass Antonia und sie nun offen miteinander umgehen konnten. Fast offen.

Oh Gott, schon wieder kreisten alle ihre Gedanken um sie selbst. Aber, erkannte sie zum ersten Mal, das war ja genau das, was sie ihr Leben lang getan hatte: Jeden wachen Moment hatte sie auf der Hut sein müssen, ihren Makel zu verbergen. Sogar im Schlaf hatte sie oft nicht abschalten können. Erbärmlich. Schluss damit. Zumindest vor Antonias Reaktion brauchte sie keine Angst mehr zu haben. Und Frank? Ach was, sie würde Lesen lernen, das hatte sie sich gestern Abend hoch und heilig geschworen, und bestimmt ginge das schneller und leichter, als sie sich das vorstellen konnte. Frank brauchte nichts davon zu erfahren. Das Risiko, dass er sie für dumm hielt, würde sie nicht eingehen. Sie war nicht dumm. Sie war bloß dämlich. Vor allem, weil sie ihrer eigenen Tochter nicht vertraut hatte. Ihrer Tochter, die jämmerlich weinte.

Sie trat hinter der Tür hervor und legte die Arme um sie. »Ist ja gut«, murmelte sie, »ich bin da.«

»Nichts ist gut!«, kreischte Antonia und schlug ihre Arme fort. »Wissen Sie, wer das getan hat?«

Die Polizisten und der Junge gaben keinen Ton von sich und rührten sich auch nicht vom Fleck. Als wäre ein Film stehen geblieben, dachte Lilian, ein Film, den sie ohnehin nicht hatte sehen wollen.

»Ich schon«, Antonias Stimme war ein gefährliches Knurren, »und ich bring ihn um.«

»Na komm«, sagte der Junge beschwichtigend, »lass die Polizei ihre Arbeit machen, die kriegen den schon.« Er kam so vorsichtig näher, als hätte er Angst, auf eine Mine zu treten. »Kathrin würde bestimmt nicht wollen, dass du dich in Schwierigkeiten bringst, meinst du nicht auch?«

Antonia nickte zwar nicht direkt, aber sie senkte den Kopf. Ein Anfang vielleicht, hoffte Lilian und hielt selbst lieber den Mund, um nicht noch einmal zurückgewiesen zu werden.

»Magst du ein Stück laufen, bisschen reden?«, fragte der Junge.

Das nun war eindeutig ein Nicken. »Geht das denn?«, erkundigte sie sich bei den Polizisten.

»Geht schon, aber ich müsste mitkommen, ich hab ein paar Fragen an dich«, sagte der, der Antonias Zimmer durchsucht hatte, und schaute seinen Kollegen fragend an.

»Mach nur, ich kümmere mich um den Rest«, antwortete der.

Welchen Rest? Lilian verspürte einen Anflug von Panik. Ein Auto kam in die Einfahrt gefahren, und sie blickte auf, augenblicklich erleichtert, als sie erkannte, dass es sich um Frank handelte. Er sprang regelrecht aus dem Wagen, offensichtlich in großer Eile, denn er hatte den Motor angelassen. Lilian sank der Mut.

Frank stürzte zu Antonia, ohne von ihr oder den anderen Notiz zu nehmen. »Dann ist sie also tot?«, fragte er, als er ihr verweintes Gesicht sah. »Wie schrecklich. Für dich vor allem, es tut mir so leid.« Er zog sie an sich.

Antonia ließ es geschehen. »Sie ist ermordet worden.« Ihre Stimme klang erstickt.

»Was? Ich dachte – aber – oh Mann, das gibt's doch gar nicht!« Er schaute hektisch auf seine Uhr, zu den Polizisten und wieder auf die Uhr. »Ich kann nicht bleiben, leider. Kommst du zurecht? Heute Abend können wir reden, geht das?«

»Sicher«, murmelte Antonia gegen seine Brust.

»Das ist mein Mädchen«, sagte er, strich ihr kurz übers Haar und wandte sich an die Polizisten: »Ich hoffe, Sie kriegen das Schwein!«

Und weg war er. Das hätte er sich eigentlich auch sparen können, fand Lilian und fühlte sich im Stich gelassen.

Antonia rannte ins Haus und kam mit ihrer Jacke zurück. »Ich hasse dich«, zischte sie im Vorbeigehen.

***

Antonia stürmte voran, ohne zu überlegen, wohin, Hauptsache weg von hier. Weg von der Gewissheit, dass alles Hoffen umsonst gewesen war.

Gerrit holte sie ein und reichte ihr stumm ein Taschentuch. Sie hatte gar nicht gemerkt, dass sie weinte. Natürlich weinte sie. Was denn sonst?

Sie wünschte, Frank wäre geblieben, und konnte sich selbst nicht verstehen. Aber er war gestern Abend so einfühlsam gewesen, das hatte sie ihm echt nicht zugetraut, und in der Nacht hatte er gleich mehrmals nach ihr gesehen. Sie hatte sich ganz unerwartet geborgen gefühlt. Vielleicht hatte sie ihm unrecht getan mit ihren Vorurteilen, er verstand durchaus, was Kathrin ihr bedeutete, und hatte sich bloß Sorgen gemacht wegen der Verhältnisse, in der sie lebte.

Ganz anders als ihre Mutter, die immer nur Angst um sich selber hatte. Ihre Mutter, die schuld war an dem, was passiert war. Egal, ob Selbstmord oder Mord, ihre Mutter hätte es verhindern können. Verhindern müssen. Dumme Kuh!

Kathrin. War. Tot. Das war nicht zu fassen, kam ihr wie ein Alptraum vor, aus dem sie irgendwann aufwachen würde. Jetzt heulte sie schon wieder. Ungehalten wischte sie die Tränen fort, aber es wollte einfach nicht aufhören. Gerrit reichte ihr das nächste Taschentuch.

Es tat so verdammt weh. Wenn sie nur daran dachte, dass sie nächste Woche wieder in die Schule musste, wurde ihr ganz schlecht. Ohne Kathrin, wie sollte sie das überstehen? All die Pläne, die sie für später gemacht hatten, sie waren mit ihr gestorben. Ihr ganzes Leben wurde gerade auf den Kopf gestellt, und sie fühlte sich hilflos und allein. Sie tat sich selbst schrecklich leid, und das ging eigentlich gar nicht. Dann wär sie kein bisschen besser als ihre Mutter. Und das wollte sie nun wirklich nicht: sein wie ihre Mutter.

Sie wurde langsamer und drehte sich nach dem Polizisten um, der hinter ihnen herdackelte. »Wie ist sie gestorben?«, fragte sie, wollte sie jedenfalls fragen, sie krächzte und musste sich räuspern. »Wie ist sie gestorben?«, wiederholte sie.

Der Polizist, sie hatte seinen Namen vergessen, blieb stehen und machte den Mund auf und zu, immer wieder, als wüsste er nicht, was er sagen sollte. Er sah aus wie ein Fisch auf dem Trockenen, und fast hätte sie lachen müssen. Bloß nicht, sie biss sich auf die Zunge, die würden sie für übergeschnappt halten.

»Ich weiß nicht, ob ich dir das wirklich sagen sollte.«

»Ich muss es aber wissen«, beharrte sie.

»Sie hing an einem Baum …«

»Nein«, sagte sie, als könnte sie das Bild noch abwehren, das in ihrem Kopf entstand, Kathrin, einen Strick um den Hals, und ihr Gesicht ist ganz blau, und sicherlich hängt ihr die Zunge heraus, Galgenmännchen, das Spiel, das so manche letzte Stunde vor den Ferien ausgefüllt hatte, und den Rest will sie nicht wissen, das kann sie nicht aushalten, zu endgültig, zu grausam. Warum ist sie nicht einfach erschossen worden, machten das die meisten Mörder nicht so? Irgendwie erschien ihr das weniger schlimm, zumindest hätte sie nicht gelitten. Hatte sie gelitten? War es das, was sie vorgehabt hatte, sich aufzuhängen? Warum hatte Eddi dann nicht einfach abgewartet? Oder hatte sie es sich in letzter Minute anders überlegt? Hatte sie gar nicht mehr sterben wollen? Hatte sie sich gewehrt? Oh Gott, sie griff sich an den Hals, verdrehte den Kopf, zu eng, zu verdammt eng! Sie schnappte verzweifelt nach Luft, und der Boden kippte weg.

***

Mist! Zinkel stürzte auf sie zu, er hatte gewusst, dass es keine gute Idee war, ihr die genauen Umstände zu verraten, aber was hätte er denn machen sollen? Gerrit war schneller und fing sie gerade noch auf.

»Da vorn ist eine Bank«, er wies mit dem Kinn hinter Gerrit.

Sie schleppten Antonia gemeinsam dorthin und legten sie vorsichtig ab. Blass war sie, aber sie atmete gleichmäßig. Zinkel war ratlos, heutzutage hatten Frauen nicht mehr einfach ohnmächtig zu werden, das war etwas, was er mit Filmen verband, mit korsettgeschnürten Südstaatenschönheiten, die sich angesichts eines nackten Mannes lieber in eine Ohnmacht flüchteten, statt sich den Tatsachen des Lebens zu stellen. Und dann kam einer, der Riechsalz dabeihatte. Er tastete seine Taschen ab, kein Riechsalz. Aber ein Handy. Er zog es hervor und wollte gerade die Notrufnummer wählen, da schlug sie die Augen auf.

»Was ist passiert?« Ihre Stimme klang zittrig.

»Du bist umgekippt«, sagte er, »ich ruf einen Notarzt.«

»Nein, bitte nicht, mir geht's schon wieder gut«, bat sie und setzte sich demonstrativ auf.

Zinkel zögerte. Sicher war es nur der Stress, trotzdem wollte er kein Risiko eingehen. Er hielt ihr die Hand vors Gesicht, beugte den kleinen Finger, der Ringfinger zog automatisch nach, komisch, dachte er, früher war ihm das gelungen, egal. »Wie viele Finger?«, fragte er.

Antonia legte den Kopf schräg, als müsste sie überlegen, »Na zwei, plus Daumen«, bewältigte sie die Aufgabe.

»Und wie heiß ich?« Ach wie gut, dass niemand weiß, schweifte er gedanklich ab. Allmählich fand er seine Fixierung auf Märchen bedenklich.

»Hab ich vergessen.« Sie wirkte zerknirscht. »Aber gestern schon. Das da ist Gerrit.«

»Ja, den kenn ich«, entgegnete Zinkel trocken.

»Paul Zinkel«, half Gerrit Antonia aus, »wir kennen uns aus Wiesbaden.«

»Ach, du wohnst gar nicht hier?« Ihr Blick umwölkte sich.

»Noch nicht, aber wer weiß ...« Gerrit ließ offen, was einen Umzug befördern mochte.

Zinkel unterband das aufkeimende Techtelmechtel. »Also gut«, lenkte er ein, »kein Notarzt. Kann ich dir jetzt ein paar Fragen stellen?«

»Eddi!« Sie spie den Namen förmlich aus, »das kann nur er gewesen sein. Wenn Sie dabei gewesen wären, als ich bei

Kathrin übernachten wollte – er dachte, ein Kerl wär in ihrem Zimmer, dabei war das bloß ich, und dann wollte er, dass ich verschwinde, und er hat Kathrin gewürgt, echt, die hat nur noch geröchelt, und dann hab ich ihm meinen Rucksack an den Schädel gedonnert und ihn verletzt, dadurch hat er Kathrin losgelassen, aber sie wollte nicht mit mir kommen, sie hat gesagt, ich soll abhauen und die Klappe halten. Wenn ich bloß nicht gemacht hätte, was sie gesagt hat, wenn ich sie bloß erreicht hätte danach, Frau Müller wollte nämlich mit ihr reden …«, sie schluchzte, »und dann hätte sie doch ins Frauenhaus gekonnt, und vielleicht hätte Eddi sie gar nicht umgebracht, wenn sie's nicht selber vorgehabt hätte?«

Sein Leben wäre leichter, wenn alle Zeugen so ausführlich auf noch nicht gestellte Fragen reagierten, fand Zinkel. »Du meinst, er hat quasi die Gelegenheit genutzt?«

»Kann doch sein? Bestimmt hat er geglaubt, dass sie abhauen wollte, also ist er ihr gefolgt und –« Sie brach ab, die Tränen strömten wieder.

Gerrit tätschelte ihr die Schulter und steuerte ein weiteres Taschentuch aus seinem geradezu unerschöpflichen Vorrat bei. Zinkel wunderte sich über solch weise Voraussicht.

»Das klingt schlüssig«, stimmte er zu, obgleich er insgeheim bezweifelte, dass Eddi so gerissen war. Ihm kam er zu primitiv vor, zu direkt. Die leicht gefügig zu machende Schwester würde ihm ziemlich abgehen, auch was diesen unseligen Männerhaushalt betraf. Im praktischen wie auch möglicherweise im hormonellen Sinn. Er hätte also mehr Gründe gehabt, einen Selbstmord zu verhindern, statt einen Mord zu begehen. »Wir werden der Sache auf jeden Fall nachgehen«, sagte er, »aber du hältst dich besser fern von Kathrins Familie, ist das klar?«

Antonia schniefte und deutete ein Nicken an.

Der Versuchung, Eddi den Mord anzuhängen, war nur schwer zu widerstehen, die alte Geschichte von Recht und Gerechtigkeit, und Zinkel musste sich überwinden, nach allen Seiten offenzubleiben. »Du hast auch von Mobbing gesprochen«, sagte er. »Was ist das für eine Geschichte?«

»Na ja, Jenny halt. Die, die ich angeblich geschlagen hab.«

Antonia hörte sich an, als hätte er sie aufgefordert, ihr Zimmer aufzuräumen, was, erinnerte er sich, keine ganz schlechte Idee wäre. Er wartete ab, registrierte am Rande Gerrits halb amüsierten, halb skeptischen Blick. Es funktionierte, natürlich funktionierte es, die meisten Menschen konnten Pausen nicht gut aushalten.

»Ich weiß gar nicht so genau, wann das angefangen hat«, hob Antonia sichtlich widerstrebend an, »wahrscheinlich, als Kathrins Mutter abgehauen ist oder so. Wir waren da schon befreundet, mir war's egal, was Kathrin für Sachen getragen hat, aber die anderen haben angefangen, blödes Zeug zu reden. Jenny hat's ihnen vorgesagt, und die anderen haben's nachgeplappert oder die Klappe gehalten. Gepetzt hat natürlich keiner. Ich hab's mal versucht, aber ich hab schnell begriffen, dass keiner wirklich was gegen Jenny unternehmen wollte. Ab und zu mal eine Stunde zum Thema Markenklamotten oder so was, aber nichts, was Konsequenzen gehabt hätte. Also hat Jenny weitergemacht. Kathrin hat immer so getan, als ob ihr das nichts ausmachen würde. Sie wollte lernen, sonst nichts. Streberin, stimmt schon, aber ist das was Schlechtes?« Sie blickte ihn fragend an.

»Natürlich nicht«, sprang Gerrit für ihn ein und drückte aufmunternd ihre Schulter.

»Sag das mal laut.« Antonia schnaubte verächtlich. »Jedenfalls«, fuhr sie fort, »sind Kathrins Noten immer schlechter geworden, sie würde sich nicht genug beteiligen, hieß es. War ja auch kein Wunder, wenn auf jede Wortmeldung blöde Bemerkungen gefallen sind, schön leise natürlich, und irgendeiner hat immer gelästert, ganz fies, echt. Im letzten Jahr sind dann auch ihre Klassenarbeiten schlechter geworden. Sie hätte sich das gefallen lassen, aber ich hab sie überredet, dass wir unsere Arbeiten vergleichen, und meistens haben wir kaum Unterschiede gefunden, logisch, wir haben ja auch zusammen gelernt. Dann bin ich zu den Lehrern. Sie haben sich rausgeredet, ›Och, das hab ich übersehen, kann ja mal vorkommen‹«, spottete Antonia, »aber die meisten haben tatsächlich nachgegeben. Wissen Sie, was ich echt zum Kotzen finde? Es braucht scheinbar nur ein paar Leute, die eine schlechte Meinung von jemandem haben, damit das auf den ganzen Rest abfärbt. Sogar auf die Erwachsenen.«

Zinkel war einigermaßen sprachlos. Natürlich war das Wort Mobbing seit Längerem in aller Munde, aber welche Dimension dahintersteckte, war ihm nicht bewusst gewesen. Ja, Kinder konnten schon mal grausam sein, das war zu seiner Zeit nicht anders gewesen, aber es hatte doch immer irgendwo eine regulierende Instanz gegeben. Hatte es wirklich? Hänseleien waren damals ebenso an der Tagesordnung gewesen. War jemand eingeschritten? Ungerechtigkeiten von Lehrerseite hatte es durchaus auch gegeben, erinnerte er sich und bedauerte nun, die Gründe nie hinterfragt zu haben.

»Jenny wie weiter?«, erkundigte er sich.

»Degener.«

»Und du bist ganz sicher, dass nicht du Jenny das Veilchen verpasst hast?« Zinkel schlug bewusst einen lockeren Tonfall an.

»Hab ich doch schon gesagt!« Antonias Blick war voller Entrüstung.

»Kannst du dir vorstellen, dass Kathrin dafür verantwortlich war?«

Wieder spiegelte ihr Gesicht jeden ihrer Gedanken: erst die Verwunderung ob seiner abenteuerlichen These; dann das Begreifen, dass einer vermeintlichen Lappalie unter Umständen eine ganz andere Bedeutung zukam; und schließlich Abwehr, denn Eddi mit seinen Ungeheuerlichkeiten davonkommen zu lassen, kam nicht in Frage. »Bestimmt nicht«, antwortete Antonia erwartungsgemäß, »wenn sie eine wäre, die schlägt, dann könnte sie sich auch wehren.«

Zinkel schloss die Augen. Das Präsens, das sich klammheimlich eingeschlichen hatte, war herzzerreißend.

***

Nebel lungerte hartnäckig und klamm und vertrieb jede Erinnerung an die letzten Tage. Herbst endlich, und so kalt, dass die Menschen sich wieder in dicken Jacken und Schals verkrochen und kaum je aufblickten. Er lugte unter der Krempe seines Hutes hervor und musterte unauffällig die Vorbeieilenden. Niemand achtete auf ihn, wie er entschlossen seinem Ziel entgegenstrebte, ein Mann mit einer Mission, irgendwas Offizielles, wie seine Aktentasche nahelegte, der Anzug samt wehendem Mantel, die altmodische Brille. Überaus seriös.

Seine Stunde war gekommen, als der Junge das Haus verlassen hatte, eiligen Schrittes und offensichtlich ebenfalls mit einem Ziel vor Augen. Marilene war beschäftigt, mindestens zwei Mandanten harrten ihrer, sie würde vorläufig keine Zeit für Kaffee- oder Zigarettenpausen finden, und allzu lange würde er nicht brauchen. Er erreichte den Nebeneingang, schloss auf und betrat den Flur. Aus der Kanzlei drang leises Stimmengemurmel, und gerade begann das Telefon zu läuten, lange zu läuten, nein, niemand würde dazu kommen, im Haus herumzulaufen.

Er stieg die steinernen Stufen hinauf in den ersten Stock. Vor ihrer Wohnungstür angekommen, legte er die Aktentasche auf den Boden und holte die Sprühdose Kriechöl hervor. Bei seinem letzten Besuch war ihm aufgefallen, dass das Schloss schwergängig war oder sein Schlüssel nicht ganz akkurat nachgearbeitet, und im Baumarkt hatte ein nassforscher Mitarbeiter ihm empfohlen, es damit zu versuchen. Mit einem Ohr nach unten lauschend, schüttelte er die Dose, sprühte das Schloss ein und wischte mit einem Taschentuch die überschüssige Flüssigkeit vom Türschild. Es stank ziemlich erbärmlich, doch bis zum Mittag müsste der Geruch verflogen sein. Er führte den Schlüssel ins Schloss und drehte ihn. Butterweich. Vollkommen geräuschlos gelangte er in ihre Wohnung und schloss hinter sich ab.

Er zog seine Lederschuhe aus, die auf dem Dielenboden zu viel Lärm verursachen würden, nahm sie in die Hand und tappte auf Strümpfen ins Wohnzimmer, einem Zickzackkurs folgend, um die mittlerweile wohlbekannten knarrenden Stellen zu meiden. Die Schuhe legte er auf einer Brücke ab, damit sie keine feuchten Spuren hinterließen, dann kniete er sich vor das Wohnzimmerregal. Hinter der mittleren Tür im Sockel befand sich, was er suchte. Er machte sich an die Arbeit. Rasch und geschickt vernichtete er mit einem scharfen Messer mit hauchdünner Klinge ein paar Erinnerungen, nur um sie durch neue zu ersetzen. Meisterwerke wahrlich, zu schade, dass er für diese Arbeit keinen Applaus einfordern konnte.

Zehn Minuten später war er fertig. Er genehmigte sich ein Bonbon, wedelte den Geruch nach Klebstoff beiseite und trat ans Fenster, um sein Werk noch einmal zu begutachten. Es schien perfekt, selbst im Tageslicht fiel ihm kein Makel auf. Phantastisch. Er legte alles wieder an seinen Platz. Mit schnellem Blick prüfte er, ob er etwas übersehen hatte, dann griff er nach seinen Schuhen und schlich zur Tür.

Dies war stets der kritischste Moment. Noch konnte er sich verstecken, was seinen ganz eigenen Reiz barg, musste er zugeben. Und wenn er erst im Flur war, könnte er jeden Verdacht wegerklären. Aber wenn er die Tür öffnete und gerade in dem Augenblick jemand käme, wäre sein Einsatz vergebens gewesen.

Er lauschte konzentriert. Nichts war zu hören, und so öffnete er sachte die Tür und spähte um die Ecke. Niemand, er war allein. Er stellte seine Schuhe auf die Fußmatte und stieg hinein, während er schon die Tür zuzog und abschloss. Leise, aber nicht zu leise, nur für den Fall, er würde entdeckt und wirkte allzu verstohlen, stieg er die Treppe hinab und trat ins Freie. Eine alte Frau wühlte im Vorgarten des Nachbarhauses und blickte neugierig auf.

»Moin«, grüßte er mit erhöhter Stimme und freundlich, aber wiederum nicht zu freundlich, denn ein Gespräch kam nicht in Frage. Wiedererkennen würde sie ihn nicht. Er rückte sich den Hut zurecht und verließ festen Schritts das Grundstück. Ein Mann mit einer Mission. Und oh, er konnte es kaum erwarten, dass sich der Vorhang hob für den nächsten Akt der Inszenierung.

***

Tod durch Erhängen, Marilene schauderte, viel zu nah dran an ihren eigenen Alpträumen, seit sie selbst diesem Schicksal nur ganz knapp entronnen war. Zwar erinnerte sie sich nicht daran, sie war betäubt und komplett weggetreten gewesen, trotzdem verfolgten sie die Bilder von im Wind schaukelnden Schlingen noch immer und würden nun wieder kraftvoller, bedrohlicher. »Kein Selbstmord?«, wiederholte sie, »das verstehe ich nicht.«

»Die Staatsgewalt steht genauso auf dem Schlauch«, sagte Gerrit, »irgendjemand hat Kathrins Vorhaben zu Ende gebracht, möglicherweise gegen deren Willen – Antonias Idee, und sie klingt logisch, finde ich. Kathrin hat sich's in letzter Minute anders überlegt, und das hat jemandem ganz und gar nicht gepasst. Wir suchen also einen Mörder, oder eine Mörderin, Paul denkt da offenbar nicht nur an den Bruder, sondern auch an die Mobbing-Geschichte in der Schule.«

»Nicht ›wir‹«, bat Marilene. Mit ihrem Umzug hatte sie sich geschworen, derartige Ermittlungen der Polizei zu überlassen. Zu oft schon war sie gewaltbereiten Psychopathen in die Quere gekommen, als dass sie auch nur die geringste Neigung verspürte, sich wieder einmal in unwägbare Gefahrenzonen zu begeben. Ihr Vertrauen in die eigene Menschenkenntnis hatte stark gelitten, reaktionsschnell war sie noch nie gewesen, und sie konnte sich schon gar nicht darauf verlassen, dass im rechten Moment mal wieder jemand zur Stelle wäre, sie zu retten. Zumal Letzteres absolut nicht ihrem Selbstverständnis, ihrem Frauenbild entsprach, die Zeit der Heldenepen war vorbei.

»Natürlich nicht«, pflichtete Gerrit ihr bei, »das war metaphorisch gesprochen. Lothar wird begeistert von deiner Einstellung sein. Noch Tee?«

Lothar zu begeistern nahm auf ihrer Prioritätenliste keinen der vorderen Plätze ein, vielmehr handelte es sich um ganz profanen Selbsterhaltungstrieb. »Na gut«, sagte sie, reichte ihm ihre Tasse und beobachtete, wie er gar zu eifrig die Anweisungen Renates befolgte: erst Kluntje, dann Tee, und die Sahne bloß nicht umrühren. Dabei hatte ihm zunächst ein Igitt auf den Lippen gelegen, sie hatte es genau gesehen, aber nach dem ersten vorsichtigen Schluck schien er vom Skeptiker zum Süchtigen konvertiert zu sein.

»Wie hält sich Antonia?«, fragte sie.

»Oje, sie ist umgekippt. Paul wollte ihr erst nicht sagen, was passiert ist, aber sie hat drauf bestanden. Hätte sie besser nicht gemacht. Na ja, so schlimm war's jetzt auch nicht, sie war nur ganz kurz weg. Natürlich ist sie ziemlich fertig, kein Wunder, das würde wohl jedem so gehen. Aber Paul war wirklich einfühlsam, da kann man nicht meckern.«

»Ihr duzt euch?«

»Na, ihr euch auch, seit dem Umzug der Jessen-Kinder, weißt du nicht mehr?«

»Doch, doch«, beteuerte sie. Allerdings war sie nicht sicher, ob die Anredeformel den Umständen noch entsprach. Zinkel würde kaum gutheißen, dass sie die Beziehung zu seinem besten Freund abgebrochen und sich aus dem Staub gemacht hatte.

»Übrigens war die Spurensicherung bei Antonia im Haus. Ich habe ein ganz klein wenig gelauscht«, gab Gerrit zu, »und mitbekommen, dass man nach Blutspuren sucht.«

»Von Kathrin?« Marilene war verwirrt.

»Nein, von Körber.«

»Das verstehe ich nicht. Was soll das nach so langer Zeit bringen? Und wieso hat Frau Tewes mich nicht angerufen? Das hab ich doch extra gesagt, Mensch! Hat Antonia eigentlich zufällig erwähnt, was genau aus Körbers Besitz da gestern gefunden wurde? Das muss ja wohl ziemlich belastend sein, wenn die so schweres Geschütz auffahren.«

»Nee, leider«, bedauerte Gerrit, »ich hab gar nicht dran gedacht, danach zu fragen, die Sache mit Kathrin stand einfach zu sehr im Vordergrund.«

»Na logisch. Mich wundert's, dass das nicht auch bei den Ermittlungen der Polizei Vorrang hat.«

»Sag mal, dieser Brief, den Antonia gefunden hat, den hast du, oder?«

»Ja, und ihre Mutter weiß das noch gar nicht.«

»Der würde sie doch auf jeden Fall entlasten.«

Marilene überlegte. »Da bin ich nicht so sicher«, sagte sie schließlich. »Gut, er bringt den Briefschreiber ins Spiel, und die Frage ist, zu welchem Zweck der ihn geschrieben hat. Aber andererseits gibt der Brief ein Geheimnis preis, das zu wahren ein Mordmotiv für Antonias Mutter sein könnte. Die Entscheidung, ob wir ihn der Polizei übergeben, liegt nicht bei uns.«

»Sie wird es nicht wollen«, prophezeite Gerrit. »Ich hab mal ein bisschen recherchiert, bevor ich heute Morgen weg bin.«

»Ach«, sagte Marilene, »und ich dachte, du hättest ausgeschlafen. Ich hab dich schwer beneidet.«

»Ich bin nicht hier, um zu schlafen«, konterte Gerrit, »sondern um mich nützlich zu machen.«

Der Gedanke war Marilene schon gekommen, was sie allerdings beschäftigte, war die Frage nach seinem Motiv dafür. »Schieß los«, forderte sie ihn auf. Sie könnte sich durchaus daran gewöhnen, dass er ihr zuarbeitete.

»Ich war platt gestern, als Antonia damit raus ist, dass ihre Mutter nicht lesen kann. Ich hab zwar schon mal von Analphabetismus gehört, aber nicht weiter drüber nachgedacht, irgendwie nimmt man ja eher an, dass es sich um ein Problem der Dritten Welt handelt und uns hier gar nicht groß betrifft.«

»Ja«, stimmte Marilene zu, »mir sind immer mal Artikel zum Thema aufgefallen, aber gelesen hab ich sie eben deshalb nicht.«

»Genau«, sagte Gerrit. »Also: Zunächst einmal muss man unterscheiden zwischen primärem und sekundärem Analphabetismus. Ersterer bedeutet, dass man überhaupt nie Lesen und Schreiben gelernt hat, das ist dann tatsächlich mehr ein Problem der ärmeren Weltregionen. Unter sekundärem Analphabetismus aber versteht man, dass man zwar mal gelernt hat, zu lesen und zu schreiben, es aber wieder vergessen hat.«

»Echt?«, warf Marilene ein, »ich dachte, Lesen wär wie Fahrradfahren. Das verlernt man doch auch nicht.«

»Fahrradfahren ist mechanisch«, belehrte Gerrit sie, »fürs Lesen brauchst du dein Hirn – und Übung. Aber weiter: Analphabetismus ist ein relativer Begriff, er hat nämlich mit der konkreten Umgebung zu tun. Das bedeutet, wenn du in einer ziemlich ungebildeten Gesellschaft aufwächst, wo nicht viel Wert auf Lese- und Schreibkenntnisse gelegt wird, dann kannst du den Erfordernissen dieser Gesellschaft auch genügen, wenn du nur schlecht lesen und schreiben kannst. Es geht also darum, ob deine Kenntnisse ausreichen, um in deiner Umgebung klarzukommen. Wenn sie nicht ausreichen, spricht man vom funktionalen Analphabetismus. Bezogen auf uns hier, können diese

Menschen durchaus ein paar Worte lesen oder sogar schreiben, aber die einfachsten Texte können sie nicht erfassen.«

»Aha«, sagte Marilene, nicht eben geistreich. Es fiel ihr nicht leicht, seinen Ausführungen zu folgen, und sie wunderte sich, wie sicher er ohne Notizen über ein Thema referierte, das auch für ihn Neuland darstellte.

»Halt dich fest«, fuhr Gerrit fort. »In Deutschland sind siebeneinhalb Millionen Menschen zwischen achtzehn und vierundsechzig funktionale Analphabeten. Das sind vierzehn Komma fünf Prozent!«

»Boah, trotz Schulpflicht? Das ist ja unglaublich«, warf Marilene ein.

»Das ist vor allem ein Skandal«, entgegnete Gerrit, »dazu kommen nämlich noch mal dreizehn Millionen Menschen, die auch gebräuchliche Wörter nur fehlerhaft schreiben können und einfache Texte nicht begreifen.«

»Ist das jetzt ein Problem von Migranten?«, fragte Marilene.

»Könnte man annehmen, nicht? Tatsächlich ist es so, dass mehr als die Hälfte der Analphabeten deutsche Muttersprachler sind. Alle haben deutsche Schulen besucht, warte, die Zahlen kann ich mir dann doch nicht alle merken.« Gerrit konsultierte einen Zettel, den er aus seiner Jeanstasche zog. »Die Hälfte hat einen Hauptschulabschluss, und jeder Fünfte sogar Realschule. Mich wundert jetzt gar nichts mehr, seit ich das gelesen habe.«

»Wieso, was meinst du?«

»Du musst dich mal im Netz rumtreiben«, empfahl er, »es gibt Foren zu allen möglichen Themen, da schreibt jeder alles, nur nicht korrekt. Ich hab immer gedacht, dass Rechtschreibung diesen Leuten im Eifer des Gefechts nicht so wichtig ist, aber vielleicht stimmt das gar nicht. Vielleicht können sie's einfach nicht. Oder guck dir mal Kommentare zu irgendwelchen Nachrichten an, das ist voll krank, und zwar auch inhaltlich. Wenn du so was liest, möchtest du manchen Leuten das Wahlrecht aberkennen, echt«, ereiferte sich Gerrit.

Der Gedanke war so neu nicht, war zu ihrer Zeit eine beliebte Forderung die Leser einer bestimmten Zeitung betreffend gewesen – für die heute ganz ungeniert zahlreiche Prominente

Werbung machten. Verkehrte Welt. Wann war sie in das Früher-war-alles-besser-Alter gekommen? »Versagt da die Schule oder die Schulpolitik?«, fragte sie.

»Beide, denke ich. All diese Pisa- und was weiß ich für Tests, die dauernd durchgeführt werden, belegen, dass ungefähr zwanzig Prozent der Fünfzehnjährigen zur Risikogruppe funktionaler Analphabetismus gezählt werden müssen. Die werden aber durchgeschleppt, denn zum einen können sie viel im Mündlichen ausgleichen, und zum anderen wäre das Image von Schulen mit einer hohen Zahl von Schulabbrechern gefährdet. Das Einzige, was der Politik dazu einfällt, sind VHS-Kurse, von denen es erstens sowieso zu wenige gibt, und zweitens setzen die voraus, dass ein Analphabet sich zum Analphabetismus bekennt. Und genau da liegt das Hauptproblem.«

»Sie verheimlichen es?«

»Du kannst in der Öffentlichkeit saufen, kiffen, qualmen, knutschen, alles Mögliche, aber zugeben, dass du nicht lesen kannst, ist dermaßen schambehaftet, dass die meisten Analphabeten ganz unglaubliche Strategien entwickelt haben, um diesen Makel zu verbergen.«

»Die Brille, von der Antonia gesprochen hat«, erinnerte Marilene sich, »die Ausreden …«

»Ja, und das geht noch viel weiter, bis hin zur Selbstverstümmelung, ein gebrochener Arm oder so.«

»Wahnsinn«, entfuhr es Marilene. »Man kann sich gar nicht vorstellen, wie es sein mag, nicht lesen zu können, weil es so etwas Selbstverständliches ist. Du kannst ja nicht mal einkaufen, wenn du nicht weißt, was auf der Verpackung steht. Denk nur an Verkehrsschilder, Speisekarten, Beipackzettel, gut, das ist meistens eine Altersfrage, Fahrpläne, Rechnungen, Verträge, die Liste ist doch endlos. Ich lese ja sogar alles, was auf dem Milchkarton steht, und zwar jeden Morgen«, offenbarte sie einen Tick, über den sie selbst oft genug den Kopf schüttelte.

»Nur für den Fall, dass sich über Nacht was geändert hat?«, frotzelte Gerrit. »Du glaubst aber nicht an kleine grüne Männchen, oder?«

»Das dann doch nicht«, sagte sie und dachte unwillkürlich an den Geruch von Karamellbonbons. Grüne Männchen wären eine Erklärung. »Aber wie leben diese Menschen, oder besser gesagt: wovon?«

»Die grünen Männchen?« Gerrit schaute sie an, als wäre sie ein Fall für die Geschlossene.

»Kindskopf«, schalt Marilene ihn, »Analphabeten.«

»Ach so.« Er gab sich überaus erleichtert. »Mehr als die Hälfte von ihnen arbeitet. In Berufen, die wenig bis kein Lesen oder Schreiben erfordern. Und dann kommen wieder diese Ausweichstrategien ins Spiel. Ein Bericht ist zu schreiben? Ach, mach du mal, ich räum dafür auf, dann sind wir schneller fertig. So in der Art. Verträge werden unter einem Vorwand mit nach Hause genommen, damit man sie in Ruhe unterschreiben kann. Natürlich gibt es auch Helfer, enge Vertraute, Familienmitglieder, manche sind eingeweiht, andere ahnungslos.«

»Ich glaube, ich würde nicht wollen, dass beispielsweise mein Mann davon wüsste«, überlegte Marilene. »Mag ja sein, dass er mir gern hilft, aber das verleiht ihm doch auch eine unglaubliche Macht über mich.«

»Du hast recht«, stimmte Gerrit zu, »daran hab ich gar nicht gedacht. Die Abhängigkeit ist kolossal.«

»Sie bedient auch den heimlichen Wunschtraum mancher Männer«, fügte Marilene hinzu. »Was Dummes fürs Bett. Die würden sicher nicht darauf drängen, dass ihre Frau Lesen lernt und dadurch selbstständig wird.«

»Lass die Emanzen-Keule stecken«, bat Gerrit, »ich glaub, das ist heute etwas anders. Auf jeden Fall sollte man Analphabetismus nicht mit Dummheit gleichsetzen. Sie sind nicht dümmer als der Rest der Bevölkerung. Im Gegenteil vielleicht sogar. Sie sind enorm kreativ bei der Entwicklung ihrer Strategien, sie brauchen ein richtig gutes Gedächtnis, damit sie nicht auffliegen. Ich stell mir das so ähnlich vor wie bei Blinden, deren Gehör so viel besser ist als das der Sehenden. Ihr System ist derartig ausgeklügelt, dass sie zumeist damit durchkommen. Und wenn tatsächlich jemand dahinterkommt, traut er sich meist nicht, den Betreffenden darauf anzusprechen und auf Hilfsangebote hinzuweisen.«

»Wie Antonia, die ihre Mutter nicht bloßstellen wollte.«

»Bei der kann man wahrscheinlich davon ausgehen, dass dieser Klinikaufenthalt die Ursache war. Ich wüsste schon gern, warum sie dort war, beziehungsweise um was für eine Art Klinik es sich gehandelt hat.«

»Die Geheimniskrämerei jedenfalls liegt in der Familie. Apropos Familie. Ich treffe heut Abend meinen Vater zum Essen. Magst du mitkommen?«

»Wird aber auch Zeit, dass du mich ihm vorstellst. Ich dachte schon, ich wär dir peinlich. Wegen des Altersunterschieds, meine ich.«

»Benimm dich, sonst zieh ich die Einladung zurück«, drohte Marilene.

»Einladung?« Gerrit reckte den Hals. »Definiere Benehmen.«

8

»Kriminalpolizei. Wir möchten zu Jenny Degener«, sagte Lübben.

Die Person am anderen Ende der Sprechanlage holte hörbar tief Luft und legte auf.

»Hoffentlich ist sie nicht vor Schreck in Ohnmacht gefallen«, feixte Lübben.

»Unwahrscheinlich«, sagte Zinkel, »das hatte ich heute schon.«

»Das hast du gar nicht erwähnt?«

»Es war nur kurz, und ich wollte Antonias Mutter nicht zusätzlich beunruhigen.«

»Als wenn's darauf noch angekommen wäre«, entgegnete Lübben. »Sie hat die Hände gerungen, dass ich schon gefürchtet hab, sie legt die Knochen frei.«

»Kein Wunder bei dem Auftrieb.«

»Kein Wunder bei dem Ergebnis. Jede Wette, dass es sich um Körbers Blut handelt.«

»Aber zu merkwürdig verteilt, um daraus auf eine Straftat zu schließen«, wandte Zinkel ein.

»Bis jetzt hat sie keine Erklärung für die Spuren geliefert, also was willst du?«

Was anderes, dachte Zinkel, doch wann richtete sich das Schicksal schon nach seinen Wünschen. Das Summen des Öffners enthob ihn einer Antwort, und er drückte gegen das Tor. Schweigend liefen sie die anthrazitfarben gepflasterte Auffahrt zum Haus entlang, verfolgt vom wachsamen Auge einer Kamera.

Der Garten war ein Traum, fand Zinkel, mehr als gepflegt, sogar nach hiesigen Maßstäben, und so weitläufig, dass sich ein Aufsitzmäher lohnte. Wege durchkreuzten mit Schwung den Rasen, streiften bereits winterfeste Rabatten und führten zu baumschattigen Oasen, Schaukel und Grillecke, zu einer Sonnenterrasse, die, nun bar jeglicher Möbel, anmutete wie ein klein geratener Hubschrauber-Landeplatz. Sogar einen Teich samt Brücke gab es, und ganz hinten lugte ein Gewächshaus aus dem Nebel. Im Sommer musste die Pracht schier überwältigend sein.

Das Haus hingegen gefiel ihm nicht. Scharfkantig ausladend hockte es in der Mitte des Grundstücks. Zu viele Fenster verliehen ihm eine Aura der Allwissenheit, und wo andere einen Wintergarten errichtet hätten, prangte hier eine Veranda, deren Himmel von Säulen getragen war. Der Klinker war von schmutzigstumpfem Weiß, wohingegen das Dach in Dunkelblau glänzte und steil nach vorn oben ragte, wie der gegelte Schopf eines Punks. Stilbrüche ohne Ende.

Den Eingang flankierten zwei üppige Rosenbüsche, deren gefüllte Blüten das Auge lockten, ein tiefes, samtiges Karmesinrot, das elegant der nebligen Stimmung trotzte.

»Munstead Wood«, raunte eine Stimme.

»Bitte?« Zinkel schrak zurück.

Eine Frau erhob sich von schonergeschützten Knien und zupfte ellenbogenlange Gartenhandschuhe von den Fingern. »Rosen haben Namen, wussten Sie das nicht? Diese ist nach Gertrude Jekylls Garten benannt. Riechen Sie mal.«

Zinkel kam ihrer Aufforderung nach. Brombeeren und Kindheit, konstatierte er, behielt die seltsame Verknüpfung jedoch für sich. »Wir wollten mit Jenny Degener sprechen«, sagte er und registrierte verwundert, wie ihr Blick sich umwölkte. Entweder hielt sie solch ein Gespräch für keine gute Idee, oder sie hätte sich die Aufmerksamkeit lieber für ihre pflanzlichen Zöglinge gewünscht.

In diesem Augenblick wurde endlich die Haustür geöffnet.

»Was wollen Sie von mir?«, fragte das Mädchen entrüstet, die Hände in die knochigen Hüften gestemmt. Sie war das Ebenbild ihrer Mutter, nur zwanzig Jahre jünger, wenn überhaupt, und zwanzig Kilo leichter. Vielleicht auch dreißig.

»Wir müssen mit dir über Kathrin Engelbrecht reden«, erläuterte Lübben.

»Ach die ...« Ihre Stimme troff vor Verachtung.

»Deine Eltern können dem Gespräch gern beiwohnen, wenn

du das möchtest«, fügte Lübben hinzu, »und wenn du einen Anwalt dabeihaben willst, warten wir solange.«

»Warum sollte ich einen Anwalt brauchen?«

»Kathrin ist tot.«

»Echt. Na ja, kein so ganz großer Verlust. Sie war eh voll der Loser.«

»Du brauchst nichts zu sagen, was dich selbst belasten könnte«, vervollständigte Zinkel sicherheitshalber die Belehrung.

Sie schnaubte verächtlich. »Du nicht«, beschied sie ihre Mutter, wandte sich ab und stolzierte zurück ins Haus.

Lübben schaute hilfesuchend zum Himmel, bevor er hineinging, dicht gefolgt von Zinkel.

»Was ist jetzt?«, rief Jenny ungehalten. Sie befand sich bereits im oberen Stockwerk und beugte sich zu ihnen hinab.

Zicke, dachte Zinkel und beneidete weder Eltern noch Lehrer. Gut, vielleicht war er voreingenommen, aber bislang verhielt sie sich genau so, wie er es nach Antonias Schilderung vermutet hatte. Sie erreichten ihr Zimmer, und er musste an sich halten, nicht bewundernd zu pfeifen. Zimmer war absolut nicht das richtige Wort. Apartment? Loft? Zimmerflucht, das könnte es treffen. Jedenfalls erlangte die Bezeichnung vom »eigenen Reich« hier eine völlig neue Bedeutung. Von drei Zimmern war dies das mittlere, und seine Seitenwände waren bogenförmig durchbrochen worden. Die Unterteilung war bemerkenswert: rechts der Schlafbereich, unzählige Kissen auf dem ordentlich gemachten Bett, eine Plüschtierarmada als Garant für unbeschwerten Schlaf, viel mädchenhaftes Rosa und Spieglein an der Wand; links war der Arbeitsbereich, Schreibtisch, ein extra Computertisch, an der Wand eine Weltkarte, karg und irgendwie eher männlich, fand Zinkel; dieser mittlere Teil schließlich kam ihm vor wie die Brücke zwischen den Welten.

»Wieso Loser?«, fragte Lübben, der die Umgebung kaum eines Blickes würdigte.

»Sie war eine Streberin.«

»Und Streber sind Loser.« Lübben stopfte sich die Hände in die Taschen und wippte auf den Ballen, als könne er sich gerade noch im Zaum halten, ihr den Garaus zu machen. Zinkel konnte es ihm nicht verdenken.

Jenny ließ sich auf einen mintplüschigen Sessel fallen, kreuzte die Beine und streckte die Arme seitlich über die Lehne, Gelassenheit demonstrierend. Ihre Füße steckten in niedlichen Stiefelchen, die das Knochengerippe noch besser zur Geltung brachten. »Sicher, was sonst?«

»Wie wär's mit zielstrebig?«, schlug Lübben vor.

»Wofür sollte das gut sein? Sie wäre doch nie aus dem Loch da rausgekommen. Ärztin wollte sie werden. Was für ein Schwachsinn. Solche Leute werden keine Ärzte.«

»Was für Leute?«, insistierte Lübben.

»Na, Asoziale halt.« Ihr Blick war provozierend.

»Was verstehst du darunter?«

»Kathrin versteh ich darunter. Die Mutter abgehauen, dem Vater ist alles wurscht, die Brüder sind voll die Asis, denen will man im Dunkeln nicht begegnen. Und wie sie rumgelaufen ist, ihre Klamotten hat sie bestenfalls aus dem sozialen Kaufhaus. Wenn du keine Kohle hast, hast du keine anständigen Klamotten. Und wenn du keine anständigen Klamotten hast, bist du nichts. Echt gar nichts«, bekräftigte sie und streckte die vorpubertäre Brust raus.

»Wir sind natürlich nicht hier, um mit dir über kindische Vorurteile zu diskutieren«, warf Zinkel ein, bevor Lübben noch in die Falle tappte.

»Warum nicht? Ist doch interessant.«

Zinkel atmete tief durch. »Viel interessanter finde ich, warum du nicht fragst, wie Kathrin ums Leben gekommen ist«, entgegnete er.

»Das war leicht. Wenn's Selbstmord gewesen wäre, wären Sie wohl nicht hier. Es hätte mich auch gewundert, wenn sie dazu den Mumm aufgebracht hätte.«

»So wie du?«, fragte Lübben unschuldig.

»Hä? Hab ich vielleicht einen Grund? Sehen Sie da was, was ich nicht sehe?«

»Ein Mädchen, das sich zu Tode hungert?«, schlug Lübben vor.

»Schwachsinn! Ich achte auf meine Figur, nicht wie Kathrin, die hat sich doch voll gehen lassen. Richtig fett war die.«

»Fett genug, um sie zum Gespött der Klasse zu machen, ja?«

»Der Schule«, stellte Jenny richtig. »Mit der hat sich niemand mehr abgegeben.«

»Außer Antonia«, sagte Zinkel.

»Niemand, der zählt«, ergänzte Jenny und schaute unter halb geschlossenen Lidern zu ihm auf.

Zinkel kam es vor, als lauerte sie auf Zurechtweisung, und es fiel ihm schwer, dem nicht zu entsprechen. Hier hatten andere versagt, und zwar gründlich. Er atmete tief durch, bevor er weitersprach: »Wie bist du an dein blaues Auge gekommen?«

»Das hat Antonia mir verpasst. Und es wäre verdammt besser für sie, wenn sie's endlich zugibt. Ich hab jede Menge Zeugen.«

»Tatsächlich. Lass hören.« Zinkel zückte Notizbuch und Stift und wartete.

»Praktisch der ganze Kurs«, behauptete Jenny.

»Ja«, stimmte Lübben zu, »das ist wirklich sehr praktisch. Und was ist, wenn ihr's nicht schafft, dass sie von der Schule fliegt? Löst ihr das Problem dann so wie bei Kathrin?«

»Klar. Wenn Sie mir verraten, wie das war.«

»Ihr habt mindestens dazu beigetragen, dass sie sich umbringen wollte.«

»Echt? Ich denke, das hat ihr Bruder uns abgenommen. Der ältere von den beiden. Außerdem sagten Sie doch, dass es eben kein Selbstmord war.« Sie legte sich eine Hand auf die Brust, dorthin, wo das Herz sein sollte. »Nicht schuldig, Euer Ehren.«

»Weißt du, was ich glaube?« Lübben verschränkte die Arme zu einem Bollwerk. »Ihr habt sie ganz bewusst fertiggemacht. Ihr habt sie beobachtet, ob die Saat aufgeht. Aber dann hat sie es sich doch noch anders überlegt. Das konntet ihr nicht zulassen, nicht wahr?«

»Scheiße, Sie spinnen ja total!« Jenny sprang auf und ballte die Fäuste. »Das ist doch – krank ist das! Mein Vater wird sich über Sie beschweren, warten Sie's nur ab.«

»Ich kann's kaum erwarten«, sagte Lübben, »und im Übrigen bin ich sehr gespannt, ob deine Mitschüler alle dichthalten oder nicht doch irgendjemand so was wie ein Gewissen hat.« Er wandte sich um, stürmte aus dem Zimmer und polterte die Stufen hinab.

Zinkel kratzte sich hinterm Ohr. »Denk noch mal drüber nach«, empfahl er, »ein wenig Kooperation wäre sicher besser.«

»Für wen?«, blaffte sie. Ihr Blick streifte suchend durch den Raum, blieb schließlich an einer kniehohen Vase hängen, die neben dem Fernseher stand.

»Leben lassen«, bat er, »sie kann nichts dafür.«

Seine Worte stießen auf stocktaube Ohren. Jenny stürzte sich auf das Objekt ihres umgeleiteten Zorns, schnappte sich mit beiden Händen die Vase und donnerte sie auf den Boden. Zinkel schloss die Augen, hörte einen dumpfen Ton, ein Gong, dachte er, der Ruf zu Tisch, und öffnete sie wieder. Die Vase trudelte wie ein dickbauchiger Kreisel über den Teppich, vollkommen unbeschädigt.

»Arrh!«, knurrte Jenny, reckte die Fäuste zur Decke und trat noch einmal nach.

Zinkel trat bereits den Rückzug an, da ließ sie sich zu Boden fallen, einer Marionette gleich, deren Fäden gekappt worden waren, rollte sich zusammen und schlang die Arme um die Knie, sodass ihre Schulterblätter hervorstachen wie Flügelchen. Ihr T-Shirt rutschte hoch. Der Streifen nackter Haut, der sichtbar wurde, war übersät von blauen Flecken.

***

Es passte ihm überhaupt nicht, dass der Junge sie begleitete. Trotzdem wollte er die Aktion nicht verschieben, nun, da alle Vorbereitungen getroffen waren. Er wüsste gern, wann der Typ endlich wieder verschwinden würde. Zur Not müsste er nachhelfen, und unter diesem Aspekt konnte es nicht schaden zu wissen, mit wem genau er es zu tun hatte. So, wie er auch genug über Marilenes Vater wusste.

Tatsächlich kannte er den mittlerweile recht gut. Bereits vor ein paar Monaten hatte er sich in Wiesmoor eine winzige Wohnung gemietet und damit begonnen, zufällige Zusammentreffen zu arrangieren. Beim Einkaufen. Beim Friseur. Im Baumarkt. Dort hatte er ihn das erste Mal angesprochen und um fachmännischen Rat gebeten. Kein Bastler konnte der Versuchung widerstehen, über sein Hobby zu reden. Welchen Holzlack, oder doch lieber Lasur? Lack, am besten Bootslack, bei dem rauen Klima hier. Wetter also, Wetter ging immer, war hier im Norden ein geradezu unerschöpfliches Thema. Fußball nicht, da hatte er eine deutliche Abfuhr kassiert, und erst sein Bekenntnis, zugezogen zu sein, hatte das Eis wieder angetaut und zu durchaus erhellenden Verlautbarungen über Land und Leute geführt.

Ein schwieriger Mensch war er, der Herr Richter im Ruhestand, und er konnte von Glück reden, dass nicht er damals seinen Fall verhandelt hatte – er wäre womöglich nicht mit dieser lachhaften Therapie davongekommen. Joseph oder Joe, wie er sich nennen ließ, was er einigermaßen unpassend fand, war rigoros in seinen Urteilen und gab sich nicht ab mit Menschen, die ihm nicht lagen. Dafür sei ihm seine Zeit zu schade. Also hatte er sich ganz allmählich vorgetastet, stets darauf bedacht, nicht durch das Raster der ihm unbekannten Maßstäbe zu fallen, eine Aufgabe so schwierig, wie etwa als Blinder einen Hindernislauf zu bestreiten.

Es war ihm gelungen, sein Vertrauen zu gewinnen. Bereits zwei Mal war er bei ihm zu Hause eingeladen gewesen, revanchiert hatte er sich jeweils mit einem Restaurantbesuch, seiner beengten Wohnverhältnisse wegen. Angenehme Abende eigentlich, er hatte noch nie Zeit in ausschließlich männlicher Gesellschaft verbracht, abgesehen von seinem Therapeuten natürlich, und beinahe wäre er der Versuchung erlegen, das kameradschaftliche Miteinander einfach zu genießen. Er hatte sich regelrecht in Erinnerung rufen müssen, dass all dies einem ganz bestimmten Zweck diente: Täuschen und Entern. Dieser Abend war die Generalprobe.

Längst schon wusste er, dass Marilene ihren Vater wöchentlich zum Essen traf, abwechselnd in Wiesmoor und in Leer. Heute war Wiesmoor an der Reihe, der Zufall dieses Zusammentreffens also sicherlich glaubwürdig. Er ging zielstrebig an der Fensterfront des Restaurants vorbei und warf einen unauffälligen Blick hinein. Perfekt, befand er, Joe saß mit dem Gesicht zum Eingang, Marilene und der Junge ihm gegenüber. Wäre es andersherum gewesen, hätte er sein Vorhaben vielleicht doch noch aufgeschoben.

Er betrat das Restaurant und fragte nach einem Tisch, laut genug, dass Joe ihn hören würde. Es klappte, noch bevor der Kellner reagieren konnte, vernahm er ein »Olaf?«.

Er drehte sich überrascht um. »Ach, hallo, Joe, na das ist ja ein Zufall.«

»Bist du allein?« Joe wartete sein Nicken kaum ab. »Magst du dich zu uns setzen?«, fragte er, »in Gesellschaft schmeckt's besser.«

»Ich möchte euch nicht stören.«

»Ach was, du störst nicht.« Joe zog einladend den Stuhl neben sich unter dem Tisch hervor.

Länger ließ er sich nicht bitten. »Wenn du meinst, dann gern«, gab er nach. Marilene erkannte ihn erst, als er direkt am Tisch stand. Ihre Miene war die Mühen der letzten Monate wert: eine hinreißende Mischung aus Überraschung, Ungläubigkeit und Angst, gewürzt mit einem Schuss sehr saurer Zitrone.

Joe schien ihr Unbehagen nicht zu bemerken. »Darf ich vorstellen«, sagte er, »das ist Olaf Grünberger, meine Baumarktbekanntschaft, von der ich dir erzählt habe. Und das sind meine Tochter Marilene und ihr zeitweiliger Assistent Gerrit Baron.«

Zeitweilig klang gut, fand er. »Du bist Joes Tochter?«, rief er und setzte sich kopfschüttelnd, »das ist ja ein Ding! Das grenzt ja geradezu an Schicksal, wenn du mich fragst.«

Joe schaute verständnislos drein.

»Wir kennen uns, von ganz früher. Hat sie aber vergessen.« Er neigte sich vertraulich grinsend zu Joe hinüber. »Das behauptet sie jedenfalls. Ich habe sie neulich zufällig in Leer getroffen, dachte, ich trau meinen Augen nicht, nach all den Jahren, aber auf meinen Namen ist sie nicht gekommen. Ich hätte sie ja noch etwas grübeln lassen, aber da hast du ihr jetzt ausgeholfen. Was machst du denn beruflich?«, fragte er, an Marilene gewandt. »Ärztinnen haben Assistenten«, er nickte in Richtung des Jungen, »sonst fällt mir gerade nichts ein.« Er runzelte grüblerisch die Stirn, während er den Hauch von Erleichterung angesichts seiner vermeintlichen Unwissenheit registrierte. In seinem Innern tobte Gelächter.

»Sie ist Rechtsanwältin«, sagte Joe, ganz der stolze Vater.

»Deine Fußstapfen. Na, das hätte ich mir auch denken können. Aber es passt zu dir, dein Gerechtigkeitsempfinden war damals schon sehr ausgeprägt. Hast du dich auf ein bestimmtes Gebiet spezialisiert?«

»Nein. Und was machst du?«

»Finanzen«, winkte er lässig ab, »nicht so spannend.« Der Kellner brachte ihm eine Karte und enthob ihn der Notwendigkeit, ins Detail zu gehen. »Ah, prima, ich komme um vor Hunger«, behauptete er. »Habt ihr schon bestellt?«

Joe nickte.

»Dann warten Sie doch grad«, bat er den Kellner, »ich hab's sofort.« Er schlug die Karte auf, entschied sich für ein Steak und orderte einen trockenen Rotwein dazu. »Was machst du«, wandte er sich an den Jungen, »wenn du nicht zeitweilig assistierst? ›Du‹ ist doch okay, so in der Runde, oder?«, fügte er hinzu.

Gerrit nickte. »Sicher«, sagte er, »ich studiere noch. Irgendwas mit Informatik.«

Ein Insiderwitz, den er schon kannte, dennoch lachte er pflichtgemäß. »Das ist ein weites Feld«, sagte er, »du meine Güte, ich steh ja schon mit meiner Fernbedienung auf Kriegsfuß, mit den technischen Neuerungen heutzutage komme ich gar nicht mit«, log er.

Joe wenigstens nickte zustimmend, Gerrit hob lediglich die Brauen, während Marilene ihre Serviette knetete.

»Möglicherweise liegt das daran«, fügte er hinzu, »dass ich einfach zu lange im Ausland war. Australien ist mir in der Hinsicht wie ein Entwicklungsland vorgekommen.«

»Du hast in Australien gelebt? Cool.« Gerrit bekam glänzende Augen. »Wo denn da?«

»Ich war zwanzig Jahre *down under* und bin, lass mich überlegen, fünf Mal umgezogen? Doch, das kommt hin. Auf die Art hab ich so ziemlich das ganze Land kennengelernt.«

»Irre, das würde ich auch gern machen. Also, nicht für zwanzig Jahre«, schränkte Gerrit ein, »aber ein Auslandssemester ...«

»Bloß nicht Informatik«, scherzte er. »Nein, im Ernst, ich hatte den Eindruck, dass Computer nicht so viel Raum im täglichen Leben einnehmen, wie das hier der Fall ist. Aber vielleicht täusche ich mich auch, und die Entwicklung hat überhaupt erst in den letzten Jahren, seit ich zurück bin, ihren Lauf genommen, und zwar hier wie dort.«

»Das kommt schon hin«, stimmte Gerrit zu. »Man kann sich zwar gar nicht mehr vorstellen, wie man je ohne Computer und Internet zurechtgekommen ist, aber sogar ich kenne das noch von meinen Eltern. Jetzt ist der Fortschritt absolut rasant, und für Laien, glaube ich, wird es immer schwieriger, mitzuhalten.«

»Ich finde, das nimmt überhand«, warf Joe ein. »Sogar die Tagesschau verweist mittlerweile aufs Internet für Informationen und zeigt lieber Filmchen, in denen Politiker erst von A nach B laufen müssen, bevor sie einen mehr oder weniger gewichtigen Satz von sich geben dürfen.«

»Wirklich? Das ist mir nie aufgefallen«, sagte Marilene.

Ah, sie war doch noch bei Stimme. »Mir auch nicht«, sagte er, »aber jetzt, wo du es sagst – es stimmt. Läuft das darauf hinaus, dass die Sendung sich selbst überflüssig macht?«

»Zumindest hängen Sie die alten Leute ab«, bemängelte Joe.

»Schade eigentlich«, bemerkte Gerrit. »Solche Berührungsängste müssten gar nicht sein. Die meisten Programme sind inzwischen weitgehend selbsterklärend. Und die nächste Revolution ist auch schon in Sicht: Bald wird man weder Maus noch Tastatur brauchen, sondern über Gesten und Stimme steuern können.«

»Das würde ich praktischer finden als diese Touchscreens«, warf Marilene ein, »die sind doch eher unappetitlich.«

»Sie findet«, Gerrit nickte Richtung Marilene, »dass ich mein iPad zu selten putze, das ist alles. Ansonsten ist sie stolz drauf, wenn sie es schafft, eine SMS zu versenden.«

»Chauvi«, gab Marilene zurück, »so hinterm Mond lebe ich auch wieder nicht.«

»Vermute ich also richtig«, schaltete er sich wieder ein, »dass du Marilene bei computertechnischen Fragen assistierst?«

»Eher bei Recherchen«, erläuterte Gerrit. »Man findet zwar alles im Netz – aber man muss eben wissen, wo und welcher Weg der schnellste ist.«

»Hm.« Er gab sich nachdenklich. »Und das funktioniert, obwohl du keine juristische Vorbildung hast?«

»Es geht ja nicht um irgendwelche Gesetzestexte, das macht sie wirklich besser selbst.« Gerrit warf einen fragenden Blick zu Marilene und fuhr erst fort, als sie mit den Achseln zuckte. »Zum Beispiel haben wir gerade nach einer Person gesucht, die vor ein paar Jahren spurlos verschwunden ist.«

»Das klingt ja richtig aufregend. Und – habt ihr sie gefunden?«

»Nee, war längst tot. Kein Wunder, dass ich nichts finden konnte. Lebende hinterlassen immer irgendwo Spuren, Tote leider nicht. Jedenfalls keine, die ich deuten könnte.«

»Heißt das, es geht um Mord?« Er täuschte Entsetzen vor.

»Geht es, und mehr ist dazu nicht zu sagen«, gab Marilene den Spielverderber.

»Ist schon klar, Schweigepflicht und so, ich wollte bestimmt nicht ins Detail gehen«, versuchte er, sie zu beschwichtigen.

»Verschwiegenheitspflicht«, korrigierte sie überheblich, »der Gerrit im Übrigen genauso unterliegt, das musste er unterschreiben.«

Er erkannte die Lüge an Gerrits Braue, die eine Idee nach oben zuckte, bevor er eilfertig zustimmend nickte. »Ehrlich, mich interessiert nur diese Computersache«, wiegelte er ab. »Sagen wir, ich wäre auf der Suche nach Marilene gewesen, hättest du sie für mich finden können, auch wenn ich nur den Mädchennamen kenne?«

»Ganz sicher.« Gerrit warf sich in die Brust. »Gut, wenn sie jetzt Lieschen Müller geheißen hätte, wäre das vermutlich sehr zeitaufwendig geworden, aber Marilene hat Seltenheitswert.«

»In jeder Hinsicht, da stimme ich dir uneingeschränkt zu.« Er himmelte sie dezent an und registrierte aus dem Augenwinkel, dass Joe recht wohlwollend dreinblickte. Im Gegensatz zu Marilene allerdings, die verdrehte lediglich die Augen, also verkniff er sich jede Bemerkung zu ihrem Familienstand. »Und wie funktioniert so eine Suche?«, fragte er.

»Betriebsgeheimnis«, sagte Gerrit mit Grabesstimme.

»Verstehe«, murmelte er, und in der Tat, er verstand sehr gut. Gerrit könnte ihm gefährlich werden.

***

Lilian stand unten im Flur und lauschte. Antonia weinte noch immer, und es schien, als würde sie nicht so bald damit aufhören. Sie musste mittlerweile völlig erschöpft sein. Den ganzen Tag über war ihr Schluchzen zu hören gewesen, selbst durch die geschlossene Zimmertür drang das Geräusch, ein steter Vorwurf, der gelegentlich abebbte, nur um kurz darauf wieder voller Inbrunst aufgenommen zu werden, wie ein tragischer, atonaler Gesang. Den sie nicht mehr hören konnte.

Frank war gerade nach Hause gekommen und versuchte jetzt, Antonia zu trösten. Sie verstand nicht, was er sagte, doch anscheinend war er so erfolglos wie sie selbst. Aber ihn duldete Antonia wenigstens in ihrer Nähe. Verkehrte Welt. Bis gestern war das Verhältnis der beiden so angespannt gewesen, dass sie gefürchtet hatte, ständig vermitteln zu müssen, und nun auf einmal kam es ihr vor, als hätten sie sich gegen sie verbündet. Frank hatte sie kaum eines Blickes gewürdigt, bevor er nach oben geeilt war. Wieso durfte er zu Antonia und sie nicht? Sie hatte sie rausgeworfen, handgreiflich, und sogar die Tür abgeschlossen. Ein gebrochenes Tabu. Ihre Tochter entglitt ihr, und sie hatte keine Ahnung, was sie dagegen tun konnte.

Sie war nicht schuld an Kathrins Tod. Selbstmord konnte man nicht verhindern, nicht, wenn er wirklich beabsichtigt war. Mord genauso wenig. Der Mörder hätte nach einer anderen Gelegenheit gesucht und sie sicher auch gefunden. Ein Aufschub nur, mehr wäre nicht drin gewesen, hätte sie den Zettel lesen können. Warum fühlte sie sich trotzdem schuldig?

Blöde Frage, befand sie. Sie konnte gar nicht anders, hatte sich immer schon einreden lassen, dass sie selbst an ihrem Unglück schuld war. Wenn es denn überhaupt Unglück gewesen war und nicht bloß Einbildung oder gar böser Wille. Drei Schritte zum Abgrund: Unsinn, sie lügt, das Kind hat zu viel Phantasie. – Was tust du uns an? Willst du alles kaputt machen? Böse bist du und hinterhältig. – Und schließlich, wenn alles Leugnen nicht mehr half, selbst schuld, die am schwersten wiegende Anklage. Selbst schuld.

Sie ließ den Kopf hängen. Dieser Falle würde sie nicht entkommen. Irgendwann holte einen alles wieder ein, egal, wie gut verdrängt, wie tief vergraben. Geborgenheit war eine trügerische Illusion, nicht mehr als eine Gnadenfrist, die eigentlich schon mit Christians Verschwinden abgelaufen war. Sie hatte das bloß nicht wahrhaben wollen, sich mit Händen und Füßen gegen die bittere Wahrheit gesträubt und gekämpft um das bisschen Glück. War das denn wirklich zu viel verlangt?

Etwas roch merkwürdig. Oh Mist, der Auflauf. Sie stürzte in die Küche und riss die Ofentür nahezu aus den Angeln. Schwarzer Qualm schlug ihr entgegen. Sie tastete nach den Topflappen, zerrte die Auflaufform aus dem Ofen und stellte sie in den Ausguss. Heftig hustend schaltete sie die Dunstabzugshaube auf die höchste Stufe und öffnete das Fenster. Sobald sich der Rauch etwas gelichtet hatte, begutachtete sie den Inhalt der Form. Den ehemaligen, genauer gesagt – von diesem Abendessen war nichts mehr zu retten. Sah aus wie Briketts, fand sie und drehte den Wasserhahn auf, um die Glut zu löschen. Nichts wollte ihr mehr gelingen, absolut nichts.

»Na, was denn, wollt ihr etwa einen Chor aufmachen?«

Sie hatte Frank nicht kommen gehört und wandte sich erschrocken um. »Das Essen ist total verbrannt«, jammerte sie.

»Und jetzt werden wir verhungern, ja? Komm, das ist kein Grund zu weinen.«

Ich weine nicht, dachte sie, ich bin ein Sturzbach, ein reißender Fluss, der alle mit sich in den Abgrund zieht. »Aber es ist alles so schrecklich«, stieß sie hervor und merkte, wie kleinlaut, wie kleinmädchenhaft sich das anhörte.

»Ach was, das wird schon wieder, wart's nur ab.« Frank ging zum Kühlschrank und öffnete ihn. »Na gut, ein üppiges Mahl wird das wohl nicht werden. Mit zwei verheulten Frauen gehe ich bestimmt nicht aus, also gibt's heute Rühreier. Kriegst du das hin?«

Lilian nickte zögernd.

»Ist noch was?« Frank hob die Brauen.

»Die Polizei …«, hob sie an und bekam irgendwie schlecht Luft.

»Gibt es etwa schon Neuigkeiten?«

»Nicht in Bezug auf Kathrin«, flüsterte Lilian.

»Was? Ich versteh kein Wort.« Frank schaltete die Dunstabzugshaube aus.

Die plötzliche Stille schmerzte in den Ohren, und ihr schwindelte. Sie hielt sich an der Arbeitsplatte fest, um das Gleichgewicht nicht zu verlieren. »Sie haben Blutspuren im Wohnzimmer gefunden, und in der Küche auch. Sie glauben, dass es Christians Blut ist.«

Frank starrte sie entgeistert an. »Und, ist es das?«, fragte er barsch.

Lilian schüttelte fassungslos den Kopf.

»Wenn du mir etwas zu sagen hast, dann wäre jetzt ein sehr guter Zeitpunkt«, sagte er.

Was?, schrie es in ihr. Warum vertraute er ihr nicht? Er konnte doch unmöglich glauben, dass sie in der Lage wäre … Sie öffnete den Mund, doch sie kann nicht sprechen, nicht einmal denken, nur nein, nein und abermals nein, und jedes Nein explodiert in ihrem Kopf, einem Gewitter gleich, unter dem sie sich duckt und die Arme schützend hochreißt, und sie sieht hilflos zu, wie Frank die Küche verlässt, hört ihn im Schlafzimmer rumoren, durch den Flur poltern und türknallend das Haus verlassen.

Antonia stand plötzlich in der Tür, schniefend und mit verquollenen Augen. »Hast du ihn jetzt auch noch vertrieben?«, fragte sie.

Lilian fürchtete, ihr Sprechvermögen wäre ihr für längere Zeit abhandengekommen, und so versuchte sie gar nicht erst, sich zu rechtfertigen. Ohnehin wären Worte sinnlos, verhärtet, wie die Fronten nun mal waren. Sie würde nicht zu Antonia durchdringen.

Jemand machte sich an der Haustür zu schaffen, und beider Köpfe flogen herum.

»Wird das nichts mit den Rühreiern?«, fragte Frank und schob sich an ihnen vorbei in die Küche.

Eine Woge der Erleichterung erfasste Lilian, er war nicht fort, jubelte sie innerlich, jetzt würde alles gut werden. Sie eilte zum Herd und holte die Pfanne aus der Schublade darunter.

»Hast du etwa geglaubt, dass ich Antonia allein mit dir lasse?«, zischte Frank ihr zu.

***

Marilene schob ihren Teller zur Seite. Sie hatte entschieden langsamer gegessen, als es ihrer Gewohnheit entsprach, allein, um länger entschuldigt schweigen zu können, doch mehr ging jetzt einfach nicht.

Olaf hatte sie während des Essens weitgehend in Ruhe gelassen. Das Geplauder der Männer war mal hierhin, mal dorthin geplätschert und schien harmonisch und keineswegs unangenehm. Sie horchte in sich hinein. Dies Gefühl der Bedrohung, wie sie es bei ihrem letzten Zusammentreffen verspürt hatte, empfand sie eigentlich nicht.

Andererseits verdarb ein »Eigentlich« noch jede Aussage. Ein Gespenst aus ihrer fernsten Vergangenheit, ein Geist, wie passend, dachte sie spöttisch, wenngleich nicht friesisch und vor allem keiner, den sie gerufen hatte. Vielleicht maß sie der Sache auch zu große Bedeutung bei. Mach disch logger, riet sie sich in breitestem Hessisch.

»Darf ich?« Gerrit angelte bereits mit seiner Gabel nach dem verschmähten letzten Stückchen ihres Schollenfilets. »Das ist echt gut«, befand er. »Wenn sonst nichts für ein Leben im Norden spräche, der Fisch auf jeden Fall.«

»Nur zu«, forderte sie ihn auf. Allmählich beschlich sie der Verdacht, dass da etwas im Busch war. »Wann fährst du eigentlich wieder zurück?«, erkundigte sie sich.

Gerrit kaute gemächlich, bevor er antwortete. »Am Wochenende bin ich weg.«

Das hörte sich fast an, als hätte er die Absicht, am Montag wiederzukommen, argwöhnte Marilene, doch sie ging nicht näher darauf ein. Womöglich brächte sie ihn dadurch erst auf Ideen.

»Wohin ist zurück?«, fragte Olaf.

»Wiesbaden. Daher kenne ich Marilene, ihre frühere Kanzlei war über meinem Büro.«

»Ach so, du bist also nur zu Besuch.«

»Genauer gesagt, Überraschungsbesuch«, gab Gerrit unbekümmert zu. »Ich hab die Einladung angenommen, bevor sie konkret ausgesprochen wurde.«

»Keine schlechte Entscheidung«, warf ihr Vater ein. »Wenn meine Tochter konkret wird, ist es meist beruflich«, fiel er ihr in den Rücken.

»An wessen Genen das wohl liegen mag«, konterte sie.

»So was ist erblich? Da bin ich aber froh.« Gerrit mimte Erleichterung und legte sich die Hand auf die Brust. »Ich hab schon befürchtet, dass alle Frauen so sind.«

»Drum prüfe, wer sich ewig bindet«, empfahl ihr Vater.

»Na, ich weiß nicht«, wandte Gerrit ein, »ich kenne Leute, die das ein wenig übertreiben. Bei Ihrer Tochter zum Beispiel fallen die Typen gleich reihenweise durch.«

Marilene versetzte ihm unter dem Tisch einen Tritt. Ein Unding, dass eine blöde Binsenweisheit zu einer Diskussion über ihr Liebesleben führte, noch dazu ausgerechnet vor Olaf.

»Da hat sie sicher ihre Gründe, ich vertraue ihrem Urteil«, sprang ihr Vater ihr wenigstens jetzt bei. »Woher kennt ihr euch denn nun?« Er schaute zwischen ihr und Olaf hin und her.

Gut gemeint und doch daneben, dachte Marilene, während Olaf darauf ansprang, als hätte er den ganzen Abend auf genau diese Frage gewartet. Was vermutlich zutraf.

»Von einem Zeltlager der Pfadfinder in Dänemark, Anfang der Achtziger war das ungefähr.«

»Pfadfinder?« Gerrit schaute sie verblüfft an.

»Jugendsünde«, murmelte sie und spürte, wie sie errötete.

»So richtig mit Zelt und Lagerfeuer …«

»Und Klampfe, genau, jeden Tag eine gute Tat, allzeit bereit, was weiß ich. Die Mücken waren eine Plage, das zumindest hab ich nicht vergessen.«

»Das Mädchen mit dem Lagerkoller?«, warf Olaf ein. »Du hast dich um sie gekümmert, weißt du nicht mehr? Aber sie musste dann doch abreisen.«

»Zu lange her.« Marilene schüttelte unwillig den Kopf.

»Was ist mit der Lagerzeitung? Die war klasse, ich hab noch ein Exemplar, du nicht?«

»Nicht, dass ich wüsste«, entgegnete sie.

»Kann ich mir gar nicht vorstellen, dass du die nicht mehr hast. Du warst nämlich schwer beeindruckt von dem Typen, der sie gemacht hat. Das war so ein Revoluzzer, nicht nur äußerlich«, fühlte er sich bemüßigt, ihrem Vater und Gerrit zu erläutern. »Ich musste mich mächtig ins Zeug legen, sie für mich zu gewinnen. Und ich fürchte, das ist mir auch nur gelungen, weil ihm die Mädchen in Scharen hinterhergelaufen sind, nach dem Motto, alle für einen, und er konnte so schlecht Nein sagen.«

Ralf. Sie hatte ihn auf dem Hochstand überrascht, mit Anne, noch so eine eigentlich brave, hellgraue Maus, die geglaubt hatte, aller Welt beweisen zu müssen, dass sie so brav auch wieder nicht war. Komm her, sei lieb, hatte er nur gesagt, zum Totlachen aus heutiger Sicht, aber damals war sie unglaublich verletzt gewesen und so wütend, dass sie um sich geschlagen hatte. Im übertragenen Sinn. Getroffen hatte sie jedenfalls nur sich selbst. Oh ja, an den Teil konnte sie sich noch gut erinnern, aber das würde sie niemals zugeben.

»Revoluzzer, ja?«, mokierte sich Gerrit. »Hätte ich dir gar nicht zugetraut.«

»Das war halt die Zeit«, wiegelte sie ab.

»Ich war leider das genaue Gegenteil«, bekannte Olaf, »unscheinbar, angepasst, und«, er lachte leise in sich hinein, »etwas schwerer war ich auch. Wäre der Typ nicht so unverschämt gewesen, hätte ich nie eine Chance bei ihr gehabt.«

Er brauchte nicht weiterzusprechen, um jedem am Tisch klarzumachen, dass er diese Chance nicht nur gehabt, sondern auch genutzt hatte. Warum konnte sie sich nicht an ihn erinnern? Sie brachte das Bild dieses gar nicht mal unattraktiven Mannes mit niemandem in Verbindung, sosehr sie sich auch den Kopf zermarterte. Okay, sie hatte in jenem Sommer nicht wenig getrunken, aber bestimmt nicht so viel, dass alles, was ihn betraf, ausgelöscht war. Denn der Rest war zwar lange verschüttet gewesen, aber durchaus noch vorhanden, wenn auch etwas bruchstückhaft. Na egal, sagte sie sich, sie hatte sowieso nicht die Absicht, diese angebliche Beziehung wiederaufleben zu lassen. Außerdem gab es Wichtigeres zu tun, als über alte Zeiten zu brüten. Punkt.

»Und du«, Olaf wandte sich an Gerrit, als spürte er ihren neuerlichen Rückzug, »bist du liiert?«

»Mal mehr, mal weniger«, wich Gerrit aus. »Im Moment eher weniger, aber mit steigender Tendenz.«

Antonia, hatte sie's doch geahnt. Sie konnte ihn gut verstehen, Antonia war ausgesprochen hübsch, das Ebenbild ihrer feenhaften Mutter, nur nicht so zart und zerbrechlich wirkend, dabei intelligent und herzlich. Aber eine Fernbeziehung in dem jugendlichen Alter? Vorhersehbar auch, wo Gerrit unterzukommen gedachte, wenn er sie besuchte. Ha! Sie würde ihn zu einer Männer-WG mit Lothar verdonnern, davon konnten alle Seiten nur profitieren.

»Ach ja, die Jugend«, sagte Olaf, »halt nur gut fest an deinem Glück und gib es nie leichtfertig auf. Es wartet nicht an jeder Straßenecke auf einen.«

Finanzen, von wegen, der Satz war eines Predigers würdig, spottete Marilene innerlich.

Gerrit hingegen ging darauf ein. »Schlechte Erfahrungen?«, fragte er.

»Das auch, ja, aber vor allem traurige. Meine Frau ist sehr jung verstorben. Ein Autounfall. Fahrerflucht. Von einem Moment auf den nächsten war alles vorbei. Alles anders.«

»Tut mir leid«, murmelte Marilene verlegen. Sie hatte angenommen, er spielte auf sie beide an.

»Schon gut, das ist lange her. Ihr Tod hat nur …« Er zögerte, offenbar nach Worten suchend. »Ich mochte mich nicht mehr ernsthaft binden danach, ich hatte viel zu viel Angst, dass mir so etwas noch einmal passieren könnte. Das hätte ich nicht verkraftet.«

»Man erträgt mehr, als man glaubt aushalten zu können«, sagte ihr Vater.

Marilene begann zu verstehen, was die beiden aneinander fanden. Ihr Vater hatte es ebenso vorgezogen, sich nicht wieder zu binden, nachdem ihre Mutter damals abgehauen war, und führte seither ein Leben ohne größere Höhen und Tiefen. Soweit sie wusste.

»Das wird wohl so sein, und ich arbeite ja auch daran, wieder gesellschaftsfähig zu werden«, wechselte Olaf die Stimmung. »Aber genug von mir. Was ist mit dir?«, wandte er sich an Marilene. »Verheiratet? Kinder?«

»Nö«, sagte sie, »hat sich nicht ergeben.« Letztlich lebte auch sie lieber allein, als dass sie das Risiko einging, verlassen zu werden auf die eine oder andere Art. Nie wieder, hoffte sie, das eine Mal hatte sie weit über ihre Grenzen getrieben, und so ganz war sie aus jenem Niemandsland noch nicht zurückgekehrt, trotz ihres Ortswechsels.

»Oh, aber zu Kindern sagt sie nie Nein«, warf Gerrit ein. »Ich bin der lebende Beweis für die These. Man könnte mich gewissermaßen als Erstgeborenen bezeichnen. Nach mir kommen noch drei – von denen ich weiß.«

»Du bist kein Kind, du bist ein Kindskopf«, befand Marilene. »Und meine angedichtete Kinderschar wird heute nicht mehr Thema sein. Ich muss morgen früh raus«, drängte sie zum Aufbruch und erntete erstaunlich wenig Widerspruch.

Olaf bestand darauf, die Rechnung zu übernehmen, was ihr nicht sonderlich behagte, dennoch verzichtete sie auf eine Debatte, die vermutlich nur zu einer Vereinbarung für ein nächstes Mal führen würde. Obgleich der Abend angenehmer als befürchtet verlaufen war, legte sie keinen gesteigerten Wert auf eine Fortsetzung, einerlei, wie sehr ihr Vater das bedauern mochte, sofern sie seine Blicke richtig deutete. Mit wem sie sich näher abgab, entschied immer noch sie selbst, und so fiel ihre Verabschiedung Olafs auch ordentlich vage aus, ein lapidares Tschüss, nicht mehr.

9

Paul Zinkel schnupperte. Der Geruch war noch der gleiche wie vor annähernd dreißig Jahren. Muffig irgendwie, leicht säuerlich? Es roch nach Schule, präziser ließ sich das nicht definieren, heute wie damals, ein spezifischer Geruch, der Disziplin und Lärm und Pausenbrote beinhaltete, Kreidestaub und Turnschuhe, Angst und Euphorie. Die eigene Schulzeit kam ihm vor wie gerade erst vergangen, und er fragte sich, warum kein anderer Geruch es schaffte, ihn so weit in der Zeit zurückzuversetzen.

Lübben schien es ähnlich zu gehen. Er stand mit geblähten Nasenflügeln neben ihm, den Blick auf eine der Säulen gerichtet, an deren oberem Ende Plastiken eingearbeitet waren. Zinkel traute seinen Augen kaum, ein Truthahn?

»Cholerikus«, erläuterte Lübben. »Weiß ich noch, weil einer unserer Lehrer nicht nur aussah wie ein Puter, sondern obendrein ziemlich cholerisch war. Warte mal«, schob er hinterher, »der Bär ist phlegmatisch, wenn ich mich recht erinnere. Kommt ganz nach mir. Judiths Meinung.«

»Na dann los, du Faulpelz«, sagte Zinkel und begann, hinter einem der letzten Nachzügler aus der großen Pause die Stufen zu erklimmen. »Wenn du mir die übrigen Bilder erklärst, gibt's Fleißpunkte.«

Lübben folgte gemächlich. »Kopfnote«, maulte er exakt im Tonfall eines gelangweilten Schülers.

Sie erreichten den Raum, in dem gerade der Deutsch-Leistungskurs unterrichtet wurde, der einzige Kurs, den Kathrin, Antonia und Jenny gemeinsam besucht hatten. Lübben klopfte kurz und öffnete die Tür, ohne auf eine Reaktion zu warten, und das Stimmengewirr, das von draußen zu hören gewesen war, verstummte augenblicklich. Die Schüler folgten ihnen mit Blicken, ein paar fixierten angestrengt den Fußboden. Die Lehrerin, kaum älter wirkend als ihre Zöglinge, stopfte ein zerknülltes Taschentuch in ihre Jeans und rang sichtlich um Fassung.

»Ja, moin«, sagte Lübben, »ich bin Hauptkommissar Enno Lübben, das ist mein Kollege Paul Zinkel. Ich sehe, ihr wisst Bescheid, dass eure Mitschülerin Kathrin Engelbrecht ums Leben gekommen ist?«

Starre allenthalben, nur eine zierliche Brünette in der ersten Reihe deutete ein Nicken an. Zinkel holte sein Notizbuch hervor und skizzierte den Sitzplan.

»Soll ich lieber gehen?«, flüsterte die Lehrerin ihm ins Ohr.

Zinkel schüttelte den Kopf und bat sie mit Gesten, seine Zeichnung mit Namen zu versehen. Sobald sie damit fertig war, schickte er sie zurück an ihren Platz und markierte die Namen der Schüler, die keinen Blickkontakt hielten und so versuchten, möglichst wenig aufzufallen. Als würde man nicht gesehen, wenn man selbst nicht sieht: das typische Verhalten kleiner Kinder, nur unwesentlich weiterentwickelt. Körpersprache für Anfänger.

»Wer von euch kann mir mehr über Kathrin erzählen?«, fragte Lübben.

Das große Schweigen, wie nicht anders zu erwarten.

»Okay, dann mal Klartext«, hob Lübben an. »Kathrin wollte Selbstmord begehen. Dafür hatte sie eine Menge Gründe, und ganz viele davon liegen bei euch und eurem Verhalten.«

»Sagt wer?«, fragte die Brünette.

»Ruhe!«, blaffte Lübben, »ich bin noch nicht fertig. Tatsächlich ist es nämlich so, dass Kathrin sich nicht selbst umgebracht hat. Sie wurde ermordet.« Er legte eine Kunstpause ein, bevor er fortfuhr. »Einem oder mehreren hat es nicht gepasst, dass Kathrin es sich anders überlegt hatte.«

»Sie ist doch tot, sagten Sie, woher wollen Sie dann wissen, dass sie es sich anders überlegt hat?«

Wieder die Brünette, Zinkel schaute auf seinen Plan, Silke Mangold, Sitznachbarin Jennys, doch deren Platz war heute verwaist. Er vermutete, Silke war diejenige, die in der Hierarchie gleich nach Jenny kam.

»Es gibt eindeutige Indizien für Mord.« Diesmal rügte Lübben die Unterbrechung nicht. »Und Mord hätte man sich wohl sparen können, wenn sie vorhatte, sich selbst zu töten. Wer hat ihr die Schlinge um den Hals gelegt? Wer hat sie hochgezogen? Für einen allein ist das schwer zu schaffen, wir glauben also nicht an einen Einzeltäter. Wir glauben an ein aus dem Ruder gelaufenes Mobbing mehrerer. Oder auch an eine perverse Mutprobe, die in einem Gewaltexzess geendet ist. Wir glauben an euch.«

Die Lehrerin holte tief Luft und vergaß, wieder auszuatmen. Ihre Haut nahm ein ziemlich ungesundes Rot an. Der Vorgang erinnerte Zinkel an die Wechseljahre seiner Mutter. Er wandte seine Aufmerksamkeit wieder den Schülern zu. Ein paar rutschten unruhig auf ihren Stühlen umher, andere wirkten regelrecht erstarrt. Er markierte die Namen entsprechend.

Silke, wer sonst, fing sich als Erste. »Haben Sie irgendwelche Beweise für Ihre abenteuerliche Behauptung? Sonst sieht das nämlich ziemlich schlecht aus für Sie. Von uns war das keiner, und es weiß auch keiner was.«

Klare Anweisung, dachte Zinkel und war gespannt, ob sich alle daran halten würden.

»Da mach dir mal keine Sorgen«, antwortete Lübben. »Es gibt genügend Indizien. Im Übrigen seid ihr alle heute Nachmittag fünfzehn Uhr auf dem Präsidium. Zu Einzelgesprächen. Es ist mir wurscht, ob ihr Eltern oder Anwälte mitbringt, am besten vielleicht beide. Wer nicht erscheint, wird abgeholt. Bis dahin!«, bellte er.

***

»Das ist für dich abgegeben worden.« Renate Heeren wedelte mit einem Umschlag in der Luft herum.

»Oh?« Marilene verlangsamte ihre Schritte und griff danach. Kein Absender, keine Anschrift. »Von wem? Worum geht's?« Sie hatte gerade einen Mandanten verabschiedet und wollte, bevor der nächste Termin anstand, auf einen Sprung nach oben, um zu kontrollieren, ob Gerrit seinen Hausstand auch komplett ausgeräumt hatte.

»Das hat er mir nicht verraten. Er wollte eigentlich auf dich warten, aber ich habe ihm gesagt, dass das heute überhaupt keinen Sinn macht. Nächstes Mal ruft er vorher an wegen eines

Termins, sagt er. Ein junger Mann, nett, höflich, recht gut aussehend.« Renate blickte sie fragend an.

Zu vage, Marilene zuckte mit den Achseln. Für Renate, die kurz vor der Rente stand, war alles unter sechzig jung, und was sie für schön hielt, konnte sie nicht einschätzen. »Bin gleich zurück«, versprach sie und verließ die Kanzleiräume über die Tür zum Flur.

Auf dem Treppenabsatz obsiegte ihre Neugierde, und sie riss den Umschlag auf und spähte hinein. Ein Foto. Sie zog es heraus, doch es war zu dämmrig, um viel zu erkennen, und so nahm sie eilig die letzten Stufen und betrat ihre Wohnung.

»Gerrit?«, rief sie, »bist du noch da?«

Offenbar nicht. Sie betrachtete das Foto. Das war sie, wunderte sie sich, und ging ins Wohnzimmer ans Fenster. Sinnlos, dieser Tag geizte mit Licht, als habe er allen Reichtum noch im Oktober verspielt und nun nichts mehr übrig außer Trübsal. Sie setzte sich an ihren Schreibtisch und schaltete die Lampe ein. Das Bild war unscharf. Sie hielt es näher ans Gesicht, fort von sich, streckte schließlich den Arm weit aus, nein, sie konnte nicht fokussieren, und das lag eher nicht an ihren Augen, obwohl sie ihre Brille natürlich nicht zur Hand hatte, die lag unten.

»Dänemark«, sagte sie laut, erkannte den Bunker am Strand, in dessen Windschatten sie nicht nur Zigaretten geraucht hatten.

»Fahren wir noch mal weg?«

Marilene schrak hoch. »Boah, Mann, mach das nie wieder mit mir! Es sei denn, du willst mich zu Grabe tragen, verdammt. Ich bin zu alt für so einen Schock! Und wieso hast du nichts gesagt, als ich gerufen hab?« Sie merkte, dass ihre Stimme wegzukippen drohte, und schnappte nach Luft.

»'tschuldigung.« Gerrit piepste regelrecht. »Ich hab dich nicht gehört, ich hab grad das Bad geputzt.«

Ihr Zorn fiel augenblicklich in sich zusammen. »Besser hätte der Grund nicht sein können«, erklärte sie, »nett von dir.«

Gerrit ging nicht darauf ein, sondern nahm ihr das Foto aus der Hand. »Hey, das bist ja du. Echt coole Braut«, schmeichelte er. »Sag mal, das ist doch Olaf, oder nicht?« Er bückte sich und hielt das Bild unter ihre Schreibtischlampe. »Klar ist er das«, sagte er, »aber von wegen ›etwas schwerer‹, der war ganz schön fett. Was hast'n bloß an dem gefunden?«

»Hä?« Sie nahm ihm das Foto wieder ab. »So genau hab ich noch gar nicht hingeschaut …« Sie verstummte und ließ sich wieder auf den Stuhl sinken.

Es war Olaf. Und sie strahlte ihn an. Und er war fett. Konnte man nicht anders sagen. Er hatte seinen Arm um sie gelegt. Gleich würde er sie küssen. Was für eine Geschmacksverirrung ihrerseits. Wie war es dazu gekommen? Sie musste verzweifelt einsam gewesen sein, um sich mit ihm einzulassen. Wer hatte die Aufnahme gemacht?

»Ich kann mich nicht daran erinnern«, flüsterte sie, oder doch?, beschlichen sie erste Zweifel. Sah sie nicht glücklich aus, verliebt? Sie kroch förmlich in das Foto hinein, in die Zeit: Sie war sehr verletzlich gewesen damals, verletzt, stellte sie richtig, und traurig, ihre Mutter war verschwunden, ihr Vater ganz starr, wie hätte sie nicht traurig sein sollen, sie war geflohen aus einem Zuhause, das keines mehr gewesen war, auf der Suche nach Vergessen. Mit allen Mitteln. Mit Ralf, der sie auch nur verletzt hatte. Sie stellte sich vor, wie es gewesen sein mochte, Olafs massigen Körper unter ihren Fingern zu spüren, weich sicherlich, weich und warm und – schützend?

»Hast du denn keine Fotos aus der Zeit?«, fragte Gerrit, »vielleicht hilft das deinem Gedächtnis auf die Sprünge.«

»Doch, schon.« Sie hob den Zeigefinger. »Lass mich überlegen, wo sind die Alben gelandet? Arne hat mich nämlich gezwungen, endlich die letzten Kisten auszupacken, und«, sie stand auf und ging zum Regal, »ich wollte es schnell hinter mich bringen und hab nicht – doch.« Sie bückte sich, öffnete die Tür im Sockel und wies triumphierend auf ihre Fotoalben, die freilich nicht chronologisch geordnet waren. Das rote war ziemlich neu, obendrein ziemlich leer, überlegte sie, das braune das älteste, und dazwischen? Sie zerrte blau, grau und kariert heraus und schleppte sie zum Schreibtisch.

Das karierte erwies sich als das gesuchte Album. Auf den ersten Seiten Schnappschüsse von ihrer letzten Studienfahrt, London, das Wetter *very british*, die Laune der Mitschüler unbeeindruckt albern, ein Gruppenfoto der Stockschirmbrigade, Gerd mit Melone auf dem Kopf, die heilige Ruth vor Westminster Abbey, dann Bilder vom Weihnachtsfest, das letzte, das sie zu dritt gefeiert hatten; komisch, fand Marilene, ihre Mutter wirkte so froh, das hatte sie anders in Erinnerung, sie musste doch kreuzunglücklich gewesen sein, wenn es sie fortgetrieben hatte, hier baute sie einen Schneemann, strahlte dabei übers ganze Gesicht, oh, sie wusste wohl, warum sie nie mehr in den alten Alben gestöbert hatte: Es tat zu weh.

Marilene blätterte langsam weiter, fürchtete all die Gespenster, die sie ansprängen, ihr einen Schlag in den Magen versetzten, da, die Abiturfeier, Sektlaune und ein Foto ihrer Eltern, nichts zu sehen von einem Zerwürfnis, das Lächeln für die Linse, für sie, Lug und Trug; ein Tanz, Stefan, glaubte sie, der Junge mit dem Haar, um das schier jedes Mädchen ihn beneidet hatte, hüftlang und weich gewellt, sie fragte sich, was von der Pracht noch übrig war, oder ob heute eine Glatze unterm Blitzlicht glänzte. Sie zögerte, jetzt mussten sie kommen, die Bilder aus Dänemark, sorgsam strich sie die Schutzseite glatt, ein Knistern wie von zerplatzenden Sektbläschen, Gerrits Atem in ihrem Nacken, warm und beruhigend, und ja, da waren sie.

Das Gewusel beim Aufbau der Zelte am Rand der Dünen, das Hissen der Stammesflagge, die Bunker am Strand, Lagerfeuerromantik und natürlich Ralf, sogar ein Foto von Ralf und ihr gab es, das hatte sie völlig vergessen, und oh, er sah so gut aus, sie hätte wissen müssen, damals, dass er ein Jäger und Sammler war, nichts fürs Herz, viel zu leichte Beute war sie gewesen, ohne jeden Gedanken an Selbstachtung, oder wenigstens Selbstschutz.

Nächste Seite. Olaf. Einmal das Duplikat der Aufnahme, die er für sie hinterlassen hatte. Einmal Olaf allein, ein Grinsen im Gesicht, das zugleich anhimmelnd und anzüglich ist, er sitzt beschattet am Tisch eines Biergartens, oder war es die Eisdiele?, das Kinn auf die Fäuste gestützt, ein Zwinkern in den Augen, das unmöglich von Lichtreflexen rühren kann, sondern ihr gilt, der Fotografin. Und schließlich noch ein Foto, Porträt, Selbstauslöser offensichtlich, sie liegen im Sand, ihr Kopf in seiner Armbeuge, der Schatten der Kamera fällt auf ihr Gesicht, ihre Schultern sind sandverkrustet und, sie kniff die Augen zusammen, bar jeden Fetzen Stoffs.

Das war's. Marilene klappte das Album zu und lehnte sich zurück. Schon seltsam, dass sie Olaf so vollkommen ausgeblendet hatte.

»Pfadfinder-Romantik«, spottete Gerrit und setzte sich auf den Schreibtisch. »Auf jeden Fall hat er schwer was aus sich gemacht. Kaum zu glauben, dass das derselbe Typ sein soll.«

»Daran zweifle ich überhaupt nicht«, sagte Marilene.

»Woran dann? An deinem Sinn für Ästhetik?« Gerrit hob die Brauen in schwindelnde Höhen. »Du hast eben schon damals hinter die Fassade geguckt, das ist an sich doch was Gutes, er ist ja auch ganz nett, nur, also, in diesem Fall«, stammelte er, »echt, so direkt kann ich es nicht nachvollziehen, muss ich auch nicht, klar, aber offensichtlich warst du ziemlich verliebt, also kann er kein Vollidiot gewesen sein, er hat halt bloß so ausgesehen.«

Marilene blähte die Backen in Ermangelung einer Antwort.

»Genau so.« Gerrit lachte.

Das brach den Bann. »Okay«, sagte sie, »vorbei ist vorbei, und alte Zeiten lässt man sowieso besser ruhen. Ich war nur verwirrt, dass ich mich an ihn so gar nicht mehr erinnern konnte, das hat mich schon verunsichert, und in meinem Alter denkt man da gleich an erste Zeichen von Demenz, das sag ich dir.« Sie warf einen Blick auf ihre Uhr. »Oh Mist!«, rief sie, »ich muss runter, mein nächster Termin wird schon warten. Vergiss das hier mal schön, und wenn nicht, behalt's für dich, ja?« Sie warf ihm einen drohenden Blick zu.

»Geht klar.« Gerrit rutschte vom Tisch. »Ehrenwort. Übrigens war ich heute Morgen nicht nur als Putzmann tätig, ich hab auch nach den Namen geforscht, die du mir gegeben hast. Zwei hab ich finden können, sogar mit Profilfoto, wenn es denn echte sind, da kann man sich nicht so ganz drauf verlassen.« Er zog ein zusammengefaltetes Blatt Papier aus seinem Hemd. »Kelling und Breitbach. Die haben seit damals dreimal die Stellen gewechselt, und interessanterweise immer gemeinsam, die Firmen stehen auch hier. Über den dritten, den Reinicke, hab ich bis jetzt nichts finden können. Aber ich bleib dran, versprochen.«

»Wow, super, was würde ich nur ohne dich machen?« Marilene blickte auf das Blatt hinunter. Wenigstens die derzeitige Arbeitsstelle war gut erreichbar. Nach Bremen war es nicht so weit.

»Da reden wir ein andermal drüber«, versprach Gerrit.

Ups, dachte Marilene, manche Äußerungen wollten vielleicht etwas besser überlegt sein.

***

Zinkel entdeckte ein ungelenk gekritzeltes »Schule ist doof« auf einem Papierkorb im Hof. Er wunderte sich, dass diese Unmutsbekundung zahllose Schülergenerationen überdauerte, zudem fand er die Aussage so banal wie verfehlt, erst recht an einem Gymnasium. Nicht, dass er seinerzeit eine intelligentere Meinung vertreten hätte, leider nicht, und das »Fürs Leben lernen« hatte sich ihm auch erst viel später erschlossen. Manche Dinge änderten sich anscheinend nie.

»Kommst du mit?«, fragte er Lübben, der schon fast den Wagen erreicht hatte. »Ist gleich um die Ecke.«

»Was? Wohin?«

»Zum Zahnarzt. Siebenhaar müsste gerade noch anzutreffen sein.«

Lübben bleckte sein prächtiges Gebiss. »Nö, mach du mal ruhig. Kannst mich absetzen. Hat er nur sieben?«, wechselte er nicht eben geschickt das Thema. »Haare, meine ich.«

»Weniger«, entgegnete Zinkel. »Vollglatze, und er ist fast so breit wie hoch.«

»Knutschkugel? Und du glaubst echt, dass so jemand bei Lilian landen kann?«

»Vielleicht hat er entsprechende innere Qualitäten«, schlug Zinkel vor. »Nein, im Ernst«, sagte er, »ich hätte einfach gern, dass du ihn dir mal anschaust. Und die Frage ist ja nicht, ob er bei Lilian landen kann, sondern ob er es wollte und somit ein Motiv für den Mord an Körber hätte. Oder den Totschlag«, ergänzte er, »irgendwas verbirgt der jedenfalls. Er hat zu sehr darauf beharrt, dass er Körber nur ganz flüchtig kannte. Und auf seinem Schreibtisch steht ein Foto seiner Schwester …«

»Das ist natürlich sehr verdächtig«, spottete Lübben, »die meisten Leute verheimlichen ihre Familie.«

»Auf einem Schreibtisch habe ich noch nie etwas anderes gesehen als Fotos vom Partner, höchstens noch von den Kindern. Selbst ein Bild vom Fiffi fände ich weniger seltsam.«

»Na gut, ich vertrau mal deinem Instinkt«, lenkte Lübben ein. »Ich komme mit. Zahnarzt ist genau das, was ich brauche, um mich in die richtige Stimmung für diese vermaledeiten Schüler zu versetzen.«

»Ich hatte gar nicht den Eindruck, dass es dir da an was mangelt«, frotzelte Zinkel. »Apropos Schüler: Ich hab gestern, als du schon draußen warst, zufällig eine Menge Blutergüsse auf Jennys Rücken gesehen.«

»Du meinst, sie wird verprügelt? Wieso sagst du mir das erst jetzt?«

»Ging irgendwie nicht«, gab Zinkel zu. »Jenny ist so daneben, und jetzt frag ich mich, was Ursache und was Wirkung ist. Wenn sie nicht an einen gewalttätigen Macker geraten ist, wird's der Vater sein, nehme ich an.«

»Wir schalten das Jugendamt ein«, sagte Lübben.

»Klar, da hab ich auch dran gedacht«, gab Zinkel zurück, »aber was, wenn es dadurch nur schlimmer wird? Wenn Jenny wegwollte, wäre sie an sich alt genug, um das selber zu bewerkstelligen, also vermute ich, dass sie nicht will. Könnte das Jugendamt sie überhaupt gegen ihren Willen aus der Familie rausnehmen? Ich kenn mich da nicht aus.«

»Lass uns sie auch für heut Nachmittag einbestellen«, schlug Lübben vor. »Und sie soll auf jeden Fall in Begleitung ihres Vaters kommen. Dann schauen wir weiter, okay?«

Ein vertagtes Problem, dachte Zinkel, stimmte jedoch zu.

Einvernehmlich schweigend gingen sie weiter. Der Nebel hing so schwer wie gestern, vielleicht noch dichter sogar, und die meisten Autofahrer waren mit Licht unterwegs. Die Radfahrer scherte die schlechte Sicht wenig. Fluchend sprang Zinkel zur Seite, wich in letzter Millisekunde einem Berserker aus, der im Blindflug seinem sicheren Unfalltod entgegenraste, auf einem Zickzackkurs, den an sich bloß Nähmaschinen beherrschten.

»Hast du's noch immer nicht begriffen?«, fragte Lübben.

»Was? Dass Radfahrer Mörder sind? Mann!«, schimpfte er, »ich war schließlich auf dem Bürgersteig. Der hat sie doch nicht mehr alle.«

Lübben warf ihm lediglich einen spöttischen Blick zu und breitete die Arme aus. »Wohin?«, fragte er.

Zinkel deutete mit dem Kinn Richtung Praxis und stapfte voraus.

»Moin, zu Dr. Siebenhaar«, sagte er am Empfang barsch und zückte seinen Ausweis.

Das Zahnpastawerbungs-Lächeln der Sprechstundenhilfe wich einem Kleines-Mädchen-hat-Angst-Ausdruck, sie sprang auf und verschwand hinter der Tür zu einem der Behandlungszimmer. Zinkel konnte nicht verstehen, was dort gesprochen wurde, und sie kam auch nicht wieder. Offenbar hatte sie wirklich Angst. Er fragte sich, warum.

Lübben hob die Brauen. »Was hat sie angestellt? Bei der Abrechnung betrogen?«, flüsterte er.

Zinkel riss entsetzt die Augen auf. »Glaub ich sofort«, gab er zurück.

Nach den Aktenschränken zu urteilen, hatte Siebenhaar es vielleicht nötig, es waren nicht allzu viele. Sie waren beschriftet. Und »T« fast in Reichweite. Er vergewisserte sich, dass niemand zusah, und umrundete den Tresen, zog die entsprechende Schublade auf und blätterte die Akten durch. Zu dumm, dachte er und wollte schon aufgeben, doch er besann sich eines anderen und wurde belohnt: Jemand beherrschte das Alphabet nicht, Tewes kam erst nach Tiemens; Tewes, Lilian.

Er schob die Schublade lautlos zu und gesellte sich wieder zu Lübben, Daumen in die Höhe gereckt. Gerade rechtzeitig, denn endlich wurde die Tür des Behandlungsraums geöffnet, und Siebenhaar stürmte den Empfangsbereich.

»Ich habe wirklich keine Zeit für Sie«, japste er und wies hinter sich, wo die Zahnarzthelferin über einem Patienten kauerte und mindestens so sehr zitterte wie der.

»Sie haben mir nicht die Wahrheit gesagt.« Zinkel sprach laut und deutlicher, als es seine Art war. Es wirkte.

Siebenhaar scheuchte sie vor sich her in das Sprechzimmer, das Zinkel schon kannte, und schloss hastig die Tür. »Wieso?«

»Wüsste ich auch gern.« Zinkel gab sich leutselig. »Lilian Tewes war oder ist Ihre Patientin. Sie haben aber behauptet, sie nicht zu kennen.«

»Ja, glauben Sie denn, dass ich mich an alle meine Patienten erinnere?«

»Ich glaube, dass Sie sich an diese Patientin auf jeden Fall erinnern, sie ist sozusagen unvergesslich, finden Sie nicht auch?«

Siebenhaar wand sich, soweit seine Körperfülle das zuließ. »Ich hatte einfach Angst, dass Sie mich verdächtigen würden, etwas mit Körbers Tod zu tun zu haben«, wich er aus.

»Komisch«, sagte Zinkel, »auf die Idee wäre ich nicht gekommen, weil Sie mir dann doch sicherlich nicht so bereitwillig geholfen hätten, die Identität des Toten zu klären.«

»Hatte ich da eine Wahl?«, fragte Siebenhaar ungläubig.

»Nö«, behauptete Lübben, »aber jetzt dürfen Sie wählen. Sie können weiterhin mauern oder mit Ihrem Anwalt aufs Präsidium kommen. Und Sie brauchen nicht mal was zu sagen, was Sie belasten könnte.«

Siebenhaar zog den Kopf ein. »Ich hab versucht, sie zu trösten, das ist alles«, murmelte er.

»Und, wollte sie getröstet werden?«, hakte Zinkel nach.

»Nicht so richtig«, bekannte Siebenhaar.

Bevor Zinkel weiterbohren konnte, wurde die Tür aufgerissen.

»Herr Doktor«, presste die Sprechstundenhilfe panisch hervor, »ich krieg den Abdruck nicht raus!«

Siebenhaar schluckte den Kraftausdruck hinunter, der ihm sichtlich auf der Zunge lag, warf ihnen einen vorwurfsvollen Blick zu und raste zu Hilfe.

»Wir sehen uns!«, rief Zinkel ihm hinterher.

»Uff«, stöhnte Lübben, »das war jetzt gar nicht gut für mein Trauma.«

***

Der Vorhang fiel.

»Gehen wir runter?«, fragte Lothar Männle.

Marilene nickte, dankbar für die Pause. Sie wäre nie auf die Idee gekommen, an einem Freitagabend nach einer ziemlich anstrengenden Woche noch ein Kulturprogramm zu absolvieren, doch Lothar hatte ihr die Opernkarten präsentiert wie ein Zauberer das Kaninchen aus dem Hut, und so hatte sie es nicht fertiggebracht, ihn zu enttäuschen.

»Magst du ein Glas Rotwein?«, erkundigte sich Lothar, sobald sie im Foyer angekommen waren.

»Gern«, sagte sie, »ich warte hier, ja?« Sie lehnte sich gegen das Geländer der zur Garderobe führenden Treppe und sah ihm hinterher, verlor ihn in dem Gewimmel jedoch schnell aus den Augen. Plötzlich fröstelnd, zog sie ihren Pashmina-Schal enger zusammen, die Müdigkeit, nahm sie an, oder das Mauerblümchengefühl aus Jugendzeiten, das sie auf einmal beschlich. Dabei wirkte das Oldenburgische Staatstheater fast heimelig auf sie, im Gegensatz zum Hessischen in Wiesbaden.

Das Foyer befand sich in einem Anbau neueren Datums und war geprägt von klaren Linien und Glas, nicht prunkvoll überladen, und auch das Publikum erschien ihr gemischter und weniger steif. Sie schnappte ein paar Gesprächsfetzen auf, natürlich hörte man die gewohnheitsmäßigen Opernbesucher heraus, die Inszenierungskritiker befleißigten sich allerorten desselben Vokabulars, wie ihr schien, doch es kam ihr so vor, als entdeckte sie mehr Begeisterung: glänzende Augen, sogar Ergriffenheit. Vielleicht, überlegte sie, besaß diese Art von Kultur hier noch den Hauch des Besonderen, während sich im geballten Rhein-Main-Gebiet angesichts des unübersichtlichen Angebots etwas wie gepflegter Überdruss eingestellt hatte.

»Auf dein Wohl.« Lothar reichte ihr ein Glas. »Wie gefällt's dir?«

»Der Text ist eine Zumutung«, sagte Marilene. An sich war sie keine Operngängerin, hatte bislang nur Verdi-Opern gesehen, Aida und Nabucco, wenn sie sich recht erinnerte, und empfand das im Nachhinein als gute Entscheidung.

»Du sollst nicht auf den Text achten«, wies Lothar sie zurecht, »sondern auf die Musik.«

»Würde ich ja gern. Aber die singen deutsch statt italienisch.«

»Mozart war zwar kein Deutscher, aber unsere Sprache spricht man auch in Österreich.«

»Ach nee«, entgegnete Marilene. »Und damit mir auch nur ja kein Wort entgeht, gibt es einen Projektor für die Obertitel. Hätte man doch wohl drauf verzichten können.«

»Besorg mir eine Flinte, und ich schalte ihn für dich aus«, bot Lothar an und warf sich in die Pose eines Stierkämpfers vor dem Kampf.

»Das wäre entschieden nackenfreundlicher«, stimmte Marilene zu, »aber leider hab ich meine Waffe zu Hause gelassen. Dass ich in der Oper und in deiner Begleitung zur Selbstverteidigung gezwungen wäre, habe ich nicht erwartet.«

»Massage?« Lothar zwinkerte.

»Danke, nein«, lehnte sie ab, vielleicht eine Idee vorschnell, denn sie bemerkte wohl die begehrlichen Blicke, die Lothar streiften, dann zu ihr wanderten, nur um zu ihm zurückzukehren und zu verweilen. Im Auge der Betrachterinnen stellte sie anscheinend kein Hindernis dar. Sie konnte es den potenziellen Schwiegermüttern, den fast aggressiv aufreizenden, zu stark geschminkten ledigen Anhängseln biederer Paare wie auch den kichernden Schülerinnen nicht mal verdenken. Der Mann sah einfach zu gut aus. Neben ihm musste sie wie seine Gouvernante wirken.

Er rückte näher an sie heran und legte einen Arm um ihre Schultern, als wollte er ihre Gedanken Lügen strafen. »Sie sind hinter mir her«, flüsterte er ihr ins Ohr, »du hättest deine Waffe mitbringen sollen, allein um meine Unschuld zu verteidigen.« Er hauchte ihr einen Kuss in den Nacken.

»Du weißt gar nicht, was das ist, Unschuld.« Marilene hoffte, er merkte nicht, dass er genau die Stelle getroffen hatte, die sie am ehesten alle Regeln über Bord werfen und schwach werden ließe. Besser, sie wechselte das Thema. »Total frauenfeindlich«, erklärte sie.

»Wer, ich?« Lothar hob entrüstet beide Hände und rückte ein wenig ab.

Bedauerlich, fand Marilene ganz gegen ihren erklärten Willen und verbat sich schleunigst dieses Gefühl. »Das kann ich nicht beurteilen«, flachste sie. »Ich meinte den Text der Oper.«

»Das Libretto«, verbesserte Lothar, »ist im zeitlichen Kontext zu betrachten. Die ›Zauberflöte‹ wurde 1791 uraufgeführt, zu einer Zeit also, in der es nicht mal ein allgemeines Wahlrecht, geschweige denn das Frauenwahlrecht, gab. Nach der Französischen Revolution, bei der die Menschen- und Bürgerrechte für Männer verkündet wurden, hat 1791 eine Frauenrechtlerin namens Olympe de Gouges eine ›Erklärung der Rechte der Frau und Bürgerin‹ verfasst, um sie der Nationalversammlung zur Abstimmung vorzulegen. Diese Erklärung enthält sinngemäß eine Formulierung, dass eine Frau das Recht hat, aufs Schafott zu steigen, dann aber auch das Recht haben müsse, auf die Tribüne zu steigen.«

»Seltsame Logik«, warf Marilene ein.

»Prophetisch«, entgegnete Lothar. »Sie ist zwei Jahre später unter Robespierre hingerichtet worden. Guillotine«, er vollführte eine Kopf-ab-Geste. »Du siehst also, wir waren noch längst nicht bereit, euch für vollwertige Mitglieder der Gesellschaft zu erachten, geschweige denn unsere Macht zu teilen. Die ›Zauberflöte‹ trifft das Frauenbild jener Zeit recht umfassend: rachsüchtig wie die Königin der Nacht oder lieblich-dumm wie Pamina. Fehlt noch willig-sündig, das trifft auf die Dienerinnen der Königin nur bedingt zu, entspräche aber dem Zeitgeist.«

»Wenn der Text die Originalfassung ist, an der nicht gerüttelt wird, dann begreife ich nicht, was der Bahnhof in dieser Inszenierung soll. Züge gab's doch erst später, oder?«

»Wesentlich. Und das kann ich dir nicht beantworten, da müssten wir den Regisseur befragen. Ich kann dir ebenfalls nicht sagen, und das missfällt mir gründlich, was diese komischen Schürzen sollen. Und die drei Knaben auf den Rollern, ja nun …«

»Oh, aber sie singen so schön.«

»Sag ich doch. Konzentrier dich einfach auf die Musik.« Lothar runzelte die Stirn und kniff die Augen zusammen, wie um den Vorgang als solchen zu demonstrieren. »Lass uns mal ein paar Schritte gehen, ja?«

»Wieso, was ist los?«, fragte sie, folgte aber bereitwillig.

»Nur so ein Gefühl …«, murmelte er und dirigierte sie zwischen all den Gruppen schwatzender Menschen hindurch, in einem engen, unregelmäßigen Kreis bis zurück zum Ausgangspunkt. Offensichtlich fand er nicht, was er suchte, und so führte er sie noch einmal außen herum. »Hm, jetzt ist es weg«, murmelte er kryptisch.

»Wovon sprichst du?«

Lothar zögerte und musterte sie forschend, als überlegte er, inwieweit er ihr trauen konnte. »Jemand hat Übles gedacht«, behauptete er, »ich habe gehofft, ihn oder sie zu entdecken, jemand, der sich allzu rasch abwendet oder betont unauffällig versucht, zu verschwinden, nichts.« Er zuckte mit den Schultern. »Vergiss es einfach, wahrscheinlich hab ich's mir bloß eingebildet.«

Der Gong unterbrach ihn. Lothar entwand ihr das nicht mal leere Weinglas und stellte es mit seinem auf den nächsten Tisch. Marilene fröstelte abermals. Lothar bildete sich keine Gedanken ein. Er spürte sie, so, wie normale Menschen hörten.

10

Das Wochenende war grauenhaft gewesen. Lilian hatte das Gefühl, die ganze Zeit auf Zehenspitzen gegangen zu sein, auf ihrem Weg nur Scherben. Antonia hatte sie nicht eines Blickes gewürdigt, von Worten gar nicht erst zu reden, und Frank hatte sich so betont gleichgültig gegeben, dass sie sich von ihm auch nicht besser behandelt fühlte. Noch nie hatte sie einen Montag so sehr herbeigesehnt. Jetzt war Frank zur Arbeit und Antonia den ersten Tag wieder in der Schule. Endlich war sie allein und hatte Raum und Ruhe genug zum Nachdenken.

Frank, so glaubte sie, würde sich schon wieder einkriegen. Sie versuchte, seine unfreundliche Äußerung nicht allzu ernst zu nehmen, zumal er nicht mehr darauf zurückgekommen war, unbedacht, das war es gewesen, er konnte unmöglich annehmen, dass sie eine Mörderin war. Wenn sie still genug hielt, ihm seine Lieblingsgerichte vorsetzte, die Rouladen vielleicht?, das Lammgulasch?, oh, und die dämlichen Hemdknöpfe endlich annähte, etwas, das sie abgrundtief hasste, wie er wusste, er würde sicherlich wieder normal mit ihr umgehen. Okay, überlegte sie, das schwarze Spitzennachthemd müsste sie wohl auch einsetzen und wenigstens einmal so tun, als gefiele ihr seine Art des Liebemachens. Falsches Wort. Als sei dies Herfallen über sie genau das, was sie wollte.

Was es nicht war!, schrie es in ihr. Zu nah dran an den ewigen Alpträumen, die sie in letzter Zeit noch häufiger heimsuchten, verschwommen wie eh und je. Bis heute wusste sie nicht genau, was sich damals wirklich abgespielt hatte. Eigentlich hatte sie der Betriebsfeier fernbleiben wollen, schon um dem Typen aus dem Weg zu gehen, der sie gefragt hatte, ob sie ihn begleiten wollte. Ausgerechnet ihre Mutter war es gewesen, die darauf bestanden hatte, dass sie hinging, das würde sich so gehören, die ihr ein Kleid nicht gekauft, aber herausgesucht hatte, das dem Anlass angemessen war. Ihrer Meinung nach jedenfalls. Sie selbst hatte es zu chic gefunden, zu gewagt, um unsichtbar zu bleiben. Bis sie es angezogen hatte. Sie hatte sich gefallen darin. In diesem Augenblick war sie verloren gewesen, sie hatte es bloß noch nicht gewusst.

Die Sünde Eitelkeit. Noch immer fürchtete sie, ihre Mutter könnte recht haben mit ihrem »selbst schuld«, ihrem »liederlichen Benehmen«, was eigentlich so niedlich klang, so passend für eine, die gern sang. Wäre der Umschlag mit den Fotos damals nicht gekommen, sie hätte vielleicht nie erfahren, wie sehr sie erniedrigt worden war. Die schrecklichen Schmerzen tagelang danach, die blauen Flecken überall und die Kratzer – das war kein einvernehmlicher Sex gewesen, wie die Fotos nahelegten. Ihre Mutter hatte den Umschlag geöffnet und dem Anschein geglaubt statt ihrer Tochter. Leander war nicht da gewesen, um ihr zu helfen. Er war sowieso nie da gewesen, abgesehen von diesem einen Sommer, dem Sommer der Lieder. Ihre Mutter hatte ihr keine große Wahl gelassen: Wenn sie den Erpressern nicht nachgeben wollte, musste sie verschwinden, und zwar für immer.

Noch heute konnte Lilian mühelos eintauchen in die Minuten des Schweigens nach diesem Ultimatum, jeder Gedanke so präsent wie damals: Natürlich musste sie weg, aber wohin nur, und wie das hinkriegen, wo sie doch nicht mal einen Fahrplan lesen konnte oder Wohnungsanzeigen. Ja, sie musste weg, aber sie konnte nirgendwohin, es gab keinen Ort, an dem sie nicht jämmerlich zugrunde gehen würde, einfach weil niemand da war, der ihr half. Aber wenn sie das auch noch preisgab, wäre der kümmerliche Rest ihrer Selbstachtung endgültig vernichtet. Dann könnte sie genauso gut in diese Scheune gehen und tun, was man von ihr verlangte. Also gab es nur einen Ausweg, einen Zug, für den sie keinen Fahrplan kennen musste, sie würde es spüren, wenn er kam, die Gleise würden zittern, sie nicht, und dann hätte das Elend ein Ende.

Ihre Mutter hatte schließlich das Schweigen gebrochen; und, wofür entscheidest du dich?, hatte sie gefragt, niederschmetternd die Erkenntnis, dass sie offenbar angenommen hatte, sie würde ernsthaft in Erwägung ziehen, den Forderungen nachzukommen. Ich will weg, hatte sie stammelnd hervorgebracht und hilflos zugelassen, dass die Mutter ihre Sachen packte und sie ins Auto verfrachtete. Diese endlose Autofahrt, wohin, wusste sie nicht, und es war ihr gleichgültig, sie hatte sie weinend und schlafend und weinend verbracht, und jedes Mal, wenn sie aufwachte, hatte ihre Mutter ihr eingebläut, diese angebliche Vergewaltigung nicht anzuzeigen, nicht damals, nicht später, nie! Dabei hätte sie das sowieso nicht gemacht, sie hatte sich viel zu sehr geschämt. Außerdem wusste sie ja kaum, was ihr geschehen war, und Jasper und Hannes waren auf den Fotos nicht zu erkennen, zwei gegen einen, wem würde man wohl glauben, bestimmt nicht ihr, das war ja so schon klar.

Jasper und Hannes. Einer von ihnen war der Vater ihrer Tochter. Nur gut, dass ihre Mutter nie etwas von ihrer Schwangerschaft erfahren hatte, sie hätte mit Sicherheit darauf bestanden, dass sie das Kind abtrieb. Das hätte sie nicht überlebt, dessen war sie sich gewiss. Seltsam eigentlich, dass sie ihr Baby von vornherein nicht mit der Vergewaltigung in Verbindung gebracht hatte; es war augenblicklich ein Teil von ihr und nur von ihr gewesen, völlig unabhängig vom Erzeuger, und als die Schwester im Krankenhaus ihr das erste Mal ihre Tochter in den Arm gelegt hatte, schien die Vergangenheit irgendwie zu verblassen. Sie war so schön. So unschuldig. So hinreißend. Ihr Kind.

Antonia sah keinem der beiden im Geringsten ähnlich, sie war ihr selbst wie aus dem Gesicht geschnitten. Sie hatte die Ähnlichkeit als Zeichen des Himmels empfunden, das sie entband von der Pflicht, Christian aufzuklären. Er hatte nie gezweifelt, soweit sie wusste, und für Antonia war Christian ihr Vater. Das sollte so bleiben.

Christian, der alle Wunden geheilt hatte, ohne um sie zu wissen. Wie sie ihn vermisste! Erst jetzt, seit sie wusste, dass er sie nicht freiwillig verlassen hatte, brach dieses Gefühl mit aller Macht über sie herein, fünf Jahre nachdem er ermordet worden war. Sie schämte sich, dass sie überhaupt so schlecht von ihm gedacht hatte. Dass sie nie etwas unternommen hatte, um ihn zu finden. Wenn sie ihn wenigstens vermisst gemeldet hätte, wäre er vielleicht viel früher gefunden worden, er wie auch sein – Mörder. Das Wort war grässlich, die Vorstellung noch viel mehr. Solche Sachen passierten im Fernsehen, nicht in Wirklichkeit, schon gar nicht hier, in ihrem Haus, wie die Polizei behauptete. Wer sollte so etwas tun? Dieser Brief fiel ihr wieder ein, sie fuhr herum, ihr Blick irrte umher. Sie musste ihn finden. Derjenige, der ihn geschrieben hatte, musste für Christians Tod verantwortlich sein.

Sie rannte zum Sekretär ihres Großvaters, zerrte alle Schubladen heraus und kippte ihren Inhalt auf den Boden. Jeden Fetzen Papier drehte sie um, in jeden Umschlag spähte sie hinein, bevor sie ihn einzeln zurücklegte, um nur ja nichts zu übersehen. Der Stapel schrumpfte schnell. Nichts. Wie war das möglich? Sie ließ sich auf den Rücken fallen. Denk nach, befahl sie sich. Um den Brief zufällig zu finden, war er zu gut versteckt gewesen. Die Polizei konnte ihn nicht haben, denn sie hatte ihn schon vermisst, bevor sie hier gewesen war. Frank? Sie konnte sich nicht erinnern, ihn je hier am Sekretär gesehen zu haben, und allein im Haus war er, wenn sie sich recht erinnerte, nie lange genug gewesen, um es gründlich zu durchsuchen. Warum hätte er auch sollen, er konnte nichts von dem Brief wissen, sie hatte ihm ganz sicher nichts davon erzählt. Antonia allerdings wusste auch nichts davon. Trotzdem machte das vielleicht am meisten Sinn.

Sie wünschte, sie hätte den Brief vernichtet, damals schon, sofort, als sie ihn entdeckt hatte. Dann wäre es sinnlos, sich jetzt noch vorzuwerfen, dass sie sich nie die Mühe gemacht hatte, ihn zu entziffern. Oder jemanden um Hilfe gebeten hatte. Blödsinn, schalt sie sich, das hättest du dich nie getraut. Doch, überlegte sie, sie hätte einfach irgendeinen Touristen ansprechen können, die erkannte man immer; wenn er ihr die Brillenlüge nicht geglaubt hätte – na und? Siehst du, es wäre so einfach gewesen … Sie stöhnte.

Den Inhalt des Briefs zu kennen, und nicht bloß zu vermuten, war ihr nicht wichtig erschienen, schließlich hätte das an der Situation nichts geändert. Christian hatte sie verlassen, weil sie ihn belogen hatte, und ob es um die Vaterschaft ging oder darum, dass sie nicht lesen konnte, spielte keine Rolle. In dem

Augenblick war nur wichtig gewesen, den Brief vor Antonia zu verstecken. Später dann, als es ihr allmählich besser gegangen war, hatte sie zwar manchmal an ihn gedacht, war jedoch immer davor zurückgeschreckt, ihn noch einmal hervorzuholen. Weil man schlafende Hunde nicht wecken sollte, wie Oma immer gesagt hatte. Wie dumm von ihr, wie nachlässig. Am schlimmsten allerdings wäre, schoss es ihr durch den Kopf, schmerzhaft wie ein Pfeil, wenn tatsächlich Antonia ihn gefunden hatte. Zwei Katastrophen wegen ungelesener Briefe würde sie ihrer Mutter niemals verzeihen.

Das Telefon klingelte, und sie schnellte hoch. Frank vielleicht?, hoffte sie; manchmal kam es vor, dass er sich erkundigte, was sie so machte, was es zum Abendessen gäbe, ob sie ihn vermisste. Sie lief dem Klingeln hinterher, fand das Telefon auf dem Küchentisch, wo es vibrierte vor Ungeduld. »Hallo?«, rief sie atemlos, aber um Unbeschwertheit in der Stimme bemüht.

»Zinkel, Kripo, Frau Tewes?«

»Ja?«, sagte sie zögerlich. Ihr wurde ganz flau vor Angst, und alle Hoffnung dahin.

»Wenn Sie bitte heute Nachmittag um fünfzehn Uhr zu uns kommen möchten?«

Als wenn sie das ablehnen könnte, dachte sie ungehalten. Konnte sie?

»Und bringen Sie am besten Ihre Anwältin mit«, empfahl er.

»Okay«, sagte sie und legte einfach auf. Unmöglich, noch einen einzigen Satz zu ertragen, egal, wie vorsichtig formuliert.

Es klingelte abermals. »Was denn jetzt noch?«, sagte sie laut und erwog, nicht dranzugehen. Sie schaffte es nicht, hatte es noch nie geschafft.

»Tewes«, meldete sie sich flüsternd.

»Lilian«, sagte Frank. »Was ist los? Du hörst dich furchtbar an.«

»Dieser Polizist hat gerade angerufen. Ich muss da nachher hin, und ich soll die Anwältin mitbringen, sagt er. Ich hab Angst«, bekannte sie, »ich hab doch nichts getan. Was wollen die von mir?«

»Ach, das wird schon«, sagte er. »Wenn du nichts getan hast, können sie dir auch nichts beweisen, das ist ja Quatsch. Ich weiß auch gar nicht, was das mit der Anwältin eigentlich soll. Damit macht man sich doch eher verdächtig, meinst du nicht? Bist du überhaupt im Rechtsschutz?«

»Nein, oh Mann, daran hab ich noch gar nicht gedacht, das ist bestimmt –. Können wir das bezahlen?«

»Na, daran soll's nicht scheitern«, erklärte Frank, »mach mal, wie du meinst. Bis heute Abend, ja? Bussi.«

Weg war er. Dabei hatte er ihr nicht mal gesagt, warum er überhaupt angerufen hatte. War wohl nicht so wichtig, nahm sie an. Trotzdem war sie froh, dass er sich gemeldet hatte, sonst wäre sie tatsächlich in die Falle mit der Anwältin getappt. Mit dieser Anwältin, die wusste, dass sie nicht lesen konnte, und sie früher oder später verraten hätte.

***

Er legte den Blumenstrauß neben der Tür ab und schlenderte gemächlich durch ihre Wohnung. Eigentlich gab es derzeit keinen wichtigen Grund dafür, doch er konnte es nicht lassen. Er bückte sich nach dem Regal mit den Fotoalben: Der kleine Schnipsel Papier unter dem karierten Album war verschwunden. Dann hatte sie also nachgesehen, die Beweise für ihre einstige Zuneigung zur Kenntnis genommen. Sehr schön. Er würde ihr ein wenig Zeit lassen, sich an den Gedanken zu gewöhnen, wusste, dass es in ihr arbeiten würde, unbewusst, und irgendwann Früchte tragen. Jetzt packte ihn doch die Neugier, herauszufinden, was sich hier am Wochenende abgespielt hatte. Mit diesem Gelackten, der viel zu jung für sie war.

Schlafzimmer. Immerhin sah es so aus, als habe sie allein in ihrem breiten Bett geschlafen, zumindest war nichts von einem zusätzlichen Kopfkissen, einer zweiten Decke zu sehen, auch war das Bett nicht zerwühlt, wie er befürchtet hatte, also war die Geschichte wohl noch nicht so weit gediehen oder eben doch nur ein Freundschaftsbesuch gewesen. Den er künftig unterbinden würde.

Er trat an ihren Nachttisch, beugte sich zum Radiowecker

hinab und verstellte die Uhrzeit um eine Stunde. Morgen früh, wenn Gott will, würde sie sich sputen müssen. Das Lesezeichen ihrer Bettlektüre steckte er gute dreißig Seiten später ins Buch. Was noch? Schmunzelnd trat er an ihren Kleiderschrank und öffnete ihn. Die lilafarbene Bluse gefiel ihm, er holte sie hervor und schloss alle Knöpfe, bevor er sie wieder an ihren Platz hängte. Zu gern würde er ihr Gesicht sehen, wenn sie überlegte, wie all das zustande gekommen war. Das war überhaupt eine Idee, er schlug sich vor die Stirn, konnte kaum fassen, dass er da nicht längst drauf gekommen war.

Mit schräg geneigtem Kopf überlegte er, wo sich das, was er sein drittes Auge nennen würde, am geschicktesten verbergen ließe, und entschied sich für den Deckenstrahler, das war der perfekte Platz.

Beschwingt vor lauter Vorfreude ging er nach nebenan ins Gästezimmer. Entgeistert betrachtete er das Durcheinander von Klamotten und Technik. Gerrit war am Freitag abgereist, war gerade davongefahren, als er angekommen war, doch offensichtlich hatte seine Abwesenheit nur kurz gewährt. Schlecht, sehr schlecht. Er wollte sie allein, unsicher, bedürftig, all das, was sie ohnehin war, würde sie sonst diese lästigen Typen um sich scharen? Sie konnte nicht allein sein, gut für ihn, aber sie traf die falschen Entscheidungen. Er würde nachhelfen müssen. Und er hatte auch schon eine Idee, wie er den Kerl loswerden konnte, loswerden lassen konnte, wofür hatte man schließlich Leute, die einem was schuldig waren. Er schnappte sich eins der T-Shirts, die auf dem Fußboden der Waschmaschine harrten, und ging in die Küche. Aus dem Schrank unter der Spüle holte er eine Plastiktüte, stopfte das Shirt hinein, wickelte das Bündel zusammen und klemmte es sich unter den Arm.

Zeit zu verschwinden, befand er und ging zur Wohnungstür. Er hob den Blumenstrauß auf. Eigentlich hatte er ihn unten abgeben wollen, die Sekretärin noch ein wenig mehr für sich einnehmen. Jetzt überlegte er es sich anders. Er holte eine Vase aus dem Schrank im Esszimmer, füllte sie mit Wasser und stellte den Strauß hinein, ein prächtiges Gebinde von blauen Anemonen und weißen Lilien, eine einzelne Baccara mittendrin, fast versteckt. Die Vase stellte er mitten auf den Wohnzimmertisch. Perfekt, er freute sich an dem Arrangement, bedauerte auch hier, dass er ihre Reaktion nicht sehen würde, noch nicht, und verließ schließlich unbemerkt die Wohnung.

***

Obduktionen von Kindern waren das Schlimmste. Die Endgültigkeit eines nicht gelebten Lebens, beendet weit vor der Zeit, alles, was hätte sein oder werden können, Träumen, Hoffen, Sehnen, Bangen, Lieben auch, alles, woran man wuchs oder zugrunde ging, nimmermehr; was nur ein Entwurf gewesen, eine Skizze, war von der Tafel gelöscht, hinterließ graue Schlieren und den Geschmack von Staub auf der Zunge.

Zwar konnte man bei Kathrin Engelbrecht kaum noch von einem Kind sprechen, dennoch hatten die letzten drei Stunden im Oldenburger Institut für Rechtsmedizin Zinkel mächtig zugesetzt, und er war erleichtert, endlich wieder an der frischen Luft zu sein. Doch es half nicht, er fühlte sich genauso elend wie zuvor und konnte die Bilder nicht bannen. Kathrin aufzufinden war schlimm gewesen, doch ihre starre Hülle auf dem Stahltisch zu sehen, beizuwohnen, wie ihr mit distanzierter Professionalität der Leib aufgeschnitten wurde, all die zusätzlichen Wunden, und obendrein das Wissen um jene Wunden, die ihr kurzes Leben geprägt hatten, das fegte ihn fast von den Füßen.

»Bei so was hab ich ständig meine Töchter vor Augen«, sagte Lübben, als sie im Wagen saßen. Er war weiß um die Nase und verkniffen und blinzelte angestrengt, wie um drohende Tränen zu verhindern.

»Ja, Mann«, sagte Zinkel, »das ist verdammt schwer zu ertragen. Wenn wir nur ein bisschen schneller gewesen wären …« Er ließ die Worte verklingen, hilflos angesichts der immer gleichen Vergeblichkeit eines Wenns.

»Hätten wir es vielleicht verzögert, aber nicht verhindert«, mutmaßte Lübben und ließ den Motor an.

»Ja, wahrscheinlich«, stimmte Zinkel zu und schaute aus dem Fenster, ohne viel wahrzunehmen.

Am Morgen war der Bericht der KTU eingetroffen, und zusammen mit den Ergebnissen der Sektion verfügten sie nun immerhin über Details, die ein genaueres Bild ergaben: Kathrin hatte eigenhändig die Schlinge geknüpft, in dem entsprechenden Bereich des Seils waren DNA-Spuren von ihr, und nur von ihr, entdeckt worden, während am anderen Ende sowohl ihres als auch fremdes Material gesichert worden war. Der Baumabrieb unterstützte die These, dass jemand sie hochgezogen hatte, ohne große Gegenwehr ihrerseits, es gab lediglich ein paar Druckstellen am rechten Handgelenk, die peri mortem entstanden waren. Kathrin hatte sich anständig die Kante gegeben, eins Komma vier Promille, sodass sie allein deswegen kaum in der Verfassung gewesen sein dürfte, sich zur Wehr zu setzen. Die Tatsache, dass ihr Tod nicht schnell eingetreten war, versuchte Zinkel mit aller Macht zu verdrängen, ein von vornherein zum Scheitern verurteiltes Unterfangen. Das überraschendste Ergebnis der Sektion jedoch war der mit einem »Hoppla, was haben wir denn da« vorgetragene Befund, dass Kathrin im dritten Monat schwanger gewesen war.

»Jede Wette, dass Eddi der Vater ist«, sagte Lübben, dessen Gedankengänge offensichtlich in ähnlichen Bahnen verliefen. »Dann haben wir ihn.« Er fuhr in eine Tiefgarage, bugsierte den Wagen in eine reichlich enge Lücke und scheuchte Zinkel hinaus.

»Auf jeden Fall wegen sexuellen Missbrauchs. Als Mörder nur, wenn er von der Schwangerschaft wusste«, wandte Zinkel ein, während sie die Stufen ins Freie erklommen, »und das können wir nicht beweisen. Selbst wenn die Spuren am Seil sich als seine herausstellen, dürfte das nicht ausreichen, jedenfalls nicht ohne Geständnis.«

»Das krieg ich«, knurrte Lübben, »verlass dich drauf.«

Lieber nicht, dachte Zinkel. So gern er Eddi hinter Gittern sähe, bezweifelte er doch, dass der so vorgegangen wäre. Eddi hätte schlichtweg verhindert, dass Kathrin abhaute, statt ihr erst mal zu folgen, um zu schauen, wo sie wohl hinwollte. Aufschluss geben würde vermutlich erst die Auswertung der Speichelproben von Eddi und Kalle und von Kathrins Mitschülern. Die Mobbing-Theorie jedenfalls hatte auch den Staatsanwalt überzeugt, und die Jugendlichen beziehungsweise deren Eltern hatten bereitwillig kooperiert, bis auf die zwei, die gar nicht erst erschienen waren: Silke Mangold und Jenny Degener.

Zinkel konnte Banker nicht ausstehen, und Conrad F. Degener stellte mit Sicherheit keine Ausnahme dar. Nachdem am Freitag weder Jenny noch ihr Vater erschienen waren, hatte er ihn gegoogelt in der Annahme, dass jemand, der die amerikanische Marotte eines *middle initial* kultivierte, leicht zu finden wäre. Die Einträge waren zahlreich und wiesen Degener als Vorstand einer Privatbank aus, die vornehmlich Finanz- und Vermögensberatung betrieb, genau das also, was er an diesem Berufsstand am meisten verabscheute. Gier war alles, was zählte, diesseits wie jenseits des Tisches, an dem man saß, um auf höhere Renditen zu spekulieren, die Tricks die gleichen wie beim Hütchenspiel, nur noch unmoralischer. Und das, um sich den wievielten Fernseher, das wievielte Haus kaufen zu können? Verbrecher samt und sonders, seiner Meinung nach, die sich freikauften, indem sie ein öffentlichkeitswirksames Mäzenatentum pflegten. Bah, dachte er, schon im Voraus ordentlich geladen, als sie nun das Bankhaus betraten.

»Kriminalpolizei Leer«, bellte er denn auch in bester Böser-Bulle-Manier, »zu Herrn Degener!« Er registrierte befriedigt, wie alles vornehm geflüsterte Schachern erstarb und sämtliche gezupften Brauen im Raum irritiert hochflogen. Die anwesenden Männer hingegen konsultierten durchweg ihre teuren Uhren unter den mit teuren Knöpfen bestückten Manschetten, als tue die Uhrzeit des Aufruhrs auch nur das Geringste zur Sache.

»Haben Sie einen Termin?«, fragte der bebrillte Empfangsbesen spitz.

»Brauchen wir nicht.« Lübben schüttelte den Kopf und zeigte Zähne.

Sie schien zu schwanken, was schlimmer wäre, der Anpfiff vom Chef oder die mangelhafte Diskretion. »Wenn Sie mir dann bitte folgen würden?«, entschied sie.

Der Flur war lang, und sämtliche Vorgänger Degeners blickten überaus seriös von den Wänden auf ihrem Weg, der naturgemäß in einem Vorzimmer endete. Reges Getuschel setzte ein, bevor die zweite Wächterin der Untugend achselzuckend aufstand und hinter einer ledergepolsterten Tür verschwand. Ob dies dem Schallschutz diente oder die Fäuste wütender Anleger vor gravierenden Verletzungen bewahren sollte, erschloss sich Zinkel nicht. In jedem Fall dauerte ihm die Unterhaltung dahinter entschieden zu lang, und er verständigte sich stumm mit Lübben darauf, die Festung zu stürmen.

Klopfen erübrigte sich, und auf den Griff zur Waffe verzichtete er, wenngleich unwillig. Er öffnete die Tür. »Herr Degener«, sagte er freundlich, es war an der Zeit, umzuschalten, »wie war das doch gleich mit dem Berg und dem Propheten? Es geht um Ihre Tochter, wir werden Sie nicht über Gebühr aufhalten ...«

Die Empfangsdame stöckelte rückwärts hinaus, nettes Kunststück, Zinkel war versucht zu applaudieren, widerstand dem Drang und stellte sich und Lübben vor.

»Nun denn.« Degener kam hinter seinem ausufernden Schreibtisch hervor und wies auf eine lederne Sitzgarnitur. »Was kann ich für Sie tun?«

»Sie wissen, dass eine Schulkameradin Ihrer Tochter ums Leben gekommen ist?« Lübben setzte sich sprungbereit auf die äußerste Kante eines der Sessel.

»Was soll meine Tochter damit zu tun haben?« Degener gab sich rechtschaffen entrüstet und richtete sich zur vollen Größe von maximal eins sechzig auf, inklusive flaumig schütterem Blondhaar, das durch reichlich Gel die Illusion von zusätzlichen zwei Zentimetern schuf.

Zinkel genoss es, stehen zu bleiben. »Sie ist die Anführerin einer Mobbing-Clique«, erläuterte er.

»Wer Druck nicht standhalten kann, sollte sich ihm nicht aussetzen«, sagte Degener. »Mobbing, so es das in dem Fall, den Sie im Sinn haben, war, ist meines Wissens kein Straftatbestand. Und vor allem wohl nicht Angelegenheit der Kripo. Also was wollen Sie von mir beziehungsweise Jenny?«

»Anstiftung zum Suizid ist auch kein Straftatbestand«, warf Lübben ein, »unterlassene Hilfeleistung hingegen schon.«

»Mord natürlich auch«, übernahm Zinkel wieder, »wo es mit der Anstiftung zum Selbstmord nicht geklappt hat.«

»Dann entscheiden Sie sich doch erst mal, bevor sie mit Ihren Anschuldigungen hausieren gehen«, sagte Degener.

»Schon erledigt«, entgegnete Lübben. »Auf dem Körper der Toten wurde reichlich Fremd-DNA gefunden. Wir brauchen eine Vergleichsprobe Ihrer Tochter.«

»Haben Sie dafür einen richterlichen Beschluss?«

»Noch nicht«, gab Zinkel zu. »Haben Sie kein Interesse daran, dass wir Ihre Tochter als Täterin ausschließen können?«

»Wenn das alles ist, warum sind Sie dann hier?«, fragte Degener. »Meine Tochter finden Sie zu Hause oder in der Schule.«

»Warum sind Sie am Freitag nicht erschienen?«, leitete Lübben den Themenwechsel ein.

»Das erschien mir überflüssig, zumal Jenny mir glaubhaft versichert hat, dass sie nichts mit dem Tod dieses Mädchens zu tun hat.«

»Woher hat Jenny das blaue Auge?«, fragte Zinkel.

»Woher soll ich das wissen?«

»Haben Sie sie nicht danach gefragt?«

»Doch, doch, natürlich«, versicherte Degener eilfertig, »eine handfeste Meinungsverschiedenheit unter Schülern, den Namen der Kontrahentin habe ich leider vergessen. Aber auch dafür bin ich der falsche Ansprechpartner. Fragen Sie meine Tochter.«

»Das haben wir bereits«, sagte Zinkel und registrierte ein winziges Zucken der Brauen, einen Hauch von Unmut, der die glatte Fassade seines milchgesichtigen Gegenübers trübte. Diese Information, erkannte er, war neu für Degener, Mutter wie Tochter zogen es offenbar vor, manche Dinge von ihm fernzuhalten, was Zinkels Vermutung in Gewissheit wandelte: Etwas so Gravierendes wie einen Besuch der Polizei verheimlichte man nur, wenn man ernsthaft Angst verspürte.

»Jenny hat Sie nicht verraten, natürlich nicht, Ihre Frau

ebenso wenig. Tatsächlich hätten wir diese angebliche Meinungsverschiedenheit nie in Frage gestellt, wenn Jenny nicht neben dem blauen Auge noch diverse blaue Flecken auf dem Rücken hätte, die ich zufällig gesehen habe.«

»Hat sie das? Davon weiß ich nichts.«

»Aber Sie haben bestimmt eine schöne Erklärung dafür, nicht?«

»Vielleicht ist sie hingefallen.« Degener gab sich nachdenklich. »Die Kellertreppe hat ziemlich kurze Stufen und ist recht gefährlich.«

»Und so etwas hätte sie Ihnen nicht erzählt?«, wunderte Zinkel sich. »Spricht nicht für ein vertrauensvolles Vater-Tochter-Verhältnis, meiner Meinung nach.«

»Mein Verhältnis zu meiner Tochter geht Sie absolut nichts an. Also bitte, wenn sonst nichts anliegt, dürfen Sie jetzt verschwinden.«

Die Zündschnur wurde schon kürzer, fand Zinkel.

»In Ordnung«, sagte Lübben gemütlich und stand auf, »wir werden die Sache ans Jugendamt weiterleiten, sollen die sich mit Ihnen rumärgern. Bestimmt ist man da ganz begeistert, es zur Abwechslung mal mit den sogenannten besseren Kreisen zu tun zu haben. Das wird der Kracher der Pausengespräche, und wer weiß, wer alles davon Wind bekommt. Guten Tag«, wünschte er und ging zur Tür.

Nötigung, frohlockte Zinkel und folgte ihm. Er spürte förmlich, wie es hinter ihm brodelte, und zog vorsichtshalber den Kopf ein. Normalerweise legten sich solche Leute nicht mit Stärkeren an, aber man konnte nie wissen, wie jemand reagierte, wenn er in die Enge getrieben wurde. Und für Degener wurde es gerade ziemlich eng, er hatte viel zu verlieren.

Lübben war schon über die Schwelle. Mist, fluchte Zinkel innerlich und hoffte, dass das Jugendamt tatsächlich einschreiten würde. Es hatte schon zu viele Negativ-Schlagzeilen gegeben, als dass er sich dessen gewiss war.

»Warten Sie«, kam es von hinten, mehr Befehl denn Bitte, aber immerhin.

»Ja?«, fragte Lübben und schloss die Tür wieder.

Degener holte tief Luft. »Sie macht mich rasend.« Er öffnete die Hände in aller Unschuld.

»Teenager«, sagte Lübben. »Trotzdem fehlt Ihnen einiges an Selbstkontrolle.«

»Ach was«, behauptete Degener, »neun von zehn Malen geht's gut, und dann kommt dieser eine Moment, wo mir die Sicherungen durchbrennen und ich ihr doch eine Ohrfeige verpasse. Ohne dass ich das will, es passiert einfach, und es tut mir hinterher auch wahnsinnig leid, aber gelegentlich kommt es eben vor. Das macht mich nicht zu einem Monster, ein Klaps hier und da hat schließlich noch niemandem geschadet, aber ich verspreche, es kommt nicht wieder vor, Ehrenwort.«

Zinkel grunzte abfällig. »Das können Sie sich sparen«, warf er ein, »in Ihrem Beruf ist etwas wie Ehre nicht existent, meiner ganz persönlichen Meinung nach, aber wir reden auch nicht von einem gelegentlichen Klaps, also tun Sie gefälligst nicht so unschuldig. Außerdem ist Ihre Tochter dabei, sich zu Tode zu hungern, ist Ihnen das entgangen?«

Lübben legte ihm Einhalt gebietend die Hand auf die Schulter, zog eine Visitenkarte aus seiner Jacke und reichte sie Degener.

»Eine Psychotherapeutin?« Degener schaute entrüstet auf die Karte und verzog vor Abscheu das Gesicht. »Was soll ich denn damit?«

»Frau Amelung macht Anti-Gewalttraining. Sie werden sie heute noch anrufen, sich bei ihr vorstellen, Termine vereinbaren und sie einhalten. Ihre Tochter ebenfalls, Frau Amelung behandelt nämlich auch Essstörungen. Sollten Sie oder Jenny auch nur einen Termin versäumen, ist Schluss mit nicht so lustig. Habe ich mich klar genug ausgedrückt?«

Heide Amelung und Degener, das barg Potenzial, fand Zinkel. Er konnte sich gut an die Therapeutin mit ihrem Hang zu farbenfrohen Gewändern und ihrem feinen Sinn für Humor erinnern. Sie warteten Degeners Einverständnis nicht ab, sondern wandten sich grußlos zum Gehen.

»Kleine-Männer-Syndrom«, murmelte Lübben verächtlich, als sie wieder draußen waren. »Ich bin gespannt.«

Zinkel hüpfte haarscharf einem Radfahrer aus dem Weg. »Mann«, schimpfte er, »das ist hier ja noch schlimmer als in Leer.« Trotz des trübseligen Wetters herrschte in der Oldenburger Innenstadt ein für ihn mittlerweile ungewohntes Gewusel.

»Studentenstadt.« Lübben zuckte mit den Schultern. »Aber bei schönem Wetter ist es nett hier.«

»Bei schönem Wetter ist es überall nett«, grummelte Zinkel, »jedenfalls fast«, differenzierte er. Was nutzte einem der schönste Ort, das schönste Wetter, wenn doch nur Elend war? Warum begriffen manche Eltern nicht, was sie ihren Kindern antaten? Was sie aus ihnen machten, genauer gesagt. Vermutlich war Degener als Kind ebenfalls verdroschen worden, irgendeine Erklärung fände sich schon. Trotzdem gelang es ihm nicht, Mitleid zu empfinden.

***

Marilene stöhnte und klappte die Akte zu. Juristendeutsch war eine Plage, und es gab Tage, an denen ihr Gehirn sich sperrte, den Sinn eines Textes zu erfassen, besonders wenn es um Bagatellsachen ging, die von diesen gewundenen Endlossätzen unnötig aufgeplustert wurden. Sie hob die Kaffeetasse an und kippte sie, vergaß allerdings, den Mund rechtzeitig zu öffnen, sodass sich das inzwischen lauwarme Gebräu über ihre Bluse ergoss. Ihre weiße Bluse, ausgerechnet. »Mist«, schimpfte sie, zog ein Taschentuch aus dem für ergriffene Mandanten bereitstehenden Karton und tupfte an sich herum, doch das machte die Sache bloß schlimmer. Zwar hatte sie nur noch Papierkram zu erledigen, aber man konnte nie wissen. Sie sprang auf, rief Renate ein »Bin gleich zurück« zu und sprintete nach oben.

Das Kleiderschrank-Dilemma fiel kürzer als üblich aus, zu ihrer grauen Hose passte eigentlich nur die lilafarbene Bluse, fand sie und wollte sie vom Bügel ziehen. Sie widersetzte sich. Komisch. Marilene nahm den Bügel aus dem Schrank und schüttelte den Kopf. Da musste sie aber sehr umnachtet gewesen sein, als sie das letzte Mal gebügelt hatte: Sämtliche Knöpfe waren geschlossen. Sie überlegte, wann das gewesen war und was sie abgelenkt haben könnte. Vor vierzehn Tagen etwa, auf jeden Fall vor Arnes Besuch, ach, das würde es sein, bestimmt hatte Arne sich einen Spaß erlaubt. Erleichtert, nicht schon einer frühen Form von Demenz anheimzufallen, zog sie sich rasch um und lief wieder hinunter. Renate lächelte spitzbübisch. Als Marilene die Tür zu ihrem Büro aufstieß, wusste sie, warum.

»Hallo, schöne Frau«, schmeichelte Gerrit und verbeugte sich schwungvoll und so tief, dass jemand Älteres sich einen Hexenschuss eingebrockt hätte. »Steht dir gut, die Bluse«, sagte er in Richtung seiner Knie.

»Komplimente kannst du dir sparen«, pflaumte sie ihn an. »Was soll das werden? Es ist ja nicht so, dass ich deine Gesellschaft nicht schätze, aber du hättest wenigstens fragen können.«

»Hab mich nicht getraut«, gab er zu, drückte sich die Hände ins Kreuz und richtete sich wieder auf. »Ich muss dir was beichten.«

»Na, dann schieß mal los.« Marilene stemmte die Hände in die Hüften; so schnell würde sie nicht klein beigeben.

Gerrit ließ sich in einen der Besuchersessel fallen und starrte an die Decke. »Ich hab das Studium geschmissen«, bekannte er, »und obdachlos werde ich auch, weil Lothar das Haus in Wiesbaden verkauft hat. Ich hab gedacht, ich könnte vielleicht … Ich weiß noch nicht so richtig, was ich will. Ich war mit Niklas an der Uni, und ein paar Sachen kommen schon in Frage, aber ich kann mich nicht entscheiden, und jetzt sollte es doch die richtige Wahl sein, mehr als ein Wechsel macht sich im Lebenslauf einfach nicht gut. Da habe ich gedacht, ich könnte die Zeit ein bisschen überbrücken und mich nützlich machen? Gegen Logis vielleicht? Lothar wäre einverstanden, wenn du es bist, ich darf sogar seine Wohnung renovieren, damit du mich nicht dauernd auf der Pelle hast, sagt er.«

»Sehr rücksichtsvoll.« Hatte sie es doch gewusst, dass da was im Busch war. Sie musterte ihn, sich vergeblich um ein grimmiges Gesicht mühend, neutral, desinteressiert, das bekam sie gerade noch hin, und Gerrit rutschte tiefer und tiefer im Sessel. Wenn er auf die Knie fällt, schmeiß ich ihn raus, dachte sie und dehnte das Schweigen noch ein wenig aus. »Okay«, sagte sie schließlich.

Gerrit schnellte auf die Beine, als stünde der Sessel in Flammen. »Heißt das, ich darf bleiben?«, fragte er mit kieksender Stimme.

Das Klingeln des Telefons brachte ihn um die Liste der Bedingungen, die sie zu stellen gedachte. Intern, stellte sie fest und meldete sich.

»Herr Zinkel von der Kripo für Sie, soll ich durchstellen?«, fragte Renate.

»Oh? Ja, bitte. Paul?«, traute sie sich ans Du.

»Ja, ich, also das ist dienstlich«, stammelte er. »Bist du nicht Lilian Tewes' Anwältin?«

»Doch, warum?«

»Wir haben sie zur Einvernahme einbestellt, und sie ist allein erschienen. Sie sagt, sie hätte keinen Vertrag mit dir abgeschlossen.«

»Das stimmt, wir sind noch nicht dazu gekommen.«

»Sie lehnt jede anwaltliche Vertretung ab. Ich fürchte, da kann ich nichts machen, aber ich dachte, du solltest Bescheid wissen.«

»Ja, okay, dank dir. Ich guck mal, ob ich über Antonia rauskriege, was da Sache ist.«

»Mach das, bis dann.«

Gerrit reckte den Hals, als steigerte dies sein Hörvermögen. Es verlieh ihm eine gewisse Ähnlichkeit mit einem Erdmännchen, fand Marilene und stellte das Telefon zurück auf die Station. »Antonias Mutter ist allein bei der Kripo erschienen«, erläuterte sie.

»Wieso das denn?«

»Ich weiß es nicht. Also, wenn es dir ernst ist mit dem Nützlichmachen, dann fahr mal hin und schau, ob du aus Antonia was rauskriegst. Das ändert zwar nichts an der Situation, aber ich wüsste schon gern, was der Grund dafür ist.«

»Wahrscheinlich ist ihr das mit dem Lesen peinlich«, überlegte Gerrit. »Die Polizei weiß doch nichts davon, oder?«

»Ich glaub nicht, aber halt bloß die Klappe.«

»Schon klar, keine Bange, ich halte mich an die Verschwiegenheitspflicht, auch wenn wir das keineswegs schriftlich fixiert haben.«

»Das kommt noch«, versprach Marilene, »sicher ist sicher. Und jetzt zieh Leine, ich hab noch zu tun. Ich werde versuchen, meine Termine von morgen zu verschieben, dann können wir nach Bremen fahren und diese ehemaligen Kollegen von Frau Tewes interviewen. Ich hab so das Gefühl, dass der Schlüssel für den Mord an Körber in der Vergangenheit liegt.«

»Und wenn sie es doch war?«

»Ich kann mir nicht vorstellen, dass sie dann ohne Anwalt bei der Polizei aufkreuzt«, wandte Marilene ein, »das macht keinen Sinn.«

»Wenn du meinst. Also, ich bin dann mal weg.« Gerrit ging zur Tür, wandte sich jedoch noch einmal um. »Wenn du magst, koch ich uns was heute Abend.«

»Weißt du überhaupt, wie das geht?«

»Eier? Natürlich, hart, weich, mittel, kein Problem.«

»Mit Senfsoße«, orderte Marilene.

»I bäh.« Gerrit deutete eine Finger-in-den-Hals-Geste an und knallte die Tür von außen zu.

***

»Was sagt sie?« Lübben nahm den Ehering ab und wusch sich die Hände.

»Sie hört mal nach, ob Antonia was weiß.« Zinkel wartete; Lübbens Reinigungsaktion wollte kein Ende nehmen. Zeitschinderei. Durchschlagpapier kam seit Urzeiten nicht mehr zum Einsatz, und mit Waffenöl hatten sie auch nicht hantiert, es musste etwas anderes dahinterstecken. So was wie Unschuld. Er öffnete schon mal die Tür und registrierte aus dem Augenwinkel, wie Lübben den Ehering in seiner Tasche verschwinden ließ. Oha, dachte Zinkel, grad das Gegenteil von Unschuld? Eine Flut von widersprüchlichen Gefühlen schoss ihm durch den Kopf, die Freude johlte allerdings am lautesten.

»Dann wollen wir mal«, sagte Lübben, stürmte das Vernehmungszimmer, als wollte er die Sache möglichst schnell hinter sich bringen, und schickte den uniformierten Beamten hinaus. Er schaltete das Aufnahmegerät ein und sprach die Präliminarien darauf, bevor er mit der eigentlichen Befragung begann. »Frau Tewes«, sagte er, »Sie wissen, dass wir Blutspuren in Ihrem Haus gefunden haben? Und zwar sowohl unter dem Sekretär im Wohnzimmer als auch unter dem Wohnzimmerteppich und in der Küche unter und hinter der Fußleiste unterhalb der Spüle.«

Tewes nickte zaghaft.

»Nicken reicht nicht.« Zinkel deutete auf das Gerät. »Haben Sie mittlerweile vielleicht doch eine Erklärung, wie es dort hingekommen ist?«

»Nein«, sagte Tewes.

»Hat sich jemand geschnitten, oder gab es sonst einen Unfall, hatte jemand Nasenbluten, irgendetwas?«, hakte Lübben nach.

»Also höchstens in der Küche«, sagte Tewes, »da schneidet man sich ja schon öfter mal, und es kann sein, dass da mal Blut auf den Boden getropft ist, aber das mach ich doch sauber, und so viel, dass es unter die Spüle läuft, also ehrlich, da würde ich mich doch dran erinnern.« Tewes hob die Schultern und breitete die Hände aus.

Schon klar, dachte Zinkel, die Unschuld in Person, und er wollte ihr ja auch glauben, doch es gab einfach zu viele Merkwürdigkeiten in dem Fall. »Wenn Sie aber keine andere Erklärung dafür haben, können wir davon ausgehen, dass es sich um Blut Ihres ehemaligen Lebensgefährten Christian Körber handelt, was das Labor sicher bestätigen wird. Und dann können wir ebenfalls davon ausgehen, dass das Blut im Zuge seiner Ermordung dorthin gekommen ist. Mal angenommen, das hat sich tatsächlich an jenem Tag abgespielt, als sie mit Ihrer Tochter in Oldenburg waren, wen könnte Ihr Lebensgefährte ins Haus gelassen haben?«

»Er war doch krank«, sagte Tewes.

»Das ist keine Erklärung, Herrgott noch mal.« Lübben schlug mit der Hand auf den Tisch, dass Tewes zusammenzuckte. »Wer hatte was gegen ihn? Gab es Streit? Ärger? Irgendwas, das anders war als sonst? War er bedrückt oder ängstlich oder aggressiv?«

»Gar nichts«, behauptete Tewes, »mit Christian konnte man überhaupt nicht streiten, fragen Sie seine Kollegen, er hat immer nur Gutes von der Arbeit erzählt, von den Leuten, mit denen er zu tun hatte. Da war nichts, was ihn bedrückt hat. Und er war auch nicht irgendwie komisch. Es war alles wie immer.«

»Ja, ja«, Lübben war ungehalten, »seine Kollegen haben auch behauptet, dass es nie Ärger gegeben hat. Trotzdem muss ja nun irgendjemand ziemlich was gegen ihn gehabt haben. Wenn nicht Sie, wer dann?«

»Ich weiß es doch nicht.« Tewes ließ den Kopf hängen und klammerte sich am Stuhl fest. »Wissen Sie was«, hob sie schließlich an, »wenn ich das gewesen wäre, glauben Sie im Ernst, dass ich dann diese Sachen aufgehoben hätte? So blöd bin ja nicht mal ich. Und ich schwöre Ihnen, dass ich weder die Uhr noch den Ausweis oder das andere Zeug je wiedergesehen habe, bis Sie es gefunden haben.«

»Glauben reicht halt leider nicht«, sagte Zinkel, »wir brauchen Beweise. Können Sie sich vorstellen, dass jemand Ihnen den Mord anhängen will und darum die Sachen versteckt hat.«

»Warum?«

»Aus Rache vielleicht?«, schlug Lübben vor.

»Ha! Ich hab niemandem was getan«, behauptete Tewes, »nie-man-dem.«

Seltsam, das so zu betonen, fand Zinkel. Ihn beschlich das Gefühl, es könnte andersherum gewesen sein: Sie war ein Opfer, wovon auch immer. Aber das passte nicht, schloss er, denn dann müsste sie die Rächerin sein und nicht das Ziel einer Verleumdung.

»Erzählen Sie mir von Ihrem Zahnarzt«, forderte er sie auf.

»Was?« Ihr Kopf flog hoch.

»Doktor Siebenhaar«, präzisierte er.

Tewes errötete. »Ich … er …«, stammelte sie, »er wollte was von mir.«

»Zum Beispiel was?«, fragte Lübben.

»Sexuell, meine ich«, flüsterte Tewes. »Er hat immer die Helferinnen rausgeschickt, hol mir mal dies, hol mir mal das, und dann hat er mich berührt, wie unabsichtlich, aber das war es wohl nicht ...«

»Ja?«, forderte Lübben sie auf, weiterzusprechen.

»Er hat ...«, wieder stockte sie, »er hat versucht, mich zu vergewaltigen.« Sie barg das Gesicht in den Händen und sprach Richtung Fußboden. »Ich hatte einen späten Termin, und es war niemand da außer ihm, aber das habe ich nicht sofort gemerkt, sonst wär ich ja gleich umgedreht, er hat nämlich extra so getan, als ob er mit jemandem im anderen Zimmer sprechen würde. Und dann, pah«, machte sie, »er ist über mich hergefallen, seine Hände waren überall, und sein Mund, und ich wusste nicht, was ich tun soll, und er hat gesagt, ich wollte das doch auch, er hat es genau gemerkt, sonst hätte ich mich doch schon längst gewehrt, und als er das gesagt hat, da –. Ich hab ihm ...«

Der Rest war komplett vernuschelt, irgendwas mit Eier treten? Zinkel versuchte, sich seine Begeisterung nicht anmerken zu lassen. »War das vor oder nach dem Verschwinden Ihres Lebensgefährten?«, erkundigte er sich lapidar.

»Danach«, sagte sie mit Bestimmtheit. »Er hat wohl geglaubt, dass er jetzt freie Bahn hat. Oh.« Sie schien vor den eigenen Gedanken zurückzuschrecken.

»Ja, oh«, äffte Lübben sie nach, »sonst noch wer?« Wieder wollte er offenbar auf den Tisch hauen, doch diesmal ließ er die Hand nur hinabsinken und schön sichtbar liegen.

Die rechte Hand, Zinkel schüttelte gedanklich den Kopf. Abgesehen von Ennos Familienstand war die Frau sehr frisch verheiratet, es stand also nicht zu erwarten, dass sie ihn erhörte. Dafür setzte er seine Ehe aufs Spiel? Obendrein war Lilian Tewes nicht nur eine Zeugin, was schon schlimm genug war, sondern zumindest formal betrachtet eine Verdächtige. Wenn die Sache aufflog, würde Enno sich, und vermutlich nicht nur sich, in aller Teufel Küchen bringen.

Es klopfte. Staatsanwalt Klawitter steckte den Kopf zur Tür herein. »Könnten Sie beide mal kurz kommen?«, fragte er, »der Beamte übernimmt solange.«

Zinkel fühlte sich ertappt, dabei war ja noch gar nichts passiert, was er hätte verhindern müssen.

»Der Vater des toten Mädchens wartet nebenan«, zerstreute Klawitter seine Bedenken, sobald die Tür zum Vernehmungszimmer geschlossen war. »Ich fürchte, das da«, er deutete hinter sich, »bringt sowieso nichts, also lassen Sie sie noch ein wenig warten. Wenn dann kein Geständnis kommt«, er verdrehte selbstironisch die Augen, »müssen wir sie gehen lassen.«

Alles auf einmal, murrte Zinkel innerlich, es bereitete ihm auch so schon Probleme genug, die beiden Fälle auseinanderzuhalten und die Prioritäten anständig zu setzen.

Herbert Engelbrecht war ein klobiger Riese von Mann, der sehr aufrecht dasaß, die Schaufelhände auf die Knie gestützt. Sein Haar klebte feucht am Kopf, als hätte er kurz zuvor die Hände mit Spucke angefeuchtet, um es zu glätten, sein Blick schwamm in ums Verrecken nicht zu weinenden Tränen, und die geplatzten Adern im Gesicht verrieten den Trinker. Den traurigen Trinker, glaubte Zinkel, er hatte etwas Mitleiderregendes an sich, wie er da im zu eng sitzenden schwarzen Anzug zappelte, und zumindest auf den ersten Blick fehlte ihm die Gemeinheit seines älteren Sohnes.

»Wieso hat sie so was gemacht?« Engelbrecht fasste sich an die Stirn, als tobte großer Schmerz dahinter.

»Wie wir inzwischen wissen, hat sie gar nichts gemacht«, informierte Zinkel ihn. »Sie hatte zwar vor, sich umzubringen, aber getan hat das jemand anderes.«

»Was? Sie reden von Mord? Aber das ist doch –. Wer soll denn mein Mädchen umbringen?«

»Wir denken da an Ihren Sohn. An Eddi«, differenzierte Lübben.

»Eddi?«, wiederholte Engelbrecht mit kippender Stimme, »das glaub ich nicht. Ja«, stöhnte er schließlich, »er bringt sich schon mal in Schwierigkeiten, aber die eigene Schwester? Nie im Leben.«

»Hatte Kathrin einen Freund?«, erkundigte sich Zinkel.

»Dafür war sie doch noch viel zu jung«, wehrte Engelbrecht ab und sah von einem zum anderen. »Nicht?«, fügte er kläglich hinzu.

»Sie war schwanger«, sagte Lübben.

»Nein«, sagte Engelbrecht.

»Wir lassen gerade feststellen, ob Ihr Sohn der Vater ist.«

»Nee«, Engelbrecht sprang auf, »was wollen Sie uns da anhängen?« Er ballte und öffnete immerfort die Fäuste.

Zinkel wich eine Idee zurück. »Es gibt eine ernst zu nehmende Aussage, dass Eddi seine Schwester sexuell missbraucht haben könnte«, versuchte er, das Ungeheuerliche einigermaßen vorsichtig zu formulieren, »wir prüfen das.«

Ballen, öffnen, ballen, öffnen. »Wollte sie sich deshalb umbringen?«, kam es schließlich krächzend.

»Gut möglich. Aber es gibt noch andere Richtungen, in denen wir ermitteln, und bis jetzt ist nichts bewiesen. Also bitte bewahren Sie Ruhe«, warnte Lübben.

Engelbrechts Blick irrte umher, auf der Suche nach einem Sandsack, mutmaßte Zinkel und wich einen weiteren Schritt zurück. »Kriegen Sie das hin?«, fragte er sachte.

»Muss ich?«

Zinkel nickte.

»Kann ich sie sehen?«

»Nein. Sie ist in der Rechtsmedizin in Oldenburg. Wir melden uns, sobald Sie sie beerdigen können.«

»Ja«, sagte Engelbrecht blinzelnd.

Und dann ging er. Mit den Händen rudernd, wie um das Gleichgewicht zu halten, das ihm längst abhandengekommen war.

»Armes Schwein«, sagte Lübben.

»Ja«, schloss Zinkel sich an, »in seiner Haut möchte ich nicht stecken.« Er ging voraus, zurück zu Lilian Tewes.

»Ist Ihnen noch jemand eingefallen«, nahm er den Faden wieder auf, »der sich an Ihnen würde rächen wollen – weil Sie ihm die Vorfahrt genommen haben, oder den Job, den Kerl, was weiß ich?« Er konnte sich einen warnenden Blick Richtung Lübben nicht verkneifen.

»Ich fahre überhaupt kein Auto.« Lilian runzelte verständnislos die Stirn. »Meinen Job konnte jeder kriegen, der ihn wollte, und der Kerl – der hat mich ausgesucht, nicht umgekehrt. Ich laufe keinem hinterher. Hab ich noch nie gemacht. Da ist niemand. Ich kenne eigentlich kaum Leute. Wie sollte man sich da jemanden zum Feind machen? Ich verstehe das alles nicht.«

»Ich auch nicht«, stimmte Zinkel seufzend zu. »Gehen Sie nach Hause.«

»Ehrlich?« Sie schaute zu Lübben, wie um sich zu vergewissern, bevor sie auf sein Nicken hin die Flucht ergriff.

»Sie verschweigt uns was«, konstatierte Zinkel, nachdem das Klappern ihrer Absätze im Flur verstummt war, »da kannst du sagen, was du willst.«

»Ich sag ja gar nichts.« Lübben stopfte die Fäuste in die Taschen.

»Übrigens hat der Kollege, der die Nachbarn befragt hat, vorhin angerufen«, sagte Zinkel. »Die haben allesamt behauptet, Tewes kaum zu kennen, und aufgefallen ist ihnen damals auch nichts, kein lautstarker Streit, und an Fremde konnte sich keiner erinnern, zumindest ist also wohl niemand blutüberströmt die Straße runtergelaufen. Wenn Körber nun tatsächlich im Haus ermordet worden ist, dann hätte, sofern sie es nicht doch selbst war, seine Leiche am helllichten Tag abtransportiert werden müssen, und sein ganzes Zeug obendrein. Warum ist das niemandem aufgefallen? Ich hab den Eindruck, dass in Ostfriesland jeder über jeden Bescheid weiß, oder täusche ich mich da?«

»Wir achten aufeinander«, modifizierte Lübben, »das stimmt schon, aber man kann auch gar nicht anders. Wenn du in der Küche stehst, und auf der Straße bewegt sich was, dann guckst du automatisch hoch, das ist völlig normal. Aber Tewes' Haus liegt etwas weiter zurück und besitzt einen Nebeneingang, der vom Hauswirtschaftsraum direkt in die Garage führt.«

»Ach ja, ihr mit eurem HWR. Es hat verdammt lang gedauert, bis ich dahintergestiegen bin, was das bedeutet. Das andere Rätsel aus den Wohnungsanzeigen übrigens hab ich bis heute nicht gelöst. Die Abkürzung WOL. Wohnzimmer ohne, aber ohne was?«

»Westoverledingen«, erläuterte Lübben, »das ist ein Ort, du Stadtei.«

»Oh, klar. Okay«, beendete Zinkel seinen Exkurs, »der

Transport war also kein Problem, ob mit oder ohne Leiche. Aber noch mal zurück zu Lilian Tewes: Wieso lebt eine hübsche junge Frau so abgeschottet?«, fragte er. »Ihr feiert hier alle naselang irgendein Straßenfest, wieso entzieht sie sich dem? Sie ist Mutter, da kriegt man doch auch jede Menge Kontakt, Kindergarten, Spielplatz, Elternbeirat, so was halt. Und ist sie denn mit Körber nie ausgegangen? Als er dann fort war, gut, dass die Nachbarinnen sich mit so einer nicht abgeben, kann man ja verstehen, aber die Männer hätten eigentlich Schlange stehen müssen bei ihr. Kurzum: Die Frau ist mir ein Rätsel.«

»Ja«, hauchte Lübben.

***

»Bin wieder da!«, rief Lilian und wunderte sich, dass sie keine Antwort erhielt. Frank müsste längst zu Hause sein und Antonia sowieso. Wahrscheinlich war Antonia noch sauer und reagierte deswegen nicht. Sie stellte ihre Einkäufe in der Küche ab und lief nach oben. Ihr Zimmer war leer. Sehr seltsam. Sie eilte zurück in die Küche. Der Anrufbeantworter blinkte. Erleichtert drückte sie auf die Wiedergabetaste, doch es war nicht Antonia, die ihr eine Nachricht hinterlassen hatte, und auch nicht Frank, sondern dieser Junge, Gerrit, der Antonia sprechen wollte, ihr Handy sei ausgeschaltet, aber es sei wichtig, tat er geheimnisvoll. Na ja, sie ließ die Nachricht auf dem Band und versuchte selbst, ihre Tochter zu erreichen. »Der Teilnehmer ist vorübergehend –«, sie würgte die Ansage ab. Das war gegen ihre seit Jahren bestehende Absprache, entweder erreichbar zu sein oder den anderen wissen zu lassen, wo man war. Eine Sorge mehr, als wenn es darauf noch ankäme.

Sie packte die Einkäufe aus. Der Fisch kam noch in den Kühlschrank, sie putzte den Salat und bereitete das Dressing zu. Immer noch keiner da. Sie traute sich nicht, die Kartoffeln schon aufzusetzen, wer wusste schon, ob und wann hier jemals einer aufkreuzen würde, also machte sie sich an die Schollenfilets, die drei »S« ihrer Großmutter beherzigend, die ihr seit jeher durch den Kopf spukten, wenn sie Fisch machte, schon wegen der Reihenfolge des Säuerns und Salzens. Und jetzt? Den Tisch könnte sie noch decken, das war's dann aber auch.

Allmählich wurde sie richtig wütend. Sie holte Besteck aus der Schublade, die Teller aus dem Schrank darüber, und stellte alles auf den Tisch. Beim Aufrichten stieß sie sich an der Lampe. »Mist, verdammter!«, fluchte sie laut und rieb sich den Schädel. Als würde die blöde Lampe erst seit gestern da hängen. Sie ging zum Küchenfenster und schaute hinaus. Der Tag endete so trübe, wie er begonnen hatte. Niemand in Sicht. Sie wandte sich frustriert ab, streifte dabei die bereitstehende Salatschüssel, die in hohem Bogen durch die Luft trudelte und auf dem Boden zerschellte. Tausend Scherben, mindestens. »Ah!«, brüllte sie, »was denn noch?«

Auf Zehenspitzen ging sie in die Kammer, holte Handfeger und Schaufel und fegte das Gröbste zusammen. Für den Rest musste der Staubsauger herhalten, nicht ihr liebstes Haushaltsgerät, zu sperrig, zu schwer, und ständig fuhr er ihr in die Beine oder verkeilte sich hinter Türen, und sein Getöse war ohrenbetäubend, als sträubte er sich mächtig gegen seine Bestimmung. Wie sie. Mit einem Tritt schaltete sie ihn ein, und er jaulte auf, dir werd ich's geben, die Scherben klackerten durchs Rohr, ruckartig zog sie ihre Bahnen, bis sie glaubte, alles erwischt zu haben, und erleichtert wieder ausschaltete.

»Du bist ja da!«, rief Frank.

Sie zuckte vor Schreck zusammen, seine Stimme war viel zu laut in der plötzlichen Stille. »Wo sollte ich sonst sein?«

»Ja, natürlich«, beschwichtigte er sie, »ich hab nur nicht erwartet, dass du so schnell wieder da bist. Ich dachte, ein Verhör dauert viel länger.«

»Anscheinend nur im Fernsehen«, entgegnete sie, sich über ihren plötzlichen Hang zum Schnippischen wundernd. »Sie haben die Folter weggelassen«, setzte sie noch einen drauf.

Frank hob die Brauen. »Und was ist nun rausgekommen?«

»Nichts«, sagte sie, »sie haben gesagt, ich kann gehen, also bin ich gegangen.« Genau genommen war sie rausgerast wie angestochen, doch das behielt sie lieber für sich. So hörte sich das viel würdevoller an. Es hörte sich an, als habe sie die Dinge unter Kontrolle. Ein ziemlich gutes Gefühl.

Es klingelte. Antonia, hoffte sie, eilte zur Tür und öffnete sie.

»Guten Tag, Frau Tewes. Ist Antonia da?«, fragte Gerrit.

»Nein«, sagte Frank über ihre Schulter hinweg.

Sie hatte gar nicht gemerkt, dass er ihr hinterhergekommen war. Und woher wollte er wissen, dass Antonia nicht da war? Vielleicht konnte er den Jungen nicht leiden und wollte ihn einfach loswerden, überlegte sie.

»Darf ich auf sie warten?«, bat der Junge.

Sie fand ihn ganz nett. Er sah ziemlich gut aus, und diese Höflichkeit …

»Da kannst du lange warten«, sagte Frank und griff nach ihrem Arm.

Was sollte das denn nun? Sie blickte ihn fragend an.

»Schatz, Antonia hat versucht, sich das Leben zu nehmen. Ich musste sie in die Psychiatrie bringen.«

Oh Gott, nein, sie wollte seine Worte von sich weisen, doch nicht Antonia, mein Kind, mein Alles, warum hatte sie das nicht kommen sehen?, warum hatte sie nicht darauf bestanden, mit ihr zu reden?, warum hatte sie sie schon in die Schule gehen lassen?, warum?, warum?, selbst schuld, immer, immer wieder, sie hätte das verhindern müssen, sie war nicht gut genug, für nichts war sie gut genug, oh, aber sie lebt, wenigstens lebt sie noch.

Sie schrak aus ihrer Schockstarre hoch. »Ich muss zu ihr, sofort!«, rief sie und knallte dem Jungen kurzerhand die Tür vor der Nase zu, zerrte ihren Mantel von der Garderobe und schnappte sich ihre Handtasche. »Bring mich zu ihr.«

»Das geht nicht. Die Ärzte haben jeden Kontakt verboten. Vorerst jedenfalls. Bis es ihr besser geht.«

»Aber … aber …«, stammelte sie, »ich muss zu meinem Kind …«

»Nein«, sagte Frank, »wir müssen uns daran halten. Wir wollen doch, dass es ihr bald besser geht, nicht? Dass sie so etwas nie wieder tut und ganz gesund wird? Kopf hoch«, versuchte er, sie aufzumuntern, »das wird schon wieder. Sei froh, dass wenigstens ich da war und sie rechtzeitig gefunden habe, sie war nämlich schon bewusstlos. Woher hat sie bloß die Tabletten, frage ich mich.«

Tabletten?, oh nein, nicht das noch! Sie hetzte ins Schlafzimmer, stieß mit der Schulter gegen den Türrahmen, der Schmerz schoss ihr durch den ganzen Körper, und sie krümmte sich und sah, was sie schon geahnt hatte, sah das offen stehende Medizinschränkchen, die leere Packung auf dem Boden, ihre Tabletten. Ihre Schuld.

11

Marilene schaute auf ihre Armbanduhr und warf sicherheitshalber noch einen Blick auf die Zeitangabe auf dem Bildschirm. Eine halbe Stunde bis zum nächsten Termin, das würde reichen, um endlich Sigrid Tewes anzurufen. Leander hatte den Boden für dieses Gespräch bereitet, und Marilene hätte zu gern gewusst, wie er das hinbekommen haben mochte, mit welchem Druckmittel er sie bewogen hatte, zumindest zuzuhören.

Sie versuchte, sich zu wappnen gegen die Kälte, die die Frau verströmte. Es wollte ihr nicht recht gelingen, doch sie hatte keine Wahl. Irgendjemand musste jetzt mal den Mund aufmachen. Lilian Tewes weigerte sich, mit ihr zu sprechen. Sie selbst hatte zwei dringende Fälle auf dem Tisch, die keinen Aufschub duldeten, sodass sie die Fahrt nach Bremen hatte verschieben müssen. Und Antonia befand sich in der Geschlossenen. Ein Ort, den sie sich nicht vorstellen mochte, obgleich sie durchaus davon ausging, dass sich seit diesem Film mit Jack Nicholson einiges verändert hatte.

Sie wäre nie auf den Gedanken gekommen, dass Antonia versuchen könnte, sich das Leben zu nehmen. Sie wirkte nicht wie jemand, der aufgab und alles hinwarf, im Gegenteil, ihr war sie vorgekommen wie eine, die trotz allem, was sie belastete, in der Lage war, darüber hinauszublicken. Gerrit hatte ähnlich empfunden, sie sei einfach nicht der Typ dafür, hatte er gemeint, als er ihr berichtet hatte, was vorgefallen war.

Die Sache hatte ihn mächtig aus dem Gleichgewicht geworfen, arme Socke. Erst schien er sich nicht von der Stelle rühren zu können, hatte im Wohnzimmer gestanden und den Blumenstrauß niedergestarrt, den Lothar hinterlassen haben musste – sie schmunzelte beim Gedanken daran –, und später, nach dem Essen, das sie gekocht hatte, war er den ganzen Abend rast- und ratlos durch die Wohnung getigert. Irgendwann hatte sie den Versuch aufgegeben, ihn zu beruhigen, und war ins Bett gefallen.

Sie wusste nicht, ob er die Nacht hindurch marschiert war oder seine Wanderung erst am Morgen wiederaufgenommen hatte. Ihr hatte die Zeit, vielleicht auch die Geduld gefehlt, sich um ihn zu kümmern, denn sie hatte verschlafen. Eine ganze Stunde war sie zu spät dran gewesen, weil sie offenbar in einem unerklärlichen Anflug von Wahn oder Wunschdenken die Uhrzeit an ihrem Wecker verstellt hatte. So hatte sie Gerrit zum Baumarkt beordert, die Utensilien für die Renovierung zu besorgen, in der Hoffnung, dass Arbeit Abhilfe schaffen würde. Ein schwieriges Unterfangen anscheinend, denn er war noch immer nicht zurückgekehrt.

Sie entsann sich ihres Anliegens und tippte die Nummer ein, halb hoffend, dass niemand antwortete.

»Tewes.«

Logisch, eine Begrüßung wäre ja auch zu viel verlangt, dachte Marilene. »Guten Morgen«, sagte sie, vielleicht eine Spur zu betont, »Marilene Müller. Ihr Sohn hat mich angekündigt, glaube ich?«

»Hat er.«

»Ich habe Ihnen nicht die Wahrheit gesagt«, bekannte Marilene, »und die Geschichte ist kompliziert. Darf ich sie Ihnen darlegen?«

Schweigen am anderen Ende, nur schnelles Atmen verriet, dass Sigrid Tewes noch am Apparat war. »Ich ermittle nicht in einer Erbschaftssache«, begann sie, »sondern in einer Vaterschaftssache. Ihre Enkeltochter hat mich beauftragt, herauszufinden, wer ihr leiblicher Vater ist.«

»Eine Enkeltochter.« Tewes schnaubte. »Vielleicht wäre es besser, wenn sie das nicht erfährt«, sagte sie. »Herrje, ich hätte von vornherein nicht zugelassen, dass Lilian das Kind überhaupt austrägt.«

»Mir ist klar, dass es eine böse Überraschung geben kann«, sagte Marilene, »und ich behalte mir auch durchaus vor, mein Wissen für mich zu behalten, aber ich habe das Gefühl, dass die Vergangenheit noch in anderer Hinsicht eine Rolle spielt. Es ist nämlich so, dass der frühere Lebensgefährte Ihrer Tochter ermordet worden ist, und zwar mutmaßlich von jemandem, der ebendieses Geheimnis kannte. Es gibt einen entsprechenden Brief, eine Art Erpresserbrief, den Ihre Enkeltochter gefunden hat.«

»Von einer *Art* Erpresserbrief habe ich noch nie gehört, Sie sollten präziser formulieren«, forderte Tewes sarkastisch. »Wie heißt sie?«

»Antonia«, sagte Marilene.

»Ach, wie originell. Hoffmanns Erzählungen. Wenn sie singt, stirbt sie. Ich frage mich, ob meiner Tochter das bekannt war, als sie ausgerechnet diesen Namen wählte. Singt sie?«

»Ich weiß es nicht.« Marilene hatte keine Ahnung, worum es gerade ging.

Tewes schien das zu spüren. »Die ›Barkarole‹ werden Sie ja wohl kennen, Jacques Offenbach«, erläuterte sie.

»Natürlich«, sagte Marilene. Sie hatte ihre eigene musikalische Assoziation zu dem Namen, ›My Antonia‹ von Emmylou Harris, ein Lied von immerwährender Liebe. Über den Tod hinaus. Nein, nicht schon wieder, dachte sie und schob den Gedanken beiseite.

»Meine Tochter hat als Kind viel gesungen«, fuhr Tewes fort. »Leander hat behauptet, ihr Gehör sei absolut, aber ich hatte nicht den Eindruck. Nun, sie war sowieso nicht stabil genug für eine musikalische Karriere. Also was steht nun in dem Brief?«

»Wenn du wissen willst, wie du zu deiner Tochter, in Anführungszeichen, gekommen bist, dann komm da und da hin«, klärte Marilene sie auf, »unterschrieben mit ›Einer, der es besser weiß‹.«

»Also hat Lilian ihren Lebensgefährten im Glauben gelassen, Antonia sei seine Tochter«, folgerte Tewes.

»Das sieht so aus«, bestätigte Marilene. »Für Antonia ist jedenfalls eine Welt zusammengebrochen, als sie kürzlich den Brief gefunden hat. Sie hat geglaubt, er habe sie und ihre Mutter verlassen, und sie konnte nicht verstehen, warum. Sie hat ihn sehr geliebt und wollte ihn so gern zur Rede stellen, aber dann wurde seine Leiche entdeckt.«

»Ist der Täter gefasst?«, fragte Tewes.

»Soweit ich weiß, noch nicht«, sagte Marilene zögernd,

»aber es kommt noch schlimmer«, warnte sie. »Antonias beste Freundin ist ermordet worden. Antonia hat das alles nicht gut verkraftet und versucht, sich umzubringen. Sie befindet sich zurzeit in einer psychiatrischen Klinik in Behandlung. Ich bin also nicht unbedingt auf dem neuesten Stand«, bekannte sie.

»Und meine Tochter?«

»Ich kenne sie nur flüchtig«, sagte Marilene, mehr würde sie zu dem Thema nicht preisgeben. »Meine Auftraggeberin ist Antonia.«

»Reden Sie ihr das aus, wissen zu wollen, wer ihr Vater ist«, hieß Tewes sie, »das würde sie bloß noch mehr belasten.«

»Möglich, dass ich das mache, trotzdem muss ich wissen, was damals passiert ist.«

»Warum? Reicht es nicht, wenn ich Ihnen versichere, dass das Kind besser dran ist ohne ›richtigen‹ Vater?«

»Nein«, beharrte Marilene, »denn die Polizei verdächtigt Ihre Tochter, für den Mord an ihrem Lebensgefährten verantwortlich zu sein. Ich glaube aber, dass der Täter in der Vergangenheit zu suchen ist.«

»Das kann ich mir nicht vorstellen. Es ist viel zu lange her und zu weit entfernt von hier. Lassen Sie sich nicht von ihr einwickeln, sie hat schon immer versucht, anderen für ihr eigenes Tun die Schuld zu geben. Sie schreit Vergewaltigung, dabei sprechen die Fotos eine völlig andere Sprache. Es wundert mich gar nicht, dass sie das vor Antonia verbergen will. Das würde ich an ihrer Stelle auch tun, und zwar um jeden Preis.«

Marilene war für einen Moment sprachlos. Diese schlecht verhüllte Anschuldigung war ungeheuerlich. »Wissen Sie, wer das war?«, fragte sie schließlich.

»Nein. Und auf den Fotos sind die Männer auch nicht zu erkennen. Meine Tochter hingegen schon. Glauben Sie mir, Vergewaltigung sieht sehr anders aus.«

»Die Männer?«, vergewisserte Marilene sich.

»Mindestens zwei, einer war etwas korpulenter, darum konnte ich das unterscheiden.«

»Wann war das? Hatte das etwas mit einer Betriebsfeier damals zu tun?«

»Oh ja, Lilian war am nächsten Morgen noch so betrunken, dass sie nicht geradeaus gehen konnte. Da hat sie auch noch kein Wort darüber verloren. Erst als ein paar Tage später dieser Brief kam, der sie einlud, den Spaß fortzusetzen, sonst würden die Fotos die Runde machen, da hat sie behauptet, es habe sich um eine Vergewaltigung gehandelt. Ich bitte Sie, das war doch eine reine Schutzbehauptung. Jedenfalls musste ich sie wohl oder übel aus der Schusslinie nehmen, also habe ich sie zu den Eltern meines Mannes gebracht. Was hätte ich sonst tun können?«

Marilene zog es vor, die Frage als rhetorisch zu betrachten, nicht, dass sie sich noch zu ohnehin vergeblichen Vorträgen über Vertrauen hinreißen ließe. Der eigenen Tochter nicht zu glauben, war verletzend genug, sie einfach fortzuschaffen in ihren Augen eine Wunde, die niemals heilen würde. Andererseits war sie voreingenommen, gab sie vor sich selbst zu. Vergewaltigung war schwierigstes Terrain. Taten wurden allzu oft vor lauter Scham nicht angezeigt, und die Beweisführung war schwierig, erst recht, wenn die Tat Tage zurücklag, wie offenbar hier. Aussage gegen Aussage führte so gut wie nie zu einer Verurteilung, im Falle von zwei gegen eine schon gar nicht. Und was heute miserabel lief, war seinerzeit noch schlimmer gewesen.

»Sind die Namen«, Marilene konsultierte ihren Zettel, »Kelling, Breitbach oder Reinicke gefallen?«, fragte sie.

»Möglich, ich kann mich nicht daran erinnern. Wie gesagt, das hätte sowieso nichts genutzt, denn auf den Fotos sind sie nicht zu erkennen.«

»Okay, danke trotzdem für Ihre Zeit«, sagte Marilene resigniert und beendete das Gespräch.

Viel gebracht hatte das nun nicht gerade, überlegte sie. Nicht für Antonia jedenfalls. Entweder war ihre Mutter die Schlampe, für die Sigrid Tewes sie hielt, oder ihr Vater war ein Vergewaltiger. Beides würde sie gern fernhalten von ihr.

Warum nur konnte sie das Gefühl nicht abschütteln, dass der Mord an Christian Körber mit der Vergangenheit zu tun hatte? Wegen des Briefs natürlich. Die Frage war nicht unbedingt, wer den geschrieben hatte, sondern warum. Körber hatte angenommen, Antonia sei seine Tochter, die Nachricht, dass sie es nicht war, musste ihn aus dem Haus locken. Von Erpressung war nicht die Rede, also war der Mord offenbar von vornherein geplant gewesen. So weit, so gut. Aber wo lag nun das Motiv für den Mord? Der oder die Vergewaltiger hatten keins. Nicht für den Mord an Körber, höchstens an Lilian selbst. Und es konnte doch nur um Lilian gegangen sein, oder? Liebe, Gier, Rache, das passte alles nicht, verflixt. Frustriert rief sie sich zur Ordnung: Dieser Teil des Falles ging sie nichts mehr an. Ihre einzige Aufgabe bestand darin, Antonias Vater ausfindig zu machen.

Sie hob den Kopf und lauschte. Ihr nächster Mandant war eingetroffen, sie hörte ihn mit Renate sprechen. Ach, und da bog auch Gerrits Wagen in die Auffahrt.

***

»Das gibt's nicht«, sagte Grünberger, »und was haben Sie dann gemacht?«

»Ich hab ihm eine herzliche Ohrfeige verpasst.« Renate Heeren kicherte. »Danach hat er mich nie wieder eines Blickes gewürdigt.«

»Da ist ihm aber was entgangen«, schmeichelte er. »Warum haben Sie ihn nicht angezeigt?«

»Ach was, er war damals schon über achtzig. Sein Alter ist allerdings immer noch kein Hinderungsgrund für ihn, Marilene kann Ihnen das aus leidvoller Erfahrung bestätigen.«

»Ist wahr? Ich werde sie bestimmt danach fragen.«

»Ja«, sann Heeren nach, »in vierzig Jahren erlebt man schon einiges mit den geschätzten Mandanten, das können Sie mir glauben.«

»Gern mehr davon«, log er, »einer guten Geschichte konnte ich noch nie widerstehen.«

»Beim nächsten Mal«, versprach sie, »das wird es doch geben?«

Neugierig bis zum Gehtnichtmehr, dachte er abfällig. »Das

hängt leider nicht von mir ab«, behauptete er jedoch, entgegen seiner Gewissheit.

»Sie machen das schon«, versicherte sie, »nur jetzt, glaube ich, lohnt sich das Warten wirklich nicht. Frau Müllers nächster Mandant müsste jeden Augenblick eintreffen. Wollen Sie ihr nicht einfach eine Nachricht hinterlassen?«

»Man wirft mich auf die Straße«, klagte er theatralisch.

»Nicht doch, so war das nicht gemeint.«

»Schon klar«, sagte er. »Wissen Sie was? Lassen Sie mich einfach noch ein wenig hier sitzen. Vielleicht kommt der Mandant ja doch nicht. Ich halte Sie auch nicht länger von der Arbeit ab, versprochen.« Er legte sich die Hand aufs Herz.

»Na gut«, gab sie nach, »ganz, wie Sie möchten.« Sie wandte sich dem Bildschirm zu, steckte sich einen Stöpsel ins Ohr und begann zu tippen.

Er nahm eine Zeitschrift vom Tischchen vor ihm und gab vor, darin zu lesen. Tatsächlich lauschte er angestrengt. Zu schade, dass dieser Raum nicht zur Straße zeigte.

***

Marilene stand auf, um Renate zu erlösen und den Mandanten hereinzuholen. Was war das für ein Geräusch? Sie erstarrte mitten in der Bewegung. Es klang bedrohlich, ein dumpfes Grollen, wie von Donner, ein fernes Gewitter, doch das konnte es ja wohl nicht sein, nicht zu dieser Jahreszeit. Irgendeine Maschine wahrscheinlich, sie schüttelte das Unbehagen ab, das sie kurz gestreift hatte, und ging zum Fenster. Ein Laubbläser vielleicht? Nichts zu sehen. Sie wollte sich schon abwenden, überlegte es sich dann doch anders und öffnete das Fenster.

Das Grollen war ein Knurren, erkannte sie nun, ein Hund, und es klang verdammt gefährlich. Hoffentlich war das Vieh angeleint und trug einen Maulkorb, sonst sähe es schlecht aus für die Katze oder was den Unmut des Tiers auch erregt haben mochte. Sie wandte den Kopf nach rechts und zuckte zurück.

Der Hund war in ihrer Einfahrt, verflucht, sie sah nur sein Hinterteil, welcher Idiot – ein Fuß zappelte in ihr Blickfeld, jemand lag da am Boden, oh Gott, »Nein!«, kreischt sie und stolpert rückwärts, sieht sich panisch nach einer Waffe um, irgendwas, womit sie den Hund vertreiben könnte, im Schuppen wäre … nein, das dauert zu lang, mach hin!, treibt sie sich an, schnappt sich den Briefbeschwerer, eine kleine, viel zu kleine Pyramide aus Onyx, und stürmt blindlings hinaus. »Schnell, ruf Polizei und Krankenwagen!«, befiehlt sie Renate, »Hundeattacke!«, weg ist sie, zur Tür hinaus, ihr Atem stockt, doch sie rennt weiter, dieser Hund will nicht spielen, er will töten. Er hat sich in Gerrits linkem Arm verbissen und zerrt daran, als wolle er ihn rausreißen, Blut, viel Blut, und Gerrit ist kreideweiß, plötzlich gibt der Hund den Arm frei, kurz schaut er auf, wie um einzuschätzen, ob von ihr Gefahr droht, er schüttelt sich, dass Blut und Speichel fliegen, diese Augen wird sie nie vergessen, Gerrit krümmt sich, versucht Kopf und Hals zu schützen, unmöglich mit nur einem unverletzten Arm, und jetzt geht ein Zittern durch das Tier, der Hund reißt das Maul auf und fixiert sein Ziel, warum kriegt sie nicht genug Luft?, noch drei Schritte, zwei, sie holt weit aus, gib mir Kraft, fleht sie, und ein letzter, dann ist sie da, ihr ist, als höre sie, wie ihre Hand niederrauscht, doch der Schlag, den sie dem Tier versetzt, den hört sie nicht, zu schwach, viel zu schwach, sie holt noch einmal aus, trifft auch, doch der Hund schaut nicht mal nach ihr und stürzt sich hinab, Gerrit die Kehle zu zerfetzen, und sie will schreien, kann nicht, nimmt beide Hände, hebt den Stein, und auf einmal ist da noch jemand, und er hat ein Messer, springt hierhin und dorthin für den richtigen Winkel, und Marilene schließt ergeben die Augen, starr, vollkommen starr, bis das Jaulen des Hundes anzeigt, dass er getroffen ist, nicht Gerrit, dann sackt sie zu Boden.

Das Heulen herannahender Sirenen brachte sie zu sich, und sie öffnete vorsichtig die Augen. Gerrit lag direkt vor ihr. Atmete er? Sie war sich nicht sicher, zwang sich, den Blick nicht abzuwenden, nicht zu der Bestie zu schauen, der Hund war tot, ganz sicher, keine Gefahr mehr, kein Grund, sich zu vergewissern. Atme, beschwor sie Gerrit und stützte sich auf den Ellbogen, um besser sehen zu können. Sein Gesicht war erschreckend bleich und zeigte keine Regung, nur ein Lufthauch, der mit seinen Wimpern spielte, täuschte Leben vor, sie robbte näher, bis sie seinen Kopf berühren konnte, streichelte ihm übers Haar. »Atme«, wimmerte sie.

»Fast«, krächzte Gerrit.

Was meinte er? Abermals wellte Panik in ihr auf, fast atmen? Nicht doch, bat sie und streichelte weiter seinen Kopf, heftiger als zuvor, eigentlich kein Streicheln mehr.

»Gesagt«, fügte Gerrit hinzu.

Das ergab keinen Sinn.

Ein Sanitäter kam auf sie zugerannt, zog sie an den Füßen fort, ein kleines Stückchen nur, doch Marilene versuchte, wieder heranzukriechen. Er blockierte den Weg, hockte sich hin und fühlte Gerrits Puls. »Wir kümmern uns jetzt um ihn«, sagte er.

Ihren Beinen nicht trauend, setzte Marilene sich auf. Ein zweiter Sanitäter kam hinzu und schaute sie fragend an.

Marilene deutete auf Gerrit. »Bei mir ist alles in Ordnung«, sagte sie zittrig. Eine glatte Lüge, nichts würde je wieder in Ordnung sein, wenn Gerrit nicht durchkäme.

Der Notarzt traf ein, sprang beherzt aus dem Wagen und hüpfte, seine Tasche schlenkernd, auf sie zu, tapsig wie ein Welpe, gewiss ein Hochstapler, undenkbar, dass so ein Kind Arzt war, jedenfalls nicht fertig, sie wollte einen richtigen Arzt für Gerrit, keinen Praktikanten.

Zeitgleich traf der Streifenwagen ein, und auch dessen Insassen waren eben erst der Pubertät entwachsen, die Jungs näherten sich bedächtig, Hände an der Waffe. »Ist er tot?«, fragte der Pickligere.

Wer nun, der Hund oder Gerrit? Marilene zuckte mit den Achseln.

Sachte stupste er das Tier mit der Fußspitze an, es zeigte keine Regung. Ratlos schauten sie auf den Hund hinab.

»Wer war das mit dem Messer?«, fragte der andere gegen den Boden gerichtet.

Gute Frage, wo war der Mann?

»Ich, und es ist ein Brieföffner, was anderes war grad nicht zur Hand«, sagte Olaf.

Olaf? Marilene schaute hinter sich. Olaf. Wo kam der denn her?

***

Sie hatte ihn drinnen glatt übersehen, erkannte er, ging in die Hocke und beantwortete die Frage, die ihr ins Gesicht geschrieben stand. »Was für ein Glück, dass ich dich besuchen wollte«, sagte er, »du musst unbedingt deinen Schlagarm trainieren.«

Ihr Lächeln verunglückte, doch sie ließ es zu, dass er ihr aufhalf. Sie drohte, wegzukippen, war fast so bleich wie der Junge, und er stützte sie. »Wo ist der Halter dieser verdammten Bestie?«, fragte er, nicht, dass jemand hier auf dumme Gedanken käme, und sein Blick traf sich mit dem eines Mannes auf der anderen Straßenseite, bis Steinhauer gemächlich davonfuhr und ihm die Sicht versperrte.

Die Beamten schauten einander ratlos an. »Wir nehmen ihn mit, oder?«, fragte einer der beiden.

»Jau«, sagte der andere und ging zum Eingang, wo Renate Heeren tränenüberströmt die Hände rang. »Haben Sie eine Plane oder Plastiktüte?«, fragte er.

Sie nickte stumm und verschwand ins Haus.

»Hat jemand den Vorfall beobachtet?«, erkundigte sich der Beamte.

Anscheinend ja, dachte Grünberger. Der Mann gegenüber blickte Steinhauers Wagen hinterher, bis der außer Sicht war, bevor er sich wieder den Vorgängen hier zuwandte, die Lippen wie zum Pfiff gespitzt.

Marilene fand ihre Stimme wieder. »Ich hab drinnen das Knurren gehört, aber da war er schon über ihn hergefallen …«

»Frau Müller ist im Büro an mir vorbeigerast, sie hat was von einer Hundeattacke gerufen«, vervollständigte er die Aussage, laut und deutlich sprechend, »da habe ich nach einem Brieföffner gegriffen und bin ihr hinterher. Zum Glück«, wiederholte er. »Sie hat versucht, ihm den Schädel einzuschlagen, also dem Hund, aber sie war nicht sehr erfolgreich.« Er blickte wieder unauffällig hinüber und entspannte sich: Der Mann drehte sich gerade fort und schlenderte pfeifend Richtung Innenstadt.

»Wir nehmen Ihren Sohn jetzt mit«, kündigte der schnöselige Notarzt an und richtete sich wieder auf.

»Er ist nicht mein Sohn«, berichtigte Marilene, »er ist zu Besuch hier.«

»Oh, dann informieren Sie bitte seine Familie. Und sorgen Sie dafür, dass sein Impfpass beigebracht wird.«

»Kommt …«, sie stockte, wurde schon wieder käsiger, »kommt er durch?«

»Wir tun unser Bestes«, behauptete der Arzt, »aber ein Hundebiss ist immer gefährlich, primär wegen der Infektionsgefahr. Und in diesem Fall ist es ja kein simpler Biss – der Blutverlust …« Er fixierte die gerinnende Lache, als schätzte er die Menge ab, bevor er von dannen eilte.

»Welches Krankenhaus?«, rief Marilene ihm nach.

»Klinikum«, kam es zurück.

»Wir fahren gleich hinterher«, versprach Grünberger Marilene, »nur kurz Hände waschen, ja?«

Sie nickte.

»Drinnen bekommen Sie eine Visitenkarte«, sagte er in Richtung der Beamten, »oder brauchen Sie uns noch?«

»Wir melden uns, sobald wir den Halter ermittelt haben«, sagte der Aktionist unter den beiden.

Das würde ihnen nicht gelingen, der Hund besaß keinen Chip, und der Halter war fürstlich entlohnt und auf dem Weg in seine Heimat. Nun, da der seltsame Zeuge verschwunden war, ohne sich zu offenbaren, bestand keine Gefahr mehr. Er schaffte es, sich nicht auf die Schulter zu klopfen, doch es fiel ihm schwer. Er war einfach gut. Richtig gut.

Der Gedanke, sich als Retter aufzuspielen, war ihm erst gekommen, als Marilene wie geölt nach draußen gestürmt war. Eine Reaktion, mit der er absolut nicht gerechnet hatte. Normale Menschen riefen bei einer Hundeattacke die Polizei, statt sich selbst in Gefahr zu begeben. Er hatte nicht riskieren wollen, dass der Hund sich gegen sie wendete, und so war er zur Tat geschritten. Marilene würde ihm dankbar sein, und das konnte nicht schaden. Er glaubte nicht, dass sie verstanden hatte, was Gerrit da unzusammenhängend gestammelt hatte, sonst hätte sie das den Beamten sicher längst erzählt. Blieb nur Gerrit als Zeuge der eigentlichen Attacke, aber das Krankenhaus war ein ziemlich großer Kasten, da fände sich immer ein Weg, zu vollenden, was der Hund begonnen, aber nicht zum vorgesehenen Ende hatte bringen können.

***

»Dann in die Rechtsmedizin mit ihm«, ordnete Lübben an, »und zwar zackig, Blutwerte direkt ans Klinikum, der Rest an uns, klar?«

Offenbar passte Lübbens Gesprächspartner die Anweisung nicht, vermutete Zinkel, er konnte dessen Worte zwar nicht verstehen, aber der Ton war beredt ungehalten.

»Das ist mir egal«, würgte Lübben das Lamento ab, »schreib die Überstunden auf, und jetzt mach hin. Soll das Opfer etwa sterben, bloß weil ihr so lahmarschig wart? Das gibt's ja wohl nicht.« Er knallte entnervt das Telefon auf die Station. »Hundeattacke«, erläuterte er, »ein Kampfhund. Das Opfer liegt schwer verletzt im Krankenhaus, und die Kollegen wollten Schicht machen und das tote Vieh einfach beim Tierarzt lassen, statt dafür zu sorgen, dass die Ärzte Angaben über mögliche Krankheitserreger kriegen. Der Halter war nicht zugegen, kein Halsband, kein Chip. Ist das die Möglichkeit?!« Lübben donnerte mit der Faust auf den Tisch, sodass das Telefon wieder von der Station hüpfte. »Na, das passt ja«, pflaumte er das Gerät an, wählte und bat Staatsanwalt Klawitter, sich um die notwendigen Formulare zu kümmern.

»Ein Kampfhund ohne Chip«, überlegte Zinkel, nachdem Lübben das Gespräch beendet hatte, »klingt nach Milieu. Ich dachte, so was gibt's hier nicht.«

»Importiert«, konterte Lübben, »aber du hast recht, genau danach hört es sich an. Und wieso hab ich das Gefühl, dass die Zahl der Gewaltdelikte sprunghaft angestiegen ist, seit du zu uns gekommen bist?«

»Na, zumindest Körber kannst du mir nicht anlasten, der hat weit vor meiner Zeit ins Gras gebissen«, entgegnete Zinkel.

»Oder in die Küchenfliesen«, sagte Lübben. »Egal, der Bericht ist da. Mit einer Anfrage, was hier neuerdings los ist, siehst du, das fällt nicht nur mir auf. Jedenfalls ist es Körbers Blut, das wir bei Lilian gefunden haben.«

»Das war ja eh schon klar«, sagte Zinkel, »aber es ist nur ein Indiz und belastet Frau Tewes«, betonte er, »eben nur bedingt. Wir müssen herausfinden, ob ihr jemand was anhängen will, aber dafür müsste sie mit uns reden.«

»Ist deine Anwältin da weitergekommen?«, fragte Lübben.

»Anscheinend nicht, sie wollte mich anrufen, wenn ja.«

»Und wie zuverlässig ist sie?«

»Im Prinzip sehr, sie neigt bloß zu Alleingängen«, schränkte Zinkel ein. »Allerdings hat sie ein paar Begegnungen der potenziell tödlichen Art hinter sich, also hat sich das vielleicht gelegt. Was ist mit Siebenhaar«, kam er zurück aufs Thema, »kriegen wir einen Durchsuchungsbeschluss? Könnte doch sein, dass wir welche von Körbers Sachen bei ihm finden.«

»Ich kann's versuchen«, stimmte Lübben zu. »Dass Lilian ausgesagt hat, er wollte sie vergewaltigen, könnte dabei sogar hilfreich sein.«

Sturer Hund, dachte Zinkel, wie deutlich musste er werden, um Lübben klarzumachen, dass er Distanz wahren sollte? Lilian – das ging gar nicht. »Was ist mit den Speichelproben von Kathrins Mitschülern?«, fragte er.

»Kein Treffer.« Lübben fuhr mit dem Finger die Liste hinunter. »Silke Mangold und Jenny Degener stehen aber ja noch aus.«

Vor morgen würde das auch nichts werden, nahm Zinkel an, sie hatten die Proben erst gestern Abend entnommen, bei Silke Mangold unter großem Gezeter, wohingegen Jenny geradezu kleinlaut gewesen war. »Haben Sie mir das mit der Psychotusse eingebrockt?«, hatte sie ihn nach der Prozedur gefragt, worauf er ihr versichert hatte, dass die »Psychotusse« sehr nett sei, wenn auch etwas schräg. Das hatte Jennys Stimmung enorm aufgehellt, und er ahnte, warum.

»Dafür«, fuhr Lübben fort, »haben wir das Ergebnis der Vaterschaft. Wie wir vermutet haben: Eddi hat seine Schwester geschwängert. Und auf dem Seil sind ein paar Spuren von ihm, steht hier, allerdings nicht gehäuft am Zugende.«

»Also war es auf jeden Fall sein Seil, und Kathrin hat's im Keller gefunden«, folgerte Zinkel.

»Haben wir hier nicht«, warf Lübben ein. »Keller«, erläuterte er auf Zinkels verständnislosen Blick hin.

»Ja, egal, es heißt halt nicht unbedingt, dass Eddi Kathrins Mörder ist. Er könnte natürlich Handschuhe getragen haben, und ob wir die finden …«

»Also noch eine Durchsuchung.« Lübben machte sich eine Notiz. »Haben wir sonst noch was vergessen?«

»Im Moment fällt mir nichts ein«, sagte Zinkel, »aber ich hab den Eindruck, dass Klawitter die Probleme ohnehin lieber häppchenweise serviert bekommt, kann das sein?«

»Das kann ich nicht beurteilen. Wie gesagt, wir sind eine derartige Häufung von Gewaltdelikten nicht gewöhnt. Kannst du noch ins Klinikum und das Opfer befragen? Judith hat heute Weiberabend, und ich hab versprochen, die Mädchen zu hüten.«

»Sicher.« Zinkel fuhr den Computer runter und zog seine Jacke an.

»Soll ich dich fahren?«, fragte Lübben.

»Nö, bisschen Frischluft kommt mir grad recht. Bis morgen dann, mach's gut.«

Lübben winkte nur, und Zinkel verließ erleichtert das Gebäude. Reine Bürotage konnte er so wenig ausstehen wie Überwachungen. Zu lange am selben Platz war einfach nichts für ihn. Zwar gehörten Krankenhausbesuche auch nicht gerade zu seinen Lieblingsbeschäftigungen, doch besser, als sich mit Klawitter zusammenzusetzen, war es allemal. Obwohl der eigentlich ganz in Ordnung war; er hatte bislang kaum je Einwände gegen ihre Ermittlungen erhoben, und wenn, dann vorsichtig formuliert und ausgesprochen fundiert begründet; er war fix, wenn es darum ging, Formulare und Genehmigungen beizubringen; und er gab vor allem nicht den Klugscheißer, und da hatte er im Laufe seiner Karriere doch ganz andere Kaliber kennengelernt.

Zinkel zog die Jacke am Hals enger zusammen und legte einen Zahn zu. Es war mächtig kalt geworden, doch vielleicht kam es ihm nach den paar Tagen Pseudo-Sommer auch nur so vor. Die Nacht kroch gerade heran, sich über die neblige Trübsal dieses Tages zu legen. Zwei Krähen hackten etwas Totem die Augen aus, unbeirrt trotz des Raschelns von Laub unter seinen Füßen, nur kurz hob eine den Kopf und schaute ihn direkt an, Verwunderung im Blick, als drohte er, ihnen die Beute zu klauen. Erst ein dumpfes Bellen, wie von einem Nebelhorn, scheuchte sie auf, und sie stolzierten ein paar Schritte weiter, bevor sie heiser krächzend aufflogen, schwarz glänzende Boten des Unheils. Ihn schauderte unwillkürlich. Der Hund, der sie vertrieben hatte, tauchte wie ein Geist aus dem Nebel auf, ein sabberndes Riesenvieh, das träge den Schädel nach ihm wandte, bis sein unverhältnismäßig klein geratenes Herrchen ihn fortzerrte.

In der Klinik angekommen, erkundigte er sich nach dem Neuzugang und wurde an die Intensivstation verwiesen. Oje, dachte er, das hörte sich nicht gut an. Die Wegbeschreibung entfiel ihm schon nach dem ersten Richtungswechsel, der typische Krankenhausgeruch setzte noch jedes Mal seinem Erinnerungsvermögen zu, und er musste sich durchfragen. Endlich erreichte er die Station. Eine Schwester wies ihm den Weg zum Wartezimmer und bat ihn um Geduld, sie würde ihm den diensthabenden Arzt so bald wie möglich vorbeischicken.

Ein Paar befand sich in dem Raum; der Mann griff gerade nach einem Mantel und hielt ihn der noch im grünen Schutzkittel steckenden Frau hin, doch die wehrte ihn kopfschüttelnd ab, die universelle Wie-kannst-du-nur-Geste aller verzweifelten Mütter, hartnäckig darauf beharrend, dass allein ihre Anwesenheit den Unterschied zwischen Leben und Tod bedeutete. Zinkel öffnete behutsam die Tür.

»Na komm«, sagte der Mann, »du hast doch gehört, dass wir nichts tun können, lass mich dich nach Hause bringen.«

»Ich kann ihn nicht allein lassen«, sagte die Frau und wandte sich von ihm ab.

»Marilene?«, entfuhr es Zinkel. »Was machst du denn hier? Oh nein«, es dämmerte ihm, »ist etwa Gerrit ...?«

Ihre Augen quollen über, und sie nickte nur.

»Und Sie sind?«, erkundigte sich der Mann, Misstrauen im Blick.

»Zinkel, Kripo.« Er verzichtete darauf, seinen gerade erst verstauten Ausweis wieder hervorzukramen. »Wie geht's ihm?«

Marilene rang um Fassung. »Er ist nicht bei Bewusstsein, man kann noch gar nichts sagen, die Gefahr einer Infektion – wer weiß, was das Tier für Krankheiten hatte. Ich mag nicht weg hier, wenigstens bis seine Familie eingetroffen ist ...«

Ein Flehen um Beistand, nahm Zinkel an. »Das kann ich gut verstehen«, sagte er. »Kannst du mir erzählen, was passiert ist?«

Sie nickte und schloss die Augen, wie um sich zu sammeln. »Ich hab auf einen Mandanten gewartet«, sagte sie, »und auf einmal war draußen so ein Knurren zu hören, also bin ich ans Fenster und hab den Hund gesehen, und das Bein von jemandem, der auf dem Boden lag, und dann ist mir klar geworden, dass das Gerrit sein musste, er war gerade zurückgekommen ...« Wieder verlor sich ihre Stimme.

»Sie ist rausgerast«, sprang der Typ ein, »und hat was von einer Hundeattacke geschrien. Ich war im Vorzimmer, also hab ich mir einen Brieföffner vom Tisch geschnappt und bin ihr hinterher. Sie hat allen Ernstes versucht, dem Hund den Schädel einzuschlagen, mit einem winzigen Stein, aber mehr als ein paar Beulen dürfte er nicht davongetragen haben. Frauen«, er bedachte Marilene mit einem gönnerhaften Blick, »Frauen und die Scheu, eine lebendige Kreatur zu verletzen, egal, um was für eine Bestie es sich handelt.«

»Ich wollte ihm nicht den Schädel einschlagen, ich wollte ihn in die Flucht schlagen«, differenzierte Marilene, »aber das hat nicht geklappt. Also war es gut, dass er da war.« Sie deutete mit dem Daumen auf ihren Begleiter. »Olaf Grünberger«, stellte sie ihn vor.

»Das war nicht leicht«, übernahm Grünberger wieder, »ich wollte Gerrit ja nicht treffen, aber es ist mir gelungen, dem

Hund den Brieföffner in den Hals zu rammen, und anscheinend hab ich eine gute Stelle getroffen, denn er war fast sofort tot. Wissen Sie schon, wem das Tier gehört?«, fragte er.

»Leider nein«, sagte Zinkel, »kein Chip.«

»Ich dachte, das wär Pflicht?« Grünberger warf sich rechtschaffen in die Brust wie einer, der im Leben noch kein Gesetz übertreten hatte.

»Wir bleiben dran«, sagte Zinkel nur. Er wüsste gar zu gern, warum Grünberger anwaltlichen Beistand brauchte, da war etwas Lauerndes in seinem Blick, das ihm merkwürdig vorkam. »Aber danke für Ihre Aussage«, fügte er hinzu, »ich will Sie nicht länger aufhalten.«

»Geh nur«, pflichtete Marilene ihm bei, »ich komm klar, und sobald Gerrits Familie eintrifft, geh ich auch nach Hause.«

»Na dann«, sagte Grünberger. »Ich melde mich morgen bei dir, ja?«

»Mach das«, sagte Marilene, »bis dann, und danke erst mal für deine Hilfe.«

»Ich bin froh, dass ich da war.« Grünberger zog sie an sich und klopfte ihr aufmunternd die Schulter, bevor er sie wieder freigab und mit einem Nicken grob in Zinkels Richtung den Raum verließ.

»Ein Mandant von dir?«, erkundigte sich Zinkel beiläufig.

»Nö, Jugendfreund.« Sie öffnete die Tür in ihrem Rücken, trat in den schmalen Flur dahinter und stellte sich vor das zum Intensivbereich zeigende Fenster.

Er gesellte sich zu ihr. Der Raum war hell erleuchtet, vier der Betten belegt, über allen schwebte ein Bildschirm, auf dem blinkende Kurven die Vitalfunktionen anzeigten, ein irrsinniges Gewirr von Infusionsbeuteln, Schläuchen und Kabeln, einem armen Kerl ragten Schrauben aus dem Kopf, ein einziges Elend. Er entdeckte Gerrit, und auch er wirkte mehr tot als lebendig, kreideweiß, sein Arm sah fürchterlich aus, regelrecht zerfetzt und roh, doch der Monitor blinkte gleichmäßig, also war wohl im Augenblick alles im Lot, hoffte er und zwang sich, den Blick auf die Anzeige zu konzentrieren, nichts sonst, und schon gar nicht zu denken.

»Du kannst nichts dafür«, sagte er.

»Ich weiß, trotzdem fühle ich mich verantwortlich. Er war mein Gast, auch wenn er sich selbst eingeladen hat. Aber ich hab ihn zum Baumarkt geschickt, und wenn ich das nicht gemacht hätte, nicht in dem Moment wenigstens, dann wäre nichts passiert«, klagte sie.

»Das kannst du nicht wissen, genauso gut hätte er vom Bäcker kommen können oder sonst woher. Hat er noch was gesagt, bevor er ins Krankenhaus gekommen ist?«

»Nein. Ja«, berichtigte sie, »aber das machte keinen Sinn. Ich hab gesagt, er soll atmen, und darauf hat er ›fast‹ gesagt. Ich hab Panik bekommen, dachte, wie, fast atmen?, und dann hat er noch was gemurmelt, es klang wie ›gesagt‹, ›fast gesagt‹ macht auch keinen Sinn.«

»Du bist sicher, dass es ›fast‹ war, das T war ganz deutlich?«

»Wieso? Ach du Schreck«, sie schlug sich die Hand vor den Mund, »das ist es: Fass. Jemand hat ›Fass‹ gesagt. Dann …«

»Ja«, sagte Zinkel, »wenn das stimmt, war es Absicht.«

»Aber warum? Und warum Gerrit? Der kennt doch niemanden hier, außer uns und Antonia und ihre Familie.« Sie wandte sich vom Fenster ab und begann, auf und ab zu laufen, mit erhobenem Zeigefinger, wie um ihn am Reden zu hindern. »Gerrit interessiert sich für Antonia, und ich hatte den Eindruck, das beruht auf Gegenseitigkeit. Was ist, wenn es die ganze Zeit um Antonia gegangen ist? Wenn niemand ihr zu nahe sein darf. Hey, und auch ihre beste Freundin nicht.« Sie blieb abrupt stehen. »Seid ihr da schon weiter?«

»Sagen wir's mal so: Es gibt verschiedene Ansätze, auch verschiedene denkbare Motive, aber bislang keine konkreten Beweise.« Zinkel versuchte, einigermaßen vage zu bleiben. »Und dein Gedanke ist dann die dritte Richtung, in der *wir*«, betonte er, »ermitteln werden. Ich rede mit Antonia, vielleicht hat sie ja sogar was bemerkt, dass ihr jemand nachstellt oder ihr sonst wie zu nahe tritt.«

»Das geht nicht«, wandte Marilene ein, »Antonia hat versucht, sich das Leben zu nehmen. Sie ist in der Psychiatrie.«

»Was?« Zinkel schüttelte fassungslos den Kopf. »Doch nicht

Antonia. Wann ist das passiert? Und wie? Und warum weiß ich nichts davon?«

»Gestern nach unserem Telefonat. Ich hatte zu viel zu tun, und so hab ich Gerrit gebeten, hinzufahren. Er sollte versuchen, herauszufinden, warum Antonias Mutter keinen Anwalt wollte. Oder warum sie mich nicht wollte. Er war völlig durch den Wind, als er zurückkam, ich glaube, er hat die ganze Nacht nicht geschlafen. Darum habe ich ihn ja überhaupt zum Baumarkt geschickt, er soll nämlich Lothars Wohnung renovieren, und ich dachte, Arbeit würde ihn ablenken.«

»Lothars Wohnung?«, wunderte sich Zinkel; sie plapperte ziemlich wirres Zeug, fand er.

»Hm?« Sie schaute ihn verständnislos an. »Ach so«, begriff sie, »Lothar ist mein Vermieter aus Wiesbaden, du kennst ihn doch. Wir betreiben ab Januar eine Sozietät, und er bezieht die Wohnung oberhalb von meiner.«

Zinkel konnte nicht anders, er brach in Gelächter aus, dämpfte es jedoch augenblicklich. »Und Gerrit habt ihr adoptiert, bei gemeinsamem Sorgerecht, ja?«

Sie lächelte, wenn auch kläglich. »Eigentlich ist es eher umgekehrt, Gerrit ist uns zugelaufen oder so. Wenn er nur durchkommt …«

Er tätschelte ihr beruhigend den Arm. »Das wird schon werden«, sagte er und merkte selbst, wie lahm das klang. »Also, weißt du, was passiert ist? Und in welcher Klinik steckt Antonia überhaupt?«

Sie schüttelte den Kopf. »Nein. Antonias Mutter hat es erst von ihrem Mann erfahren, genau in dem Moment, als Gerrit dort war, und sie hat ihm einfach die Tür vor der Nase zugeknallt. Wir wissen also gar nichts.«

»Ich kümmere mich darum. Hoffentlich macht Frau Tewes jetzt endlich den Mund auf, denn irgendetwas verschweigt sie uns.« Erstaunt beobachtete er, wie Marilene errötete. »Du weißt, was es ist, hm?« Er kniff die Augen zusammen und schaute sie scharf an.

Sie wand sich. »Ich kann's dir nicht sagen, nicht ohne Genehmigung von Antonia. Vielleicht könnten wir sie zusammen besuchen, wenn du herausfindest, wo sie ist, dann krieg ich das hin.«

»Na gut«, gab er sich zufrieden, »dann machen wir das so. Jetzt würde ich gern Handy-Nummern austauschen, so geht das nicht, dass ich nur per Zufall erfahre, wenn was passiert.«

Sie nickte und folgte ihm auf den Flur hinaus. Kaum hatten sie die jeweilige Nummer eingegeben, kam ein Pfleger im wehenden Kittel auf sie zugehetzt.

»Sind Sie die Eltern?«, fragte er und trat dabei auf der Stelle.

»Kripo«, sagte Zinkel und tastete nach seinem Ausweis.

»Doktor Junghammer«, stellte sich der vermeintliche Pfleger vor. »Da es sich um einen Kampfhund handelt, haben wir postexpositionelle Prophylaxe gegen Tollwut verabreicht«, er sprach hektisch, »antibiotische Therapie ist ebenfalls eingeleitet, die Wunde müssen wir wegen der Infektionsgefahr vorläufig offen halten, und alles Weitere muss die Zeit zeigen.« Und weg war er.

»Speedy Gonzales«, flüsterte Zinkel fassungslos. Er schaute zur Seite. Marilene stand mit offenem Mund neben ihm, genauso perplex wie er. »Okay, dann mach ich mich jetzt mal auf den Weg. Aber wir halten uns gegenseitig auf dem Laufenden ja?«, vergewisserte er sich nochmals.

Sie nickte stumm, reichte ihm die Hand drauf und ging zurück auf ihren Posten.

***

Sie rennt um ihr Leben. Ihr Atem rasselt in den Ohren, trotzdem hört sie ihren Verfolger, er kommt näher, immer näher, schneller, treibt sie sich an, und ihre Füße trommeln auf den Boden, die Häuser ringsum scheinen unbewohnt, wie seltsam, kein Mensch auf der Straße, niemand, der ihr helfen könnte, keine offen stehende Tür, hinter die sie sich flüchten könnte, sie ist völlig auf sich allein gestellt, es gibt nur sie und ihn, und sie wird verlieren, sie hat keine Chance, spürt, wie ihre Beine allmählich erlahmen, ein Stückchen noch, fleht sie; wenn sie es schafft, die nächste Ecke zu erreichen, dort wohnen Menschen, sie weiß es genau, dort würde sie Hilfe bekommen, wenn sie laut genug riefe, nicht mehr weit, zehn Meter?, höchstens zwanzig, sie zählt rückwärts, im Rhythmus ihrer stampfenden Schritte, neunzehn, achtzehn, sie stolpert, strauchelt, nicht fallen!, schreit es in ihr, siebzehn, sechzehn, sie stürzt, und noch im Fallen spürt sie das Tier sich in ihrem Bein verbeißen, ein unerträglicher Schmerz fährt durch ihren ganzen Körper hinauf bis in den Kopf, und endlich brach ein Schrei sich Bahn.

Schlagartig wach. Es dauerte einen Moment, bis Marilene sich erinnerte, wo sie war, der Traum zu real, um sich einfach abschütteln zu lassen. Hatte sie etwa laut geschrien und war davon wach geworden? Der Biss jedenfalls war ein Wadenkrampf und noch nicht vollständig abgeklungen. Sie bückte sich, um die Wade zu massieren, stand schließlich auf und ging ein paar vorsichtige Schritte bis zum Fenster.

Jenseits der Scheibe war alles ruhig. Die Monitore über Gerrits Bett zeigten wie zuvor Kurven und Zahlen, die sie zwar nicht zu deuten vermochte, aber Gefahr würde hektisches Blinken zeitigen, eine gerade Linie, eine Null. Dies war Leben. Ein Pfleger betrat den Raum, wechselte bei einem der anderen Patienten die Infusionsflasche und kontrollierte auch die übrigen. Er ging ohne Hast wieder hinaus. Alles in Ordnung.

Marilene gähnte und schaute auf ihre Uhr. Gleich eins. Sie brauchte dringend einen Kaffee, sonst würde sie sofort wieder einschlafen. Sie wandte sich zur Tür und erstarrte. Sie war nicht allein. Sie war überhaupt noch nicht wach. Schlimmer noch, es war keine Frage von Wachen oder Schlafen, es war eine Frage von lebendig oder tot: Drei Engel standen dort, die Hände zum Gebet gefaltet, die Augen geschlossen und die Köpfe gesenkt. Rauschbraune Locken fielen in Kaskaden bis zu den Hüften, verdeckten gar die Flügel. Allein die Gewänder erschienen Marilene etwas seltsam, aber was wusste sie schon, vielleicht war dies Grün im Himmel gerade aktuell, und die Turnschuhe? Ein Traum, ein Trugbild, Marilene trat näher und streckte den Arm nach dem jüngsten Engel aus, gewiss, dass ihre Hand einfach hindurchgleiten würde. Der Engel öffnete die Augen, braune Augen, Gerrits Augen.

»Hallo, ich bin Gerrits Schwester Paula, du musst Marilene sein. Danke, dass du auf uns gewartet hast.«

Marilene nickte zögernd, sie traute weder ihrem Zustand noch ihrer Stimme.

»Das ist Hanna«, fuhr Paula fort, »die Älteste von uns, und dies«, sie berührte die Schwester sanft am Arm, »dies ist Rebekka. Wie geht's ihm?«

»Ich …«, krächzte Marilene und räusperte sich, »mir hat der Arzt nicht viel gesagt, man wird abwarten müssen …«

»Typisch Ärzte«, sagte Paula, »aber kein Problem, Hanna kriegt da mehr raus.«

»Ihr solltet noch wissen«, Marilene verkniff sich ein Gähnen, »dass das Absicht gewesen sein könnte und kein Unfall mit einem entlaufenen Hund. Könnte«, wiederholte sie, »die Polizei ermittelt jedenfalls.«

»Wenn das so ist, werden wir hier Wache halten.« Hanna stemmte die Hände in die Hüften. »Wir teilen uns das auf in Schichten von fünf Stunden, ich übernehme die erste«, bestimmte sie, »Rebekka, du die zweite. Wie ist das, kannst du uns unterbringen?«, wandte sie sich an Marilene, »zwei Schlafplätze reichen jeweils.«

»Sicher, das ist das Mindeste …«

Hanna unterbrach sie. »Wir reden morgen, und jetzt ab mit euch. Gute Nacht.« Sie scheuchte sie hinaus wie eine Schar von Gänsen.

Paula grinste. »Denk dir nichts dabei, sie ist immer so.«

»Was ist mit euren Eltern?«

»Die sind schon lange tot.« Sie bekreuzigte sich. »Gerrit war erst zehn, als sie verunglückt sind, Hanna war da schon zwanzig, wir konnten also zusammenbleiben.«

»Das tut mir leid«, sagte Marilene und wunderte sich, dass Gerrit nie darüber gesprochen hatte.

»Gerrit redet nicht gern darüber«, sagte Paula, »ein tief sitzendes Trauma, das er hinter seiner Flapsigkeit verbirgt. Hab ich gelernt, ich studiere Psychologie«, schob sie hinterher.

»Und du, was machst du?«, wandte Marilene sich an Rebekka.

»Sie ist Landschaftsgärtnerin«, antwortete Paula an ihrer statt und senkte die Stimme, »sie redet lieber mit Pflanzen als mit Menschen. Und Hanna – nun, Hanna ist Soldatin.«

»Oh«, entfuhr es Marilene, »interessant.«

»Ja, nicht? Rate mal, warum ich Psychologie studiere. Wenn Gerrit nur durchkommt«, flehte sie, »er sollte nämlich mein erster Klient werden. Sag's ihm aber nicht, sonst macht er noch schlapp, und er muss doch jetzt ordentlich kämpfen.«

Marilene schwante, dass er längst Bescheid wusste und darum Fluchtpläne schmiedete. »Das wird schon«, sagte sie mit mehr Hoffnung denn Gewissheit, »er ist jung und kräftig, er wird das schaffen.«

***

Oder auch nicht, dachte Grünberger, manchmal wurden gerade die Jungen ganz unerwartet dahingerafft. Er erwartete, dass Marilene sich von den beiden Frauen verabschiedete, aber sie steuerten gemeinsam auf einen Kombi mit Wiesbadener Kennzeichen zu. Demnach dürfte es sich um Gerrits Familie handeln. Er stieg aus seinem Wagen und sprintete hinterher.

»Marilene!«, rief er, und drei Köpfe fuhren zu ihm herum, »wie geht's Gerrit? Ich hab x-mal bei dir angerufen«, was stimmte, »und dass du jetzt immer noch nicht zu Hause warst, hat mich so beunruhigt, dass ich lieber hergekommen bin«, sagte er, sobald er die kleine Gruppe erreicht hatte, und auch das stimmte. Irgendwie.

»Unverändert«, sagte Marilene. »Das sind Gerrits Schwestern«, stellte sie unvollständig vor, »und das ist der Mann, der Gerrit das Leben gerettet hat, Olaf Grünberger.«

Die Gesichter der beiden hellten sich auf. »Toll«, sagte die Jüngere und reichte ihm die Hand, »vielen, vielen Dank, wir machen's wieder gut, sobald er über den Berg ist, dann feiern wir ein richtig großes Fest mit Ihnen als Ehrengast, ganz bestimmt.«

Ein Fest würde es geben, nur eben kein fröhliches, dachte er. Sie hörte gar nicht mehr auf, seine Hand zu schütteln, und er gab sich verlegen. »Kein großes Ding«, behauptete er, »jeder hätte das getan, das ist doch selbstverständlich.«

»Das bezweifle ich«, sagte sie, »aber jetzt müssen wir, leider, sonst verschläft«, sie warf einen Blick zur Schwester, »Rebekka nachher ihre Schicht.«

»Sie haben sich aufgeteilt? Gute Idee«, lobte er. »Das heißt, es gibt noch mehr Schwestern?« Er riss ungläubig die Augen auf.

»Wir sind zu dritt«, erklärte sie, »das macht's leichter. Also bis dann, gute Nacht.«

Er verabschiedete sich per Handschlag, zog nur Marilene kurz und leicht an sich. Sie ließ es geschehen, das war doch immerhin ein Anfang. »Melde dich, wenn ich was tun kann, ja?«, bat er, und sie nickte.

Er schaute den Frauen hinterher. Gut, dass er zurückgekommen war, nachdem er die Wanzen in ihrer Wohnung installiert hatte. So kannte er wenigstens schon mal zwei der Schwestern, und sie würden ihn jederzeit an Gerrit heranlassen, sollte das vonnöten sein. Solange der sich auf der Intensivstation befand, wäre ein Eingreifen ohnehin zu gefährlich, er musste warten, bis er verlegt wurde, und das konnte dauern. Ewig würden die Schwestern ja wohl auch nicht hierbleiben können, nahm er an. Was ihm jetzt noch fehlte, war Zugang zu Marilenes Adressbuch, dann könnte er künftig auch ihre Handy-Gespräche mithören.

12

Allein. Zum allerersten Mal in ihrem Leben war sie vollkommen allein. Gelähmt vor Angst. Ihr Herz schlug zu heftig, und sie legte die Hand auf die Brust, wie um den Galopp zu bremsen. Es funktionierte nicht, natürlich nicht. Nur nicht schlappmachen, beschwor sie sich, irgendwann würde Antonia nach Hause kommen, und sie würde sie brauchen. Oder auch nicht. Antonia hasste sie, und sie konnte sie sogar verstehen. Ohnehin hatte sie eine Tochter wie Antonia nicht verdient, und nun hatte sie auch noch ihr Leben leichtfertig aufs Spiel gesetzt.

Ihre Tabletten. Seit Frank ihr gesagt hatte, was passiert war, kreisten all ihre Gedanken um diese zwei Wörter. Ihre Tabletten. Sie könnte schreien. Nein, konnte sie auch nicht. Wollte sie zwar, ging aber nicht. Ihr fehlte die Kraft, die Energie. Sie kam sich vor wie unter Wasser, alles war dumpf und verschwommen und farblos. Wenn Antonia gestorben wäre, wäre auch sie nicht mehr am Leben. Sie hatte überlegt, wie sie das machen würde, und beschlossen, auf die Rasierklinge zurückzukommen, das wäre das Einfachste, nun, da die Tabletten fehlten. Ihre Tabletten. Aber Antonia lebte, und so hielt sich noch ein winziger Fetzen Hoffnung, dass doch noch alles wieder gut werden würde. Eines Tages. Irgendwann. Vielleicht?

Was an ihr zehrte, war die Ungewissheit. Würde alles gut werden? Oder eher noch schlechter? Sie wünschte, sie könnte eine Entscheidung herbeiführen, und zwar jetzt sofort. Sie hielt dieses Warten nicht aus. Die Zeit dehnte sich unendlich, und sie wusste nicht, was sie machen konnte, um sie auszufüllen. Sie könnte putzen, überlegte sie. Ach was, es war sauber genug. Sie könnte Unkraut jäten. Zu kalt, zu trüb, zu neblig, keine Lust. Warum nur hatte sie nachgegeben und ihren Job gekündigt? Da hätte sie funktionieren müssen. Jetzt gab es keinen Grund, irgendetwas zu tun. Niemand da, der versorgt werden müsste. Nur sie selbst. Sie zuckte mit den Achseln, sie hatte nicht mal Hunger.

Es klingelte. Sie blieb sitzen. Sicher nur ein Bote, der ein Paket für einen Nachbarn loswerden wollte. Ein einziges Mal hatte sie geöffnet, und da war sie gezwungen gewesen, auf so einen komischen Kasten etwas zu kritzeln, das einer Unterschrift wenigstens ähnelte. Das Paket hatte sie dann »vergessen« müssen, weil sie nicht wusste, für wen es war. Antonia hatte es schließlich übergeben. Seitdem mied sie Boten. Inzwischen wusste sie, wann die verschiedenen Firmen ihre Runde fuhren, und blieb in der Zeit einfach unsichtbar.

Es klingelte noch mal. So hartnäckig waren die sonst aber nicht, sie duckte sich sicherheitshalber und rutschte auf ihrem Stuhl noch weiter nach unten.

»Frau Tewes, ich weiß, dass Sie da sind, bitte machen Sie die Tür auf!«

Der Polizist! Sie schaute auf und erwischte ihn dabei, wie er vor ihrem Küchenfenster hochhopste, um oberhalb der Gardine hereinschauen zu können. Es sah witzig aus. Widerwillig stemmte sie sich hoch. »Ich komm ja schon«, murmelte sie und schlurfte langsam zur Tür. Vielleicht gab Zinkel auf, bevor sie dort war. Hauptsache, er hielt die Klappe. Die Nachbarn hatten sowieso schon zu viel mitbekommen.

»Morgen«, sagte er, »darf ich reinkommen?«

»Wenn's sein muss«, sagte sie ungnädig, sollte er ruhig merken, dass er nervte. Sie ging voran in die Küche und setzte sich wieder an ihren Platz. Es war ihr gleichgültig, ob er ihr folgte oder wieder das Haus auf den Kopf stellte.

»Ich müsste Antonia sprechen«, sagte er und setzte sich ungebeten zu ihr an den Tisch.

Zu nah, fand sie und rückte etwas weiter. Der Stuhl quietschte auf den Fliesen. »Sie ist krank, im Krankenhaus«, wich sie aus.

»In der Psychiatrie, ich weiß. Gerrit hat erzählt, was passiert ist. Es tut mir leid.«

»Ich darf nicht zu ihr, es gibt eine Kontaktsperre, bis es ihr besser geht«, schon wieder Tränen, verdammt, sie wischte sie fort. »Frank, also mein Mann, hat mir gar nicht erst gesagt, wo er sie hingebracht hat, damit ich keine Dummheiten mache und sie aufrege.«

»Dann muss ich mit Ihrem Mann sprechen«, verlangte er.

»Das geht nicht, er ist auf Geschäftsreise.«

»Wohin?«

»Ständig unterwegs.«

»Wie lange?«

»Wusste er noch nicht, kann aber dauern, hat er gesagt.«

»Dann geben Sie mir doch bitte seine Handynummer.«

»Das darf ich nicht, er wird nicht gern privat angerufen ohne Not«, erläuterte sie.

»Es handelt sich um einen Notfall«, behauptete er, »ich muss unbedingt mit Antonia sprechen. Gerrit ist schwer verletzt worden, und ich frage mich, ob das irgendwie mit Ihrer Tochter zusammenhängt.«

»Was?«, wunderte sie sich, »sie kennt den doch kaum.«

»Aber es hat gefunkt zwischen den beiden, und das ist nicht nur mein Eindruck. Und da ist ja auch noch Kathrin. Vielleicht soll niemand Antonia zu nahe kommen.«

»Und was ist dann mit mir? Ich bin ihre Mutter, ich bin ihr ja wohl auch nahe.« Gewesen, dachte sie.

»Ist das so?« Zinkel legte den Finger in die offene Wunde. »Hat sie einen Freund?«

Sie schüttelte den Kopf. »Nicht, dass ich wüsste. Glaub ich auch nicht, sie lernt praktisch nur, wenn sie nicht gerade mit Kathrin rumhängt – hing. Eigentlich sogar dann.«

»Hat sie vielleicht erwähnt, dass jemand aufdringlich geworden ist oder ihr hinterherläuft oder komische Mails schreibt, irgendwas in der Richtung?«

»Nein, gesagt hat sie nichts. Und mir ist auch nichts aufgefallen. Aber Mütter erfahren so was wahrscheinlich auch zuletzt.«

»Hat sie einen Computer?«

»Ja, klar.«

»Darf ich den mitnehmen? Ich bring ihn auch so bald wie möglich zurück.«

»Muss ich das erlauben?«, fragte sie.

»Nein«, gab er zu, »aber ich kann mit einem richterlichen Beschluss zurückkommen, und dann müssen Sie.«

»Meinetwegen. In ihrem Zimmer. Sie wissen ja, wo das ist.«

Er stand auf und ging nach oben. Der Computer stand unter dem Schreibtisch, und sie hörte, wie er sich den Kopf stieß und leise fluchte, bevor er schließlich samt Gerät die Stufen wieder herunterpolterte.

»Antonias Handy lag auf dem Schreibtisch«, sagte er, »das nehme ich auch mit. Ich schreib Ihnen eine Quittung.«

»Brauch ich nicht.« Sie wedelte mit der Hand in der Luft herum.

»Sie wollten mir noch die Handynummer Ihres Mannes geben, und dann bin ich auch schon weg.«

»Wollte ich nicht«, entgegnete sie. Widerstrebend stand sie auf, nahm das Telefon zur Hand, drückte auf die Zwei und hielt ihm das Display vor die Nase.

Er zog ein Notizbuch aus seiner Jacke, schrieb die Nummer ab und steckte es wieder ein. Auf den Ballen wippend stand er vor ihr und musterte sie mit zusammengekniffenen Augen. »Was verschweigen Sie uns?«, fragte er.

»Ich weiß es nicht«, sagte sie.

***

Das war so ziemlich die merkwürdigste Antwort, die er auf diese Frage je erhalten hatte, überlegte Zinkel. Lilian Tewes verschwieg etwas, wusste aber nicht mal was? Wie konnte dann Antonia wissen, worum es ging?, wie Marilene behauptet hatte. Das ergab keinen Sinn. Er brauchte Antonia, um weiterzukommen.

Er hatte sich ihren Computer geschnappt, grußlos das Haus verlassen und sich auf den Weg zurück ins Büro gemacht. Die Auswertung der Technik hatte er einem Kollegen anvertraut, der auf alles achten sollte, was nach Beziehung roch, vor allem nach Möchtegern-Beziehung. Er selbst hatte telefonisch sämtliche psychiatrischen Kliniken der Umgebung abgeklappert, und keine beherbergte eine Antonia Tewes. Es war zum Auswachsen.

Er versuchte zum gefühlt dreißigsten Mal, Frank Herzog auf seinem Handy zu erreichen. Ausgeschaltet, immer noch. Ätzend.

Sich auf seinem Stuhl zurücklehnend, starrte er gegen die graue Wand, die sich Himmel nannte. Er fand mehr und mehr Gefallen an Marilenes Idee, der Mord an Kathrin und der Anschlag auf Gerrit könnten zusammenhängen. Enno nicht. Er hatte sich rundheraus geweigert, den Gedanken auch nur in Betracht zu ziehen, ihm aber immerhin freie Hand gelassen. Während Enno gerade der Durchsuchung von Siebenhaars Haus und Praxis beiwohnte und später der bei Engelbrechts, saß er hier mal wieder fest und war auch noch selbst schuld daran, blöder Hund, der er war.

Hund. Er setzte sich aufrecht und schaute nach den Mails. Noch kein Bericht aus der Rechtsmedizin. Auf die Gefahr hin, sich unbeliebt zu machen, griff er abermals zum Telefon und tippte die Nummer ein.

»Moin, Kripo Leer, Zinkel am Apparat«, meldete er sich. »Ich weiß, es ist noch zu früh, aber können Sie mir vorab irgendetwas zu dem Kampfhund sagen, womit ich was anfangen kann? Vorzugsweise«, er lachte, »etwas, das mich zum Halter führen könnte?«

»Sie sind aber nicht von hier, stimmt's?«

Zinkel stöhnte innerlich. »Wiesbaden«, gab er zu. Allmählich empfand er seine Herkunft als Makel.

»A Hessekopp in Ostfriesland, schee. Also zu dem Hund«, fuhr sein Gesprächspartner mangels Reaktion fort, »Laborauswertungen sind noch nicht fertig. Interessant für euch ist wohl nur, dass die Töle durchaus mal einen Chip besessen hat, aber der ist entfernt worden. Und zwar erst kürzlich, die Wunde war noch ziemlich frisch, ich schätze so ein, zwei Tage.«

»Super«, sagte Zinkel, »das sagt ja auch schon was. Vielen Dank.« Er verabschiedete sich.

Ennos Argumentation folgend, überlegte Zinkel, dürfte der Kampfhund nicht von hier sein, und er stimmte ihm zu, so viel Milieu war in Leer nach seiner Einschätzung nun wirklich nicht. Hatte der Täter sich den Hund besorgt und ihn abgerichtet? Aber dafür hätten ein paar wenige Tage nicht ausreichen können. Also war es wahrscheinlicher, dass der Täter den Hundehalter beauftragt hatte, den Hund auf Gerrit zu hetzen. Er schlug sein Notizbuch auf und begann, Notizen zu machen.

Vorfälle mit Kampfhunden speziell im kriminellen Milieu zu ermitteln war das Erste, das ging per Knopfdruck, jedenfalls sofern sie zur Anzeige gebracht worden waren. Wenn ihn das nicht weiterbrachte, würde er polizeibekannte Halter und Züchter von Kampfhunden in Niedersachsen und Bremen suchen, eventuell auch in Hamburg. Hundekämpfe, war so etwas heutzutage noch angesagt? Er wusste es nicht, aber wenn es keine polizeilichen Meldungen darüber gab, konnten Tierschutzvereine vielleicht Auskunft geben. Und schließlich mussten zu allen potenziell Verdächtigen die Kennzeichen ihrer Fahrzeuge ermittelt werden, damit er die Blitzeranlagen an den Ausfallstraßen in alle Himmelsrichtungen auswerten lassen konnte. Wenn seine Theorie stimmte, dürfte es der Täter ziemlich eilig gehabt haben.

Zu viele Ansätze für ihn allein. Er stieß sich vom Schreibtisch ab und ging nach nebenan. Kollegin Charlotte Freitag war genau die Richtige für die Aufgabe, fixer am Computer als er und ausgestattet mit einem Durchhaltevermögen, das an Verbissenheit grenzte. Ganz ähnlich, ging ihm auf, wie Patrizia, seine verflossene Wiesbadener Nicht-nur-Kollegin. Er klopfte kurz und trat ein.

»Sag's nicht«, warf sie über die Schulter, ohne sich nach ihm umgedreht zu haben.

»Was?«, erkundigte er sich unschuldig.

»Charlie.«

»Ist dir Robinson lieber? Woher weißt du überhaupt, dass ich es bin?«

»Du bist der Einzige, der klopft. Ja, Robinson ist mir tausendmal lieber, Charlie klingt wie ein Haustier«, entrüstete sie sich.

Haustier nicht, fand Zinkel, jedoch ein paar Attribute unterschiedlicher Gattungen fielen ihm zu ihr schon ein: grüne Katzenaugen, rote Lockenmähne, die sie zumeist in einem dicken Zopf zu bändigen suchte, Krallen, denen er nicht in die Quere kommen wollte, spitz zurechtgefeilt und heute dunkellila lackiert, der Gang einer Gazelle. Sie war das weibliche Gegenstück zu Patrizias neuem Macker, und was sagte das nun wieder über ihn aus? Okay, Schluss, wies er sich in Erinnerung an die

Notstandsdiskussion mit Enno zurecht. »Dabei wollte ich nur nett sein«, sagte er.

»Weil du was willst, gib's zu.« Sie drehte sich um und schaute ihn erwartungsvoll an.

»Auch, ja.« Er erläuterte, worum es ging.

»Spannend«, hauchte sie mit weit aufgerissenen Augen, als steckte sie mitten im aufregendsten Gruselfilm, und notierte sich seine Angaben, bevor sie den Stift in hohem Bogen auf den Tisch warf. »Und was ist auch?«, fragte sie.

»Hm?«, fragte er verwirrt zurück.

»Das hörte sich eben an, als wäre Arbeit nicht dein einziges Anliegen.«

Ups, dachte er, jetzt hatte sie was falsch verstanden. Das Letzte, was er wollte, war wieder eine Beziehung am Arbeitsplatz. Das Einzige, was er wollte, war eine Beziehung knapp daneben, überlegte er spöttisch. »Ein Eis zur Belohnung?«, schlug er dennoch vor, um das kollegiale Verhältnis nicht aufs Spiel zu setzen.

»Eis?«, ihre Stimme kippte. »Hast du mal rausgeguckt? Der Sommer ist vorbei.«

»Echt?« Er schaute überrascht auf. »Na, dann überleg dir was anderes«, sagte er, »ich muss los, Enno wartet bei einer Durchsuchung auf mich.« Er machte, dass er hinauskam.

Ihr raues, tiefes Lachen folgte ihm den Flur hinunter. Er spürte, wie er errötete, und hoffte, dass niemand ihn sah. Vor allem nicht Enno. Im Gehen rief er ihn an. »Wo steckst du?«, fragte er.

»Bin gleich fertig«, antwortete Lübben, »und ein paar Überraschungen für die Kriminaltechnik haben wir im Gepäck.«

»Die ihr bei wem gefunden habt?«

»Stell dir vor, bei beiden. Bei deinem Lieblingszahnarzt sind wir im Geräteraum der Garage auf eine Kiste mit Büchern gestoßen, die wir eindeutig Körber zuordnen können. Scheint recht pedantisch gewesen zu sein, der Gute, sein Name steht in ihnen drin. Natürlich behauptet Siebenhaar, nicht zu wissen, wie die Kiste dort hingekommen ist, überhaupt würde ein normaler Mensch Bücher nicht in der Garage lagern, aber seit wann sind Mörder normale Menschen, frag ich dich.«

»Wird trotzdem schwer sein, nachzuweisen, dass er die Kiste je in Händen gehalten hat, es sei denn, er war so dämlich, keine Handschuhe zu tragen.«

»Angesichts seiner nicht vorhandenen Haarpracht stimme ich dir zu«, entgegnete Lübben. »Richtig nervös ist er aber erst geworden, als wir seinen Computer beschlagnahmt haben. Wir können also gespannt sein.«

»Und was war bei Engelbrechts?«, fragte Zinkel.

»Noch besser«, schwärmte Lübben. »Deine Theorie kannst du jedenfalls begraben. Wir haben Teile eines Seils gefunden, jede Wette, dass die Schnittstelle passt, und Handschuhe mit deutlichen Schürfspuren haben wir auch im Keller entdeckt.«

»Ich denke, hier gibt's keine Keller«, maulte Zinkel.

»Nörgel nicht rum, Mann, sei lieber froh, dass wir ein gutes Stück weitergekommen sind. Bis später.« Lübben drückte ihn einfach weg.

Zinkel schnaubte. Trotz Lübbens Euphorie blieb er skeptisch. Der Keller eines Wohnblocks war für Nichtbewohner so zugänglich wie eine öffentliche Toilette, und auch eine Garage stand gelegentlich offen, wenn man vergaß, das Tor zu schließen, oder nur mal eben was ins Haus bringen wollte. In beiden Fällen wäre es ein Leichtes gewesen, das belastende Material zu deponieren. Von wegen Theorie begraben, das kam überhaupt nicht in Frage.

Er versuchte abermals, Herzog zu erreichen. »Der Teilnehmer ist vorübergehend …« Mist, fluchte er, er brauchte Antonia.

***

Marilene gähnte. Kurze Nächte wurden allmählich immer schwerer zu verwinden, und am liebsten wollte sie sich für eine Weile hinlegen. Sie hatte über Mittag zwei Stunden frei und könnte sich das erlauben, wollte aber die Schwestern oben nicht wecken, deren Schichtdienst anstrengend genug war. Sie wechselte in den Ledersessel am Fenster und rollte sich ein. Nur ein wenig die Augen ausruhen, nahm sie sich vor. Ihre Gedanken ließen sich ohnehin nicht abstellen, wie sie durcheinanderwirbelten und einander ins Wort fielen, dass ihr schwindelte.

Ohne es zu merken, glitt sie hinüber in den Schlaf, der in einer wohligen Woge heranrollte, trotzdem folgten ihre Gedanken den vorigen Bahnen noch immer, und sie würde, falls gefragt, abstreiten, überhaupt geschlafen zu haben. An die Wand gegenüber gehörte ein Bild, überlegte sie, öffnete die Schreibtischschublade, in der Hammer und Nagel griffbereit lagen, und schlug den Nagel ein. Schief, irgendwie bekam sie das nie richtig hin. »Marilene?«, fragte jemand. Ich weiß, dachte sie, ich bin zu blöd für Nägel, aber sie war zu müde, um zu antworten. Die Person ließ nicht locker und fasste sie sachte am Arm, erst dann schreckte sie hoch.

»Hanna«, sagte sie überrascht. »Komisch, ich muss eingeschlafen sein.«

»Bist du«, sagte Hanna, »das war nicht zu überhören. Rebekka hat auch geschnarcht, ich bin davon wach geworden. Hast du einen Moment Zeit?«

Marilene nickte und versuchte, den Schlaf abzuschütteln und wieder in der Realität anzukommen. »Alles okay bei Gerrit?«, fragte sie.

»Unverändert. Paula ist jetzt da und hat strikte Anweisung, niemand Unbekanntes zu ihm zu lassen.«

»Gut.« Marilene war beruhigt. »Kaffee?«, fragte sie, stand auf und ging auf wackligen Beinen, ohne auf eine Antwort zu warten, in die kleine Teeküche hinter dem Empfangsbereich.

Hanna folgte ihr. »Ich begreife nicht, was Gerrit zum Ziel eines Anschlags gemacht haben soll«, sagte sie.

Marilene befüllte mechanisch die Kaffeemaschine und schaltete sie ein. Der Nebel in ihrem Hirn lichtete sich allein vom Duft, doch sie sprach erst, als beide mit einer Tasse zurück in ihr Büro gegangen waren und in den Sesseln saßen.

»Ich glaube, er hat sich verliebt in ein Mädchen, das ich vertrete«, hob sie an. »Deren beste Freundin ist kürzlich ermordet worden, und meine Vermutung ist, dass beides zusammenhängt. Irgendjemandem passt es nicht, wenn Antonia sich anderen zuwendet. Aber wie gesagt, das ist eine reine Vermutung. Die

Polizei ermittelt in alle Richtungen, wie es so schön heißt, und Antonia kann nicht helfen, weil sie nach einem Selbstmordversuch in der Psychiatrie ist. Sie hat schwer was durchgemacht in letzter Zeit.«

»Ah, okay«, sagte Hanna und wirkte erleichtert. »Ich hatte schon befürchtet, dass er mit seinen Hacker-Fähigkeiten irgendwo angeeckt ist. Das wär nicht das erste Mal, auch wenn Gerrit glaubt, ich wüsste nichts davon.«

»Tatsache?« Marilene gab sich entgeistert. »Und wie hast du das rausgefunden?«

»Betriebsgeheimnis. Ich weiß auch, dass er sein Studium hingeworfen hat.«

Wahrscheinlich hat sie das sogar vor Gerrit gewusst, dachte Marilene. Soldatin, von wegen. »Vorläufig«, sagte sie. »Er hat's mir grad erst erzählt. Ich glaube, er braucht einfach ein bisschen Zeit, um sich darüber klar zu werden, was er wirklich machen möchte.«

»Und wo«, fügte Hanna hinzu. »Es fällt mir schwer, ihn ziehen zu lassen. Weißt du Genaueres?«

Geheimdienst, vermutete Marilene. »Nö«, behauptete sie, nicht willens, Gerrit zu verraten. Er war immerhin erwachsen und in der Lage, seine eigenen Entscheidungen zu treffen.

»Stimmt«, sagte Hanna, als hätte Marilene laut gesprochen, »er ist alt genug, um sein eigenes Leben zu führen. Wenn er nur gesund wird, soll mir alles recht sein. Also, zur Sache: Wir können uns eine Wohnung mieten, damit du wieder deine Ruhe hast. Laut Arzt ist nicht absehbar, wie lange sich das Ganze hinzieht.«

»Quatsch«, sagte Marilene, »ich hab nun wirklich Platz genug, das ist überhaupt kein Problem.«

»Okay, dann danke erst mal. Zu dem Mann, der Gerrits Leben gerettet hat, wie Rebekka mir erzählt hat. Du kennst ihn gut?«

»Nicht besonders«, sagte Marilene. »Eine kurze Beziehung in grauer Vorzeit, an die ich mich kaum erinnern kann und die Olaf irgendwie wiederbeleben will. Warum fragst du?«

»Rebekka ist er unheimlich.« Hanna zuckte mit den Achseln. »Das muss nichts heißen, ihr sind die meisten Menschen unheimlich, aber manchmal hat sie einen guten Instinkt.«

»Gerrit hat ihn kennengelernt, er fand ihn ganz nett, hatte ich den Eindruck. Ich bin sowieso nicht interessiert«, wiegelte Marilene ab, »ich weiß bloß nicht so genau, wie ich ihm das klarmachen soll, er ist eher von der hartnäckigen Sorte, glaub ich. Obendrein hat er sich mit meinem Vater angefreundet, das macht's noch etwas schwieriger. Aber auf jeden Fall werde ich ihm ewig dankbar sein, dass er den Hund abgestochen hat. Allein hätte ich Gerrit nicht retten können, das Vieh hat auf meine Schläge überhaupt nicht reagiert, und Olaf ist gerade noch rechtzeitig dazugekommen.«

»Wo ist der hergekommen?«

»Er war bei mir im Vorzimmer und hat darauf gewartet, mich sprechen zu können. Als ich rausgelaufen bin, hab ich ihn gar nicht wahrgenommen, erst später hab ich begriffen, wer den Hund getötet hat.«

»So war das also«, sagte Hanna, »und wie kommt wer darauf, dass es sich um einen gezielten Anschlag gehandelt hat?«

»Zum einen hatte der Hund keinen Chip«, erläuterte Marilene, »und zum anderen hat Gerrit, bevor er das Bewusstsein verloren hat, noch was sagen können, ich bin nur nicht sicher, ob ich ihn richtig verstanden habe. Es klang jedenfalls wie ›Fass gesagt‹.«

»Verstehe«, murmelte Hanna. »Noch was, was ich wissen sollte?«

»Glaub nicht.« Marilene war ratlos.

»Beabsichtigt die Polizei, Gerrit zu bewachen?«

»Das bezweifle ich«, sagte Marilene, »ist ja alles blanke Theorie bis jetzt.«

Hanna stellte ihre Tasse ab und stand auf. »Okay, ich muss jetzt los, Paula ablösen. Sobald Gerrit transportfähig ist, werde ich seine Verlegung nach Wiesbaden veranlassen. Wir können zwar für seine Sicherheit sorgen, aber unbegrenzt hierbleiben kann keine von uns.«

***

Die Tür sprang auf und prallte gegen die Wand. Zinkel schreckte aus dem Dämmerzustand hoch, in den ihn die Schreibtischarbeit gelegentlich versetzte.

»Das ist so was von ekelhaft«, empörte sich Charlie, »das glaubst du nicht!«

»Was meinst du?« Zinkel hoffte, sie hatte nichts bemerkt, und massierte sich den steifen Nacken.

»Hundekämpfe.« Charlie stemmte die Hände in die Hüften. »Es gibt tatsächlich eine Szene dafür, geheimer als mancher Pädophilen-Ring übrigens. Da hat mal jemand ausgepackt, der aus der Szene ausgestiegen ist. Die Details hätte ich lieber nicht erfahren, widerlich, echt. Wie bei den Gladiatoren wird bis zum Tod eines Kontrahenten gekämpft, an manchen Locations müssen Hunderte Kadaver vergraben sein, und ist der Sieger arg verletzt, wird auch er entsorgt. Die Idioten nennen das Sport«, sie zeigte einen Vogel, »ist das zu fassen? Natürlich geht es um Geld, die Wetteinsätze sind hoch, und ohne kommst du erst gar nicht rein. Überhaupt läuft das alles nur über Empfehlung, die Schauplätze sind bis kurz vor Beginn geheim und wechseln häufig, absolut mafiöse Strukturen. So. Und der Hammer ist, dass das nicht aufs sogenannte Milieu beschränkt ist. Eine Arena ist irgendwann im Berliner Villenviertel ausgehoben worden, da haben sich Ärzte, Anwälte und was weiß ich nicht alles ausgetobt, nein, falsch, sie haben ihre Triebe stellvertretend sich austoben lassen, noch schlimmer, oder?«

Sie sackte auf dem nächstbesten Stuhl zusammen, als habe jemand die Luft aus ihr herausgelassen. »Immer wenn ich gerade denke, dass mich nun nichts mehr überraschen kann, begegnet mir garantiert die nächste Monstrosität«, fügte sie leise hinzu.

»Oje«, sagte Zinkel, »da hab ich dir ja was aufgehalst, tut mir leid.«

»Na, in Watte packen wär auch nichts, also vergiss es. Die Hilflosigkeit ist es, die mich so rasend macht. Diese Leute stellen sich übers Gesetz, und du bekommst sie nicht zu fassen. Und wenn dann doch mal ein Hinweis eingeht, wer traut sich da schon einzugreifen? Einer allein bestimmt nicht, und bis du eine Hundertschaft mobilisiert hast, ist eh alles vorbei.«

»Unvorstellbar«, stimmte Zinkel zu und wünschte, sie würde endlich konkret werden. Die Sache war empörend, brachte ihn aber nicht weiter. »Okay«, sagte er, »Vorfälle mit Kampfhunden habe ich eine Menge ermittelt – in die Zeitung schaffen's ja meist nur die drastischen Fälle. Wie sieht's mit den Züchtern aus?«

»Kannst du vergessen«, sagte Charlie, »das spielt sich genauso in der Illegalität ab. Wenn doch mal einer auffliegt, zahlt er Strafe, zieht woandershin und macht weiter.«

»Mist«, sagte Zinkel, »dann müssen wir uns erst an die Auswertung der Verkehrskontrollen und Blitzeranlagen machen – alle fremden Kennzeichen, was meinst du?«

»Das ist ja, wie mit der Schrotflinte Äpfel vom Baum zu holen, aber lass mich nur machen.« Sie hob die Brauen, wie um ihn herauszufordern, und stand auf. »Abendessen«, sagte sie.

»Hm?« Zinkel schaute auf seine Uhr. Entschieden zu früh.

»Statt Eisessen«, erinnerte Charlie ihn.

»Oh, ja klar.« Zinkel überlegte noch, ob die Aufforderung schon für diesen Abend galt, da betrat Lübben das Büro und enthob ihn einer Antwort.

»Charlotte«, sagte Lübben.

»Enno«, sagte Charlotte.

Hoppla, dachte Zinkel, das war keine Liebe, die da herrschte, höchstens verflossene. »Charlie hilft mir bei der Hundesache«, erläuterte er.

»Schon was rausgefunden?«, fragte Lübben mit zweifelnder Miene.

»Das Vieh hat einen Chip gehabt«, sprang Zinkel ein, »aber der ist entfernt worden, und zwar erst vor Kurzem, laut Obduzent. Das heißt, wir haben es, wie vermutet, mit einer gezielten Attacke zu tun. An Züchter ist kein Rankommen, das spielt sich im Illegalen ab«, lieferte er die Kürzestfassung des soeben Gelernten. »Wir versuchen's jetzt über Verkehrsaufzeichnungen, der Halter dürfte es eilig gehabt haben, von hier zu verschwinden.«

»Ein Schuss ins Graue.« Lübben deutete mit dem Daumen nach draußen. »Aber macht mal.«

Charlie nahm es als Aufforderung, zu verschwinden, nickte und ging wortlos hinaus. Zinkel hob die Brauen in stummer Frage.

Lübben reagierte nicht. »Frag mich, was es Neues gibt«, forderte er ihn stattdessen auf, ein siegessicheres Funkeln in den Augen.

Blödes Spiel, dachte Zinkel. »Was gibt's Neues?«

»Die Welt hat künftig einen praktizierenden Zahnarzt weniger.«

»Tatsache?« Das wenigstens hörte sich gut an. Zinkel schob den Moment des Unbehagens beiseite.

»Siebenhaar hat einiges an aufschlussreichem Material auf seinem schlecht gesicherten Computer. Kinderpornografie zum Beispiel. Aber er steht nicht nur auf Kinder, und er ist nicht nur bei Lilian übergriffig geworden. Der Trottel beliebt nämlich, seine Handlungen aufzuzeichnen. Ein Fest für Klawitter. Da kommen ein paar hübsche Anklagepunkte zusammen.«

»Super.« Zinkel applaudierte lautlos. »Allerdings hat er demnach kein spezifisches Interesse an Lilian Tewes, kommt also als Mörder von Körber noch weniger in Frage.«

»Wer weiß?« Lübben bleckte die Zähne. »Vielleicht bestand das spezifische Interesse ja auch eher an Antonia.«

»Ah«, sagte Zinkel genießerisch, »du beginnst, meiner Argumentation zu folgen.«

»Nur bedingt«, schränkte Lübben sogleich ein. »Siebenhaar mag ein Mörder sein, aber ein Massenmörder? Nä. Für ihn war das Thema Tewes, egal welche, mit dem gescheiterten Vergewaltigungsversuch gründlich erledigt. Somit hätte er weder einen Grund, Kathrin umzubringen, noch, einen Hund auf diesen Jungen zu hetzen.«

»An Siebenhaar glaub ich sowieso nicht. Ich halte die Bücherkiste für untergejubelt. Das passt einfach nicht. Wenn Siebenhaar Körber wegen seines Interesses an Lilian oder Antonia umgebracht hätte, dann wäre er in der Folge doch wohl subtiler vorgegangen, statt holterdiepolter über Lilian herzufallen. Er hat kein Motiv.«

»Zu schade, aber du wirst wohl recht haben«, gab Lübben

zu. »Es hätte mir einfach gefallen. Allein die Schlagzeile: Der Mörder war immer der Zahnarzt.«

Zinkel prustete los; ihre Wellenlänge stimmte wieder annähernd überein.

»Scherz in den Keller«, sagte Lübben. »Ich glaube nach wie vor an drei voneinander völlig unabhängige Fälle. Körber – unklar. Kathrin – Eddi. Und Hund – dazu fällt mir gar nichts ein. Was macht'n der beruflich?«

»Gerrit? Irgendwas mit Computern. Er hat eine eigene Firma in Wiesbaden.«

Lübben legte den Kopf schräg und spitzte nachdenklich die Lippen. »Rein technisch oder mehr so anders?«, fragte er schließlich.

»Definiere ›mehr so anders‹.«

»Ist er ein Hacker?«

»Woher soll ich das wissen? Ich könnte höchstens Marilene mal fragen … Ach was«, winkte Zinkel ab, »das ist Quatsch. Gerrit ist ein superkorrekter Typ, sehr erwachsen, sehr umgänglich, sehr einfühlsam, das hab ich selbst mitbekommen, schon in Wiesbaden und jetzt wieder. Wie er mit Antonia umgegangen ist, das hat er richtig gut hinbekommen. Typ Schwiegermutter-Traum, weißt du?«

»Prinz Harry?«, spottete Lübben. »Ich misstraue Schwiegermüttern grundsätzlich.«

»Schlechte Erfahrungen?«, feixte Zinkel.

»Kannst du eh nicht mitreden. Frag deine Anwältin trotzdem mal nach Prinz Harry. Könnte ja ein Motiv hergeben. Eifersucht kann ich mir nicht vorstellen. Er und Antonia haben sich doch grad erst kennengelernt, das haut nicht hin.«

»Geht klar.« Zinkel machte sich eine entsprechende Notiz, um nicht vollständig den ohnehin schwierigen Überblick zu verlieren. »Was ist mit Eddi?«, fragte er.

»Vorläufig in Gewahrsam«, sagte Lübben. »Die Auswertung der Spuren an Seil und Handschuhen kriegen wir zwar erst morgen oder übermorgen, aber es besteht Fluchtgefahr, er hat nämlich grad den Job verloren, mal wieder.«

»Was sagt er selbst zu den Indizien?«

»Nur weil man ein Seil hat, ist man noch kein Mörder, und die Handschuhe hat er gestern für den Sperrmüll benutzt, die lagen da so rum, also hat er sie angezogen.«

»Lattenverschlag?«, erkundigte sich Zinkel.

»Ja, schon«, gab Lübben zu und zögerte. »Okay, du hast ja recht. Ich werd zwei Leute hinschicken, die die Nachbarn befragen nach Fremden, die ins Haus wollten. Sicher ist sicher.«

Wieder sprang die Tür auf. »Kann sein, ich hab was«, sagte Charlie und trat zu ihm an den Schreibtisch. Sie präsentierte ihm mit großer Geste einen Zettel, auf dem ein Bad Homburger Kennzeichen stand. »Also: Erstens halten sich nicht mal die Touris an Geschwindigkeitsbeschränkungen, das ist unglaublich. Vor einem Staatsbankrott müssten bloß flächendeckend Kontrollen durchgeführt werden, und zwar ohne Ankündigung, das Problem wär sofort aus der Welt. Will sagen, es waren eine Menge Leute viel zu schnell unterwegs an dem Tag. Also hab ich mir die Fahrzeugtypen genauer angesehen. Einen Kampfhund setzt du ja eher nicht auf den Beifahrersitz. Was für ein Auto würde sich jemand kaufen, der Kampfhunde abrichtet? Bestimmt nichts Bieder-Hochklassiges, und ein simpler Kombi macht auch nichts her. Ein SUV müsste es mindestens sein, ein Pick-up wäre auch ganz passend. Und siehe da, ich bin auf einen bundeswehr-grünen Jeep Patriot gestoßen, der an dem Tag auf der A 31 Richtung Süden geblitzt worden ist. Zu schnell, aber nicht viel zu schnell, sodass er nicht weiter aufgefallen ist. Das Bad Homburger Kennzeichen ist insofern interessant, als es auch in Kronberg gilt. Und die Stadt ist mir vorhin bei meinen Recherchen untergekommen.« Ihre Stimme wurde leiser, als beschlichen sie Zweifel an ihren Schlussfolgerungen. »Der Halter ist mal wegen Körperverletzung straffällig geworden«, fügte sie hinzu, »aber das ist lange her.«

»Trotzdem gute Arbeit«, lobte Zinkel. »Ich hab noch Kontakte da unten und lass ihn mal unauffällig überprüfen, vielleicht haben wir ja Glück.«

Charlie schien erleichtert. »Noch was, was ich übernehmen kann?«

Zinkel schaute Lübben fragend an, und der zuckte lediglich

mit den Achseln. »Du könntest Silke Mangold aufsuchen«, bat er sie und suchte in seinem Notizbuch nach der Anschrift. »Sie ist eine harte Nuss, und vielleicht erreichst du mehr bei ihr. Das Ergebnis vom DNA-Abgleich ist noch nicht da, aber …«

»Doch«, unterbrach Lübben ihn, »grad gekommen.« Er überflog den Text auf dem Bildschirm. »Sie war's nicht, und Jenny auch nicht«, sagte er schließlich.

»Auch recht. Wir müssen trotzdem noch mal mit beiden sprechen. Komm mit«, sagte er zu Charlie, »ich erklär's dir unterwegs.«

»Und ich?«, rief Lübben ihnen hinterher.

Geh zum Zahnarzt, schlug Zinkel im Geiste vor und beschloss, die Frage nicht gehört zu haben. Und von Lilian Tewes' kryptischer Antwort zu berichten, hatte er schlichtweg vergessen. Eine reine Frage des Alters, nichts sonst. Im Gehen brachte er Charlie auf den Stand der Ermittlungen.

»Was ist da zwischen Enno und dir?«, fragte er, als sie im Wagen saßen.

»Kein Kommentar.« Charlie schüttelte den Kopf. »Feine Nase«, fügte sie jedoch hinzu.

Geradezu ein Seismograf für zwischenmenschliche Spannungen, dachte er spöttisch und war fast erleichtert, dass sie nicht antwortete. Er hatte keine Lust auf die Rolle als Mittler zwischen den Fronten, so unklar sie sich für ihn auch darstellten, eine Rolle, die er viel zu lange gespielt hatte und der er gehofft hatte, durch seinen Umzug zu entkommen.

Ein paar Minuten später, nachdem er Charlie bei Silke abgesetzt und versprochen hatte, sie nachher wieder abzuholen, hielt er vor dem Grundstück der Degeners und stellte den Motor ab. Er wählte Patrizias Nummer, zögerte jedoch, die Verbindung auch herzustellen. Sie hatten seit seinem Umzug nicht mehr miteinander gesprochen, und da Hartmann aus dem Dienst geschieden war, wusste auch der nichts über sie zu berichten. Ach egal, er drückte auf den grünen Hörer, es war dienstlich, und er brauchte diesen Gefallen, der sich so schneller erledigen ließe als per Amtshilfeersuchen.

»Heyder«, meldete sie sich.

Er hatte vergessen, wie atemlos sie klang und welche Wirkung das auf ihn haben konnte. »Hier ist Paul.«

»Oh.«

»Ja«, sagte er, »ist mir auch ein bisschen unangenehm, dich zu behelligen. Aber ich brauche deine Hilfe.«

»Ach.«

Wortkarg war sie eigentlich nie gewesen, Augen zu und durch, feuerte er sich an. »Wir hatten hier eine gezielte Attacke von einem Kampfhund, dem der Chip entfernt worden war, und ich hab ein Kfz-Kennzeichen.« Er diktierte es ihr. »Der Halter könnte etwas damit zu tun haben. Eine Auftragssache, vermuten wir. Ich wär dir dankbar, wenn ihr das diskret überprüfen könntet, aber ich bitte dich, renn da bloß nicht allein hin«, warnte er aus leidvoller Erfahrung heraus. »Die Szene ist, nach allem, was wir ermittelt haben, hoch kriminell und äußerst gefährlich.«

»Wie seid ihr auf den gekommen?«, erkundigte sie sich.

»Zu schnell gefahren. Der Rest ist geraten«, gab er zu, »Fahrzeugtyp und dann vor allem die Verbindung zu Kronberg, da war mal was mit Hundekämpfen.«

»Ja, okay, du hörst von uns.«

Weg war sie. Zinkel starrte verwundert das Handy an. Nicht zu fassen, *sie* hatte *ihn* in die Wüste geschickt und behandelte ihn, als sei es umgekehrt gewesen. Er verstaute das Handy in der Jackentasche und mit ihm die Erinnerungen. Wenn sie Ergebnisse lieferte, würde er ihr vielleicht verzeihen, nahm er sich vor, stieg aus und klingelte bei Degeners.

Der Summer gewährte ihm ohne Rücksprache Zutritt zum Grundstück, und als er sich dem Haus näherte, sah er Jenny schon in der Tür lehnen, aufreizend gelangweilt wirkend wie je. Die Rosen-Lady war nicht in Sicht, ihre halb entlaubten Zöglinge jedoch hielten mit letzter Kraft an den lilaroten Blüten fest, die, ein wenig welk schon und braun an den Rändern, noch immer von wärmeren Zeiten kündeten; die Schönheit des Verfalls. Könnte er die Assoziation mit diesem Haus bannen, er würde Rosen ziehen, dachte Zinkel mit unerklärlicher Sehnsucht.

»Hey«, sagte er, »wie geht's?«

»Sind Sie nur gekommen, um mich das zu fragen?«

Jenny wirkte dermaßen verwundert, dass man auf den Gedanken kommen könnte, es habe sich noch nie jemand nach ihrem Befinden erkundigt. »Auch«, sagte er.

»Geht so«, kam es mürrisch.

»Heißt? Warte«, er überlegte es sich anders, »zieh dir was über und zeig mir euren Garten, ja?«

»Dafür bin ich nicht die Richtige.«

Er starrte sie unentwegt an, bis sie nachgab und kurz darauf in einer Daunenjacke zurückkam. Sie zog die Kapuze über den Kopf, dass kaum noch etwas von ihr zu sehen war, und pflanzte sich vor ihm auf. Kurzerhand ergriff er sie beim Arm und zog sie mit sich einen der sich windenden gepflasterten Wege entlang, fort vom Haus.

»Kann man da rauf?«, erkundigte er sich, als sie die Brücke erreicht hatten.

Sie schaute ihn an, als sei er nicht ganz dicht. »Wofür sollte die sonst gut sein?«

»Optik«, entrüstete er sich und prüfte zunächst, ob das fragile Bauwerk sein Gewicht tragen würde. Es knarzte bedenklich unter seinen Füßen. »Na, lassen wir das lieber«, sagte er und legte den Kopf schief, damit er ihr ins Gesicht schauen konnte. »Ich möchte wirklich wissen, wie's dir geht. Hat er dich noch mal angerührt?«

Sie schüttelte den Kopf. »Er wollte«, sagte sie, »aber er hat's nicht gemacht.«

»Und wie kommst du mit Frau Amelung zurecht?«

»Geht schon.« Sie verzog den Mund zu etwas, das fast als Lächeln durchging. »Sie ist ziemlich cool, obwohl sie schon so alt ist.«

»Lektion eins«, sagte er, »cool zu sein hat nichts mit dem Alter zu tun.«

»Nehmen Sie mich hoch oder was?«

»Nur ein bisschen.« Er breitete in aller Unschuld die Hände aus. »Und wie läuft's mit dem Essen?«

»Nicht so gut«, gab sie zu, »ich versuch's, ehrlich, aber es geht irgendwie nichts rein in mich, jedenfalls nicht, um zu bleiben.«

Eine Umschreibung so originell wie bedenklich, fand Zinkel. »Das ist ein langer und schwerer Weg, glaube ich, aber du bist stärker, als du denkst. Du kriegst das hin.«

»Das sagt Frau Amelung auch, ich weiß bloß nicht, wie ihr auf so was kommt. Sie, meine ich. Ist auch egal. Kann sein, dass ich in eine Klinik geh. Eine Spezialklinik. Da sind dann nur so Leute wie ich.«

»Du meinst, nur so Hungerhaken? Das wird ja eine klapprige Angelegenheit«, frotzelte er und schlenkerte mit den Armen.

»Nee, nee, die ganz Dicken schwabbeln da auch rum. Es klappert und quietscht also«, ging sie darauf ein.

»Wahrscheinlich ist das sogar eine gute Idee.« Er wurde wieder ernst. »Ich kann mir vorstellen, dass ein bisschen Abstand von hier hilft.«

»Kann aber auch sein, dass mir vom Anblick all der Dicken noch schlechter wird.«

»Du musst kein Koloss werden, weißt du, du musst nur regelmäßig essen, ich meine, Essen bei dir behalten.«

»Ah, jetzt hat er's verstanden«, spottete sie. »Frau Amelung sagt, es ist der Unterschied zwischen essen und fressen, und ich wär noch längst nicht so vernagelt, dass ich das nicht hinkriegen würde.«

»Davon bin ich überzeugt. Übrigens ist Antonia zurzeit auch in einer Klinik.«

Jenny schwieg, so lange, dass er schon glaubte, sie sei ihm entglitten.

»Was hat sie?«, fragte sie schließlich doch noch.

»Sie hat versucht, sich das Leben zu nehmen«, antwortete er, »sie ist in der Psychiatrie.«

»Wer erzählt denn so einen Blödsinn?«, entrüstete sie sich. »Antonia ist der ausgeglichenste Mensch, den ich je gesehen hab. Und sie ist stark, keine, die aufgibt, da bin ich mir so sicher wie nur was.«

»Eigentlich war das auch mein Eindruck«, sagte Zinkel, »aber da haben wir uns wohl getäuscht. Kathrins Tod wird der Auslöser gewesen sein, nehme ich an, aber ich bin sicher, auch sie kommt wieder auf die Beine.«

»Wo ist sie?«

»Ich weiß es nicht. Antonias Stiefvater hat's ihrer Mutter nicht gesagt, weil es eine Kontaktsperre gibt, und der ist auf Geschäftsreise, ich kann ihn nicht erreichen.«

»Das ist ja wohl – also echt!« Jenny stampfte mit dem Fuß auf. »Das würde ich mir aber nicht gefallen lassen, nicht mal zu wissen, wo mein Kind ist. Und wieso überhaupt Kontaktsperre?«

»Das ist nicht so ungewöhnlich«, sagte Zinkel, »vielleicht gibt's auch noch innerhalb der Familie Probleme, und es lag nicht nur an Kathrins Tod.«

»Ph«, machte Jenny und schüttelte den Kopf. »Auf so was fallen Sie rein? Ich dachte, Sie wär'n, na ja, cleverer irgendwie.«

»Dann hilf mir auf die Sprünge«, bat er. »Wir wissen inzwischen, dass keiner von euch an dem Mord an Kathrin beteiligt war. Ihr habt dazu beigetragen, dass sie Selbstmord begehen wollte«, er schaute sie grimmig an, »aber da war noch viel, viel mehr, was dazu geführt hat. Trotzdem hat sie es sich offenbar anders überlegt. Wer sie dann wirklich umgebracht hat, da tappen wir noch im Dunkeln, vor allem was das Motiv dafür anbelangt. Jetzt ist noch etwas passiert, jemand hat versucht, einen jungen Mann umzubringen, der ein Auge auf Antonia geworfen hat ...«

Jenny lachte auf und verdrehte die Augen. »Mann«, sagte sie, »so redet heute kein Mensch mehr, wie soll das auch gehen, Augen werfen, echt.«

»Immerhin hast du verstanden, was ich meine, oder?« Auch Zinkel grinste, wurde aber sofort wieder ernst. »Nun hat jemand die Vermutung geäußert, dass beide Fälle vielleicht mit Antonia zusammenhängen könnten. Dass niemand ihr zu nahe kommen darf oder so.« Laut ausgesprochen, fand Zinkel, hörte sich die These noch abenteuerlicher an.

»Verstehe«, sagte Jenny und begann, auf und ab zu gehen. »Der Haken an der Sache ist natürlich, dass Kathrin ihr seit ewigen Zeiten zu nahe war. Also wem könnte das erst jetzt gestunken haben?«

»Von jemandem, der hinter Antonia her war, ist dir also nichts bekannt? Ein Mitschüler vielleicht, ein Lehrer womöglich«, fiel ihm ein; hatte es schließlich alles schon gegeben.

»Hätte es eigentlich geben müssen, das stimmt schon. Sie sieht gut aus, jedenfalls wenn man's gern brav mag.« Jenny ging über die Brücke zur anderen Seite des Teichs, und das Holz seufzte leise unter ihr.

Zinkel folgte ihr außen herum.

»Feigling«, schalt sie ihn.

»Fliegengewicht«, schoss er zurück.

»Antonia hat alles abgeblockt«, fuhr Jenny fort, »kein Typ ist an sie rangekommen, und irgendwann hat's auch keiner mehr versucht. Die Lehrer, ich weiß nicht, ich glaub fast, die mögen sie nicht besonders, keine Ahnung, warum. Oder doch, sie ist zu perfekt vielleicht, das kommt nun mal nicht so gut an, warum sollten Erwachsene da anders sein als Schüler?«

Weil sie reifer sind?, dachte er und verwarf die Annahme sogleich. Nichts änderte sich je im menschlichen Miteinander, das bewies schon die Geschichte. »Ich wünschte, sie wären es«, sagte er hilflos.

»Romantiker«, spottete sie.

»Zynikerin«, entgegnete er.

»Jedenfalls ist der einzige männliche Name, den ich aus Antonias Mund gehört habe, ein Frank, aber ich glaub, das ist der Stiefvater, nicht?«

»Stimmt.«

»Den mag sie nicht, war schwer zu überhören, aber sonst wüsste ich niemanden. Vielleicht hat sie ja im Netz jemanden kennengelernt«, schlug sie vor.

»Das lasse ich gerade überprüfen«, sagte er. Er glaubte nicht daran. Jemand, der so zielstrebig war wie Antonia, verplemperte sicherlich nicht seine Zeit mit virtuellen Bekanntschaften.

»Tut mir leid, mehr fällt mir nicht ein«, sagte Jenny. »Wenn Sie wissen, wo sie ist, würden Sie mir das sagen?«

»Weißt du was? Ich glaub, ja«, sagte er und wuschelte ihr durchs Haar, bevor er sich winkend auf den Weg zu seinem Wagen machte.

Der Silberstreif am Horizont? Nun ja, das war verdammt kitschig. Aber nicht von der Hand zu weisen.

»*Cherchez l'homme*«, rief sie ihm hinterher.

»Iss anständig«, gab er zurück.

***

Er bewacht ihren Schlaf. Ihre Lider zucken im Traum. Zu gern wäre er dabei, wüsste, welcher Film hinter ihrer Stirn abläuft. Gehört sie zu jenen, die sich am nächsten Morgen daran erinnern werden? Sie wirft den rechten Arm hoch, wie um ein lästiges Insekt abzuwehren, zieht die Decke von sich und dreht sich auf die andere Seite, weg von ihm. Er geht ums Bett herum. Ihre Stirn ist kraus vor Unbehagen, ihre Lippen beben, die Lider flattern, doch sie wacht nicht auf. Schlaf, beschwört er sie, schlafe sanft, es ist noch zu früh.

Bald, stellt er sich vor, wird er sie begleiten auf den nächtlichen Reisen tief hinein ins Innere der Seele. Tags wird er den Weg beschreiben, den sie nachts gemeinsam gehen, Hand in Hand, zwei Köpfe auf einem Kissen, er muss möglich sein, dieser vollkommene Einklang. Er kann es kaum erwarten, doch es braucht noch etwas Zeit. Sie braucht noch etwas Zeit. Er ist zu ungeduldig, diesmal. Dabei zeichnet ihn nichts so sehr aus wie seine Geduld: Wer etwas wirklich begehrt, kann darauf warten, egal, wie lang es dauert, Jahre, Jahrzehnte, ein Leben. Die süße Folter Vorfreude auskosten bis zum letzten Tropfen.

Jetzt rollt sie sich zusammen. Gedanklich ahmt er sie nach, legt seinen Kopf an ihre Füße, und sie bilden einen makellosen Kreis, Yin und Yang, zwei Teile eines Ganzen, unwiderruflich. Noch nicht. Noch nicht ganz.

Sachte zieht er die Decke wieder über sie und schleicht hinaus. Sie wird lernen, ihn zu lieben. Oder sterben.

13

Antonia ging in die Küche. Vor lauter Lesen hatte sie gar nicht gemerkt, wie hungrig sie war, doch nun knurrte ihr Magen ganz schön laut. Sie schmierte sich ein paar Brote und aß im Stehen, etwas, das ihre Mutter nicht dulden würde, aber sie war nicht hier und konnte sie nicht rügen.

Am ersten Tag, überlegte sie, hatte sie es genossen, auf der Insel zu sein. Das Haus lag eingebettet in Dünen und abgelegen, die Einsamkeit war ihr willkommen. Sie konnte keine Menschen aushalten, ihr erster Schultag nach Kathrins Tod war grauenhaft gewesen, sie hatte nur rumgeheult und sich schließlich nach Hause schicken lassen. Frank hatte sie getröstet und vorgeschlagen, nach Langeoog in das Haus eines Freundes zu fahren, die Luft, das Meer würden ihr guttun, und sie könne sich von allem erholen; ihre Mutter würde morgen nachkommen, der Freund sie herbringen, wenn er kurz nach dem Rechten schaute, und so hatte sie eingewilligt.

Schon das Packen war aufregend gewesen, du brauchst nicht viel, hatte Frank gesagt, warme Klamotten, sonst nichts, keinen Computer, kein Handy, ein Netz gebe es sowieso nicht. Ihr erster Urlaub, abgesehen von Klassenfahrten jedenfalls, ihre Mutter, klar, so was hätte die nicht auf die Reihe gekriegt. Dann waren sie nach Bensersiel gefahren, hatten das Auto auf einem Langzeitparkplatz abgestellt und gerade noch die Fähre erwischt. Sie war an Deck geblieben, trotz der lausigen Kälte, die ihr bis auf die Knochen gedrungen war, und hatte gehofft, der Kapitän wüsste, wo's langgeht, denn rundherum war nur Nebel. Grau, alles war grau, Nebel und Wellen und die Gesichter der wenigen Menschen an Bord. Der salzige Geschmack auf den Lippen kam diesmal nicht von Tränen, und die Überfahrt war viel zu schnell vorbei gewesen. Sie hätte einfach sitzen bleiben mögen, hin- und herfahren, bis sie nicht mehr traurig war.

Mit der Inselbahn ins Landesinnere zu fahren, war ihr wie ein weiteres Abenteuer vorgekommen, und sie hatte sich am Fenster des Zuges fast die Nase platt gedrückt, was nicht wirklich geholfen hatte, denn der Nebel hatte die Außenwelt fortgewischt. Am Bahnhof waren sie dann auf eine Kutsche umgestiegen, und das war das Größte überhaupt. Sie hatte sich echt Mühe geben müssen, nicht die ganze Fahrt über auf und ab zu hüpfen wie ein kleines Kind. Frank hatte es gemerkt und sich einen gegrinst.

Das Haus schließlich hatte sie sich völlig anders vorgestellt, mehr wie ein Ferienhaus und nicht so normal und mit allem Drum und Dran. Gut, was wusste sie schon, wie Ferienhäuser auszusehen hatten, aber dieses war alt, die Möbel so altmodisch wie ihre zu Hause auch, und es gab Bücher und Bilder an den Wänden, Zeug, was man so hinstellte, und sie hatte sich augenblicklich wohlgefühlt.

Am zweiten Tag hatte Frank morgens mit dem Fahrrad Brötchen geholt und berichtet, er habe mit ihrer Mutter gesprochen. Sie könne noch nicht kommen, die Polizei brauche sie noch. Nach dem Frühstück war er wieder losgefahren. Sie hatte keine Lust gehabt, ihn zu begleiten, zu ungemütlich draußen. Stattdessen hatte sie das Haus erkundet, war von Zimmer zu Zimmer gewandert und hatte sich umgesehen. Nach einer Weile war sie sich wie ein Eindringling vorgekommen, seltsam eigentlich, es war doch egal, wem es gehörte, solange sie sich hier aufhalten durften. Trotzdem hatte sie jeden Augenblick die eigentlichen Bewohner zurückerwartet, Vater, Mutter, zwei Kinder, stellte sie sich vor. Frank war allen Fragen nach dem Freund ausgewichen, der habe das Haus noch nicht so lange, mehr wisse er nicht. Trotzdem interessierte es sie, wer hier früher mal gewohnt hatte. Und es interessierte sie, was sich hinter der einen verschlossenen Tür befand. In der Nacht hatte sie schlecht geschlafen und noch schlechter geträumt. So ein Traum, der weitergeht, wenn man wieder einschläft, voll ätzend so was, und das Blödeste war, dass sie sich nicht erinnern konnte, wovon er gehandelt hatte. Zu dumm, sie hatte nämlich das Gefühl, dass er ziemlich wichtig war.

Heute, am dritten Tag, das Gleiche wie am zweiten. Morgens leckere Brötchen, dann war Frank wieder abgehauen. Sie hatte den Fernseher eingeschaltet. Doku-Soaps, boah nee ey, das war nicht zum Aushalten. Schlimm war daran nicht so sehr, wie die Leute lebten, sie konnten vielleicht gar nichts dafür, aber sich öffentlich zum Affen machen? Kriegten die Geld dafür? Aus. Wieder Stille. Aber irgendwas hatte sich verändert, nur kam sie nicht drauf, was oder warum, doch sie war sicher, dass es genau in dem Moment begonnen hatte: ein komisches Gefühl.

Sie hatte es abgeschüttelt, es gab ja keinen Anlass dafür, war vors Bücherregal gegangen und hatte mit geschlossenen Augen nach einem Buch gegriffen mit dem festen Vorsatz, es zu beenden, egal, worum es sich handelte. ›Deutschstunde‹. Das hatte was, sie schwänzte die Schule und las die ›Deutschstunde‹. Doch was als Herausforderung begonnen hatte, entpuppte sich als echt cool, und so hatte sie Stunden in eine Decke gewickelt auf dem Sofa verbracht und gelesen, bis sie sich vor Hunger nicht mehr hatte konzentrieren können.

Jetzt kam diese Unruhe von Neuem hoch, in Wellen, wie so ein blöder Schluckauf, sehr merkwürdig. Sie wanderte wieder durchs Haus, von Fenster zu Fenster. Immer noch Nebel, die Sicht kaum zehn Meter weit. Trotzdem müsste sie mal raus, überlegte sie, vielleicht würde es helfen, einmal ums Haus zu gehen und kurz auszulüften. Sie packte sich warm ein, ging zur Haustür und drückte die Klinke runter. Abgeschlossen. Was sollte das denn nun, hier, mitten im Nichts?, wunderte sie sich. Das Schlüsselbrett war leer, und auf der Garderobe lag der Schlüssel auch nicht. Sie ging wieder in die Küche. Küchentisch, Arbeitsplatte, Schubladen – kein Schlüssel. Mist, dachte sie, für so verpeilt hätte sie Frank nicht gehalten.

Sie zog die Jacke wieder aus und ging zurück ins Wohnzimmer, um wenigstens mal ein Fenster zu öffnen, hey, überlegte sie, sie könnte ja auch hinausklettern für ihren kurzen Spaziergang. Das Fenster besaß ein Sicherheitsschloss und ließ sich nicht öffnen. Alle Fenster im Erdgeschoss waren verriegelt. Vielleicht war das gar nicht so außergewöhnlich, wo das Haus doch nur gelegentlich bewohnt war, aber unangenehm fand sie es schon, was, wenn es brannte oder so, es gab ja nicht mal Telefon hier. Sie müsste ein Fenster einschlagen, ging das überhaupt einfach so? Okay, testen würde sie es lieber nicht, Frank würde schön blöd gucken, wenn sie ein fremdes Haus demolierte. Na gut, dachte sie und kuschelte sich wieder aufs Sofa, würde sie eben weiterlesen.

Irgendwann musste sie eingeschlafen sein, denn sie schrak hoch, als sie einen Schlüssel in der Tür hörte. Das Buch lag auf dem Fußboden, die Decke war ganz verwurschtelt. Sie roch – Pizza. Lecker.

»Na, alles klar?«, fragte Frank.

»Geht schon«, sagte sie und ging aufs Klo und Händewaschen, bevor sie sich zu ihm an den Küchentisch setzte.

Sie hatte schon wieder so einen Hunger, unglaublich, sie schaute auf die Uhr, kein Wunder, es war schon nach acht. »Wo warst du denn so lange?«, fragte sie und stürzte sich auf die Pizza.

»Ein paar Dinge erledigen, auf dem Festland«, sagte er.

»Weißt du eigentlich, dass du alle Schlüssel mitgenommen hast? Das war vielleicht ein Schock, ich wollte mal eben ums Haus, bisschen Luft schnappen, und komm hier nicht raus. Bei einem Feuer hätte ich glatt die Fenster einschlagen müssen, die sind nämlich mit Schlössern verriegelt.«

»Tatsache? Ist mir noch gar nicht aufgefallen«, behauptete er. »Ich war erst einmal hier.«

»Wie lange hast du überhaupt Urlaub?«, fragte sie.

»Solange ich will«, entgegnete er.

»Brauch ich eine Krankmeldung für die Schule?«

»Wahrscheinlich, ja«, sagte er, »ich kümmere mich drum.«

»Nicht du«, sagte sie, »das muss Mama machen. Hast du mit ihr gesprochen? Wann kommt sie endlich?«

»Sie kann nicht kommen«, sagte er, »sie ist verhaftet worden. Aber keine Sorge, ich hab die Vormundschaft für dich, nur für den Notfall, und das ist ja wohl einer. Ich erledige das mit der Entschuldigung.«

Ihr fiel das Stück Pizza aus der Hand, in das sie gerade hatte hineinbeißen wollen. Ihr war schlecht, ihr war so was von schlecht. Sie stürzte hinaus.

***

Sie war zu alt für Disco, immer schon gewesen, dachte Marilene. Doch was sich früher hatte ertragen lassen, gerade so, empfand sie heute als wahre Prüfung. Die Musik hämmerte gnadenlos mit immer gleichem Beat gegen jeden gesunden Puls, bis der klein beigab und das Herz aus dem Takt trieb. Was damals Lichtorgel geheißen hatte, war heute Hightechmäßiges, das den Eindruck erweckte, die Tanzenden seien allesamt ruckelnde Roboter, und das Blitze im Stakkato versprühte, die sich in die Netzhaut brannten, Wunden, die so schnell nicht heilen würden, wenn überhaupt. Am schlimmsten war das schrille Pfeifen in den Ohren, doch sie schien die Einzige zu sein, die darunter erbärmlich litt. Sie beherrschte knapp ihren Fluchttrieb und versuchte, Kelling und Breitbach zu entdecken. Unmöglich in dem Gewimmel spärlich, aber glitzernd bekleideter Leiber, die sich in unbegreiflicher Ekstase zuckend verrenkten, dass man glauben könnte, einem Massenausbruch von Epilepsie beizuwohnen. Sie hasste Techno.

Breitbach, nahm sie an, würde eher nicht unter den Tanzenden zu finden sein, und sie begann, den Raum zu durchstreifen. Ursprünglich hatte sie die beiden auf dem Firmenparkplatz abfangen wollen, doch sie hatte vom Auto aus mithören können, wie sie sich verabredet hatten für den Abend, Breitbach zögernd, »Ich hab doch gesagt, dass ich aufhören will«, und Kelling drängend, »Stell dich nicht so an, deine Frau wird schon nichts mitkriegen«, sodass sie sich kurzerhand entschlossen hatte, Breitbach hinterherzufahren.

Er wohnte mit Frau und zwei kleinen Kindern, die ihn kreischend empfangen hatten, in einer Vorortsiedlung Bremens, in der man ohne Straßenschilder – oder jemanden, der vorausfuhr – verloren wäre. Einheitliche schmale Reihenhäuser mit winzigen Vorgärten, in denen ganze Armadas von Gartenzwergen residierten. Gartenzwerge sagten eine Menge über ihre Besitzer aus, aber sie hatte gefürchtet, entdeckt zu werden, und sich nicht getraut, ihren Wagen zu verlassen.

Eine ganze Stunde hatte sie warten müssen, dann endlich war Kelling eingetroffen, frisch geschniegelt hatte er Breitbach – ebenso frisch, doch bei ihm würde der Glanz schneller vergehen – an der Tür abgeholt. Ehefrau Breitbach hatte ihren Gatten sichtlich ungern ziehen lassen, genau genommen hatte sie mächtig gezetert. Kelling hatte die Szene abgekürzt, indem er auf den Chef verwiesen hatte, der ein Fehlen an diesem Wochenende nicht dulden würde, zu wichtig seien die erwarteten Russen. Von wegen. Marilene war den beiden zu einem Restaurant gefolgt, wo sie wieder hatte warten müssen, ganze zwei Stunden hatten sie dort zugebracht – ohne Chef, ohne Russen. Sie war drauf und dran gewesen, aufzugeben, da waren sie endlich wiederaufgetaucht und hatten sich auf den Weg gemacht. Sie hatte versucht, nicht allzu viel Abstand zwischen ihren Fahrzeugen zu lassen, und hätte sie trotzdem beinahe verloren, als eine Straßenbahn quietschend ihren Weg gekreuzt hatte. Reines Glück, dass sie sich für die richtige Spur entschieden und sie auf dem Weg hierher wieder eingeholt hatte.

Bezweifelnd, dass man ihr Einlass gewähren würde, zu alt, zu unspektakulär gekleidet, war sie zunächst eine Weile im Wagen sitzen geblieben, aber weder Kelling noch Breitbach ließen sich draußen blicken. Schließlich hatte sie sich einen Ruck gegeben und war forsch auf den Türsteher zumarschiert. Die Musterung, der er sie unterworfen hatte, war absolut erniedrigend gewesen, sämtliche Vorbehalte, die sie erwartet hatte, und noch mehr lagen in seinem abschätzigen Blick, doch er hatte sie passieren lassen, welch Wunder. Wahrscheinlich hatte er angenommen, sie würde bald genug das Weite suchen, bei dem Lärm.

Breitbach, endlich. Mit dem Rücken zur Tanzfläche thronte er auf einem Barhocker an der Theke. Seine Körperfülle verdeckte Kelling nahezu, erst recht das Mädchen zwischen ihnen. Marilene hielt sich etwas weiter links. Blond, hübsch, eher schüchtern, nicht ganz so aufreizend gekleidet wie die meisten jungen Frauen hier, dafür aber erkennbar jünger. Ein Ausdruck im Gesicht, als könne sie es gar nicht fassen, dass jemand so Weltgewandtes wie Kelling sich für sie interessierte.

Marilene wich noch weiter nach links und pirschte sich im Rücken von Kelling näher heran, so unauffällig wie möglich, bis sie das Ende der Theke erreichte. Sie holte das Smartphone hervor, das Hanna ihr geliehen hatte, um das Trio zu fotografieren. Breitbach würde schnell genug einknicken, wenn sie drohte, seiner Frau die Aufnahmen zu zeigen. Sie winkte aufs Geratewohl in die Ferne, als nehme sie Freunde auf, und schoss drauflos. Die Mühe hätte sie sich sparen können, kein Mensch achtete auf sie. Zu alt. Manchmal barg das Vorteile.

Das Mädchen war wirklich zu jung, augenscheinlich dämmerte ihr das auch gerade, denn sie machte Anstalten, vom Hocker zu rutschen und Richtung Tanzfläche zu streben. Kelling hielt sie auf, mit einer Bewegung seiner rechten Hand und einem Scherz, den sie halbwegs komisch zu finden schien. Mit seiner linken Hand allerdings schob er ihr Glas in Richtung Breitbach. Marilene knipste weiter, hielt nun auf Breitbach, der irgendetwas zwischen seinen Händen verbarg, dann stand Kelling auf und zog das Mädchen an sich, um ihr etwas ins Ohr zu flüstern. Sie errötete, er lachte und reichte ihr das Glas. Sie trank, bevor sie sich von ihm auf die Tanzfläche ziehen ließ.

Marilene senkte das Smartphone, um die Aufnahmen zu studieren, schob die Finger auf dem Display auseinander und konnte ihr Glück kaum fassen: Die Vergrößerung zeigte eine helllila Spur von Breitbachs Händen direkt ins Glas des Mädchens. K.-o.-Tropfen, vermutete sie, die Farbe der Flüssigkeit ein zufälliger Lichtreflex. Sie nahm den Gedanken an Glück zurück. Was tun? Sie wusste nur zu gut, wie das Zeug wirkte, viel Zeit blieb ihr nicht.

Rasch sandte sie die letzten beiden Aufnahmen an Gerrits Nummer, stopfte das Gerät in die Tasche und stürzte sich ins Getümmel, Tanzende zur Seite schiebend, eine Entschuldigung auf den Lippen, die niemand hören wollte.

»Da bist du ja, Schwesterherz!«, rief, nein brüllte sie, als sie endlich Kelling und das Mädchen erreicht hatte, »ich such dich schon überall! Mama geht's nicht gut, du musst sofort mitkommen.«

Schwesterherz schaute ziemlich verständnislos drein und wirkte bereits leicht benommen, wohingegen Kelling ganz allmählich zurückwich, noch immer tänzelnd, wie um nur nicht aufzufallen. Marilene packte sie am Arm und zog sie hinter sich her Richtung Ausgang. Sie ließ es sich widerspruchslos gefallen, und auch sonst versuchte niemand, sie aufzuhalten.

Sie erreichten den Türsteher, und Marilene zupfte ihn am Arm. Sein indignierter Blick sprach Bände.

»Sorgen Sie dafür, dass sie ins Krankenhaus kommt«, befahl Marilene und schob ihm das Mädchen entgegen, sodass er gar nicht anders konnte, als sie aufzufangen. »Sie hat vermutlich eine Dosis K.-o.-Tropfen untergejubelt bekommen, also dalli.«

Marilene spähte ihm sicherheitshalber über den Arm, während er einhändig ein Handy hervorzauberte, die 112 tippte und Meldung machte. Danach wandte er sich ihr zu, mit einer Spur weniger Herablassung als zuvor.

»Haben Sie gesehen, wer das war?«, fragte er. »So was ist schlecht fürs Geschäft.«

»Ja«, sagte sie, »und ich kann es sogar beweisen. Zwei Typen, Ende dreißig, rausgeputzt, ein Dicker, ein Schlanker, lassen Sie sie nicht abhauen«, bat sie, »ich muss mit denen noch eben was klären, danach wäre ich Ihnen sehr verbunden, wenn Sie sie der Polizei übergeben, die beiden machen so was nämlich öfter.«

»Mit Vergnügen«, behauptete er und salutierte anerkennend.

Marilene wandte sich um, holte tief Luft und wurde augenblicklich eingesogen in diesen zuckenden Kokon, in dem ein Gewitter zu toben schien, oder der Mob.

»Pahdie!«, brüllte ein Lacklederner neben ihr euphorisch.

Marilene zuckte zusammen. An Party hätte sie nicht im Mindesten gedacht, vielmehr kam ihr die Veranstaltung vor wie ein Antanzen gegen die Stille im Innern, gegen die Bedeutungslosigkeit, die Angst, unsichtbar zu sein, und wenn es nicht funktionierte, gab man sich die Kante, um die Sehnsucht danach zu ersäufen. Ein außer Kontrolle geratener Markt der Eitelkeit, je mehr Haut, desto mehr Beachtung, und zu viele Menschen auf zu engem Raum, als dass sie dem irgendetwas abgewinnen könnte.

Breitbach saß noch immer mit dem Rücken zur Tanzfläche an der Theke, Kelling konnte sie nirgends entdecken. Egal, einer reichte, und dieser, vermutete sie, war leichter zu beeindrucken.

Sie rutschte auf den gerade frei werdenden Hocker neben ihm und stieß ihn mit dem Ellenbogen in die Seite.

»Hä?«

Sie deutete auf das Smartphone, zeigte ihm das letzte Bild und zoomte hinein.

Breitbach wurde erst blass, dann kroch Röte seinen Hals hinauf, und er begann zu schwitzen, unästhetisch zu schwitzen, und sein Kinn schwabbelte. Wenn sie nicht wüsste, was er im Sinn gehabt hatte, könnte ihr dieses Riesenbaby fast leidtun. Aber nur fast. Sie zog ihn vom Hocker und stieß ihn vor sich her, wiederum Richtung Eingang, und diesmal zog die Prozedur weit mehr Aufmerksamkeit auf sich als zuvor. Sie fragte sich, warum.

Breitbach wehrte sich nicht und stolperte vor ihr her, warf nur den gelegentlichen Blick über die Schulter, wie um sich zu vergewissern, dass sie noch hinter ihm war. Sie erreichten den Vorraum, und der Lärm ebbte um ein paar Dezibel ab. Der Weg zu den Toiletten war regelrecht verstopft, ein Fluchtweg weniger, dachte sie befriedigt und trieb ihn in die Enge, eine Ecke kurz vor dem Ausgang. Aus den Augenwinkeln sah sie den Türsteher, bereits ohne seine Schutzbefohlene, und das Blaulicht des Rettungswagens.

»Was soll die Scheiße?«, brüllte jemand.

Marilene hielt sich das Ohr und drehte den Kopf. Kelling. Auch recht, dachte sie grimmig und hielt ihm die Aufnahme vors Gesicht.

Er grinste hämisch. »Und? Was soll das beweisen? Ein Lichtreflex.«

»So viel muss das gar nicht beweisen«, sagte sie, »Ihr potenzielles Opfer befindet sich bereits auf dem Weg ins Krankenhaus. Noch kann man das Zeug richtig gut nachweisen.«

Kelling versuchte, ihr das Smartphone zu entreißen, und trat ihr dabei auf den Fuß.

»Vergessen Sie's«, blaffte sie ihn an und zerrte ihren Fuß unter seinem hervor, »die Fotos sind längst weitergeleitet. Ist das noch dieselbe Masche wie damals in Neustadt, ja?«

»Neustadt?«, kreischte Breitbach am Rande der Hysterie.

»Halt die Klappe«, herrschte Kelling ihn an. »Was willst du?« Er kniff die Augen zu Schlitzen, drückte seinen Arm gegen ihre Brust und stieß sie gegen Breitbach. »Ich finde, du musst einspringen, wo du uns doch die Tour vermasselt hast …«

Weiter kam er nicht. Der Türsteher zerrte ihn zurück und hielt ihn umklammert. »Du beantwortest jetzt die Fragen der Dame, Freundchen, sonst werde ich so richtig ungemütlich.«

Kelling murmelte Unflätiges, und der Türsteher drückte fester zu.

»Lilian Tewes«, füllte Marilene mögliche Erinnerungslücken.

»Was immer die behauptet, es ist sowieso verjährt.«

»Aber Sie erinnern sich.«

»Die kann man nicht vergessen«, sagte Breitbach hinter ihrem Rücken. »Sie ist verschwunden, aber damit haben wir nichts zu tun, ehrlich, niemand hat je wieder was von ihr gehört.«

»Nachdem Sie sie vergewaltigt haben.«

»Blödsinn, die hat mitgemacht, die hat geradezu drum gebettelt.« Kellings Grinsen wollte einfach nicht schwinden.

»Wenn sie so gern mitmachen wollte, hätte es doch keinen Grund gegeben, sie mit den Fotos zu erpressen.«

»Hat ja nicht geklappt«, wandte Breitbach ein.

Kelling zappelte in den Armen des Türstehers und wäre seinem Kumpel sichtlich gern an die Kehle, um zu verhindern, dass er weiterredete.

Breitbach hingegen schien fast erleichtert. »Sie war weg«, fuhr er fort, »und die Fotos waren auch weg.«

»Wie das?«

»Reinicke hat sie uns abgenommen, und zwar nur die von Lilian, sogar die Negative wollte er haben.« Er merkte offenbar nicht mal, dass er sich nun um Kopf und Ehe redete. »Der war selber scharf auf sie, und wie. Hat sie aber nicht groß gekümmert.«

»Franz Reinicke, ja?«, vergewisserte sich Marilene.

Breitbach nickte.

»Wo steckt der?«

»Woher soll'n ich das wissen? Der ist weg aus der Firma, ziemlich direkt danach.«

»Danke, die Herren.« Sie wandte den Kopf. »Wie ich sehe, werden Sie bereits erwartet.«

Die Gesichter der beiden, als sie die uniformierten Beamten entdeckten, waren ein Erinnerungsfoto wert. Hatten sie ernsthaft geglaubt, sie würden davonkommen?

***

»Wow«, sagte Zinkel, als der Kollege, den er gebeten hatte, Antonias Computer und Handy zu überprüfen, beides vor ihm abstellte, »das ging aber schnell.«

»War einfach«, sagte der, »war sauber. Absolut nix Männliches zu entdecken. Wundert mich selber. Wie alt ist die?«

»Siebzehn oder so.«

»Echt? Ganz schöner Spätzünder. Sie ist bei Facebook, ja, hat aber wenig Freunde, ich denke, die meisten sind Mitschüler, weil's um Schulkram geht. Sie selbst postet fast nichts, einzige Ausnahme ist eine gewisse Kathrin, ist das nicht die …«

»Ja, das Mädchen aus dem Wald«, warf Zinkel ein, »ihre beste Freundin.«

»Ach so. Das erklärt, warum die Einträge plötzlich ausgeblieben sind. Jedenfalls ist auch in den Postings nie von Jungs die Rede, geschweige denn von Männern.«

»Und das Handy?«, erkundigte sich Zinkel.

»Nix. Kontaktarm, würde ich sagen, gespeichert sind nur die Nummern von ihrem Zuhause und von Kathrin, ein paar Kurznachrichten, völlig nichtssagend, keine Verabredungen oder so was in der Art.«

»Mist«, sagte er, »trotzdem danke, gute Arbeit.« Er stellte den Computer in die Ecke, er hatte jetzt keine Lust auf Lilians Ratlosigkeit, und Antonia brauchte die Sachen im Augenblick nicht.

Das Thema Mann hatte sich damit wohl endgültig erledigt, nahm er an, ohne Kommunikation konnte man keine Beziehung anbahnen, und die früher übliche Vorgehensweise hatte nicht stattgefunden. Irgendjemand hätte das mitbekommen müssen, zumal Antonia, laut Charlie, von Silke regelrecht überwacht worden war. Zu welchem Zweck, erschloss sich ihm nicht, aber da die Aussage sich mit Jennys deckte, konnte ihm das egal sein. Es blieb dabei: kein Kerl in Sicht. Trotzdem spürte er eine seltsame Unruhe bei dem Gedanken, sich von der Theorie zu verabschieden.

Wahrscheinlich lag es daran, dass er Antonia nicht auftreiben konnte. Wieso war sie in keiner der umliegenden Kliniken? Und wieso war Frank Herzog nicht erreichbar? Gab es da einen Zusammenhang? Ach was, winkte er gedanklich ab, das war jetzt arg weit hergeholt. Der Mann war frisch verheiratet mit einer hinreißenden Frau, und Antonia war zu alt, um für einen Kinderschänder interessant zu sein. *Cherchez l'homme*, Pustekuchen.

Das Telefon riss ihn aus seinen Gedanken. Wiesbaden.

»Moin, Kripo Leer, Paul Zinkel am Apparat«, flötete er.

»Patrizia«, sagte sie. »Volltreffer, würde ich meinen. Harald Steinhauer hält Kampfhunde wie andere Leute Hühner. Natürlich nimmt der Typ die nie mit auf Reisen, klar, schon gar nicht zu seiner Oma, die er in Leer besucht hat, die hat nämlich panische Angst vor den Viechern. Was ich durchaus nachvollziehen kann. Es war nicht ganz einfach, genügend Leute zu finden, die bei dem Einsatz mitmachen wollten. Den Amtstierarzt haben wir mit Waffengewalt dazu bringen müssen, Memme, echt. Jedenfalls sind die Hunde alle gechippt und gemeldet, auch seine Steuern zahlt er, er ist ein anständiger Bürger mit ausgefallenem Hobby und hat sich nie mehr was zuschulden kommen lassen, ehrlich.«

»Nie mehr?«, warf Zinkel ein.

»Dazu wollte ich gerade kommen«, fuhr Patrizia fort, »und das hättet ihr durchaus selber rauskriegen können: Er ist mehrfach wegen Körperverletzung aufgefallen und zu einem Anti-Gewalt-Training verdonnert worden. Rat mal, wo?«

»Woher soll ich das wissen?«

»Wie viele Psychologen sind dir in letzter Zeit untergekommen?«

»Nee, oder? Lindenau?«

»Sehr gut. Ich habe mir erlaubt, bei der Krankenkasse nachzufragen, wer nach Lindenaus Tod seine Fälle übernommen hat. Steinhauer ist aber nirgendwo in Behandlung. Offenbar ist seine Akte nicht an einen Nachfolger weitergeleitet worden, und das heißt, dass sie sich nicht im Nachlass befunden haben kann. Die Dame von der Kasse konnte sich aber erinnern, dass die Witwe Lindenau sich über ihr Erscheinen gewundert hatte, weil ein paar Tage vorher schon jemand von der Kasse bei ihr gewesen sei. Dieser Jemand war eindeutig nicht Steinhauer, also prüft man jetzt, ob möglicherweise weitere Akten verschwunden sind. Ich lass dich wissen, was dabei herauskommt. Habt ihr den Hund eigentlich erwischt?«, fragte sie übergangslos.

»Ja, ist in der Rechtsmedizin.«

»Dann besorg mir einen richterlichen Beschluss, und wir können Vergleichsproben nehmen. Ich wette, dass der mindestens einen Verwandten bei dem Züchter hat.«

»Geht klar. Gute Arbeit«, lobte Zinkel, »vielen Dank für deine Hilfe.«

Patrizia hatte bereits aufgelegt. Er rief Klawitter an und bat ihn, sich um den Beschluss zu kümmern.

Lübben stürmte ins Büro. »Du könntest recht haben«, sagte er, »die Leute lassen einfach jeden ins Haus, der behauptet, zu Nachbarn zu wollen. Am Tag nach dem Mord an Kathrin haben zu unterschiedlichen Zeiten bei verschiedenen Bewohnern des Hauses dreimal irgendwelche angeblichen Boten geklingelt und Einlass erhalten. Gesehen hat die allerdings niemand, also sind wir nicht viel weiter als vorher. Bei dir?«

Zinkel brachte ihn auf den neuesten Stand.

»Schon wieder eine Verbindung in deine alte Heimat«, feixte Lübben, »allmählich finde ich das bedenklich. Was hat deine Anwältin denn gesagt?«

»Bin ich noch nicht zu gekommen.« Zinkel hob den Zeigefinger, wählte abermals und wartete, während er weiterverbunden wurde.

»Wie geht's Gerrit?«, fragte er und schaltete auf Lautsprecher, als Marilene sich meldete. Ihm schien, sie kaute, offenbar ein spätes Frühstück.

»Seine Entzündungswerte sind gesunken, er spricht also wohl

auf die Antibiotika an. Und gestern hat er ein paarmal die Augen aufgemacht, es scheint, er ist auf dem Weg der Besserung.«

»Das freut mich«, sagte er.

»Hast du inzwischen herausgefunden, in welcher Klinik sich Antonia befindet?«, fragte Marilene, bevor er auf sein Anliegen zu sprechen kommen konnte.

»Nein«, gab er zu, »sie ist in keiner Klinik im Umkreis gemeldet, und Herzog ist auf Geschäftsreise und nicht erreichbar. Keine Ahnung, wo der steckt, aber ich bleib dran, versprochen«, sagte er und fuhr diesmal augenblicklich fort. »Hör mal, es kann sein, dass der Kampfhund aus Hessen kommt, dann hätte der Anschlag eher nichts mit Antonia zu tun, sondern doch mit Gerrit selbst. Hier ist nun die Frage aufgekommen, ob er eventuell ein Hacker ist und deswegen zum Ziel eines Anschlags geworden sein könnte.«

»Das kann ich mir nicht vorstellen«, sagte sie.

»Na gut, war nur ein Gedanke. Melde dich bitte, wenn er aufwacht, ja?« Er verabschiedete sich.

»Sie hat zu lange gezögert«, bemerkte Lübben.

Zinkel nickte, genau das bereitete ihm Sorgen. »Ich setz Charlie drauf an«, sagte er, »vielleicht kriegt sie was über Gerrit raus.«

»Gute Idee. Uns fehlt der Ansatz, jetzt, wo die Theorie mit Antonia den Bach runter ist.«

Wenn er sich diesbezüglich nur ebenso sicher wäre, dachte Zinkel. Er griff nach dem Telefonbuch. Ein letzter Versuch, herauszufinden, wo Herzog steckte, konnte nicht schaden. Er rief in dessen Firma an und bat darum, mit ihm verbunden zu werden, in der Erwartung, man würde ihm mitteilen, er sei auf Geschäftsreise. Das war nicht der Fall. Entgeistert legte er den Hörer auf.

»Was?«, fragte Lübben.

»Herzog hat bereits vor Wochen gekündigt«, sagte er.

***

Marilene legte den Hörer auf und zog eine Grimasse. »Ich fürchte, er hat mir nicht geglaubt«, sagte sie zu Hanna, mit der sie beim Frühstück saß. Sie war noch immer übernächtigt, die Bremer Polizei war ausdauernd und akribisch gewesen, sodass sie erst am Samstagmorgen gegen vier zu Hause angekommen war.

»Was geglaubt?«

»Er hat gefragt, ob Gerrit womöglich ein Hacker sei.«

»Oh, oh.« Hanna riss in gespieltem Entsetzen die Augen auf. »Mach dir keine Sorgen, die werden nichts finden, Gerrit ist mittlerweile clever genug, seine Spuren anständig zu verwischen.«

»Hoffen wir's«, sagte Marilene. »Aber was, wenn's stimmt und der Anschlag wirklich damit zusammenhängt? Der Hund könnte nämlich aus Hessen stammen, haben sie angeblich ermittelt.«

»Scheint mir ein bisschen aufwendig, wenn man einfach auf Gerrits Rückkehr hätte warten können, meinst du nicht?«, zweifelte Hanna.

Marilene nickte nachdenklich. »Ich glaub immer noch, dass das alles mit Antonia zusammenhängt«, sagte sie. »Bei meinem Ausflug am Freitag bin ich wieder auf einen Namen gestoßen, über den Gerrit nichts hat rausfinden können. Dieser Franz Reinicke war anscheinend mächtig hinter Antonias Mutter her, als die noch nicht Mutter war, meine ich. Die waren in derselben Firma beschäftigt und haben kurz nacheinander gekündigt. Antonias Mutter ist hierhergezogen, aber von Reinicke gibt es keine Spur, laut Gerrit. Vielleicht hat der sich jetzt der Tochter zugewandt?«

»Keine schlechte Idee«, stimmte Hanna zu, »Paula könnte dir das bestimmt richtig gut erklären. Frag Antonia, ob jemand hinter ihr her ist, sie wird das ja wohl gemerkt haben.«

»Geht nicht, niemand weiß, in welcher Klinik sie steckt, abgesehen von Herzog, also vom Stiefvater, und der ist auf Geschäftsreise.«

»Das kommt mir jetzt aber sehr merkwürdig vor«, sagte Hanna. »Was ist denn, wenn Reinicke sich ihr nicht nur zugewandt hat, sondern Antonia entführt hat und dem Stiefvater irgendwas vorgelogen hat? Kommst du an ein Foto von dem ran? Vielleicht kann ich was rauskriegen.«

Geheimdienst, dachte Marilene abermals, hatte sie's doch

gewusst. »Ich ruf noch mal die Sekretärin an, von der ich den Namen ursprünglich erfahren hab. Vielleicht gibt's ja wirklich eine Aufnahme von ihm.« Sie stand auf. »Ich mach das sofort«, sagte sie, plötzlich erfasst von einer inneren Unruhe, die sie zur Eile drängte.

»Gut«, stimmte Hanna zu, »ich leg mich aufs Ohr, weck mich, wenn es da ist.«

★★★

Die Tage und Nächte verschwammen allmählich. Außerdem begann sie, sich zu langweilen. Fast sehnte sie sich nach der Schule. Noch nicht ganz, aber bald. Eigentlich wollte sie nach Hause. Obwohl sie ihre Mutter im Gefängnis nicht besuchen durften, wäre sie lieber in der Nähe, nur falls jemand für sie eine Ausnahme machte oder sie sie endlich freiließen. Das musste sich ja mal aufklären, konnte nicht ewig dauern, bis sie herausfanden, was für ein Schwachsinn das war. Ihre Mutter eine Mörderin. Noch dazu von Christian. Im Leben nicht. Dieser Polizist mit dem komischen Namen war ihr eigentlich ganz in Ordnung vorgekommen, und jetzt das. Sie hatte die Nacht kaum geschlafen, weil sie sich vorstellte, wie schrecklich es für ihre Mutter sein musste, eingesperrt zu sein.

Antonia kämpfte sich vom Sofa hoch und schaute hinaus. Das Grau kam ihr etwas heller vor, oder bildete sie sich das nur ein? Doch, doch, der Himmel war nicht mehr nur Watte, sondern Wolken zeichneten sich ab, Wolken, die sich bewegten, also kam Wind auf, und richtig, der Nebel schien sich zu lichten, die Schwaden schwebten hin und her, wie bei einem Schleiertanz. Sie wollte hier raus. Sie wollte wissen, ob sie so weit entfernt von allem war, wie sie sich fühlte. Die Fahrt hierher in der Kutsche hatte schon ganz schön lang gedauert, und Häuser hatte sie nach einer Weile überhaupt keine mehr gesehen. Nur wegen des Nebels?, überlegte sie, oder stand dies Haus wirklich mitten im Nirgendwo? Sie musste an Robinson Crusoe denken, schreckliche Vorstellung, aber der hatte wenigstens Freitag gehabt. Sie hatte nur Frank, und das nur ab und zu.

Gestern Abend, nachdem sie hinauf in ihr Zimmer gegangen war, hatte er sie mit einer heißen Schokolade überrascht. Er hatte sich in den Sessel neben ihrem Bett gesetzt und gewartet, bis sie sie getrunken hatte. Wie früher ihre Mutter, das heilt alles, hatte sie immer behauptet. Sie wusste seine Geste umso mehr zu schätzen, da er selbst so traurig gewirkt hatte. »Sie kommt schon wieder raus«, hatte sie gesagt, um ihn aufzumuntern.

Er hatte nur genickt und das Buch auf ihrem Nachttisch betrachtet. »Wie kommt's, dass du so gern liest?«, hatte er gefragt.

»Du meinst, weil das Vorbild gefehlt hat? Ich hab Mama immer vorgelesen, und es hat mir Spaß gemacht«, hatte sie geantwortet und hätte sich im selben Moment auf die Zunge beißen mögen. Er hatte überhaupt noch nichts davon gewusst, dass ihre Mutter nicht lesen konnte. Sie hatte angenommen, dass sie es ihm erzählt hatte, nun, da eh schon so viele davon wussten, doch das war nicht der Fall, wie sie an seiner Miene erkannt hatte. Es wäre ihr echt lieber gewesen, wenn sie das selbst gemacht hätte. So aber hatte sie ihre Mutter ein zweites Mal verraten. Das erste Mal konnte sie sich verzeihen, aber dieses nicht. Wenigstens hatte Frank nicht weiter drauf reagiert, sondern einfach ihr Zimmer verlassen. Irgendwann war sie dann tatsächlich eingeschlafen und hatte heute Morgen glatt verschlafen.

Verschlafen, wie er sie wieder eingesperrt hatte. Zu blöd, dass sie vor lauter Aufregung wegen ihrer Mutter vergessen hatte, ihn noch mal auf den Schlüssel anzusprechen. Sie fragte sich echt, was das sollte. Das galt auch für das komische Kleid, das in ihrem Zimmer am Schrank hing. Als sie aufgewacht war, hatte sie es sofort bemerkt. Es war irgendwas zwischen blau und grün, in sich gemustert und lang und weit, mit viel zu viel Ausschnitt. In der Küche hatte ein Zettel gelegen, ziehst du das heut Abend für mich an? Pah, hatte sie gedacht, sie trug keine Kleider, schon gar nicht solche.

Sie hielt dieses Rumhängen echt nicht mehr aus. Entweder sie warf jetzt eins der Fenster ein und sah zu, wie sie nach Hause kam. Oh, aber sie traute sich nicht. Oder sie versuchte, irgendwie in das verschlossene Zimmer zu gelangen. Und zwar so, dass Frank nichts bemerkte, denn gefallen würde es ihm nicht, wenn sie in den Sachen seines Freundes herumstöberte, das ahnte sie.

Also, sie richtete sich gerade auf, wo würde man einen Zimmerschlüssel verstecken, den bei sich zu tragen viel zu unpraktisch war. Sicher nicht am logischsten Platz, nämlich auf dem Rahmen der Tür. Trotzdem ging sie dorthin und vergewisserte sich. Nein, das wäre auch zu einfach gewesen. Zu nahe. Küche. Aber dort hatte sie bereits sämtliche Schubladen und Schränke nach Schlüsseln durchstöbert. Wohnzimmer. Sie ging zurück, stellte sich in die Mitte des Raumes und drehte sich langsam um die eigene Achse, alles, was sie sah, auf die Tauglichkeit als Versteck prüfend, und noch einmal. Ihr Blick blieb an einer hässlichen Vase hängen, beige mit Goldrand, die oben auf dem Bücherregal stand, für sie knapp außer Reichweite, für jemand Größeren mühelos greifbar. Sie holte einen Stuhl, kletterte hinauf und schüttelte die Vase. *Yes*, das Klimpern verriet, dass sie richtiglag. Sie schnappte sich den Schlüssel und ging zu dem Zimmer, zögernd auf einmal, manche Geheimnisse wollten nicht gelüftet werden, wer wüsste das besser als sie. Trotzdem konnte sie nicht widerstehen und steckte den Schlüssel ins Schloss. Tief Luft holend, drehte sie ihn herum, drückte die Klinke hinunter und stieß die Tür auf.

Das Zimmer war verdunkelt, sie konnte überhaupt nichts erkennen und tastete nach dem Lichtschalter. Eine nackte Glühbirne erwachte, zitternd zunächst, zum Leben, und sie blickte in einen Lagerraum, in dem sich Berge von Kisten stapelten. Was für eine Menge Zeug, dachte sie, auf jeden Fall genug, um ein paar Tage beschäftigt zu sein. Sie seufzte, sie hatte nicht vor, viel länger zu bleiben, am Abend würde sie Frank sagen, dass sie nach Hause wollte.

Sie öffnete wahllos ein paar Kisten, stieß auf Bücher, Geschirr, Bettwäsche, Klamotten, schaute in diese genauer hinein, Frauenklamotten, stammte hier das komische Kleid her?, überlegte sie, zog das oberste Teil heraus, einen Rock, den sie mit schräg geneigtem Kopf musterte. Könnte sein, die Größe kam jedenfalls hin, und beides erschien ihr ziemlich alt und unmodern.

In der nächsten Kiste befanden sich Aktenordner. Sie wollte sie schon wieder schließen, gewiss Versicherungskrempel oder Kontoauszüge, viel zu langweilig, um sich damit abzugeben, da fiel ihr Blick auf ein lose zwischen zwei Ordnern hervorschauendes Blatt Papier. Sie zog es heraus. Testament, las sie, und als sie die Namen sah, erinnerte sie sich wieder daran, wie Franks Geldbörse runtergefallen war, wie sie den verstreuten Inhalt aufgesammelt hatte und wie merkwürdig Frank sie danach angesehen hatte. Das war es, was er hatte verbergen wollen. Aber warum? Was war so schlimm daran, schon einmal verheiratet gewesen zu sein? Und den Namen der Frau angenommen zu haben? Das war heutzutage echt nichts Besonderes mehr. Sie würde ihn fragen, nachher.

***

Tage und Nächte verschwammen, grau, alles nur grau, sie wusste nicht mehr, wann sie schlief, wann nicht, was sie die ganze Zeit über gemacht hatte. Nichts, vermutlich. Sie pendelte zwischen Schlafzimmer und Küche hin und her, saß oder lag, starrte hinaus oder an die Decke, döste ab und zu ein, träumte wirres Zeug; die Träume waren real, die Realität ein Traum, oder umgekehrt, oder keins von beidem, und selbst die Einsamkeit nahm sie kaum als solche wahr, dabei fürchtete sie nichts so sehr, wie allein zu sein, dies Schreckgespenst, das letztlich all diese entsetzlichen Dinge heraufbeschworen hatte.

Jetzt war es gut, allein zu sein, die Stille kam ihr vor wie eine wärmende Decke, unter der sie sich verkroch, wo sie kein Vorwurf mehr treffen konnte, nicht mal der eigene, darüber war sie längst hinaus. Ihr war, als vergehe sie ganz allmählich, sie wurde immer weniger, hatte sie überhaupt etwas gegessen?, sie konnte sich nicht erinnern, verspürte aber keinen Hunger, also vielleicht doch?, und sie wurde immer blasser, nicht im Sinne von keine Sonne, nein, sie verblasste, sie war schon fast durchsichtig, im Spiegel jedenfalls war kaum noch etwas von ihr zu erkennen. Ein Glück, sie musste furchtbar aussehen, hatte, seit wann?, weder die Kleidung gewechselt noch geduscht.

Zähneputzen war das Einzige, was sie fertiggebracht hatte, der Geschmack im Mund war gar zu grässlich gewesen.

Trotzdem, überlegte sie träge, sollte sie sich noch einmal aufraffen, sich schön machen, schöner denn je, sonst wäre ihr Anblick nicht zu verkraften für den, der sie fände – irgendwann würde sie doch jemand finden?, Frank, Antonia, ein Nachbar, den der Gestank stutzig machte, einerlei –, sie wollte, dass man sie als schön in Erinnerung behielt, wenigstens das, nicht als die, die sich zum Ende hin so sehr hatte gehen lassen. Sie stemmte sich vom Küchenstuhl hoch und ging ins Bad, musterte unentschlossen die Dusche, die Wanne, das Becken, später, dachte sie, vielleicht schaff ich es später. Sie wankte wieder hinaus.

Bett? Küche? Ihr Blick blieb an der Treppe hängen. Mühsam kämpfte sie sich hinauf, zog sich am Geländer empor, bis sie oben war, außer Atem und mit weichen Knien. Antonias Zimmer war verwaist. Wie auch, was hatte sie erwartet, erhofft, ganz wider besseres Wissen? Es wirkte fast, als wohnte schon ewig niemand mehr darin. Ewig war ein Wort ohne Hoffnung. Sie wandte sich ab, setzte sich ans Ende der Treppe und rutschte Stufe um Stufe wieder hinab. Unten angelangt, stand sie auf, und ihre Füße brachten sie eigenmächtig ins Wohnzimmer.

Sie war nicht mehr hier drin gewesen seit – seit alle weg waren. Ihre Pflanzen hingen so elend herum wie sie. Ihr hättet euch nicht mit mir einlassen sollen, dachte sie, das habt ihr nun davon. Ihr Blick fiel auf den Sekretär. Etwas lag darauf, etwas, das nicht dort hingehörte. Das hatten wir doch schon, die Erinnerung war ein Raubtier und fiel über sie her, krallte seine Klauen in ihr Herz, und ein stechender Schmerz durchfuhr ihre Brust. Trotzdem schleppte sie sich näher heran, und als sie erkannte, was dort lag, erstarrte sie, das Eis war zu dünn, das Einzige, was sich noch rührt, sind ihre rasenden Gedanken, wie kommen diese Fotos hierher, wer will sie so sehr verletzen und Antonia gleich mit?, ein Brief, sie lacht krächzend, wieder ein Brief, das darf doch nicht wahr sein, verdammt, sie kann nicht lesen!, schreit es in ihr; sie braucht ihn auch nicht zu lesen, es ist vollkommen egal, was darin steht, die Botschaft ist klar genug: Deiner Vergangenheit entkommst du nie! Sie lauert hinter jeder Tür, jedem Strauch, jeder Ecke, zusammen mit der Erinnerung, und gemeinsam kriegen sie dich klein, sie zermalmen dich, bis nichts mehr ist, nur Staub. Grauer Staub. Die Posaune bläst schon zum Angriff, hörst du's? Jetzt ist es endgültig besiegelt, dein elendes Schicksal, da ist alles Flehen vergebens, oh, vergib …

Keine Posaune, das Telefon. Das Telefon? Langsam, ganz vorsichtig jetzt, nicht, dass das Eis noch bricht, rutscht sie auf dem Parkett rückwärts, erst an der Tür zum Flur dreht sie sich um und stürzt auf das kleine Tischchen zu, auf dem es steht, greift nach dem Gerät, doch es entgleitet ihren schweißnassen Händen und fällt polternd zu Boden, hastig klaubt sie es auf, Frank redet bereits, schnell und laut, Worte wie Pfeile: »Sie kommt nicht zurück zu dir, hörst du? Sie will dich nie wieder sehen –«

Sie taumelt, loslassen, denkt sie, alles loslassen, die Hoffnung vor allem, es gibt keine Zukunft für sie, nirgends, mit niemandem, wie hatte sie nur glauben können, alles würde wieder gut? Sie geht, Watte, nicht Eis, ins Badezimmer und wäscht sich das Haar, föhnt es, und die heiße Luft lässt es wild wehen und glänzen, eine Spur heller noch als sonst. Danach schminkt sie sich, ihre Finger zittern kaum, selbst der Lidstrich gelingt, und sie schaut sich tief in die Augen. Niemand zu Hause, denkt sie, alles ist gut. Sie gießt Duftöl in die Wanne und dreht den Heißwasserhahn auf, prüft mit dem Ellenbogen die Temperatur, wie einst, als Antonia noch ein Baby war, Tränen wellen auf, sie blinzelt sie zurück, es wird gehen, denkt sie und sieht dem Schaumberg beim Wachsen zu, für einen Moment. Etwas fehlt noch, sie reißt sich von dem Anblick los, holt das hübsche Teelicht aus weißem Porzellan mit Löchern in Notenform, das Antonia ihr zu Weihnachten geschenkt hat, und zündet die Kerze an. Dann legt sie die Klinge auf den Wannenrand, zieht sich aus und steigt in die Wanne.

Das Rauschen des Wassers ist Musik, ein letztes Lied, das Wasser schwappt über den Rand der Wanne, doch sie dreht den Hahn nicht ab, weil sie genau weiß, dass sie dann schwach würde und ihr Vorhaben aufgäbe, und das ist nicht vorgesehen, einmal im Leben muss sie etwas zu Ende bringen, und dies ist der Augenblick, in dem sie tut, was sie tun muss, sie nimmt die Klinge in die rechte Hand, setzt sie über der Ader an, die vom heißen Wasser so schön dick und gut zu finden ist, und zieht. Es tut überhaupt nicht weh, wundert sie sich, sie lässt die Hände unters Wasser sinken, und schon bald kann sie sie nicht mehr sehen in diesem Meer von Rot, und ihr wird ein wenig schwindelig, noch nicht, noch nicht ganz, beschwört sie sich, sie will sich beim Sterben zusehen, damit nicht in letzter Sekunde noch etwas schiefgeht. Das Wasser fließt und fließt und fließt, und die Musik wird lauter und lauter, jetzt setzt das Schlagzeug ein, der Trommelwirbel, das ganz große Orchester für ihr Requiem, und sie schließt die Augen.

14

Marilene bewegte den Kopf vor und zurück und wieder vor, gerade so, als versuchte sie, den Blick zu fokussieren. Eine Ewigkeit starrte sie auf den Bildschirm, bis sie endlich den Mund öffnete. »Aber das ist ja Frank Herzog«, sagte sie, völlig entgeistert.

»Wer ist Herzog?«, erkundigte sich Olaf beiläufig.

»Antonias Stiefvater. Er ist nirgends aufzutreiben und Antonia auch nicht. Ich glaub, der hat sie entführt. Ich muss Paul anrufen.«

»Immer langsam«, bremste er, »du willst niemanden zu Unrecht beschuldigen, also versuch's erst mal bei mir.«

»Der Mord an Antonias Vater, der Mord an Kathrin und der Anschlag auf Gerrit – das hängt alles zusammen. Offenbar darf niemand Antonia zu nahe kommen. Und die einzige Konstante ist nun mal Frank Herzog. Ich hab nicht an den gedacht, weil er Antonias Mutter angeblich erst kennengelernt hat, als ihr Lebensgefährte längst tot war, aber das stimmt nicht. Herzog kennt sie von ganz früher. Das Foto ist der Beweis. Nur hieß er damals noch Franz Reinicke.«

»Das ist interessant«, sagte er, »eine falsche Identität? Oder … warte, lässt du mich mal an deinen Computer?«

Marilene hob verwundert die Brauen, stand aber auf und setzte sich in einen der Sessel am Fenster. Gut, dass sie ihm nicht über die Schulter schaute, so tippte er einfach wild drauflos, um zu verbergen, dass er aufgrund ihres Gesprächs mit einer von Gerrits hartnäckig ausharrenden Schwestern längst wusste, was er vorgab zu suchen. Er konnte noch gar nicht fassen, was diese Recherche zutage gefördert hatte, handelte es bei Herzog doch um den Mann, der sich vom Schauplatz der Hundeattacke auf Gerrit entfernt hatte, ohne bei der Polizei eine Aussage zu machen. Jetzt verstand er, warum. »Hätte Antonias Mutter ihn nicht eigentlich wiedererkennen müssen?«, fragte er, um etwas Zeit zu schinden.

»Stimmt auch wieder.« Sie verfiel in Schweigen.

Er konnte förmlich sehen, wie es hinter ihrer Stirn arbeitete. Er überlegte, ob er noch etwas vergessen hatte, das sie unbedingt erwähnen musste, damit sie sich nicht wunderte, woher er sein Wissen hatte. Er glaubte nicht. Jedenfalls war dieser Herzog ein Geschenk des Himmels, denn er versetzte ihn in die Lage, die sprichwörtlichen zwei Fliegen zu erlegen: Herzog den Anschlag auf Gerrit anzulasten und sich wieder einmal Marilenes Dankbarkeit zu sichern, indem er Antonia rettete, einerlei, ob dies vonnöten war oder nicht. Er musste nur verhindern, dass die Polizei ihm zuvorkam. Wenn Herzog überlebte, den Anschlag abstritt, würde er auffliegen. Das Problem Gerrit hatte noch etwas Zeit.

»Guck, ich glaub, ich hab was«, sagte er mit der gebotenen Aufregung in der Stimme.

Sie sprang auf, eilte heran und neigte sich über seine Schulter, um besser sehen zu können.

Er lehnte sich eine Idee zurück. Ihre Brust an seinem Rücken rief den köstlichsten Schauder hervor, umso mehr, als er ihn unbedingt verheimlichen musste.

»Eheschließungen«, las Marilene laut, »Almut Herzog und Frank Reinicke, wow!«

»Ziemlich clever, sich auf die Art einen neuen Namen zuzulegen«, sagte er. »Almut ist übrigens verstorben. Vor drei Jahren. Was wollen wir wetten, dass sie ihrem Mann ihr Haus hinterlassen hat? Das steht übrigens auf Langeoog«, fügte er hinzu.

»Du hast schon gewonnen.« Marilene richtete sich wieder auf. »Ich ruf Paul an.«

»Lass uns das selber überprüfen«, schlug er vor und hielt im Geist den Atem an, dies war der kritischste Moment. »Nur weil Herzog den Namen seiner damaligen Frau angenommen hat, heißt das ja noch lange nicht, dass er Antonia wirklich entführt hat. Er muss ja nicht mal auf der Insel sein, vielleicht ist er beruflich unterwegs, und Antonia ist weggelaufen oder was weiß ich. Ich finde, das ist ziemlich vage, was wir bis jetzt haben, also was schadet's, wenn wir einfach mal nachschauen? Und solltest du recht haben, und die beiden sind tatsächlich dort, dann rufen wir einfach die örtliche Polizei zu Hilfe.«

Sie zögerte, biss sich, ohne es zu merken, auf der Unterlippe herum und zog die Stirn kraus. »Okay«, sagte sie schließlich, und er hatte fast den Eindruck, das Wort habe sich gegen ihren Willen davongestohlen.

***

»Was?!«, brüllte Lübben in den Hörer, »wir sind sofort bei Ihnen!« Er knallte den Hörer zurück auf die Station und sprang auf. »Mach hin«, rief er Zinkel zu, »Lilian hat versucht, sich umzubringen.«

Nicht schon wieder, dachte Zinkel, er hatte die Nase gestrichen voll von Selbstmordversuchen, und handelte es sich nicht ausgerechnet um Lilian, ginge sie das sowieso nichts an. Hätte er erkennen müssen, wie es um sie stand? Er schob den Anflug schlechten Gewissens beiseite und rannte Lübben hinterher, bremste geistesgegenwärtig abrupt an der Tür zu Charlies Büro und rief ihr zu, sie solle alles andere liegen lassen und die Recherche bezüglich Frank Herzog übernehmen, Details fände sie an seinem Platz.

Lübben saß schon im Wagen und wartete vor dem Eingang mit laufendem Motor und eingeschaltetem Blaulicht, die Tür der Beifahrerseite stand offen. Zinkel sprang hinein, und Lübben gab augenblicklich Vollgas. Was sollte die Eile, fragte sich Zinkel, sie war ja offenbar rechtzeitig gefunden worden, doch er hütete sich, etwas zu sagen, klammerte sich nur ostentativ am Haltegriff fest und hoffte, sie würden die Fahrt heil überstehen. Immerhin war die Sicht eine Idee besser, von geschätzten dreißig auf bestimmt vierzig Meter seit heute Morgen, vielleicht lichtete sich der Nebel tatsächlich ganz allmählich, vorhergesagt war's, aber darauf gab er nicht allzu viel.

Wenn sich der Nebel über ihren Ermittlungen nur auch endlich lichten würde, dachte er, da schlurfte ein Opi mit Rollator über die Straße. Zinkel latschte reflexhaft auf – keine Bremse!, schloss die Augen, schloss ab mit seiner Laufbahn, verkrampfte sich in Erwartung des Aufpralls. Er wurde nach rechts an die Tür gedrückt, dann nach links gegen Lübben geworfen, kein

Schrei, kein Aufprall, er öffnete vorsichtig die Augen, alle hatten überlebt. Er stieß den Atem aus, den kläglichen Rest, den er nicht vor Schreck verschluckt hatte, fürs Sprechen fehlte ihm die Puste. Lübben raste ungerührt weiter.

Das Blaulicht des Rettungswagens wirkte wie Effekthascherei im Kunstnebel einer Bühne, ein paar auf Fahrrädern lehnende Kinder gaben das Publikum. Nun, da Polizei vor Ort war, würde die Veranstaltung an Attraktivität auch für Erwachsene gewinnen, nahm Zinkel an und klammerte sich abermals fest, als Lübben über den Bordstein auf den Bürgersteig holperte und desertierte. Er selbst nahm sich die Zeit, die Fahrertür zu schließen, bevor er ihm folgte und das Haus betrat.

Obgleich die Tür sicherlich schon eine Weile offen stand, roch es muffig, als hätte Lilian seit seinem letzten Besuch nicht mehr gelüftet. Sie stand mitten im Wohnzimmer, und beinahe hätte er sie nicht wiedererkannt, so bleich war sie, obendrein hatte sie sich die Haare abgeschnitten und – ups, das war nicht Lilian, es war ein Mann, der eben nach links deutete, wo das größere Drama sich abzuspielen schien. Zinkel verzichtete. Der Fußboden war nass, und Scherben knirschten unter seinen Füßen, während er auf den Mann zuging und sich vorstellte. »Sie sind der Bruder?«, fragte er.

Der nickte wie benommen. »Leander Tewes«, sagte er.

»Das waren Sie?« Zinkel deutete auf die zerborstene Terrassentür.

Tewes duckte sich, als handelte es sich um einen Vorwurf. »Es ist niemand zur Tür gekommen«, rechtfertigte er sich, »also bin ich ums Haus rum und hab ans Fenster geklopft, und dann hab ich das Wasser gesehen und gewusst, dass etwas Schreckliches passiert sein muss – die Pulsadern, mein Gott.«

»Wie geht es ihr?«, fragte Zinkel.

»Sie kommt durch, der Blutverlust sah schlimmer aus, als er ist, ich bin wohl gerade zur rechten Zeit gekommen.«

»Wissen Sie, warum sie das gemacht hat?«

»Da liegt was, auf dem Sekretär, ich hab's eben erst entdeckt, ich nehme an, das ist der Grund.« Tewes errötete.

Merkwürdig, fand Zinkel und ging zum Sekretär. Dann verstand er. Mit einem Stift fächerte er die Fotos auf. Sie erzählten eine Geschichte der jungen Lilian Tewes, die er nicht glauben mochte. Abstoßend. Er schob sie zur Seite, um den darunterliegenden Brief lesen zu können.

Du hast meine Liebe verschmäht und dich weggeworfen an diese Kretins. Wie konntest du! Deine Schönheit, dein reines Gemüt, alles nur Schein. Ein Wunder, dass deine Tochter sich ihre Reinheit bewahrt hat. Noch. Was aus ihr wird, liegt ganz bei dir. Bürdest du ihr den Makel auf, dass ihre Mutter eine verurteilte Mörderin ist? Soll sie ihre ahnungslosen »Väter« kennenlernen und werden wie du? Oder soll sie unbeschwert leben in meiner Obhut? Bring es einfach zu Ende, dann wird Antonia dein Andenken in Ehren halten, ich sorge dafür. Ich werde gut auf sie aufpassen.

Verdammt starker Tobak. Marilene hatte recht gehabt: Es war die ganze Zeit um Antonia gegangen. Lilian war nur das Werkzeug, die späte Rache an ihr offensichtlich nur Mittel zum Zweck. Er klopfte Tewes aufmunternd auf die Schulter und ging hinüber ins Bad.

Lilian saß auf dem Toilettendeckel, gehüllt in einen Bademantel. Lübben kniete neben ihr und hielt Händchen, die unverletzte Hand, die andere war dick umwickelt.

Der Notarzt packte gerade zusammen. »Nur fürs Protokoll«, sagte er, »begeistert bin ich nicht, dass sie hierbleibt.«

»Schon klar«, sagte Zinkel, »aber der Bruder wird auf sie aufpassen, keine Bange.« Ansonsten würde er sie eigenhändig einliefern, doch das behielt er lieber für sich, um nicht die nächste Krise auszulösen.

»Er hat gesagt, sie will mich nie wiedersehen.« Lilian schaute kläglich zu ihm auf.

Sie hatte sich herausgeputzt fürs Sterben, ihr Haar glänzte wie ein Heiligenschein, die Augen waren schwarz umrandet, riesig im zarten Gesicht. Doch, er konnte Lübbens Verzücktheit durchaus verstehen, diese Frau weckte noch im gröbsten Stoffel einen maß- und hirnlosen Beschützerinstinkt, dem selbst er sich nicht völlig entziehen konnte, dabei stand er überhaupt nicht auf

Mäuschen. Das war es natürlich nicht allein. Lilian Tewes war geradezu überirdisch schön, ein Attribut, das er, seit er erwachsen war jedenfalls, noch nie vergeben hatte. Zudem schien sie sich dessen nicht mal bewusst zu sein, was den Reiz nur steigerte. Die Gier, das Habenwollen. Vielleicht vermochten die Fotos, Lübben zu ernüchtern. Oder sie entfachten die Glut erst recht. Die Fotos, die, so glaubte er, längst nicht die ganze Geschichte erzählten. »Wer?«, fragte er, obgleich die Antwort offensichtlich war, nur, warum noch sagen, was bereits geschrieben stand?

»Frank.« Ihre Stimme fiel in einen Bass bar jeder Hoffnung. »Er hat mich angerufen und gesagt, Antonia will nie wieder zurückkommen. Warum darf er überhaupt Antonia besuchen und ich nicht?«

Wieso glaubte sie noch an das Märchen Psychiatrie?, überlegte Zinkel, der Brief legte anderes nahe.

»Ich bin an allem schuld, das weiß ich ja«, fuhr sie fort, und ihre Stimme erklomm allmählich die Tonleiter, »aber wer tut mir das alles an? Und warum? Wo kommen diese schrecklichen Fotos her?«

Lübben zerrte in stummer Frage die Brauen hoch, und Zinkel wies mit dem Kinn Richtung Wohnzimmer. »Haben Sie den Brief denn nicht gelesen?«, fragte er.

Es war, als kappte jemand den seidenen Faden, an dem ihr Leben hing. Sie sackte in sich zusammen, ihre Augen verloren allen Glanz, rührte er auch nur von Tränen. »Ich kann nicht lesen«, flüsterte sie.

»Oh«, sagte er und hörte, wie jemand hinter ihm scharf den Atem einsog. Lübben? Tewes? Er wandte sich nicht um, und ihm fiel verdammt nichts ein, was er angesichts einer solchen Ungeheuerlichkeit sagen könnte. Heutzutage? In einem hoch entwickelten Land wie Deutschland? »Weiß Ihr Mann das?«, erkundigte er sich.

»Nein, niemand weiß das, außer Antonia, aber sie hat nie was gesagt, bis – bis das mit Kathrin passiert ist. Wenn ich nur …«

Kein Wenn wog schwerer als dieses, dachte Zinkel mitfühlend. »Wir können Ihre Tochter nirgends finden«, sagte er behutsam, »ich glaube, auch aufgrund des Briefes, dass sie bei

Ihrem Mann ist. Wo könnte er sein? Haben Sie irgendeine Ahnung?«

»Bei Frank? Aber warum denn? Er ist auf Geschäftsreise, warum sollte er Antonia da mitnehmen? Ich versteh gar nichts mehr.«

»Er ist nicht auf Geschäftsreise«, stellte er richtig, »er hat schon vor Wochen gekündigt.«

»Aber …«

Genau, Zinkel war frustriert, es gab nur Einwände, keine Lösung, nicht hier. Sie war in eine Falle gegangen, die sie offenbar nicht als solche erkannt, sondern für einen Hort der Geborgenheit gehalten hatte. Ein böses Erwachen, wenn er je eins gesehen hatte.

Aufruhr am Eingang. Charlie fragte nach ihm, Aufregung in der Stimme, positive Aufregung, glaubte er herauszuhören. Und da erschien sie auch schon in der Tür zum Bad und strich sich ihr verwehtes Haar aus dem Gesicht, Racheengel, dachte er.

»Frank Herzog heißt eigentlich Franz Reinicke«, stieß sie atemlos hervor.

»Reinicke?« Lilian schreckte hoch. »Ich kannte mal jemanden, der so hieß. Er hat mich eingestellt, damals, in der Firma, wo das passiert ist, das mit den Fotos meine ich. Er war das nicht, das will ich damit nicht sagen, er hat mich gemocht, glaube ich, also …«

»Sie ihn auch?«, fragte er.

Sie schüttelte den Kopf. »Ach was, ich war viel zu schüchtern, um mich auf irgendwas einzulassen, und er war so wahnsinnig erwachsen, ich meine, er hat mir die Stelle gegeben, und dafür war ich natürlich dankbar, aber deswegen fang ich doch nicht gleich was mit ihm an. Das Betriebsfest, da hat er mich gefragt, ob ich ihn begleite, aber ich hab Nein gesagt, ich wollte ja auch eigentlich überhaupt nicht hin, aber meine Mutter hat gesagt, das gehört sich nicht, und dann … Vielleicht, wenn ich mich nur durchgesetzt hätte – aber dann hätte ich Antonia nicht. Sie ist das Beste, was mir je passiert ist, und jetzt ist sie fort?« Ihr Blick wurde starr, verlor sich irgendwo, wohin ihr niemand folgen konnte.

»Reinicke war schon mal verheiratet«, sagte Charlie, »mit einer Almut Herzog. Sie ist vor drei Jahren verstorben und hat ihm ihr Haus auf Langeoog vermacht. Vielleicht ist er dort?«

»Gibt's da eine Polizeistation?«, erkundigte sich Zinkel.

»Klar, was glaubst du denn, im Sommer steppt da der Bär. Ich habe den Kollegen schon angerufen und ihn gebeten, mal nach dem Rechten zu sehen, nach Möglichkeit unter irgendeinem Vorwand, aber noch hat er nicht zurückgerufen.«

»Dann lass uns mal los«, sagte Zinkel zu Lübben, der auf einmal hinter Charlie stand. Käsig war er, fand Zinkel, da hatten die Fotos anscheinend unerwartete Nebenwirkungen gezeitigt.

»Nee, macht ihr mal«, wehrte Lübben ab, »ich koordiniere von hier aus.«

»Ich komme mit.« Lilian stand auf und machte bereits Anstalten, den Bademantel abzustreifen.

Nur das nicht, Zinkel dachte durchaus zweigleisig. »Nein«, wies er sie ab, »Sie bleiben schön hier und gehen mit meinem Kollegen noch mal alles durch.« Er zog Charlie kurzerhand hinter sich her, und sie verließen das Haus.

»Er wird schon seekrank, wenn er nur aufs Wasser hinausschaut«, feixte Charlie, wurde jedoch augenblicklich wieder ernst. »Wir müssen uns ranhalten, wenn wir die letzte Fähre noch erwischen wollen«, sagte sie, »wer weiß, wann wir die nächste Chance haben, überzusetzen.«

»Wieso? Geht die Fähre im Winter so unregelmäßig?«

»Nö«, Charlie warf ihm einen herausfordernden Blick zu, »Sturmwarnung.«

***

Marilene bereute ihre Einwilligung, nach Langeoog zu fahren, noch bevor sie die Fähre bestiegen hatten. Sie standen am Anleger und warteten, bis die wenigen Passagiere von Bord gegangen waren, und ihr wurde schon schlecht, als sie auf das schwankende Boot schaute. Nix da, dachte sie, keine zehn Pferde würden sie da raufbringen. Sie war eine Landratte, die so etwas bestenfalls bei schönem Wetter machen würde. Nicht bei Sturm.

Die Autofahrt hierher war schon reichlich ungemütlich gewesen, und sie hatte beide Hände benötigt, um den Wagen auf der Straße zu halten. Das ist kein Sturm, das ist bloß Wind, hatte Olaf gespottet, während er ungerührt mit seinem iPhone spielte, angeblich um nach Fährzeiten und Hotel zu schauen. Völlig überflüssig. Sie hatte nicht die Absicht, drüben zu übernachten. Sie hatte nicht mal mehr die Absicht, überhaupt rüberzufahren. Blöde Idee. Sie zog ihr Handy aus der Tasche. Sie würde Paul anrufen, wie sie's von vornherein vorgehabt hatte. Sollte er sich um die Sache kümmern. Das Handy war tot. Komisch, sie hatte vorhin noch kontrolliert, ob der Akku geladen war.

»Du willst kneifen?« Olaf grinste. »Feigling«, intonierte er Kindergesang.

Ein kleiner Junge stürmte auf seine Mutter zu, *»Mommy, Mommy«*, rief er, *»that trip was so awesome! And look what I found, this is Clamston, and this is Shelley«*, er hielt ihr zwei Muscheln entgegen, *»I saved them from the storm, and now they will be together forever.«*

Marilene musste lachen. Na gut, dachte sie, was ein kleiner Junge so großartig fand, würde sie ja wohl überleben. Sie steckte ihr Handy wieder ein und folgte Olaf aufs Boot. Eine ziemlich wacklige Angelegenheit, und sie musste sich auf diesen albernen breitbeinigen Seemannsgang verlegen, um nicht zu stürzen. Der Wind hier oben war stärker und schien stetig zuzunehmen, das Getöse war ohrenbetäubend. Wellen krachten gegen die Bootswand, Gischt sprühte an Deck, und Olaf griff nach ihrem Arm und zog sie hinter sich her in die Kabine.

Null Sicht. Wasser rann die Scheiben hinab, als sei ein Fensterputzer am Werk. Nein, das würde nicht gut gehen, erkannte Marilene. »Ich muss wieder raus«, sagte sie, band sich ein Tuch um die Ohren, zog die Kapuze drüber und kämpfte mit der Tür, bis sie es endlich schaffte, sie aufzudrücken. Erleichtert atmete sie tief die salzige Luft ein. Kaum hatte sie sich für einen etwas geschützteren Stehplatz im Windschatten der Kabine entschieden und Halt suchend die Reling umklammert, da ging es auch schon los. Die brummenden Motoren traten in Wettstreit mit dem Heulen des Windes, und das Boot legte ab. Schaukeln traf es nicht im Mindesten. Himmel, war ihr schlecht. Sie erinnerte vage den Rat, sich auf den Horizont zu konzentrieren, um die Übelkeit zu bannen. Stimmte das? Sie schaute in die Ferne. Kein Horizont. Alles war Wasser, grau und kalt, so, dachte sie, musste Sintflut sein.

Die halbe Stunde verging quälend langsam, doch sie schaffte es tatsächlich, sich nicht zu übergeben, etwas, das sie schon unter normalen Umständen wie die Pest hasste und gegen den Wind lieber nicht riskieren wollte. Irgendwann gesellte Olaf sich zu ihr, und als die Fähre gegen den Anleger stieß, das Schaukeln sich verlangsamte, löste er ihre Hände von der Reling.

»Alles klar?«, erkundigte er sich. »Ab jetzt wird's gemütlich.«

Das bezweifelte sie und trottete stumm neben ihm her zur wartenden Inselbahn. Wieso hatte sie sich hierauf eingelassen? Sie war durchnässt, sie fror, und sie war hundemüde. Sie bestiegen den Zug, und Marilene ließ sich auf den erstbesten Platz fallen, lehnte den Kopf an die Scheibe und schloss die Augen.

»Auf, Schlafmütze.« Olaf rüttelte sie am Arm. »Oder willst du etwa gleich die Rückfahrt antreten?«

Ja, dachte sie und folgte ihm. »Ist es weit?«, erkundigte sie sich.

»Schon ein gutes Stück.« Olaf konsultierte den Inselplan, den er vor der Abfahrt erworben hatte. »Willst du sehen?«

Marilene winkte ab. Das Einzige, was sie sehen wollte, war dampfendes Wasser, das aus einer Dusche strömte. Wie zum Hohn öffnete die finstere Wolke direkt über ihnen kurz ihre Schleusen, bevor sie davoneilte. Hoffentlich blieb es dabei. Waten wollte sie nicht auch noch müssen, es war so schon schwierig genug, sich gegen den Wind zu stemmen, manche Böe drohte, sie von den Füßen zu reißen. Nicht mehr lange, und aus dem angeblichen Wind würde wirklich Sturm.

***

Mist! Lüko Rosenboom knallte den Hörer auf und verwünschte sein Pflichtbewusstsein. Er hatte gerade Feierabend machen wollen, die Jacke schon vom Haken genommen, da hatte es geklingelt. Ein paar Stunden früher, und er hätte die Abwechslung begrüßt, aber doch nicht, wenn er auf dem Weg zu seiner Lisbeth war. Lisbeth, deren Mann die Nacht auf dem Festland verbringen würde. Er rief sie an und sagte, er würde sich verspäten. Mächtig verspäten, denn sie wohnte im Südwesten der Insel, und er musste in die entgegengesetzte Richtung. Bei diesem Wind heute mit dem Rad zu fahren, das konnte dauern. Er packte sich halbwegs regenfest ein und trat ins Freie.

Gut, dass er Lisbeth noch vom Festnetz aus angerufen hatte, dachte er, hier wäre ihm jedes Wort verweht. Es blies und pfiff ohrenbetäubend, und dunkle Wolken rasten über den Himmel und würden sich jeden Augenblick ausschütten. Er setzte sich aufs Rad und strampelte los, schneller aus der Puste, als er sich eingestehen wollte, der Wind peitschte ihm ins Gesicht, dass die Augen tränten wie verrückt, und zerrte ihm die Kapuze vom Kopf. Er war sich nicht allzu sicher, überhaupt vorwärtszukommen, bestenfalls zwei Längen vor und nur eine zurück, doch vielleicht war es tatsächlich umgekehrt, dann würde ein Heimtrainer ihn glatt schneller ans Ziel bringen.

Er gab sich geschlagen, stieg ab und schob, etwas, das er abgrundtief hasste. Trotzdem musste er sich auf geschätzte fünfundvierzig Grad in den Wind legen, um nicht zurückgetrieben zu werden. Und dies war nur Wind. Der Sturm, er hatte seinen Namen vergessen, war für später am Abend angekündigt. Er taufte ihn kurzerhand Martha. Nach seiner Mutter, Gott hab sie selig. Martha wollte, dass er nach Hause ging. Er gab den Sturkopf und stapfte weiter, Sibirien, dachte er, nur nicht ganz so kalt.

Er hatte Almut Herzog gekannt, wenn auch nur flüchtig. Alle Inselkinder, die das Gymnasium besuchen wollten, wechselten aufs NIGE in Esens, aber sie war drei Jahre älter gewesen als er, in dem Alter eine unüberbrückbare Hürde, und so hatten sie nur auf der Fähre gelegentlich ein paar Worte gewechselt. Nach ihrem Abi hatte er sie völlig aus den Augen verloren, bis er vor ein paar Jahren zufällig im Familienregister über ihren

Namen gestolpert war, unter den Eheschließungen, und gar nicht viel später, ein, zwei Jahre vielleicht, war ihr Name unter »Verstorben« aufgetaucht. Tragisch, hatte er gedacht, und die Sache wieder vergessen. Bis eben.

Almuts Mann stammte jedenfalls nicht von hier, das war klar, ein Einheimischer hätte eher nicht den Namen seiner Frau angenommen, außer er hieße irgendwie zweideutig, ein Beispiel hierfür wollte ihm jedoch nicht einfallen, der Name Reinicke war gewiss kein Grund zum Schämen. War das Almuts Idee gewesen? Oder steckte tatsächlich etwas anderes dahinter, wie die Kollegin aus Leer anzunehmen schien. Er war einigermaßen neugierig, was das nun für ein Typ war, den Almut da geheiratet hatte. Dem sie ihr Haus vermacht hatte. Woran war sie wohl gestorben? Ob er einfach danach fragen könnte, oder war seine Neugier in der Situation fehl am Platze?

Sein Auftrag lautete, unauffällig zu kontrollieren, ob Herzog überhaupt hier war und ob er sich möglicherweise in Begleitung seiner Stieftochter befand, Betonung auf unauffällig, weil es sein könne, dass das Mädchen nicht freiwillig hier war. Aber er hatte dieser Charlotte schon erklärt, dass unauffällig und Insel nicht zusammengingen, zumindest außerhalb der Saison nicht. Kiebitzen und im Zweifel eben doch klingeln, eine andere Möglichkeit sah er nicht.

Er blieb für einen Moment stehen. Martha holte gerade tief Luft, um ihren Unmut umso heftiger bekunden zu können, wie es nun mal ihre Art war, und sogar die Wolken verharrten gespannt ob des zu erwartenden Donnerwetters. Die plötzliche Stille wirkte unheilvoll. Rosenboom zog die Kapuze wieder über den Kopf, verknotete die Bänder fester als zuvor und nahm seinen Weg wieder auf. Nicht mehr weit, in der Flaute kam er um einiges flotter voran, vielleicht schaffte er es, bevor der große Regen einsetzte und der Sturm alles fortfegte, was nicht fest genug verankert war.

Außer ihm war kein Mensch unterwegs. Ohnehin waren, je weiter er sich vom Ortskern entfernte, mehr und mehr Häuser zu dieser Jahreszeit unbewohnt, erst um Weihnachten herum und dann wieder zu Fastnacht waren wetterunempfindliche

Touristen zu erwarten. Eine Katze kreuzte seinen Weg, maunzte vorwurfsvoll, als wollte sie sich bei ihm über das Wetter beschweren und die verschwundenen Mäuse, die längst in ihren Löchern kauerten. »Geh nach Hause«, sagte er. Das Tier zeigte ihm den Vogel, seit wann machten Katzen so was?, überlegte er, dann flitzte es davon und verschwand Richtung Dünen.

Er passierte das letzte Haus. Ein Ortsunkundiger würde glauben, er habe sich verlaufen, doch Almuts Haus lag zwei-, dreihundert Meter weiter, abseits der Straße und versteckt in den Dünen, nur das Dach war von hier aus zu sehen, und auch das nur, wenn man danach suchte. Zufällig würde dort niemand aufkreuzen.

Der Weg zum Haus war von Sand verweht und kaum noch auszumachen. Das Fahrrad sperrte sich schlingernd gegen seinen Griff. Er wendete es in Fahrtrichtung Lisbeth und legte es zu Boden, halb an die Düne gelehnt, hoffend, dass sie den Frevel dulden und es nicht unter sich begraben würde. Zwei Möwen stürzten aus den Wolken und beäugten kritisch kreischend das Gefährt, bevor sie wieder aufflogen, pfeilschnell, als hingen sie an ruckartig eingeholten Marionettenfäden.

Er klopfte sich die Hände ab und marschierte weiter. Jeder Schritt war eine Plage, nasser Sand drang in seine Schuhe, und immer wieder rutschte er weg, ruderte mit den Armen, um nicht das Gleichgewicht zu verlieren. Er musste wirken wie eine durchgeknallte Vogelscheuche. Lisbeth würde sich lustig machen über ihn, könnte sie ihn so sehen, fast vermeinte er, ihr Lachen zu hören.

»Was wollen Sie hier?«, kam es barsch von hinter ihm.

Er erstarrte mitten in der Bewegung, hatte niemanden sich nähern gehört, sich auch nicht mehr umgedreht, Idiot, schimpfte er sich, die Lektionen seines Ausbilders im Ohr, immer erst sichern. Zu spät.

Er wandte sich um. »Ich möchte zu Almut«, sagte er lahm, spürte, wie er ob der Lüge errötete, und hoffte, sein Gegenüber würde es nicht bemerken bei dem miserablen Licht. Martha entging natürlich gar nichts, und sie strafte ihn ab mit einem kalten Guss.

»Almut ist tot«, sagte der Mann, »schon lange.« Er ließ seinen Rucksack von den Schultern gleiten, kniete sich auf ein Bein und kramte darin herum, bis er schließlich ein Taschentuch hervorzog und sich die Nase putzte, ihn dabei die ganze Zeit nicht aus den Augen lassend.

»Schönes Haus«, sagte Rosenboom, etwas Besseres wollte ihm partout nicht einfallen. Kam es ihm nur so vor, oder änderte sich wirklich etwas im Ausdruck des Mannes, verfinsterte sich? Oje, er hatte es verpatzt, er hätte zunächst sein Bedauern bekunden müssen, erkannte er, wieder zu spät. Er hielt den Atem an. Wäre der Typ harmlos und allein, würde er ihn auf eine Tasse Tee einladen. Wenn nicht … Er hatte keine Ahnung, was dann.

»Stimmt«, sagte der Mann, noch immer am Rucksack nestelnd, »wollen Sie mal gucken? Tässchen Tee vielleicht?«

Rosenboom stieß erleichtert den Atem aus. »Gern«, sagte er, »gibt nichts Besseres bei dem Wetter.«

»Außer Tee mit Schuss.« Der Mann grinste breit.

»Noch besser«, stimmte Rosenboom zu, sich im Geiste auf die Schulter klopfend, war doch gar nicht schlecht gelaufen, dachte er.

»Nur zu.« Der Mann scheuchte ihn mit einer Geste der linken Hand voran, während er sich umständlich hochrappelte. »Machen wir, dass wir aus dem Sauwetter rauskommen.«

»Ja, da kommt noch ziemlich was auf uns zu«, sagte Rosenboom und stapfte wieder los.

»Auf Sie schon«, sagte der Mann.

»Hä?«, fragte Rosenboom und schaut sich um. Er reißt den Mund auf, die Arme hoch, kein Schrei, kein Schutz, verdammter Idiot, verdammter, sieht das hämische Gesicht und wie der Finger sich am Abzug krümmt, Lisbeth, denkt er, du wirst warten müssen, lange warten, ewig, er schließt die Augen, fest, ganz fest, bitte, fleht er, hofft noch und wartet dennoch auf den Knall, den Schuss, auf das, was nicht sein kann, nicht darf, kein Knall, nur der Wind, der Sturm und ein gewaltiger Druck, dem er nichts entgegenzusetzen hat, nicht so schlimm, die Faust im Magen, und er krümmt sich, dann erst kommt der Schmerz, der richtige Schmerz, der jede Faser seines Seins erfasst, rasend unerträglich, Lisbeth, er wankt und kippt vornüber, ist das ein Lachen, das er hört?, der Wind?, das Letzte?

***

Antonia stand am Wohnzimmerfenster und schaute hinaus. Ihr eigener Garten war schöner, fand sie, lebendiger. Hier krümmten sich ein paar halb tote Büsche im Wind, braun gefleckter Rasen, und das war's. Das Haus war von Dünen umgeben, die den Blick versperrten. Eng, es war zu eng hier. Wieder erwog sie, ein Fenster einzuschlagen und wegzulaufen. Wohin? Sie hatte keine Ahnung, wie nah das nächste Haus sein mochte, in welche Richtung sie sich wenden müsste.

Wieder traute sie sich nicht, tat den Fluchtimpuls als albern ab. Ohnehin machte ihr das Wetter fast mehr Angst als der Gedanke, Frank zu verärgern. Da draußen braute sich ein mächtiger Sturm zusammen. Er rüttelte schon am Haus, das, stellte sie sich vor, mit den Zähnen klapperte. Dauernd krachte und schepperte es irgendwo, und sie hoffte, dass das Haus nicht zusammenbrach. Dunkle Wolken rasten über den Himmel, so tief, dass man meinen könnte, sie blieben an den Dünen hängen. Oder am Dach. Sehr unheimlich.

Sie drehte sich wieder um. Nein, das ging gar nicht. Besser nicht den Rücken zudrehen. Besser wissen, was passierte. Sie wollte nach Hause. Auch wenn Mama nicht da war. Sie wollte zu Kathrin. Keine Kathrin. Nie mehr. Heulsuse, schimpfte sie innerlich und wischte die Tränen fort. Wenigstens zur Beerdigung wollte sie. Sich anständig verabschieden. Und Mama besuchen. Im Gefängnis. Nicht zu glauben. Würde je wieder alles normal werden?

Wieder ein Knall. Sie zuckte zusammen. Das hatte sich anders angehört, passte irgendwie nicht in die Geräuschkulisse des Unwetters. Sie lauschte angestrengt, wartete auf eine Wiederholung. Nichts. Sie ging in die Küche, schaute dort aus dem Fenster. Dieselben langweiligen Dünen wie nach hinten raus. Sonst nichts. Doch, sie hielt inne, etwas Schwarzes ragte über den Rand einer Düne hinaus, etwas, das größer wurde. Sich als Mensch entpuppte. Er kam näher. Frank. Okay, dachte sie, besser Frank als überhaupt niemand. Diesen einen Abend noch. Und morgen nach Hause, davon würde sie ihn überzeugen.

Sie ging ihm entgegen. Er stand in der Tür und schüttelte sich. »Hey«, sagte sie, »was war das für ein Knall eben? Hast du das auch gehört?«

»Nein«, sagte er, »wird der Wind gewesen sein.« Er musste sich gegen die Tür stemmen, um sie zuzukriegen.

»Meinst du? Das hat sich echt komisch angehört.«

»Da war nichts«, beharrte er, zog seine triefnasse Jacke aus und hängte sie an die Garderobe. »Machst du uns Tee?«, fragte er, »ich geh mich grad umziehen.«

»Ja, okay.«

Antonia ging in die Küche. Mittlerweile war es so finster draußen, dass sie das Licht einschalten musste. Sie setzte Wasser auf, suchte Tassen, Kandis und Sahne zusammen und stellte alles auf ein Tablett, das sie ins Wohnzimmer trug und auf den Tisch am großen Fenster stellte. Sie zündete das Teelicht im Stövchen an, bevor sie zurückging und das Wasser aufgoss. Die Lampe flackerte. Oh nein, dachte sie, bloß kein Stromausfall. Irgendwo hatte sie Kerzen gesehen, nur wo? Natürlich dort, wo man zuletzt suchte, im Schrank unter der Spüle. Drei, nein vier, sie legte sie griffbereit auf den Tisch, da hörte das Flackern auf, und die Lampe verbreitete wieder gleichmäßiges Licht. Erleichtert brachte sie die Teekanne ins Wohnzimmer und ließ sich in einen der beiden Sessel fallen.

Frank brauchte ganz schön lange fürs Umziehen, fand sie und überlegte, ob sie ihn wirklich nach der Sache mit seinem Namen fragen sollte. Er hatte ein Geheimnis draus gemacht, also würde er nicht begeistert sein, dass es keins mehr war. Das Testament, sie schlug sich die Hand vor die Stirn, wie lahm im Kopf konnte man eigentlich sein? Was hatte das Testament von Franks erster Frau im Haus eines Freundes zu suchen? Es war überhaupt nicht das Haus eines Freundes, es war seins, seine Frau hatte es ihm vererbt, das wurde ihr erst jetzt klar, voll bescheuert. Er hatte sie angelogen. Aber warum? Auf einmal wünschte sie, sie hätte auf ihre innere Stimme gehört und wäre vorhin wirklich abgehauen. Ach was, beruhigte sie sich, du siehst Gespenster. Ohnehin war es zu spät. Sie hörte Frank die Treppe herunterkommen und blieb, wo sie war.

»Du wolltest dich umziehen«, sagte er.

»Wollte ich nicht«, widersprach sie, »das ist nichts für mich.« Er, registrierte sie verwundert, hatte sich schwer in Schale geschmissen, trug einen dunklen Anzug, sogar Schlips und Straßenschuhe. »Hast du noch was vor heute?«, fragte sie leichthin.

»Zieh – dich – um«, er betonte jedes Wort, »es liegt alles bereit.«

Antonia schaute ihn verständnislos an. Da war etwas in seiner Miene, seiner Körperhaltung, das sie beunruhigte. Sie fror plötzlich und spürte, wie die Härchen an ihren Armen sich aufstellten. Frank trat einen Schritt vor. Und noch einen.

»Ja, okay«, maulte sie, stand widerstrebend auf und verließ das Wohnzimmer. Wenn es denn half, den Abend rumzukriegen ohne Ärger, ihren garantiert letzten Abend auf der Insel, dann würde sie halt das bekloppte Kleid anziehen. Aber morgen wäre sie weg. Endgültig. Und wenn Frank nicht wollte, sie womöglich wieder einschloss, dann musste eben wirklich ein Fenster dran glauben, egal, was er für einen Aufstand machen würde. Das hier, das würde sie sich jedenfalls nicht länger gefallen lassen. Oder musste sie etwa, schoss es ihr durch den Kopf, was war das mit der Vormundschaft, die er erwähnt hatte? War das noch eine Lüge gewesen, oder hatte ihre Mutter das echt unterschrieben? Ging das überhaupt, ohne dass sie selbst zustimmte? Sie wurde bald achtzehn, da konnten doch nicht andere so einfach über sie bestimmen. Oder? Die Anwältin fiel ihr ein. Die würde sie gleich als Erstes anrufen, morgen früh, sobald sie im Ort war. Geld, schoss es ihr durch den Kopf, sie hatte kein Geld dabei, nicht mal ihre Karte. Nicht gut, gar nicht gut.

Das Kleid hing nicht mehr am Schrank, sondern lag ausgebreitet auf ihrem Bett. Auf dem Boden davor standen Pumps. Voll krank, echt. Sie wandte sich ab. Ihr Rucksack lag in der Ecke neben dem Schrank, wo sie ihn nach dem Auspacken hingeworfen hatte. Sie hob ihn auf. Er besaß außen ein kleines Fach für Münzen, gedacht für Parkscheinautomaten, sie hingegen bewahrte immer ein, zwei Euro darin auf für den Fall, dass sie angebettelt wurde. Es war leer. Mist. Sie pfefferte den Rucksack wieder in die Ecke. Haste mal'n Euro zum Telefonieren? Nee, echt, das brachte sie nicht fertig. Also musste sie klauen. Frank trug sein Geld im Hemd, wie sie allzu gut wusste, in der Jacke im Flur brauchte sie gar nicht erst zu suchen. Wie tief war sein Schlaf? Würde sie sich trauen? Ach, sie raufte sich die Haare, was war schlimmer, betteln oder klauen? Falsche Frage, erkannte sie, es musste heißen, betteln oder beim Klauen erwischt werden. Dann war es leicht. Aber jetzt galt es erst mal, den Abend irgendwie zu überstehen.

***

Regen hatte wieder eingesetzt, aufgrund des immer stärker werdenden Windes mehr quer denn senkrecht, und dieses Mal schien es sich nicht um einen nur kurz währenden Schauer zu handeln, das Prasseln nahm einfach kein Ende. Die durch die Sintflut gehen, kam es ihm in den Sinn. Das Wetter war jedenfalls eine Prüfung. Nicht, dass es ihm etwas ausmachte, eher im Gegenteil, es kam ihm angemessen vor, eine dramatische Kulisse für den Augenblick, der Marilene unwiderruflich in seine Arme treiben würde. Sofern sie nicht jetzt noch schlappmachte. Er blickte sich kurz nach ihr um. Sie trottete noch immer in seinem Windschatten hinterdrein, gesenkten Kopfes und blind für ihre Umgebung.

Er blickte wieder nach vorn. Weit konnte es nicht mehr sein, nahm er an, die Bebauung dünnte langsam aus. Allmählich wurde es Zeit für einen Plan. Vorher war die Zeit zu knapp gewesen, um etwa eine Waffe zu organisieren. Oder einen Hund. Ein Hund wäre nicht schlecht. Es musste auch so gehen. Er hoffte auf einen Schuppen, in dem Gartengeräte aufbewahrt wurden. Ein Spaten, eine Harke wären gut, eine Axt noch effektiver. Den Anblick wollte er Marilene allerdings ersparen, ein toter Hund war eine Sache, ein Blutbad etwas völlig anderes.

Hier, das sollte der Weg zum Haus sein, oder? Er blieb stehen und konsultierte nochmals die Karte. Marilene stieß gegen ihn, schaute ihn fragend an.

Er nickte. »Ich denke schon«, sagte er, »bleib hinter mir, ja?«

Der Weg war schmal, bedeckt von Sand. Schwierig zu gehen, ständig drohten die Füße wegzurutschen. Ein Fahrrad lag am Rand, die Nase zur Straße, vergessen oder aufgegeben. Er stapfte weiter. Da lag noch etwas, halb im Weg. Ein nassglänzender schwarzer Sack, ziemlich groß, zu groß für einen Müllsack, oh, dachte er, ein Müllsack hat keine Haare, da lag ein Mensch, ein Mann, mittelalt, fahl, Augen geschlossen. Er kniete sich hin und tastete am Hals nach seinem Puls, vielleicht, ganz schwach, er war sich nicht sicher.

»Ich glaub, er lebt noch«, sagte er, holte sein iPhone unter der Windjacke hervor und warf es Marilene zu, »ruf Hilfe, schnell.« Er versuchte auszumachen, was dem Mann fehlte. Er drehte ihn auf den Rücken.

»Kein Netz«, jammerte Marilene.

»Dann kletter auf die Düne, vielleicht klappt's da.«

Er ratschte die Klettverschlüsse der Regenjacke des Mannes auf, den darunterliegenden Reißverschluss ebenfalls, und bereute seine Impulsivität sogleich. Kein schöner Anblick. Der Mann hatte bereits Unmengen Blut verloren, das der Regen nun verdünnte, und noch immer sickerte welches aus einer Wunde im Bauchbereich, einer eher kleinen, runden Wunde. Was war das? Etwa eine Schussverletzung? Er wollte seiner Mutmaßung nicht recht trauen, doch dann entdeckte er, dass der Mann selbst ein Holster trug. Und es war nicht leer. Wie praktisch, er unterdrückte den Pfiff, der ihm auf den Lippen lag, ein eigener Plan hätte kaum ausgefeilter sein können. Er vergewisserte sich, dass Marilene nicht hersah, und stopfte die Pistole in den Bund seiner Hose.

***

»Da stimmt was nicht«, sagte Charlie und steckte ihr Handy wieder ein, »Rosenboom müsste längst zurück sein.«

»Vielleicht kriegt er bloß keine Verbindung wegen des Wetters«, schlug Zinkel vor, auf die harmlose Variante hoffend. Insgeheim gab er ihr jedoch recht, wenn man von der Fähre aus telefonieren konnte, sollte das auf der Insel ebenfalls möglich sein.

Sein Handy klingelte. Wiesbaden. Die Hunde-Geschichte erschien ihm im Moment zweitrangig, trotzdem nahm er das Gespräch an. Rauschen, sonst nichts. So viel zum Thema Netzbereitschaft. Er verspürte ein Kribbeln im Magen, das mit Sicherheit nicht von der unruhigen Überfahrt herrührte.

»Bin mal kurz draußen, ja?«, sagte er und verließ die Kabine, ohne auf Charlies verwunderten Blick zu reagieren.

Mittlerweile war es vollkommen dunkel, der Himmel so schwarz wie das Meer, und er vermochte nicht zu sagen, was wo begann oder endete. Kein Land in Sicht, nichts war in Sicht, dabei mussten sie Langeoog bald erreichen, doch genauso gut könnten sie sich irgendwo mitten auf dem Ozean befinden, eine Nussschale in den krachenden Wellen. Die Beleuchtung der Fähre wirkte wie ein trotziges Festhalten an ausgeleierten Durchhalteparolen, an die niemand mehr glaubte, *time to say goodbye*, der Abgesang schon angestimmt. Der Wind nahm an Stärke noch zu, so schien es ihm, und er klammerte sich an den Handlauf der Treppe zum Oberdeck, um nicht von den Füßen gerissen oder gleich über Bord gefegt zu werden.

Plötzlich erstarb das Brummen der Motoren. Der Sturm, nunmehr auf sich allein gestellt, jaulte und pfiff, was die Elemente hergaben, im Bemühen um Ausgleich, ein Chor, dem die Bässe abhandengekommen waren. Die Wellen schlugen höher, glitzernde Schaumkronen auf dem Kamm, im Licht trügerisch harmlos wirkend, wie Milchschaumbärtchen um den Mund vielleicht, dabei handelte es sich in Wirklichkeit um einen Ausdruck reiner Wut, mutmaßte er. Zum Fürchten. Er stürzte zurück in die Kabine.

»Der Kapitän hat die Motoren aus Sicherheitsgründen ausgeschaltet«, informierte Charlie ihn, »wir hängen vorläufig fest.«

Keine schlechte Sache, wenn es denn so wäre, dachte Zinkel und stellte sich eine Art göttlichen Angelhaken vor, besser als Untergehen war es allemal.

»Probleme? Brauchst du was gegen Übelkeit?«

Charlies Augen tanzten ungefähr so lebhaft wie das Boot unter seinen Füßen. Achterbahngestählt, nahm er an. Er schüttelte den Kopf. Übel war ihm nicht, jedenfalls nicht vom Seegang. Das Gefühl, dass die Zeit drängte, wurde immer stärker, und die erzwungene Untätigkeit machte ihn rasend. Zu viel Zeit zum Denken schuf immer auch zu viel Raum für Ängste, und die wuchsen gerade ins Unbeherrschbare.

★★★

Musik spielte, als sie das Wohnzimmer betrat, unsicher auf den hohen Absätzen, irgendwas Altes. Sie kannte das Stück nicht, mochte es auch nicht, und beinah wünschte sie sich doch noch einen Stromausfall. Nein, sie nahm den Gedanken zurück, besser nicht, es war fast komplett dunkel geworden, im Dunkeln ist gut munkeln, fiel ihr einer von Uris Sprüchen ein, sie hatte nie begriffen, was Munkeln war, aber sicher nichts Gutes, sie wollte es nicht, da nahm sie lieber die Musik in Kauf, wenigstens nicht Mamas Lied, das könnte sie jetzt gar nicht aushalten.

Frank schaute nicht auf. Er saß im Sessel, trank Tee und schaute zum Fenster hinaus, als könnte man noch groß was sehen. Sie setzte sich in den zweiten Sessel, goss auch sich eine Tasse ein und trank in kleinen Schlucken. Die Wärme von innen tat gut, und nach einer Weile legte sich das kaum merkliche Zittern ihrer Hände.

Sie beschloss, es vollkommen normal zu finden, hier in Abendkleidung allein mit dem Mann ihrer Mutter herumzusitzen und schweigend dieser altmodischen Musik zu lauschen. *Riders on the Storm.* Na, das passte ja. Die Aufnahmen schnarrten, als handelte es sich um zerkratzte Schallplatten, aber es war der CD-Player, der lief. Frank musste die CD gebrannt haben, die Stücke waren von verschiedenen Gruppen, die sich bestimmt nicht zu einer Session zusammengetan hatten. Welche Bedeutung besaßen sie für ihn? Sie traute sich nicht zu fragen. Sie traute sich überhaupt nicht zu sprechen. Und vielleicht war es auch besser, nichts zu wissen. Wieder mal.

»Hast du einen Freund?«, fragte er plötzlich.

Sie spürte, wie sie errötete, als Gerrit ihr in den Sinn kam. Der machte ihr weiche Knie. Frank schien es nicht zu bemerken. »Nein, weißt du doch«, sagte sie.

»Ich wollte sicher sein«, sagte er, »deine Mutter war nicht so zurückhaltend, als sie in deinem Alter war.«

Das Gespräch drohte, eine Wendung zu nehmen, der sie nicht folgen wollte. »Ihr kennt euch von früher? Komisch, hat Mama nie erzählt«, wunderte sie sich.

»Sie weiß nichts davon. Damals hat sie mich nicht beachtet. Dass sie nicht mal meine Briefe gelesen hat, konnte ich nicht wissen.«

»Aber jetzt hat sie dich beachtet, sonst hätte sie dich schließlich nicht geheiratet. Ist doch alles gut geworden«, log sie munter drauflos. Nichts war gut. Zu viele Geheimnisse. Und was, schoss es ihr durch den Kopf, wenn er den Namen seiner Frau angenommen hatte, eben damit ihre Mutter nichts merkte? Warum sollte er sie so sehr hinters Licht geführt haben?, überlegte sie. Wollte er sich an ihr rächen, weil sie ihn ignoriert hatte? Nach so langer Zeit? Irgendwie ergab das keinen Sinn.

»Nichts ist gut«, sagte Frank, »am allerwenigsten deine Mutter. Ein Wunder, dass du dir deine Reinheit bewahrt hast. Bei dem schlechten Vorbild.«

Bäh, das war eklig von ihm, so über ihre Mutter herzuziehen. Sie wollte das nicht hören. Erstens ging es sie nichts an, was früher war. Und zweitens war ihre Mutter ganz sicher kein schlechter Mensch, damals nicht und heute erst recht nicht. Wahrscheinlich hielt er sie auch noch für total dumm, und nicht mal das stimmte, denn nicht lesen zu können hatte rein gar nichts mit Dummheit zu tun, sondern mit Umständen. Mit Umständen, über die sie nichts wusste. Und nichts erfahren wollte, verdammt, jedenfalls nicht von ihm. »Komisch, ich bin dermaßen müde«, sagte sie und zwang sich ein Gähnen ins Gesicht, »ich glaub, ich muss jetzt ins Bett.«

Er ignorierte sie. »Christian war nicht dein leiblicher Vater, wusstest du das?«

»Sicher«, behauptete sie, »trotzdem war er mein Vater, das hat mit Genen nichts zu tun.«

»Er hat das anders gesehen, richtig wütend ist er geworden, als wenn ich was dafür gekonnt hätte.«

»Ihn kanntest du auch?«, sprudelte es aus ihr hervor, und im selben Moment hätte sie sich auf die Zunge beißen mögen, denn wenn Christian wütend geworden war, hatte es vielleicht einen Kampf gegeben, und zwar mit Frank, einen Kampf mit tödlichem Ausgang. Sie saß hier mit einem Mörder im Raum. Mann, war ihr schlecht. Was sollte sie machen?, verdammt, sie musste den Abend, die Nacht rumkriegen, irgendwie, er würde nicht zulassen, dass sie abhaute, jetzt nicht mehr, mal ganz abgesehen davon, dass sie das Gefühl hatte, ihre Beine würden ihr nicht gehorchen, wenn sie es versuchte, und dann in diesem blöden Fummel und den Schuhen, in denen kein normaler Mensch laufen konnte, sie musste durchhalten, es ging nicht anders.

»Flüchtig«, sagte Frank. »Willst du gar nicht wissen, wer dein richtiger Vater ist?«, fragte er.

Nicht von ihm, dachte sie wieder und schüttelte abwehrend den Kopf.

Er zog etwas aus seinem Jackett, ein Kartenspiel? Nein, Fotos, erkannte sie. Er fächerte sie auf und hielt sie ihr vor die Nase. Sie schloss die Augen, doch nicht schnell genug. Was sie gesehen hatte, war unglaublich, und es brannte sich für immer in ihr Hirn.

»Einer von den beiden ist es«, sagte Frank, »such's dir aus. Deine Mutter hat sich weggeworfen an die, und sie wollte es, das kann man ganz klar sehen, sie hatte nichts dagegen, es mit beiden zu treiben, stell es dir vor. Hat sie weitergemacht mit so was? Was meinst du? Schlechte Angewohnheiten kann man nicht einfach ablegen, also wahrscheinlich schon, hm?«

Widerstand regte sich in ihr. »Der Anschein kann auch täuschen«, sagte sie, nicht willens, näher darauf einzugehen.

»Da ist kein Irrtum möglich«, beharrte er, »sie hatte ihre Chance, sie hat sie nicht genutzt. Sie ist verdorben.«

»Warum hast du sie dann geheiratet, sag mir das mal?«, rutschte es ihr heraus, bevor sie es verhindern konnte.

»Deinetwegen natürlich, warum wohl sonst? Irgendjemand muss ja dafür sorgen, dass du nicht unter die Räder kommst.«

»Das kann ich auch selber«, begehrte sie auf und ärgerte sich wieder, dass sie überhaupt auf diesen Schwachsinn einging.

»Klar«, sagte er höhnisch, »wie bei Kathrin, das ist dir auch prima gelungen. Du warst viel zu abhängig von dieser verdorbenen Person, aber egal, das Thema ist erledigt.«

»Was hast du getan?«, flüsterte sie fassungslos. Sie hatte es gewusst, dass der nicht sauber tickte, das hatte sie. Aber sie hatte sich einlullen lassen von seinem Getue, weil er ja ach so verständnisvoll war, weil er ja ihre Mutter ach so glücklich machte, weil sie ihn zu brauchen geglaubt hatte, weil es sonst niemanden gab, der sich um sie kümmern würde. Beschiss, das Ganze war ein Riesenbeschiss, und alle waren drauf reingefallen. Eine unbändige Wut ballte sich in ihrem Magen zusammen, und sie stemmte sich hoch, ihre Beine trugen sie, da taten sie auch gut dran, und die Wut brach sich Bahn.

»Was hast du getan?!«, brüllte sie, die Fäuste geballt, und er sprang auf, zu langsam, du Lahmarsch, und sie trommelte auf seine Brust, »was hast du getan?, was hast du getan?«, lauter, immer wieder, immer lauter, bis irgendwann ihre Stimme brach und in Schluchzen überging, sie schaffte es nicht, es zu unterdrücken, unmöglich, die Tränen länger zurückzuhalten, sie flossen ihr in Strömen übers Gesicht, und sie weinte, weinte um ihr Leben. Er fing sie auf.

***

Der nasse Sand war bretthart. Sie lagen bäuchlings auf einer Düne, so weit oben, dass ihre Köpfe gerade über den Kamm ragten. Regen prasselte auf sie hinab, und der Wind heulte unvermindert, schleuderte mit Sand und Gras und allerlei Unrat um sich. Eine Plastiktüte verfing sich in Marilenes Halsbeuge, und sie schlug nach ihr wie nach einer Fliege, schon wurde sie davongetragen.

Wo blieb der verdammte Rettungswagen? Olaf hatte sich schließlich erbarmt und den Notruf abgesetzt, nachdem sie sich zu blöd angestellt hatte, das iPhone zu bedienen. Sie hatte sich neben den Verletzten gekauert, seine Jacke geöffnet und die blutende Wunde entdeckt. Fragend hatte sie zu Olaf aufgeblickt, doch der war verschwunden.

Wieder hatte sie sich über den Mann gebeugt, das leere Pistolenholster entdeckt und die Polizeimarke, die daran hing. Wenn ein Polizist auf dem Weg zu diesem Haus gewesen war, musste es einen Grund dafür geben, und der Grund war vermutlich Antonia. Sie war hin- und hergerissen gewesen: Sie konnte den Mann doch nicht einfach dort liegen lassen, aber ebenso wenig schaffte sie es, Antonia ihrem Schicksal zu überlassen. Wenn Herzog hierfür verantwortlich war, dann war Antonia in höchster Gefahr, und zu zweit war die Chance ungleich größer, ihn zu überwältigen.

Sie hatte in ihrem Rucksack gekramt und das T-Shirt hervorgezerrt, das sie für alle Fälle eingesteckt hatte. Zähneknirschend hatte sie dem Mann Hemd und Unterhemd hochgezogen, scheußlicher Anblick, sie hatte sich mächtig zusammennehmen müssen, bis sie es geschafft hatte, das Shirt auf die Wunde zu pressen und die Kleidung wieder drüberzuziehen, um den behelfsmäßigen Verband einigermaßen zu fixieren. Schließlich hatte sie die Jacke des Mannes wieder geschlossen, damit er nicht restlos durchweichte. Den Sand zu beiden Seiten von ihm hatte sie zu einem halbwegs schützenden Wall zusammengescharrt, bevor sie davongeeilt war, in die Richtung, wo sie das Haus und Olaf vermutete.

Aufs Haus war sie zuerst gestoßen. Offene Fensterläden und ein indirekter Lichtschimmer, dessen Quelle vermutlich in einem der hinteren Räume lag, hatten verraten, dass es bewohnt war. Sie hatte sich seitlich in einem großen Bogen daran vorbeigekämpft, die Dünen hoch- und runterstolpernd und -rutschend, hatte nicht nur einmal an der eingeschlagenen Richtung gezweifelt – es war bereits zu dunkel, um sich auch nur annähernd zu orientieren –, doch dann, als sie schon nicht mehr damit gerechnet hatte, war sie fast über Olaf gestolpert.

Seither lag sie hier neben ihm, verdreckt, klatschnass bis auf die Haut und erbärmlich frierend. Wenn sie eine Erfahrung in ihrem Leben nicht vermisste, dann war es die des Wehrdienstes. Genauso stellte sie sich Soldaten im Manöver vor, und sie konnte sich des Eindrucks nicht erwehren, dass Olaf im Gegensatz zu ihr das Erlebnis genoss. Männer konnten schon arg kindisch sein, und sie wusste nicht sicher, ob sie das nun albern oder anziehend fand, nein, doch eher albern, entschied sie, obgleich sie seine Gesellschaft eigentlich sogar recht angenehm fand. Er war längst nicht so aufdringlich, wie sie zunächst angenommen hatte, und sein Humor lag ihr. Alles in allem ganz nett, befand sie, wenn auch nicht mehr, das würde sie ihm schon klarmachen, sollte er im Sinn haben, die alte Geschichte aufzuwärmen. Freundschaft war möglich, sonst nichts. Punkt.

Sie schüttelte die Gedanken ab. War sie bescheuert? Als wenn sie keine drängenderen Probleme hätte. Bedenklich. Sie lenkte ihren Blick wieder auf das Haus und zwang sich zur Konzentration.

Regenschwaden flimmerten vor den Augen wie Schnee auf dem Bildschirm eines alten Röhrenfernsehers, und obgleich das Wohnzimmer erleuchtet war, konnte man von dem, was sich dort abspielte, nur einen verschwommenen Eindruck gewinnen. Olaf hatte berichtet, dass die beiden friedlich Tee getrunken und sich unterhalten hätten, bis Antonia plötzlich aufgesprungen sei und Herzog auf die Brust getrommelt habe. Herzog hatte Antonia in die Arme genommen, und seither standen sie umschlungen und reglos am selben Fleck. Merkwürdig, aber keineswegs bedrohlich.

Läge nicht der verletzte Polizist vorn, würde sie darauf bestehen, einfach zu klingeln. So aber fürchtete sie, Herzog würde komplett durchdrehen, und da er offensichtlich die Waffe des Beamten an sich genommen hatte, war die Frage nicht, wen er noch erschießen würde, sondern wen zuerst. Allmählich brauchten sie einen Plan. Sie konnten nicht ewig ausharren, auf die Gefahr hin, sich eine Lungenentzündung zuzuziehen, und von selbst würde sich an der Situation nichts ändern.

Welche Situation eigentlich?, schreckte sie vor blindem Aktionismus zurück. War Antonia tatsächlich gegen ihren Willen hier? Im Augenblick zumindest sah es nicht danach aus, eher im Gegenteil, die beiden wirkten vertraut, beinah innig. Aber Antonia mochte Herzog nicht, rief sie sich in Erinnerung. Konnte sich das in den paar Tagen geändert haben? Unwahrscheinlich. Also spielte Antonia lediglich mit bei dieser seltsamen Inszenierung irregeleiteter Liebe, um – ja, was? Wartete sie auf eine Gelegenheit zur Flucht? Womit hatte Herzog sie überhaupt hierhergelockt? Boah, dachte sie entnervt, die Sache barg zu viele Unwägbarkeiten. War zu groß für sie. Sie wünschte, sie hätte darauf bestanden, Paul anzurufen, statt sich überreden zu lassen, selbst herzukommen.

Herzog ließ Antonia los und ging aus ihrem Blickfeld. Antonia wandte sich um und schaute sie, so kam es ihr vor, direkt an. Blödsinn, beruhigte sie sich, sie würde sie nicht sehen können. Sie würde sie selbst dann nicht sehen können, wenn sie sich näher heranwagten. Marilene rappelte sich auf und bedeutete Olaf, ihr zu folgen.

***

Die CD war zu Ende.

Frank ließ sie los und ging zur Anlage. Sie drehte sich um. Draußen war es jetzt völlig dunkel, sie sah nur sich selbst wie in einem schmutzigen Spiegel, ein kleines Mädchen, das Verkleiden spielte mit Mamas Sachen. War es Mamas Kleid? Sie wirbelte noch einmal um die eigene Achse, und der Rock schwang auf. Nicht mal so übel, fand sie wider Erwarten.

»Wenn du auswandern wolltest«, fragte Frank, während er nach etwas suchte, »wohin würdest du gehen?«

»Kanada«, antwortete sie, ohne zu zögern, seit jeher ein Traum, den Kathrin und sie gemeinsam gehegt hatten. Nicht denken, befahl sie sich, schon gar nicht an Kathrin und das, was mit ihr geschehen war, an das, was er mit ihr gemacht hatte? Doch die Gedanken schossen ihr glasklar durch den Kopf und ließen sich einfach nicht bremsen.

Kathrin hatte sterben wollen, ja, aber es war kein Selbstmord gewesen, sie musste es sich anders überlegt haben, sonst hätte ja niemand einen Grund gehabt, sie zu ermorden. Und sie selbst hatte mit dem Finger auf Eddi gezeigt, weil es so logisch schien. Dabei war es das nicht. Eddi hätte Kathrin nicht verlieren wollen. Eddi wäre auch nie auf die Idee gekommen, dass Kathrin so was vorhaben könnte. Und er wäre zu faul gewesen, ihr nachzugehen, wenn sie gesagt hätte, dass sie zu ihr wollte, das war schließlich das Normalste von der Welt. Wieso hatte sie das nicht früher begriffen?

Das Problem hat sich erledigt, hatte Frank gesagt. Wie kalt, wie gemein. Er hatte Kathrin umgebracht, da war sie sich ganz sicher, und nach allem, was sie über Spuren wusste, würde die Polizei das bestimmt feststellen können. Wenn sie hier je rauskam. Irgendwie musste sie es schaffen, und zwar ganz allein, denn niemand suchte nach ihr, niemand ahnte, dass Frank Herzog nicht der war, für den er sich ausgegeben hatte. Dass er wahrscheinlich auch Christian umgebracht hatte. Dass er sich an ihrer Mutter rächen wollte. Und nur, weil sie mit anderen Männern rumgemacht hatte. Das war doch kein Grund, auch wenn es ziemlich – nein, daran wollte sie jetzt auch nicht denken.

»Dann lass uns abhauen, gleich morgen«, sagte Frank, »wir fangen ein neues Leben an.«

Seine Worte verschlugen ihr die Sprache. Glaubte er im Ernst, dass sie mit ihm würde leben wollen? Als was? Seine »Tochter«? Seine Frau? Und Mama? Glaubte er, sie würde sie im Gefängnis versauern lassen, wo sie nicht mal was getan hatte? Sie musste sich auf die Zunge beißen, um nicht loszuplatzen, sie wusste, ihr Gelächter wäre voll hysterisch. Oh Gott, wie sollte sie bloß den Abend rumkriegen, ohne ihn wütend zu machen? »Erst nach Hause«, sagte sie, »zum Packen.«

»Nicht nötig«, wies er ihr Ansinnen ab, »wir kaufen, was du brauchst.«

Mist, sie atmete tief durch. »Ich denk drüber nach«, behauptete sie, ohne ihn anzusehen, damit er ihr die Lüge nicht anmerkte.

»Aber nicht zu lange«, warnte er.

Sonst was?, überlegte sie schaudernd. Bitte gib mir diese eine Nacht, dachte sie, bei Tag würde sich ein Ausweg auftun, sicherlich, er konnte sie nicht ständig im Auge behalten, und sie brauchte einen Vorsprung, ein paar Minuten wenigstens, um sich zu orientieren.

Musik setzte wieder ein, Country-Gesülze, irgendwas von einem *ring of fire*, sie kannte es nicht.

»Tanz für mich«, sagte er.

»Ich kann nicht tanzen«, maulte sie.

»Jeder kann tanzen«, behauptete er, »du hast das im Blut, glaub mir.«

Er kam auf sie zu, nahm sie mit festem Griff um die Taille und ihre rechte in seine linke Hand, bevor er begann, sie hin- und herzuschieben und zu drehen, eindeutig nicht im Takt, er nicht, und sie schon gar nicht; immer einen Tick zu spät dran, versuchte sie, auf Zehenspitzen tippelnd hinterherzukommen, um nicht den Boden unter den Füßen zu verlieren.

»Lass dich einfach fallen, hör nur auf die Musik, vertrau mir«, raunte er ihr ins Ohr.

Klar doch, dachte sie, nichts leichter als das, und die Musik spielte in einem fort, immer dasselbe Lied in einer Endlosschleife, *and it burns, burns, burns, the ring of fire*, ihre Füße brannten wie Hölle, *I went down, down, down*, oh ja, sie spürte, dass sie nicht mehr lange durchhalten würde, *and the flames went higher*, sie fraßen sie von innen her auf.

Endlich gab er sie frei. Sie kickte die verdammten Schuhe von sich und machte ein paar wacklige Schritte Richtung Sessel. Er versperrte ihr den Weg.

***

Sie kauerten am Rand des Grundstücks, von wo aus die Sicht erheblich besser war, und das schwach erleuchtete Wohnzimmer glich einer Bühne. Die Inszenierung allerdings war miserabel, verdiente faule Eier, fand Marilene. Herzog taugte nicht zum jugendlichen Liebhaber, so wenig wie Antonia zum Objekt seiner Begierde, Fehlbesetzungen, wenn sie je welche gesehen hatte. Antonia steckte in einem hauchdünnen Kleidchen, das weder Jahreszeit noch Anlass gerecht wurde, Herzog im feierlichen Anzug, und beides verstärkte den Eindruck, sie wohnten einer Schmierenkomödie bei, dabei bahnte sich hier eher eine Tragödie an, fürchtete sie mit stetig wachsender Gewissheit. Der

Regisseur gehörte geteert und gefedert. Was sollte die blöde Tanzerei, fragte sie sich, glaubte Herzog wirklich, er könne Antonia betören, oder befand er sich längst fern jeglicher Realität, gefangen in einem Wahn, dessen Ursprung sie nicht mal ahnen konnte?

Was tun?, verdammt, sie waren näher dran am Geschehen, so nah, dass der in dieser Senke noch unberechenbarere Wind in Böen Musikfetzen herantrug, doch eine Lösung war so wenig greifbar wie zuvor. Olaf schnaufte ihr in den Nacken, etwas vor sich hin schimpfend, das sie nicht verstand. Sie schaute zum Himmel jenseits des Hauses auf, noch immer hoffend, endlich reflektierendes Blaulicht zu entdecken. Nichts. Die Zeit drängte.

»Bist du sicher, dass die dich richtig verstanden haben, wo der Verletzte zu finden ist?«, fragte sie.

»Keine Ahnung, die Verbindung war echt mies.«

»Okay, pass auf. Du gehst nach vorn und klingelst, aber warte nicht, bis Herzog an die Tür kommt, sondern versteck dich. Sobald er aus dem Zimmer geht, bring ich Antonia dazu, rauszukommen.« So simpel, dachte sie, wieso war sie nicht früher drauf gekommen?

»Umgekehrt«, sagte Olaf, »du gehst, ich hol sie.«

»Aber dich kennt sie nicht«, widersprach Marilene, »mir vertraut sie.«

»Ich glaub nicht, dass er überhaupt zur Tür kommt. Warum sollte er? Und was ist, wenn er seine Waffe gegen Antonia richtet? Oder gegen dich, sobald er dich sieht? Nee, ich lass dich auf gar keinen Fall allein.«

Sie stöhnte und schaute wieder nach vorn. Die Musik kam ihr auf einmal lauter vor; stürmte der Wind ihr nicht um die Ohren, Aufmerksamkeit fordernd wie ein quengelndes Kleinkind, könnte sie hören, um welches Stück es sich handelte. Als wenn das eine Rolle spielte, schalt sie sich, die tiefere Bedeutung für Herzog würde sich ihr kaum erschließen. Mutlos stützte sie sich auf dem Boden ab, spürt Steine unter den Händen, Pflastersteine, tastend sucht sie nach einer Erhebung, einem Ansatz, den sie greifen kann, da, ja!, ein paar Millimeter nur, doch sie schafft es, sich in die Fugen zu krallen, die Fingernägel brechen, sie beißt den Schmerz zurück, rüttelt, bis sie den Stein schließlich freibekommt, ihn und den nächsten gleich mit, Olaf scheint nichts davon zu bemerken, komisch, sie wendet kurz den Kopf nach ihm, nein, er schaut gebannt nach drinnen, sie folgt seinem Blick, Antonia tanzt, allein jetzt, und wie sie tanzt, und plötzlich begreift sie, hat sie die Stimme von Lilians Mutter im Ohr: Wenn Antonia singt, stirbt sie. Doch es ist nicht das Singen, es ist das Tanzen.

***

»Tanz«, befahl er, »jetzt kannst du's allein.«

Wie lange denn noch?, überlegte sie mit wachsender Verzweiflung und tappte nun barfuß auf dem kalten Fußboden herum, keine Tänzerin, wie auch, wenn man auf etwas keinen Bock hatte, wurde es nie gut.

»Mach die Augen zu, lass dich fallen«, sagte er. »Stell dir vor, ich wäre gar nicht da.«

Sehr witzig. Wenn Wünsche Flügel hätten, denkt sie und weiß, er meint nicht fallen, sondern gehen, aber sie schließt die Augen, denn da ist was in seiner Stimme, das irgendwie komisch klingt, fast – panisch? Sie versucht es, ehrlich, vielleicht, wenn sie es gut genug machte, würde er sie in Ruhe lassen, hofft sie und taucht ein in Melodie und Text, findet endlich zu fließenden, rhythmischen Bewegungen, die, würde sie sich sehen, ihr schrecklich albern vorkämen, sicherlich, doch sie schiebt ihr Unbehagen beiseite und alles Wissen, jede Ahnung fort, nur noch Musik, und die Musik wechselt, etwas Wildes, hektisch, verzweifelt beinah, *tanze, Gerda, tanze, tanz die ganze Nacht*, das nicht, bitte, das schafft sie im Leben nicht, doch sie wirbelt weiter, dreht sich und stampft und wirft die Arme hoch, *brauchst sie nicht zu fürchten, wir geben schon drauf acht, dass nicht die Alten kommen*, und sie lacht, lacht Tränen und tanzt weiter, sie sind längst da, er ist längst da, niemand hat drauf geachtet, ihn fernzuhalten von ihr, und sie öffnet die Augen, sieht zu ihm hin, dreht sich und schaut, dreht sich und schaut, die Ballerina in der Spieluhr, und die Uhr läuft bald ab, sie spürt es genau, *tanz die ganze Nacht*, und immer noch steht er reglos da, gefesselt von ihr, doch er sieht nicht sie, er blickt durch sie hindurch in eine andere Zeit, sieht eine andere, eine, der sie niemals gleichen wird, aussichtslos, dem Anspruch zu genügen.

Die Sekunden ticken rhythmisch jetzt und stockend, und sie nimmt eine winzige Veränderung wahr, ein Knistern in der Atmosphäre, der Funke vorm Flächenbrand, und sie weiß, sie wird die Nacht nicht überstehen, und dann schürt er das Feuer, »Lilian!«, ruft er; sie dreht sich fort von ihm und zeigt ihm die kalte Schulter, mich kriegst du nicht, damals wie heute, mich nicht, nicht kampflos, sie krümmt sich, spannt jede Faser bis in die Fingerspitzen, fährt herum und schnellt hoch, reißt den Mund auf, »krank bist du, total krank!«, brüllt sie, doch niemand hört sie, nicht einmal er, ihre Worte gehen im Bersten der Scheibe einfach unter wie nie gesprochen, nie geschrien, und der Wind fährt gewaltig ins Zimmer, als habe er zu lange auf Einlass warten müssen, und plötzlich nimmt sie alles überdeutlich wahr, den Knall, denselben Knall wie vorhin, und es ist nicht der Wind, dessen ist sie sich diesmal ganz sicher. Franks Gesicht, überrascht und verwirrt, als erwache er gerade aus einem Traum, ein böses Erwachen – er öffnet den Mund zu einem perfekten O, und genau in diesem Moment erscheint ein roter Fleck auf seiner Stirn, ein blumiges Tattoo, und Antonia taumelte, fiel sachte zu Boden, schwebend fast, wie ein achtlos fallen gelassenes Blatt Papier oder ein Brief, und verlor das Bewusstsein.

***

Der noch immer wütende Wind wehte einen Knall heran. Ein Schuss, unverkennbar. Zu spät, verdammt, so knapp, kaum mehr als ein paar Minuten, und doch zu spät, wieder ein junges Leben ausgelöscht, und sie hätten es verhindern können, wenn er Herzog von vornherein überprüft oder wenigstens Marilenes Instinkt vertraut hätte, wenn der verdammte Sturm nicht wäre, der Kapitän der Fähre etwas waghalsiger gewesen, wenn, wenn, wenn, hämmerte es im Rhythmus seiner stampfenden Schritte durch seinen Kopf, und wer würde es Lilian sagen? Er stemmte sich energischer gegen die Böen, die ein Vorwärtskommen um jeden Preis zu verhindern suchten, dabei würde er am liebsten klein beigeben, sich auf den Boden schmeißen und jemanden, vorzugsweise Herzog, mit den Fäusten traktieren, bis der Schmerz nachließ, was er nicht würde, dieser Schmerz würde nicht vergehen. Er stolperte über irgendetwas und stürzte.

Charlie holte ihn ein, leuchtete mit der Taschenlampe auf das Hindernis, und wieder fand er sich Auge in Auge mit einer Leiche. Immerhin war diese noch nicht skelettiert, dachte er, und immerhin kein Kind.

»Lüko!«, schrie Charlie entsetzt auf.

Er setzte sich auf und tastete sicherheitshalber nach einem Puls. Doch, glaubte er, schwach, unregelmäßig, aber doch vorhanden. Er nickte. Charlie zerrte umständlich ihr Handy hervor und setzte einen Notruf ab, während er die Jacke des Mannes öffnete. Blut, eine Menge Blut, er schob das Hemd hoch, merkwürdig, irgendjemand hatte notdürftig die Wunde versorgt, eine Schusswunde offensichtlich, aber wer? Und wieso war dann nicht längst ein Rettungswagen vor Ort? Das Holster war leer, also war der Kollege mit seiner eigenen Waffe angeschossen worden, folgerte er. Noch ein Wenn, und dieses war fatal: Wenn sie Rosenboom nicht gebeten hätten, nach dem Rechten zu sehen, wäre Herzog nicht in den Besitz einer Waffe gelangt, und Antonia könnte noch leben. Er schloss die Jacke wieder und registrierte erst jetzt, dass rechts und links vom Verletzten der Sand zu einem Wall aufgehäuft worden war.

»Vorhin hat schon mal jemand einen Notruf getätigt«, sagte Charlie, »aber das Gespräch ging kaputt, bevor der Anrufer seinen Standort nennen konnte. Rückruf hat nicht geklappt, der Teilnehmer war nicht erreichbar.«

»Ein Mann aber?«, fragte Zinkel.

Charlie nickte.

»Was ist hier los?«, überlegte er laut und stand auf. »Herzog wird wohl kaum Hilfe gerufen haben, also muss noch jemand hier unterwegs sein, und zwar gezielt, an einen zufälligen Spaziergänger glaub ich bei dem Wetter absolut nicht. Verstärkung wär gut«, fügte er hinzu.

»Wäre eh höchstens einer«, sagte Charlie, »und ich weiß nicht, wie Lükos Kollege heißt und ob er überhaupt auf der Insel ist. So lange können wir nicht warten.«

Sie holte ihre Waffe heraus, entsicherte sie und zog den Ärmel ihrer Regenjacke darüber. Zinkel tat es ihr gleich und ging wieder voran.

Das Haus kam in Sicht, genau genommen entdeckte er ein schwach erleuchtetes Fenster, das Haus nahm er erst danach als bloßen Umriss wahr. Er bedeutete Charlie, die Taschenlampe auszuschalten, und sie liefen gebückt weiter, bis sie mit dem Rücken zur Wand an beiden Seiten des Fensters standen. Zinkel warf einen kurzen Blick hinein und duckte sich weg. Niemand. Er schob noch einmal den Kopf vor. Küche, erkannte er, der Lichtschein stammte aus dem hinteren Bereich des Hauses. Er zuckte mit den Schultern und vollführte mit den Händen einen Kreis: Sie würden das Haus getrennt umrunden und sich hinten treffen. Charlie nickte.

Zinkel hoffte, durch eins der Fenster an der Seite des Hauses zu erkennen, was sich drinnen abspielte, doch er wurde enttäuscht. Hier waren alle Fensterläden geschlossen. Er spähte sichernd blitzschnell um die Ecke, zog wieder den Kopf ein, im Garten war niemand gewesen, und trat vor, die Arme ausgebreitet in einer Geste, die Charlie sagen sollte, auf seiner Seite sei alles in Ordnung. Auch sie sicherte zunächst, erkannte er, bevor sie um die Ecke kam und seine Gebärde kopierte.

Wieder mit dem Rücken zur Wand schoben sich beide Schritt um Schritt näher an die Terrasse heran. Musik erklang. Musik? Zinkel schüttelte den Kopf, er musste sich täuschen. Er schob sich weiter, erreichte die Terrasse, kein Irrtum, *tanze, Gerda, tanze*, hörte er, und in diesem Augenblick wurde die Anlage abgeschaltet, und da war nur noch das Heulen des Windes, eher kläglich jetzt denn wütend; er spürte, wie etwas unter seinen Füßen knirschte, und dann endlich stand er direkt neben der Wohnzimmertür, die ihr Glas eingebüßt hatte, daher das Knirschen, und er hörte jemanden weinen, eine Frau, ein

Mädchen?, hoffte er. »Sh«, flüsterte der Wind und raunte »Alles ist gut«, nicht der Wind, eine Frau, Marilene?

Alle Vorsicht außer Acht lassend, sprang er in einer einzigen fließenden Bewegung um die Tür herum und runter, stützte sich auf ein Knie, die Waffe im Anschlag, »Hände hoch, Polizei!«, brüllte er und schwenkte die Waffe umher auf der Suche nach dem Ziel, dem richtigen Ziel.

Er erntete einen kollektiven Aufschrei: Ein wütendes »Mann ey« von hinten, ein mäßig erstauntes »Na so was« von dem Kerl, der den Kampfhund abgestochen hatte, und ein erschrecktes, lang gezogenes »Ah« von Marilene, dem erst im Abklingen grenzenlose Erleichterung anzuhören war. Lediglich Antonia blieb stumm. Aber sie stand, war wohlauf anscheinend, gottlob, und sie starrte ihn an aus Augen, die schon alles gesehen hatten und die nichts mehr erschüttern konnte. Erst als er Herzog entdeckte, der vor einem Sessel auf dem Boden lag und dem jemand das Hirn zerschossen hatte, verstand er und ließ die Waffe sinken, steckte sie ein, holte sein Handy hervor und rief Lübben an.

15

Marilene stand an Deck und schaute aufs Meer. Am frühen Morgen war der Wind, nachdem er alle Wolken in die einstweilige Verbannung geschickt hatte, so plötzlich abgeebbt, als hätte jemand einen Schalter umgelegt. Die Sonne blendete vom milchig blauen, noch ein wenig bleichen Himmel, die See war spiegelglatt, der Sturm von gestern vergessen oder nie gewesen, ein Schreckgespinst, das kaum mehr zum Ausschmücken von Seemannsgarn taugte.

Ihr innerer Aufruhr verging nicht ganz so schnell, und sie war dermaßen müde, dass sie Paul und Olaf bei Antonia in der Kabine zurückgelassen hatte, um frische Luft zu schnappen. Drei, vier Stunden Schlaf, mehr waren es nicht gewesen, und die am Küchentisch, Kopf auf den Armen, also nicht eben erholsam. Sie gähnte die Sonne an und verspürte wieder dieses Flattern im Magen. Nein, sie war nicht seekrank, entschied sie, abermals gähnend, nicht mal krank, trotz der nasseisigen Odyssee am Abend zuvor. Ihre Klamotten waren über Nacht getrocknet, nur die Schuhe quietschten noch ein wenig, und alles war gut.

Alles? Sie schauderte, ein Toter, ein Schwerstverletzter, dessen Chancen durchzukommen allerdings, hatte Pauls Kollegin vorhin erfahren, nicht so schlecht standen, war das gut? Wenigstens war Antonia wohlauf, ihre Mutter und deren Bruder unterwegs, um sie in Bensersiel abzuholen; äußerlich wohlauf, schränkte sie ein, der Schock, Herzog sterben zu sehen, dürfte tief sitzen, rief ja bei ihr noch zittrige Knie hervor, und sie hatte es gar nicht richtig mitbekommen.

Hatte das wirklich sein müssen? Olaf hatte, von Paul befragt, behauptet, keine andere Möglichkeit gehabt zu haben, um zu verhindern, dass Herzog sie oder Antonia oder beide tötete, Herzog habe schließlich eine Waffe gezogen, was hätte er sonst tun sollen? Sie hatte nichts gesehen, war zu beschäftigt mit Zielen und Werfen gewesen, der erste Wurf, zu schwach, hatte die Scheibe nur beschädigt, und so hatte sie ein zweites Mal ausgeholt, und dieser Stein hatte die Scheibe durchschlagen, aber erst der dritte hatte ihr Zugang zum Haus verschafft. Im selben Moment hatte sie einen Knall gehört, und Herzog war zusammengebrochen, ohne dass sie eine Ahnung gehabt hätte, warum, die Verbindung hatte sich ihr nicht erschlossen, sie hatte überhaupt nicht drüber nachgedacht, sondern war zu Antonia gestürzt, die gerade ganz langsam zu Boden gesunken war. In Zeitlupe in Ohnmacht gefallen. Sie hatte sie nicht mehr auffangen können, sich neben sie gekniet, ihr auf die Wangen geklopft und ihren Namen gerufen, bis sie wieder zu sich gekommen und auf den Beinen gewesen war.

Antonia hatte zu Herzog hingesehen, auf die Steine zu ihren Füßen und wieder zu Herzog, Marilene war ihrem Blick gefolgt, hatte Herzogs Kopf gesehen, die Wunde, die nicht sie verursacht haben konnte, denn die Steine lagen zu weit entfernt, und dann erst hatte sie die Waffe neben Herzogs Hand entdeckt und angenommen, er habe sich selbst erschossen. Bis Olaf sagte, er habe keine Wahl gehabt.

Eigentlich war ihr sein Tod gleichgültig, ein Gedanke, der sie einigermaßen erschreckte. Sie war vehemente Gegnerin der Todesstrafe und trotzdem froh über seinen Tod? Was er Antonia gegenüber erwähnt hatte, legte den Schluss nahe, dass er sowohl Christian Körber als auch Kathrin umgebracht hatte, und sie war sicher, dass die Polizei Indizien finden würde, die dies bestätigten. Obendrein hatte er offenbar versucht, Antonias Mutter in den Selbstmord zu treiben, war nur gescheitert, weil Leander Tewes in letzter Sekunde das Schlimmste verhindert hatte. Und was er mit Antonia vorgehabt haben mochte, wollte sie sich nicht mal ansatzweise vorstellen. Gleichwohl hätte ihm ein Verfahren zugestanden statt einer Hinrichtung, Recht und Gesetz statt Selbstjustiz, das war nie eine Frage für sie gewesen. Nicht mal dann, wenn sie selbst Ziel eines Verbrechens gewesen war. Das wunderte sie auf einmal fast mehr als ihre Gleichgültigkeit, ihre Erleichterung.

Sie wandte den Blick in Fahrtrichtung. Gleich da. Schluss jetzt mit dem Ausflug in philosophische Gefilde, befahl sie sich, du bist sowieso zu müde, um klar zu denken. Sie holte ihr Handy hervor, rief Renate Heeren an und erfuhr, dass sie alle Termine des Tages hatte verlegen können. Bett, ich komme, dachte sie. Die zweite Nachricht hellte ihre Stimmung noch weiter auf. Gerrit war eindeutig auf dem Weg der Besserung und auf die normale Station verlegt worden. Alles fügte sich. Alles war gut. Sie steckte das Handy wieder ein und stutzte. Was?, überlegte sie, was stimmte nicht? Dann fiel es ihr ein. Gestern hatte ihr Handy nicht funktioniert. Wieso hatte sie dann jetzt telefonieren können? Sie schob ihr Unbehagen beiseite, ging zu den anderen zurück und verkündete die zweite der frohen Botschaften.

»Was?!«, kreischte Antonia.

»Oje«, Marilene schlug sich die Hand vor die Stirn, »stimmt, das hast du ja noch gar nicht gewusst.«

»Was ist denn passiert?«, fragte Antonia.

»Ein Kampfhund ist auf ihn losgegangen, und es sieht so aus, als sei das eine gezielte Attacke gewesen«, erklärte Zinkel.

»Aber wer macht denn so was?«

»Vielleicht ging es auch dabei um dich«, sagte Marilene, »weil Gerrit dir zu nahe gekommen ist.«

»So kann man das aber nicht sagen«, stritt Antonia die Unterstellung ab, doch das Blitzen in ihren Augen strafte ihre Worte Lügen.

»Jedenfalls hat Olaf hier den Hund erledigt und Gerrit gerettet, also alles gut.«

***

»Mama, es tut mir so leid.«

»Kind, dir muss überhaupt nichts leidtun, du bist an gar nichts schuld. Ich hätte auf dich hören sollen, statt zu glauben, dass du bloß eifersüchtig bist. Aber vor allem hätte ich dir die Wahrheit sagen müssen.« Lilian Tewes stockte. »Über alles eigentlich.«

»Ich bin Leander, dein Onkel, wie du unschwer erkennen kannst«, schaltete sich der Bruder ein. »Ich hätte längst nach meiner Schwester suchen müssen, nicht erst, als es fast zu spät war.«

Antonia nickte. »Ich weiß Bescheid«, sagte sie.

Zinkel hatte ihr berichtet, was vorgefallen war, um ihr wenigstens den Schock zu ersparen. Er hatte nicht wissen können, dass sie keine Ahnung von der Existenz des Onkels gehabt hatte, sonst wäre er auch da behutsamer vorgegangen.

»Ich hab auch ein paar Geheimnisse, so ist das nicht«, fuhr Antonia fort, »und vielleicht ist es jetzt an der Zeit, dass wir alle auspacken, oder? Gibt's auch noch 'ne Oma zu dir?«, fragte sie ihren Onkel.

»Oh ja«, sagte der, »aber sie sollte ein Geheimnis bleiben, glaub mir.«

Zinkel sah, wie Marilene die Finger ausschüttelte, als hätte sie sich verbrannt. Aha, dachte er, sie war längst auf die Spur der Familie gekommen, das hatte sie ihm nicht erzählt, nur, dass Antonia sie beauftragt hatte, herauszufinden, wer ihr leiblicher Vater war. Er nahm an, dass dieses Rätsel mit den unsäglichen Fotos zusammenhing, doch das ging ihn nichts an. Er wollte nach Hause, sich wenigstens umziehen, wenn schon nicht schlafen, und dann ins Büro, um die weiteren Ermittlungen zu koordinieren und mit Lübbens Hilfe die Ereignisse und Erkenntnisse zu entwirren. Er wurde nämlich das Gefühl nicht los, noch längst nicht vollständig im Bilde zu sein.

Grünberger schaute auf die Uhr und nahm Marilene beim Arm. »Ich muss jetzt wirklich los«, sagte er, »wenn du noch bleiben willst, dann müsstest du dich anderswo aufdrängen oder dich auf deinen Daumen verlassen.« Er schwenkte eine Tüte Bonbons in die Runde und steckte sich selbst eins in den Mund.

Zinkel griff zu, steckte eins für später in seine Hemdtasche. Zu witzig für jemanden, der gerade einen Menschen erschossen hatte, der Typ wurde ihm nicht sympathischer. »Ich kann dich mitnehmen«, bot er Marilene an, bereit, allein deshalb seinen Aufbruch noch zu verschieben.

»Das wär gut«, stimmte Marilene zu, »ich muss nämlich noch ein wenig zur Aufklärung von Geheimnissen beitragen.«

Grünberger schüttelte allen die Hand, wohingegen Marilene ein keusches Küsschen auf die Wange erhielt. Komisch, fand Zinkel, hatte Marilene nicht erzählt, Grünberger wollte die alte

Beziehung wiederaufleben lassen? Wieso erschien er dann jetzt beinah erleichtert, sie loszuwerden? Er sah ihm nachdenklich hinterher, wie er zu seinem Wagen ging und davonbrauste, während Marilene Antonia beiseitenahm und mit ihr tuschelte. Schließlich nickte Antonia, und die beiden kamen wieder heran.

»Frau Tewes, sagen Ihnen die Namen Kelling und Breitbach etwas?«, fragte Marilene.

Tewes nickte errötend.

»Ihre Tochter hat mich beauftragt, herauszufinden, wer ihr leiblicher Vater ist«, erklärte Marilene, »weil sie zufällig diesen Brief an ihren damaligen Lebensgefährten gefunden hat, in dem jemand behauptet zu wissen, was seinerzeit tatsächlich geschehen ist. Ihr Mann hat Antonia gestern ziemlich zugesetzt, indem er schlimme Dinge über Sie behauptet hat. Antonia weiß jetzt, dass nichts davon stimmt, denn ich habe die beiden ausfindig gemacht. Genau genommen habe ich sie auf frischer Tat ertappt, als sie eine junge Frau betäubt haben, mutmaßlich, um gegen deren Willen Sex mit ihr zu haben. Immer noch dieselbe Masche.«

»Keine Drogen«, wandte Lilian Tewes ein, »sie haben mich betrunken gemacht, und dann bin ich hingefallen, hab mir den Fuß verknackst, und sie haben gesagt, sie bringen mich zum Arzt. Das war gelogen, aber ich war so ein Schaf, ich hab mir nichts dabei gedacht.«

Ihr Blick bekam etwas Suchendes, als er sich in der Vergangenheit verlor, und Zinkel fragte sich, ob ihre Erinnerungen an die weiteren Geschehnisse echt waren oder allein auf den unseligen Fotos beruhten. Die Aufnahmen so hinzubekommen, dass die männlichen Beteiligten anonym blieben, war sicher eine knifflige Angelegenheit gewesen, wohingegen heutzutage ein PC ausreichte, um beliebige Gerüchte mit Bildmaterial zu unterfüttern.

»Dann sind die Fotos gekommen«, fuhr sie fort, »sie wollten mich damit erpressen, aber meine Mutter hat den Brief aufgemacht, nicht ich, und sie hat mir nicht geglaubt, dass das nicht freiwillig war, und mich weggeschickt, und dann hab ich gemerkt, dass ich schwanger bin.« Ein strahlendes Lächeln stahl sich ihr ins Gesicht. »Ich weiß also nicht, wer von den beiden dein Vater ist, und ich will es auch nicht wissen, du bist mein Kind, fertig, aus.«

Starke Gene, dachte Zinkel, die Familienähnlichkeit der dominierende Faktor, der andere Anlagen komplett auszuschalten schien. Gut für Antonia.

»Jedenfalls sehen die beiden einer Anklage entgegen«, erläuterte Marilene, »und wir können uns an das Verfahren dranhängen, verjährt ist die Sache noch nicht.«

Mutter und Tochter schüttelten einhellig den Kopf.

»Nein«, sagte Lilian mit Bestimmtheit, »ich will nicht, dass sie womöglich von Antonia erfahren, das könnte ich nicht ertragen.«

»Schon gut, Mama«, beschwichtigte Antonia, »für mich war Christian mein Vater, das ist okay. Können wir jetzt mal nach Hause fahren, damit ich wenigstens meinen Onkel kennenlernen kann?«

Antonia leitete die Abschiedsbekundungen ein, fiel Marilene und, zu Zinkels Überraschung, auch ihm um den Hals. Sicherlich nicht das letzte Zusammentreffen, nahm er an, Marilene neigte ohnehin dazu, alles zu adoptieren, was unter achtzehn war, und er selbst würde noch genügend offene Fragen klären müssen. »Eins noch«, sagte er, sich plötzlich erinnernd, »Jenny hat dich besuchen wollen, als du angeblich in der Psychiatrie warst. Vielleicht rufst du sie mal an? Es geht ihr nicht besonders gut, auch wenn sie das wahrscheinlich abstreitet.«

Antonia zögerte, doch schließlich nickte sie. »Geht in Ordnung«, sagte sie, ein halb spöttisches Zucken um die Mundwinkel.

Durchschaut, dachte Zinkel, sein Appell an ihre Großherzigkeit. Ihre Reaktion jedoch gab ihm Anlass zur Hoffnung, dass die Jugend nicht so schlecht war wie ihr Ruf. Gut gelaunt führte er Marilene zu seinem Wagen, und sie machten sich auf den Heimweg.

Kurz vor Wittmund schlief sie bereits, wie ein etwas lauteres Atmen verriet. Ansteckend, er gähnte und musste sich zusammennehmen, um nicht ebenfalls wegzudösen. Das Bonbon fiel ihm ein, er holte es aus der Tasche, wickelte es aus und steckte es sich in den Mund. Half auch nichts, er brauchte kühle Luft und öffnete das Seitenfenster einen kleinen Spalt.

***

Der Wind nimmt wieder zu, und das Schlingern des Bootes ebenfalls, fast schlimmer als zuvor, glaubt sie, und sie will jetzt endlich hier runter. Ihr wird schwindelig und schlecht, ziemlich schlecht. Kein Land in Sicht. In welche Richtung sie sich auch wendet, nur Wasser, Wind und Wellen. Unmöglich, die Überfahrt soll doch gar nicht so lange dauern, wieso sieht sie kein Land? Panik erfasst sie, bringt ihr Herz aus dem Takt, ihr Hirn aus dem Gleichgewicht, wieder und wieder dreht sie sich um die eigene Achse, kein Land, schließt und öffnet in einem fort die Augen, gewiss, nur einer Täuschung zu erliegen, einem Wahn, und wieso ist sie allein hier?, die Motoren dröhnen, da muss doch wenigstens ein Kapitän sein, ein Fährmann, der sie ans Ufer bringt, welches Ufer? Sie zerrt ihr Handy hervor, doch welchen Knopf sie auch drückt, das Display bleibt schwarz. Nutzlos, sie wirft es ins Meer. Noch bevor es auf den Wellen aufschlägt, sieht sie, wie das Display plötzlich aufleuchtet, die 112 in riesigen Ziffern. Zu spät. Auf einmal hat sie Leuchtraketen in Händen, Silvesterböller, mehr Krach denn Signal, weiß sie im Voraus, dennoch wirft sie sie in die Höhe, zündet und wirft, immer wieder, doch nicht hoch genug, jede einzelne erlischt zischend im Meer, das sich allmählich rot färbt. Wo kommt all das Blut her, ein Meer von Blut, Fehler, großer Fehler erkennt sie, zu spät, die Haie werden kommen, das Boot umkreisen und warten, warten auf sie, bis sie aufgibt und sich in die Fluten stürzt, Menschenfleisch, Festmahl, es riecht nach Essen, merkwürdig, denkt sie, wer kocht?, und plötzlich heult die Schiffssirene auf, ein riesiges, verwundetes Tier aus Urzeiten, und sie zuckte zusammen, stumm vor Schreck, und war wach.

Zinkel hatte sein Handy ans Ohr geklemmt und kurbelte gerade die Scheibe hoch. »Stalking?«, sagte er, »interessant. Ja, dann vielen Dank für deine Hilfe, kommt gerade recht.«

Er hörte sich ziemlich begeistert an, fand Marilene. Es roch seltsam, sie schnupperte, es roch – nach Karamellbonbons? Und plötzlich fügte sich alles zusammen. »Olaf«, sagte sie.

»Grünberger«, sagte Zinkel. »Du zuerst.«

»Ich glaub, er war in meiner Wohnung«, erläuterte sie und deutete auf seinen Mund. »Ich esse so was nicht, aber es hat öfter nach Karamellbonbons gerochen bei mir, ich wollte mir schon einen Suchhund organisieren, um der Sache auf den Grund zu gehen, albern, nicht? Aber ich hab's immer wieder vergessen. Und dann das Handy«, fügte sie mit plötzlicher Klarheit hinzu, »ich wollte dich gestern vom Fähranleger aus anrufen, aber es funktionierte nicht, dabei hab ich vorher extra den Akku kontrolliert, und heute auf dem Schiff ging es wieder, ist doch komisch«, sprudelte es aus ihr hervor. »Er hat sich verraten, ich war bloß zu blöd, es zu merken. Als wir den Polizisten entdeckt haben, hat er mir nämlich sein Telefon zugeworfen, ich hatte ihm aber gar nicht gesagt, dass meins nicht ging.«

Sie klammerte sich am Griff oberhalb des Fensters fest, denn Zinkel fuhr immer schneller, und sie redete weiter, reine Ablenkungsmaßnahme und vollkommen wach jetzt. »Und wie er herausgefunden hat, wer Herzog ist, praktisch im Handumdrehen, das hat höchstens ein paar Minuten gedauert, ich kann's gar nicht glauben, dass ich darauf reingefallen bin. Gerrit hat nämlich auch nach Herzog geforscht und auf die Schnelle nichts gefunden, also ist Olaf entweder noch ein größerer Crack als Gerrit, oder er hat falschgespielt, wahrscheinlich Letzteres, ich hatte ja von vornherein ein komisches Gefühl bei ihm, aber ich hab mich einlullen lassen, weil mein Vater sich mit ihm angefreundet hat. Wahrscheinlich war's umgekehrt, aber nach der ersten Begegnung schien er mir gar nicht mehr so aufdringlich, und Gerrit hatte auch nichts gegen ihn.«

Sie holte einmal tief Luft, und Zinkel nutzte die Gelegenheit, ihr ins Wort zu fallen.

»Er hat aber was gegen Gerrit«, sagte er trocken. »Wir haben mit großer Wahrscheinlichkeit den Hundehalter ermittelt, alte Heimat, Kronberg, ein Harald Steinhauer. Das ist für sich genommen nicht so wahnsinnig spektakulär, aber Steinhauer war wegen mehrfacher Körperverletzung zu einem Anti-Gewalt-Training verdonnert worden, das er bei Doktor Lindenau absolviert hat.«

»Oh.« Marilene schlug sich die Hand vor den Mund, allzu gegenwärtig das nicht gerechtfertigte Vertrauen, das sie dem Mann entgegengebracht hatte.

»Steinhauers Akte ist praktischerweise verschwunden, was mich auf die Idee gebracht hatte zu fragen, ob es denn die einzige war.«

Marilene ahnte, was jetzt kommen würde, erinnerte ihr Unbehagen, als sie sich verfolgt geglaubt hatte damals, kurz bevor – nein, nicht dran rühren, das war vorbei, sie war davongekommen, alles war gut. Aber das stimmte nicht, reflexhaft trat sie aufs nicht vorhandene Gaspedal, sie glaubte zu wissen, warum Olaf so plötzlich aufgebrochen war, aber seit wann war er unterwegs? Würden sie rechtzeitig bei Gerrit sein?

»Genau«, sagte Zinkel, als hätte sie laut gesprochen, »Grünbergers Akte war bei Lindenau auch nicht aufzufinden. Patrizia hat aber eine Kopie von der Krankenkasse bekommen. Darum meine Frage nach Gerrits Aktivitäten. Ich nehme an, Grünberger wollte und will verhindern, dass Gerrit Dinge herausfindet, die deine Zuneigung trüben könnten. Dinge wie Stalking, wer weiß, was noch. Patrizia scannt gerade die Akte und schickt sie mir dann, es dürfte sich jedenfalls kaum um Lappalien handeln.«

»Aber warum hat er dann den Hund abgestochen?«, fragte Marilene. »Das passt nicht.«

»Na, so schwierig ist das nicht. Du bist doch rausgerast, stimmt's? Der Hund hätte dich anfallen können, das wollte er verhindern, und außerdem nehme ich an, dass er deine Dankbarkeit inspirierend fand.«

»Boah«, gab Marilene von sich, ihr waren die Worte abhandengekommen. Sie riss sich zusammen, wer hatte Schicht bei Gerrit? Sie hoffte auf Hanna, holte ihr Handy hervor und rief in ihrer Wohnung an, ungeduldig mit dem Fuß tappend, bis endlich, endlich Hanna dranging. Rebekka hatte Schicht, ausgerechnet, erfuhr sie und jagte Hanna los, los los!

Zinkel telefonierte ebenfalls, beendete sein Gespräch fast zeitgleich und mit ganz ähnlichen Worten.

»Hol das Blaulicht vom Rücksitz und setz es aufs Dach«, wies er sie an.

Marilene löste ihren Gurt und verrenkte sich fast im Versuch, es zu erreichen. Klappte nicht, Mist. Sie brachte die Rückenlehne in Liegestellung, etwas, das sie zuletzt vor dreißig Jahren gemacht hatte, schoss es ihr durch den Kopf, das Anschnallsignal machte sie wahnsinnig, aber jetzt kam sie ran, öffnete das Seitenfenster und knallte die Lampe aufs Dach.

Augenblicklich trat Zinkel das Gaspedal durch, und die Schwerkraft legte sie flach. Es fiel ihr schwer, nicht loszugackern, das kannst du jetzt echt nicht bringen, befahl sie sich, er hält dich für total durchgedreht, und, hat er nicht recht?, fragte eine lästerliche Stimme in ihrem Kopf, klar, gab sie zurück, aber es gibt schließlich Schlimmeres, Schlimmere, und die Hysterie war wieder in Schach. Sie drehte den Sitz hoch und schnallte sich an. Wenn ich dich erwische, drohte sie stumm, sie musste ihre Hände bändigen, im Geist schlug und trat sie bereits um sich, unbesiegbar, Adrenalin putschte sie in einen wahren Rausch, aus dem sie nicht so schnell erwachen wollte, diesmal nicht, *Heaven must wait.*

★★★

Seit Marilene gesagt hatte, dass der Junge verlegt worden war, floss reinstes Adrenalin durch seine Adern. Die Müdigkeit war komplett verflogen, dabei hatte er mit den beiden Bullen wieder und wieder die Geschehnisse auf der Insel durchkauen müssen, die ganze Nacht lang hatten sie ihn gelöchert, misstrauisch ohne Ende. Man sollte meinen, dass sie ihn zuvorkommender behandelt hätten, er hatte schließlich einen Mörder erschossen und keinen unbescholtenen Bürger, und er hatte Antonia gerettet. Dass ihm, im Gegensatz zu Marilene, das Mädchen herzlich gleichgültig war, konnten sie ja nicht wissen.

Sie hatten ewig drauf rumgeritten, wie er Herzogs Waffe von draußen habe sehen können, zumal Marilene sie nicht bemerkt hatte. Natürlich hatte er sie nicht gesehen. Natürlich war er ein ziemliches Risiko eingegangen, um den einzigen Zeugen der Hundeattacke auf den Jungen zu beseitigen. Aber jemand, der praktisch vor der eigenen Haustür einen Mann über den Haufen schießt, wird die Waffe danach nicht wegschließen, hatte er spekuliert und recht behalten: Herzog hatte die Waffe unter seinem Jackett getragen. Er hatte sie mit Hilfe eines Taschentuchs herausgezogen und neben dessen Hand gelegt, als Marilene nicht hergesehen hatte. Die Waffe des Polizisten hatte er in die Dünen geworfen, und auch das hatten sie ihm angekreidet. Ärgerlich, dass sie sich tatsächlich noch in der Nacht auf die Suche danach gemacht und sie auch gefunden hatten. So leicht kam man sonst nicht an Waffen, und gerade jetzt könnte er sie gut gebrauchen. Egal, er würde auch so zurechtkommen. Er war vorbereitet.

Gerrit musste verschwinden, nicht nur, weil er ihm gefährlich werden konnte, das hatte er schon bei dem Essen mit Marilene und Joe instinktiv gespürt, und seine Aussage von wegen »irgendwas mit Informatik« hatte den Freak verraten, war ein universelles Understatement, das Profis gern verwendeten. Aber obendrein könnte auch er Steinhauers Wagen und das hessische Kennzeichen registriert haben. Früher oder später würde er sich daran erinnern und es entweder den Bullen melden oder selbst recherchieren. Wenn seine Verbindung zu Dr. Lindenau ans Tageslicht käme, wär's aus mit seinen Chancen bei Marilene. Dazu durfte es nicht kommen.

Er bog bei Leer-Ost auf die Autobahn und genoss das Gefühl, einen anständigen Motor unter der Haube zu haben, der es ihm ermöglichte, alle anderen Fahrzeuge hinter sich zu lassen, bretterte bis Leer-Nord, fuhr dort ab und Richtung Innenstadt. Den Krankenhausparkplatz meidend, stellte er den Wagen auf einem der Kurzzeitparkplätze gegenüber vom Friedhof ab. Er holte die Tasche, die aussah wie der Musterkoffer eines Pharmavertreters, aus dem Kofferraum, steckte die Spritze in seine Jackentasche und lief das kurze Stück zur Klinik.

Die Zimmernummer hatte er bereits telefonisch erfragt. Er nahm den Fahrstuhl. Oben angelangt, wurde er ganz ruhig. Er stellte die Tasche ab, klopfte kurz, öffnete die Tür und streckte seinen Kopf um die Ecke.

»Hey, Besuch.« Gerrit grinste.

Der Kerl spielte glatt schon auf seinem iPad rum, nicht zu fassen. Immerhin hing er noch am Tropf, sonst hätte er jetzt ein Problem gehabt, ohne Waffe. »Super, dass es dir wieder besser geht«, behauptete er und betrat das Zimmer. Keine der Schwestern war in Sicht. Logisch, alle glaubten ja, dass Herzog für den Anschlag verantwortlich war. Er zog sich einen Stuhl heran und setzte sich neben das Bett, schön nah an den Galgen. »Ist das schon erlaubt?«, fragte er scherzhaft und deutete auf das iPad.

»Nö«, sagte Gerrit, »meine Schwester hat's reingeschmuggelt, aber ich musste sie erpressen.«

Er lachte pflichtschuldigst. »Was ist so wichtig, dass es nicht warten kann?«

»Och, nichts«, behauptete Gerrit, »aber einen Junkie kann man nicht vom Objekt seiner Begierde fernhalten. Bei mir käme das einer Amputation gleich, und die ist mir ja gerade erst, dank deiner Hilfe, erspart geblieben, wie ich vernommen habe. Ganz schön mutig, ich glaub, ich hätte eher Hilfe gerufen, statt mich auf so eine Bestie zu stürzen. Auf jeden Fall bin ich dir echt was schuldig, Mann. Hat Paula dir schon gesagt, dass sie ein großes Fest zu deinen Ehren plant? Das wird ein Ding, sag ich dir.«

Er redete viel zu viel. Er log. »Ja«, sagte er, »sie hat so was erwähnt. Ich freu mich schon drauf. Zeigst du mir, wie das Teil funktioniert? Alle Welt schwärmt davon, aber ich kann mir nicht viel drunter vorstellen.« Kein Freak konnte der Gelegenheit widerstehen, zu fachsimpeln, auch Gerrit nicht.

»Die Version für Laien, ja?« Gerrit zwinkerte und schaltete das iPad wieder ein. »Im Grunde ist das wie ein Laptop ohne Tasten. Du kannst jede Menge Apps runterladen, hier zum Beispiel«, er klickte ein Icon an, »die Wettervorhersage, oder das hier ist auch cool, du hörst ein Lied irgendwo, weißt nicht, von wem es ist, und das Programm findet es heraus. Tausend Möglichkeiten, Spiele und Nützliches, ganz, wie man's mag.«

»Und Internet funktioniert auch?«, fragte er, während er die

Spritze hervorholte und in den Händen verbarg, sich interessiert vornüberlehnend, als könne er so besser sehen.

»Klar«, sagte Gerrit, »das ist ja der Sinn der Sache, dass du damit ins Netz kannst und auch noch was erkennen, die Displays der iPhones sind ja schon ziemlich klein.«

Gerrit öffnete einen Browser, ohne zu bedenken, dass er sich dadurch verriet: In einer Leiste am oberen Rand waren die zuletzt besuchten Seiten zu erkennen. Als wenn es den Anstoß noch gebraucht hätte, dachte Olaf triumphierend, zog die Spritze auf und injizierte das Insulin direkt in den Schlauch, der zum Port an Gerrits Hand führte.

Das Schlagen einer Tür ließ ihn herumfahren. Die stumme Schwester Gerrits polterte aus dem Schrank, in dem sie sich versteckt hatte, Kinderspiel, wie lächerlich, dachte er, und stand gemächlich auf, da stürzte sie auf ihn zu, einer Furie gleich, Tritte und Schläge prasselten auf ihn ein, dass er nicht mehr wusste, wo oben und unten war, wie viele Arme und Beine hat die blöde Kuh eigentlich? Er versuchte, Gegentreffer zu landen, doch nun griff Gerrit ein, zog an seiner Jacke, zog viel zu kräftig für einen Invaliden, und wie schnell brauchte das Insulin überhaupt, um seine Wirkung zu tun, war noch was in der Spritze?, ein Fuß traf ihn am Kinn, gottlob nicht die volle Breitseite, doch er geriet ins Taumeln, klappte zusammen, und das war seine Rettung, Gerrits Griff löste sich, die Schwester schlug sich erschreckt die Hand vor den Mund. Ja, dachte er gehässig, damit muss man schon umgehen können, mit der Angst vorm finalen Schlag, und er stieß sich ab in die Lücke zwischen den Rädern des Bettes und der Wand, stieß sich abermals ab, war draußen, war auf den Beinen, und bevor einer der beiden auch nur einen Mucks von sich geben konnte, war er bereits türknallend auf dem Flur, schnappte sich seine Tasche und verschwand auf der Patiententoilette am Ende des Ganges.

Er atmete tief ein und aus, versuchte, nicht daran zu denken, dass die Pläne eines ganzen Jahres im Eimer waren, abgesoffen, wegen des Jungen da drin und seiner bekloppten Schwester, Mann, war er wütend! Komm runter, befahl er sich, erst mal raus hier, vermutlich war Verstärkung bereits im Anmarsch, und dies war nicht die Zeit für Rache, die würde schon noch kommen, dann, wenn sie nicht mehr damit rechneten, wenn sie ihn längst vergessen hatten und über alle Berge wähnten. Keine Berge, dachte er voller Vorfreude, holte den Arztkittel aus der ansonsten leeren Tasche, zog ihn über und trat auf den Gang. Forschen Schrittes, aber keineswegs hastig ging er zum Treppenhaus, ein Stockwerk nach oben, wo er von einem Fenster aus Parkplatz und Zufahrt im Blick hatte. Er wartete. Und das war gut so. Kurz nacheinander trafen ein Streifenwagen und zwei Zivilfahrzeuge mit Blaulicht ein, und da kamen auch die fehlenden Schwestern angerannt, Zinkel, der Bulle von gestern, sprang aus dem Wagen. Und Marilene.

Doch dies war auch nicht die Zeit für Trauer, entschied er, bis er aus der Gefahrenzone hinaus war, musste er einen sehr kühlen Kopf bewahren.

***

Fast zeitgleich rannten sie auf Gerrits Zimmer zu und nahmen es im Sturm: Lübben in Begleitung eines uniformierten Beamten, Hanna und Paula, und schließlich Zinkel und sie selbst, ein Sternmarsch der besonderen Art.

Olaf war fort.

Gerrit war quicklebendig. Er hielt Rebekka im Arm, deren Gesicht tränenüberströmt war.

»Sind Sie verletzt?«, fragte Lübben.

Rebekka schüttelte den Kopf. Ihr Blick suchte Hannas, fand ihn, und Marilene hörte zum ersten Mal ihre Stimme. »Ich hab alles gemacht, was du mir beigebracht hast«, flüsterte Rebekka, »außer das mit den Augen …«

Hanna zog eine Grimasse, als hätte sie sich an einer heißen Herdplatte verbrannt.

»Ich war nicht gut genug«, fuhr Rebekka fort, »ich hab's nicht geschafft, ihn kampfunfähig zu machen und –«

Hanna schnitt ihr das Wort ab. »Alles in Ordnung«, sagte sie beruhigend, »Gerrit geht's gut und dir auch, das ist die Hauptsache.«

Gerrit zog den Infusionsschlauch von seiner Hand ab. Da war keine Nadel, wunderte Marilene sich.

»Das war naheliegend, oder?«, beantwortete Hanna ihre nicht gestellte Frage, »Luft oder Insulin, eins von beidem. Wieso hast du nicht gewartet?«, wandte sie sich wieder an Rebekka, »du solltest nur eingreifen, wenn er eine Waffe gehabt hätte.«

»Ich konnte sehen, wie er die Spritze angesetzt hat«, flüsterte Rebekka, »da bin ich wütend geworden.«

»Und wie«, sekundierte Gerrit, »ich hab's mitgefilmt, wollt ihr mal sehen?«

Rebekka quietschte.

»Kann mir jetzt mal irgendjemand erklären, was überhaupt passiert ist?«, bat Gerrit.

***

Einer der Beamten war auf dem Parkplatz geblieben, um die Kennzeichen zu kontrollieren. Sie mussten ihn für minderbemittelt halten, und das machte ihn schon wieder wütend. Er riss sich zusammen und schaute auf seine Uhr. Jetzt müssten sie eigentlich alle in Gerrits Zimmer angekommen sein, Informationen austauschen, und das konnte dauern. Er nahm den Fahrstuhl nach unten und verließ ungehindert das Krankenhaus über einen Nebeneingang, streifte am Friedhof den Kittel ab und klemmte ihn sich unter die Jacke. Sein Wagen stand, wo er ihn verlassen hatte, er vergewisserte sich, dass niemand ihn beobachtete. Er war ihnen haushoch überlegen, sie wussten das bloß noch nicht. Er stieg ein, wendete und fuhr Richtung Autobahn.

Oldenburg?, Bremen?, oder doch lieber was Ländliches? Jedenfalls nicht Wiesmoor, seine Wohnung würden sie sicherlich bereits überwachen. Aber er musste auch nicht dorthin zurück, er reiste stets mit leichtem Gepäck und hatte alles bei sich, was er brauchte, das hatte er schon immer so gehandhabt. Sein Wagen schien zwar alt und klapprig, doch tatsächlich handelte es sich um ein hochgerüstetes und vor allem hochgesichertes Fahrzeug, ein Einbrecher würde sich die Zähne daran ausbeißen.

Also wohin nun?, überlegte er. Nicht zu weit weg, er hatte hier schließlich noch eine Rechnung offen. Marilene. Aus der Traum. Dabei hatte sie gerade begonnen, sich an ihn zu gewöhnen, sich auf ihn zu verlassen, das Mindeste nach all seinen Mühen. Die Fotos zu manipulieren war wirklich aufwendig gewesen. Hatten sie ihren Sinneswandel ausgelöst? Er würde es nie erfahren, nicht bei ihr jedenfalls.

Aber, überlegte er, und plötzlich schien die Zukunft doch schon wieder recht vielversprechend, er könnte ehemalige Mitschülerinnen ausfindig machen und es bei einer von ihnen noch einmal versuchen. Bei völlig Fremden würde die Sache nicht funktionieren, das wusste er, aber wenn ein Foto plausibel schien, versuchte das Gehirn, die entsprechenden Erinnerungen beizusteuern. Das hatte er aus einem Artikel, den er irgendwo gelesen hatte. Erinnerungen sind unzuverlässig, gut, das war so neu nicht, frag drei Zeugen, und du kriegst drei verschiedene Versionen, aber Erinnerungen sind eben auch beeinflussbar.

Phantastisch, dachte er, ein neues Projekt, es gab nichts Besseres, um einen Tiefschlag zu verwinden. Das hieß natürlich keineswegs, dass er das alte darüber vergessen würde. Ganz sicher nicht. Marilene hatte nicht gelernt, ihn zu lieben. Sie musste sterben.

Mein herzlicher Dank gilt

Dem Emons-Team, das sich so sehr für mich einsetzt und auch Unmögliches möglich macht.

Meinen treuen Testlesern Heike Sommer, Ingeborg Mues und Wolfgang Sommer. Ohne die Gespräche mit euch über Buch und Bücher, Kunst und Künstler wäre das Schreiben doch arg einsam.

Meiner Lektorin Hilla Czinczoll, deren virtueller Rotstift es ganz dezent noch jedes Mal geschafft hat, die unerlässliche Distanz zum eigenen Text hervorzurufen.

Meinen Neffen: Daniel Baron für »das Buch hat Gefühle« und Nico Whitney für die Geschichte von Clamston und Shelley.

Natürlich meinem Mann Wolfgang, dessen Geduld noch nie so sehr strapaziert wurde wie bei der Entstehung dieses Buches. Ich fürchte, er sehnt sich sehr nach einer, die sich mit der Aufzucht von Rosen begnügt oder allenfalls die eine oder andere Kurzgeschichte verfasst, aber leider kann ich weder kurz noch schnell, und ohne geht schon grad gar nicht. Niemand verstünde das besser als er.

BEATE SOMMER
HÄTTEST DU GESCHWIEGEN
RHEIN MAIN KRIMI
emons: